Una flor para otra flor

Una flor para otra flor

Megan Maxwell

Esencia/Planeta

Obra editada en colaboración con Editorial Planeta - España

© 2017, Megan Maxwell

© 2017, Editorial Planeta S.A. – Barcelona, España

Derechos reservados

© 2017, Editorial Planeta Mexicana, S.A. de C.V.
Bajo el sello editorial ESENCIA M.R.
Avenida Presidente Masarik núm. 111, Piso 2
Colonia Polanco V Sección
Delegación Miguel Hidalgo
C.P. 11560, Ciudad de México
www.planetadelibros.com.mx

Imagen de portada: © Dm_Cherry-Shutterstock
Fotografía de la autora: © Nines Mínguez

Primera edición impresa en España: febrero de 2017
ISBN: 978-84-08-16554-5

Primera edición impresa en México: octubre de 2017
ISBN: 978-607-07-4449-5

Impreso en los talleres de Litográfica Ingramex, S.A. de C.V.
Centeno núm. 162-1, colonia Granjas Esmeralda, Ciudad de México
Impreso en México –*Printed in Mexico*

Para mi preciosa guerrera Sandra.
Porque desde el primer instante en que te tuve en mi vida me robaste
el corazón, además de muchas horas de sueño.
Te prometí que algún día tendrías esta novela y aquí la tienes.
Recuerda que las grandes cosas que pasen en tu vida al principio sólo
serán sueños que, gracias a tu esfuerzo, podrán hacerse realidad.
Te quiero, mi nina, y contigo,
HEIYMA (Hasta El Infinito Y Más Allá).
Y, por supuesto, para todo ese ejército de guerreras/os Maxwell
que todos los días luchan por salir adelante en este complicado mundo
y que no se dan por vencidos.
Mil besazos,

MEGAN

Capítulo 1

Carlisle, Inglaterra, 1328

—Con todos mis respetos, señor...

—Padre, por favor.

—... Señor, vuestra nieta no debería haberse marchado a Kildrummy con esos bárbaros —insistió Wilson mirando al anciano—. Su sitio está aquí, no con esos highlanders que...

—Esos highlanders son parte de su familia, padre. Sandra se crio en Traquair con los Murray, y Josh y su hijo siguen velando por ella —increpó Clarisa, la madre de la muchacha. Acto seguido, mirando al hombre que la observaba furioso a su lado, añadió—: Y en Kildrummy tiene lo más parecido a una hermana. Angela y ella se criaron juntas, y por nada del mundo deseo que dejen de verse.

Negándose a entender lo que aquélla decía, Wilson volvió a mirar al anciano, que los escuchaba. Sabía muy bien cómo manejarlo, por lo que insistió:

—Si los padres del joven Crown se enteran de que vuestra nieta se ha marchado a las Highlands con esos malditos escoceses, romperán el compromiso. Pensadlo. Si envío a alguno de mis hombres ahora mismo, la interceptarán antes de llegar a Edimburgo con esos bárbaros que la acompañan y la traerán de vuelta.

—Ni se te ocurra, Wilson —siseó Clarisa.

Él la miró y, clavando los ojos en ella, murmuró:

—Tu osadía al hablar te...

—Mi osadía —lo cortó ella— es el resultado de tu desfachatez.

—¡Compórtate, Clarisa! —regañó lord Augusto a su hija.

Wilson Fleming, hijo de una hermana del anciano y su hombre de confianza, la observó. Aquella deslenguada lo sacaba de sus casillas.

Habían pasado muchos años desde que Clarisa lo había plantado para marcharse con un maldito highlander, y él todavía no se lo había perdonado.

Recordar la frustración que había sentido al saber que la mujer que amaba no lo amaba a él y lo había dejado por otro lo hundía cada vez que la miraba, pero, sin querer dejar al descubierto toda su rabia, indicó:

—Señor, ¿puedo hablar?

Augusto Coleman, que estaba a su lado, miró a su hija y le recriminó:

—Clarisa, retén tu lengua o te irás de la sala. Y una vez más me permito recordarte que tú no tienes ni voz ni voto aquí.

La aludida maldijo en silencio cuando Wilson, al ver que ella callaba, asintió y prosiguió:

—Intentaba decir que, en un momento tan delicado como el que estamos viviendo, lo que menos importa es lo que Sandra desee. Lord y lady Crown quieren que la boda se celebre cuanto antes, y no debemos obviar que el enlace del joven Ruark con Sandra nos beneficiaría en todos los sentidos.

Acalorada por tener que escuchar aquello, Clarisa se revolvió. Los años vividos en las Highlands con su marido, ya fallecido, le habían enseñado que la felicidad en el hogar lo era todo, y no estaba dispuesta a que su hija no tuviera una boda por amor; así que se encaró a aquel que en otro tiempo había sido su prometido, y empezó a protestar:

—Wilson, no consiento que...

—¡Cállate! —siseó él.

Ofuscada, Clarisa se disponía a replicar cuando su padre, levantándose y acercándose a ella, indicó:

—Está claro que tu madre te consintió demasiado, pero eso no ocurrirá con la maleducada de tu hija. Se casará con el hijo de los Crown, y ahora cállate. Tus modales de bárbara son deplorables.

La aludida miró al anciano con gesto de desagrado.

¿Cómo podía hablarle así delante de aquél?

Desde la muerte de su madre, su relación era pésima, y la presencia de Wilson la empeoraba. Pero nunca consentiría que utilizaran a Sandra como moneda de cambio. Nunca.

Imaginarse a su hija siendo infeliz el resto de su vida le carcomía el corazón, pero se lo destrozaba aún más saber que debido a su osadía, al haberla criado su marido y ella como a una guerrera, haría cualquier cosa para que ni su abuelo ni Wilson cumplieran su objetivo.

No era la primera vez que intentaban desposarla, pero Sandra se las había arreglado para evitar aquellos matrimonios enseñándoles a sus futuros maridos lo irreverente que podía llegar a ser y lo escocesa que se sentía.

Por suerte, los anteriores pretendientes se habían quitado de en medio sin dar guerra, pero Clarisa sabía que el hijo de los Crown era medio tonto, y sus padres sólo deseaban casarlo con quien fuera para que les diera descendencia. El resto no les importaba.

Mientras pensaba en Sandra, e ignorando la dura mirada de Wilson, que estaba a su lado, indicó:

—Quiero que mi hija se case por amor, y ella...

—¡Fuera de aquí! —voceó su padre—. Tu descaro y tu arrogancia me han conducido a esta absurda situación. Con tus disgustos te llevaste a tu madre a la tumba, y ahora pretendes llevarme a mí también.

—¡Padre!

Pero Augusto Coleman ya no la escuchaba, estaba furioso.

—Deberías haberte casado con Wilson. Este hombre era tu prometido. Tu madre y yo lo escogimos para ti. Y tú, con tu huida y tu fatídica elección, lo avergonzaste a él, a tu madre y a mí. Y eso, maldita sea, nunca te lo voy a perdonar.

—Padre, Gilfred era una buena persona. Me enamoré y...

—¡Cierra esa boca! —siseó furioso Wilson al oírla.

Nunca una mujer lo había hecho sentirse tan idiota.

El abandono de aquélla la noche antes de la boda era lo peor que le había pasado nunca. Él la amaba, soñaba con ella noche y día, y jamás aceptaría que lo hubiera traicionado con un maldito escocés.

Entendiendo la mirada enajenada de aquél, lord Coleman se acercó a su hija y señaló:

—En su momento no te casaste con quien correspondía, pero tu hija lo hará. Y lo hará porque esta vez Wilson y yo nos encargaremos personalmente de que así sea.

—No, padre. Ella...

Un fuerte bofetón le giró la cara.

Con el beneplácito del padre de la mujer, Wilson se acababa de desfogar.

A continuación, sin inmutarse, el anciano añadió:

—Sandra se casará con el hijo de los Crown, y si éstos se echan atrás por el talante irreverente de tu hija, será Wilson quien se case con ella.

Horrorizada, Clarisa los miró a ambos y, buscando algún sentimiento en su padre, gritó:

—Pero ¡es tu nieta! ¿No quieres que sea feliz?

Lord Coleman la miró fijamente y siseó mordiéndose la lengua:

—El mismo apego que tú me has tenido a mí es el que yo le tengo a esa bárbara.

A Clarisa se le revolvió el estómago al oír esas duras palabras y, con la mejilla enrojecida, mientras miraba a los dos hombres y se juraba que no permitiría aquello, oyó a su padre decir:

—Éste será su último viaje a las Highlands. ¿Cuándo regresa?

En un primer momento Clarisa no contestó, pero cuando su padre la empujó, dijo:

—No lo sé. Quizá dentro de dos semanas.

Wilson asintió, y el anciano indicó:

—Esperaremos a que vuelva y a que los malditos Murray la dejen frente a la fortaleza. Una vez que llegue, será desposada.

Clarisa negó con la cabeza. Impediría aquella locura antes de que su hija fuera una desgraciada como pretendía su padre, y, dando media vuelta, murmuró:

—Me retiro a mi habitación.

Ninguno dijo nada. Sólo la observaron salir.

Agobiada, corrió hacia la escalera y allí se encontró con Gina y con Kerry. Gina, una anciana que adoraba a la mujer tanto como a la hija de ésta, le sonrió y preguntó:

—¿Qué os pasa, mi niña?

Sin querer mostrarle la angustia que sentía a la mujer, Clarisa sonrió a su vez.

—Nada —contestó—. Sólo que añoro a Sandra.

—Tranquilizaos, milady —dijo Kerry—. Sabemos que Sandra está en buenas manos y regresará feliz como siempre.

Ella asintió y, tras dirigirles una sonrisa, subió la escalera y fue a su aposento.

En el despacho, cuando Clarisa se hubo marchado, lord Coleman indicó respirando con dificultad:

—¿Sigue en pie que, si los Crown se echan atrás, tú te casarás con mi nieta?

—Sí —afirmó Wilson—. Si se da el caso, me ocuparé personalmente de que al fin sea una perfecta inglesa.

El viejo asintió y, sin un ápice de piedad, sentenció:

—Vigila a Clarisa. Conociéndola, tratará de impedir la boda.

El aludido afirmó con la cabeza y, sin dudarlo, salió de la estancia.

En su habitación, Clarisa miró angustiada a su alrededor. Tenía que advertir a su hija de lo que ocurría, por lo que, tras coger un papel, tinta y pluma, escribió:

Sandra:

Soy mamá. Te ruego, te suplico, que, tras leer esta carta, no regreses a Carlisle y te mantengas todo lo lejos que puedas de este lugar, porque aquí nunca serás feliz.

Cariño, en cuanto me sea posible viajaré para reunirme contigo. Sé que no me será difícil encontrarte, porque, conociéndote, estarás cerca de Angela o de ese joven llamado Zac Phillips, que algo me dice que es el dueño de tu corazón.

Sé fuerte ante las adversidades y sé clara con las personas que te quieren. Tu padre y yo criamos una guerrera y, como él decía, el que no lucha por lo que quiere no se merece lo que desea.

En el amor, sé tú misma. No cambies. Quien te ame te corregirá, pero nunca te cambiará. Y, si ese Zac es el hombre de tu vida, jamás dejéis de hacer de vuestros pequeños instantes grandes momentos que en el futuro os puedan ayudar a recordar por qué estáis juntos.

Mi amor, utiliza el corazón y la cabeza y, sobre todo, sé feliz y nunca olvides que tu padre y yo te queremos y siempre estaremos muy orgullosos de ti.

MAMÁ

Tan pronto como terminó de escribir, dobló la carta y se la guardó en la manga del vestido. Ahora debía encontrar a alguien que se la llevara a su hija.

Con cuidado, abrió la puerta de su habitación y se tropezó con Alicia, su criada. Clarisa se aproximó a ella y preguntó:

—¿Sabes dónde están Kendall, Rudy o Charles?

La mujer asintió y, al ver el gesto pálido de aquélla, dijo:

—¿Qué os pasa, milady?

Clarisa, angustiada, se le acercó y, tras quitarse un anillo de plata con una piedra negra que le había regalado su marido el día de su boda, indicó:

—Guárdalo y, si algo me pasa, entrégaselo a Sandra si aparece por aquí.

—Milady, me estáis asustando...

Clarisa lo sabía, sabía lo que estaban ocasionando sus palabras, pero prosiguió:

—En cuanto se lo des, dile que huya. Que huya lo más lejos que pueda, porque aquí no está segura.

—Pero... pero, milady...

A continuación, Clarisa dejó sobre la mano de aquélla su preciado anillo y añadió:

—Vete. Nadie debe saber que hemos hablado.

Alicia, tan asustada como su señora, se guardó el anillo en el pecho y se alejó a toda prisa.

Una vez de nuevo a solas, Clarisa corrió escaleras abajo para salir al exterior. Sin mirar atrás, y oculta por la oscuridad de la noche, caminó hacia las caballerizas y, al entrar, sonrió al ver allí a Kendall y a Carter, que se ocupaban de los caballos.

Sin tiempo que perder, les pidió que le llevaran aquella nota a su hija al castillo de Kildrummy, y Kendall aceptó sin dudarlo. Carter, en cambio, se mostró más reticente. No quería adentrarse en un territorio tan hostil.

Esa noche, Kendall se marchó, pero su viaje duró poco. Fue interceptado por dos hombres antes de llegar a Dumfries, quienes, tras matarlo sin piedad y enterrarlo, le robaron la nota y, a su regreso, se la entregaron a Wilson, que, al leerla, enfureció y se la guardó.

Dos días después, enajenado por la furia que sentía cada vez que leía que aquel escocés había sido el amor de su vida, cuando Clarisa paseaba con su caballo por un risco muy peligroso, se acercó a ella y, tras una fuerte discusión, la empujó y ella cayó contra las piedras.

Wilson contempló la escena sin un ápice de piedad. Sin duda, la caída del caballo le había hecho más mal que bien a la mujer y, mientras un hilillo de sangre manaba de la boca de ésta, murmuró:

—El amor de tu vida debería haber sido yo, y no ese maldito escocés. Y ahora, te guste o no, seré yo quien se ocupe de la irreverente de tu hija; le bajaré esos humos que tiene porque me casaré con ella.

—No..., no... —replicó Clarisa en un hilo de voz al tiempo que sentía que las fuerzas la abandonaban.

Diez días después, inevitablemente, murió ante los ojos de un hombre que debería haberla criado como un padre y que no derramó una sola lágrima por ella.

La mujer, que, con los ojos cerrados, parecía dormir, había sido la persona que más lo había decepcionado en el mundo. Entonces, mirando a Wilson con gesto severo, el anciano indicó:

—Deberás partir con ella en un carruaje. Todos han de creer que mejoró y se marchó a Francia para reponerse. Una vez que os alejéis, entiérrala donde quieras y regresa dentro de unos días. Si alguien pregunta, diremos que está en Francia, en el hogar de los Hamilton.

—De acuerdo —asintió Wilson aplastando unas flores secas de color naranja que Clarisa tenía en su habitación.

Sin un ápice de pena, mientras se dirigía hacia la puerta para salir, el viejo añadió:

—La bárbara de su hija regresará y entonces nosotros nos ocuparemos de ella.

—No veo el momento —afirmó Wilson.

Alicia, que estaba oculta en las sombras, lo oyó todo y lloró por la pobre Clarisa. La maldad de aquellos sinvergüenzas para con la fallecida y su hija no parecía tener fin.

Capítulo 2

∽∽

Castillo de Kildrummy

—Aleix, cuando seas mayor, volverás locas a las mujeres con esa sonrisa.

Al oír eso, Angela sonrió. Su hijo era la viva estampa de su marido Kieran, y afirmó:

—Oh, sí..., no me cabe la menor duda de eso, Sandra. Aleix va a ser un rompecorazones.

Ambas sonrieron mientras su amiga soltaba a Aleix para que corriera tras su abuela, que lo llamaba. Una vez que el niño desapareció, Angela dejó a su pequeña en la cunita tras haberle dado el pecho, y Sandra murmuró:

—Sheena es preciosa.

—Sí —afirmó la madre, mirándola con cariño—. Y tiene un carácter más tranquilo que Aleix.

Ambas rieron; entonces Sandra se tocó el vestido y Angela comentó:

—Muy bonito el vestido que llevas.

—Gracias.

—¿Ayudaste a confeccionarlo?

Las dos mujeres volvieron a reír. Ambas sabían lo mucho que Sandra odiaba coser.

—Bien sabes que no —contestó ella—. Mamá lo confeccionó junto con el que llevaré en el bautizo —afirmó encantada.

Angela asintió y, a continuación, cuchicheó:

—El vestido que has traído para la fiesta de Sheena es precioso. Mañana serás una madrina estupenda, y estoy convencida de que causarás algún que otro revuelo entre los hombres presentes.

Divertida, Sandra suspiró, pero, cuando iba a responder, un

fuerte ruido proveniente del exterior las hizo levantarse para mirar por la ventana.

Una treintena de hombres acababa de llegar. Al frente iba Zac Phillips, un joven highlander que sonreía al pasar a todas las mujeres del castillo de Kildrummy.

—Zac, ¡qué bien que hayas llegado!

El aludido miró a su gran amigo Kieran O'Hara con una sonrisa. De un salto, Zac se bajó del caballo con agilidad y, abrazando a aquél, al que debía tanto, sonrió.

—El padrino de Sheena ya está aquí.

Ambos rieron por aquello y Zac, torciendo el gesto, siseó al ver a dos hombres:

—Vaya..., ya están aquí los Murray.

Kieran lo miró y preguntó:

—¿Acaso eso no te alegra?

Zac suspiró y respondió encogiéndose de hombros:

—No.

—¿Seguro? —insistió su amigo—. Sandra Murray siempre...

—¡Apestas a oveja!

Al ver cómo aquél le había cortado lo que iba a decir, Kieran sonrió e indicó:

—Vengo de estar con las vacas. Por cierto, he separado unas yeguas para que te las lleves cuando regreses a Dufftown. Creo que te vendrán bien.

Encantado, Zac asintió y musitó:

—Gracias, amigo. Muchas gracias.

Desde lo alto de la ventana, Sandra, entrecerrando sus ojos de color almendra, murmuró:

—Vaya..., ¡ya ha llegado!

Angela sonrió.

Zac y Sandra se deseaban, se buscaban, pero era verse y o bien se ignoraban, o no paraban de lanzarse pullitas. Sin querer decir nada, se retiró un mechón rojo de la cara cuando Sandra cuchicheó:

—Espero pasarlo bien en la fiesta de mañana.

—Y yo —afirmó Angela.

El tono en el que había respondido hizo que Sandra mirase a su amiga y le reprochase:

—Y que sepas que no me parece bien que el padrino de Sheena sea Zac.

—¡Sandra!

—Vamos a ver, Angela: de entre todos los hombres que hay en las Highlands, ¿por qué él?

—Porque Kieran eligió al padrino y yo a la madrina.

Al oírla, Sandra suspiró. Como siempre, tenía sentimientos encontrados con respecto a Zac.

—¿Seguirá sin hablarme ese cabeza dura cuando me vea? —preguntó.

Su amiga resopló. Todavía recordaba la furia de aquél el día que llegó una carta de Carlisle diciendo que Sandra se había prometido con un inglés.

—Dale tiempo —indicó con una sonrisa—. ¿Cuántas veces he de recordártelo?

Sandra maldijo. Aquella carta que su abuela le obligó a enviar antes de su fallecimiento sólo le había dado quebraderos de cabeza, pero, cuando iba a protestar, Angela continuó:

—Y, antes de que sigas maldiciendo, déjame recordarte que Zac fue a Carlisle para rescatarte de las garras de tus abuelos y te encontró feliz y sonriente con ese francés, así que...

—Oh, Angela, no me lo recuerdes. No fue un momento agradable para mí.

—Ni para él.

Con una sonrisa divertida, Sandra cuchicheó:

—Aunque debo confesar que Preston Hamilton, el francés, es encantador. Es un hombre divertido y...

—¡Sandra!

—Vale... Sé que no está bien decir lo que digo, pero reconozco que me gustó comprobar los celos de Zac al verme con él.

—Sandra, efectivamente, eso es muy osado.

Divertida, la joven se colocó bien el abalorio que llevaba en el cabello y afirmó:

—La osadía da emoción a la vida.

Angela sonrió. Ella también era bastante osada en cuanto a su marido se refería, pero mirando a su amiga, indicó:

—Deberías controlar tu osadía con respecto a Zac, porque algo me dice que le llegaste al corazón y...

—¿Zac tiene corazón?

—¡Sandra!

Sin embargo, ambas rieron y, a continuación, Angela cuchicheó:

—No sé quién es peor, si él o tú.

Su amiga soltó una carcajada, y en ese momento oyeron la voz de Kieran, que gritaba:

—¡Angela!, mi bella y dulce esposa. ¿Puedes bajar para recibirme con un beso?

Ella sonrió y, mirando a su maravilloso marido, indicó desde lo alto de la ventana:

—Nada me gusta más que besarte, pero antes ve a darte un baño. Has estado con el ganado.

Kieran cambió el gesto, y Zac, que se había percatado de la presencia de Sandra junto a aquélla, retiró la mirada y se mofó:

—Ya te lo he dicho: ¡apestas!

Las carcajadas de los highlanders hicieron sonreír a todos, excepto a Kieran, que, sin apartar la mirada de su amada, preguntó:

—¿Me rechazas, mujer?

Encantada al ver el desafío en los ojos de aquél, Angela se sentó en el alféizar de la ventana y, agarrándose a Sandra sin que él lo viese, respondió:

—De acuerdo, esposo. Creo que, si salto desde aquí, llegaré antes a besarte.

Ver a su impetuosa mujer sentada allí lo intranquilizó y, cambiando el gesto, Kieran indicó:

—Angela, ¡bájate de la ventana!

Divertida, ella le guiñó un ojo y apuntó:

—¿Seguro?

—Segurísimo —replicó él.

Una vez que ella volvió a estar del otro lado de la ventana, se asomó nuevamente y gritó:

—¡Kieran O'Hara, no te muevas de ahí!

Y, sin soltar la mano de Sandra, le pidió a su amiga:

—Vamos. Acompáñame.

Cuando desaparecieron de la ventana, Zac miró con gesto serio a su amigo y afirmó:

—Está visto que su temeridad y su locura siguen igual.

Sin poder evitarlo, Kieran sonrió. Adoraba aquella osadía.

Entre risas, las dos mujeres bajaron corriendo al piso inferior y, al entrar en el salón para atravesarlo y salir al exterior, ambas chocaron contra dos cuerpos. Kieran y Zac.

Rápidamente, Sandra se echó hacia atrás y, cuando Angela iba a hacer lo mismo, Kieran agarró a su mujer del brazo e indicó con gesto serio:

—Que sea la última vez que...

No pudo decir más. Angela se lanzó a su boca para besarlo, y él, como era de esperar, no tardó en reaccionar.

Sin saber qué hacer, Sandra y Zac miraron hacia otra parte y, cuando el beso de aquéllos acabó, Angela murmuró:

—Sabes a barro, a lluvia y a vaca, pero me encanta.

Tras recomponerse del ardoroso beso de su mujer, Kieran gruñó:

—Que sea la última vez que te subes a la ventana y...

—Ajá...

Ese «¡Ajá!» tan característico de Angela lo hizo sonreír y, acercándola a su boca, susurró:

—Hada..., no me tientes.

Sandra, que no sabía dónde mirar, se disponía a decir algo cuando Zac protestó:

—Por san Fergus, ¿por qué tenéis que ser siempre tan empalagosos?

Angela le dio un rápido beso a su marido en los labios y respondió:

—Ay, Zac. Si algún día te enamoras de verdad, ¡lo sabrás! —Y, sin apartar los ojos de aquél, indicó—: Por cierto, ¿has saludado a Sandra? Ha llegado esta mañana.

Zac miró a la joven de pelo oscuro y largo. Estaba preciosa con el abalorio de diminutas piedrecitas azul claro que con gusto llevaba en la cabeza, pero sin acercarse a ella, indicó:

—Bienvenida.

—Oh..., ¡que ilusión! Pero si me habla —se burló ella.

Kieran y Angela se miraron mientras Zac resoplaba. Parecía que a aquellos dos les gustaba picarse.

—¿Has venido sola o con ese amigo tuyo francés? —preguntó él con mofa.

Estaba claro que Zac no olvidaba.

—Sola —respondió ella—. Hamilton tuvo que regresar a Francia..., una pena.

Zac resopló de nuevo, dispuesto a contraatacar, cuando Sandra, con su naturalidad de siempre, comentó sonriendo:

—Veo que te has dejado crecer el cabello. Te queda muy bien.

Al oírla, él asintió y, suspirando, respondió:

—Entonces me lo cortaré.

—¿Por qué? Si te he dicho que te queda muy bien —insistió Sandra.

Pero, sonriendo con el mismo gesto suspicaz que ella, Zac siseó:

—Si a ti te gusta, a mí no.

Kieran y Angela dejaron escapar un suspiro. ¡Ya empezaban!

En ese instante apareció Edwina, la madre de Kieran, quien, al ver a su hijo y a su nuera abrazados, sonrió y murmuró:

—Angela, dile a mi hijo que vaya a lavarse. ¡Apesta! Y a ti, Zac, tampoco te vendría mal un poco de aseo.

El ruido del exterior volvió a llamar la atención de todos. Kieran escuchó unos instantes y, al oír las voces de Duncan y Lolach, que daban órdenes a sus hombres, indicó con una media sonrisa:

—Zac, tus hermanas Megan y Shelma ya están aquí.

El aludido resopló. Sabía lo que le esperaba.

Al oír eso, Angela se deshizo de los brazos de su marido y corrió al exterior a recibir a sus invitados. Unos instantes después, la puerta de la entrada se abrió y una mujer morena de preciosos ojos oscuros que entraba junto a Angela siseó con gesto reprobatorio:

—Creo que te voy a matar.

—Megan, ¡qué alegría verte! —bromeó Zac mientras observaba que, tras ellas, iban Shelma, Duncan y Lolach.

—Sí. Definitivamente voy a coger el palo más grande que encuentre y te lo voy a estampar en tu dura cabeza —insistió la aludida caminando hacia él.

—Ay, hija, no digas eso —murmuró divertida Edwina.

Sandra observó a la tal Megan, había oído hablar mucho de ella y de su fuerte temperamento, y entonces ésta voceó:

—Pero, vamos a ver, ¿cómo se te ocurre hacer semejante locura? —Zac no respondió, y ella prosiguió—: ¿Cómo se te ocurre ir a Dunhar, con apenas veinte hombres, a reclamar lo que no necesitamos?

Shelma, su otra hermana, corrió hacia Zac y, abrazándolo, susurró:

—Gracias a Dios que estás bien.

Sonriendo por recibir el abrazo de aquélla, a pesar de la dura mirada de su otra hermana, él respondió:

—Claro que sí, Shelma, tranquila.

Megan, que observaba a sus dos hermanos con los brazos en jarras, se disponía a gritar de nuevo cuando Duncan, su marido, se acercó a ella y murmuró en su oído:

—Cariño, tranquilízate. Como ves, está sano y salvo.

Pero Megan lo miró y siseó:

—Y, en cuanto a ti, esposo mío, ¡ya hablaremos! —Luego, mirando a Lolach y a Kieran, añadió—: Y vosotros dos, junto a Niall y a Axel, tampoco os salváis. ¿Cómo no se os ocurrió no contarme lo que estaba haciendo el tonto de mi hermano? ¿Cómo lo dejasteis ir solo?

—No fui solo, hermana, fui con mis guerreros.

Los hombres se miraron sonriendo, pero Megan increpó de nuevo a Zac:

—¿En qué estabas pensando? Podrían haberte herido, o, peor, podrían haberte matado, y yo... yo...

Él miró con resignación a su cuñado Duncan.

—Te dije que te guardaría el secreto —indicó éste—, pero que se lo contaría antes de llegar aquí.

—Yo también —apostilló Lolach.

—Fin del secreto —afirmó Kieran sonriendo mientras observaba cómo su madre salía del salón ante la llegada de alguien.

Separándose de su hermana Shelma, Zac asintió en dirección a sus cuñados y a Kieran y, acercándose a la enfurecida morena, explicó:

—Megan, esas tierras eran de papá y mamá. Por casualidad me enteré de que un primo lejano de papá las había vendido y decidí reclamar lo que era mío.

—Pero eso era una locura —aseguró Shelma.

—Lo sé. Pero era mi locura. Esas tierras son mías y no iba a permitir que otro se lucrara con ellas. Además, antes de que prosigáis ninguna de las dos, dejadme recordaros que, les guste o no a esos ingleses, yo era el heredero de aquellas tierras y necesitaba el dinero para...

—No lo necesitabas —lo cortó Megan—. Mi marido y el de Shelma te ayudaron a comprar las tierras y el castillo de Balvenie, en Dufftown, y ellos nunca te...

—Megan —ahora fue Zac quien la interrumpió a ella—, sé que Duncan y Lolach nunca me reclamarían nada. Lo sé.

—Nunca —afirmó Duncan.

—¡Claro que no! —concretó Lolach, ganándose una sonrisa de su mujer, Shelma.

Al oír eso, Zac sonrió. Tenía unos excelentes cuñados y, tras mirar a Sandra, que observaba todo aquello con unos ojos abiertos como platos, miró a su hermana y manifestó:

—Megan, soy un hombre y he formado mi propio clan. Ya no soy el niño que sigues viendo en mí y, te guste o no, he hecho lo que tenía que hacer. He reclamado lo que era mío y, con ello, he saldado mi deuda con Duncan y Lolach.

—Pero, Zac... —insistió ella.

Él agarró entonces a su protectora hermana de la mano y apuntó:

—Quería que el legado de nuestros padres sirviera para algo. Tú no lo necesitas, Shelma tampoco y, aunque sé que puedo contar con vosotros para todo, precisaba hacerlo. Deseo valerme por mí mismo, y eso me ayudaba. Piénsalo, por favor.

Un silencio tenso tomó la estancia.

Sandra los observaba a todos y, alucinada, le pareció que sonreían.

Megan, la hermana de Zac, acababa de decir que éste se había jugado la vida yendo a reclamar una herencia a Dunhar..., ¿cómo podían sonreír ante algo semejante?

Así estuvieron unos segundos, hasta que Megan, que era la única que no sonreía, murmuró:

—Nunca dejas de darme disgustos.

—Tú, que te lo tomas todo muy a pecho, hermanita.

—Eres un descerebrado.

—Habló la intrépida y temeraria guerrera.

Al oírlo, Megan sonrió y lo abrazó.

—La próxima vez que vayas a hacer una locura, por muy tonta o absurda que te parezca, por favor, dímelo. ¿Me lo prometes?

Sonriendo, y al tiempo que miraba a su cuñado Duncan, que también sonreía, Zac afirmó:

—Te lo prometo.

En ese instante, la puerta volvió a abrirse, y Zac, al ver a las hijas de su hermana Megan, Johanna y Amanda, y a Trevor, el hijo de Shelma, se olvidó de todo y se dirigió hacia ellos. Entonces miró a la hija mayor de Megan, que ya era una jovencita, e indicó al ver cómo aquélla se atusaba el cabello oscuro:

—Johanna, cada día estás más preciosa.

Ella sonrió con coquetería.

—Gracias, tío Zac.

Duncan miró a su hija mayor y sonrió, pero, al ver cómo la contemplaban algunos de los hombres jóvenes de Kieran, preguntó con voz enfurecida:

—Y ¿vosotros qué miráis?

Al verse sorprendidos por el rudo highlander, los escoceses rápidamente bajaron la mirada, y Johanna, que comenzaba a ser una joven de extremada belleza, como su madre, gruñó:

—Papá, por favorrrr.

Duncan maldijo, y Megan, sabiendo lo que su marido sentía ante las miradas que su hija cosechaba ya, se acercó a él y cuchicheó con una sonrisa:

—Cariño, tranquilo. Nuestras hijas son muy bonitas, y es normal que las miren.

Zac sonrió al oír a su hermana. A continuación, se dirigió a su sobrino:

—Y tú, Trevor, has crecido.

El muchacho asintió.

—Dentro de unos meses superaré a mamá.

Zac estaba riendo por aquello cuando un golpe en el trasero llamó su atención. Al mirar a la pequeña Amanda, ésta le preguntó con gesto pícaro:

—Tío, ¿te gusta mi espada nueva?

—Es tan preciosa como tú, cariño.

La cría asintió y, contemplando la espada de madera con adoración, afirmó:

—Papi y yo compramos la mejor y, mira —dijo señalando una piedra blanca que llevaba incrustada en la empuñadura—: ¿a que es bonita su forma de estrella?

—Muy bonita, mi niña. Muy bonita —afirmó Zac, henchido de amor por la pequeña.

—Es la estrella de la suerte, tío.

Unas risotadas sonaron entonces en el exterior, y Duncan, al reconocer la voz de su hermano, dijo:

—Acaban de llegar Niall y Gillian.

—Y May, Jesse y Davinia —apostilló Kieran al ver llegar a los familiares de Angela.

La pequeña Amanda, al oír aquello, corrió hacia la puerta. Quería enseñarle a su tío Niall la nueva espada que había comprado con su papá.

Instantes después, una mujer rubia, no muy alta, entró en la estancia sonriendo, y Angela se la presentó a Sandra como Gillian. A continuación, les presentaron a su marido Niall y a su hija.

Poco después entró también Edwina, la madre de Kieran, con May y Davinia, las hermanas de Angela. Al verlas, Sandra corrió a abrazarlas bajo la disimulada mirada de Zac, a quien, a pesar de lo mucho que discutía con aquélla, le agradaba tenerla cerca.

Como siempre, May llegó vestida con su hábito, y Davinia,

acompañada por su marido Jesse y por toda su prole de hijos. Con tanto niño allí, el jaleo estaba garantizado.

Los últimos en llegar aquella tarde fueron Axel y Alana, unos amigos de Kieran.

Esa noche, mientras todos cenaban en el grandioso comedor del castillo de Kildrummy, Sandra miró a su alrededor y sonrió. En Carlisle jamás había existido aquella felicidad y aquella hermandad, y sonrió al imaginar lo mucho que disfrutaría su madre allí.

Capítulo 3

Sandra se movía inquieta por su habitación. Acalorada y muerta de sed, bebió un poco de agua de la jarra que tenía sobre la mesilla. Una vez que hubo dejado el vaso, cogió sus espadas y las miró. Eran magníficas.

Las observaba con cariño cuando sus ojos se desplazaron a su carcaj. Todas aquellas cosas, que para ella eran importantes, no podía llevarlas a Carlisle, y siempre tenía que dejarlas en casa de su amiga Angela hasta su siguiente visita.

Pensar en Carlisle y en su vida allí la agobió y, acercándose a la ventana, miró la luna, que lucía preciosa. A escasos metros del castillo de Kildrummy se veían las banderas de los distintos clanes que estaban alojados allí.

Apoyándose en el alféizar, contempló las banderas de los McRae, por Duncan y Niall; de los McKenna, por Lolach; de los McDougall, por Axel; de los Steward, por Jesse, y de los O'Hara, por Kieran. Pensó en la bandera de los Murray, aquella que su padre siempre llevaba junto a sus guerreros, pero que desapareció al morir él. Los Murray se dispersaron tan pronto como ella y su madre se fueron a vivir a Carlisle, y sólo Josh y Errol Murray, padre e hijo, velaban por ella. No olvidaban que Sandra era la hija del laird Gilfred Murray, y siempre estarían a su lado cuando los necesitara, lo que, básicamente, era cuando iba de visita a Kildrummy.

Sandra observaba ensimismada por la ventana cuando vio a Zac caminar tranquilo hacia las caballerizas. Le gustó verlo y, sin dudarlo, se vistió a toda prisa y bajó en su busca. Quizá sin gente alrededor se dignara hablar con ella.

Las caballerizas estaban por completo a oscuras y, moviéndose con sigilo, la joven se acercó hasta Zac, que le hablaba a su caballo *Valor*.

—Hola —dijo.

Al reconocer su voz, él se sorprendió. Sandra seguía siendo sigilosa como cuando la conoció años antes y, sin mirarla, contestó:

—No tengo ganas de discutir.

Con la sonrisa en la boca, ella se mantuvo unos instantes callada, hasta que preguntó:

—¿Cuánto va a durar tu indiferencia?

—No sé de qué hablas.

Animada al oír su voz, Sandra indicó llena de esperanza:

—Una vez, en el castillo de Caerlaverock, me deseaste un buen viaje, me pediste que no llorara por mi marcha y, si mal no recuerdo, también comentaste que te habría encantado conocerme en otra situación y...

—Y ahora vas a callarte, a marcharte y a dejarme en paz —la cortó Zac.

Sandra suspiró al oír su tono de voz. Ésa era la frase más larga que le había dicho en los últimos tiempos.

—Te recuerdo —apostilló— que si vivo en Carlisle es por imposición de mi madre, y...

Volviéndose por fin para mirarla, él indicó al ver que sonreía:

—No has de recordarme nada porque no te lo he preguntado.

—Vaya..., veo que sí tienes ganas de discutir.

Con los ojos clavados en ella, en la mujer en la que llevaba años pensando cada noche al acostarse y cada mañana al despertar, Zac siseó:

—Fui a Carlisle cuando Angela recibió tu triste misiva indicando que te habías comprometido, y pude comprobar por mí mismo cómo paseabas y te divertías con ese francés.

Al recordar aquel momento, la joven sonrió y cuchicheó:

—Convéncete de una santa vez de que si no me acerqué a Kieran y a ti fue para protegeros.

—¿Para protegernos? —se mofó él.

Sandra asintió.

—Sí.

Él suspiró y, con una media sonrisa, balbuceó:

—Convéncete de que yo no necesito protección, y menos aún de una mujer.

Sandra negó con la cabeza y, sin querer entrar en provocaciones, insistió:

—Si lo hubiera hecho, os habría puesto en peligro. Pero ¿por qué no lo piensas?

Zac maldijo. Claro que lo había pensado.

—Me hiciste sentir como un idiota —insistió—. Pensé que estarías destrozada por lo que tus abuelos querían hacer, cabalgué sin descanso y, al llegar, te encuentro sonriendo y divertida con ése, con el que no parecías pasarlo mal.

—Es que Preston Hamilton es un hombre muy simpático —soltó ella sin pensar.

Al oír eso, Zac la miró con dureza. Entonces Sandra, al darse cuenta de lo que había dicho, añadió:

—Tú también eras muy simpático. Y digo «eras» porque ya no lo eres.

Él maldijo para sus adentros. Tener a Sandra ante él, con su desparpajo y su inseparable sonrisa, lo hacía perder parte de su fiereza, y, molesto, preguntó:

—Y, si ese francés es tan simpático, ¿por qué no te has casado con él?

Sin perder la sonrisa, Sandra suspiró. Preston era un hombre maravilloso que entendía que el hecho de unirse a alguien debía hacerse por amor.

—Eso no te atañe —replicó.

Durante unos segundos, ambos permanecieron callados, hasta que Zac, recordando algo que esa noche le había contado Kieran, prosiguió:

—Por lo que sé, vuelves a estar prometida.

Sandra asintió y, con gracia, a pesar de la poca que le hacía, afirmó:

—Sí.

—Y ¿supuestamente éste será el amor de tu vida?

La respiración de la joven se aceleró.

¿Cómo contestar a aquella pregunta cuando el amor de su vida estaba ante ella?

Ofuscada por su incómoda pregunta, con un rápido movimiento se puso delante de él e indicó:

—Mira, no sé si este pretendiente será o no el amor de mi vida, pero lo que sí tengo claro es que...

No pudo continuar. Las manos de Zac agarraron con posesión su cintura y, pegándola con firmeza a su cuerpo, la besó sin dudarlo. Llevaba tiempo anhelando aquel beso. Un beso loco, deseado, inquietante. Un beso abrasador, tórrido, llameante.

Azorada por el febril beso, Sandra se apretó más contra él y, sin necesidad de un maestro, supo cómo debía responder.

Aquello era una lucha de titanes, una lucha por el poder, y, cuando sintió que Zac la levantaba del suelo y ahondaba en su boca deseoso de más, enredó los dedos en aquel pelo rubio y simplemente buscó ese más para ella y lo consiguió.

Durante aquellos segundos, Sandra disfrutó de algo prohibido, candente e ilegal. Algo que, si llegaba a oídos de su abuelo, sin duda éste se lo haría pagar muy caro. Ella no quería un lord inglés en su vida porque su corazón pertenecía por completo a un cabezota escocés.

Enloquecidos, y olvidándose de dónde estaban, se besaron con pasión hasta que el highlander, tomando conciencia de lo que estaba a punto de suceder, la soltó, la apartó de él y, mirándola con una sonrisa socarrona, murmuró:

—Deberías tener cuidado. Si yo fuera otro hombre, en estos instantes ya te estaría arrebatando tu bien más preciado.

Acalorada por lo ocurrido, Sandra jadeó. Zac hablaba de su virginidad y, molesta por el tono de voz que había empleado, siseó:

Mis padres me enseñaron a protegerme. No soy tonta

Él sonrió, pero su sonrisa no era amable ni conciliadora, sino todo lo contrario.

—Ten cuidado, Sandra —susurró—. Eres una mujer.

La joven asintió y, aun sabiendo que no estaba bien lo que iba a decir, espetó:

—Ten cuidado, Zac. Eres un hombre.

Sus miradas se endurecieron. Como siempre, se tentaban, se

provocaban, se soliviantaban, hasta que él, incapaz de callar, preguntó:

—¿Quién te ha enseñado a besar? No parecías asustada ante mi posesión.

Molesta por sus palabras, ella alzó la barbilla y, sonriendo a pesar de su pena, respondió:

—No me asusto con facilidad.

Zac maldijo. Pero ¿qué hacía preguntando aquello? Y, tomando el control de su cuerpo y de sus palabras, soltó con rabia:

—Será mejor que olvidemos lo ocurrido.

—Olvidado —afirmó ella, mostrándole seguridad.

El silencio se apoderó nuevamente de ambos. Entonces, al ver cómo la joven lo miraba con descaro, Zac indicó sin parpadear siquiera:

—No sé qué quieres ni qué pretendes.

—¡¿Yo?!

—Has sido tú quien ha venido aquí. Yo no creo haberte seguido por Kildrummy.

Sandra no supo qué responder. Él tenía razón.

—Tienes una cómoda vida en Carlisle —prosiguió Zac—, rodeada de fantoches que te alaban noche y día y en la que seguro que encontrarás a ese supuesto amor de tu vida. ¿Qué haces aquí?

—He venido al bautizo de Sheena. Te recuerdo, por si lo has olvidado, que soy la madrina.

—No me refiero a eso —aclaró él—. Me refiero a qué haces *aquí*, en la oscuridad de este lugar, conmigo.

Ella no respondió, no podía, y él, consciente de lo que pensaba, apuntó:

—Estás prometida a otro. ¿Qué pretendes?

Tragando el nudo de emociones que pugnaban por salir de su boca por lo que estaba oyendo, Sandra inspiró con fuerza, sonrió como pudo e indicó:

—Sólo quería hablar contigo. Nada más.

—¡¿Nada más?!

—Por supuesto. —Y, comportándose con la misma frialdad

que él, se miró las uñas y afirmó—: Vamos..., ni que fueras el último hombre de las Highlands.

Alterado por sus palabras, Zac insistió:

—Eres la amiga de la mujer de Kieran, pero hasta ahí llega nuestra amistad.

—Faltaría más...

Él resopló. Aquella contestona le recordaba a su hermana Megan.

—No te debo nada... —gruñó:

—Gracias a Dios —se mofó ella, conteniendo las ganas que sentía de golpearlo.

—Pero somos los padrinos de Sheena porque sus padres así lo han querido, y sólo espero que en los días que estemos juntos no me agobies ni me...

—Verdaderamente eres un creído. Y luego hablas de los ingleses...

—¿Te vas a callar?

—No.

—¡Por el amor de Dios...! Eres desesperante.

Sandra sonrió. Desde niña tenía muy acentuada la habilidad de sacar de quicio a cualquiera, y, sonriendo, murmuró:

—Habló el fastidioso.

Zac estaba acostumbrado a las mujeres combativas de su familia y sabía lo que no quería para él, por lo que, mesándose el pelo, siseó:

—Esa boquita te va a traer muchos problemas. Aprende a controlarla.

Sandra sonrió. Su madre le había repetido esas mismas palabras mil veces a lo largo de su vida, pero, no dispuesta a dejar que aquel arrogante quedara por encima, cuchicheó:

—Ocúpate tú de tu boca, que yo me ocuparé de la mía.

A cada instante más ofuscado al ver que ella continuaba retándolo, Zac posó la mano en los labios de Sandra e, intentando no sentir su suavidad, gruñó:

—No he venido aquí a discutir, sino porque he quedado con Mery, una preciosa mujer fina y delicada, y no quiero que me estropees mi cita, ¿entendido?

Cuando él le quitó la mano de la boca, ella fue a decir algo, pero Zac repitió:

—¿Entendido?

Sandra lo miró. Veía en sus ojos algo que le hacía saber que debía desobedecer sus palabras, pero entonces oyó una voz de una mujer que llamaba:

—¡Zacharias Phillips!

—¡¿Zacharias Phillips?! —se mofó Sandra mirándolo.

Él se desesperó y espetó:

—¿Quieres callarte?

—Guapo mío..., ¿estás ahí? —insistió la mujer.

—¡¿*Guapo mío?!* Madre..., así te lo tienes tú de creído... —volvió a mofarse Sandra.

—¡Vete y cierra la boca! —gruñó él.

Sin ganas de permanecer un segundo más en aquel lugar, ella miró hacia arriba y vio un hueco abierto en el techo. Saldría por allí.

Sin dudarlo, se subió a unos maderos y Zac preguntó:

—Pero ¿qué haces?

—Marcharme.

Él intentó agarrarla, pero Sandra era escurridiza, e insistió:

—Por el amor de Dios, ¿qué estás haciendo?

—Salir sin ser vista.

—¡Estás loca! Bájate ahora mismo de ahí.

Sandra no le hizo caso, sino que continuó su ascenso hasta el techo de las caballerizas mientras murmuraba:

—No quiero estropearte la cita y, tranquilo, soy muy silenciosa cuando no me apetece ser oída.

—Por san Fergus... —cuchicheó él al verla cada vez más alto—. Te vas a romper el cuello. ¡Baja ahora mismo!

—Pásalo bien, *guapo Zacharias* —lo toreó Sandra.

A continuación, con una habilidad que lo dejó sin palabras, la joven llegó hasta el hueco del techo y, sin más, salió por él justo en el momento en que su cita aparecía y decía:

—Aquí estás.

Atónito, Zac sonrió sin poder apartar la mirada del techo

mientras oía muy tenuemente cómo unas pisadas se alejaban con rapidez.

Al bajar del tejado de las caballerizas, Sandra oyó una atontolinada risita de mujer sin saber que un par de ojos la estaban observando. Sorprendida, enfadada y ofuscada, se alisó su melena despeinada y se dirigió hacia su habitación con paso brioso porque, como bien había dicho Megan esa misma tarde, ¡quería matar a Zac!

Capítulo 4

Mientras el obispo de Kildrummy daba el bautismo a Sheena, Sandra contemplaba a la pequeña oculta tras su perpetua sonrisa. Era una preciosidad.

Sin mirar ni una sola vez a Zac, que, como padrino, estaba a su lado, la joven se mantuvo firme durante toda la ceremonia, a pesar de ver cómo aquél y unas jóvenes se sonreían con descaro.

Para él tampoco era fácil estar al lado de Sandra. Su olor, su seguridad, su sonrisa... Todo lo anulaba. Mirarla y ver sus ojos, su boca y aquel pelo tan bonito, que le llegaba hasta la cintura, sujeto por aquella cinta decorada con flores naranja le hacía recordar cosas que no deseaba, e intentaba disimular. Por ello se centró en las jóvenes que estaban ante él y que, sin duda, deseaban algo más.

Una vez que acabó el bautismo y salieron de la capilla, Sandra, que no tenía ganas de bromas, le entregó la niña a su madre y, sin mirar atrás, se dirigió a su habitación. Necesitaba unos instantes de soledad para dejar de sonreír y tragarse la frustración que sentía.

Estaba dándose aire con una mano cuando la puerta del dormitorio se abrió y entró Angela. Al verla, Sandra volvió a sonreír, y su amiga, acercándose a ella, preguntó preocupada:

—¿Te encuentras bien?

Ella asintió.

—Sí. Es sólo que hacía mucho calor dentro de la capilla.

—Sandra, que te conozco y, cuando me has dado a la niña y he visto cómo apretabas los dientes he intuido que algo iba mal.

Enfadada con el mundo, la joven dejó de sonreír, se asomó a la ventana y, señalando a las muchachas que ahora hablaban con Zac mientras él se tocaba el pelo con galantería, preguntó:

—¿Quiénes son ésas?

Angela se acercó a la ventana y, tras mirar, respondió:

—Son Mery y...

—¡Mery!...

—Sí, la hija de Harald y Mildred McPherson. Por cierto, antes vivía en la corte escocesa, hasta que enviudó y fue expulsada. —Sandra se disponía a decir algo, pero entonces Angela cuchicheó—: Según dijo mi suegra, Edwina, se comenta mucho de ella.

—¿Se comenta?

Angela asintió y, bajando la voz, susurró:

—Se la ha relacionado con varios hombres tras enviudar, especialmente con un barón. Según dicen, la mujer del barón los pilló y exigió expulsarla de la corte. Pero bueno, son nuestros vecinos y, como Kieran y su madre se llevan bien con ellos, por eso los hemos invitado.

Al oír eso, Sandra maldijo. Sin duda aquella mujer había calentado la cama de Zac la noche anterior, e, incapaz de callar, indicó:

—Zac y ella se encontraron anoche en las caballerizas.

Con cariño, Angela cogió la mano de su amiga.

—Me sabe mal decirlo —murmuró—, pero, desde su regreso, sé que se han visto alguna vez.

—¿Están juntos?

Angela se encogió hombros.

—No lo sé. Sólo sé por Kieran que en ocasiones se ven y ella calienta su lecho.

Sandra asintió y, dejando de mirar aquello que tanto daño le hacía, cerró los ojos y, cuando los abrió, musitó sonriendo:

—A partir de este momento, si vuelvo a mencionarte a Zac, enfádate conmigo o estámpame un palo en la cabeza.

—¿Por?

—Porque odio seguir pensando en él.

Sin dar crédito, su amiga la miró. Nadie entendía la extraña y complicada relación que mantenían aquellos dos.

Entonces Sandra contrajo el gesto y murmuró:

—He de decirte que anoche estuve con él.

—¿Que anoche estuviste con él?

—Sí.

—¿Dónde? —quiso saber Angela interesada.

—En las caballerizas.

—¡¿Qué?!

—Miré por la ventana, lo vi y pensé hablar con él e intentar aclarar las cosas entre nosotros. Pero fue imposible. Terminamos discutiendo como siempre.

Encantada al oír eso, Angela cogió de nuevo las manos de su amiga y preguntó:

—¿Estabais solos?

—Sí.

Sandra pensó en el apasionado beso que se habían dado y, con su sinceridad de siempre, añadió:

—Discutimos, nos besamos...

—¿Os besasteis?

La joven morena asintió mientras se recolocaba el abalorio de flores naranja de la cabeza.

—Sí. Y me odio por ello, pero es que cada vez que lo veo, lo deseo y...

—¡Sandra! —Angela rio.

Ella sonrió como su amiga y, sin querer ahondar más en sus sentimientos, indicó:

—Tras el beso, volvimos a discutir, y finalmente me escabullí como una rata por el tejado de las caballerizas.

—¿Qué? ¿Por qué?

Con amargura, Sandra indicó:

—Porque apareció Mery y Zac me recordó que la esperaba a ella, no a mí.

—Ay, Sandra...

—Eso digo yo: «¡Ay, Sandra...!».

Ambas se miraron. Estaba más que claro que entre ellos aún había algo.

Entonces Sandra, que no quería amargarle el día del bautizo a su amiga, dijo:

—Pero, tranquila, estoy bien y doy el tema por zanjado.

—No te creo.

—Pues créeme porque, si ese engreído fuera el amor de mi vida, estaría conmigo y no con esa tal Mery. Por tanto —afirmó caminando hacia la puerta—, regresemos con los demás, disfrutemos de la fiesta y pasémoslo genial.

Angela quería seguir hablando con ella, pero no era el momento, por lo que, posponiendo para más tarde su charla, fueron de la mano a donde estaban todos y se unieron al evento.

La fiesta se celebraba al aire libre. A la cena fueron invitados todos los hombres de todos los clanes, por lo que allí se organizó una buena. Sandra se obligó a no mirar hacia el lugar donde estaban sentados Zac y la gran mayoría de aquellos hombres. Todos parecían pasarlo bien con las jóvenes del lugar. Sin duda, allí no estaba el que ella buscaba.

Poco después, varios de aquellos hombres sacaron algunos instrumentos musicales y, encantados, muchos de los presentes comenzaron a bailar.

Por su parte, Zac se divertía acompañado de sus hombres y de los hombres de sus cuñados. Se había criado con la mayoría de ellos, por lo que todos le tenían un cariño que se había convertido en respeto con el paso de los años.

Todos bailaban, se divertían, y Sandra, encantada, aceptó las invitaciones para bailar de Errol Murray y hombres de otros clanes. Era una joven muy bonita, y más con aquel vestido blanco y las flores en el pelo, que la hacían parecer un ángel encantador.

Siempre le había gustado bailar y lo hacía muy bien y, mientras se divertía danzando con otros, se olvidaba de Zac y de sus miraditas a otras mujeres, entre las que estaba la tal Mery.

La canción acabó y, cuando fue a sentarse, un joven del clan Steward le pidió bailar con ella. Sandra aceptó y comenzó a sonar la música de un baile grupal llamado la rueda. Divertida, la joven saltó y dio palmas, hasta que el baile la plantó delante de Zac, que danzaba también. Sin parar, prosiguió bailando cuando él, que la tenía sujeta de la mano, comentó:

—Pareces divertirte.

—Para eso estoy aquí. —Ella sonrió.

De nuevo regresó a las manos del joven del clan Steward, pero al dar otro giro de rueda, volvió a coincidir con Zac, y éste dijo:

—Murray, Steward, McRae..., a todos les sonríes igual. Te recuerdo que estás prometida.

Sandra suspiró. Sin duda aquél tenía ganas de amargarle el baile.

—Mi descaro y mi indecencia me lo permiten, *guapo Zacharias* —se mofó—. Ya sabes que me encanta sonreír, si no, recuerda cómo le sonreía a Preston Hamilton.

De nuevo, la música los separó y, cuando volvieron a coincidir, antes de que Zac abriera la boca, Sandra lo miró y, parpadeando, cuchicheó:

—¿Qué tal si no me agobias con más impertinencias, te centras en tu preciosa Mery y te olvidas de mí?

Dicho esto, se miraron con fiereza sin percatarse de que varios pares de ojos llevaban observándolos gran parte de la noche.

El baile continuó, y Zac y Sandra volvieron a coincidir, pero ninguno habló. Lo mejor era no abrir la boca, o podían cargarse el buen ambiente que allí había.

Tras el baile, Zac se volvió para observar a Sandra, pero ésta ni lo miró. Caminó con el joven Steward y uno de los Murray hasta una mesa donde se servían cervezas, y se sentaron a hablar. A Zac le molestó su indiferencia, pero regresó junto a sus hombres. Allí estaba mejor.

Mery, que observaba al joven con detenimiento, rápidamente se percató de cómo él miraba a Sandra, y en el momento en que vio que ésta se levantaba y se dirigía sola a por bebida, se acercó a ella y le preguntó:

—Y ¿tú eres...?

Sandra la miró y, levantando las cejas, respondió:

—Sandra Murray. ¿Y tú? —dijo con indiferencia.

—Mery McPherson. —Y, sonriendo, finalizó—: La acompañante de Zacharias Phillips en este bautizo.

Sandra asintió. La matización por parte de ella le dejaba claro el motivo de su saludo.

—Y, en realidad, ¿qué querías? —inquirió a continuación.

Sin perder la sonrisa, y con un gracioso gesto, Mery murmuró:

—Sólo recordarte que Zacharias Phillips está conmigo.

Al oírla, Sandra sonrió como ella y afirmó:

—Pues eso recuérdaselo a *Zacharias Phillips*.

A continuación, dio media vuelta, cogió una jarra de cerveza y regresó con los hombres con los que estaba mientras sentía unos deseos irrefrenables de protestar.

Zac, que había presenciado la escena entre ambas, las observó y, cuando Mery se acercó a él y se sentó a su lado, quiso saber curioso:

—¿Qué hablabas con la amiga de Angela?

Mery sonrió y, con coquetería, respondió:

—Le preguntaba dónde había comprado el vestido que lleva, es una preciosidad.

Él asintió y no dijo más, aunque estaba alerta en todo lo que tenía que ver con aquélla mientras la joven iba y venía, constantemente acompañada de otros hombres, junto al fuego para bailar.

De modo inconsciente, Zac la seguía con la mirada a todos lados. Incluso en un par de ocasiones en que ella no fue al fuego a bailar, se levantó con disimulo para seguirla allá adonde fuera, mientras su mandíbula se cuadraba al ver cómo ella reía ante las proposiciones que aquellos rudos hombres le hacían al oído.

Duncan, que había estado hablando con Axel y Lolach, se acercó a su mujer, se sentó en un banco tras ella y, pasando las manos por su cintura, la acercó hacia sí y, con mimo, le preguntó al oído:

—¿Qué mira con tanta atención la mujer más preciosa de Escocia?

Megan se recostó encantada sobre su marido y, sonriendo, cuchicheó:

—Observo a Zac.

—Tranquila —bromeó Duncan—. Ya es mayor y no se sube a los árboles para que vayas a salvarlo.

Ambos rieron y, a continuación, Megan indicó:

—Lo sé, esposo mío, pero creo que Zac se está metiendo en otro lío ahora, y éste es mucho más peligroso.

Duncan miró a su cuñado y, al verlo sentarse con sus hombres, riendo, no entendió nada. Entonces Megan aclaró:

—Anoche vi entrar a Zac en las caballerizas y, tras él, entró Sandra, la amiga de Angela.

—¡¿Y...?!

—No sé lo que ocurrió entre ambos —susurró ella—, pero sí sé que, cuando entró esa tal Mery, Sandra salió por el tejado y, por cómo caminaba de regreso al castillo, no iba de muy buen humor.

—¿En serio? —Duncan rio mirando a su cuñado.

—Y tan en serio —afirmó Megan—. Por cierto, esa Mery es la que vimos en la corte cuando fuimos invitados por Robert, ¿verdad?

Duncan suspiró. Robert, poco discreto, había contado ante Megan su noche pasional con aquélla.

—Sí —afirmó—. Es ella.

—Pues no me gusta para mi hermano —sentenció Megan.

Duncan sonrió y, cuando meneaba la cabeza, ella prosiguió:

—Llevo todo el día observando a Zac y a Sandra y no paran de provocarse como el perro y el gato. ¿Eso no te dice algo?

Él sonrió y, posando sus ardientes labios sobre el cuello de su tentadora esposa, murmuró:

—Son jóvenes y...

—¡Angela, ven un segundo! —llamó Megan, interrumpiéndolo.

Angela, que hablaba con sus hermanas, le indicó que en unos instantes se acercaría.

—Pero ¿qué haces? —dijo Duncan.

Levantando una ceja, Megan aclaró:

—Preguntar a la mejor fuente que puede haber aquí. Quiero saber qué ocurre, no quiero más secretitos en lo referente a mi hermano.

Él suspiró y, levantándose, señaló:

—Me voy a ver a las niñas. Con la madre que tienen, dudo que no se metan en problemas.

Megan sonrió, adoraba a su marido. Cuando Angela se sentó junto a ella, le preguntó sin rodeos:

—¿Qué hay entre mi hermano y Sandra?

Al oír aquella pregunta tan directa, Angela parpadeó, y Megan insistió:

—No me digas que nada, porque no te voy a creer. Y en cuanto a esa otra...

—Mery —murmuró Angela.

—Exacto, Mery, no me agrada, y siento que a Zac, aunque está a su lado, tampoco le interesa en exceso. —Ambas rieron, y Megan prosiguió—: Mira, conozco a Zac y lo veo inquieto continuamente buscando a Sandra, y si miro a Sandra, veo la misma inquietud en ella. Y si a eso le sumo que anoche los vi entrar en las caballerizas y luego a Sandra salir por el tejado de las mismas...

Al oír eso, Angela sonrió y, meneando la cabeza, musitó:

—Te lo contaré, pero si me prometes ser discreta.

—Te lo prometo.

Con disimulo, Angela le contó todo lo acontecido en lo referente a aquéllos, y Megan maldijo al saber que su hermano se había arriesgado en el pasado yendo hasta Carlisle. Estaba asimilando toda aquella información cuando Gillian llegó hasta ellas y, sentándose, murmuró:

—Entre Zac y Sandra hay algo.

Angela y Megan se miraron, y Gillian afirmó sonriendo:

—Y, como sé que ambas lo sabéis también, ya me lo estáis contando.

Angela asintió, y ella y Megan le explicaron entonces lo sucedido a Gillian, que, una vez que terminó de escuchar, sonrió y susurró:

—Ya decía yo... Tanto paseíto de Zac no era normal.

Megan sonrió al ver a su hermano mirar cómo Sandra bailaba con otro, y Angela musitó:

—Pues mucha miradita y mucho paseíto, pero luego no pone nada de su parte para estar a bien con Sandra.

—Es muy cabezón y ha tenido buenos maestros —afirmó Gillian.

—Es un Phillips y un highlander, ¿qué queréis? —se mofó Megan, haciéndolas reír—. Pero si realmente está interesado en ella, os aseguro que nada se interpondrá en su camino.

Las tres sonrieron por aquello, y entonces sus maridos, Duncan, Niall y Kieran se acercaron y este último preguntó:

—¿De qué se ríen las tres brujas?

Angela soltó una carcajada divertida.

A continuación, Duncan, acercándose a su mujer, le entregó una jarra de cerveza, se agachó para besarla y cuchicheó:

—Seguro que de nada bueno.

Megan aceptó gustosa los labios de su increíble marido al tiempo que Gillian respondía:

—Desde luego, qué malpensados sois.

Niall levantó a su esposa de la silla y, sentándola con posesión sobre él, afirmó con cariño:

—Gata..., ¡que os conocemos, mi amor!

Mientras las tres parejas continuaban hablando divertidas, Sandra, acalorada de tanto bailar, había ido a una de las mesas a por un vaso de agua; estaba bebiéndoselo y olvidándose de la advertencia que la tal Mery le había hecho cuando Errol Murray se acercó a ella.

—Sandra —le dijo—, quería pediros a la señora O'Hara y a ti que nos cantarais esa canción que cantabais cuando erais las encapuchadas.

Al oírlo, ella soltó una carcajada. Ya había pasado mucho tiempo de aquello y, mirando a su amiga, que reía junto a su marido, la llamó.

—Angela, los hombres quieren que cantemos la canción que cantábamos hace tiempo. ¿Te animas?

Al oírla, Angela sonrió, y Kieran, que sabía de qué canción se trataba, asintió.

—Adelante, mi cielo.

Divertidas, las dos amigas se juntaron y, ante la atenta mirada de todos, comenzaron a cantar:

En el bosque encantado
yo te he encontrado,

herido y asustado
por un hechizo extraño.

Si tú no me escuchas
es porque el viento me ayuda,
y si tú no me ves,
es su magia otra vez.

De las Highlands has llegado,
valeroso y enojado,
pero tú no me das miedo,
aunque seas un hombre fiero.

Del bosque encantado,
un hada te ha salvado,
y en un momento inesperado,
un beso te ha robado.

Y te robo lo que quiero,
lo que deseo y anhelo,
porque el bosque me cobija
y a mí me da la vida.

En cuanto terminaron de cantar, todos los presentes prorrumpieron en aplausos. A continuación, Kieran se acercó a su mujer y la besó delante de todos y, mientras los demás aplaudían por aquella demostración de afecto, la miró a los ojos y le murmuró:

—Hada, esa canción me hizo enamorarme de ti.

—Por san Ninian... —se mofó Megan al oírlo—. Kieran sigue gastando el azúcar de toda Escocia.

Sandra reía, le encantaba comprobar cuánto amaba Kieran a su amiga, cuando sus ojos se encontraron con los de Zac y, sorprendida, vio que éste sonreía. Durante una fracción de segundo, ambos se sonrieron. La canción les traía preciosos e íntimos recuerdos que nada ni nadie podría arrebatarles, pero el momento acabó cuando Mery se interpuso en su campo de visión y un hombre del clan McRae se acercó a Sandra para invitarla a bailar. La sonrisa de Zac se desvaneció mientras ella lo acompañaba gustosa.

—¿Habéis visto lo que yo he visto? —preguntó Megan divertida.

Niall y Duncan se miraron, muy ciegos debían de estar para no haberlo visto, y Gillian afirmó:

—Oh, sí, Megan. Tan claro como tú.

Esa madrugada, cuando Sandra llegó a su habitación, se desnudó agotada y, pensando en Zac, se metió en la cama y se durmió, sin saber que el highlander que ocupaba su mente observaba su ventana desde la calle con frustración.

Capítulo 5

꩜

A la mañana siguiente, tras despedirse de las hermanas y del cuñado de Angela, que regresaban a su hogar, Sandra entró hambrienta en el salón. Después de saludar a las mujeres que allí estaban con los más pequeños, se sentó a una de las mesas y se puso a comer.

Mery, que se preparaba para regresar con sus padres a su hogar, al verla, se acercó a ella y, mirándola con gesto agrio, preguntó:

—¿No te duelen los pies de tanto bailar anoche?

Al comprobar de quién se trataba, y sin querer hacerle más caso del necesario, Sandra respondió:

No. La verdad es que no.

A continuación, permanecieron unos instantes en silencio, hasta que Sandra añadió:

—¿Puedo preguntarte cómo es la corte escocesa?

Mery suspiró y respondió:

—Es un lugar maravilloso, donde disfrutas de faustas cenas, de bailes divertidos y conoces a gente muy interesante.

—¿Y qué haces aquí si tan maravillosa es la corte?

Al oír la pregunta, Mery la miró. La realidad era que había sido expulsada de la corte, y contestó:

—Simplemente disfruto de mi gente hasta que regrese o me despose con algún guerrero valeroso.

De nuevo, las dos se quedaron calladas, hasta que Mery dijo:

—Ahora regreso a mi hogar con mi gente, pero antes buscaré al guapo Zacharias para despedirme de él e invitarlo a pasear cualquier mañana con nuestros caballos. Porque, por si no lo sabes, le agrada mi compañía, y en breve iremos juntos a un enlace.

Sandra asintió y, mirándola con seguridad a pesar de la rabia que sentía, afirmó sonriendo:

—Gracias por la aclaración, y espero que el *guapo Zacharias* y tú sigáis con vuestras encantadoras visitas.

Una vez dicho esto, continuó desayunando, y Mery se alejó levantando el mentón.

Megan, que las había estado observando con disimulo, sonrió y, al ver que Sandra se quedaba sola, se acercó a ella y se sentó a su lado.

—Tienes un cabello precioso que te llega a la cintura y eres elegante en el vestir —comentó. Sandra sonrió, y entonces aquélla preguntó señalando el abalorio de su pelo—: Llevo fijándome estos días en ti y me he percatado de lo mucho que te gusta llevar cosas en el cabello. ¿Dónde las compras?

Sandra se tocó los cristalitos unidos por unas finas cuerdas y respondió:

—Algunos abalorios los compro en mercadillos, y otros, como este que llevo hoy, los confecciono yo misma.

—Pues es precioso, y lo luces muy bien —afirmó Megan.

—Gracias —dijo ella encantada.

Tras unos instantes de silencio, Megan añadió:

—Angela me había hablado de ti, pero no tenía el placer de conocerte.

Sandra sonrió y, mirándola, indicó mientras se recogía su bonito pelo con una cinta de cuero sobre la cabeza.

—Espero que lo que te dijera fuera bueno.

Ambas sonrieron y, a continuación, Megan señaló:

—Por supuesto.

De nuevo, ambas rieron, hasta que Megan dijo:

—¿Sabes? Hay tres cosas que nos unen a ti y a mí.

Dando un mordisco a una galleta de avena, Sandra la miró, y aquélla prosiguió:

—La primera cosa es que eres medio inglesa, medio escocesa, como lo somos mis hermanos y yo.

—Lo sé —aseguró ella, recordando que Zac se lo había contado—. Y, aunque eso no está muy bien visto por estos lares, ni por Carlisle, donde vivo, la realidad es ésa, y hay que aprender a sobrellevarla y hacerse fuerte.

Su comentario hizo que Megan sonriera.

—Angela me comentó lo de tu padre —murmuró—. Siento mucho su pérdida.

Con una triste sonrisa, la joven asintió.

—Cada día lo echo más en falta, y mi madre también. Si él viviera, estoy segura de que continuaríamos viviendo en Traquair, y no en Carlisle, donde algunos me ven como un bicho raro.

Megan comprendió muchas cosas a partir de ese comentario, pero, sin querer ahondar más en ello, prosiguió:

—Me dijo Angela que estás prometida.

Al oír eso, Sandra hizo un gesto con los ojos que consiguió que Megan soltara una carcajada.

—Es el cuarto pretendiente que me busca mi abuelo —declaró—, pero igual que espanté a los otros, espantaré a éste. No pienso casarme con él. Él no es el hombre de mi vida y no lo aceptaré. Además, odio Carlisle, y no me veo viviendo allí el resto de mi vida.

—Y ¿por qué sigues allí?

—Porque mi madre creyó que era lo correcto tras morir mi padre. Al faltarnos él, mis abuelos maternos decidieron que debíamos regresar con ellos, y mamá... lo aceptó. Y sigo allí. Murió mi abuela, mi madre se vio en la obligación de acompañar a mi abuelo para no dejarlo solo, y yo sería una mala hija y una mala nieta si los abandonara. La verdad, estoy en una situación algo complicada, pero espero poder solucionarla tarde o temprano.

Megan la compadeció. Sus palabras le hacían saber lo sola que se encontraba ante su situación. Sin necesidad de que le explicara cómo era su vida allí, se la pudo imaginar. Aunque habían pasado muchos años, todavía recordaba el desprecio con que le hablaban sus tíos Margaret y Alfred Lynch y los pretendientes que le buscaron en Dunhar, y aún se le llenaban los ojos de lágrimas al pensar en los criados Edelmira y William, y en las últimas palabras de éste: «Que la felicidad sea la dicha de vuestra futura vida».

—Megan..., ¿qué te ocurre? —preguntó Sandra al ver cómo los ojos de aquélla se colmaban de lágrimas.

Intentando sonreír a pesar de la tristeza que sentía cuando pensaba en ellos, Megan indicó:

—En ocasiones, recordar es doloroso, y si pienso en mi vida en Dunhar tras la muerte de mis padres y en cómo tuvimos que huir dejando atrás nuestro hogar y a personas que nos querían y que dieron su vida por nosotros, me destroza el corazón.

Sandra posó la mano con cariño sobre la de ella y murmuró:

—Si mi madre te oyera, te diría que esas personas siguen contigo, y que tu tristeza sólo los entristece a ellos, por lo que has de sonreír para que sientan tu felicidad.

Megan agradeció esas palabras; a continuación Sandra preguntó, intentando cambiar de tema, mientras observaba al resto de las mujeres salir al exterior con los más pequeños:

—¿Qué otra cosa, según tú, nos une, además de ser medio inglesas y medio escocesas?

Megan por fin sonrió e indicó:

—Eres osada y guerrera. Sé que luchaste junto a Angela cuando ella vivía en el castillo de Caerlaverock. Utilizas las espadas con las dos manos, tiras con el carcaj y sabes rastrear, entre otras muchas cosas.

Sandra soltó una carcajada y, bajando la voz, afirmó:

—Esas cosas horrorizan a mi abuelo y lo llevan por la calle de la amargura. Según él, una señorita inglesa nunca monta a horcajadas un caballo ni hace las barbaridades que yo hago por mi nefasta educación escocesa.

Eso las hizo reír a ambas; entonces Johanna entró en la estancia y, mirando a su madre, dijo:

—Mamá, estaba con Amanda en el jardín y ahora no la encuentro.

Como un resorte, Sandra y Megan se levantaron y salieron corriendo al exterior, donde hacía bastante viento. Megan miró angustiada a su alrededor, no era la primera vez que su inquieta hija desaparecía, y a continuación dijo dirigiéndose a Sandra:

—Tú busca por allí y yo buscaré por aquí.

Sin dudarlo, Sandra corrió hacia donde Megan le había dicho, pero por allí no había ninguna niña correteando. Sin descanso, siguió buscando, hasta que oyó una vocecita proveniente de uno de los laterales de las caballerizas y, al entrar, sonrió al ver a la pequeña junto a su padre y a Kieran. Éstos estaban asistiendo al parto de una yegua, y Amanda murmuraba:

—Tranquila, *Dorcas*... Papi y el tío te cuidarán.

Sandra enseguida buscó a Megan para tranquilizarla. La encontró junto a Alana, Angela y Shelma y, cuando todas juntas entraron en las caballerizas, Megan suspiró. Amanda era excesivamente inquieta.

Al ver el gesto de su mujer e imaginar lo ocurrido, Duncan miró a su pequeña hija y preguntó con voz autoritaria:

—Amanda, ¿qué te he dicho de marcharte sin decir nada?

La niña sonrió al oírlo y, agarrándose a una de las largas piernas de aquél, murmuró:

—Papi, ¿te he dicho que te quiero?

Kieran y Duncan sonrieron. Amanda era una zalamera, y Megan, mirando al resto de las mujeres, cuchicheó:

—Ea..., papi ya se ha deshecho.

Al oír a su mujer, Duncan se acercó hasta ella. Megan cogió entonces a la pequeña en brazos y la regañó mientras el viento movía su cabello oscuro.

—Amanda, lo que has hecho no se hace, ¿no ves que has asustado a Johanna?

La pequeña tocó el precioso pelo de su madre y, después, mirando a su hermana, dijo:

—Perdónnnnnnnnnnnnnnnn.

Johanna le guiñó un ojo, entre ambas había algo especial.

En ese momento, Gillian entró y preguntó:

—¡La habéis encontrado ya?

Todas asintieron, y ella, mirando a la pequeña, la regañó también:

—Amanda McRae, como vuelvas a hacerlo, me voy a enfadar mucho contigo.

—Lo siento, tía —cuchicheó la niña, ganándose una sonrisa de aquélla.

En ese instante la yegua dio un resoplido angustioso y Kieran comentó:

—Duncan, *Dorcas* está sufriendo. Tenemos que sacar al potrillo.

El highlander se separó de las mujeres de su vida y, ayudando a su amigo, con paciencia y buen hacer, consiguieron que la yegua dejara de sufrir.

Poco después, un nuevo potrillo de color canela llegó al mundo mientras el viento sonaba y se colaba a través de los tablones y comenzaba a llover.

Cuando todos observaban a la nueva vida que acababa de nacer, Amanda se bajó de los brazos de su madre y, acercándose al potrillo, murmuró:

—Halaaaaaa... —Agachándose, lo acarició con mimo entre las orejas y, tras juntar su cabeza con la del animal, cuando se separó, murmuró—: Se llama *Gaoth*.

Todos sonrieron y, a continuación, Kieran preguntó:

—¿Te ha dicho que se llama *Viento*?

Amanda asintió y afirmó:

—Sí, tío Kieran. Y también me ha dicho que es mi caballo. ¿Habéis visto la estrella blanca que tiene sobre los ojos?

Al oír a su hija, Megan sonrió. Amanda no paraba de pedir su propia montura desde hacía tiempo, y aquel potrillo con aquella especie de estrella blanca sobre los ojos podría ser una buena opción.

De nuevo, todos reían por lo que la niña había dicho, excepto Duncan. Eso hizo gracia a Megan, que, viendo a sus dos hijas desvivirse por el tierno potrillo, miró a su imponente marido, y éste, con gesto serio, negó con la cabeza. No estaba por la labor de concederle aquel capricho a la pequeña. Sin darse por vencida, Megan se acercó a Amanda y le susurró en tono burlón:

—Cariño, ¿le has dicho a papi lo guapo que está hoy?

—¡Hermana! —protestó Shelma al oírla.

—¡Qué locura, su propia montura! —se quejó Alana.

Al contrario que ellas, Gillian sonrió, y Amanda, entendiendo lo que su madre quería decir y mirando al highlander, que, con gesto de sorpresa, observaba a su mujer, cuchicheó:

—Por favor, papi, *Gaoth* me ha elegido a mí porque sabe que soy una guerrera.

—No, Amanda.

—Pero, papi... —insistió la niña.

—Cielo —murmuró el highlander—, te prometí tu montura para tu cumpleaños. Y para eso queda un tiempo todavía. Además, quedamos en que el tío Zac te regalaría uno de sus caballos.

—Joooooooooooooo —protestó la pequeña.

—Amanda..., eres muy pequeña aún —intervino Shelma—, y...

—Por san Fergus —protestó Gillian—. ¿Qué tontería estás diciendo, Shelma? Mi abuelo me regaló mi primer caballo a su edad.

—Y a mí, mi padre. —Sandra sonrió con complicidad.

—Por cierto —susurró Gillian, mirándola—. Precioso vestido.

—Gracias —repuso ella.

—Papi..., pero es que *Gaoth* tiene hasta la estrella de la suerte en la cabeza —insistió la niña, señalándolo.

Duncan cerró los ojos. El hecho de estar rodeado por Megan y sus dos hijas le estaba ablandando el corazón, y finalmente, tras mirar a Kieran y ver que éste asentía divertido, afirmó:

—De acuerdo. *Gaoth* ya tiene dueña.

—Oh, Dios... —musitó Shelma mirando a Alana.

Las niñas, junto a Gillian y Sandra, saltaron felices. Duncan se acercó entonces a su mujer y cuchicheó en su oído:

—Eres incorregible. Te encanta escandalizar a tu hermana y a Alana, pero te quiero.

Divertida, Megan lo miró y, sin dudarlo, lo besó; en ese momento Zac entraba en las caballerizas y comentó de buen humor:

—Qué raro ver a mi hermana y a su marido besándose.

Megan asintió y, al comprobar que Sandra contenía la respiración, miró a su hermano y le espetó:

—¿Sientes envidia?

Sorprendido porque le hiciera esa pregunta, él se disponía a contestar cuando Gillian susurró:

—¿Envidia él, que tiene a las jóvenes suspirando a su paso?

Kieran sonrió al oír eso y, pasando el brazo por encima de los hombros de Duncan, afirmó:

—Sin duda ha tenido los mejores profesores.

Megan sonrió, estaba segura de ello.

—¿Te has despedido de Mery McPherson? —preguntó a continuación.

Al oír ese nombre, Sandra se envaró.

—Por supuesto —respondió Zac.

El silencio reinó durante un momento en las caballerizas, hasta que Megan volvió a hablar:

—Zac, ¿qué te parece si mañana vamos todos a visitar tus tierras? Estoy deseando verlas y conocer esa fortaleza llamada Balvenie.

—No sé si mañana será un buen día para eso —indicó él señalando la lluvia.

—¡Claro que sí! —afirmó Megan—. Seguro que amanece despejado.

—¡Me apunto! —exclamó Gillian.

—Megan, no digas tonterías —protestó Shelma—. Con la lluvia de hoy, estará todo embarrado y...

—Shelma —la cortó ella—, si tú no quieres venir, quédate aquí, pero deja que los demás podamos hacer planes.

—Ella tiene razón —replicó Zac—. Es mejor posponer esa visita para otra ocasión.

—¿Por qué? —preguntó Megan.

Él la miró. Era consciente de que, si sus hermanas iban allí, tendría que soportar sus comentarios, y nadie mejor que él sabía lo mucho que le faltaba al castillo de Balvenie para que pudiera considerarse un hogar. Estaba pensando qué contestarle cuando Alana, que se encontraba junto a Shelma, señaló:

—Megan, disculpa que me entrometa, pero tu hermana tiene razón; pero si aun así sigues empeñada en ir, creo que lo mejor es que nosotras nos quedemos aquí con los niños.

—Nos empeñamos en ir —afirmó Gillian, ganándose una miradita de Zac.

Gillian adoraba a Alana porque era su cuñada y a Shelma porque era la hermana de Megan, pero en ocasiones la desesperaban. Eran tan señoritingas que parecía increíble que pudieran estar casadas con dos fieros guerreros.

Zac, que las escuchaba resignado, asintió finalmente, no muy convencido de ello:

—De acuerdo. Iremos.

Durante unos segundos, Megan esperó a que invitara a Sandra o ella dijera algo, pero al ver que ninguno de los dos decía nada, preguntó:

—¿Invitarás a Sandra a venir?

Zac maldijo. Aquello sí que no entraba en sus planes; pero la aludida murmuró:

—Oh, no. Yo puedo esperar aquí, y...

—De eso nada, Sandra —replicó Megan—. Siendo íntima amiga de Angela, eres como de la familia. Podemos hacer noche allí y regresar al día siguiente. ¿Qué te parece, hermano?

Duncan miró a su mujer. Cuando algo se le metía en la cabeza, difícilmente se le podía negar, por lo que Zac, suspirando, afirmó:

—De acuerdo. Iremos todos a Balvenie.

Una vez dicho esto, salió de las caballerizas.

Con una angelical sonrisa, Megan se encogió de hombros y, tras observar a Gillian y ver la sonrisa de su marido, miró a una desconcertada Sandra y cuchicheó:

—Lo mejor es que vayamos a echar un vistazo. A esa fortaleza no le vendrá mal un poco de mano femenina.

Capítulo 6

Como bien había predicho Megan el día anterior, al amanecer no había ni una nube, y menos aún, viento ni agua.

Tras dejar a Shelma y a Alana, junto a la madre de Kieran, al cuidado de los niños, Megan, Gillian, Angela y sus respectivos maridos, acompañados por algunos de los hombres de sus clanes, se reunieron para partir junto a Zac y Sandra, que, como siempre, iba acompañada de sus Murray.

En el camino, las mujeres hablaban y reían, mientras los hombres charlaban sobre sus cosas. Entretanto, Zac observaba con disimulo a Sandra y se alegraba visiblemente cuando la veía sonreír.

—¿Cuándo vas a decidirte? —murmuró Niall.

Al oírlo, Zac lo miró, y éste, encogiéndose de hombros, indicó:

—Si esa mujer es la que quieres, y no la hija de los McPherson, ¿por qué no te casas con ella y lo solucionas de una vez?

—No digas tonterías —protestó él—. Ella está prometida en Carlisle.

—¿Y...?

Boquiabierto, Zac miró a Niall, y éste añadió:

—Si realmente la quieres como mujer, nada te ha de parar.

Sin querer seguir escuchándolo, Zac clavó los talones en su caballo y se adelantó. Entonces, Duncan miró a su hermano y le preguntó:

—¿Qué le has dicho?

Niall sonrió y, observando a Gillian, que reía a carcajadas junto a Megan, contestó:

—Tan sólo que sea feliz.

Pararon en el camino a comer. No había prisa, y el cocinero de los McRae preparó un exquisito guiso de venado.

—Huele de maravilla —afirmó Sandra dirigiéndose a él.

—Pues sabrá mejor, milady —aseguró aquél al tiempo que le entregaba un plato con venado.

Con el plato en la mano, Sandra se encaminó hacia Errol y se sentó a su lado. Comieron en silencio durante unos segundos, hasta que él dijo:

—Hay algo que nunca te he preguntado pero que me gustaría saber.

Sandra lo miró y susurró:

—Tú dirás.

Errol asintió y, tras observar con el rabillo del ojo a Zac, que ahora estaba junto a Duncan, murmuró:

—¿Por qué Zac y tú os miráis siempre con tanta propiedad?

Al oír eso, Sandra se atragantó. Lo último que esperaba era que Errol fuera tan directo, y una vez que dejó de toser, replicó:

—No sé a qué te refieres.

Él sonrió y, negando con la cabeza, afirmó:

—Respuesta contestada.

Molesta porque aquél pudiera sacar conclusiones erróneas, ella lo miró y, bajando la voz, cuchicheó:

—No sé qué es lo que crees, pero lo que sea no es así.

—Seguro que no —se mofó Errol.

Incómoda con aquella contestación, Sandra insistió:

—Simplemente puedo decirte que nos conocemos desde hace años, pero ya está.

—Y ¿por qué te mira como yo miro a Theresa?

A la joven le gustó oír eso. Y, pensando en Theresa, la prometida de Errol, respondió:

—Pues no lo sé. Quizá eso se lo tengas que preguntar a Zac.

Él asintió de nuevo y no dijo nada más.

En cuanto terminaron de comer, Errol se levantó y, mirándola, preguntó:

—¿Te apetece dar un paseo conmigo?

—Por supuesto —afirmó la joven levantándose.

Durante un rato caminaron en silencio, hasta que, de pronto, Sandra dijo:

—¿Has pensado ya en cómo ganarte al padre de Theresa?

Errol sonrió. Pensar en su prometida lo hacía sonreír como un bobo.

—Sí —contestó.

Deseosa de saber, ella lo agarró del brazo e insistió:

—Pues cuéntame.

—En mi último viaje a Arcaibh, hablé con su padre sobre la situación, y he decidido que regresaré y viviré con su clan.

—¿Te vas a trasladar a las Órcadas?

—Sí.

—¿Cuándo?

—Cuando tú regreses a Carlisle. Creo que ha llegado el momento.

Sorprendida, Sandra lo miró. Errol adoraba estar con los Murray.

—Y ¿qué dice tu padre? —cuchicheó.

Él se encogió de hombros e indicó:

—Aún no lo sabe. Se lo diré un día de éstos, y, tranquila, estoy convencido de que lo entenderá. Él siempre me ha dicho que, en temas de amor, me deje guiar por el corazón para ser feliz, y eso voy a hacer.

Sandra asintió y, agarrándose con fuerza del brazo de aquél, afirmó:

—Te voy a echar de menos.

—Y yo a ti, cabeza loca —aseguró él riendo.

Durante un buen rato siguieron caminando y charlando, hasta que Errol se detuvo y murmuró:

—Si no hay nada entre vosotros, ¿por qué Zac parece perseguirnos allá adonde vayamos?

Con disimulo, Sandra miró hacia donde él señalaba y, al ver a Zac, charlando del brazo de su hermana Megan, respondió:

—Ves cosas donde no las hay. Pero ¿no ves que está con su hermana?

Errol sonrió y, bajando la voz, cuchicheó:

—Ese hombre me gusta para ti tanto como te gusta a ti. ¿Cuándo vais a dejar de pelearos? Y, sobre todo, ¿cuándo vas a dejar que vea tu lado sensible como mujer?

Sandra no contestó y continuaron con su paseo. Cuando llegaron a un lago, ella tocó el agua y comentó divertida:

—Si no estuviera tan fría, te aseguro que me daba un baño.

Entre risas, ambos comenzaron a jugar con el agua como cuando eran niños; pero, de pronto, Zac apareció ante ellos y, observándolos con seriedad, gruñó:

—¿Os habéis vuelto locos? El agua está congelada y vais a enfermar.

Sandra y Errol lo miraron, y este último susurró:

—Qué curioso..., él otra vez.

Al oírlo, Sandra iba a decir algo, pero su amigo indicó:

— Parece que me llama mi padre. Voy raudo.

Y, sin más, se alejó de allí dejándolos a solas.

—¿Se puede saber por qué sonríes ahora? —preguntó entonces el highlander.

—¿Te molesta que sonría? —replicó Sandra.

Zac quiso decirle que no, que su sonrisa era lo más bonito que había visto nunca, pero, en cambio, respondió:

—Será mejor que regresemos.

—Sí. Será lo mejor —convino ella.

En silencio y sin rozarse, comenzaron a caminar. De pronto, una rama se enredó en el pie de Zac y, cuando iba a caer contra el suelo, Sandra se apresuró a sujetarlo, pero a causa del peso de aquél, ambos cayeron al suelo.

—He intentado salvarte de una caída —dijo ella, que había quedado encima de él—, pero no lo he logrado.

Hechizado por aquellos ojos almendrados que tanto veneraba, el guerrero asintió y, evitando posar las manos sobre ella o no la soltaría, inquirió:

—¿Has intentado salvarme?

—Sí.

—¿Tú a mí? —preguntó con mofa.

Al oírlo y ver su gesto, Sandra arrugó la frente y asintió.

—Sí. Yo a ti, ¿o acaso no lo has visto?

Zac estaba volviéndose loco por tenerla encima, así que la apartó a un lado y, una vez que se levantó, le ofreció la mano. Sin embargo, ella no la aceptó y, levantándose a su vez, dijo:

—Puedo sola. No te necesito.

Él asintió.

—¿Tan autosuficiente eres? —quiso saber a continuación.

Sandra lo miró. Discutir con él era fácil.

—Mis padres me educaron como a una guerrera —manifestó—, y...

—Tus padres se equivocaron.

—¡¿Qué?!

Al ver cómo ella lo miraba, Zac prosiguió:

—Al criarte como a una guerrera, te privaron de la delicadeza de...

—Eh —lo cortó ella—. Tengo la delicadeza de una mujer cuando he de tenerla; pero ¿qué dices? —Y, viendo cómo él la miraba, prosiguió—: Y haz el favor de no decir que mis padres se equivocaron, porque, gracias a ellos, sé defenderme de ciertas personas a las que no les gusto simplemente por ser medio escocesa.

Al ver su expresión furiosa, Zac decidió callar. Sabía por experiencia propia lo difícil que, en ocasiones, la vida podía ser para Sandra y, desviando el tema, preguntó:

—¿Cómo se llama tu prometido?

Molesta aún por lo hablado, ella replicó:

—No te interesa.

Zac asintió, pero insistió:

—Y ¿qué opina de que estés en estas tierras?

Al oír aquello, ella respondió con rudeza:

—Simplemente, no opina.

Zac sonrió por su respuesta y, mirándola, señaló:

—Imagino que ese pobre hombre sabrá con quién se casa.

—Imagino —afirmó Sandra sin sonreír.

Al ver cómo lo observaba, Zac evitó sonreír, a pesar de lo graciosa que estaba mirándolo de aquella manera. Y, sin callarse, prosiguió:

—Si digo eso es porque no me parece que vayas a ser la típica esposa convencional y obediente que un hombre puede esperar.

—Mira —replicó Sandra—, aunque no lo creas, me lo tomaré como un cumplido.

Al ver su gesto, Zac se mofó, haciéndola sonreír.

—No esperaba menos de una guerrera.

En silencio caminaron unos metros, hasta que ella preguntó:

—No querías que visitara tu hogar, ¿verdad?

Él no respondió, y ella insistió:

—Vamos. Sé sincero.

Zac se paró. Estar tan cerca de ella era una tentación y la tentación la tenía a un escaso palmo de él, por lo que respondió:

—No creía que fuera necesaria tu presencia.

Sandra asintió y, mirándolo, preguntó:

—¿Por qué?

Necesitaba separarse de ella o al final terminaría besándola, así que dio un paso atrás y, apoyándose en un árbol, respondió:

—Porque mi hogar nada tiene que ver con los hogares a los que estás acostumbrada y, conociendo a mis hermanas, se horrorizarán. Mis hombres y yo estamos trabajando mucho para restaurar el castillo de Balvenie, y, aunque estoy orgulloso de sus cambios, sé que aún queda mucho por hacer, y no creo que sea el mejor momento para visitarlo.

—¿No tiene techo?

—Sí. Claro que lo tiene.

—¿Y suelo?

—También.

Apoyándose en el árbol que había frente a él, Sandra sonrió e insistió:

—Y, si tienes techo y suelo, ¿qué te preocupa?

Zac sonrió también. Aquella mujer era preciosa.

—Creo que tú misma lo sabrás cuando lleguemos —dijo.

Entonces pensó en besarla. En tomar aquella boca tentadora que lo estaba volviendo loco, pero, consciente de que sería un error, indicó:

—Vamos, regresemos con el grupo.

Y, sin más, comenzó a caminar sin mirar hacia atrás.

Capítulo 7

Entrada la tarde, el grupo llegó hasta su destino, y Kieran, mirando a Zac, que se erguía orgulloso mientras indicaba hasta dónde llegaban las lindes de sus tierras, señaló:

—Tus hombres siguen trabajando aun cuando tú no estás.

Él sonrió.

En su ausencia, había ordenado a Aiden, su hombre de confianza, que continuara con las reformas de la fortaleza.

—Confío en mis hombres y en su buen hacer —asintió mirando a Kieran.

Entonces se oyó un bramido, y Zac, levantando la espada, saludó a sus hombres. A continuación, hincó los talones en su caballo y se acercó a ellos al galope.

Megan lo observaba sonriendo. Le gustó ver cómo aquellos fornidos highlanders saludaban a su hermano con respeto al llegar y, cuando miró a su marido, éste dijo:

—Deja de preocuparte ya por él. Es un hombre, ¿no lo ves?

Megan asintió. Sin duda lo veía y, sonriendo, afirmó:

—Para mí siempre será mi pequeño Zac. Aunque tienes razón: ya es un hombre.

Con tranquilidad, el resto de la comitiva llegó hasta la casona.

Entonces Zac, observando el gesto de su hermana Megan, declaró:

—Bienvenidos a mi hogar.

Rápidamente, Duncan desmontó de su caballo y, acercándose a su mujer, dijo:

—Te cogeré. El suelo está muy embarrado.

Niall, que conocía a varios de aquellos highlanders, los saludó con afecto, y Gillian, mirando hacia la fortaleza y aún sobre su caballo, comentó:

—Si por fuera está así, ¿cómo estará por dentro?

Angela y Sandra, que cabalgaban una junto a la otra, buscaron un lugar menos embarrado para desmontar. Entonces Angela dijo:

—Mira, Sandra. Flores naranja. Tus preferidas.

Al verlas, su amiga sonrió. Ante la casa había una gran cantidad de flores de ese color, y, acercándose a ellas, las tocó y murmuró:

—No hay nada más bonito.

Desde su posición, Zac la oyó. El primer día que llegó a aquella propiedad y vio aquellas flores naranja pensó en ella, y no se equivocó al imaginar que le gustarían.

De pronto, se abrió la portezuela de la fortaleza y aparecieron varias mujeres, que, al ver a Zac, sonrieron enloquecidas. Megan las observó con curiosidad, y él, al notar su mirada, las llamó.

Las tres mujeres se acercaron hasta ellos.

—Son Laria, Ailsa y Bethia —dijo Zac—. Ellas se encargan de que mis hombres y yo tengamos un plato de comida caliente todos los días.

Megan sonrió, y Angela, al ver las pintas de aquéllas, cuchicheó:

—Seguro que se encargan también de calentar más de un lecho.

Al oírla, Gillian sonrió.

—Encantada de conoceros. Soy Megan, la hermana de Zac. —Y, al darse cuenta de cómo una de aquéllas miraba a su marido, añadió—: Y esposa del laird Duncan McRae, al que me consta que ya conocéis porque ha venido por aquí.

La descarada rápidamente miró hacia otro lado, y entonces otra de ellas afirmó con una sonrisa:

—*Encantá* de conocerla a vos y al resto de las señoras.

Gillian asintió cuando Niall, agarrándola de su montura, la bajó al suelo e indicó:

—Gata, no seáis muy duras con Zac...

Ella sonrió y, mirando a Zac, que hablaba con otro hombre llamado Math, dijo:

—Vamos, Zac, invítanos a entrar en tu hogar.

Como había llegado el momento, y teniéndolas allí, a la espera de ver lo que él consideraba su hogar, suspiró e indicó:

—Adelante. Mi casa es vuestra casa.

Con una sonrisa, Gillian, Megan y Angela, seguidas de Sandra, subieron los embarrados escalones y, al llegar a la puerta de entrada, a la que le faltaban varios tablones, Angela señaló:

—A esto le...

—Sí, Angela —la interrumpió Zac—. Ya sé que tengo que poner una arcada nueva.

Ella sonrió. Sin duda estaba a la defensiva.

Entonces Gillian, que ya estaba dentro, murmuró:

—Madre mía...

Como bien le había dicho Zac a Sandra, había techo y suelo, pero poco más. El lugar era oscuro, estaba lleno de barro y suciedad y, por haber, había hasta gallinas caminando por lo que supuestamente era un salón.

En un rincón de aquel lugar había amontonados muebles y butacones, y, al fondo, junto a la gran chimenea, se podía ver una mesa de madera con varias sillas y un banco para sentarse.

Zac miró a su hermana. En su rostro podía leer lo que pensaba del lugar. Pero, antes de que él preguntara, Megan comentó:

—Es un salón muy grande.

—Oh, sí... Grande..., muy grande —afirmó Angela mientras intentaba apartar las gallinas.

—¿Aquí limpia alguien? —preguntó Gillian al ver la suciedad.

Zac maldijo.

Nunca había querido que vieran su casa por primera vez en aquellas condiciones. Pero la realidad era la que era, y ante ella poco se podía hacer; observó con disimulo cómo Sandra miraba a su alrededor pero no abría la boca.

Duncan, Kieran y Niall, al ver el agobio del muchacho por las caras de desagrado de las mujeres, se miraron y Duncan dijo:

—Salgamos. Esperemos fuera.

Zac negó con la cabeza y, volviéndose hacia ellos, indicó:

—Id vosotros. Ahora os sigo.

Cuando aquéllos se fueron, Gillian se acercó a Megan y murmuró:

—Esto es un poco deprimente.

Megan, que intentaba ser parca en sus comentarios para no herir a su hermano, afirmó:

—Más que deprimente.

Sandra, que aún no había abierto la boca, al sentir a Zac detrás de ella, lo miró.

—¿Ahora entiendes lo que me preocupaba? —dijo él.

La joven asintió. Ahora comprendía su reticencia a llevarlas allí.

Era imposible comparar aquel sucio lugar con el hogar de cualquiera de las que estaban allí, e intentando hacer algo por él, indicó con positividad:

—Zac, una vez que lo arregles, será un sitio muy agradable para vivir.

Megan, Gillian y Angela la miraron. A continuación, Sandra se movió por la estancia y comentó señalando al vacío:

—El salón es grande y, cuando quites esas maderas podridas y coloques unas nuevas en su lugar, esto cobrará fuerza, y más con esos bonitos ventanales, por los que sin duda entrará una preciosa luz. Aquí —añadió mirándolo— deberías poner unos pesados cortinajes para separar las salas y, si colocas en este lado un mueble y ante él pones la mesa que tienes junto al hogar, tendrás un comedor muy hermoso.

Todos la miraron, y ella, al ver sus expresiones, apostilló:

—Con esfuerzo y trabajo, todo se puede conseguir, ¿no creéis?

A cada instante que pasaba, a Megan le gustaba más la positividad de aquella muchacha.

—Tienes razón, Sandra —asintió—, mucha razón.

—Oh, sí... —afirmó Angela apoyándola.

Zac sonrió. Le gustaba imaginar las cosas que Sandra decía; entonces ella prosiguió:

—Y te recomiendo instalar unos buenos butacones y una gran piel enfrente de la chimenea. Será increíble poder sentarte delante del fuego los días de frío invierno o dormir frente a él.

Todos miraban a Sandra, que se movía por la sucia estancia para hacerles imaginar lo bonita que podía quedar. Entonces Megan, al ver la sonrisa de su hermano, afirmó:

—Tienes toda la razón, Sandra. Esto quedará fantástico.

Zac suspiró feliz.

Aquello era lo que necesitaba y, mientras las mujeres hablaban sobre las posibilidades del lugar, se acercó de nuevo a Sandra y dijo:

—Gracias.

—¿Por?

—Tú sabes bien por qué.

Al oírlo, ella le guiñó un ojo y, olvidándose de sus rencillas, afirmó mirando a su alrededor:

—Estoy convencida de que aquí tendrás un hogar muy bonito algún día, pero ahora —dijo quitándose la capa y subiéndose las mangas del vestido— creo que deberías salir y...

—¿Qué vas a hacer?

Al ver cómo él fruncía el ceño, la joven contestó:

—¿Tú qué crees?

Zac negó con la cabeza.

—Ah, no —replicó—. No os he traído aquí para que os pongáis a limpiar.

Sandra sonrió con un gesto que a él le tocó el corazón, y acto seguido afirmó:

—Mira, aunque nunca vaya a ser una esposa convencional y creas que no tengo delicadeza por haber sido criada como una guerrera, he de decirte que sé hacer muchas de las cosas que hacen el resto de las mujeres, excepto coser, que lo odio. —Él sonrió—. Y ahora voy a ayudar con lo que sé hacer a un amigo que lo necesita y a crear un momento especial.

—¿Un momento especial? —preguntó Zac sorprendido.

Al ser consciente de lo que había dicho, Sandra cuchicheó:

—Mamá siempre dice que hay que crear bonitos momentos para recordar, y creo que éste puede ser uno de ellos; así, cuando los recordemos, lo haremos con cariño.

Hechizado por la joven, Zac afirmó:

—Sin lugar a dudas.

Nerviosa por cómo él la miraba, Sandra se retiró su bonito pelo del rostro e indicó:

—Vete de aquí y envíame a varios hombres, que los voy a necesitar, y déjame hacer.

Megan, que la había oído, se acercó hasta su hermano y, subiéndose las mangas, dijo:

—Vamos. Ya has oído a Sandra. Fuera de aquí.

Asombrado por que aquéllas lo echaran de su propia casa, el guerrero salió.

—¿Por dónde empezamos? —preguntó entonces Angela, que, como Gillian, estaba dispuesta a ayudar.

—Las gallinas, ¡fuera! —ordenó Sandra—. Y después id a la cocina. Miedo me da cómo debe de estar.

Mientras Gillian y Angela, entre risas, corrían tras las gallinas, entraron dos highlanders, y Sandra, caminando con ellos hasta el rincón donde estaban amontonados aquellos viejos muebles, les indicó lo que quería que hicieran.

Al ver a aquéllas en acción, Megan se volvió hacia las mujeres que habían salido de la casa al llegar ellas y, mirándolas, dijo:

—Vamos a echar un vistazo a las habitaciones; viendo esto, sin duda necesitarán también una buena limpieza.

Enseguida se pusieron manos a la obra. Cuando Sandra arrojaba por la ventana varios de los tablones podridos que había acumulados en el suelo, Megan se acercó a ella y murmuró:

—¿Recuerdas que el otro día te dije que tú y yo teníamos tres cosas en común? —Sandra asintió, y Megan añadió—: La tercera cosa es Zac. Sin duda, aunque de diferente manera, ambas queremos el bien para él.

Ambas sonrieron sin decir nada más. Sobraban las palabras.

Capítulo 8

~~~

Esa noche, cuando Zac se disponía a entrar de nuevo en la que era su fortaleza, se quedó parado en el umbral.

Aquello nada tenía que ver con la sucia estancia con la que se había encontrado al llegar.

Los viejos trastos que siempre había visto acumulados en un rincón, y que esperaba utilizar como leña para el fuego, de pronto se habían convertido en unos bonitos muebles, y, tal y como Sandra le había dicho, el lugar había cobrado vida, haciéndolo parecer un verdadero hogar.

Recorrió la estancia con unos ojos abiertos como platos. El suelo estaba limpio, la mesa ya no se hallaba ante la chimenea, y, sorprendido, observó que sobre ella colgaba un tapiz que nunca antes había visto y que Megan le indicó que estaba bajo la montaña de muebles. Sonreía al ver la bonita chimenea encendida, con dos butacones viejos y raídos enfrente, cuando Sandra se acercó a él.

—Esos butacones han de pasar a mejor vida —señaló—. Cuando puedas, intenta comprar otros nuevos, porque, como ves, el resultado es agradable y, en cuanto pongas la piel en el suelo, te aseguro que será aún más acogedor.

—Ven —dijo Angela cogiéndolo de la mano—. Vamos a ver la cocina.

—Oh, sí. Tienes que verla —afirmó Gillian.

Allí, de nuevo Zac se quedó sin palabras. Lo que antes era un lugar en el que apenas podían moverse se había convertido ahora en una estancia espaciosa, ordenada y limpia. Seguía necesitando muchos arreglos, pero verla así era maravilloso.

—¿A qué huele? —preguntó sorprendido.

Megan sonrió y, señalando un caldero que hervía en el fuego, indicó:

—Sandra ha cocinado.

Zac miró a la joven, que permanecía a un lado, observando, y ésta repuso para quitarle importancia:

—Simplemente, con un poco de venado y patatas crudas, he preparado un guiso que me enseñó mi madre.

—Huele fenomenal, y eso sólo lo consiguen las buenas cocineras —apuntó Gillian.

Sandra sonrió.

—Mi madre sí que es una excelente cocinera. La próxima vez haré que me acompañe y os preparará una cena que os vais a chupar los dedos.

Sorprendido por su habilidad, Zac la miró. Sin lugar a dudas, aquella joven seguía siendo para él una cajita de sorpresas.

Una vez que salieron de la cocina, Megan le enseñó a su hermano las habitaciones, y éste asintió encantado cuando ella cuchicheó:

—Ahora, por favor, diles a las mujeres esas que supuestamente se ocupan de tu casa que las gallinas han de estar fuera y que la limpieza es fundamental en un hogar.

—De acuerdo, hermana. —Y sonrió.

Luego regresaron al salón, donde de pronto a Zac se le aceleró el corazón al ver sobre la mesa grande de madera un viejo jarrón desconchado con unas flores naranja.

Sabía quién las había puesto allí, y estaba contemplando a la joven cuando Megan lo instó:

—Bueno, Zac, ¡di algo!

Asombrado de cómo aquellas cuatro mujeres habían convertido su desastrosa casa en un hogar en apenas un día, el highlander sonrió y, mirándolas, por fin dijo:

—Gracias.

Ellas sonrieron a su vez y lo abrazaron con cariño. Todas excepto Sandra, que, mirándolo, le guiñó un ojo y afirmó:

—Me alegra que te guste.

Como si le hubieran clavado los pies al suelo, Zac asintió. Entonces Niall, acercándose a él, cuchicheó cuando Sandra ya se alejaba con Angela:

—Sigues perdiendo el tiempo. Vamos, ve a por ella antes de que otro se adelante.

A continuación, se aproximó a Gillian, a la que cogió entre sus brazos para hacerla sonreír.

Tan sorprendido como el resto, Duncan miraba a su alrededor.

¿Cómo era posible que, en un rato, aquellas mujeres sin apenas medios hubieran convertido un horror en algo agradable?

Al ver su gesto, Megan caminó hacia él e indicó:

—La próxima vez que vengamos, recuérdame que traiga cosas de Eilean Donan. Allí tenemos infinidad de muebles que no utilizamos y que a Zac le pueden venir muy bien.

—Así será —afirmó él, besando con cariño a su mujer.

Entre risas y bullicio, los ocho cenaron en el salón de un Zac ahora feliz y, cuando terminaron, no tardaron en organizarse para irse a dormir. Estaban agotados.

Cuando Megan se marchaba ya con Duncan a una de las habitaciones, se detuvo y miró a su hermano.

—Sólo queda libre tu habitación —dijo—, y, por cierto, me ha gustado ver en ella las cosas que Shelma y yo enviamos con nuestros maridos y sus guerreros para ti. —Zac sonrió, y ella indicó—: Creo que en esa habitación debería quedarse Sandra, a no ser que quieras que duerma con tus guerreros o sobre la mesa del comedor. Buenas noches.

Sandra lo miró descolocada. No había pensado en dónde iba a dormir.

—¿Quieres dormir con mis hombres? —preguntó entonces Zac divertido.

El gesto de sorpresa de ella hizo sonreír al guerrero, que, observándola, añadió:

—Tranquila. Sería lo último que permitiría. Anda, termina tu bebida.

Más tranquila por haber aclarado ese punto, ambos se quedaron sentados en silencio a la mesa. En los laterales de la casa había algunos hombres dormidos sobre el suelo para resguardarse del frío del exterior y, divertida, Sandra cuchicheó al oír los ronquidos:

—Dudo que pudiera dormir entre tanto oso suelto.

Ambos rieron por aquello, y, a continuación, Zac comentó:

—Precioso momento el que has creado cuando has hecho lo de la casa. Siempre que lo recuerde, me alegraré.

Ella sonrió, y luego él dijo al tiempo que se levantaba:

—Vamos. Te indicaré dónde puedes dormir.

En silencio, se dirigieron a la planta de arriba. Una vez allí, Zac se detuvo ante una puerta, la abrió y señaló:

—Pasa. Ésta es mi habitación.

A la luz de una vela, ambos entraron en la estancia, y Zac cerró tras de sí. Sandra se quedó parada al ver una bonita cama; a continuación él señaló, dirigiéndose hacia la ventana:

—Le faltan unas maderas que no he repuesto por falta de tiempo, por lo que tendrás que abrigarte con algunas pieles si no quieres enfermar.

—Lo haré —dijo ella; entonces miró a su alrededor e indicó, al ver el gran hogar que estaba encendido presidiendo la alcoba—: Tu habitación es grande y bonita.

Él asintió y, recorriéndola con la mirada, explicó:

—Mis hermanas me dieron algunas cosas y otras las compré yo. Como ves, es la única estancia de la casa que se puede lucir.

Al ver su apuro, Zac le entregó entonces una piel y dijo con premura para salir de allí cuanto antes:

—Si necesitas cualquier cosa, yo estaré abajo.

Sandra asintió y, cuando él fue a pasar por su lado, le cortó el paso, lo miró a los ojos, se olvidó del decoro y, acercándosele a pesar de los nervios, pidió:

—Bésame.

—Sandra...

—Bésame —insistió ella.

Sin necesidad de que se lo repitiera una tercera vez, Zac soltó lo que llevaba en las manos y, pasándoselas por la cintura, la atrajo hacia sí y la besó con deseo.

Un beso llevó a otro.

Una caricia llevó a otra.

Y, cuando los dos se vieron sobre la cama, jadeantes y enloquecidos, él murmuró tocando uno de los abalorios de su pelo.

—He de irme, pero no quiero marcharme, del mismo modo que he de olvidarte, pero no lo consigo.

Sandra se movió y capturó su boca para besarlo. Nada le apetecía más. Pero entonces Zac, conteniendo las ganas que sentía porque aquello no acabara, murmuró:

—Sandra...

—Lo sé..., soy una osada.

—Tremendamente osada —sonrió él, besándola.

El calor que emanaba del cuerpo de la muchacha estaba haciendo que Zac perdiera el control, por lo que, de pronto, paró y susurró mirándola:

—No debemos seguir...

Molesta por sus palabras, ella preguntó incapaz de callar:

—¿Acaso piensas en Mery?

Al oír ese nombre, Zac la observó unos instantes fijamente y, sin responder, se desabrochó el cinto. Junto con él, su espada cayó al suelo mientras decía:

—Eres muy imprudente, Sandra..., demasiado.

—Lo sé, e intuyo que te gusta.

—Te equivocas. Una mujer imprudente no es lo que quiero para mí.

Acalorada, ella no respondió: Lo que estaba provocando era una locura, pero lo deseaba. Deseaba a Zac. Cuando las manos de éste se perdieron bajo su vestido y subieron por sus piernas, Sandra jadeó, hasta que él cuchicheó:

—Esto no te va a hacer falta ahora.

Le mostró la daga que ella solía llevar sujeta al muslo y ambos sonrieron.

Una vez que dejó el cuchillo sobre la mesilla, Zac se levantó de la cama arrastrándola a ella consigo y, dándole la vuelta, murmuró mientras le desabrochaba el vestido:

—No puedo creer lo que estoy haciendo. Prométeme que no es un sueño.

Cuando el vestido cayó al suelo, vestida únicamente con una

fina camisola, Sandra apoyó la nuca sobre los fuertes pectorales de él y musitó:

—Yo nunca prometo.

—*Mo chridhe...*

Aquella voz ronca y cargada de excitación, que la llamaba *mi amor* en gaélico, hizo que Sandra perdiera el control. Cuántas veces había soñado con que se lo dijera. Y allí estaba. Él por fin le había dicho aquello que ella tanto deseaba.

Vehemente de deseo, Zac besó el cuello de su amada. Un beso, dos, tres. Su olor era embriagador y su tacto era para volverse loco. Con delicadeza, paseó la boca por la suave espalda de ella mientras aspiraba el perfume de su piel. Sandra era dulce, sedosa, ardiente, todo en ella lo volvía loco. Entonces le dio la vuelta y, mirándola a los ojos, susurró:

—Te deseo. Sé que no debo hacerlo, pero no puedo evitarlo.

La joven capturó los labios de aquel hombre que la miraba con sus maravillosos ojos azules y lo besó. Nunca había besado a nadie de aquella manera tan vehemente, pero hacerlo con Zac era fácil, placentero, y, enloquecida por el momento, musitó:

—No lo evites.

Olvidándose de todo, cayeron juntos en la cama, donde disfrutaron descubriendo sus cuerpos, hasta que de pronto ella murmuró:

—Zac..., Zac...

Él levantó la cabeza para mirarla, y Sandra advirtió acalorada:

—Me estás clavando la espada en la pierna y...

Al oír eso, el highlander comenzó a reír, desconcertándola. Pero ¿de qué se reía?

Al final, mirándola con gesto de guasa, él afirmó.

—Acabas de crear otro bonito momento para recordar, al confundir una parte de mi cuerpo que tú has excitado con mi espada.

Avergonzada por su expresión y por el significado de sus palabras, ella cerró los ojos y, sacudiendo la cabeza sin poder evitarlo, comenzó a reír también.

A continuación, echándose hacia un lado, Zac se dejó caer sobre el colchón y, pasados unos instantes, mientras ambos miraban jadeantes el techo de la estancia, señaló:

—Entre nosotros nunca ha habido nada, pero, inexplicablemente, tú y yo sabemos que siempre ha existido algo, ¿verdad?

Con dulzura, Sandra paseó una mano por el rostro de aquél y afirmó:

—Somos eso que nunca se cuenta pero que tampoco se olvida.

No hacía falta seguir hablando. Con aquellas palabras se lo habían dicho todo. Sandra sonrió. Estaba feliz como llevaba tiempo sin estarlo. De pronto, él le cogió la mano, le besó con dulzura los nudillos e indicó:

—He de parar esto.

—Lo sé...

—Si continúo, disfrutaremos del momento, pero no te voy a hacer ningún bien.

Luego Zac le soltó la mano. Se levantó de la cama y, agachándose para coger su cinto y su espada, añadió:

—Lo siento, pero estás comprometida con otro hombre y no quiero hacerle a él lo que no me gustaría que me hicieran a mí.

Y, sin mirarla ni darle un último beso, salió de la habitación ofuscado y de mal humor.

Pero ¿qué había estado a punto de hacer?

Capítulo 9

Sandra oyó unos golpes en la puerta y abrió los ojos.

En un principio no sabía dónde estaba, hasta que el olor de Zac que desprendían las sábanas la hizo recordar.

Estaba cerrando los párpados de nuevo cuando los golpes se repitieron y oyó la voz de Megan, que preguntaba:

—¿Puedo pasar?

Rápidamente, Sandra se sentó en la cama y respondió:

—Sí. Claro que sí.

Cuando la puerta se abrió, Megan entró con una sonrisa y, acercándose a ella, inquirió:

—¿Qué tal has dormido?

Sandra sonrió.

—Bien. Gracias —dijo.

Megan se sentó en la cama y, mirando a su alrededor, cuchicheó:

—No sabía que Zac guardaba muchas de las cosas que están aquí. Pero me alegra saber que le gusta tenerlas cerca.

Sandra observó también a su alrededor y entonces Megan añadió:

—Quería disculparme contigo.

—¿Por qué?

Algo azorada, Megan la miró y cuchicheó:

—Porque, sin proponérmelo, os oí a ti y a mi hermano anoche.

—¡Oh, Dios! —susurró Sandra abochornada, llevándose las manos a la boca.

Se sentía avergonzada por lo que aquélla le estaba diciendo. Ser consciente de que no sólo ella sabía lo que había ocurrido en aquella habitación la dejó pálida como la cera, pero, cuando iba a decir algo, Megan se le adelantó:

—Nada me gustaría más que existiera algo entre mi hermano y tú. Y por Mery no te preocupes, ella no es rival para ti. —Sandra sonrió. Le encantaba oír aquello—. Quizá no os deis cuenta, o sí, pero se ve que entre vosotros existe algo muy fuerte. Vuestras miradas se buscan, vuestros cuerpos hablan por vosotros, y no entiendo por qué no acabáis de una vez por todas con ello y os dais una oportunidad. —Sandra esbozó una pequeña sonrisa, y Megan prosiguió—: Y no me digas que es por tu prometido inglés, porque intuyo que ese hombre te importa tan poco como a mi hermano la tal Mery.

La joven sonrió de nuevo y, mirándola, respondió:

—Siento algo muy especial por Zac y, con respecto a ese prometido inglés, tienes razón, no me preocupa nada, porque tengo muy claro que no me voy a casar con él. En cuanto a tu hermano...

—Sandra, lo conozco. Soy como su madre y veo cómo te mira, pero también he de ser sincera y decirte que si Zac no da un paso adelante es por tu manera de ser. Siempre ha dicho que no quería una mujer intrépida y osada como su hermana Megan, y ve en ti a alguien tan temeraria e irreverente como yo.

Ambas soltaron una carcajada, y a continuación Sandra murmuró encogiéndose de hombros:

—No puedo hacer nada para remediarlo. Soy así.

Consciente de lo que aquélla decía, Megan repuso:

—Tu carácter es parte de ti, y si te quiere ha de quererte tal y como eres.

Sandra asintió.

—Quien esté conmigo ha de aceptarme tal y como soy. Eso es algo que recuerdo que siempre me decía mi padre.

Su interlocutora asintió, y entonces, acordándose de algo, agregó:

—Sandra, tu madre ya es una mujer adulta para decidir si quiere o no vivir en Carlisle, ¿no te parece?

—Sí. Claro que sí —afirmó ella—. Pero si mi madre se queda allí no es porque lo desee, sino porque se cree en deuda con mi abuelo, aunque eso le amargue la existencia.

Luego ambas guardaron silencio. Era un tema difícil de solucionar. Entonces, unos golpes sonaron en la puerta y las dos mujeres se miraron.

—Adelante —indicó Sandra.

La puerta se abrió y apareció Bethia, que, mirándolas, dijo:

—Señora McRae, vuestro esposo os espera en el salón.

Megan asintió al tiempo que se levantaba de la cama. Se dirigió hacia la puerta y pidió:

—Dile a mi marido que ahora mismo bajo. —Una vez que Bethia desapareció, miró a Sandra, la cual se estaba levantando a su vez de la cama y señaló—: Debemos buscar una solución a lo que ocurre entre vosotros, ¿te parece bien?

Ella asintió y Megan le guiñó un ojo.

—Luego nos vemos.

Con tranquilidad, Sandra se enfundó uno de sus bonitos vestidos y se peinó. A continuación, tras colocarse una tiara de flores en la cabeza para sujetarse el largo cabello, se puso unos bonitos pendientes que le había regalado su padre. Quería estar guapa para Zac y, en cuanto terminó, se miró al espejo y sonrió antes de bajar al salón.

Cuando entró en la estancia lo vio sentado solo junto al fuego y lo saludó:

—Buenos días.

Zac, que, ansioso, esperaba verla, se levantó y respondió:

—Buenos días. —Y, sin poder evitarlo, murmuró—: Estás preciosa.

Encantada al haber conseguido el efecto deseado, ella lo miró con coquetería y, nerviosa ante su inquietante mirada, preguntó:

—¿Y los demás?

—Han salido a recorrer mis tierras.

Sandra asintió, y estaba sonriendo cuando él le indicó:

—Siéntate a la mesa. Ordenaré que te traigan algo de desayuno.

Sin dudarlo, la joven obedeció. Instantes después, Zac regresó y se acomodó frente a ella en una silla.

Bethia entró luego con una jarra de leche y un plato de galletas y, poniéndoselas delante a Sandra, dijo:

—Para vos, señora.

Sandra se lo agradeció y, sin más, comenzó a desayunar.

En el proceso, Zac la observaba. Quería decirle cientos de cosas, pero sentía que tenía que ser ella quien comenzara la conversación. Deseaba que fuera su mujer. Quería que no tuviera que regresar a Carlisle ni encontrarse con su prometido, pero eso era algo que ella debería desear, y no sabía si lo deseaba.

En silencio, Sandra comía consciente de cómo él la miraba y, cuando no pudo más, dejó una galleta sobre el plato y preguntó:

—Bueno, ¿qué pasa?

Su actitud desafiante hizo sonreír a Zac, que, sin perder la sonrisa, murmuró:

—Es increíble cómo una mujer puede comer tanto.

Abochornada, ella se disponía a protestar cuando él, levantándose, se acercó a ella y la cogió de la mano.

—Ven. Salgamos al exterior.

Sandra sonrió y, agarrados de la mano, ambos se dirigieron afuera.

Sin soltarse, y con paso templado, caminaron por las tierras, mientras Zac le indicaba dónde tenía los caballos y dónde, en un futuro, quería tener ovejas y vacas como sus cuñados.

Ella estaba ensimismada escuchando todo lo que aquél le contaba cuando llegaron al río Fiddich. Hicieron un alto, y, señalando la fortaleza que podía verse desde allí, Zac comentó:

—Creo que Balvenie será un bonito hogar.

—Sin duda lo será —afirmó ella.

El highlander, atontado, sólo tenía ojos para ella y, al ver que ésta le sonreía a la espera de que dijera algo, indicó:

—Esas casitas que ves allí son las que están construyendo mis hombres para ellos. —Sandra miró, y, al distinguir a unas mujeres jóvenes con varios niños pequeños, Zac indicó—: Son las esposas y los hijos de algunos de mis hombres. De momento, hay diez familias en varias casas, y espero que pronto haya muchas más.

La joven asintió. Aquello era maravilloso. Le recordaba a cuando ella vivía en Traquair, junto a los Murray.

—Será precioso, Zac —señaló—. Ya lo verás.

Él asintió henchido de orgullo. Entonces se agachó, cogió algo del suelo y, mirándola a los ojos, murmuró en un tono bajo mientras se lo entregaba:

—Una flor para otra flor.

Aquella frase...

Aquellas flores naranja...

Aquella mirada tierna y juguetona...

Todo ello, unido al sentimiento que provocaba que se le desbocara el corazón, la hizo aceptar aquella flor, y murmuró:

—Recuerdo que me decías eso cuando nos conocimos y me entregabas una flor. —Zac sonrió, y Sandra añadió mirando el color naranja de aquélla—: Gracias. Es preciosa.

El highlander sonrió de nuevo y, recordando los consejos de sus cuñados en lo referente a halagar a una mujer, susurró:

—Más preciosa eres tú.

A continuación, sin querer evitarlo ni recordar por qué se había ido la noche anterior de la habitación, se inclinó para estar a su altura y la besó.

La besó sin ataduras, sin medida y con pasión, mientras ella lo aceptaba con regocijo, templanza y seguridad.

Una vez que acabó el beso, al verlo con los ojos cerrados, la joven musitó:

—Zac Phillips, no sé por qué me empeño en quererte si sé que no puedo tenerte.

Los bonitos ojos azules de aquél se abrieron como platos y, agarrándola con posesión por la cintura, la izó y la besó de nuevo.

Al sentir que ella enroscaba las piernas alrededor de su cintura, Zac sonrió y, disfrutando del momento, enredó los dedos en la larga cabellera de ella; adoraba su textura, su olor, su suavidad. Sandra, hechizada por lo que eso la hacía sentir, hundió a su vez las manos en el pelo de él e indicó:

—No te cortes el cabello.

Él rio, sabía muy bien por qué lo decía. Y, mirándola a los ojos, murmuró:

—Eres mi debilidad, mi mayor tentación, ¿lo sabías?

Embrujada, ella sonrió y, como necesitaba oírlo, preguntó:

—¿Y Mery?

—Es sólo una mujer bonita. Nada más. —Ambos se miraban a los ojos y, a continuación, él preguntó—: ¿Piensas en el inglés con el que estás comprometida?

Sin dudarlo, Sandra negó con la cabeza. A Zac le gustó su respuesta, e insistió:

—¿Piensas en mí más que en él?

Al oírlo, y recordar la conversación con Megan, ella preguntó con picardía:

—¿Deseas que sea osada o comedida?

—Osada.

Sandra sonrió y, mirándolo a los ojos, afirmó:

—Sólo pienso en ti.

Satisfecho, él cuchicheó a continuación:

—Prométemelo por lo que más quieras.

Aquello hizo reír a Sandra.

—Lo que más quiero es a mis padres, pero no me gusta prometer, y menos por ellos.

Feliz por lo que sus palabras daban a entender, él la besó de nuevo.

—¿Puedo preguntar yo también? —dijo ella cuando sus labios se separaron.

—Inténtalo —murmuró Zac mimoso, besándole el cuello.

—¿Hay alguien especial en tu vida, como, por ejemplo, Mery?

Él sonrió. Mujeres no le faltaban, aun así, respondió con firmeza:

—No.

Sandra gesticuló divertida y, aflautando la voz, insistió:

—¿Seguro, *guapo Zacharias*?

Zac soltó una risotada y afirmó:

—Tan bonita como tú no hay nadie, *mo chridhe*.

El viento mecía sus cabellos mientras se miraban a los ojos. Ambos se hablaban con la mirada, era algo que dominaban a la perfección.

Entonces Sandra comenzó a temblar, y Zac, acercándola más a él, señaló:

—Regresemos. Tienes frío.

La joven se dejó abrazar por él y luego regresaron a la casa. Nada más entrar, Sandra se tocó la oreja y exclamó:

—Oh, no...

—¿Qué ocurre?

Ella volvió a palparse la oreja y respondió con gesto de preocupación:

—Debe de habérseme caído un pendiente. Y éstos son especiales para mí porque me los regaló mi padre.

Sin dudarlo, Zac la besó y dijo:

—Iré a buscarlo. Seguro que lo has perdido donde hemos estado.

Con una sonrisa, el guerrero salió de la casa mientras Sandra observaba cómo corría a través de una de las ventanas rotas en dirección al lugar donde se habían besado.

Feliz por lo ocurrido entre ellos, se movió por el salón echando un par de troncos en el hogar para que ardiera. Estaba sonriendo cuando del exterior le llegó la voz de una mujer:

—Zacharias Phillips, ¿por qué no me avisaste de tu llegada?

Zac, que regresaba con el pendiente de la joven en la mano, se encontró con Mery montada en un caballo blanco. Sus facciones, sus ojos claros, su pelo como el trigo, su sonrisa..., toda ella era perfecta. Él se guardó entonces el pendiente en el bolsillo del pantalón y, mirándola, preguntó:

—Mery, ¿qué haces aquí?

Con disimulo, Sandra se acercó a una de las viejas ventanas para ver sin ser vista. La sonrisa que Zac le estaba dedicando a aquélla la inquietó, pero más la inquietó la mirada de ella. Ninguna mujer miraba así a un hombre si la confianza entre ambos no era extrema.

Con lentitud, él se acercó entonces hasta su caballo y, afianzando las manos en su cintura, la ayudó a desmontar cuando ésta dijo con un hilo de voz:

—He venido a recordarte lo de la boda de Gini y Argil.

Zac parpadeó, y ella, al ver su gesto, añadió:

—No me digas que lo has olvidado...

Aquélla llevaba razón. Con Sandra tan cerca de él, lo olvidaba todo. Aun así, le respondió con una sonrisa:

—Claro que no. ¿Cómo iba a olvidarlo?

Sandra, que no oía bien lo que decían, se disponía a moverse cuando vio a Laria entrar en el salón. Ésta se quedó parada, y ella, indicándole que se acercara, preguntó:

—¿Esa mujer viene mucho por aquí?

Laria suspiró y contestó mirándola a los ojos:

—En ocasiones.

—¿En ocasiones?

La mujer se movió inquieta.

—Señora, yo...

—¿Qué clase de visitas hace? —insistió Sandra.

Azorada por lo que iba a soltar, Laria al final dijo:

—La viuda Mery y el señor comparten lecho y diversión siempre que pueden.

A Sandra no le hizo mucha gracia saber aquello. Que aquella mujer besara los labios que ella acariciaba apasionadamente y compartiera lecho con el hombre que ella deseaba le hizo cerrar los puños, y, mirando a la pobre Laria, la despidió:

—Gracias. Puedes volver a tus quehaceres.

La mujer desapareció al instante.

Una vez que se quedó sola en el salón, Sandra maldijo. Zac le había mentido, y, conteniendo sus impulsos de coger la espada y cortarles el pescuezo a los dos, los observó bromear. Luego él subió a Mery a la grupa del caballo, y ésta, tras despedirse tirándole un beso, se marchó.

Sin moverse del sitio, él la contempló mientras se alejaba sin saber que Sandra lo esperaba colérica tras la puerta. Cuando él finalmente entró, la joven cogió el jarrón desconchado con flores naranja que había sobre la mesa y se lo tiró a la cabeza.

El highlander, sorprendido, lo esquivó y exclamó:

—¿Qué haces, mujer?

Aquella voz...

Aquella indiferencia suya la enrabietó aún más, y gritó:

—Maldito patán mujeriego. Has dicho que sólo yo era tu

tentación, pero está visto que esa que se aleja a caballo también lo es.

—Sandra...

Al ver que daba un paso en su dirección, la joven cogió un plato que encontró sobre un mueble y, tirándoselo también, gritó:

—¡Ni se te ocurra acercarte o te juro que te abro la cabeza!

Zac parecía divertido con su actitud. En el pasado lo había vivido con su hermana Megan y su cuñado Duncan y, mirándola, indicó:

—Tranquilízate, mujer...

—¡¿Que me tranquilice?!

—Sí.

—¡¿Que me tranquilice?!

—Sí —insistió él.

La joven, que estaba fuera de sus casillas, soltó un bufido de frustración.

—Vamos a ver, Sandra, ¿qué ocurre?

—¡¿Tan tonto eres que no lo sabes?! —gritó ella descompuesta.

Zac suspiró.

Si esto es por Mery, no tiene sentido.

Sandra volvió a tirarle otro plato, y él insistió:

—Mery es sólo una amiga que...

—... que comparte tu lecho. Lo sé. Ya veo que con esa viuda compartes cosas que te niegas a compartir conmigo.

La sonrisa de él volvió a sacarla de sus casillas y, tras coger otro plato, se lo lanzó también. Esta vez, en cambio, lo golpeó en la cabeza.

Su gesto cambió, y más cuando ella chilló:

—¡Idiota!

—No grites.

—¡Te odio! —volvió a gritar Sandra.

—Lo dudo.

Aquella seguridad en sí mismo la hizo blasfemar, y voceó de nuevo:

—¡Engreído! Eso es lo que eres, ¡un engreído! Te molesta recordar cómo le sonreía a Preston Hamilton, cuando es sólo un amigo, y yo no puedo enfadarme cuando sé que compartes lecho con esa mujer y seguramente con muchas otras más.

Zac se enfureció al oír el nombre del francés, pero ella continuó:

—Está visto que eres como todos. Dudo que me vayas a dar algo diferente que Preston o mi prometido.

—Sandra, ¡baja la voz! —siseó él furioso.

—¡No me da la gana!

—Deja de ser tan insolente.

—¿Y tú me hablas de insolencia, maldito patán?

Sorprendido, él iba a replicar cuando ella chilló de nuevo:

—¡Nunca cambiarás; eres un mujeriego, y yo necesito a un hombre que me quiera, no a uno que me adule y, cuando yo no esté, se olvide de mí!

—¡¿Quieres bajar la voz?! —insistió Zac furioso al oír pasos acercándose.

—He dicho que no quiero —retó ella furiosa.

El highlander se tocó la cabeza y, al ver sangre en ella, protestó:

—Sandra, no quiero que mis hombres te oigan, o tendré que reprenderte delante de ellos por gritarme así. ¿Acaso quieres eso?

Sin entrar en razón, ella volvió a chillar:

—¡No bajaré la voz! No eres mi dueño, y gritaré cuanto me plazca.

—Sandra... —gruñó él mirándose la sangre de los dedos.

La joven sabía que estaba haciendo mal. Muy mal. Que una mujer le gritara a un hombre en su propia casa era algo que no estaba muy bien considerado, pero incapaz de callarse, continuó voceando:

—¡Fuera de aquí, y no vuelvas a acercarte a mí!

Sin darle importancia a la sangre, Zac trató de hacerla entrar en razón:

—Escucha, Sandra...

—¡No! No quiero escuchar a un engreído. Sal de esta casa si no quieres que vuelva a tirarte algo a la cabeza.

Sus gritos, lo que acababa de decir y las voces de sus hombres al otro lado de la puerta terminaron de caldear a Zac, que, mirándola con gesto déspota, siseó:

—Si alguien va a salir de aquí, ¡vas a ser tú! Ésta es mi casa.

Entonces la puerta que comunicaba con la cocina se abrió, y un barbudo llamado Cameron preguntó:

—¿Qué ocurre, mi señor?

Zac le pidió tranquilidad con la mano, al tiempo que Hugh entraba también. Los dos hombres miraban a la pareja sin entender nada, y entonces Sandra, levantando el mentón, se encaminó hacia la puerta. Zac le cortó el camino. Se puso delante y ella, sin pensar en las consecuencias, le soltó un fuerte rodillazo en la entrepierna que lo dobló.

¡Por san Fergus...! —gruñó Hugh.

Pero ¿qué hacía aquella mujer?

Furioso al ver a su señor doblado de dolor, Cameron se disponía a acercarse cuando Sandra, quitándole a Zac la espada, la blandió delante de él y siseó poniéndosela bajo la barbilla:

—Atrévete a tocarme y te rebano la garganta.

¡Sandra! farfulló Zac, apenas sin aliento.

—¡Tú, cállate! —voceó ella.

Los hombres se miraron sorprendidos y, de pronto, la puerta se abrió y entraron más guerreros atraídos por las voces.

Al oír las protestas de aquéllos, Sandra se agachó colérica junto a Zac y, clavando con fuerza la espada en el suelo, vociferó:

—¡Quien quiera medirse conmigo que lo diga!

Errol y Josh, que habían entrado en la casa alarmados por los gritos de Sandra, intercambiaron una mirada al ver aquello. La muchacha había cometido un grave error y, cuando se acercaron a ella para sacarla de allí, ésta observó a Zac, que seguía en el suelo dolorido, y siseó:

—Y da gracias de que fuera mi rodilla y no una daga.

Los hombres protestaban. Aquello era inadmisible. Al oírlos, Josh rápidamente sacó a Sandra de allí y, una vez fuera, espetó:

—Muchacha, pero ¿qué has hecho?

Consciente de su mal, pero no dispuesta a reconocerlo, Sandra lo miró y respondió:

—Darle a ese patán donde más le duele.

En el suelo, Zac respiraba con dificultad.

El fuerte golpe que aquella bruta le había dado en la entrepierna lo había dejado casi sin aliento, pero al ver cómo sus hombres lo observaban con cara de enfado y oír sus duras palabras hacia ella, hizo de tripas corazón y, levantándose sin gesticular, los miró y murmuró:

—Esa deslenguada lo pagará.

Todos bramaron al oírlo. Ningún hombre podía consentir algo así de una mujer.

En ese instante retumbó el sonido de varios caballos acercándose. Zac se irguió y, por el tablón que le faltaba a la puerta, vio que se trataba de su hermana y del resto del grupo.

Ya menos dolorido, salió al exterior seguido por sus hombres, y Sandra, que esperaba fuera, declaró al ver a los recién llegados:

—Me voy. Regreso a Kildrummy.

Todos la miraron, y Angela, al verla junto a los Murray y comprobar que Zac estaba con sus hombres detrás, supo que allí había pasado algo. Sin embargo, cuando se disponía a preguntar, Zac bramó:

—¡Tú te irás de mis tierras cuando yo lo diga!

Los guerreros protestaron a gritos. Querían que se castigase la osadía de la joven.

Sandra, que, aunque por dentro estaba histérica, por fuera demostraba todo lo contrario, sin importarle nada, se subió a su caballo con agilidad y retó al highlander:

—Te equivocas, Zac.

El aludido maldijo para sus adentros. ¿Por qué no se callaba? ¿Acaso no se daba cuenta de que él tenía que demostrar su fuerza y su crueldad ante sus hombres?

Zac caminó entonces hacia ella. Odiaba tener que hacer aquello, pero ella así lo había querido.

—Ni se te ocurra —siseó Sandra al verlo acercarse.

Megan, que observaba la escena como los demás, no entendía qué había ocurrido. Sólo veía a su hermano muy ofuscado con sangre en la frente y a los guerreros de éste maldecir y echar pestes por la boca. Intentando mediar, se disponía a hablar cuando Duncan, cogiéndola del brazo, murmuró:

—Esto es entre tu hermano y ella.

—Pero...

—Megan, ¡no! Sandra ha de aprender a respetar a un hombre en su hogar y delante de sus hombres —repitió Duncan con voz autoritaria.

Ella suspiró. Sabía cuándo debía callar, y ésa era una de esas veces. Observó a su hermano para tratar de comunicarse con él a través de la mirada, pero él la ignoró. Sólo tenía ojos para Sandra, que lo retaba ofuscada.

Kieran se acercó entonces a Zac y susurró:

—No seas muy duro, recuerda quién es ella.

Él lo miró y, sin saber por qué, asintió.

De pronto, la situación se volvió insostenible. Los highlanders exigían a su señor una reprimenda para la mujer. Lo que Sandra había hecho era una falta muy grave. Zac se acercó entonces a ella para agarrarla del brazo, pero los Murray se interpusieron en su camino, y él, mirándolos, murmuró para que sólo ellos lo oyeran:

—Sabéis que he de hacerlo. De lo contrario, mis hombres me cuestionarán y ella correrá peligro.

Josh miró a su hijo. En un principio, Errol se negó, pero cedió al entender la realidad. El highlander y su padre tenían razón.

Sin miramientos, Zac agarró entonces a Sandra del brazo y, tirando de ella, y a pesar de sus esfuerzos por soltarse, se la echó a los hombros. La joven gritó, pataleó y blasfemó mientras él caminaba hacia su hogar. Antes de entrar, se dirigió a Aiden, su hombre de confianza, y le ordenó:

—Que nadie entre. Voy a enseñarle modales a esta mujer.

Angela se disponía a impedirlo, pero Kieran la sujetó y le cuchicheó al oído:

—Tranquila, mi cielo, Sandra estará bien.

Ella lo miró angustiada, nunca había visto aquella mirada en Zac. Entonces Kieran, al ver cómo sus hombres sonreían y se daban golpes en el pecho, murmuró:

—Zac sabe lo que ha de hacer. Ahora, tranquilízate.

Duncan, Niall y él, tras entenderse con la mirada, desmontaron de sus caballos y, acercándose a los hombres de Zac, esperaron en silencio mientras Angela, Megan y Gillian, aún subidas en sus monturas, los observaban con incomodidad.

En el interior de la casa, y con la joven que no dejaba de patalear, una vez que se aseguró de que sus hombres ni los veían ni los oían y de que las mujeres de las cocinas no estaban por allí, Zac se sentó en una silla, se bajó a Sandra de los hombros y, tapándole la boca, susurró:

—Odio hacer esto, pero tú te lo has buscado.

A continuación, se la puso boca abajo sobre las piernas, le subió las faldas y, tras bajarle las calzas para dejar su blanco trasero al descubierto, se fijó en un lunar en forma de media luna que aquélla tenía en la nalga izquierda.

Atontado, lo miró durante unos segundos, hasta que las voces de sus hombres lo hicieron regresar a la realidad y le dio un azote. El golpe sonó con fuerza junto al grito de Sandra, momento en que los highlanders aplaudieron y rieron.

La joven pataleaba, gritaba, los azotes le escocían, y entonces Zac la levantó y siseó:

—Grita como si te estuviera matando cada vez que yo dé una palmada o tendré que azotarte de verdad.

Acalorada y dolorida, al ver que él daba una palmada con las manos, chilló y chilló, consiguiendo gritos de satisfacción al otro lado de la puerta.

Al cabo de un rato, Duncan miró al resto de los hombres y ordenó:

—Vamos..., ¡todos a trabajar! La mujer ya ha recibido su castigo.

Los highlanders se hicieron los remolones, pero Niall y Kieran, dispuestos a dispersarlos, repitieron la orden, y todos finalmente obedecieron cuando Aiden les gritó con gesto hosco.

Sandra, que, en el interior, miraba con furia a Zac, se disponía a decir algo pero él la cogió del brazo y murmuró:

—Por tu bien, espero que no grites ni vuelvas a comportarte como lo has hecho hoy delante de mis hombres, porque, si he de volver a castigarte, te juro por mi familia que entonces lo haré con todas las consecuencias.

Dolorida por el par de azotes fuertes que aquél le había propinado sobre su fina piel, Sandra calló. Le gustara o no, comprendía la actitud de Zac y, sin mirarlo, respondió:

—Odio lo que has hecho, pero agradezco tu compasión.

Él asintió. Oír su tono de voz le dolió en el alma, y, cuando iba a hablar, ella preguntó mirando al suelo:

—¿Puedo salir de la estancia, *señor*?

Angustiado por el daño que podía haberle causado, dio un paso adelante y musitó:

—Sandra...

—¿Puedo salir de la estancia, *señor*? —repitió ella alzando un poco más la voz.

Consciente de que intentar hablar con ella en un momento así era imposible, Zac finalmente asintió.

—Sí.

Sin tiempo que perder, ella dio media vuelta y salió por la puerta. Al ver cómo los guerreros la miraban sonrientes, siseó empujando al tal Cameron:

—¡¿De qué te ríes, maldito patán?!

Él no contestó, y entonces Angela, bajándose de su caballo, corrió a abrazarla.

—Quiero irme de aquí, por favor —murmuró Sandra con lágrimas en los ojos.

En el interior de la casa, Zac miraba al suelo ofuscado. Nunca le había pegado a una mujer, y jamás se habría imaginado teniendo que darle aquellos azotes a Sandra.

La puerta se abrió entonces, Megan entró y se acercó a él.

—¿Qué ha ocurrido, Zac?

Fastidiado por la pregunta de su hermana, él espetó furioso:

—Debéis partir para Kildrummy, y llévate a esa maldita mujer.

Disgustada por verlo así, Megan intentó abrazarlo, pero él la rechazó. En ese momento, Duncan entró también en la estancia. Dolorida por el rechazo, Megan miró a su hermano y preguntó:

—¿Tú no vienes?

—No.

—Venga, Zac, deja de comportarte como un chiquillo enfadado...

Él maldijo y miró a su cuñado Duncan, que los observaba en silencio desde la puerta. Acto seguido, volviéndose hacia su hermana, gruñó:

—Megan, maldita sea, soy un hombre, no un chiquillo, ¡entérate ya!

—Zac...

—Estoy harto de que te entrometas en mi vida y me cuestiones. Si he dicho que no voy, ¡es que no voy! Eres una mujer y no he de darte explicaciones. Así pues, te rogaría que me respetaras y dejaras de hablarme como a un niño.

La aludida se quedó sin respiración.

Por primera vez en su vida, no iba a rebatirle nada. Su voz, su mirada, sus palabras le habían llegado al corazón y, volviéndose hacia su marido, declaró:

—Regresemos a Kildrummy.

A continuación, sin mirar atrás, salió al exterior.

Duncan, que comprendía la frustración de ambos, dijo evitando acercarse a su cuñado:

—No te preocupes por Megan. Dale tiempo y se le pasará. En cuanto a Sandra...

—No le he hecho daño, si es eso lo que te preocupa —replicó Zac.

—Eso no me preocupa porque te conozco. Sólo quiero que sepas que has hecho bien. Ante tus hombres, nunca has de permitir que nadie cuestione tu liderazgo, y menos una mujer.

Y, dicho esto, Duncan salió al exterior y Zac fue tras él.

Le dolía en el alma que un día que había comenzado de una forma tan bonita para Sandra y para él acabara así.

Ella se negó a mirarlo y, ya subida en su caballo, clavó los talones en los costados del animal y, seguida por Josh y Errol Murray, salió al galope sin decir nada.

Tras mirar a su esposo y que éste asintiera, Angela salió disparada detrás de ella, y Megan las imitó. Gillian, que había permanecido callada, al ver marcharse a Megan sin despedirse, miró a Zac y preguntó en tono acusatorio:

—¿Se puede saber qué has hecho ahora?

El highlander, que observaba cómo aquéllas se alejaban a toda prisa, se apoyó en el quicio de la puerta y, con templanza a pesar de la desazón que sentía por lo que había tenido que hacer, respondió:

—Ser un hombre.

Y, sin más, Gillian partió también al galope seguida por Kieran y Duncan.

A continuación, Niall miró a Zac deseoso de comentarle algo, pero por último sólo dijo:

—Hasta pronto, Zac.

—Adiós, Niall —contestó él enfadado.

Cuando el grupo se alejó, Aiden, que continuaba parado junto a él, preguntó:

—¿Quieres hablar?

Ofuscado, Zac negó con la cabeza y, en silencio, entró en su hogar. Un hogar que, ahora vacío y sin ella, perdía la vida que durante unas horas había tenido.

Esa noche, cuando llegaron a Kildrummy, Megan intentó hablar con Sandra. Ver la tristeza en sus ojos le estaba rompiendo el corazón, de la misma manera que se lo había roto Zac al hablarle de aquel modo.

Estuvieron charlando de sentimientos, locura y amor; al final se despidieron de madrugada para ir a acostarse, y a Megan se le erizó el vello del cuerpo cuando la joven, mirándola, declaró:

—Lo peor de todo es que he de quitarme de la cabeza lo que difícilmente quiere salir de mi corazón.

Capítulo 10

❧❧

Al día siguiente, mientras Zac comía junto a otros invitados tras el enlace de Gini y Argil, Mery se sentó a su lado.

—¿Qué te ocurre? —le preguntó.

Él la miró. Le ocurrían tantas cosas que no sabía por dónde comenzar, pero, cuando iba a contestar, ella añadió:

—¿Tiene algo que ver con la mujer que azotaste ayer en tu casa?

Al oír eso, Zac la miró fijamente y preguntó:

—¿Quién te ha hablado de ello?

—Es la comidilla de la boda —afirmó Mery sonriendo—. Tus hombres se vanaglorian de que ayer le diste un escarmiento a una deslenguada irreverente llamada Sandra. Por las señas que me han dado, creo que sé de quién se trata, y reconozco que saberlo me hace sonreír.

Molesto porque aquello estuviera trascendiendo, Zac no contestó, y ella insistió:

—La diferencia entre ella y yo es que yo soy una mujer experimentada que disfruta de lo que quiere y ella es todavía una niña inocente que apenas sabe comportarse.

Ofuscado por el tema, y sin querer amargarse el día, Zac la miró y siseó:

—Mery, ve a divertirte y déjame en paz.

Al oírlo, ella hizo un mohín. No estaba acostumbrada a que ningún hombre le hablara así, y, posando la mano sobre la entrepierna de aquél, murmuró con cierto disimulo:

—Vayamos al bosque.

Zac bajó la mirada y, al ver su mano, resopló.

—Retira la mano ahora mismo —replicó ofuscado.

Mery obedeció, y, molesta por su rechazo, se levantó y se alejó.

Instantes después, ya estaba danzando animadamente con otro hombre.

Zac se llenó una jarra de cerveza y bebió. No podía dejar de pensar en Sandra. Desde que la había visto marcharse al galope, su corazón estaba resentido y, dispuesto a enmendarlo, se puso en pie y, mirando a varios de sus hombres, declaró:

—Parto para Kildrummy.

—Te acompañaremos —indicó Aiden—. Dentro de un par de días íbamos a viajar a Dundee en busca de las reses que compraste.

Él asintió y, mirando a Scott, otro de sus guerreros, indicó:

—Ellos vendrán conmigo. Los demás, continuad con los trabajos de la casa en mi ausencia.

Dicho esto, fueron hasta sus caballos y se marcharon al galope.

Ya había anochecido cuando llegaron a Kildrummy. Una vez allí, Zac miró a sus guerreros, y Aiden decidió:

—Acamparemos junto al resto de los clanes.

Zac asintió, y aquéllos se marcharon.

La primera en verlo fue la madre de Kieran, que, como siempre, lo recibió con una sonrisa y explicó cuando él se bajó del caballo para saludarla:

Las mujeres están con los niños en el salón, y tus cuñados y Kieran están en las caballerizas hablando.

Zac asintió.

—Edwina —dijo a continuación—, ¿puedo pedirte un favor?

—Claro, muchacho.

—Por favor, no le digas a ninguna de las mujeres, y menos a mi hermana Megan, que estoy aquí.

La mujer sonrió.

—Mis labios están sellados —repuso.

Una vez que se marchó, Zac prosiguió su camino hacia las caballerizas y, antes de entrar, se encontró con Josh y su hijo Errol. Los tres se observaron desconcertados unos instantes, y entonces Josh declaró mirando al highlander a los ojos:

—Gracias.

—¿Por qué? —preguntó Zac.

Josh se volvió hacia él e indicó sin detenerse:

—Por tu compasión. Ella nos lo ha contado.

Sorprendido de que Sandra les hubiera contado algo tan íntimo, se disponía a decir algo, pero ellos no le dieron la oportunidad porque siguieron caminando. Entonces Zac cogió las riendas de su caballo y prosiguió su marcha.

Al entrar en las caballerizas se encontró con Duncan, Lolach, Kieran y Niall, que charlaban divertidos. Durante unos segundos, al verlo, todos callaron. Ninguno dijo nada. Ninguno quería romper el incómodo silencio, hasta que Zac, mirándolos con gesto serio, preguntó abriendo los brazos:

—Decidme, ¿qué podía hacer, si no?

Los cuatro hombres sonrieron, y Lolach, que había oído lo ocurrido, se mofó:

—Qué pena..., ¡me lo perdí!

Duncan le dio un golpetazo en el hombro.

—Está visto que esta situación os hace mucha gracia a todos —siseó Zac molesto.

Los demás se miraron. Ellos estaban casados con mujeres que les habían dado más de un problema.

—Deja de martirizarte —dijo Niall—. Hiciste bien.

Kieran asintió.

—Muy bien.

Duncan, al ver el gesto contrariado de su cuñado, indicó mientras se retiraba el pelo oscuro de la cara:

—Zac, ella se lo buscó.

Todos asintieron, y Lolach añadió:

—Una mujer ha de saber dónde están sus límites, sea tu esposa o no.

—Y, si no es así, la mano dura nunca ha de faltar —musitó Niall.

—Ella debe saber quién manda —agregó Kieran.

—Y ha de ser disciplinada y obediente —finalizó Duncan.

Zac los miró a todos. Ninguna de las mujeres de aquéllos cumplía esos requisitos, por lo que protestó:

—Habláis de límites, disciplina y mano dura, cuando vuestras mujeres son irreverentes, retadoras y contestonas...

Los demás se miraron con gesto cómplice, y Niall sonrió y murmuró:

—Vale. Reconozco que mi Gata me hace olvidar la mano dura.

Kieran bajó la voz y afirmó:

—De acuerdo. En Kildrummy y, en especial, en mi lecho, manda Angela.

Zac sonrió, y Duncan matizó divertido:

—Qué te voy a decir que tú ya no sepas de mi adorada Megan. Para ella, la disciplina y la obediencia son difíciles de entender, pero reconozco que con el paso del tiempo ha aprendido a controlarse ante los demás, aunque luego en la intimidad me vuelva loco.

Todos soltaron una carcajada, y luego Niall matizó:

—Hay dos clases de mujeres, Zac: la que se acomoda y la que te reta. Yo escogí a la segunda, y ha sido mi mejor elección, y si Gillian me pide las estrellas, ¡por san Ninian que se las conseguiré!

—Hermano..., qué romántico —se mofó Duncan.

Niall sonrió; entonces Kieran, tomando la palabra, dijo:

—Cuando quieras aplacar a una mujer, la sonrisa tiene un gran poder, aunque sea una guerrera.

Duncan asintió. No podía estar más de acuerdo con Kieran y su hermano.

—Escucha, Zac —intervino Lolach—. Una vez tuve que hacer con tu hermana lo mismo que tú has hecho con Sandra. —Zac parpadeó, y aquél preguntó—: ¿Lo recuerdas, Duncan?

El aludido sonrió.

—Claro que lo recuerdo. Megan se puso como una hidra, y casi tengo que hacer lo mismo, pero por increíble que parezca, se calló.

Todos rieron excepto Zac, que, al oír eso, preguntó ofendido:

—¿Le pegaste a mi hermana Shelma?

Lolach levantó las manos y cuchicheó:

—No, Zac. Nunca lo haría.

—¿Entonces...?

Lolach y Duncan intercambiaron una mirada.

—Shelma me cuestionó delante de nuestros hombres y yo no

podía permitirlo —aclaró Lolach—. Por ello la hice desmontar del caballo, me la llevé a un sitio donde nadie podía vernos y la hice gritar para hacer creer a todos que la había castigado.

—Y aprendió —indicó Duncan—. Como aprendió tu hermana Megan a no cuestionarme delante de los hombres, aunque en la intimidad me lo cuestione todo y más.

Todos rieron de nuevo.

—Hermano —dijo Niall—, si mi Gillian fuera una damisela delicada, dudo que le consintiera todo lo que le consiento.

—Y eso que casi la dejas calva —se mofó Kieran.

—¡¿Calva?! —preguntó Zac sin entender nada, sentándose junto a ellos.

Los hombres soltaron una nueva carcajada, y Niall indicó:

—Hubo una época en que, cada vez que Gillian me retaba o me desobedecía, le cortaba un mechón de su bonito cabello.

Atónito, Zac lo miró, y él afirmó:

—Pero eso se acabó. Fue un error por mi parte que nunca me perdonaré.

—Zac —dijo entonces Kieran—. La mujer que llegue a tu corazón será la personita más preciosa que haya en el mundo, pero la más complicada también. Y, si no, recuerda cuando conocimos a Angela y a Sandra. Nosotros creyendo que eran unas damiselas lloronas que no sabían coger una espada y luego resultó que eran las cabecillas de la banda de los encapuchados. De ahí lo de preciosas pero complicadas.

Él sonrió. Recordar cómo las habían conocido lo hizo sonreír como un tonto.

—Todos cometemos errores, y yo el primero —indicó su cuñado Duncan—. Pero si algo he aprendido es que lo más importante de mi vida es Megan. Antes de conocerla, nunca pensé que una mujer podría hacerme sentir el hombre más feliz del mundo sólo con ver su sonrisa. No hace falta que os diga que me reta todos los días y me desobedece continuamente. Eso me saca de mis casillas, pero, por extraño que parezca, quiero que siga haciéndolo, porque por eso me enamoré de ella y, si dejara de hacerlo, ya no sería mi Megan.

De una u otra manera, las relaciones que todos ellos tenían con sus mujeres eran muy parecidas.

—Zac, si esa mujercita te interesa realmente, házselo saber y no pierdas el tiempo —le recomendó Niall—. Pero también hazle entender que debe diferenciar vuestros momentos íntimos de otros en los que estéis rodeados de gente.

Él asintió. Sin duda ellos tenían más experiencia que él.

Estaban riéndose cuando entró Megan.

—Duncan, me voy a...

No dijo más. Al ver allí a su hermano, el corazón le aleteó, y más cuando éste se levantó y se dirigió hacia ella.

—Megan, ¿puedo hablar contigo?

La aludida quiso estamparle un leno en la cabeza. Seguía muy enfadada con él, pero tras ver el gesto que su marido le hacía, afirmó:

—De acuerdo. Hablemos.

En silencio, salieron de las caballerizas y se encaminaron hacia un lateral de la fortaleza. Megan miraba a su alrededor a la espera de que aquél dijera algo. No pensaba ser ella quien hablara. Acostumbrado a que su hermana siempre era la primera en hablar, Zac la miró desconcertado y preguntó:

—¿Cómo estás?

—Bien.

Luego continuaron caminando en silencio, hasta que él no pudo más y, cogiéndola del brazo, la detuvo.

—Lo siento. Siento haberte hablado como lo hice y haberme comportado como un idiota, pero estaba muy enfadado con Sandra por lo ocurrido y lo pagué contigo.

Megan asintió y no dijo nada.

Zac la miró a la espera de que contestara algo y, cuando vio que ella no respondía, susurró:

—Por san Ninian, ¡¡quieres hacer el favor de hablar?!

Entendiendo su frustración, Megan meneó la cabeza y, sin alterarse, respondió:

—Zac, te estoy tratando como a un hombre. Estoy aceptando tus disculpas y poco más.

Boquiabierto, él dio un paso atrás y murmuró:

—No quiero ese «poco más». De ti quiero un «mucho más». Y, si no lo haces, me volveré loco por haber sido un estúpido y no haber entendido que tengo a la mejor hermana del mundo que se desvive por mí. Quiero que me regañes, que te burles de mí, que te enfades conmigo, que me des collejas y que...

El abrazo de Megan cuando se tiró a sus brazos reconfortó a Zac. Necesitaba a su hermana, a la guerrera que luchaba, decía y replicaba por todo lo que le parecía injusto. Cuando se separaron, ella dijo:

—Ya sé que no eres un niño, como tampoco lo es Shelma. Pero llevo toda mi vida cuidando de vosotros y sólo quiero veros felices, aunque a ella en ocasiones quiera matarla por ser tan señoritinga y a ti ahogarte por ser tan cabezón.

Zac sonrió.

—Ésta sí. Ésta es mi hermana.

—¡Idiota! —gruñó Megan dándole una colleja.

Estaban sonriendo cuando ella lo miró y comentó:

—Sandra es maravillosa. Me gusta lo poco que conozco de ella. Y ¿sabes por qué me gusta? —Zac negó con la cabeza—. Porque no se amilana ante nadie, y eso es lo que necesitas tú.

—Te equivocas. No busco una mujer osada como tú.

Al oírlo, ella sonrió y cuchicheó:

—Hermano, a ti una damita delicada que sólo haga punto de cruz y plante flores en el jardín te aburriría. Como te aburriría esa Mery.

—Y ¿por qué crees que me aburriría?

Megan sonrió y, recordando algo que Duncan le había dicho años atrás, afirmó:

—Porque aún no te has dado cuenta, pero tú necesitas a tu lado a alguien que sepa defender lo que es suyo, como sabes defenderlo tú. Y, si tenéis hijos y algún día faltas, sabrás que ella protegerá como una auténtica guerrera a los tuyos. Por eso sé que una damisela te aburriría y que la tal Mery no es para ti.

Zac asintió.

Su hermana tenía razón en cierto modo.

—Pero ¿cómo sé que es Sandra y no otra la ideal para mí? —murmuró.

Ella suspiró.

—No lo sé, Zac. Creo que para saber eso ha de hablarte tu corazón.

—Sabrás que es la mujer ideal para ti —dijo de pronto Duncan apareciendo detrás de ellos— cuando sientas que el corazón te duele al no verla y te rebose de felicidad cuando estés con ella. Sabrás que es la mujer ideal para ti cuando, por muchas mujeres que pasen por tu lado, tú sólo tengas ojos para ella. Sabrás que es la mujer ideal para ti cuando su sonrisa te ilumine el día y sus lágrimas te lo oscurezcan.

Megan sonrió y, mirándolo, murmuró:

—Duncan McRae, ¿de dónde sales tú?

El highlander se acercó entonces a ellos, agarró a su mujer de la cintura, la besó en los labios y respondió en tono divertido:

— Os conozco a los dos. Temía que os matarais y por eso os he seguido.

Megan sonrió, y él, mirando a Zac, que los observaba, añadió:

—Por último, sabrás que es la mujer ideal para ti cuando desees que te rete y esos retos, sin que tú lo entiendas, te hagan feliz.

Enamorada, Megan abrazó a su marido y, acercando sus labios a los de él, lo besó. Lo besó con deseo, ternura y amor, y Zac, viendo aquello, murmuró divertido al tiempo que se alejaba:

—Por san Ninian... Nunca cambiaréis.

Capítulo 11

A la mañana siguiente, cuando Sandra se levantó sin saber que Zac había regresado, se fue de caza con varios guerreros de distintos clanes. Al ver que ella no mencionaba al highlander, Errol y Josh callaron. Si la joven no hablaba de él, ¿quiénes eran ellos para hacerlo?

Durante la mañana disfrutó de aquella sensación de libertad antes de regresar de nuevo a su aburrida y acorchada vida en Carlisle.

Zac pasó en varias ocasiones por su cabeza, pero decidió ignorarlo. Las cosas ya estaban claras entre ellos y no había nada más que hablar. Ni Zac era para ella, ni ella era para él.

Josh Murray, que había visto nacer a la joven, la quería como a una hija. Él había sido el mejor amigo de su padre y, cuando nació la chiquilla, le prometió a Gilfred que la cuidaría hasta el día de su muerte, y eso pensaba hacer. Daba igual que Sandra viviera en Carlisle y no lo dejaran entrar en aquel lugar, él estaba siempre pendiente de ella y eso nadie podría evitarlo.

A la hora de la comida, mientras Krisman, el cocinero, preparaba varios de los conejos que habían cazado durante la mañana, Sandra competía con Errol y uno de los O'Hara con el arco. La destreza de la joven siempre los dejaba anonadados. No había guerrero con mejor pulso para el arco que ella.

Después de comer con tranquilidad y entre bromas, emprendieron el regreso.

—He hablado con mi padre —comentó Errol— y, una vez que te dejemos en Carlisle, partiré para Arcaibh.

Sandra lo miró con una sonrisa, y Josh afirmó:

—Mi muchacho ya no puede vivir sin Theresa.

—Vaya..., vaya... —cuchicheó ella—, presiento que pronto iremos de boda.

—¡No lo dudes! —afirmó Errol sonriendo.

Sandra se fijó entonces en el gesto de orgullo de su padre y, consciente del gran cariño que ambos se tenían y del tiempo que estarían sin verse a causa de la distancia, preguntó:

—Josh, y ¿qué vas a hacer sin él?

El hombre suspiró y respondió mirando a su hijo:

—Añorarlo y desear que sea feliz.

Esa tarde, al salir del frondoso bosque ante el castillo de Kildrummy, Errol retó a Sandra para ver quién subía más rápido a la copa de un gigantesco árbol.

La joven lo miró. Desde pequeños, Errol y ella habían jugado a aquello, y, tras quitarse la daga que llevaba sujeta al muslo por encima de los pantalones de cuero marrón, se la metió en la bota derecha y, saltando del caballo, afirmó mientras se recogía su larga cabellera en un improvisado moño alto:

—Reto aceptado.

Al oírlos, Josh sonrió.

—Este árbol está medio seco —señaló Josh— y sus ramas no son seguras porque pueden quebrarse por vuestro peso; ¡elegid otro!

Pero Errol y Sandra se miraron, y a continuación ella replicó:

—Ésa es la gracia del reto, Josh, ¡elegir la rama segura!

Los guerreros que los acompañaban pararon para observarlos sin entender la temeridad de aquella muchacha, mientras Errol y Sandra se colocaban cada uno a un lado del enorme tronco.

No muy lejos de allí, Megan, Zac, Duncan y los demás, que estaban charlando tranquilamente, se volvieron al oír las voces. Tras echar un vistazo hacia el lugar donde estaban reunidos todos aquellos hombres, Gillian preguntó:

—¿Qué está ocurriendo allí?

Desde donde se encontraban apenas se veía lo que ocurría, hasta que Angela distinguió a Errol y a Sandra en posición, cada uno a un lado del troco, y, levantándose las faldas para correr, exclamó:

—¡Sandra y Errol se han retado!

—¡¿Qué?! —bramó Zac sorprendido.

—Que se han retado —repitió Angela y, mirándolo, afirmó—: Algo que, por supuesto, a ti no te importa.

Kieran sonrió al oír a su mujer y cuchicheó acercándose al guerrero:

—Como verás, mi preciosa mujercita ya te ha tirado un guante a la cara, pero no respondas, es lo mejor.

Zac asintió. Su amigo tenía razón.

Al ver a Angela, Megan se subió también las faldas y echó a correr, y tras ellas fueron Gillian y el resto.

Con una sonrisa en los labios, Sandra oía los gritos de los highlanders mientras se enfundaba unos guantes de cuero para no dañarse las manos. Cuando ella y Errol estuvieron preparados, tras contar hasta tres, se lanzaron hacia el árbol y comenzaron a trepar.

Con destreza, ambos empezaron a subir por él, eligiendo las ramas duras y vivas, mientras reían por lo que hacían sin pensar en nada más.

Cuando Angela, acompañada de todos los demás, llegó hasta el grupo, Josh la miró divertido y ella protestó:

—¿Por qué no me habéis avisado? Yo también quería participar.

Kieran se le acercó y, cogiéndola de la cintura, siseó con gesto serio:

—Ni se te ocurra hacer tal locura.

Megan sonrió al oírlo. A ella también le había gustado practicar ese tipo de hazañas en el pasado, pero la edad le estaba haciendo ser más comedida. Entonces, mirando a Duncan, que observaba con gesto serio cómo Sandra trepaba por el árbol, murmuró:

—¿Recuerdas cuando te reté en Stirling a subir a...?

Él la miró con gesto hosco y siseó sin dejarla terminar la frase:

—Mejor no me lo recuerdes.

Gillian y Megan se miraron y sonrieron pero, de pronto, una rama a la que se había sujetado Sandra, se quebró. Sin embargo, ella reaccionó con rapidez y, sujetándose a otra, continuó con su ascenso mientras los que estaban abajo se asustaban, y Shelma, que se encontraba junto a Alana, murmuraba:

—Por el amor de Dios, si llega a caerse, se habría roto el cuello.

Zac, que observaba angustiado lo que allí ocurría, apretó la mandíbula con gesto serio. Lo que Sandra estaba haciendo era una temeridad. Y, acercándose a Josh, siseó:

—Supuestamente tú velas por su seguridad... ¡¿Cómo se lo permites?!

A continuación, Josh Murray lo miró y afirmó con una media sonrisa:

—A Sandra no se le puede negar nada.

—¿Cómo que no? —gruñó Zac.

Josh suspiró y, mirando hacia arriba, añadió:

—No soy su laird, ni su padre, ni su marido. Esa muchacha es libre de hacer lo que quiera hasta que un hombre se despose con ella e intente apaciguarla. Pero, claro, ese hombre no ha aparecido todavía y...

De nuevo, todo el mundo gritó. Ahora era Errol quien se había enganchado de la rama seca y había estado a punto de caer.

Con el corazón latiendo a mil de preocupación, Zac se alejó blasfemando de Josh y caminó junto a Aiden, que había acudido también a mirar atraído por el griterío.

Ajenos al revuelo que se estaba organizando al pie del árbol, Errol y Sandra continuaban fervientemente con su ascenso.

—Casi me caigo —se quejó Errol divertido.

Sandra lo miró y, al ver que no se había hecho daño, se mofó:

—Elige bien o te ganaré.

Él soltó una risotada y continuó subiendo con ella.

Zac aguardaba nervioso en el lugar donde se encontraba. Si a cualquiera de aquellos dos inconscientes le fallaba una mano, caería al suelo y sufriría graves daños. Incapaz de quedarse quieto, se movía intentando no perder de vista a Sandra, pero cada vez le resultaba más difícil. La altura se lo impedía y el ramaje también, y estaba con las venas del cuello hinchadas cuando oyó una voz detrás de él que decía:

—Vaya..., vaya... Qué curioso..., ¡también se sube a los árboles!

Al volverse, se encontró con su hermana Megan.

—Está bien que sientas lo que yo llevo sintiendo toda mi vida contigo —añadió ella.

—Megan... —se quejó él—. No digas tonterías.

A Zac lo podía la inquietud, y más cuando vio unos ramajes secos caer a plomo contra el suelo. Se movió para intentar ver qué ocurría en la copa del árbol, pero entonces Duncan, acercándose a ellos, gruñó:

—Esa muchacha es una imprudente; pero ¿cómo puede jugarse así la vida?

—Desde luego, valiente es —dijo Aiden sonriendo y mirando hacia arriba.

—No es imprudente porque sabe lo que hace —afirmó Megan, con lo que se ganó una reprobadora mirada de su marido y de su hermano.

Zac maldijo en silencio. Aquel juego lo estaba poniendo muy nervioso.

—Maldita temeraria —siseó—. No sé qué ve de divertido en esto.

Sin poder dejar de sonreír, Megan se disponía a decir algo cuando oyó a Sandra gritar desde lo alto de la copa del árbol y, al mirar a Angela y verla reír y dar palmas, supo que la joven había llegado la primera. Justo después, mirando a su marido y a su hermano, exclamó levantando los brazos:

—Ha ganado Sandra. ¡Woooooooooooooooo!

Una vez dicho esto, se marchó junto a Angela.

—Nunca las entenderé —murmuró Zac desesperado.

—Yo, ni lo intento —añadió Aiden sorprendido.

—Las mujeres suelen ser delicadas, débiles, refinadas. Pero... pero... ¿qué necesidad tienen éstas de estar aceptando retos sin cesar? —gruñó Zac.

Al ver a su esposa aplaudir junto a Angela y a Gillian, Duncan sonrió. Si Megan no fuera como era, estaba seguro de que no estaría tan enamorado de ella; sonriendo, posó la mano sobre el hombro de su desesperado cuñado y afirmó:

—No intentes entenderlas porque no lo conseguirás, y alégrate de que no sean débiles ni mimadas. Recuerda lo que hablamos anoche, y piensa en lo que quieres.

A continuación, se alejó sonriendo, mientras Zac, descolocado por lo que su hermana y su cuñado acababan de decirle, intentaba ordenar sus ideas.

Entonces Aiden, con una socarrona sonrisa, preguntó:

—¿No es ésa la mujer que...?

No pudo terminar, porque Zac le dio un empujón. Se llevaba muy bien con Aiden, pero replicó muy serio:

—Cierra esa boca que tienes si no quieres meterte en problemas.

Minutos después, Errol y Sandra bajaron del árbol entre risas. Megan, Gillian, Angela y alguno más felicitaban a la joven, mientras que otros highlanders la miraban como si fuera un bicho raro. Pero ¿qué hacía una mujer subiendo a un árbol?

Cuando el espectáculo acabó, todos se encaminaron hacia el castillo, y Zac, colocándose al lado de la ganadora, murmuró tratando de aparentar tranquilidad:

—Te has lastimado la mejilla.

Al verlo, Sandra dio un respingo.

¿Qué hacía él allí?

¿Cuándo había llegado?

E, ignorándolo, no le habló. Estaba muy enfadada con él.

—Lo que acabas de hacer es una locura —insistió Zac.

Sandra miró hacia otro lado. No le interesaba contestarle, pero él, dispuesto a ganarse de nuevo su favor, se agachó, cogió una flor naranja y, poniéndola ante ella, dijo con una sonrisa:

—Una flor para otra flor.

Entonces ella lo miró y, sin ganas de sonreírle, siseó:

—¿Quieres que te diga dónde puedes meterte tu maldita flor?

Él la miró asombrado. La osadía de aquélla era tremenda y, enfadado, le recriminó tras tirar la flor al suelo:

—Eres una temeraria que no piensa las cosas dos veces antes de hacerlas. ¿Acaso quieres romperte el cuello o estás buscando que vuelva a azotarte por ser tan irreverente?

Al oírlo decir eso, la joven entrecerró los ojos y replicó:

—Tócame y eres hombre muerto. Y, en cuanto a lo que yo haga o deje de hacer, no es asunto tuyo porque ya no estamos en tus tierras, ni en tu casa, y mucho menos te he incomodado delante de tus hombres. Por tanto, olvídate de mí y vete a molestar a otra.

Dicho esto, se agarró del brazo de Errol y se alejó.

Aiden, que caminaba junto a Zac, al ver que éste lo miraba descolocado por lo que aquélla le había soltado, murmuró:

—No he oído nada. Nada en absoluto.

Zac maldijo, pero, inexplicablemente, sonrió para sus adentros. Cómo le gustaba aquel endiablado carácter de ella.

Estaba mirándola y sintiendo que ella no se lo iba a poner fácil, cuando Megan, que pasaba por su lado, canturreó:

> *De las Highlands has llegado,*
> *valeroso y enojado,*
> *pero tú no le das miedo,*
> *aunque seas un hombre fiero.*

Al oírla, Zac volvió a maldecir. Guerrear con Sandra era terrible, pero soportar las mofas de su hermana Megan podía ser incluso peor.

Capítulo 12

～く

Esa noche, Sandra intentó disfrutar de la cena sin mirar ni una sola vez a Zac; no quería que él le amargara la velada. Sólo le quedaba un día para regresar a Carlisle, le había prometido a su madre que no tardaría en volver más de veinte días, y quería disfrutar de su tiempo al máximo.

En la mesa se habló de mil cosas, las mujeres tenían continuamente tema de conversación. En un momento dado, Zac se fijó en que Angela le indicaba a Sandra algo en relación con la herida de su mejilla, y ella, encogiéndose de hombros, sonreía y le quitaba importancia.

Cuando terminaron de cenar, todos pasaron a un bonito salón, donde había una enorme chimenea, y Shelma, al ver a su hermano más callado de lo normal, preguntó:

—Zac, ¿qué te ocurre?

—Nada —dijo él, y, mirándola, añadió—: Megan ya ha venido a mis tierras, ahora sólo faltas tú.

Ella sonrió y afirmó:

—Estoy impaciente por ir a Balvenie.

Con cariño, él cogió la mano de su hermana y, tras besársela, dijo con galantería:

—Ya sabes que mi casa es tu casa, hermana.

Cuando todos se sumergieron en una conversación en relación con las tierras de Zac y con el provecho que se les podía sacar, además del cuidado de ganado, Sandra se escabulló y salió al exterior.

La noche era fría y húmeda como casi siempre en las Highlands, pero no llovía, por lo que caminó hasta un lateral del castillo y se sentó. La luna, en todo su esplendor, iluminaba el bosque, y le encantó la grandeza del lugar, que era realmente precioso. Entonces empezó a cantar:

Mi amor en las Highlands
es tuyo, mi alma,
y cada mañana
una flor me regalas.

Clarisa sueña
que Gilfred la besa,
y están hechizados
y enamorados.

De pronto, unos aplausos la interrumpieron. Cuando Sandra levantó la cabeza, vio a un hombre que salía de las sombras y se acercaba a ella.

—Preciosa canción y bonita voz.

—Gracias —dijo ella, algo azorada.

Se miraron en silencio unos segundos, hasta que él dijo:

—Disculpa mi atrevimiento. Soy Aiden McAllister.

—Sandra Murray.

—Lo sé. Sé quién eres —afirmó él, haciéndola sonreír—. Por cierto, eres muy hábil trepando a los árboles, y la dueña de una sonrisa muy bonita.

Sandra soltó entonces una carcajada, y él, señalando, preguntó:

—¿Puedo sentarme?

—Sí. Por supuesto.

Una vez que se hubo sentado a su lado, ambos contemplaron las estrellas que poblaban el cielo.

—Nunca había oído esa canción —comentó él—. ¿Quién te la enseñó?

Con una triste sonrisa, Sandra dejó de observar las estrellas y, mirándolo, indicó:

—Mis padres. Ellos la inventaron y me la cantaban cuando era pequeña.

Aiden asintió y, al ver su gesto triste, murmuró:

—En tu rostro veo tristeza al hablar de ellos. ¿Por qué?

—Porque mi padre murió.

—Lo siento.

Sandra asintió. Durante un momento permanecieron en silencio, hasta que ella indicó:

—Te vi en las tierras de Zac Phillips.

—Trabajo con él.

Al oír eso, Sandra torció el gesto, y él cuchicheó sonriendo:

—No lo veas como a un ogro, es una buena persona.

Ahora fue Sandra quien esbozó una sonrisa, pero Aiden, al ver que era más bien una mofa, musitó:

—Nunca vuelvas a gritar y, menos aún, a golpear al jefe de un clan delante de sus guerreros. Eso te evitará problemas.

Molesta, ella resopló. Se arrepentía mucho de haber hecho aquello. Si su padre siguiera con vida, la habría reprendido duramente.

A continuación, permanecieron en silencio unos instantes, hasta que él volvió a preguntar:

—¿Qué tal es vivir con los Murray?

—¡Qué más quisiera yo! —repuso Sandra, pero, al ver que él la miraba sin entender, le aclaró—: Tras la muerte de mi padre, mi madre y yo nos trasladamos a Carlisle, y allí, la verdad, las cosas no son muy fáciles.

—Y ¿por qué sigues allí?

Suspirando por tener que explicar aquello centenares de veces, Sandra soltó:

—Porque no quiero ser una mala hija, le debo mucho a mi madre y no puedo abandonarla.

En ese instante apareció un highlander, que, mirándolos, dijo:

—Aiden, estamos listos para partir.

—Enseguida voy.

Dicho esto, el highlander se retiró. Entonces Aiden, mirando a la joven, aclaró:

—Partimos para Dundee. Soy el encargado de recoger los caballos que Zac compra para llevarlos a Balvenie. —Sandra asintió, y él finalizó—: Ha sido un placer hablar contigo.

—Lo mismo digo, y buen viaje.

Cuando Aiden dobló la esquina se dio de bruces con Zac.

—Tranquilo —dijo al ver su gesto fiero—. Sólo hablaba con ella.

Zac no dejó de mirarlo con dureza y, asintiendo, ordenó:

—Vamos, debes irte.

Cuando su hombre de confianza se marchó, Zac resopló. Conocía muy bien a Aiden y sabía cómo las mujeres caían rendidas a sus pies. Cuando lo había visto charlando con Sandra en la oscuridad de la noche, se había alarmado.

Sandra contemplaba de nuevo las estrellas, a solas. Era algo que hacía desde pequeña con su padre, y se emocionó al recordar las historias que él le contaba en relación con ellas.

—¿Era beleño blanco con lo que esos bandidos nos envenenaron?

Al oír su voz, la joven se sobresaltó. Era Zac. Hablaba del día que se vieron por primera vez, tiempo atrás y, sin mirarlo, dijo:

—Te recuerdo que sigo siendo la misma guerrera chillona e irreverente de entonces.

Zac no le hizo caso. Como bien lo habían asesorado sus cuñados, si quería algo con una mujer, debía ser perseverante, por lo que, acercándose a ella, insistió:

—Y, gracias a ti y a Angela, Kieran y yo seguimos con vida, ¿verdad?

Sandra siguió sin mirarlo ni contestarle. Tras lo ocurrido, no tenía nada de lo que hablar con él, por lo que siguió contemplando las estrellas.

En cambio, Zac necesitaba que ella lo mirase y le hablase.

—Nunca he querido hacerte daño —se sinceró—, pero debes entender que lo que hiciste ante mis hombres no estuvo bien. Y más cuando soltaste —y, poniendo una voz aflautada, añadió—: «Y da gracias de que fuera mi rodilla y no una daga...».

Al oírlo, Sandra no pudo evitar sonreír. Al verla, él supo que iba por buen camino y, deseoso de que lo mirara, insistió clavando los ojos en el raspón de su mejilla:

—Lo que hiciste el otro día y lo que has hecho hoy son temeridades. Pero si pienso en la joven que conocí, que cada noche imprudentemente se ocultaba tras una capucha y, espada en mano, luchaba con todo aquel que se internara en el bosque de los Ferguson, me doy cuenta de que para ti esas temeridades son juegos de niños.

Sandra lo miró por fin, y él, extendiendo la mano, le tocó la barbilla con los nudillos e indicó:

—Lo siento. Siento haberte azotado, pero sabes tan bien como yo que debía hacerlo o tú y yo habríamos tenido problemas con mis hombres.

La joven asintió. Sabía que llevaba razón, pero no respondió.

—En mis sueños, eres mía —murmuró Zac entonces con voz íntima—, pero en la realidad sólo eres un sueño que aparece y se desvanece, y ya no sé qué pensar.

El corazón de Sandra golpeaba su pecho descontrolado mientras sus ojos y los del guerrero se devoraban.

A pesar de lo ocurrido, ella era la primera que sabía que Zac nunca había querido hacerle daño. Estaba atacada por cómo él la miraba, y entonces el highlander pidió:

—No me mires así.

—¿Por qué?

—Porque me tientas.

—¡¿Yo?! —La joven sonrió.

Como la deseaba y la necesitaba, se agachó y, cogiendo su fino rostro entre las manos, preguntó:

—¿Puedo besarte?

Sandra asintió.

Fue un beso lento, codiciado, esperado. Un beso cargado de tensión y deseo que ambos disfrutaron a la luz de la luna sin importarles nada más. Sólo ellos.

Instantes después, cuando sus bocas se separaron apenas un poco, Zac susurró con la frente apoyada en la de ella:

—Desearía que no vivieras en Carlisle porque, mientras vivas allí y tu abuelo se empeñe en casarte con uno de esos ingleses, las cosas entre tú y yo serán complicadas. Lo sabes, ¿verdad? —Ella asintió, y entonces él murmuró embrujado—: Pensar en cómo le sonreías a ese Preston Hamilton me encela, como me encela saber que estás prometida a otro, porque no he olvidado que un día te dije que haría todo lo posible porque nuestros destinos volvieran a cruzarse y...

—Que nunca te olvidarías de mí —finalizó la frase ella.

Al oírla, el highlander sonrió, y ella, extasiada por sus palabras, exigió:

—Zac, bésame.

Sin dudarlo, él la acercó más a su cuerpo y la observó con posesión. Desde su altura, se perdió en aquellos ojos almendrados que lo habían embelesado tiempo atrás y, acercando su boca a la de ella, recorrió con la lengua aquellos labios tan tibios y, lleno de deseo, la devoró.

El tiempo se paró para ellos. Sólo querían besarse, tocarse, mimarse. Entonces Zac, que no estaba dispuesto a que nadie pudiera ver lo que estaban haciendo, la cogió entre sus brazos y entró en las caballerizas. Allí tendrían intimidad.

Un beso llevó a otro.

Una caricia, a otra.

El deseo de ambos se acrecentó y la locura los envolvió.

Consciente de la temeridad que estaban a punto de hacer, Sandra lo pensó, lo valoró, pero era tal el hambre que sentía de él que, cuando Zac metió las manos bajo su falda y le recorrió con delicadeza la cara interna de los muslos, tembló y se lo permitió.

Era suave. El highlander enloqueció con su suavidad.

Sandra era suya, sólo suya. Y saber que nadie había tocado lo que él tocaba con mimo y deleite lo aturdió.

Deseoso de más, sus manos recorrían las piernas de ella, hasta que sintió el suave vello de su pubis y supo que estaba perdido, por lo que se detuvo.

Sandra, abandonada al placer que él le estaba proporcionando, lo miró a los ojos y, moviéndose, murmuró:

—Zac...

Él cerró los ojos. Estaba rebasando demasiadas barreras, pero, atolondrado, tocó los pliegues de su sexo y, al notarlos tibios y húmedos, jadeó. Aquella tibieza que ella le ofrecía no era comparable con nada de lo que había experimentado, y más cuando ella lo cogió gimiendo del pelo y lo besó con posesión. Le introdujo la lengua en la boca y jugó con él hasta que lo espabiló y lo hizo reaccionar.

Los inquietos dedos de Zac tocaron el botón de placer de Sandra, y la joven jadeó acalorada. Aquello le estaba haciendo perder la razón.

Embelesado por la expresión de su rostro, Zac llegó hasta su empapada cavidad. Sandra lo miró y, con un gemido que le llegó al alma, le dio permiso para continuar. Por ello, introduciendo un dedo en su interior, el guerrero susurró:

—*Mo chridhe...*

Oír que la llamaba *mi amor* en gaélico, en un momento así, mientras uno de sus experimentados dedos entraba y salía de ella proporcionándole un placer hasta el momento desconocido, la hizo arquear todo el cuerpo y, agarrada a sus hombros, se dejó hacer.

Había soñado con aquella loca y devastadora intimidad cientos de veces, y sólo con él. Por eso, llegado el momento, supo que estaba dispuesta a darle aquello que podía honrar o deshonrar a una mujer.

Hechizados por lo que sentían, ambos se dejaron llevar. Sin parar de jadear, Sandra le desabrochó la camisa como pudo y se la quitó. Él, deseoso de más, sacó entonces las manos de entre sus muslos, le desabrochó el vestido y se lo bajó hasta la cintura.

Acalorada, ella lo miró a los ojos y entonces Zac, tras pasear las manos por su espalda y besarle el cuello, le acarició un pecho y murmuró:

—Tu piel es tibia, y eres tan suave como siempre imaginé.

Al oírlo, la joven sonrió. No quiso preguntar por Mery, ella allí no pintaba nada, y, alargando la mano, tocó sus duros pectorales.

Enloquecidos, se dejaron caer sobre el suelo seco. Se besaban, se tocaban, se abrazaban, hasta que las manos de Zac volvieron a perderse entre sus piernas.

De nuevo los dedos de él comenzaron a jugar en el interior de Sandra, saliendo y entrando rítmicamente, consiguiendo que la joven jadeara y se restregara sin ningún pudor contra él. El calor que sentía era tremendo.

Un calor que comenzaba en la punta de los pies y subía de forma irremediable por todo su cuerpo, haciéndole desear más y más, hasta que un grito la hizo encogerse y cerrar los ojos temblando. Cuando todo aquello terminó y abrió de nuevo los párpados, Zac le cogió la mano, se la puso por encima del pantalón en su dura excitación y murmuró:

—No sabes cuánto deseo hacerte mía.

Sandra tocó aquel bulto duro que pugnaba por salir de la prenda y se avergonzó.

—Como ves, no es una espada... —señaló él para quitarle hierro.

Ella no pudo evitar sonreír y, acercándose a él, posó los labios sobre los suyos mientras pensaba que nunca había imaginado que perdería la virginidad en el suelo de unas caballerizas.

Zac le besó entonces los hombros, el cuello, los pechos..., la joven era una verdadera delicia. No obstante, al oír un gemido de ella, se interrumpió de pronto. Sandra no era la mujer experimentada que era Mery Lo que estaba a punto de hacer no era de caballeros, y menos con ella. Sandra se merecía algo mejor que aquella caballeriza, por lo que, mirándola a los ojos, indicó:

—Si te hago mía, no será aquí. Será en la intimidad de mi habitación, sobre una cama seca y unas sábanas limpias que no marquen tu delicada y bonita piel.

—Zac...

—Hacerte mía —prosiguió él— significará que no regresarás a Carlisle y un párroco nos casará al amanecer.

—Zac..., he de regresar a Carlisle y romper mi compromiso.

Sin cambiar el gesto, él sentenció:

—A partir de este instante queda roto. Eres mi mujer, y nada se te ha perdido allí.

Acelerada y jadeante, Sandra suspiró. No había nada en el mundo que quisiera más que ser su esposa, pero mirándolo dijo:

—Desearía que mi madre estuviera en mi boda.

—Imposible. Ella lo entenderá.

Incapaz de ceder en algo así, la joven negó con la cabeza.

—Zac, te quiero, pero amo a mi madre y deseo que esté en nuestro enlace y vea que me caso por amor. —El highlander sonrió—. Pero para ello he de regresar a Carlisle por ella. No quiero que viva allí sin mí.

Zac dejó de sonreír. Entendía lo que ella le pedía, pero negó con la cabeza e insistió:

—Enviaremos un mensaje y mis hombres la escoltarán hasta mis tierras. Podemos posponer la boda hasta que ella llegue, pero tú no regresarás allí bajo ningún concepto. No quiero que tengas nada más que ver con esos ingleses.

—Zac —protestó ella—, no todos los ingleses son malos y...

—Sandra, sé muy bien que todos no son malos. Pero también sé que no quiero a ninguno de ellos cerca de mi mujer porque no los conozco y no me fío de ellos.

La joven intentó comprender su punto de vista, y murmuró pensando en su madre:

—Por amor a mi abuelo, mamá no querrá marcharse. Pero, si yo voy, puedo convencerla y sacarla de allí.

—No.

Angustiada por lo terco que el guerrero podía llegar a ser en ocasiones, Sandra lo miró y sentenció:

—Zac, te guste o no, he de regresar a por mi madre.

Ofuscado como siempre por la cabezonería de ella, la soltó. En ese instante, Sandra sintió que el momento mágico había acabado y, levantándose del suelo igual que él, observó cómo se ponía la camisa y, tras acomodarse ella el vestido, preguntó:

—No hemos hablado de Mery y...

—No hay nada que hablar sobre ella —replicó Zac y, mirándola, decretó—: Tú decides. O te quedas conmigo o te vas, pero sin mí.

El dolor que aquellas palabras ocasionaban a Sandra le encogieron las entrañas. Amaba a Zac, lo adoraba, pero no podía hacerle eso a su madre. No podía abandonarla en Carlisle y que quedara a la merced de la tiranía de su abuelo y de Wilson.

Sabía que la castigarían, que le harían la vida imposible si ella no regresaba, e, intentando no desmoronarse por la decepción y el dolor que sentía en ese instante, acercó los labios a los de él y lo besó. Cuando se separaron, murmuró levantando el mentón:

—Entonces me iré sin ti.

Zac la miró boquiabierto.

Las mujeres se peleaban por estar con él, todas lo deseaban, y, ofuscado por su rechazo, dio media vuelta y se alejó sin decir nada más.

Sandra lo observó salir de las caballerizas y se enjugó los ojos anegados en lágrimas.

A pesar de la decepción y la frustración que sentía porque aquel cabezota fuera incapaz de entenderla, no quería llorar. Pero estaba terminando de ajustarse el vestido cuando Zac entró de nuevo y, mirándola con gesto crispado, dijo:

—Iremos a Carlisle, sacarás a tu madre de allí y regresaremos a mis tierras.

Sandra asintió emocionada porque él hubiera regresado.

—Claro que sí.

Él le cogió la mano y añadió:

—Tu madre es importante para ti y así ha de ser para mí. Retrasaremos nuestra boda. Haremos las cosas bien y, el día que por primera vez te haga mía, será en nuestro hogar, en nuestra habitación y en nuestra cama, porque estoy dispuesto a darte amor, seguridad y estabilidad.

Sandra aceptó todo aquello, pero indicó:

—No quiero verte cerca de esa tal Mery.

—Te lo prometo —afirmó él.

Ella sonrió y él sintió que el alma se le escapaba con aquella sonrisa que lo iluminaba todo a su alrededor.

—Puedes con mi voluntad —musitó él dichoso— y, sin entender todavía por qué, disfruto de tu naturaleza atrevida.

—Me encanta saberlo —declaró Sandra feliz.

Sus bocas volvieron a unirse. La pasión que sentían el uno por el otro era irrefrenable, y Zac, conteniendo sus instintos más salvajes, la separó de él y preguntó:

—¿Prometes que nada ni nadie te separará de mí?

Dichosa y feliz, más segura que en toda su vida, ella asintió y afirmó:

—Ya sabes que yo nunca prometo.

—Sandra... —siseó él.

—Zac... —replicó ella.

Atontado por las cosas que aquélla le hacía sentir, el duro guerrero le dio un beso en los labios y murmuró:

—Vale..., tomaré este beso como una promesa.

Sandra sonrió de nuevo, y él insistió:

—Ah..., y se acabó subirse a la copa de los árboles.

Al oírlo, Sandra lo miró y cuchicheó mientras guardaba lo ocurrido entre ellos como otro de sus bonitos momentos para recordar:

—Ya sabes que yo nunca prometo nada.

Su sonrisa desarmaba a Zac, y, acercándola de nuevo a él, la besó. Por primera vez en su vida había claudicado en lo referente a temas del corazón, y pensó que quizá su cuñado Duncan estaba en lo cierto.

Capítulo 13

Despedirse de Angela siempre era motivo de lágrimas porque nunca sabían cuándo volverían a verse.

Mientras Sandra abrazaba a su amiga y a sus hijos, Megan observaba a su hermano, que estaba preparado junto a los Murray. Por ello, y deseosa de saber, se acercó a él y le preguntó:

—¿Vas a escoltar a Sandra hasta Carlisle?

—Sí.

Ella lo miró boquiabierta e, intentando no preocuparse en exceso por él, insistió:

—¿Sólo te acompaña Cameron?

—Sí. El resto están en Dundee. Tranquila, iré con los Murray.

Megan asintió y, al ver una fugaz miradita entre su hermano y Sandra, preguntó de nuevo:

—¿Y este cambio de actitud?

Zac sonrió.

—¿Acaso es malo cambiar de actitud? —dijo él mirándola.

Desconfiando, Megan clavó sus ojos oscuros en él e iba a protestar cuando éste, con guasa, acercó su cabeza a la de ella y murmuró:

—Tenías razón. Odio ver que se sube a los árboles, y debo pensar en su seguridad.

Boquiabierta por lo que eso significaba, ella se llevó la mano a la boca y sonrió.

—Me alegra saber que tu corazón te ha hablado finalmente.

Zac asintió. Entonces, mirando a Sandra, que besaba en ese instante a Shelma y a Alana, se fijó en la espada que llevaba colgada de la cintura y cuchicheó mofándose:

—Ahora sólo me queda conseguir que deje de hacer locuras.

Eso hizo sonreír a Megan. Dudaba que Sandra dejara de hacer muchas de las cosas que llevaba haciendo desde siempre.

—Iremos a Carlisle —añadió Zac—, recogeremos a su madre y, cuando volvamos, nos casaremos en mis tierras. ¿Puedes ocuparte de que todo esté preparado a nuestro regreso?

Gillian y Angela, que se acercaban a ellos, murmuraron al oír eso:

—¡¿Qué?!

Megan sonrió, y Zac, bajando la voz para que sólo ellas lo oyeran, agregó:

—Si todo sale como espero, Sandra será una más de la familia; pero ahora, guardadme el secreto hasta nuestro regreso. Y nada de decírselo a Shelma, o lo sabrá toda Escocia.

Las tres mujeres sonrieron encantadas.

Durante el viaje, Zac se ocupó de que Sandra estuviera bien y no le faltara de nada. Se tomaron el regreso con tranquilidad, e incluso hicieron noche en el camino. Zac y Sandra no tenían prisa, y Josh, al entender lo que ocurría entre ellos, sonrió.

Al día siguiente, al llegar a lo alto de una colina, observaron la fortaleza del abuelo de Sandra en Carlisle. El sitio era una maravilla, pero a la joven se le borró la sonrisa. Regresar allí era lo último que quería, pero mientras su madre estuviera en ese lugar, nada podría alejarla.

Al ver su cambio de expresión, Zac se acercó a ella y, asiéndola por la cintura, la pasó con habilidad a su montura.

—Tu abuelo tiene que entender que yo voy a ser tu marido —declaró cuando ella lo miró.

Ella asintió, suspiró y no dijo más.

Continuaron su camino hasta llegar ante las puertas de la fortaleza y, al no abrirse a su llegada, Zac preguntó:

—¿Qué ocurre?

Cuando Sandra se disponía a contestar, Cameron murmuró:

—Varios hombres nos apuntan con sus arcos, mi señor.

Zac miró hacia el lugar donde aquél le indicaba, y entonces Josh, que estaba a su derecha junto a su hijo Errol, señaló con gesto hosco, recogiendo la espada que Sandra le entregaba:

—Lo hacen siempre, pero no atacarán.

Harta de las miradas hostiles de Cameron, Sandra indicó entonces con sorna:

—Tranquilo. Son tan de fiar como yo.

El guerrero miró hacia otro lado. Aquella joven era una impertinente.

A cada instante más incómodo por la situación, Zac volvió a observar las puertas cerradas.

—Nosotros no podemos entrar en la fortaleza —apuntó Errol—. Debemos dejar a Sandra aquí.

Zac apretó el cuerpo de la joven contra el suyo, y ella, intentando tranquilizarlo, dijo:

—Mi abuelo es reacio a que ningún escocés entre en su propiedad, y...

—Pues, sin mí, tú no entras —sentenció Zac.

Ella suspiró. Tener que lidiar con su abuelo y con Zac no iba a ser lo más agradable, y, volviéndose para mirar al highlander, empezó:

—Escúchame...

—No, Sandra.

—Por favor, Zac —insistió la joven—. No es momento de rencillas entre mi abuelo y tú. Esperarás junto a los Murray acampado en el bosque hasta que salgamos mi madre y yo y, una vez que lo hagamos, podremos irnos.

—No —repitió él.

Sandra volvió a suspirar y, con voz angustiada, replicó:

—Por favor, no me lo pongas más difícil.

Zac miró a Josh, él conocía la situación mejor que nadie. Finalmente, éste asintió:

—Lo que dice Sandra es lo más inteligente si queremos marcharnos de aquí cuanto antes.

Con sus manos rodeando la cintura de aquélla, Zac se resistía a dejarla marchar, pero cuando vio que era la única opción si no quería entrar en guerra con los guerreros que custodiaban la fortaleza y los miraban con gesto serio, indicó:

—De acuerdo. Pero me quedo aquí junto a Cameron. No nos moveremos.

—Zac —sugirió Josh—, es más seguro que nos quedemos en el bosque.

El aludido, entendiendo lo que aquél insinuaba, protestó frustrado:

—Acabas de decir que nunca atacan..., ¿por qué habría de cambiar mi posición? —Y, sin dejar que Josh contestara, volvió a mirar a Sandra y añadió—: Si no sales antes del anochecer, te juro por san Fergus que entraré a por ti, le guste o no a tu abuelo.

Sandra asintió con una sonrisa.

—Si no salgo antes del anochecer, Errol sabrá cómo entrar.

Al oír eso, el aludido sonrió, y Sandra aclaró:

—Mi madre nació y se crio aquí. Me mostró ciertas entradas ocultas que yo le he enseñado a Errol.

Zac asintió y, queriendo dejar claro ante los ingleses que los observaban quién era el prometido de Sandra, la besó en los labios. Cuando sus bocas se separaron, murmuró mirándola a los ojos:

—Odio que entres sin mí.

—Zac..., no enfademos más a mi abuelo.

Resignado a mantener la tranquilidad, por el bien de ella y de su madre, el highlander le dio un último beso en los labios y murmuró:

—*Mo chridhe*..., no tardes, y recordemos este momento como la última vez que vas a separarte de mí.

A Sandra le encantaba y la enamoraba más aún que él la llamara *mi amor* de aquella manera, y asintiendo afirmó:

—No tardaré.

A continuación, con pesar, el guerrero la pasó de su montura a la suya. El portón de la fortaleza se abrió cuando el caballo de la joven se acercó, y volvió a cerrarse a su espalda cuando hubo entrado.

Zac se quedó mirando entonces la maldita puerta con gesto fiero, y Josh, al entender su frustración y que no querría acampar con ellos en el bosque, indicó bajándose de su montura:

—De acuerdo. Esperaremos aquí.

Capítulo 14

Una vez que se hubieron cerrado las puertas de la fortaleza, Sandra continuó sobre su caballo hasta llegar a una escalera. Allí, se bajó de su montura con agilidad y, mirando al hombre que le recogía el caballo, sonrió y saludó:

—Hola, Blastley.

—Bienvenida, lady Sandra —dijo él.

Sin pararse, entró en la fortaleza en busca de su madre; le extrañaba que no hubiera salido ya a recibirla. Estaba caminando hacia el salón cuando Wilson apareció por la escalera y, sin previo aviso, la agarró del cuello y siseó estampándola contra la pared:

—Eres como tu madre, una descarada, una insolente desvergonzada que se restriega con cualquiera. ¿A qué ha venido dejarte manosear por ese bárbaro?

Sin poder respirar, Sandra pataleó. Aquel hombre la tenía cogida del cuello, y apenas un hilillo de aire entraba en su cuerpo. El gesto de Wilson mientras la ahogaba se veía atroz, y, cuando la soltó y la joven cayó al suelo respirando con dificultad, directamente la cogió del pelo y, arrastrándola, espetó:

—Vamos, tu... abuelo te espera.

Horrorizada por lo que estaba ocurriendo, Sandra gritó dolorida, pero Wilson parecía no oírla. En cuanto entraron en el salón y él la soltó, se levantó todo lo rápida que pudo y, tras sacar el cuchillo que llevaba oculto en la bota derecha, se abalanzó sobre él y se lo clavó en el brazo.

El hombre chilló, momento en que Augusto se levantó de su asiento y exclamó al ver la sangre correr por su brazo:

—¡Maldita sinvergüenza!

Asustada, enfadada y descolocada, la joven miró a su abuelo, y entonces un bofetón por parte de Wilson le cruzó la cara y la hizo caer al suelo. Pensó en Zac, en los Murray... Si cualquiera de ellos viera lo que estaba ocurriendo, matarían a Wilson; siseando, bramó:

—¡Si vuelves a ponerme una mano encima, te mataré!

Wilson maldijo, le había hecho un corte muy feo en el brazo. Y, llamando a gritos a una de las sirvientas de la fortaleza, le exigió que se lo curara. La mujer, horrorizada y temerosa por ver a la pobre Sandra despeluchada y con el rostro enrojecido, se apresuró a obedecer. Nadie podía llevarle la contraria a Wilson.

Sofocada por aquel brutal recibimiento, Sandra miró entonces a su abuelo.

—¿Dónde está mi madre? —exigió saber.

Augusto la observó y, con el corazón frío como el hielo, mintió:

—Pagando los errores de su hija.

Sandra apretó entonces los puños y siseó:

—Si le habéis puesto un dedo encima, tú o ese asqueroso gusano —señaló a Wilson— lo pagaréis muy caro.

Furioso, éste levantó el brazo para abofetearla de nuevo pero Augusto lo detuvo y, mirando a la que nunca había considerado su nieta, farfulló:

—No vuelvas a hablarle así a tu futuro marido o no lo pasarás bien.

—¡¿Qué?! —exclamó Sandra.

El anciano asintió con tranquilidad.

—Como era de esperar, los padres de tu prometido han encontrado a otra mujer casadera y han roto el compromiso. Tras meditarlo mucho, creo que es la mejor opción. Necesitas que alguien te haga entender quién eres y cómo has de comportarte, por lo que he resuelto que te casarás con Wilson.

—¡No! —gritó Sandra mirando a aquel hombre.

—No chilles. Está decidido —repitió su abuelo.

Desesperada, ella echó un vistazo a su alrededor y exclamó:

—¿Dónde está mi madre? Ella nunca permitiría semejante atrocidad.

Wilson sonrió, y Sandra, al ver que ninguno pensaba decirle dónde estaba Clarisa, comenzó a llamarla a gritos:

—¡Mamá!... ¡Mamá, ¿dónde estás?!

Pero no obtuvo respuesta, y su abuelo, mirándola con el gesto desencajado, siseó:

—Tu madre no puede oírte donde está. Sólo sabrás de ella cuando estés casada con Wilson.

—¡No puedes hacer eso! —chilló Sandra furiosa—. No puedes obligarme a...

—Sí. Sí puedo, y lo sabes muy bien.

La joven buscó una salida, pero no la encontró, y lo único que finalmente pudo decir fue:

—Mi... mi prometido, Zac Phillips, me espera junto a los Murray en el exterior de la fortaleza. Si no salgo antes del anochecer, entrará a por mí.

—¡¿Tu prometido?! —voceó Augusto.

—Sí, mi prometido. Él y los Murray impedirán esta absurda boda —afirmó Sandra.

El viejo y Wilson se miraron. No iban a consentir que la historia volviera a repetirse, por lo que Augusto, saliendo del salón, ordenó sin un ápice de piedad:

—Mátalo, Wilson. Mátalo a él y a esos Murray.

Horrorizada y asustada, Sandra negó con la cabeza. Lo último que quería era que Zac o cualquiera muriera, y, revolviéndose, se disponía a marcharse cuando Wilson, que ya había terminado su cura, caminó hacia ella y, empujándola sobre uno de los sofás, espetó:

—Siéntate y calla.

Sin apartar la vista de ella, dio un particular silbido y, un instante después, entró uno de sus guerreros. Wilson le habló bajando la voz y, cuando aquél asintió y salió del salón, se dirigió a Sandra sonriendo con maldad:

—Ahora, tú y yo vamos a hablar.

—No tengo nada que hablar contigo.

—¿Ah, no? —se mofó él sentándose enfrente—. Entonces, daré la orden. Al parecer, es fácil acabar con todos los que están en el exterior de la fortaleza. Ninguno está a cubierto.

Al recordar que Zac había dicho que esperarían en la puerta,

Sandra cerró los ojos. Aquel desgraciado tenía razón: los tenían a tiro.

—De acuerdo, hablemos —murmuró.

Wilson sonrió. Al fin tenía a aquella deslenguada donde quería y, mirándola, afirmó:

—Vas a ser mi mujer.

—¡No!

Pero él asintió y declaró con gesto impasible:

—Tienes más que perder que ganar si no lo eres. Empezando porque no verás a tu madre, y siguiendo porque morirán todos los hombres que están fuera. —Al ver la mirada de aquélla, la agarró del brazo y, levantándola, dijo mientras le ponía un trapo sobre la boca para que no hablara—. Ven. Te lo mostraré.

A continuación, la arrastró sin mucha delicadeza escaleras arriba, hasta las almenas. Una vez fuera, varios de los hombres los miraron; unos sonreían, otros nos. Entonces, señalándole a Sandra el lugar donde estaban Zac y los Murray, Wilson indicó:

—Sólo son cuatro, y varios de mis hombres apuntan directamente a sus corazones y a sus cabezas. Las posibilidades de que salgan vivos son nulas. Por tanto, tú decides si viven o mueren.

Angustiada como no lo había estado en su vida, Sandra los miró. Sabía que aquel desgraciado tenía todas las de ganar. La cabezonería de Zac los había puesto a todos en peligro, y, tras pensarlo, asintió.

Wilson sonrió y, sintiéndose ganador, la sacó a rastras de las almenas.

Mientras bajaban la escalera, a Sandra se le escaparon unas lágrimas, pero éstas se cortaron cuando Wilson, en vez de seguir hacia el salón, se encaminó hacia la habitación de ella. Asustada, la joven lo miró, pero él continuó a grandes zancadas y, tras abrir la puerta, le quitó la mordaza de la boca.

—Y ahora, adecéntate —le ordenó—. Lávate, péinate y ponte ese vestido rojo que tanto te gusta, porque has de salir y decirles a esos bárbaros que se vayan de aquí.

Sandra lo miró fijamente. No haría nada de eso mientras él no se marchara. Sin embargo, él se sentó en la cama e indicó:

—Esta noche nos uniremos en matrimonio. No te avergüences.

La joven maldijo y, a continuación, siseó:

—¡Sal de mi aposento!

Wilson sonrió.

—Con tan sólo un silbido mío, mis hombres atacarán.

Consciente de que no podía hacer nada, ella al final comenzó a desabrocharse el vestido ante la atenta mirada de aquél. Cuando la prenda cayó al suelo y quedó tan sólo vestida con la camisola, Wilson se levantó, se aproximó a ella y, acercándola a él, murmuró en tono intimidatorio:

—Tú me darás lo que tu madre no me dio.

A continuación, se dispuso a besarla, pero Sandra se revolvió, y él, sujetándole la cabeza, espetó:

—Una bárbara como tú no debería resistirse. Por tu bien te lo advierto: no hagas nada que pueda enfadarme.

Y, conteniendo sus impulsos, le dio un azote en el trasero. Acto seguido, cogió unas flores secas naranja que había en un jarrón y, aplastándolas, añadió:

—Pospondré la diversión para esta noche. Entonces te haré mía y disfrutaré pensando en lo mucho que a tu madre la horripilaría eso.

Angustiada, y con el pulso acelerado, Sandra se alejó de él y murmuró:

—Quiero verla. Por favor, Wilson, te ruego que me dejes ver a mi madre.

Ignorándola, él sonrió y, tras abrir un armario, sacó el vestido rojo y lo tiró sobre la cama.

—Ponte el vestido y péinate —farfulló mientras volvía a sentarse—. Tan pronto como se hayan ido esos bárbaros, te casarás conmigo y verás a tu madre.

Nerviosa, y sin saber realmente qué hacer, Sandra cogió el vestido y, tras ponérselo a toda prisa, se lo ajustó a la cintura y musitó:

—Ni Zac ni los Murray querrán marcharse sin mí.

Aquello hizo reír a Wilson, que, mirándola, replicó:

—Si no lo hacen, morirán. De ti depende.

Con manos temblorosas, Sandra asió uno de sus peines de nácar y vio junto a él la daga que su padre un día le había regalado a su madre. Entonces, sin dudarlo, la cogió con rapidez y logró metérsela con disimulo en la cinturilla del vestido.

En silencio, comenzó a peinarse. En cuanto acabó y miró a Wilson, éste la cogió del brazo y ordenó:

—Vamos. Haz que se vayan esos malditos highlanders o no verán amanecer.

Angustiada, ella se dejó arrastrar hasta el portón de entrada. Una vez allí, Wilson le señaló una portezuela de seguridad y cuchicheó apartándose:

—Ábrela. Consigue que se marchen o, ante un silbido mío, todos ellos morirán.

Sandra miró hacia arriba y vio a demasiados hombres en posición de ataque semiescondidos tras los muros de la fortaleza, algo que ni Zac ni ninguno de los de fuera podían observar. Intentando contener la rabia que sentía crecer en su interior, cerró los ojos, se pellizcó las mejillas para que se sonrojaran y, tras retirar el pestillo de la pequeña puerta, la abrió.

De inmediato vio a Zac, que hablaba con Errol, y, levantando la barbilla, lo llamó:

—Zac.

Al oír su voz, el highlander se volvió rápidamente. Sonrió y se acercó hasta ella. Sandra estaba preciosa con aquel vestido rojo y su hermoso cabello peinado. Tan sólo los separaba una verja.

—¿Todo bien, *mo chridhe*? —preguntó él.

Con el corazón acelerado, ella lo miró, e intentando mentir sin ser cazada, repuso:

—Sí.

Zac sonrió y volvió a preguntar:

—¿Y tu madre?

Tragando el nudo que tenía en la garganta, Sandra dijo entonces:

—Zac, debes marcharte.

—¿Qué?

—Y los Murray también.

La expresión del guerrero cambió. ¿Había oído bien?

Pero al observar el rostro de ella supo que sí, y maldijo para sus adentros.

¿Qué había podido ocurrir tras esos muros para que Sandra cambiara de opinión?

—¿Qué estás diciendo? —preguntó entonces con grandes muestras de enfado.

—Zac...

—¿Qué ha pasado?

—Zac, por favor...

Agarrándose a los hierros que los separaban, el highlander acercó el rostro a ellos y siseó:

—Abre la verja y déjame entrar.

—No.

—Sandra..., abre.

La desesperación por lo que veía en sus ojos inquietó mucho a la joven.

Quería decirle lo que ocurría, pero no podía hacerlo o correría peligro la vida de todos, incluida la de él. Con el rabillo del ojo, a su izquierda, veía a Wilson esperando y dispuesto a silbar para que los atacaran, por lo que levantó el mentón e insistió:

—Zac...

—¡Abre la maldita verja o te juro que la echo abajo! —rugió él ofuscado.

Temblorosa, pero no por ella, sino por él, al ver a Wilson a punto de silbar, Sandra voceó con furia:

—No voy a abrir porque mi madre me ha hecho entender lo que me conviene. ¡Y ni tú me convienes, ni vivir en las Highlands tampoco!

—Sandra, pero ¿qué dices? —murmuró él atónito por lo que estaba oyendo.

Tratando de no perder la sonrisa para desesperarlo, ella lo miró a los ojos y afirmó:

—Casarme contigo sería un error, y ¿sabes por qué? —Él no dijo nada, y Sandra prosiguió—: Porque merezco un hombre, y tú creo que aún no lo eres.

A Zac le hervía la sangre. Oírla decir aquello no sólo era indignante, era doloroso.

Entonces, Josh siseó detrás de él:

—Muchacha, pero ¿qué dices?

Sintiendo que estaba provocando en Zac el rechazo que necesitaba, Sandra prosiguió con crueldad e indiferencia:

—Mi sitio está con los míos y no en las Highlands, rodeada de vacas y suciedad.

Sin poder creérselo, el guerrero dio un paso atrás. No podía ser. Le había abierto su corazón a aquella mujer, a la que adoraba.

Al ver la furia en sus ojos, ella se afianzó al suelo y sentenció:

—Por el amor de Dios, Zac, tu ruinosa fortaleza es un lugar pobre y mugriento. ¿Cómo pretendes que viva allí pudiendo rodearme de todo tipo de comodidades?

Sin palabras.

Zac se había quedado sin palabras al oír lo que ella decía. Entonces, dejando de mirarlo, ella posó los ojos en Josh, que estaba tan alucinado como él.

—Quiero que os vayáis —le indicó—. Mi prometido me...

—Pero ¡si odiabas a tu prometido...! —gruñó Josh.

La cabeza de Sandra pensó rápidamente e, inventando una historia, respondió con una sonrisita:

—Tienes razón, y por suerte ese compromiso se ha anulado. Pero siempre he valorado a Preston Hamilton, y lo sabes, y esta misma noche parto para Francia con mi madre dispuesta a casarme con él y a vivir en su excelente fortaleza.

Todos se miraban en el sitio sin entender lo que ocurría, hasta que Sandra, poniéndose en jarras, gritó fuera de sí:

—¡Quiero que os vayáis todos de Carlisle! ¡¿Tan difícil es entender lo que pido?! —Y, mirando a Zac, añadió para terminar de herirlo—: Sabes que yo nunca prometo ni juro, pero como veo que no me crees, te juro que amo a Preston Hamilton, y te prometo que deseo con urgencia ser su mujer.

Cameron, el guerrero de Zac, al ver el estado en el que se encontraba éste tras escuchar las duras palabras de la mujer, se le acercó e indicó con tiento, a pesar de la furia que sentía:

—Mi señor..., creo que lo mejor es...

—Sé muy bien qué tengo que hacer para alejarme de esta maldita y caprichosa insolente —lo cortó él.

Y, dando media vuelta, comenzó a recoger sus pertenencias del suelo mientras se sentía furioso y desconcertado.

Con el corazón roto, Josh se acercó entonces al enrejado y murmuró:

—Sandra...

A punto de perder los nervios, ella siseó:

—Por favor, Josh, márchate y permíteme ser feliz.

Al ver la rotundidad de sus palabras y su mirada altanera, el aludido finalmente asintió e hizo lo mismo que Zac.

A continuación, y tras aproximarse también a la verja, Errol posó las manos sobre las de Sandra, que seguía sujeta a los barrotes y, mirándola a los ojos, murmuró:

—Siempre estaré para cuando me necesites; lo sabes, ¿verdad?

La joven asintió temblando.

—Lo sé. Y ahora, por favor, vete a las Órcadas.

—¿Estarás bien?

Intentando que su sonrisa fuera candorosa, ella asintió una vez más y, guiñándole el ojo, afirmó:

—Estoy tan segura de ello como de que Theresa te hará muy feliz.

Zac terminó de recoger sus cosas mientras contenía sus impulsos más fieros para no montar en cólera. Cuando acabó, subió a su caballo y, mirando una última vez a la joven, se acercó hasta ella y, desde su altura, siseó:

—Si pudiera retroceder en el tiempo, haría lo imposible para no saber nunca de ti ni recordar tus tontos momentos. Has jugado conmigo, has roto una promesa y espero no volver a verte y que seas una gran infeliz.

Sandra no se movió. Aquello le dolió en el alma, pero aguantó el tipo sin soltar una lágrima mientras el amor de su vida se alejaba sin mirar atrás.

Instantes después lo hicieron los Murray y, cuando ninguno podía verla ya, los ojos se le llenaron de lágrimas.

Entonces Wilson cerró la portezuela, la cogió del cuello y sonriendo afirmó.

—Al fin has hecho algo bien.

Capítulo 15

⟨⟩

Encerrada a solas en su habitación durante horas, Sandra se había cansado de llorar y gritar. Nadie la escuchaba. Nadie la consolaba.

Todavía no había podido ver a su madre y temía por ella. Temía por lo que hubieran podido hacerle en su ausencia.

De pronto, la puerta se abrió y apareció su abuelo. La joven se levantó de la cama y, mirándolo, exigió:

—¿Dónde está mi madre?

El viejo no contestó y, dejando ante ella un bonito collar en su lugar, dijo:

—Póntelo para el enlace. Era de tu abuela.

Sandra miró la gargantilla y murmuró recelosa:

—Te he preguntado por mi madre; ¿dónde está?

—En un lugar donde no puede molestar —contestó el anciano observándola con indiferencia.

Atónita por su respuesta, Sandra dio un paso adelante.

—No sé por qué siempre eres tan cruel con mi madre y conmigo. Mamá sólo se enamoró de...

—Ella debería haberse casado con quien yo dispuse.

—Pero, abuelo...

—¡No me llames *abuelo*! ¡Yo no soy tu abuelo!

Sandra lo observó boquiabierta, no entendía por qué le decía aquellas palabras. Entonces él la miró con ojos vidriosos y siseó:

—El rico marido de tu abuela, estando ella embarazada, murió de unas fiebres. Cuando tu madre nació, yo me casé con ella, convirtiéndome así en el dueño de todo cuanto nos rodea. Y, aunque llegué a quererla, no puedo decir lo mismo de las insufribles de su hija y su nieta.

—Pero ¿qué dices?...

—La verdad —sentenció él.

Sandra lo miró sorprendida y desconcertada. Aquella revelación, tan bien oculta durante toda su vida, le hacía entender muchas cosas.

—¿Mamá sabe esto? —murmuró temblorosa.

—No. Tú te has enterado antes que ella. Y agradécele que, por su inconsciencia, ahora seas tú quien se case con Wilson. Cuando yo muera, todo ha de ser para él. Él es sangre de mi sangre; tú, no. Tu madre frustró el plan cuando escapó, pero tú cumplirás el objetivo.

Aturdida porque su mundo se estaba desmoronando por segundos, Sandra lo miró como quien mira a un extraño, y se disponía a contestarle cuando la puerta se abrió y entró Wilson.

—El obispo que oficiará la boda llegará antes del anochecer.

De tanto apretar los puños, la joven se clavó las uñas en las palmas de las manos. No iba a casarse con ese hombre, ni al anochecer ni al amanecer. Debía encontrar a su madre y salir de allí cuanto antes.

Entonces, Wilson indicó mirándola:

—Vuelve a asearte y quítate toda la mugre de las Highlands. Te quiero limpia para esta noche y no oliendo a ese highlander asqueroso con el que te restregabas.

Dicho esto, y sin más, los dos hombres salieron de la habitación dejándola sola y confundida.

Como pudo, se sentó en la cama mientras sentía que le costaba respirar. Lo que acababa de descubrir le hacía entender el comportamiento cruel de aquel hombre al que hasta el momento había considerado su abuelo. Ahora comprendía sus malas caras de siempre, sus malos gestos y lo poco cariñoso que era con su madre y con ella.

Recordó a Zac, su mirada cuando le dirigió sus últimas palabras, y supo todo el daño que le había hecho y lo enfadado que estaba con ella.

Estaba pensando en ello cuando la puerta de la habitación se abrió y entraron Alicia y Evina con varios cubos de agua caliente.

—Lady Sandra, ¿dónde os dejamos los baldes? —preguntó Alicia.

La joven señaló hacia un lateral.

Ambas criadas obedecieron y, cuando ya iban a salir, Alicia le dio un tirón a su vestido para llamar su atención al pasar junto a ella.

Al percatarse de ello, Sandra indicó:

—Evina, puedes marcharte. Alicia, tú ayúdame a quitarme el vestido.

Cuando la otra doncella salió y cerró la puerta, Alicia la miró y, con los ojos anegados en lágrimas, murmuró:

—Tengo... tengo algo que daros.

Sin saber a qué se refería, Sandra la miró y, cuando vio el anillo que su padre le había regalado a su madre, dejó escapar un gemido.

—Lady Clarisa me lo dio para vos —explicó Alicia.

Sandra se apresuró a cogerlo. Lo apretó contra su corazón y murmuró:

—¿Cómo está mi madre? ¿Dónde la tienen?

La pobre Alicia, que sabía más de lo que contaba, negó con la cabeza y musitó incapaz de mentirle:

—Vuestra madre me indicó que, cuando os viera, os entregara el anillo y os dijera que huyerais. Aquí no estáis a salvo.

Sandra asintió con la cabeza.

—Lo sé, Alicia, lo sé. Pero no me iré de aquí sin ella. ¿Dónde la tienen?

La pobre criada se compadeció de la joven y, aun siendo consciente de que su vida correría peligro una vez que Sandra supiera la verdad, declaró:

—Milady, si os lo digo, Wilson o vuestro abuelo me matarán.

Ella suspiró y, meneando la cabeza, susurró mientras se guardaba el anillo en el interior de la bota para no perderlo:

—Tranquila, Alicia. No te delataré. Nadie sabrá que me lo has dicho tú.

—Ay, milady... —susurró aquélla.

Sandra insistió:

—Por favor, te lo ruego, por favor. Ayúdame a encontrar a mi madre. Quieren casarme con Wilson esta noche y...

—¡¿Qué?!

—Lo que oyes, Alicia. Debo huir antes de ese absurdo enlace, pero no puedo hacerlo sin mi madre.

La doncella se desesperó. ¿Cómo podían hacerle eso a aquella jovencita? Y, convencida de que la pobre muchacha debía saber la verdad, a pesar de temer por su propia vida, la cogió de las manos y dijo:

—Debéis huir. Debéis marcharos de aquí ¡ya!

—No puedo...

Alicia sabía cuán cabezota podía llegar a ser la joven y, asiéndola con fuerza, la miró a los ojos y sentenció:

—Me duele en el alma deciros esto, pero... pero vuestra madre murió a los pocos días de marcharos vos para Kildrummy. Vuestro abuelo y Wilson se ocuparon de llevársela de aquí en un carruaje para que nadie lo supiera.

Sandra parpadeó. Debía de haber oído mal. Y, torciendo el cuello, murmuró en un hilo de voz:

—¿Qué dices...?

Con gesto consternado, Alicia le contó lo poco que sabía al respecto, y Sandra comenzó a temblar al tiempo que las lágrimas corrían descontroladas por su rostro. Su madre, su preciosa y maravillosa madre había muerto sola, sin que ella estuviese allí.

Desesperada, empezó a gritar y a maldecir mientras Alicia intentaba calmarla. Pero todo era inútil, el dolor que Sandra sentía no podía ser mitigado ni con la mejor de las palabras.

Las voces traspasaron los muros y, finalmente, Wilson se presentó en su habitación. Al verlo, ella cogió la espada que tenía escondida en su armario y gritó:

—¡Maldito desgraciado..., ¿qué le has hecho a mi madre?!

Wilson se quedó clavado en el sitio, y, mirando a Alicia, que tenía la vista fija en el suelo a escasos pasos de él, supo que había sido ella. Sin duda se lo había soplado aquella chismosa. Entonces se acercó a ella y, sacándose un cuchillo de la cintura, se lo clavó en el estómago y siseó ante los gritos de Sandra:

—¡Maldita seas, mujer!

Horrorizada, Sandra se abalanzó sobre él. No, lo que estaba viendo no podía ser cierto.

Wilson le quitó rápidamente la espada que la joven sujetaba, momento en que ella lo cogió de los pelos mientras, furiosa, lo pateaba y le pegaba. Pero la fuerza de Wilson era superior, el hombre la doblaba en tamaño, y la lanzó con brutalidad contra la pared.

Con la adrenalina por las nubes por saber lo de su madre y ver a Alicia muerta en el suelo sobre un charco de sangre, sin importarle lo que pudiera ocurrirle a ella, Sandra empuñó entonces la daga que llevaba oculta en la cinturilla del vestido y, al ver cómo él sacaba el puñal del cuerpo de Alicia y lo limpiaba con frialdad con la ropa de la doncella, espetó:

—Te voy a matar...

Wilson sonrió al oírla.

—No hagas una tontería o tendrás el mismo final que tu maldita madre.

Eso atizó el corazón de la joven. Entonces Wilson se levantó con gesto cruel, caminó hacia otro ramo de flores secas de color naranja, las aplastó con las manos y las dejó caer poco a poco al suelo mientras murmuraba:

—Tu cuello es tan frágil como estas malditas flores naranja que tanto te gustan. ¿Ves cómo caen sin vida al suelo?

Sandra lo miró y, a continuación, él levantó la voz y gritó para provocarla:

—Tu madre murió lenta y agónicamente ante mí, y reconozco que disfruté muchísimo al empujarla y comprobar que la caída había sido tan grave que no podía moverse. Gocé notando cómo su vida se apagaba, y más cuando vi el horror en sus ojos al saber que yo me ocuparía de ti porque iba a casarme contigo.

Frustración...

Espanto...

Consternación...

Todo ello, unido a mil cosas más, era lo que sentía Sandra, que apenas podía respirar.

Aquel hombre, aquel maldito hombre acababa de confesar que había matado a su madre y había disfrutado con ello, y, mirándolo con la vista nublada por el odio, siseó:

—Disfrutaré arrebatándote la vida como no creo que vuelva a hacerlo en mi vida.

Y, sin más, se abalanzó sobre él y le clavó la daga en el muslo. A continuación, con habilidad, le quitó de las manos el cuchillo con el que él había matado a Alicia y, poniéndoselo en el cuello, comenzó a rebanárselo mientras chillaba:

—¡Te odio! ¡Te odio! ¡Te odio!

Pero, una vez más, la fuerza de Wilson le jugó una mala pasada y, cogiéndola a su vez del cuello, el hombre la lanzó al otro lado de la habitación, con tan mala suerte que Sandra cayó de bruces al suelo.

La joven, dolorida, intentaba levantarse mientras se limpiaba la sangre que le salía por la boca a causa del golpe. Wilson se arrancó el cuchillo del muslo y, aunque la sangre le corría por el cuello, no se asustó, pues notó que sólo era una herida superficial.

Con rapidez, fue hasta ella y, cogiéndola por los pelos, la arrastró fuera de la habitación, mientras mascullaba una y otra vez:

—Maldita bastarda..., me las vas a pagar.

Sandra pataleaba y chillaba en el momento en que lord Augusto abrió una puerta y, al ver la sangre en el cuerpo de Wilson, fue a decir algo cuando éste espetó furioso:

—Esta infeliz se merece unos azotes.

—¡Juro que os mataré! —gritó Sandra pataleando en el suelo—. Vengaré la muerte de mi madre con mis propias manos.

Wilson le dio tal bofetón que hizo que la joven perdiera las fuerzas que le quedaban.

A continuación, los dos hombres la miraron. Tenía un ojo hinchado y sangre en la boca, y los moratones por los golpes comenzaban a aparecer ya en su fino rostro. Por ello, lord Augusto, sin un ápice de piedad por la muchacha a la que supuestamente había criado como a una nieta, miró a su sobrino y decidió:

—Llamaré al obispo y retrasaremos la boda una semana. Seguro que en ese tiempo conseguimos bajarle esos humos a esta desafortunada, entre otras cosas.

—Que parta un carruaje custodiado por varios de nuestros hombres —añadió Wilson—. Si todavía sigue por aquí alguno de esos highlanders, ha de creer que ella se marcha como les ha dicho.

—Buena idea —afirmó el anciano mientras Sandra los escuchaba apenas sin moverse.

Entonces, deseoso de vengar sus heridas, Wilson cogió en brazos el cuerpo inerte de la joven y bajó con ella hasta las mazmorras. Una vez allí, asió unas cuerdas, le ató las manos y la dejó colgando del techo.

Cuando la tuvo como quiso, cogió un cubo sucio, lo llenó de agua y se lo tiró a la cara.

Sandra tenía la mirada nublada y todo le daba vueltas. No sabía dónde estaba. Sólo sabía que estaba oscuro, que olía mal, que no podía mover los brazos y que le dolía mucho el cuerpo. Así pasaron unos minutos hasta que sus ojos se acostumbraron a la oscuridad y, al verse atada, dejó escapar un grito.

Wilson sonrió y, mirándola con superioridad, indicó:

—Grita cuanto quieras. Ninguno de esos sucios highlanders podrá encontrarte aquí.

Sin escucharlo, Sandra siguió gritando que lo iba a matar, que lo iba a desmembrar, y entonces aquél, acercándose a ella con algunas flores secas de color naranja en la mano, las aplastó ante sus ojos y murmuró:

—Esto hice con tu madre, y esto voy a hacer contigo.

Ver cómo aquellas flores caían hechas añicos hizo que ella lo mirara sin temor y volviera a gritar:

—¡Eres un desdichado, un miserable, un hombre deplorable que...!

Wilson sonrió y, poniéndose tras ella, la sujetó por la cintura y susurró en su oído:

—Creo que unos latigazos por tu osadía te harán bajar esos humos.

Y, agarrando su vestido, lo rasgó con fuerza en la espalda y la fustigó sin miramientos.

Capítulo 16

Dolor...

Escozor...

Debilidad...

Todo eso sentía Sandra cuando se despertó y se encontró aún suspendida de las muñecas en aquella infecta mazmorra.

Miró hacia abajo abatida y la sangre salió de su boca hasta caer sobre la paja húmeda y podrida que había bajo sus pies.

El dolor de la espalda apenas le dejaba respirar, y el olor a sangre caliente era horrible.

Le ardía la espalda mientras recordaba cómo Wilson, sin misericordia ni piedad, la había golpeado una y otra vez con un látigo hasta dejarla sin sentido.

Cerró los ojos. Sin duda su fin estaba cerca.

Pensó en su madre, en Zac, en las personas que quería, y lloró. Cada uno a su manera, ante su ausencia creería que la joven no lo quería, que lo había abandonado. Pero nada más lejos de la realidad.

Nadie podía ayudarla. Nadie sabría nunca lo que le había ocurrido.

Entonces, de pronto, oyó una voz que decía:

—Por el amor de Dios... ¿Qué te han hecho?

Al levantar el rostro vio a Errol salir de las sombras. Acercándose a ella con gesto horrorizado, su amigo iba a añadir algo más, cuando ella murmuró:

—Vete. Si te encuentran aquí, te matarán.

Haciendo caso omiso de sus palabras, Errol se aproximó a ella y, acercándole la antorcha que llevaba, se espantó al ver su rostro magullado y las marcas de latigazos que tenía en la espalda.

Atónito y horrorizado, pensó en matar a quien le hubiera

hecho aquello, pero primero debía sacarla de allí. Después regresaría.

Cortó las cuerdas que la sujetaban con su espada y, con delicadeza, la cogió entre sus brazos.

—Te sacaré de aquí.

Sandra gimoteaba a cada paso. Las heridas eran dolorosas, pero, apretando los dientes, sacó fuerzas de donde no las tenía y siguió caminando.

—Te creía camino de las Órcadas.

Errol asintió y, sin parar de andar por el angosto sendero de piedras, repuso:

—Y para allí cabalgaba cuando algo me ha hecho dar media vuelta y regresar.

Dolorida pero feliz porque su amigo fuera tan perspicaz, Sandra preguntó a continuación:

—¿Está tu padre contigo?

—No. Ha vuelto a su pueblo. Vamos, no te pares.

—¿Y Zac?, ¿dónde está Zac?

Llevándola en volandas para salir cuanto antes de allí, Errol respondió:

—Ha regresado a sus tierras muy ofuscado. Pero, cuando se entere de esto, ten por seguro que volverá y matará a tu abuelo y a quien te haya hecho esta atrocidad.

En ese instante oyeron voces. En la fortaleza, sin duda, ya se habían dado cuenta de que Sandra había escapado.

—Wilson...

Acelerando el paso, ambos siguieron caminando por el sendero de piedras y finalmente salieron por un hueco en el muro que desembocaba en el bosque. Cuando la luz de la luna iluminó las terribles heridas que Sandra tenía en la espalda, Errol jadeó horrorizado.

—¡¿Qué clase de animal ha podido hacerte esto?!

—Wilson...

Al oír de nuevo ese nombre, el joven highlander maldijo y aseguró:

—Mataré a ese Wilson con mis propias manos.

Una vez que llegaron al lugar donde había dejado su caballo, Errol subió con cuidado a Sandra a él y, cuando se disponía a montar a su vez, la voz de un hombre bramó:

—¡¿Adónde te llevas a mi prometida?!

La joven levantó la mirada y comprobó horrorizada que se trataba de Wilson. Éste, empapado de sangre, de su sangre, se acercaba a Errol con su espada en alto.

Su amigo miró entonces a Sandra.

—Tranquila —dijo—. No consentiré que vuelva a tocarte.

La risotada de Wilson llenó la noche, y sólo se cortó cuando Errol, sacándose la espada del cinto, se abalanzó sobre él.

Sandra observaba la lucha aterrorizada.

Errol era ágil en movimientos, pero Wilson era contundente en sus golpes.

Durante unos minutos que se hicieron eternos, ambos hombres pelearon. Los aceros sonaban, las respiraciones se aceleraban, hasta que Errol, en uno de sus giros, consiguió llegar hasta el muslo de aquél y Wilson cayó al suelo.

—Errol, ¡vámonos! — gritó entonces ella.

El joven asintió, pero, sediento de venganza por lo que le había hecho a la que consideraba su hermana, se acercó a Wilson para rematarlo, y éste, con rapidez, le lanzó con fuerza una daga que se le clavó directamente en el pecho.

Sandra gritó, y Errol, jadeando, se tambaleó y susurró volviéndose para mirarla:

—Vete.

—No.

—Vete, por Dios.

—No, Errol, no... —dijo sollozando y bajándose del caballo.

—Aléjate de este lugar y haz que esto haya merecido la pena —insistió él.

Ver a Errol herido de gravedad y a Wilson intentando levantarse del suelo angustió a la joven. Y, sin importarle nada más que su amigo, corrió hasta él y lo ayudó a sentarse. Errol respiraba con dificultad mientras la sangre salía a borbotones de su pecho.

Temblorosa, ella lo besó en la frente y, acunándolo, murmuró:

—Tranquilo. No estás solo.

El highlander no podía hablar, sólo la miraba. Sabía que era su fin.

—Estoy contigo, Errol —aseguró ella llorando—. Estoy contigo y te quiero. Te quiero mucho..., mucho..., mucho.

Los ojos de aquél, en otros momentos tan llenos de vida y de ilusiones, se fueron apagando poco a poco mientras Sandra lo abrazaba y, olvidándose de su propio dolor, se ocupaba de él, hasta que, al sentir que ya no respiraba, murmuró:

—Descansa en paz, hermano mío.

Los resuellos de Wilson resonaban en la calma de la noche. Al comprobar que ya casi se había levantado, la joven besó entonces a Errol en la frente, le cogió las dos dagas que sabía que llevaba siempre en la cintura y, poniéndose en pie, se situó frente a Wilson. Acto seguido, sin hablar, se abalanzó sobre él. Iba a clavárselas directamente en el corazón. Quería matarlo. Pero él, defendiéndose, las desvió, y los puñales acabaron abriéndole un feo corte en la cara y otro en el estómago que los hizo gritar a ambos y caer de nuevo al suelo.

Sandra se levantó con pesar. Sentía que las fuerzas le fallaban y sabía que debía marcharse de allí antes de perderlas del todo o Wilson la mataría.

Con tristeza, miró a su amigo Errol. Él le había dado la oportunidad de escapar y debía aprovecharla para que su muerte no fuera en vano, por lo que, con rapidez, se movió en dirección al caballo. Pero entonces la mano de Wilson la agarró de la falda del vestido rojo y la tiró al suelo.

Como pudo, ella se defendió. Debía sacar fuerzas de donde no las tenía y, tras soltarle una patada en el estómago, se liberó, corrió como pudo hacia el caballo y, después de montar, siseó mirándolo:

—Sanaré, regresaré y te mataré. Me has privado de las personas a las que quiero, y juro, ¡juro! —repitió levantando la voz— que te mataré.

A continuación, se disponía ya a clavar los talones en el caballo de Errol cuando Wilson la amenazó gritando desde el suelo:

—¡Si vas en busca de auxilio al castillo de Kildrummy, mataré a tu amiga y a toda su familia, y si vas con esos apestosos Murray, con Preston Hamilton o con ese Zac Phillips, los mataré a ellos también! ¡Cualquiera que te ayude acabará muerto! ¡No tienes a nadie! ¡No tienes escapatoria, y te encontraré para acabar contigo de una vez!

Con mucho sufrimiento, y no precisamente por las heridas, Sandra partió al galope sin rumbo fijo. Por mucho que le doliera, debía alejarse de sus seres queridos para que aquel hombre no les hiciera daño.

Cabalgó durante horas, hasta que no pudo más y cayó inconsciente del caballo, quedando su cuerpo oculto entre unos matorrales.

Capítulo 17

Dolor...

Náuseas...

Angustia...

Sandra estaba tumbada boca abajo sobre un modesto lecho seco, y sólo oía la voz de una mujer, que le decía:

—Tranquila. Te recuperarás.

Así pasaron varios días en los que la joven, semiinconsciente, no diferenciaba la noche del día, hasta que por fin sus ojos se abrieron.

Como pudo, se incorporó y su gesto se contrajo al sentir un terrible dolor en la espalda que la hizo vomitar. Una vez que consiguió sentarse en el lecho y sus pies tocaron el frío suelo, los recuerdos de lo vivido acudieron en tromba a su mente. Su madre, Alicia, Errol..., todos estaban muertos. Todos habían muerto por ella, por protegerla, por ayudarla, por quererla. Y, tapándose los ojos con las manos, lloró.

Seguía llorando cuando sintió que alguien le lamía las manos y, al mirar, se encontró con un lebrel escocés de color gris y aspecto desaliñado que la observaba con unos cautivadores ojos negros.

—¡*Pach*, no molestes! —oyó entonces que decía la voz de una mujer.

El perro le dio un último lametazo en las manos, y entonces la misma voz añadió:

—Llorar es bueno, aunque también doloroso.

—*Tiés* mala cara. ¿Andas encinta? —preguntó otra voz.

Sandra se apresuró a levantar entonces la cabeza y se encontró con dos mujeres más o menos de su edad, una rubia de ojos azules y una morena de ojos verdes que parecía un chiquillo por sus pintas.

—Tómate este caldo —dijo la rubia—. Templará tu cuerpo.

Sandra las miró. No sabía quiénes eran, pero era consciente de que la estaban ayudando, por lo que, mirándolas, murmuró:

—Gracias.

La muchacha morena, quitándole la taza a la rubia, se acercó entonces a la joven malherida e insistió:

—Vamos, tómatelo. Te vendrá bien.

Con manos temblorosas, y apenas sin fuerzas, Sandra cogió aquello que la chica le entregaba y, tras aproximárselo a los labios, bebió. Olía bien y sabía mejor y, cuando se lo terminó, le devolvió la taza a la rubia.

—*Paices* una señoritinga *mofletúa*, a pesar de tu aspecto horrible —comentó de pronto la morena.

Sandra se tocó la cara, que le dolía tanto como la espalda. Entonces la rubia, retirando su mano del rostro, indicó:

—Tranquila, no te quedarán marcas. Además, me alegra ver que nuestros cuidados dan sus frutos porque, cuando te encontramos, temimos por tu vida.

—¿Dónde me encontrasteis?

Sentándose en una vieja silla frente a ella, la joven respondió señalando a una especie de lebrel escocés:

—*Pach* te encontró en el bosque.

—¿En qué bosque?

Sin entender bien adónde quería llegar, la rubia respondió:

—Estamos a las afueras de Floors, y...

Sandra cerró los ojos. Debía marcharse, debía huir de allí.

—¿Y mi caballo? —preguntó.

—*Pa'* mí que estabas sola. No había ningún caballo.

Ella asintió dolorida, e, intentando levantarse, añadió:

—He de irme.

Una vez en pie, un terrible mareo la hizo tambalearse, y las jóvenes la sujetaron. Todo le daba vueltas, las piernas no la sostenían, y el dolor le recorría el cuerpo cuando la del pelo oscuro murmuró:

—Ni *pués*, ni debes.

—Pero...

—Estás muy débil —afirmó la del pelo rubio—. No sé qué te pasó ni quién pudo ser tan cruel para hacerte lo que te hizo, pero quiero que sepas que aquí estás a salvo. No tienes nada que temer. Nosotras cuidaremos de ti.

Sandra las miró mientras el dolor en las heridas de su espalda le hacía recordar quién le había hecho aquello. Les agradecía su amabilidad.

—No querría involucraros en ningún problema —susurró.

Ambas sonrieron, y la rubia respondió:

—Tranquila. Y ahora, por favor, túmbate boca abajo para no dañarte la espalda y descansa. Lo necesitas.

—Sí. Será lo mejor —animó la morena.

Aquellas mujeres tenían razón. No tenía fuerzas ni para llegar a la puerta. Y, tumbándose, preguntó:

—¿Cómo os llamáis?

—Meribeth O'Callaham —dijo la rubia.

—Leslie Curben —indicó la morena—. ¿Y tú?

Sin saber si hacía bien o mal, antes de caer en un profundo sueño, ella murmuró:

—Sandra. Soy Sandra Murray.

Pasaron los días.

Días en los que el dolor en su espalda la hacía llorar de desesperación.

Las heridas que Wilson le había causado eran profundas y dolorosas, pero, gracias a los cuidados de aquellas dos desconocidas, lo físico mejoró poco a poco, aunque otro tipo de dolor se instaló en su corazón.

Sandra sólo pensaba en la venganza. En regresar con fuerzas y matar a Wilson y al que había creído su abuelo. Ellos eran los culpables de las muertes de sus seres queridos, y lo pagarían, aunque fuera lo último que ella hiciera en este mundo.

Leslie, la joven morena, era una muchacha muy particular. Era divertida, poco cultivada, habladora y bastante torpe en la caza. Cazar con ella era inútil: todas las presas escapaban.

—No me mires con ojuelos de pollo, que yo ni *m'he movío* —afirmó aquélla.

Sandra suspiró.

—No te has movido, pero has estornudado, que es lo mismo.

—Si seguimos así, no tendremos manduca *pa'* llevarnos a la boca —se quejó Leslie.

Sandra asintió y, mirándola, indicó:

—Quédate aquí, ahora vuelvo.

—¿Te *quiés* deshacer de mí? —preguntó Leslie.

Sin poder evitarlo, Sandra sonrió, y ambas prosiguieron su camino.

Un buen rato después, Sandra logró cazar un conejo con el que cenarían, y regresaban a la cueva donde las esperaba Meribeth, cuando el ruido de los cascos de unos caballos las puso en alerta. Rápidamente se agazaparon tras unos frondosos matorrales y Sandra siseó mirando a Leslie:

—Ni te muevas, ni respires, ni hables.

Ocultas tras los matorrales, vieron a unos hombres pasar junto a un carruaje. Sin duda algún señor o señora iba en él. Por suerte, esa vez Leslie le hizo caso y, cuando el peligro pasó y salieron de su escondite, la morena murmuró:

—Alguna dama *aboñigá* debía de ir en su interior.

—«¿Dama *aboñigá*?» —preguntó Sandra divertida.

Leslie asintió.

—Así llama padre a esas damas *estirás* que nos miran con ojos de sapo.

La joven sonrió y, cogiéndole la mano, indicó:

—Vamos, Meribeth se preocupará si no llegamos antes de que anochezca.

Transcurrieron unos meses y, en ese tiempo, una redonda tripita comenzó a notársele a Meribeth. Estaba embarazada, y Sandra la cuidó con mimo, hasta que una mañana, cuando se despertó, ésta le dijo que Leslie se había marchado para no regresar.

Al preguntarle al respecto, Meribeth le indicó que la vida continuaba, y Leslie debía seguir con la suya. Por ello, la joven no insistió. Sólo esperaba que, estuviera donde estuviese, a Leslie todo le fuera bien.

Los meses pasaban, pero las pesadillas que Sandra tenía por las noches no. Se despertaba angustiada y lloraba desconsolada al recordar a aquellos seres queridos que nunca regresarían. Todas esas noches, Meribeth se levantaba para abrazarla y tranquilizarla junto a *Pach*.

A diario, Sandra pensaba que tenía que marcharse de allí, pero nunca veía el momento. Ver el avanzado estado de gestación de Meribeth la frenaba. ¿Cómo iba a marcharse y dejarla sola ahora que ella la necesitaba?

Sentada bajo un árbol al lado de *Pach*, miraba sin descanso el anillo que su padre le había regalado a su madre y que Alicia le había entregado antes de morir. Aquel anillo se había convertido en el bien más preciado que poseía. Saber que había pertenecido a su madre le llegaba al corazón, y lo guardaba con celo en el interior de su bota. No quería perderlo por nada del mundo.

Pensó en Zac. No había una sola noche en la que no se acordara de él antes de dormirse, sin embargo, trataba de convencerse a sí misma de que debía olvidarlo. Aunque la odiase, lo quería vivo.

Añoraba mucho a Angela, y sólo esperaba que nunca supiera la verdad de lo ocurrido y la olvidase con el tiempo, pues la reconfortaba saber que ella y los niños estaban seguros junto a su marido Kieran.

Todos estarían a salvo siempre y cuando Sandra no se acercara a ellos. Si lo hacía, con seguridad Wilson se enteraría y sus vidas podrían correr peligro, y eso era lo último que quería. Si ella debía ser infeliz, lo sería, pero lo sería sabiendo que las personas que adoraba seguían con vida.

Algunas mañanas se levantaba y, cogiendo el caballo de Meribeth, cabalgaba en busca de huellas e indicios de presencia humana, pero luego regresaba tranquila al saber que no había pasado nadie por allí cerca.

Meribeth vivía en una cueva del bosque con *Pach*, un lugar solitario y escarpado al que nadie accedía por miedo a las habladurías de que allí vivían brujas.

La complicidad entre ambas creció y creció, y el tiempo que estaban juntas charlaban, reían, se comunicaban. Una noche, cuando se encontraban sentadas ante el fuego, Sandra miró la tripa de Meribeth, que ya estaba de ocho meses, y dijo mientras acariciaba a *Pach* en la cabeza:

—¿Puedo preguntarte algo?

—Por supuesto. Dime —respondió ella tocándose una pulsera dorada con dibujos ondulantes que nunca se quitaba.

Sandra, que estaba tomándose una sopa al igual que ella, dijo entonces:

—¿Qué haces aquí y por qué Leslie se marchó y tú no?

Al oír eso, Meribeth sonrió y, sin dejar de acariciarse la barriga, respondió:

—Nací y crecí en Roxburgh. Allí, era la tercera hija de una familia de diez. Mi madre murió de unas fiebres y mi padre, agobiado, y obviando que yo amaba al amor de mi vida, me vendió a un hombre por unas monedas. Ese hombre se casó conmigo y, cuando llegamos a Stirling, aunque no era malo, se metió en un lío y lo mataron. Yo pensé en regresar a Roxburgh, pero estaba tan enfadada con mi padre que decidí salir sola adelante. En Stirling viví en las calles durante un tiempo, hasta que, desesperada, acepté la ayuda de una mujer llamada Marcia y..., bueno...

Su silencio hizo que Sandra comprendiera de qué hablaba, pero Meribeth prosiguió:

—Me avergüenza recordar ciertas cosas que hice, pero ¿qué podía hacer? Era vivir o morir. Uno de aquellos hombres a los que conocí se fijó en mí y pasé con él algún tiempo, hasta que se marchó con su mujer a la isla de Skye. Después supe que esperaba un hijo suyo. Cuando se enteró, Marcia dijo que debía perder al bebé. En su prostíbulo no quería ninguna embarazada, por lo que me envió con unas monedas a un lugar donde se encargarían de ello, y entonces escapé. Con las monedas que ella me dio y lo que yo tenía ahorrado, compré un caballo y hui a Edimburgo, donde me encontré a *Pach*, y después conocí a Leslie. —Meribeth sonrió—. Ella, deseosa de huir de las palizas de su padre, me trajo aquí, pero, con el tiempo, le pudieron los remordimientos por cómo podía estar el viejo borracho, y se marchó para buscarlo. —Entonces, al ver cómo Sandra la miraba, murmuró—: Y, antes de que me juzgues, quiero que sepas que mi bebé no tiene la culpa de los errores que yo haya podido cometer...

—Tranquila —musitó ella, cogiéndole la mano—. No te juzgo. En ocasiones, las circunstancias nos hacen tomar decisiones erróneas.

—Gracias por no juzgarme —agradeció Meribeth, tocándose la pulsera y mirando al perro, que descansaba cerca de ellas.

—Y ¿qué piensas hacer cuando nazca el bebé?

—No lo sé.

Sandra suspiró. La historia de Meribeth también era muy dura. Y, sin soltarle la mano, indicó:

—Juntas pensaremos qué hacer. Yo tampoco tengo adónde ir.

Se miraron en silencio unos instantes, y entonces Sandra, tratando de quitarle hierro al asunto, preguntó:

—¿Qué nombre le pondrás?

Al oír eso, Meribeth sonrió.

—Si es un varón, le pondré el nombre del amor de mi vida —señaló.

—Y ¿cómo se llama el amor de tu vida? —dijo Sandra.

La rubia suspiró al recordar al chico del que estaba enamorada en Roxburgh, y cuchicheó:

—No puedo decirlo.

—¿Por qué?

—Porque quiero que sea un varón, y una vez oí que si durante el embarazo no mencionabas el nombre del amor de tu vida, los dioses te daban la oportunidad de tener un hijo varón.

Sandra sonrió.

—¿Y si es una niña?

—Si es una niña se llamará Leslie, por mi madre y por nuestra Leslie. —Y, enseñándole la pulsera que llevaba, añadió con tristeza—: Mi madre me regaló esta pulsera antes de morir. Pero les pido a todos los dioses tener un varón fuerte y guerrero, y por eso no he mencionado el nombre de mi amor ni una sola vez.

Sandra parecía incrédula, e insistió:

—Y ¿tú crees en esas cosas?

Meribeth afirmó con la cabeza y, sin apartar los ojos de ella, preguntó:

—¿Tú has conocido al amor de tu vida?

Al pensar en Zac, ella asintió con tristeza.

—Sí. Pero es imposible.

La embarazada, que todavía seguía consolando a Sandra cuando ésta se despertaba asustada por las noches gritando unos nombres que no conocía, quiso saber entonces:

—¿Por qué sigues aquí conmigo?

El semblante de Sandra se ensombreció. Ella no tenía a nadie.

—Porque me necesitas, porque te lo debo y porque estoy tan sola como tú.

—Pero si tú eres una dama, se ve en tus modales. —Sandra sonrió, y Meribeth prosiguió—: Las ropas y el calzado que traías el día que te encontramos no eran los de una granjera ni una mesonera, sino de alguien que...

—Mi padre era escocés y mi madre inglesa —la cortó ella—. Se enamoraron, se casaron y, cuando yo nací, vivimos en Traquair. Pero mi padre murió, y los padres de mi madre, que vivían en Carlisle, la convencieron para regresar. Allí, todo fue difícil, muy difícil, y... y Wilson y el que era mi abuelo mataron a mi madre, a Errol, a Alicia y...

No pudo continuar, la emoción todavía la embargaba. Entonces Meribeth, que por fin se había enterado de quiénes eran esas personas cuyos nombres ella gritaba en la oscuridad de la noche, la cogió de la mano.

—Lo siento mucho..., lo siento —dijo.

Sandra se tragó las lágrimas y sentenció:

—Cuando tengas al bebé y no me necesites, regresaré y los mataré.

—Sandra..., no pienses sólo en la venganza.

La aludida sonrió y prosiguió con pena:

—No puedo evitarlo. Me duele el corazón cada vez que pienso en las personas a las que quería y que, por culpa de otros, nunca volveré a ver. Por su culpa no puedo acercarme a las personas que quiero y, hasta que les arrebate la vida, no descansaré en paz.

Meribeth la abrazó conmovida y, acunándola, murmuró:

—Tranquila..., tranquila... Ahora yo seré tu familia y tú serás la mía.

Sandra asintió y la abrazó también.

Capítulo 18

~ ~

Pasaron los días.

Días felices y relajados en los que las dos mujeres disfrutaban de su mutua compañía sin pensar en nada más, hasta que una mañana, al ir a recoger leña, Meribeth se encogió y susurró mirando a Sandra:

—Creo... creo que el bebé ya viene.

Rápidamente regresaron a la cueva, donde Meribeth se tumbó en el camastro y Sandra no se separó de ella. Durante horas, la joven sufrió fuertes contracciones, y Sandra, asustada, intentaba tranquilizarla mientras le ponía paños de agua fría en la frente y limpiaba con agua caliente el orificio de la vagina por donde tenía que salir el bebé.

Angustiada, cuando Meribeth parecía quedarse dormida y descansaba, ella salía al exterior de la cueva para tomar aire fresco y, sentándose en el suelo, murmuraba mirando al perro:

—*Pach*, estoy asustada...

El animal, que parecía entenderla, se sentaba a su lado y le lamía la cara, lo que a ella la hacía sonreír. A su manera, *Pach* le demostraba su afecto.

El parto continuó, y Meribeth, agotada pero feliz, intentaba sonreír, y cuando el dolor se lo permitía murmuraba mientras Sandra le humedecía los labios:

—Ya queda menos para ver a mi bebé.

Acobardada, Sandra asentía. Ella nunca había traído a un bebé al mundo, y no sabía siquiera si lo estaba haciendo bien. En su momento había hablado con Meribeth de ir a buscar una partera para el alumbramiento, pero al final desistieron. Ninguna querría internarse en el bosque encantado.

Llegó la noche y Meribeth continuaba de parto. Las fuerzas le fallaban y ambas se daban cuenta de ello, pero al amanecer la felicidad se instaló en sus rostros.

—¡Es un niño! —gritó Sandra al cogerlo entre sus brazos.

Agotada y sin fuerzas, Meribeth asintió y musitó:

—Agua. Dame agua.

Intentando multiplicarse para atenderlos a los dos, Sandra dejó lloriquear al bebé sobre una tela y le llenó a Meribeth un vaso con agua fresca, que ella bebió con rapidez. Una vez que terminó, murmuró con emoción en los ojos:

—Quiero verlo. Quiero verle la carita a mi hijo.

Sin perder un segundo, Sandra envolvió al pequeño en una mantita que la madre había guardado para aquel momento y, con cuidado, se lo puso en brazos y musitó:

—Enhorabuena, mamá, es precioso.

Meribeth, emocionada, lo asió apenas sin fuerzas. Por el tono de sus cejas y el pelito parecía que iba a ser rubio como ella, y susurró:

—Hola, cariño...

Sandra, que los miraba emocionada, murmuró:

—Recordaré siempre este momento tan bonito.

Estaba observándolos ensimismada cuando, de pronto, vio que Meribeth cerraba los ojos y parecía perder la consciencia. A toda prisa, le quitó al pequeño de los brazos y, dejándolo sobre una cunita, regresó junto a ella y, al ver los esfuerzos que hacía por abrir los ojos, susurró:

—Descansa. Estás muy débil. *Pach* y yo cuidaremos de tu bebé.

Una vez que Meribeth cerró los ojos, Sandra retiró con cuidado las sábanas ensangrentadas que tenía debajo para mantenerla limpia y seca. Cuando terminó y vio que dormía tranquilamente, emocionada, cogió al bebé que lloriqueaba en la cunita y, saliendo con él al exterior, dijo mirando al lebrel escocés:

—*Pach*, ven. Mira a quién tenemos ya aquí.

El perro se acercó a ella deprisa, y Sandra, agachándose, se lo mostró con una sonrisa como si se lo mostrara a una persona y no a un animal.

Poco después, el bebé seguía llorando, por lo que la joven comenzó a cantarle, y éste, al oírla, se durmió.

Durante todo el día, Meribeth estuvo adormilada. El bebé lloraba, y Sandra, agobiada y sin saber qué hacer con él, decidió ponerlo sobre el pecho de su madre para que mamase. Cuando por fin consiguió que el niño se enganchara al pezón, suspiró aliviada.

Tan pronto como el bebé se sació, lo retiró del pecho y lo cambió para que estuviera limpio. Luego el pequeño se durmió y lo acostó en su cunita. Aquel rubio era una auténtica preciosidad. Cuando dejó de mirarlo embelesada, se disponía a refrescar a Meribeth, pero al retirar la manta que la cubría, Sandra dejó escapar un grito. Aquello estaba lleno de sangre.

Asustada y sin saber qué hacer, se apresuró a atenderla. La limpió, la aseó, pero de sus genitales no cesaba de salir un hilillo de sangre. Estaba pensando qué hacer cuando oyó la voz de Meribeth, que la llamaba.

Se aceró a ella rápidamente y ésta murmuró:

—¿Dónde está el bebé?

—Durmiendo. Tranquila, está bien.

—Quiero verlo.

Asintiendo, Sandra cogió al niño de la cunita y, cuando iba a dárselo, ella susurró:

Siento que la vida se me va...

—No digas eso. Es sólo que estás agotada —farfulló Sandra horrorizada.

Entonces Meribeth, cogiéndole la mano, puso en ella su pulsera, que nunca se quitaba.

—Prométeme que cuidarás de él —musitó.

Espantada, Sandra replicó:

—Estás débil. Sólo es eso. Mañana estarás mejor y...

—Sandra —la interrumpió ella—, eres lo único que tengo y que mi hijo tiene en la vida. Dime que lo cuidarás y lo querrás como lo habría cuidado yo.

—Meribeth, ¿qué dices...?

—Dale esta pulsera cuando crezca como si fuera tuya. Será lo único que él tendrá de mí y, por favor..., por favor, quiérelo como a un hijo y nunca le digas quién fui yo y cómo fue concebido para que no se avergüence.

—Meribeth...

—Por favor... Por favor...

Estremecida y acobardada, Sandra quiso llorar. No podía ser cierto lo que aquélla estaba diciendo, y, mientras se ponía la pulsera en la muñeca izquierda, fue a decir algo cuando su amiga suplicó:

—Por favor, prométemelo.

Con el bebé en brazos, Sandra asintió.

—Te lo prometo.

Meribeth por fin sonrió, y susurró:

—Quiero darle un beso.

Sin dudarlo, Sandra lo dejó en sus brazos mientras contenía las terribles ganas de llorar que sentía. Aquello no podía estar pasando. Ella no podía morir.

Al notar al bebé junto a ella, Meribeth lo besó sin fuerzas y, a continuación, murmuró:

—Te quiero, mi amor.

Las lágrimas comenzaron a brotar de los ojos de Sandra. Aquello no era justo.

Meribeth era una buena persona y habría sido una excelente madre; ¿por qué tenía que ocurrir algo así? Observaba la escena emocionada cuando su amiga declaró:

—Has... has de llamarlo como al amor de tu vida.

—No..., no quiero. Tú has de ponerle el nombre.

—Su madre... ahora... eres tú.

—Meribeth, no. Por favor, no me dejes...

Pero ésta ya no respondió. Una dulce muerte en forma de sueño ponzoñoso se la llevó en el mismo instante en que *Pach* aullaba de dolor.

Sandra cerró los ojos horrorizada. Cogió al bebé de los brazos de su madre muerta y, tras dejarlo sobre su cunita, se sentó y se tapó la cara con las manos.

¿Por qué? ¿Por qué había tenido que ocurrir eso?

¿Por qué todas las personas a las que quería morían y la dejaban?

¿Cómo iba a sacar ella adelante a un bebé si apenas podía cuidar de sí misma?

Estaba llorando por ello cuando *Pach* se le acercó y comenzó a chuparle las manos. Era su forma de decirle que estaba con ella. Y entonces Sandra se desmoronó.

Durante toda la noche veló el cuerpo de aquella buena mujer a la que la vida no había tratado bien y que le había dejado a su hijo. El niño lloró un par de veces y, aunque estaba horrorizada, Sandra lo puso al pecho de su madre. La poca leche que tuviera en ellos debería alimentarlo.

Al amanecer, salió al exterior de la cueva y, con una pala, cavó sin descanso bajo un árbol para darle sepultura a Meribeth. No pensaba dejarla a la intemperie para que se la comieran los animales salvajes.

Cuando terminó y puso unas flores frescas sobre la tumba, declaró:

—Prometo que cuidaré de tu hijo como si fuera mío.

A continuación, entró en la cueva y cogió las cuatro cosas que podría necesitar para el camino, consciente de que su venganza debería esperar. Después lo cargó todo en el caballo y, mirando al perro, dijo:

—Vamos, *Pach*. Debemos irnos.

Capítulo 19

∽⌒

Castillo de Kildrummy

Angela se movía de un lado a otro de su salón mientras Edwina, la madre de Kieran, la miraba y decía:

—Tranquilízate, por favor.

—No puedo —suspiró ella—. Hace ya más de seis meses que no sé nada de Sandra, y ayer me llegó la noticia de que su abuelo murió hace una semana. ¿Cómo me voy a tranquilizar?

—Recuerda lo que nos contó Zac —insistió Edwina.

Angela asintió. Sabía muy bien lo que Zac contó furioso a su regreso, y musitó:

—Lo recuerdo. Pero, aun así, no sé por qué Sandra no se ha puesto en contacto conmigo. Es raro. Extraño.

Su suegra suspiró y no dijo más. Comprendía la angustia de Angela por la falta de noticias de Sandra y, deseosa de que sonriera, se disponía a decir algo cuando oyeron llorar a Sheena. Rápidamente se levantó y, mirándola, dijo:

—Iré a ver qué le pasa a la pequeña.

Cuando su suegra desapareció, Angela resopló. Algo en su interior le gritaba que alguna cosa no iba bien; se recogió las faldas, salió de la fortaleza y, cruzando el patio, fue hasta donde se encontraba su marido. No se extrañó al ver que con él estaban Zac y Mery.

—Qué agradable sorpresa —dijo Kieran al ver a su mujer.

Sin ganas de sonreír, Angela se acercó a ellos y, mirando a la mujer, indicó:

—Mery, ¿serías tan amable de dejarnos unos instantes? He de hablar a solas con ellos.

Al oírla, la otra sonrió y se alejó sin decir nada.

Una vez que quedaron los tres solos, Angela los miró y declaró:

—Debemos buscar a Sandra.

Zac resopló y negó con la cabeza.

—Creo que me iré con Mery, me interesa más su conversación —contestó.

Cuando iba a ponerse en marcha, Angela lo agarró del brazo y, clavándole la mirada, siseó:

—Tú te quedas aquí.

Zac la miró molesto. En la última persona que quería pensar era en Sandra. Ya bastante le amargaba las noches en las que no se la podía quitar de la cabeza. Sus duras palabras en Carlisle le habían llegado al corazón, y, gruñendo, replicó:

—Te creía más inteligente, Angela.

—Zac... —suspiró Kieran.

—Ya habló el que todo lo sabe —respondió ella.

Desde su regreso, Zac y Angela no paraban de discutir a causa de Sandra, y Kieran, que estaba en el medio, los comprendía a los dos. Con paciencia, durante aquellos meses había intentado calmar las aguas, pero le resultaba imposible. Su mujer y Zac no querían entenderse.

Sin poder evitarlo, aquellos dos comenzaron a discutir como siempre, y Kieran miró al cielo suspirando en busca de templanza. No obstante, cuando ya no pudo más, levantó la voz como pocas veces en su vida y gritó:

—Por san Fergus, ¡basta ya!

Angela y Zac se callaron y, mirándolos a ambos, Kieran prosiguió:

—Mi situación es muy complicada porque tú eres mi mujer y tú eres mi mejor amigo. Pero, por Dios, Angela, Sandra decidió. Decidió olvidarse de Zac para casarse en Francia. Y, aunque fuera sólo por eso, podrías tener un poco más de tacto con él, porque él le abrió su corazón y el pago que recibió fue humillante. ¿Por qué no lo piensas, mujer?

Molesta por las palabras de su marido, ella se disponía a protestar cuando Kieran insistió:

—Sandra se ha desposado en Francia. Ha decidido la vida que

desea. ¿Cómo quieres que se ponga en contacto contigo, que eres escocesa?

—Ella también es escocesa —siseó Angela.

Kieran y Zac se miraron, y este último espetó:

—No, Angela. Te equivocas. Tu amiga ahora es francesa.

Y, sin más, dio media vuelta y se marchó junto a Mery, que rápidamente lo hizo sonreír.

Cuando estuvieron a solas, Angela resopló y Kieran se acercó a ella y musitó:

—Esto no puede continuar así.

—Lo sé... Lo sé...

Ver la tristeza en sus ojos lo estaba matando, pero, necesitaba que Angela reaccionara y prosiguiera con su vida, así que indicó:

—Has de acabar con esto de una vez.

—No puedo..., ¡es Sandra!

—Pues has de poder —exigió él levantando la voz—. Porque no quiero que vuelvas a incomodar a Zac hablando de ella. Respetaré tu preocupación por Sandra. Es tu amiga y la quieres. Pero no voy a tolerar que continúes atormentando a Zac cuando él, en este caso, ha sido el perdedor.

—Pero...

—Mi cielo —la cortó Kieran—. ¡Basta ya!

Dicho esto, acarició con cariño el rostro de su mujer y, tan pronto como sus ojos se encontraron, dio media vuelta y caminó en dirección a su amigo. Era lo mejor.

Angela lo observó alejarse consciente de que estaba atada de pies y manos. Quería buscar a su amiga. Necesitaba encontrarla porque algo en su interior le decía que lo hiciera, pero estaba sola y, ante eso, poco podía hacer.

Capítulo 20

≈⌒

Isla de Arran, Escocia, diez meses después

La lluvia incesante repicaba en el tejado bajo el que Sandra se cobijaba. Hacía frío, no tanto como en pleno invierno, pero la humedad conseguía que éste se multiplicara por tres.

Tras pasar otra noche en vela, vigilando que ningún hombre entrara en su casa, se tumbó en el lecho donde yacía su pequeño y lo observó dormir plácidamente.

Estaba mirándolo con una sonrisa cuando éste abrió los ojos y le correspondió. Aquella sonrisa era lo que cada mañana le iluminaba el día a la joven, y, besando los morretes que le puso para exigir su beso matutino, murmuró:

—Buenos días, Zac.

Como Meribeth le había pedido antes de morir, al final había decidido ponerle al niño el nombre del amor de su vida, y, aunque intentaba no pensar en él, era difícil no hacerlo cada vez que lo nombraba.

El pequeño, un rubio de ojos increíblemente vivaces y azules, se sentó en la cama y, señalando al perro, que enseguida se incorporó para saludar, gritó:

—Paaaaaaaaaaa... Paaaaaa...

Sonriendo, Sandra se levantó de la cama y, cargando con el pequeño, afirmó mientras abría la puerta para que el lebrel saliera al exterior a hacer sus necesidades:

—Sí, mi amor, es *Pach*.

Una vez que le lavó la cara al niño, lo sentó en el lecho y, acercándose a una pequeña chimenea, echó un par de troncos y puso encima una cacerola. A continuación, calentó la poca leche que tenía para ese día, se la echó en un tazón al pequeño y desmigó un poco de pan.

—Vamos, ¡a desayunar! —indicó.

El pequeño Zac, hambriento y ayudado por su madre, comió lo que ella le daba con una cuchara y, cuando terminó, volvió a quedarse dormido. Entonces Sandra se lavó y se tomó lo que el niño había dejado. Luego silbó y *Pach* entró en la casa, y ella le echó un poco de leche con pan en su cacharro.

—Esto es para ti, precioso —dijo.

El animal lo engulló agradecido. Jamás se saciaba, era imposible. Nunca había suficiente comida para saciarse.

Sin tiempo que perder, Sandra se vistió. Tenía que ir a trabajar.

Cuando se había marchado, afortunadamente se había cruzado en su camino con una caravana de feriantes, que, al verla sola con el bebé, la aceptaron sin reservas. Ellos la ayudaron en la crianza del pequeño, pues entre ellos iba una mujer que acababa de parir y tenía leche suficiente para amamantar a su pequeño y también a Zac.

Sandra se lo agradeció trabajando duro en todos los pueblos donde pararon hasta llegar a Ayr, donde ella se quedó, y, gracias a algunas monedas que ganó al vender el caballo, pudo montar en un barco con *Pach* y Zac que los llevó a la isla de Arran. Seguro que nadie la encontraría en aquel inhóspito lugar.

—Meribeth... Meribeth...

Unos fuertes golpes sonaron en la puerta de Sandra, quien había decidido adoptar ese nombre el día que se encontró con los feriantes. Cuanto menos se supiera de ella, mejor, por lo que pasó de ser Sandra Murray a Meribeth O'Callaham. Una mujer con un hijo que trabajaba como cocinera en la única taberna del puerto de Brodick, cercano a una enorme fortaleza.

Para no despertar a Zac, Sandra abrió enseguida y murmuró:

—¿Quieres dejar de gritar? Por Dios, Keana, me vas a despertar al niño.

La mujer sonrió y, bajando la voz, indicó:

—Has de llevar al niño a casa de Felicity. A Trudy hoy se le ha complicado el día.

Al oír eso, Sandra se apenó. Trudy era una joven encantadora que cuidaba de su hijo con mimo y dedicación. Pero, por desgracia, tenía un marido que no se la merecía y, cuando aparecía, la hacía tremendamente infeliz.

Sandra asintió por fin y añadió antes de cerrar la puerta:

—De acuerdo. Así lo haré.

A continuación, guardó el anillo de sus padres y la pulsera de Meribeth en un escondite que había encontrado en la casa, cogió unas pieles secas algo usadas pero que aún abrigaban, y, envolviendo a Zac en ellas, lo abrazó con cariño.

—Pórtate bien y cuida de la casa hasta que regresemos —señaló luego mirando a *Pach*.

En el exterior, el frío terminó de despertarla y, abrazando al pequeño, lo tapó bien para llevarlo a casa de Felicity. Una vez que lo dejó allí, apenada por tener que separarse de él, se marchó a trabajar.

Cuando había entrado por primera vez en Murphy's, la taberna donde ahora trabajaba como cocinera, Joe y su mujer Clementina se alegraron mucho al verla. La joven había aparecido en el momento oportuno. Clementina se había lesionado una pierna y no podía encargarse de la cocina, y Joe era un negado en los fogones. Por suerte, como Sandra era avispada, rápidamente se ofreció para ser las manos y las piernas de su mujer.

Aquello le gustó a Clementina y, cuando mejoró, decidieron no prescindir de sus servicios, por lo que Sandra podía contar con unas monedas y una casa, que, aunque vieja y pequeña, era un lugar donde vivir con su hijo y su perro.

La joven salía pocas veces de la cocina. Sólo lo había hecho en un par de ocasiones para defender a sus compañeras de unos maleducados. Y tanto Joe como Clementina se dieron cuenta de que la muchacha se escondía. Tan sólo había que ver cómo se tapaba cuando terminaba su turno de trabajo para regresar a su casa y lo poco que salía con su hijo a la calle. Aun así, decidieron no preguntar. El pasado de la muchacha no era de su incumbencia, sólo les interesaba el trabajo que desempeñaba en la taberna.

—Buenos días, Meribeth —saludó Clementina al verla entrar—. Hoy tendremos mucha faena.

—Eso parece —afirmó ella poniéndose un delantal.

Clementina dejó varias coles y zanahorias delante ella y, entregándole un cuchillo, declaró:

—Ya ha llegado el barco a Brodick, y, aunque muchos hombres se han ido al prostíbulo de Augusta, cuando salgan tendrán hambre y vendrán a llenar sus barrigas.

Sandra asintió y comenzó a cortar las hortalizas.

—Pues no se hable más —dijo—. Manos a la obra.

La taberna se fue llenando de hombres con el paso de las horas.

Ese mes, Joe estaba contento. La llegada de los compradores de ganado a la isla de Arran siempre era algo bueno, aunque en ocasiones muchos de ellos tuvieran las manos largas e intentaran propasarse con las camareras que servían la comida.

—Malditos atontados —protestó Tina entrando en la cocina para coger otra vasija con sopa de verduras—. Ya *m'an dao* tres azotes en el trasero y me lo tienen encendido.

—Anda y no te quejes —repuso Nera riendo y entrando tras ella—. Sólo has de decirles que las manos quietas, que ésta no es la casa de Augusta.

Al oírla, Tina asintió y, tendiéndole a su compañera la vasija con sopa de verduras, indicó:

—Pues mira, como a mí no me hacen caso, ¿qué tal si les sirves tú?

—Pero ¿de quiénes habláis? —preguntó Sandra.

Tina le pidió que se acercara y, cuando ésta lo hizo, señaló en dirección al comedor e indicó:

—¿Ves a los tipos de la mesa del fondo? —Sandra asintió—. Pues, cada vez que les sirvo, esos bestias intentan propasarse.

—Quizá tu mirada o tu sonrisa los animen a hacerlo... —intervino su compañera.

—Pero ¡¿qué dices?! —protestó Tina.

Entonces Nera suspiró y, tras coger la vasija de sus manos, salió al comedor dispuesta a enseñarle a su compañera cómo se hacía el trabajo. Se acercó a aquellos hombres y, tras servirles la sopa, recibió un azote en el trasero. Al notarlo, maldijo y siseó mirándolos de forma amenazadora:

—Las manos quietecitas.

Los hombres se mofaron y agarraron a la joven entre todos, haciéndola gritar.

Tina y Sandra se miraban sin saber qué hacer, pero entonces Joe se acercó a ellas y gruñó:

—Vamos..., seguid trabajando.

—Nera tiene problemas con esos tipos —indicó Tina.

Joe se encogió de hombros y se disponía a responder cuando Clementina replicó:

—Ya se las apañará.

Asombrada por la pasividad que en ciertos momentos demostraban Joe y su mujer con respecto a sus empleadas, Sandra se subió las mangas de su viejo vestido y decidió:

—De acuerdo. Iré yo.

Enfadada por la mala noche que había pasado, puesto que apenas había descansado por la presencia de un borracho que aporreaba su puerta, agarró un cucharón de madera de la cocina, salió al comedor y, con gesto de enfado, caminó derecha hacia ellos.

Sin mediar palabra, comenzó a repartir golpes con el cucharón a diestro y siniestro, hasta que soltaron a Nera.

Los hombres protestaron, aquella morena les estaba jorobando la diversión. Entonces, uno de ellos la asió por los muslos para auparla mientras reía. Al sentir sus manos sobre ella, Sandra inconscientemente soltó el cucharón de madera y se sacó un par de dagas de la cinturilla de su vestido. A continuación, poniéndoselas en la garganta, siseó con ferocidad:

—Bájame al suelo y quítame las zarpas de encima.

Asombrado por la salvaje respuesta de aquélla, el hombre la soltó. Mientras todos la miraban sorprendidos, la joven maldijo y, guardándose las dagas, musitó:

—El siguiente que se propase se llevará un recuerdo mío, porque ésta no es la casa de Augusta. Aquí venís a llenar vuestros malditos estómagos, no a propasaros con las mujeres.

Una vez dicho esto, dio media vuelta y, segura de lo que había hecho, regresó a la cocina.

Dos mesas más atrás, un guerrero que comía la siguió con la mirada. ¿Dónde había oído él aquella voz y a quién le recordaba?

Con disimulo, se levantó y se asomó a la cocina, donde las mujeres hablaban ajenas a su intromisión. Entonces el guerrero se quedó sin palabras al ver el rostro de la muchacha. Estaba más delgada y tenía ojeras, pero sin duda era ella.

Cuando el dueño de la taberna se acercó a cobrar a unos clientes de la mesa, el hombre aprovechó y preguntó:

—¿Quién es la mujer que ha plantado cara a esos hombres?

Joe sonrió y, sabiendo por quién le preguntaba, indicó:

—Mi cocinera.

—Y ¿puedo saber el nombre del ángel que ha hecho esta estupenda sopa y este estofado? —insistió.

Encantado de que apreciaran la calidad en su negocio, Joe respondió:

—Se llama Meribeth.

—¡¿Meribeth?!

—Sí, Meribeth O'Callaham. ¿La conocéis? —preguntó curioso Joe.

El hombre se apresuró a negar con la cabeza y sonrió.

—No tengo el placer. Pero me ha gustado su arrojo.

Joe asintió y, como el bocazas que era, murmuró antes de marcharse:

—La muchacha es madre de un niño y, por cómo se oculta de todo el mundo, me hace pensar que huye del padre del pequeño.

Boquiabierto al saber de la maternidad de aquélla, el guerrero se rascó la barbilla y bebió de su vaso mientras se preguntaba qué podía haber pasado para que aquella muchacha hubiera acabado allí.

Horas después, tras un agotador día en la cocina, donde no sólo cocinó, sino también fregó cacharros, Sandra se quitó el delantal y anunció:

—Clementina, me voy.

La mujer asintió.

—Hasta mañana, Meribeth.

Al abrir la puerta para salir a la calle, el viento la hizo apretarse

el chal que llevaba contra el cuerpo, mientras pensaba horrorizada que el frío extremo no tardaría en llegar. Caminó rauda y veloz
en busca de su hijo sin percatarse de que un par de ojos curiosos
la observaban.

Al llegar a la casa de Felicity, se le iluminó el rostro cuando vio
sonreír al pequeño Zac. Lo adoraba. Lo quería. Zac era su niño, su
vida, su mayor aliciente para seguir día a día y, tras despedirse de
la mujer, envolvió al pequeño en una piel y se apresuró a dirigirse
a su casa. Cuando abrió la puerta, *Pach* salió escopetado a hacer
sus necesidades, y luego ella entró con el niño y cerró de nuevo.

Rápidamente dejó al pequeño sobre la cama y, mientras éste
parloteaba a su manera, avivó el hogar con unos troncos. La estancia estaba fría y húmeda, pero al ser tan pequeña, sabía que se
calentaría con rapidez.

Como necesitaba ponerse el anillo de su madre y la pulsera de
Meribeth, los buscó en el escondite donde los había dejado. Le
dolía quitárselos todos los días para que no se los robaran en el
trabajo, pero prefería disfrutarlos en la intimidad de aquella casucha a que otros los vieran y se los llevaran.

Encantada de poder estar con el pequeño, Sandra se sentó con
él frente al fuego mientras calentaba unas sobras de la taberna con
las que cenarían. Allí, los dos estaban caldeaditos y felices.

Mientras anochecía, prestó toda su atención al pequeño Zac.
El niño casi... casi caminaba, y Sandra disfrutaba viendo sus in-
tentos.

Tras darle de cenar, antes de acostarlo y acostarse ella también,
abrió la puerta de la calle para que entrara *Pach*. El viento le hizo
fruncir el ceño, y entonces silbó. Esperó unos segundos y, al ver
aparecer al perro, dijo:

—Vamos, *Pach*. Te necesito dentro de casa.

Cuando el animal entró, Sandra cerró la puerta y la atrancó
con un madero esperando que aquella noche la dejaran dormir.
Entonces, sin querer pensar en nada más, le colocó a *Pach* un
plato de comida que éste devoró con avidez mientras ella acunaba
al pequeño Zac para que se durmiera y canturreaba:

*Mi amor en las Highlands
es tuyo, mi alma,
y cada mañana
una flor me regalas.*

*Clarisa sueña
que Gilfred la besa,
y están hechizados
y enamorados.*

Al oír aquella voz y aquella particular canción, Aiden sonrió. Sólo podía cantarla la joven que había conocido en el castillo de Kildrummy, porque era la canción de sus padres.

No se había equivocado. Su instinto había acertado al oírla hablar, reaccionar y moverse en la taberna. Aquella joven que hacía llamarse Meribeth O'Callaham no era otra que Sandra Murray.

Al amanecer, Aiden embarcó junto a varios guerreros de Zac Phillips de vuelta a las Highlands, con varias reses en su haber y una noticia que estaba seguro de que a la mujer de Kieran O'Hara le iba a gustar, aunque no sabía cómo se la iba a tomar Zac.

Capítulo 21

Los días pasaban y el frío en Arran cada día era más intenso. El invierno era muy crudo en la isla, e incluso durante dos meses los barcos dejaban de llegar.

Como cada día, Sandra hacía su rutina, se levantaba, llevaba a Zac a casa de alguna de las vecinas para que lo cuidaran y, después, se marchaba a cocinar a la taberna.

Todos los días eran iguales.

Todos los días eran lo mismo.

Hasta que, al salir del trabajo una de aquellas noches y recoger al pequeño, cuando caminaba hacia su casa, de pronto oyó decir a su espalda:

—Sandra.

Asustada, se volvió para ver quién la llamaba y, al comprobar de quién se trataba, parpadeó y, volviéndose de nuevo, comenzó a caminar con más premura.

No. No podía ser... ¿Qué hacía él allí?

—Sandra —insistió él.

Al oír por primera vez en más de un año que alguien la llamaba por su nombre estuvo a punto de detenerse, pero, llena de temor, continuó su camino angustiada.

Intentó correr, pero le era difícil cargando con el niño; entonces sintió que una mano le sujetaba el brazo y la hacía volverse de un tirón.

El impacto fue brutal.

Ante ella se hallaba Zac Phillips, el hombre que adoraba, que quería, que amaba, y que ahora la miraba con una expresión indescifrable.

Zac, que había llegado en el primer barco de la mañana y había estado en la taberna observándola sin ser visto, no comprendía nada.

¿Qué hacía Sandra trabajando de cocinera en aquella fría isla?

Cuando días antes Aiden le comunicó lo que había descubierto, se quedó sin habla. No lo creyó. Y, aunque en un principio se negó a que la noticia le importara, al final no pudo más, y ahora, allí estaba.

Al verla ante sí delgada y ojerosa, sólo acertó a decir:

—Es cierto... Eres tú.

Sin saber realmente qué hacía, Sandra se acercó a él en busca de cobijo y amor, y Zac, aunque sorprendido por su propia reacción, la abrazó. Permanecieron así unos segundos, cada uno sumido en sus pensamientos, y al final se separaron.

Estuvieron unos instantes sin hablarse, hasta que Zac clavó su fría mirada en el bulto que ella cargaba entre los brazos tapado con una piel oscura.

—Es mi hijo —aclaró Sandra sin vacilar.

Decepción. Horror. Rabia.

Aiden le había hablado a Zac de la existencia de ese hijo, pero el highlander necesitaba que ella se lo confirmara de viva voz.

Saber que Sandra se había entregado a otro hombre y no a él lo hizo temblar. Deseó gritar y maldecir, por lo que, dando un paso atrás para alejarse de ella, preguntó:

—¿Qué haces en esta isla? Te creía en Francia.

Confundida por los sentimientos que afloraban en su interior y que creía dormidos, la joven apretó al bebé contra su cuerpo y levantó el mentón para no dejarse amedrentar por la mirada de aquél.

—Mejor dime que haces tú aquí —replicó recuperando la seguridad en sí misma.

Zac, consciente de que el hecho de tenerla frente a sí hacía que la situación se le fuera de las manos, cambió su peso de pie y, poniendo una mano en la empuñadura de la espada que llevaba colgada de la cintura, respondió con tranquilidad:

—He venido a comprar ganado.

—¿Ganado? Pero si tú sólo criabas caballos.

Al oír eso, Zac no se movió, e indicó:

—Eso era antes. Y ahora responde: ¿qué estás haciendo aquí?

Sandra no contestó. Sólo podía mirar y admirar aquel rostro al que añoraba todos los días, aquellos ojos y aquellos labios tentadores que en otra época la habían besado con pasión. Desconcertada, no sabía qué decir, cuando Zac masculló:

—Lo último que supe de ti era que te marchabas con tu madre para casarte con Preston Hamilton, del que llevabas tiempo enamorada. —Y, con mala baba, cuchicheó—: ¿Qué pasa?, ¿que ese hombre no te ha dado una vida cómoda y alejada de la mugre de las Highlands como la que te habría dado un *muchacho* como yo?

Como si se le hubiera tragado la lengua el gato, así se quedó Sandra, que sólo podía mirarlo. Odiaba haberle dicho aquello que sabía que tanto lo molestaba, pero era la única forma de que aquel día Zac se fuera de allí, y si tuviera que volver a hacerlo, lo haría.

Zac la observaba enojado por la situación, y, disimulando el ansia que sentía de abrazarla y besarla tras tantas lunas sin verla ni saber de ella, siseó:

—¿Piensas responder o no?

Sandra estaba bloqueada por mil sentimientos y sensaciones. Podía contarle la verdad de lo ocurrido. Quizá la creyera o quizá no, pero si se lo decía inevitablemente lo pondría en peligro, así que por fin respondió:

—Vivo aquí.

—¿Con Preston Hamilton?

—No.

Intentando sonreír a pesar de la furia que sentía, Zac insistió:

—Y, si no es con él, ¿con quién vives?

El bulto que Sandra llevaba entre los brazos se movió, y ella, tapándolo para que no cogiera frío, contestó:

—Vivo con mi hijo.

—¿Y tu madre?

A Sandra todavía le partía el corazón pensar en ella, pero entonces aquél insistió:

—¿Quién es el padre de tu hijo?

La tensión a la que ambos estaban sometidos era extrema, hasta que la joven por último siseó:

—No te interesa. Adiós. Está refrescando y no quiero que mi hijo enferme.

Dicho esto, dio media vuelta confundida y compungida y continuó su camino mientras apretaba al pequeño contra su cuerpo y un extraño sentimiento de alegría, tristeza y abandono se apoderaba de ella al alejarse de Zac.

El highlander no se movió. No podía apartar los ojos de ella.

Ignoraba qué había ocurrido. No entendía por qué estaba allí sola, con un hijo, soportando penurias sin necesidad. Lo que sí sabía, en cambio, era que no iba a regresar a las Highlands dejándola allí.

Esa noche, como muchas otras, Sandra no podía dormir.

Haber visto a Zac y poder abrazarlo había sido una de las mejores cosas que le habían sucedido en el último año, pero al mismo tiempo se sentía aterrada. Si él había podido encontrarla, Wilson podía hacerlo también.

Estaba dando vueltas en la cama cuando observó a *Pach* mirar hacia la puerta. Eso la inquietó. No era la primera vez que algún hombre, enterado de que estaba sola, iba hasta su puerta. Así pues, se levantó cogió una de sus dagas y, acercándose a la entrada, voceó:

—¡No sé quién eres ni quiero saberlo, pero como te digo todas las noches, aléjate de mí si no quieres que te saque los ojos!

Aguzando el oído, intentó escuchar, pero nada ni nadie se movió en el exterior. Entonces atrancó la puerta con otro tronco más, se sentó en el suelo y permaneció alerta hasta el amanecer, ignorando que era Zac quien estaba fuera, y tras lo que había oído, se había mantenido vigilante dispuesto a protegerla.

Capítulo 22

Pasaron tres días.

Tres días en los que Sandra buscó con disimulo a Zac entre los hombres con los que se cruzaba, sin saber que él la vigilaba oculto durante el día y que durante las frías noches se acercaba lo suficiente a su casa como para que nadie la molestara.

Cuando despertó aquella mañana tras haber dormido más de cuatro horas del tirón, Sandra suspiró. Últimamente, dormir era un bien escaso para ella. Cuando no era el pequeño Zac quien la despertaba porque le estaban saliendo los dientes, era algún borracho que aporreaba su puerta. Por ello, de mejor humor, se quitó el anillo y la pulsera y los escondió. A continuación, despertó al pequeño y le dio de desayunar, aunque antes le abrió la puerta a *Pach* para que saliera a dar su paseo matinal.

Mientras daba de comer a su hijo, barajó la idea de marcharse de la isla. Allí ya no estaba segura, y seguía pensando en ello cuando abrió la puerta de su casa para marcharse a trabajar. Pero entonces, de pronto, su descolocado corazón se aceleró al encontrarse de frente con Angela, Kieran, Zac y Aiden.

Se miraron unos a otros, hasta que Angela, boquiabierta por la visión de pobreza extrema que su amiga ofrecía, se acercó a ella y murmuró con los ojos anegados en lágrimas:

—Ay, Sandra..., ¿qué te ha pasado?

Cuando sus brazos rodearon el cuerpo delgado de la joven, Sandra se cobijó en ellos como había hecho cuando había visto a Zac. Angela, su Angela, estaba allí. Pero, al abrir los ojos y ver que una vecina salía de su casa y los observaba, murmuró:

—Por favor, llámame Meribeth. Aquí todo el mundo me conoce por ese nombre.

Atónita, Angela se separó de ella.

—¿Por qué?

Sin querer responder a aquella pregunta que tantos problemas podía acarrearle, Sandra simplemente indicó:

—Porque sí. Y no preguntes más.

Su amiga asintió. Ya habría tiempo para más preguntas, y, mirando al bebé que se movía incómodo entre ellas a causa del abrazo, susurró emocionada:

—¿Es tu hijo?

Sandra lo miró y, sin sonreír, afirmó:

—Sí.

Emocionada, Angela cogió a aquel querubín rubio de preciosos ojos azules y, contemplándolo, murmuró:

—Hola, cariño..., hola, mi amor.

El pequeño sonrió al oírla y, señalando hacia los hombres, chilló:

—¡Paaaaa... Paaaaa...!

Kieran miró a Zac.

Aiden miró a Zac.

Y éste, al sentir las miradas de aquéllos, gruñó indignado:

—Dejad de mirarme así porque no es mío.

—¿Seguro? —preguntó Kieran al ver el pelo rubio y los ojos azules del pequeño, tan parecidos a los de Zac.

Ofuscado, el highlander siseó:

—Tan seguro como que tú eres Kieran O'Hara.

—Paaaa... Paaaaaa... —insistió de nuevo el niño.

Angela, tan sorprendida como los demás, miró a Sandra en busca de una explicación, pero ella se apresuró a responder:

—¡Nooooooooooo!

Su amiga parpadeó. Nunca se lo habría imaginado.

—Sandra... —murmuró entonces—, ¿tú y...?

Abrumada por el modo en que aquélla la miraba, la joven se apresuró a aclarar:

—Claro que no. Mi bebé tan sólo llama a nuestro perro, que se llama *Pach*.

Los tres hombres asintieron al ver a un lebrel gris que los olisqueaba. Y Zac afirmó levantando el mentón:

—Os lo he dicho.

Durante unos segundos, Angela miró a su amiga, que los observaba retorciéndose los dedos de las manos.

—¿Cómo se llama tu hijo? —preguntó al cabo.

El niño sonrió y Sandra dejó escapar un suspiro.

—Zac —dijo finalmente.

—¡¿Zac?! —preguntó Angela despavorida.

—Por san Ninian... —masculló Kieran.

Bloqueado y anonadado, al ver que Kieran y Aiden lo miraban otra vez, Zac inquirió:

—¿Se llama como yo?

Al observar su gesto contrariado, Sandra replicó:

—Vamos a ver, no sólo tú te llamas Zac en toda Escocia. No seas tan egocéntrico.

Y, nada más decir eso, cogió a Angela del codo y le indicó:

—Ven. Acompáñame al interior.

Sin dudarlo, Angela le dirigió una mirada a su marido y, a continuación, cuando éste asintió, entró con Sandra en la casucha.

Una vez que la puerta se cerró, Aiden y Kieran se miraron y de forma inexplicable se sonrieron cuando Zac siseó ofuscado:

—Si no queréis enfadarme más de lo que ya lo estoy, borrad esas estúpidas sonrisas de vuestras bocas, porque a mí esto no me está haciendo ninguna gracia.

Kieran miró hacia otro lado. Sabía lo que su amigo sentía por aquella joven, por mucho que él se empeñara en negarlo cada vez que hablaban de ella.

—No cuestiono tu verdad, Zac —dijo entonces Aiden—. Pero entiende que cualquiera que vea a ese pequeño rubio y de ojos claros como los tuyos que se llama Zac piense otra cosa.

Al oírlo, él resopló. Cada vez entendía menos.

En el interior de la casa, Angela, que continuaba con el pequeño en brazos, observó a su alrededor. Aquel lugar estaba limpio, pero era viejo y húmedo y, mirando a su amiga, preguntó:

—¿Dónde está tu madre?

—Está... está lejos.

Sin entender nada, Angela insistió:

—¿Lejos? ¿Dónde?

Sandra suspiró. No debía dar explicaciones.

—Mira, no quiero hablar de ello —repuso simplemente—. Es doloroso.

—Pero, Sandra, no entiendo qué haces aquí, cuando te creía en Francia. —Al ver que ésta no contestaba, Angela prosiguió—: He de decirte algo con respecto a tu abuelo que no sé si sabes.

A Sandra se le revolvió el estómago al oír hablar de él, pero, intentando disimular, preguntó:

—¿Qué ocurre?

Consciente de la mala noticia que tenía que darle, su amiga le comunicó:

—Tu abuelo murió hace unos meses.

Sandra ni se inmutó. Lo que le ocurriera a aquel desgraciado no le importaba en absoluto. Pero entonces Angela, que no comprendía nada, insistió:

—¿Has oído lo que he dicho?

Sandra afirmó con la cabeza.

—Sí. Has dicho que mi abuelo ha muerto. —Al ver cómo aquélla la estudiaba, indicó cambiando el tono—: Lo siento mucho. Pobrecillo.

—¿No lo sabías?

—No. Aquí nadie sabe que soy Sandra Murray y esas noticias no llegan.

Angela estaba cada vez más descolocada.

—Sandra, no entiendo nada. ¿Qué ocurre? ¿Por qué te haces llamar Meribeth? ¿Por qué tengo la sensación de que sucede algo grave y no me lo cuentas?

—Angela, ¡basta!

—Pero, Sandra...

—No. He dicho que basta.

Sorprendida por su actitud, Angela no sabía cómo reaccionar. Su amiga siempre había sido una chica risueña, nada que ver con la muchacha que ahora tenía enfrente.

—De acuerdo —murmuró—. Esperaré a que tú quieras aclararme esas preguntas.

—Gracias —asintió ella agradecida.

Pero, antes de dejar de preguntar a su amiga, la pelirroja quiso saber:

—¿Quién es el padre de tu hijo?

Sandra miró al bebé rubio que su amiga tenía en brazos y que ahora era lo único que tenía en el mundo.

—No lo conoces —respondió con una sonrisa.

—Y ¿por qué le has puesto el nombre de Zac?

Sandra suspiró. Angela podía ser agotadora.

—Tenéis que marcharos —dijo simplemente.

—No digas tonterías. Te he hecho una pregunta —insistió su amiga—. Con todos los nombres que existen, ¿por qué Zac?

Sandra se retiró el flequillo, que le caía en los ojos, y, quitándose la toquilla que llevaba en la cabeza, contestó:

—Porque me parece un nombre muy bonito y...

—¡Tu pelo! —señaló Angela—. ¿Qué le ha ocurrido a tu precioso cabello?

Tocándose la melena, que ahora le llegaba por los hombros, Sandra respondió:

—Me lo corté.

—¿Por qué?

Afligida, miró a su amiga. Le habría gustado contarle tantas cosas, pero si lo hacía, la pondría en peligro.

—Tenéis que marcharos de la isla ¡ya! —la apremió.

—¡¿Qué?!

—Que tenéis que marcharos y, por favor, no le contéis a nadie que estoy aquí.

Estremecida por lo que aquélla decía, Angela protestó:

—Pero ¿qué dices...?

—Angela, por favor... —suplicó ella.

Sin entender qué ocurría, la aludida dejó al pequeño sobre la cama y, mirando a su amiga, le exigió:

—Cuéntame qué pasa. Dime qué haces aquí y qué temes, porque la Sandra que yo conocí no le temía a nadie.

Ella suspiró y negó con la cabeza.

—No le temo a nada, sólo quiero que...

—Zac me contó que lo dejaste porque ibas a casarte con el tal Preston y que vivirías en Francia rodeada de lujos. Pero esto no es Francia. Vives en una casucha vieja y húmeda, estás asustada, delgada y ojerosa, y además estás sola con un bebé que se llama Zac. ¿Puedes explicarme qué está pasando?

Sandra se llevó las manos al rostro. Si contaba la verdad, los pondría en peligro a todos ellos.

—Escucha, Angela, si de verdad me quieres —insistió—, coge a esos tres que están ahí fuera, marchaos y olvidaos de mí.

Enfadada, Angela maldijo y siseó levantando la voz:

—Sabes que eso no va a ser posible, y no va a ser posible porque te quiero y, como te quiero, no me voy a ir de aquí a no ser que vayas tú delante de mí; ¿te enteras o no?

Sandra entrecerró los ojos. Su amiga era una cabezota y, levantando la voz igual que había hecho ella, voceó:

—¡Si de verdad me quisieras, harías lo que te pido! ¿Por qué no puedes hacerlo?

—Porque no. Porque no sé qué te ha ocurrido para que estés alejada de tu madre y, aunque no me lo digas, te conozco y veo en tus ojos que estás asustada.

—Vete, Angela.

—¡No!

—Vete, por favor.

Anclando los pies con fuerza, la pelirroja se cruzó de brazos y exclamó:

—¡He dicho que no, y menos cuando sé que ocurre algo que no me cuentas!

Sandra cerró los ojos en el mismo instante en que la puerta se abría y entraba Kieran seguido de los otros dos.

—Pero ¿se puede saber qué os pasa? —preguntó.

Descontrolada, Angela chilló, y Sandra le respondió.

Por primera vez desde que se conocían, una discusión las había llevado al límite.

Sorprendido, Zac observaba cómo lloraban cuando sus ojos se clavaron en el pequeño rubio que miraba asustado a Sandra desde la cama, haciendo pucheros. Siempre le habían gustado los niños, conectaba rápidamente con ellos, pero no estaba dispuesto a hacerlo con aquél, así que miró a Kieran y, señalando al chiquillo, al que le temblaba la barbilla, indicó:

—Tú tienes hijos, sabrás qué hacer.

Al ver al pequeño, Kieran se acercó a él y, tomándolo en brazos, murmuró en dirección a Zac:

—Sólo hay que cogerlo y hacerle sentir que estás con él. —Y, mirando al crío, cuchicheó—: No llores, Zac. Mamá está bien. Sólo discute porque es muy cabezota.

Al oír eso y ver al niño hacer pucheros con los ojos cargados de lágrimas, Sandra fue hasta él, se lo quitó a Kieran de los brazos y, dulcificando su voz, lo besó en la frente.

—Mi amor, no pasa nada —susurró—. No pasa nada.

Aquella voz dulce y el modo en que abrazaba al pequeño hicieron que Zac apartase la vista, y en ese momento Angela insistió:

—Sandra, escucha...

—Meribeth —la cortó ella—. Me llamo Meribeth.

Sin saber qué hacer, su amiga miró a su marido en busca de ayuda, pero entonces Sandra, sin levantar la voz pero en un tono duro, sentenció:

— Marchaos todos de aquí. No quiero veros. Si no he acudido a vosotros es porque no os necesito. ¡¿Tan difícil es entender que no quiero saber nada de vosotros?!

A Angela le llegaron al corazón esas palabras. Nunca habría pensado que la bonita amistad que tenía con Sandra terminaría así. A continuación, conteniendo las ganas de llorar que sentía, se dirigió hacia su marido, le quitó una bolsa enorme de cuero que éste llevaba colgada y, tirándosela a Sandra, dijo:

—Aquí están tu espada y tu carcaj. Pensé que te gustaría tenerlos.

Sandra asintió. Para ella era importante recuperar aquellas pertenencias. Muy importante.

—De acuerdo —añadió Angela a continuación—. Me alejaré de ti.

Y, sin más, dio media vuelta y salió de la casucha seguida por Kieran, que rápidamente la abrazó para consolarla.

Aiden salió también. Por su parte, Zac, mirando a la joven, a la que veía desvalida y perdida, señaló:

—No sé qué te ha ocurrido ni por qué te empeñas en alejarnos de ti, pero si tus deseos son ésos, adiós..., Meribeth.

Y, como un momento antes había hecho Angela, salió él también de la casa cerrando la puerta a su espalda.

Una vez a solas, Sandra se sentó en el lecho, acunó a su pequeño y lloró.

Esa tarde, en el puerto de Brodick, una desesperada Angela no sabía qué hacer.

—Escúchame, mi cielo... —insistía Kieran.

—No. No quiero escucharte. Pasa algo, ¡lo sé!, y debemos ayudarla. Pero ¿no os habéis fijado en que no ha sonreído ni una sola vez? Y eso por no hablar de su penoso aspecto.

—Tienes razón —dijo su marido—, pero has de...

—¡Que no! —replicó ella.

—Dios santo, ¡qué cabezota es! —protestó Zac.

—No lo sabes tú bien —afirmó Kieran.

Ofuscada por lo ocurrido, Angela murmuró:

—No puedo marcharme. No pienso dejarla en esa pequeña y fría casucha porque sé que pasa algo. Dice llamarse Meribeth y no quiere que le digamos a nadie que está aquí. Eso sólo puede ser porque huye de alguien.

—Eso parece —musitó Zac angustiado.

—¿Y si huye del padre del niño? —sugirió Kieran.

Todos se miraron. Sin lugar a dudas debía de ser algo así.

—Yo me quedaré y la vigilaré —propuso Aiden.

Zac suspiró. Nada ni nadie lo harían marcharse de allí sin ella, por lo que, negando con la cabeza, replicó:

—No.

—¿Por qué? —preguntó Kieran.

Al ver la expresión de Zac, y como estaba enterado de muchas cosas, Aiden aclaró:

—Nunca la seduciría, sé lo que...

—¡Cállate, Aiden! —gruñó él.

Al oír eso, Angela miró a Zac y, bajando la voz, preguntó:

—¿Todavía sientes algo por Sandra?

Él no contestó. No pensaba hacerlo.

—Llevas más de un año sacándome de quicio cada vez que hablamos de ella —añadió Angela—, y ¿ahora me entero de que continúas sintiendo algo por Sandra, cuando yo creía que la odiabas por lo ocurrido?

Kieran sonrió y, al ver que Zac no pensaba contestar, miró a su mujer y musitó:

—En ocasiones, los silencios son las mejores respuestas.

Molesto y furioso por el modo en que todos lo miraban, Zac explicó:

—No siento nada por ella. Simplemente me apena ver la situación en la que está. Y, antes de que sigáis pensando cosas que no son, os recuerdo que Mery McPherson...

—Ah, por Dios, Zac..., pero si esa mujer no tiene sangre —protestó Angela.

Enfadado, él la miró y siseó:

—Quizá ésa sea la mayor virtud que yo aprecie en una mujer.

Angela se disponía a replicar cuando su marido tosió y ella, suspirando, lo pensó mejor y dijo:

—De acuerdo. Dejaré de pensar tonterías, pero si consigues sacarla de aquí y llevarla a tu casa, te lo agradeceré por toda la eternidad, aunque ella no quiera volver a dirigirme la palabra.

Zac asintió.

—Te aseguro que la sacaré de aquí aunque no quiera volver a dirigirme la palabra tampoco a mí.

Entonces, al ver a su mujer más tranquila, Kieran indicó:

—Dejemos a Zac, mi cielo. Él mejor que nadie sabrá qué hacer.

A continuación, tras despedirse, Kieran y Angela embarcaron cogidos de la mano.

Zac miró a Aiden, que sonreía, y murmuró:

—Tienes la lengua demasiado larga.

—Si con eso consigo que, cuando te emborraches, no me hables de ella con el sentimiento que lo haces, habrá merecido la pena.

Ambos chocaron la mano y, sonriendo, Zac indicó:

—Tú te quedarás conmigo. El resto, que regresen con el ganado y que nos esperen en el puerto de Ayr dentro de quince días con un centenar de hombres.

—¿Qué vas a hacer?

Zac suspiró.

—No lo sé, pero le doy esos días para que ella razone. Si no lo hace, nos la llevaremos por la fuerza. Y, como no sé realmente a qué o a quién teme, habrá que mantener los ojos bien abiertos.

Aiden asintió y se encaminó hacia sus hombres para darles la orden de Zac mientras éste miraba el mar azul y susurraba:

—Me preocupa que no sonrías, *mo chridhe*.

Capítulo 23

Cuando Sandra se levantó, hizo lo mismo que todos los días, pero al abrirle la puerta de la casucha a *Pach* para que saliera, se quedó boquiabierta al ver a Zac, a Aiden y a otro hombre hablando con varias mujeres a lo lejos.

¿Qué hacían todavía allí?

Una vez que hubo salido el perro, Sandra cerró la puerta. No quería pensar más en ellos, por lo que terminó de ajustarse el raído vestido; entonces oyó unos golpes en la puerta.

La joven cerró los ojos. No le hacía falta abrir para saber quién llamaba, y, levantando la voz, gritó:

—No quiero verte. ¡Fuera de aquí!

—Pero ¿qué te ocurre, Meribeth? —preguntó Trudy desde la calle.

Al reconocer la voz, Sandra se apresuró a abrir y, mirando a aquella mujer que tanto la ayudaba con su hijo, murmuró:

—Ay, Trudy, disculpa lo que te he dicho. Creí que era un borracho.

La mujer asintió y preguntó sonriendo:

—¿Qué te ocurre? Te noto nerviosa.

Sin poder decirle realmente lo que le sucedía, Sandra musitó mientras trataba de sonreír:

—Hoy no me encuentro muy bien. No he pasado una buena noche.

Trudy le llevó entonces una mano a la frente y, tras comprobar su temperatura, comentó:

—No pareces tener calentura, pero haz el favor de abrigarte o enfermarás.

Sandra asintió y, al mirarla a los ojos y ver uno de aquéllos algo amoratado, preguntó:

—¿Tu marido llegó anoche a casa?

Trudy se encogió de hombros, y Sandra murmuró:

—¿Por qué lo sigues permitiendo?

—Soy su mujer.

—Pero, Trudy, eso no le da derecho a...

—Meribeth —la cortó ella—. Lo quiero, es mi vida y no voy a separarme de él. —Y, mirando al niño, lo llamó—: Ven con Trudy, Zac. Vamos a jugar.

Sandra observó apenada a la mujer, que se sentó frente al fuego con el pequeño. El bestia de su marido bebía y no le daba buena vida a la pobre. Pero no quería meterse donde no debía, así que abrió la puerta y salió.

Mientras caminaba hacia la taberna, pensó en Angela. Por suerte, ya no estaban por allí. Recordar sus gestos al marcharse le partía el alma, pero era lo mejor. Debían mantenerse alejados de ella, eso les evitaría estar en peligro.

—Meribeth...

Conocía aquella voz... Era Zac.

Sin detenerse, Sandra apretó el paso.

Al ver que ella lo ignoraba, él amplió su zancada y, cuando la alcanzó, la agarró del brazo y, haciendo que lo mirase, siseó:

—Te he llamado por ese ridículo nombre. Si vuelves a ignorarme, te llamaré por el verdadero, ¿entendido?

Sandra suspiró y, mostrándole lo incómoda que estaba en su presencia, respondió:

—Vamos a ver, ¿qué quieres?

Como siempre que se retaban, a su alrededor saltaban chispas.

—El tiempo ha pasado, pero tú sigues igual de irreverente —gruñó Zac sin soltarla.

La joven decidió no contestar. Veía cómo la gente que pasaba por su lado los miraba, y cuchicheó:

—¿Qué tal si me sueltas?

—¿Por...?

—He de ir a trabajar.

—En esa tabernucha.

Al ver sus preciosos ojos azules clavados en ella, Sandra sintió cómo su corazón se desbocaba y, retirando la mirada para poder hablar, indicó:

—Gracias a esa tabernucha, mi hijo y yo comemos y tenemos un lugar donde vivir.

A continuación, miró hacia unas mujeres que los observaban con descaro al fondo de la calle y cuchicheaban.

Al tenerla tan cerca, Zac se fijó en sus ojeras, unas marcadas ojeras que le hacían saber que algo ocurría. Y, sintiendo que la necesitaba, murmuró:

—Tu abandono me destrozó.

Sandra lo miró a los ojos al oír su confesión. Para ella nada había sido fácil después de separarse de él, pero, cuando levantó su mano libre para acariciarlo, Zac se retiró. A la joven le dolió su desprecio.

—Por suerte —añadió él, siseando—, también me hizo ver que tú tampoco me convenías.

Sandra asintió. Sin duda se merecía aquello, y, levantando el mentón, musitó:

—Si pretendes seguir humillándome, sacaré mi carácter irreverente, ese que tanto te gusta, y te aseguro que lo vas a lamentar.

Al oírla, Zac maldijo para sus adentros. Entonces la joven dio media vuelta y retomó su camino hasta llegar a la taberna.

Tras un día de trabajo agotador, cuando Sandra caminaba de regreso a su casa, se encontró con *Pach*, que corrió hacia ella. Lo acarició con mimo y luego juntos caminaron hacia el que consideraban su hogar.

Después de que Trudy se hubiera marchado dejando a Zac dormido, *Pach* comenzó a gruñir al oír unos golpes en la puerta. Sin dudarlo, Sandra cogió una de sus espadas y, acercándose a la entrada, amenazó:

—Vete a la casa de Augusta antes de que te rebane el pescuezo.

En ese instante sonaron unos golpes y se oyó a alguien quejarse, para volver a quedar todo en silencio a continuación. Con la oreja pegada a la puerta, Sandra no oyó nada y, envalentonándose, decidió abrir. Asomó la cabeza con cuidado y miró a su alrededor, pero allí no había nadie. Acto seguido, se apresuró a cerrar y volvió a atrancar la puerta.

No muy lejos de allí, Zac estaba zarandeando a un borracho.

—Si vuelves a acercarte a esa casa o a esa mujer, te aseguro que te mataré —siseó mirándolo a los ojos.

Dando un traspié, el hombre intentó correr, mientras Aiden observaba divertido cómo Zac se tocaba los nudillos de las manos, y se carcajeaba.

Pasaron cinco días y, la quinta noche, cuando oyó de nuevo ruidos en el exterior, esta vez Sandra abrió la puerta de golpe y, al ver a Zac llevarse a un tipo de malas maneras agarrado del cuello, exclamó:

—Pero ¿qué haces?

Zac miró a Aiden e indicó:

—Llévatelo.

Cuando aquellos dos desaparecieron, Zac se acercó hasta Sandra.

—Creo que un «Gracias» sería lo apropiado —le soltó.

Ella lo miró boquiabierta y, al ver los nudillos de sus manos pelados por los golpes, puso los ojos en blanco y decidió dar su brazo a torcer.

—Gracias —murmuró.

—Muy considerado por tu parte...

Al ver su gesto crispado, Zac se disponía a dar media vuelta para marcharse ya, cuando ella preguntó:

—¿Qué haces todavía aquí?

—Intentar velar tu sueño. ¿O acaso no llevas varias noches tranquila?

Sandra asintió.

—Entonces ¿tú...? —musitó.

—Sí, yo —afirmó Zac—. Le prometí a Angela que cuidaría de ti hasta que te des cuenta de que no puedes vivir en esta isla.

Sin ganas de discutir, Sandra dio media vuelta, negó con la cabeza y entró en su casa, donde atrancó la puerta con el madero. No tenía nada más que hablar con él.

Pasaron dos días y, le gustara o no, sentir a Zac y a Aiden cerca en cierto modo la tranquilizaba.

El séptimo día llovía a mares. El pequeño Zac no paraba de llorar. Le dolían las encías por la salida de los dientes. Sandra se las frotó con cariño con unas raíces que Trudy le había indicado, y finalmente el pequeño se calmó y se durmió.

Agotada, se asomó por el ventanuco que había en la casa y vio a Zac empapado bajo la lluvia, apoyado en un árbol. Suspiró y se acostó en la cama. El sueño la venció, hasta que un mal sueño la despertó y se levantó temblando.

¿Cuándo dejaría de tener aquellas horribles pesadillas?

Intentando tranquilizarse, se asomó de nuevo por el ventanuco y, al ver que él todavía seguía allí, murmuró sin poder creérselo:

—Por Dios, Zac.

A continuación, se puso su raído vestido y se retiró el pelo de la cara. Luego desatrancó la puerta y gritó:

—¡¿Pretendes enfermar y que yo me sienta culpable?!

Zac la miró.

—No —contestó.

Entonces Sandra resopló e indicó:

—Vamos, entra.

—No, gracias —replicó el highlander sin moverse de su sitio.

Pero, al ver que los labios le temblaban a causa del frío, ella insistió:

—No seas testarudo.

—¿Me hablas tú de testarudez?

La joven refunfuñó y, suavizando la voz, volvió a insistir:

—Por favor, entra. Te daré un caldo que te hará entrar en calor.

Con más necesidad de su compañía que de algo caliente, finalmente Zac se encaminó hacia la casa de aquélla. Una vez dentro, Sandra le señaló:

—Acércate al fuego, pero con cuidado de no despertar a Zac; no está pasando una buena noche.

Congelado y empapado de agua, el guerrero obedeció. Cuando llegó junto a la lumbre, en silencio, se sentó en una destartalada silla y observó al pequeño dormir en el centro de la pequeña cama, arropado con la única piel buena que allí se veía. Sin mirarlo, Sandra calentó en un caldero parte de la sopa que tenía preparada para su desayuno y se la ofreció.

—Bébetela.

Cuando Zac cogió el vaso, la joven se sentó frente a él y lo animó:

—Te vendrá bien.

Con gesto tosco, el highlander bebió la sopa de un tirón. Luego dejó el vaso vacío sobre una vieja mesita y comentó:

—Estaba exquisita.

—Gracias —dijo ella y, mofándose, añadió—: Para llevar veneno, sé camuflar muy bien su sabor.

Al oír eso, Zac sonrió a la espera de que ella también lo hiciera, pero no fue así. Incómodo, se dispuso a levantarse pero ella dijo:

—Está diluviando y estás empapado... ¿Adónde vas?

Él la miró y, al ver que tenía ganas de compañía, decidió aprovechar el momento y se acomodó. Durante un rato permanecieron en silencio, hasta que Zac, mirando al pequeño, preguntó:

—¿Qué le ocurre para que no esté pasando una buena noche?

Sandra miró al pequeñín y, arrugando la nariz, respondió:

—Le están saliendo los dientes y eso es doloroso.

Zac asintió y, tras otro silencio incómodo, volvió a preguntar:

—¿Por qué Meribeth O'Callaham?

Ella lo miró. Iba a contarle el porqué, pero se interrumpió. Si le hablaba de ella, le estaría dando demasiada información.

—Es un bonito nombre —dijo simplemente.

Zac afirmó con la cabeza, pero insistió:

—Tu nombre también lo es..., ¿por qué cambiarlo?

Sandra no contestó, sino que tan sólo desvió la mirada.

—Siento que me ocultas muchas cosas —señaló él entonces.

Sandra suspiró y murmuró:

—Puedes pensar lo que quieras. Es tu elección.

Al verla tan esquiva, el highlander asintió, pero necesitaba saber, por lo que insistió:

—¿Por qué le pusiste Zac a tu hijo?

La joven sabía que él le haría esa pregunta tarde o temprano y, mirándolo, respondió con sinceridad:

—Porque ese nombre me traía bonitos recuerdos.

Embobado por esa contestación, que no esperaba, Zac afirmó:

—Me alegra saberlo.

El silencio volvió a instalarse entonces entre ambos, hasta que Sandra preguntó:

—¿Terminaste los arreglos en tu fortaleza?

Al pensar en aquel lugar, él se sintió incómodo. Cuando Sandra lo rechazó, él, ofuscado, destrozó los viejos muebles que ella había colocado, y el lugar volvió a ser una pocilga. No obstante, echando su largo y húmedo pelo hacia atrás, respondió:

—Se puede decir que sí. Aún hay cosas pendientes, pero lo importante y necesario, como dice Mery, ya está.

Al oír ese nombre, a Sandra se le revolvió el cuerpo.

—¿Mery? —repitió.

Zac asintió.

—Mery McPherson —le aclaró—. Creo que la conociste, ¿verdad?

Molesta, ella asintió, y él prosiguió:

—Es encantadora, y la tengo muy cerca de mí.

—Era viuda, ¿no es así?

—Sí —afirmó Zac.

—¿No ha vuelto a la corte escocesa?

—No —dijo él incómodo.

Sandra asintió, pero maldijo para sus adentros. Sus sentimientos hacia él se habían reavivado al verlo de nuevo. Sin embargo, como no estaba dispuesta a mostrarle su incomodidad ni a preguntarle si aquella mujer y él estaban prometidos, apuntó:

—Si ella te hace feliz, seguro que es buena para tu hogar.

Fastidiado al sentir su frialdad al saber que otra ocupaba su corazón, Zac añadió:

—Mery es cándida y en absoluto osada.

Sandra tragó con dificultad. Saber que otra mujer gozaba de las atenciones que en su día él le había dedicado a ella la envenenaba, pero no quería entrometerse en la relación que él tuviera con aquella mujer, así que comentó:

—Me alegro mucho por ti. Nunca te gustaron las osadas.

El guerrero asintió y, deseoso de hacerle ver que su vida continuaba sin ella, exageró:

—Ella me aporta serenidad, me calma y consigue hacerme sonreír como nadie. Y, si a todo eso le sumas que es una belleza y elegante en el vestir, puedo decir que he encontrado a la mujer perfecta para mí.

—Sin duda lo parece —convino Sandra, tocándose su poco elegante vestido.

A continuación, volvió a hacerse un silencio entre ambos, hasta que Zac tomó de nuevo la palabra.

—¿Qué te pasó que no me cuentas?

Esa pregunta y, en especial, la intensidad de su mirada hicieron que Sandra regresara a la realidad. Sabía que él no pararía de indagar hasta que le diera una contestación y, dispuesta a que la odiara para evitar ponerlo en peligro, respondió:

—Como bien me dijiste alguna vez, soy caprichosa y osada, y elegí mal.

—¿A qué te refieres?

Ella lo miró y mintió sin dudarlo:

—Antes de llegar a Francia, me encapriché de un guerrero y hui con él.

Él la miró asombrado.

—Pero si dijiste que amabas a ese tal Preston Hamilton —musitó—. Incluso lo juraste.

—Ay, Zac..., la carne es débil —respondió ella recordando las conversaciones mantenidas con Meribeth y Leslie en el pasado—. Fue ver a ese hombre y desearlo en mi lecho. Por ello, hui en su compañía, pero él, una vez que me hubo tomado, se marchó. Durante unos días anduve desamparada y no quería regresar a Carlisle. Sabía que lo ocurrido avergonzaría a mi madre, y, por supuesto, no deseaba incomodar a Angela en su hogar. Hasta que un día conocí a unas mujeres que se dedicaban a... a..., bueno, ya sabes, e hice lo necesario para sobrevivir. Hasta que supe que estaba embarazada y...

A Zac estaba a punto de estallarle la mandíbula. Pero ¿qué locura estaba oyendo?

Se le hacía difícil entender lo que Sandra le contaba. Nunca imaginó que la joven pudiera hacer algo así, y menos contarlo con semejante tranquilidad. Entonces, se levantó y dijo, dando por finalizada la conversación:

—Creo que ya es hora de que me vaya.

Al sentir que había conseguido incomodarlo realmente, ella asintió.

—Sí, es lo mejor.

Cuando Zac salió de la casa, un escalofrío le recorrió el cuerpo. El corazón le latía con fuerza. Sandra era la única mujer que le nublaba la razón, y saber aquello lo había destrozado.

Capítulo 24

Transcurrieron dos días más en los que Zac pasaba junto a Sandra por las mañanas sin dirigirle la palabra. Cuando la veía regresar por las noches, hacía lo mismo, y ella lo aceptó.

La impotencia que el guerrero sentía tras saber la verdad que ella le había contado lo tenía totalmente bloqueado, y una noche, mientras Aiden y él observaban la casa sentados, este último dijo:

—Llevamos nueve días aquí, creo que deberíamos terminar con esto.

Zac asintió. Aquella situación era ridícula.

—Tienes razón —murmuró—. Mañana cambiaré de táctica.

Al oírlo, Aiden sonrió.

—¿Puedo saberla?

Zac resopló y, mirándolo, explicó:

—Le haré creer a todo el mundo que yo soy el padre del niño.

A la mañana siguiente, cuando Sandra se levantó, lo primero que hizo fue mirar por el ventanuco para ver si Zac seguía allí y se sorprendió al no verlo, pero, sin querer darle mayor importancia, despertó a su hijo. Al hacerlo, lo encontró un poco congestionado y, alarmada, calentó unas hierbas que lo aliviarían.

En cuanto le hubo dado de desayunar, abrió la puerta en busca de *Pach*, pero el perro no apareció. Por ello, cuando Trudy llegó para cuidar al bebé, tras informarla de que el pequeño estaba destemplado, le dio la orden de que, cuando *Pach* apareciera, lo dejara entrar. A continuación, tras darle un beso al pequeño, que lloraba, Sandra se marchó sin mirar atrás. Tenía que trabajar.

Al llegar a la taberna, Clementina, Tina y Nera la cogieron del brazo y la hicieron entrar en la cocina. Sandra las miró sorprendida y preguntó:

—¿Se puede saber qué os pasa?

Las mujeres sonrieron, y Clementina susurró:

—Ay, Meribeth..., ¡¿cómo no nos lo habías dicho?!

Sin entender a qué se refería, Sandra se disponía a preguntar cuando Tina cuchicheó:

—Un guerrero, alto, rubio y muy bien parecido, *acompañao* por otro moreno, ha preguntado por ti.

La joven parpadeó. Sabía a quiénes se refería.

—Por el amor de Dios, Meribeth —añadió Nera—, si el padre de mi hijo fuera ese guerrero tan bien parecido no me alejaría ni diez pasos de su lecho por mucho que discutiera con él.

—¿El padre de mi hijo? —preguntó ella entonces, boquiabierta.

A continuación, las tres mujeres intercambiaron una mirada.

—¿Cómo se te ocurrió marcharte con el bebé? —le recriminó Clementina.

—¡¿Qué?!

—El laird Zac Phillips de Dufftown... —Tina sonrió—. ¿Cómo nos lo has podido ocultar?

Joe, que en ese instante se acercaba a ellas, comentó:

—Si ya le dije yo a Clementina que tus modales eran de buena cuna, aunque en momentos supieras defenderte como una guerrera.

—Cierto es —afirmó su mujer—. Joe te caló el primer día. Pero, hija, nos hacías tanta falta en la cocina y se te veía tan dispuesta a trabajar que decidimos no preguntar. Sin embargo, cuando hemos sabido que ese hombre de Dufftown te reclamaba y nos ha pagado por las molestias que pudiera ocasionar tu marcha, creo que...

—¿Mi marcha? ¡¿Qué marcha?!

Clementina le enseñó entonces un saquito de monedas con una sonrisa.

—Ya no trabajas aquí. Te irás con ese hombre, y...

—Yo trabajo aquí —replicó Sandra—, ¡devuélvele ese dinero!

Clementina se apresuró a guardárselo.

—Meribeth, no me lo pongas más difícil. Ese hombre es un laird, y no quiero que por tu culpa sus guerreros me destrocen el negocio. Por tanto, ya no trabajas aquí, y necesito que desocupes la casa en unos días para poder disponer de ella.

—Pero...

—Lo siento, muchacha —la cortó Joe—. Ya has oído a mi mujer.

Sin dar crédito y desconcertada, Sandra negó con la cabeza. Aquella jugada sucia de Zac era imperdonable. Pero, encima, Tina insistió:

—No niegues lo evidente. Tu hijo se llama Zac, como ese hombre, y es su vivo retrato. Pero si hasta tienen la misma sonrisa y los mismos ojos.

Sandra dio un paso atrás. Lo que aquéllos decían era una locura y, levantando la voz, siseó:

—No sé de qué habláis. No sé quién es ese hombre y...

—No chilles y escúchame —la regañó Clementina—. Ese laird podría castigarte con dureza por lo que has hecho. ¡Te llevaste a su hijo! Pero la suerte está de tu parte y, tras hablar con nosotros e indicarle tu buen comportamiento, está dispuesto a perdonarte y a llevarte a casa.

Sandra maldijo y, poniendo las manos en jarras, insistió:

—Todo lo que os ha contado es mentira. ¿Cómo podéis creerlo?

—Porque tu hijo es su vivo retrato —insistió Tina.

—Oh, Dios... ¡Maldita sea! —gruñó Sandra levantando las manos al cielo—. Eso que decís es una tontería. ¿Acaso es el único hombre con el pelo claro y los ojos azules?

—No. Pero, curiosamente, se llama Zac, como tu pequeño —insistió Joe.

Desesperada, iba a protestar de nuevo cuando Clementina intervino:

—Mira, Meribeth, lo siento, pero sólo te creeré si compruebo una cosa y veo que no es cierta.

—¿Qué cosa? —preguntó ella exasperada.

Las mujeres se miraron con picardía y, tras soltar una sonrisita cómplice, la dueña indicó:

—Ese hombre nos ha dicho que tienes un lunar en forma de media luna en tu nalga izquierda. Si no lo tienes, te creeré, pero si lo tienes, lo creeré a él.

Sandra resopló. Aquel lunar era el mismo que tenía su madre. Y, levantando el mentón, replicó:

—Me niego a mostraros mi cuerpo.

Sin darle opción, Joe, Nera y Tina la inmovilizaron, mientras ella se revolvía y pedía que la soltaran. Pero ninguno lo hizo, y una vez que Clementina comprobó lo que quería, ordenó:

—Soltadla. Ese hombre tiene razón: es ella.

Sandra estaba enfadada y desconcertada por lo ocurrido. Zac le había echado abajo en un momento la vida que ella se había construido con tanto esfuerzo.

—Muchacha —dijo entonces Joe—, siento decirte que, si él quiere, puede llevarse a tu hijo. La ley lo ampara, y no seré yo quien se lo impida.

—Ni yo —afirmaron las mujeres.

—Ay, Meribeth, pero ¿por qué te resistes? Ese hombre *tá buscao* como un loco hasta encontrarte —cuchicheó Tina—. Además, su sonrisa y su manera de hablar de ti nos han hecho entender que no sólo te desea, sino que además siente algo muy bonito hacia ti.

Abatida e irritada, Sandra maldijo y, mirando a las mujeres, preguntó:

—¿Dónde está ahora ese hombre?

Con una sonrisita, Tina la llevó hasta la puerta de la cocina y, entreabriéndola, indicó señalando hacia el salón, donde sólo había unos pocos hombres bebiendo:

—Allí.

No pudo decir más. Sandra salió furiosa por la puerta y, plantándose ante él, siseó:

—Esto que has hecho sí que no lo esperaba de ti.

Al oírla, Zac se levantó y, alto y claro, para que los que estaban presentes lo oyeran, dijo:

—Mujer..., ¿acaso no me vas a abrazar?

Sandra enarcó las cejas y replicó:

—No.

Como si no la hubiera oído, él la aprisionó entonces contra su cuerpo y, al ver su retadora mirada, susurró para que sólo ella lo oyera:

—No me has dejado otra opción.

Atónita, Sandra no se movió. Estaba tentada de levantar la rodilla y propinarle un fuerte golpe en la entrepierna, pero sabía que eso podría acarrearle más problemas que otra cosa, puesto que había testigos. Así pues, aguantó el abrazo y, cuando él la soltó, lo oyó decir:

—Meribeth, regresarás a casa conmigo, nos casaremos y criaremos juntos a nuestro hijo.

—Noooo...

—¿Me rechazas, mujer? ¿Acaso prefieres ser una mujerzuela sola y con un hijo?

La gente a su alrededor comenzó a murmurar, y Sandra, molesta, se acercó a él y cuchicheó:

—Me estás arruinando la reputación con lo que estás haciendo.

Zac sonrió y, a continuación, guiñándole un ojo, declaró:

—Ése es el plan.

Cuando Sandra se disponía a protestar, sin dudarlo, el guerrero plantó los labios sobre los de ella y la besó.

Aquellos labios...

Aquel sabor...

Aquella irreverente posesión los hizo temblar a los dos.

Mirándose a los ojos, ambos intensificaron el beso mientras sentían que sus cuerpos se rebelaban ante lo que sus cabezas pensaban. Cuando Zac la soltó, estaba tan descolocado como ella, pero curvando los labios en una sonrisa afirmó:

—Cuánto he añorado tus besos, Mery.

Que la llamara como a su prometida encolerizó a Sandra, que bramó enfurecida:

—¡No me llamo Mery!

Al oírla, él se hizo el sorprendido y, sonriendo, preguntó:

—Y ¿cómo te llamas, mi amor?

Sandra resopló. Ni loca diría su verdadero nombre delante de toda aquella gente. Cerró los ojos e intentó tranquilizarse, era lo mejor que podía hacer. Pero entonces Zac, al sentir que ella trataba de controlarse, insistió:

—Mery..., Mery..., Mery..., nunca cambiarás.

Al oírlo pronunciar aquel nombre con tanta intimidad, Sandra rechinó los dientes. Entonces él, con una candorosa sonrisa que hizo que Clementina y compañía se derritieran, afirmó mirándolas:

—No le gusta que la llame Mery en público, pero Meribeth se me hace tan largo que prefiero llamarla por el nombre con el que suelo hacerlo en la intimidad.

Y, dicho esto, le dio un cachete en el trasero.

Enfurecida por el azote, Sandra lo miró conteniendo las ganas que sentía de darle un bofetón, pero de pronto notó que le chupaban la mano y, al bajar la mirada, se encontró con *Pach*, que se relamía tras haberse acabado un plato entero de estofado que estaba en el suelo.

Zac le tocó la cabeza con propiedad al perro y añadió:

—Os he echado tanto de menos a todos...

Sandra quería arrancarle los ojos. Pero ¿qué clase de teatrillo estaba haciendo?

—Paaaa... Paaaa...

Aquella dulce vocecita hizo que la joven mirase hacia la puerta. ¿Qué hacía su hijo allí? Y, al ver a una desconcertada Trudy entrando en la taberna junto a Aiden, iba a protestar cuando Zac, sujetándola con fuerza igual que al perro, comentó:

—Mi amor, pero si hasta nuestro hijo se pone contento al verme.

Sin darle tiempo a decir nada, volvió a abrazarla y, acercando la boca a la oreja de ella, murmuró:

—Todos me creen, y te despreciarán por huir de mí.

Incapaz de aguantar aquello un segundo más, ofuscada y enfurecida, Sandra le dio tal pisotón que Zac se vio obligado a soltarla.

A continuación, ella se alejó, caminó hasta Trudy, le quitó a su hijo de los brazos y, sin mirar a Aiden pero volviéndose hacia Zac, siseó delante de todos:

—No sé qué pretendes, pero yo no soy tu Mery, y mucho menos mi hijo es hijo tuyo. Vamos, *Pach*.

Dicho esto, salió de la taberna y se dirigió muy disgustada a su casa, mientras Trudy caminaba angustiada junto a ella.

Zac sonrió y, mirando a todos los que lo observaban, indicó:

—Es muy cabezota, pero sé que entrará en razón.

Clementina, Joe, Tina y Nera lo miraron y, sonriendo, entraron de nuevo en la cocina.

Zac se sentó de nuevo a la mesa. Entonces Aiden se acomodó junto a él y preguntó:

—¿Esto la hará entrar en razón?

Zac bebió un trago de su cerveza y, dejando al fin de sonreír, replicó:

—No lo sé. Pero de momento ya no tiene trabajo y, en breve, tampoco tendrá casa.

Capítulo 25

Encerrada en su casa, Sandra daba vueltas como una leona. Estaba tan enfadada que, si salía de allí y se encontraba con Zac, le arrancaría los ojos.

De pronto, unas voces la sacaron de su frustración y, al asomarse por el ventanuco, comprobó que provenían de la casa de Trudy. Enfadada como estaba, cogió su espada y, tras asegurarse de que su hijo dormía, salió de la casa.

Con una mirada fiera, llegó frente a la puerta de Trudy, y se disponía a llamar cuando ésta se abrió y ante ella apareció Bastian, el marido de su vecina. Al verla con la espada en la mano, aquel borracho pestilente preguntó:

—¿Y tú qué quieres?

Fastidiada por ver a Trudy llorar, Sandra le dio un empujón al hombre y, cuando éste cayó al suelo en el interior de su casa, siseó al tiempo que lo apuntaba con la espada:

—Si vuelves a golpear a Trudy, juro que te mataré.

La aludida gritó asustada:

—¡Meribeth, no!

Atormentada por todo lo que le estaba pasando, Sandra la miró y exclamó:

—Este rastrero te da mala vida; ¿cómo se lo permites?

—¡Es mi mujer! —gritó él—. ¿Quién eres tú para entrometerte en nuestras vidas?

Asustada por lo que veía en los ojos de su vecina y de su marido, Trudy se acercó hasta ella y le imploró:

—Por favor..., agradezco tu preocupación, pero márchate.

—Pero, Trudy, él...

—Meribeth, por favor —la cortó—. Sal de mi casa y déjame con mi marido.

Frustrada al entender que el amor había cegado a Trudy, Sandra miró al hombre, que seguía en el suelo, y, tras levantar la espada, salió de allí, ignorando que Zac la observaba no muy lejos de allí y que había estado a punto de entrar a por ella.

El resto del día, el pequeño Zac lloró incesantemente. Le dolían las encías, y la congestión apenas lo dejaba respirar. Por la noche, Sandra consiguió dormirlo y respiró aliviada. Necesitaba un descanso.

En ello estaba cuando miró por el ventanuco de su casa y vio a Zac aparecer como cada noche para plantarse junto a uno de los árboles.

Su indignación al verlo creció y creció y, cuando ya no pudo más, desatrancó la puerta de entrada, salió a la calle y caminó hacia él. El highlander la miró. No se movió, y, al llegar frente a él, Sandra lo golpeó muy alterada en el pecho con los puños mientras exclamaba:

—Te odio..., te odio..., te odio... Lo que has hecho hoy no tiene nombre. Por tu culpa, ahora mi hijo y yo no tendremos un techo para cobijarnos ni nada que comer..., ¿estás contento? Supongo que sí, ¿verdad?

Con tranquilidad, Zac le sujetó las manos y, mirándola, le aconsejó:

—Contén tus impulsos. Te vas a hacer daño.

Pach llegó entonces hasta ellos y Zac le tocó la cabeza, pero Sandra continuó:

—Estoy tan furiosa contigo, maldito patán, que siento ganas de matarte y...

—Insisto —la cortó él—. No seas osada y contén tus feos comentarios, y, por tu bien, no vuelvas a amenazar al marido de otra mujer. ¿Entendido?

Desesperada, Sandra maldijo.

—No te entiendo —gruñó molesta—. Lo último que me dijiste en Carlisle fue que ojalá nuestras vidas nunca se hubieran cruzado. Pero aquí estás. No me dejas en paz y destruyes lo poco que he conseguido con muchísimo esfuerzo. ¿Tanto me odias que me haces esto?

Zac maldijo para sus adentros y, con una sonrisa forzada, siseó:

—Eres una pesada carga para mí.

—Pues ¡libérame y libérate! ¿Acaso es tan difícil hacerlo?

Él no contestó, y Sandra, desesperada, se retiró el flequillo de la cara y preguntó:

—¿Por qué no te marchas y me dejas vivir?

Tan molesto como ella por lo que estaba oyendo, Zac la agarró entonces del brazo y gruñó:

—Porque esto que haces no es vivir. —Y, al ver que Sandra iba a contraatacar, indicó—: Tu aspecto es penoso, y no lo digo sólo por tus ropas, que más que ropas son harapos. ¿Dónde está la mujer que conocí a la que le encantaba estrenar vestidos bonitos y ponerse flores y abalorios en el pelo?

Ella no contestó. No podía.

Al ver que no decía nada, Zac prosiguió dispuesto a cumplir su propósito:

—Si no quieres pensar en ti, al menos piensa en ese hijo tuyo. ¡Lo vas a tener encerrado de por vida? ¿Acaso te hace feliz criarlo sin todas las cosas que tú has tenido y que, si regresaras, podrías ofrecerle? Si volvieras, él dejaría de pasar penurias y hambre. Podría vivir en una casa confortable y criarse feliz como te criaste tú.

—No puedo... —gimió Sandra.

Zac la miró y, recordando todo lo que ella le había contado, siseó:

—Prometo que de mi boca no saldrá lo que tuviste que hacer para sobrevivir. Tendrás que cargar con esa losa el resto de tu vida, pero a cambio, si regresas, tu hijo podrá disfrutar de una buena vida.

Ella resopló.

—Por el amor de Dios, Sandra —insistió él—, a mí me hace tan poca gracia como a ti estar aquí.

—Pues márchate...

—Si lo hiciera, no cumpliría la promesa que le hice a Angela de llevarte de regreso.

—Pero ¿no ves que no quiero regresar?

Zac asintió y, clavando los ojos en ella, susurró:

—Lo veo, claro que lo veo, pero no lo entiendo. —Y, furioso, preguntó—: ¿Acaso temes encontrarte con el padre de tu hijo? ¿Huyes de él?

—No.

—¿Entonces...?

Sandra cerró los ojos. No quería hablar de aquello.

Como pudo, con un rudo movimiento, se soltó de Zac y se dio la vuelta. El guerrero se acercó a ella por detrás atraído como un imán, mientras el dulce aroma de su piel le inundaba las fosas nasales para atormentarlo.

—Sandra, tu tozudez acabará contigo.

En ese instante, el pequeño comenzó a llorar y ella corrió hacia su casa seguida de Zac. Al entrar, fue directa hacia el chiquillo, que la buscaba con el rostro enrojecido y, al cogerlo en brazos y notarlo muy caliente, murmuró con desesperación:

—Oh, Dios... ¡Oh, Dios! Está ardiendo.

El guerrero se acercó hasta ella y, al tocar la frente del chiquillo y ver que Sandra tenía razón, preguntó:

—¿Tienes lo necesario para bajarle la calentura?

Nerviosa, ella miró a su alrededor y, cogiendo una bolsita, la abrió y, al ver que apenas le quedaban hierbas, susurró:

—Casi no tengo y...

Sin darle tiempo siquiera a pensar, Zac agarró la piel que había sobre la cama y, quitándole al niño de los brazos, lo envolvió con ella.

—Vamos —dijo a continuación—. Lo llevaremos al médico más cercano.

Pach, que los observaba, se sentó cuando Sandra murmuró angustiada:

—No puedo permitírmelo.

Al oírla decir eso, algo se rompió en el interior de Zac, que, tirando de ella, replicó:

—Pero yo sí. Vamos, dime adónde hay que llevarlo.

Con rapidez, llegaron hasta el caballo de él. Una vez allí, Zac montó de un salto y, con habilidad, tiró de Sandra y del pequeño y, poniéndolos delante de él, salió al galope hacia el lugar donde ella le indicó.

Horas después, cuando regresaban a la casa con el niño dormido en los brazos de Sandra, calentito y sin fiebre entre las pieles, Zac señaló:

—Sé que no quieres hablar de ello, pero a esto me refería cuando te he dicho que, si no quieres pensar en ti, entonces pienses en tu hijo.

Sandra no respondió.

Estaba en una encrucijada e, hiciera lo que hiciese, estaría mal hecho, por lo que, sin mirarlo, murmuró:

—Zac, te agradezco muchísimo lo que acabas de hacer por mi hijo, pero, por favor, dejémoslo estar.

Consciente de lo alterada que estaba, él se mantuvo en silencio el resto del camino.

En cuanto llegaron a la vieja casucha, desmontó del caballo y, con cuidado, la bajó a ella, que portaba al niño. Durante unos breves instantes, sus miradas se encontraron, y la joven murmuró:

—Gracias, Zac.

El highlander asintió, sin duda todo aquello estaba llevando a Sandra al límite. Pero, dando un último hachazo para que su plan funcionara, preguntó:

—¿En serio quieres que desaparezca?

Con el corazón dolorido, ella asintió.

—De acuerdo —murmuró Zac—. Así será.

Una vez dicho esto, montó en su caballo y se alejó sin mirar atrás.

A solas con su hijo en brazos, Sandra dio entonces media vuelta con el corazón encogido y entró en su casa.

Aiden, que esperaba a su amigo junto a unos árboles, lo saludó al verlo llegar.

—Le haremos creer que nos hemos marchado, pero la tendremos vigilada —dijo Zac mientras desmontaba—. El domingo nos dejaremos ver y, si no entra en razón antes de que salga el barco, iré a por ella.

Aiden asintió y no dijo nada. Sólo con ver el rostro pétreo de su amigo, supo que no era momento de bromear.

Capítulo 26

Como bien había dicho Zac, no se dejaron ver en unos días, y Sandra, con el corazón en un puño, sin saber si eso le agradaba o le desagradaba, creyó que se habían marchado.

Regresó a la taberna y, aunque imploró, rogó y suplicó a Clementina y a Joe, ellos no le permitieron recuperar su trabajo. El laird Zac Phillips les había pagado por algo, y ellos no iban a faltar a su palabra.

Por suerte, con el remedio que el médico le había prescrito y que había pagado Zac, el pequeño estaba mucho mejor. Las fiebres desaparecieron, pero las noches dejaron de ser más o menos tranquilas cuando los borrachos regresaron a su puerta para aporrearla. Allí ya no había nadie que la protegiera, y de nuevo Sandra volvió a no descansar por las noches.

Así pasaron tres días y, al cuarto, Clementina le exigió que abandonara la casa a la mañana siguiente. Sandra le imploró que le permitiera quedarse allí, pero la mujer no cedió. Necesitaba aquel lugar, y no había más que hablar.

La primera noche que Sandra durmió a la intemperie con su hijo lo pasó fatal, sin saber que Zac, no muy lejos, sufría tanto como ella. Verla sola y tiritando acurrucada bajo un árbol, protegiendo al pequeño, podía con él, pero esperó. Sandra debía verse así si quería que reaccionara.

El domingo por la mañana, agotada a causa del frío y de la falta de sueño, caminó hasta la casa de Trudy. Con un poco de suerte, si su marido no estaba, ella le permitiría cobijarse allí, pero el alma se le cayó a los pies cuando aquel malnacido abrió la puerta y, con una maliciosa sonrisa, la echó de allí.

Temblando, Sandra suspiró y, mirando a *Pach*, dijo:

—No te preocupes. Encontraremos dónde dormir esta noche.

Durante horas deambuló por la calle y, al caer la tarde, vio a Zac y a Aiden que salían de la taberna y, tras montar en sus caballos, se alejaban. Eso la sorprendió. Si Zac estaba aún por allí, ¿por qué no la había ayudado aquellos días?

Con el frío calándole los huesos, entró en la taberna, pero Joe, al verla, la detuvo:

—Lo siento, muchacha, pero ya sabes que aquí no pueden entrar niños.

—Joe, hace frío, y el chiquillo...

—Meribeth —la cortó él—. Lo siento, pero no.

Sin embargo, compadeciéndose de ella, el hombre finalmente suspiró y dijo:

—Ve por la puerta de atrás, sabes que allí hay un techado. Le diré a Nera que te saque un par de cazos de sopa y un poco de estofado con pan.

Sandra asintió y se lo agradeció.

—Gracias, Joe. Muchas gracias.

El hombre, apenado, volvió a sus quehaceres, aunque antes le indicó a Nera que le llevara a la joven lo que le había prometido.

Sandra estaba sentada bajo el techado cuando salió Nera.

—Joe te envía esto.

Sin dudarlo, y con las manos congeladas, la joven agradeció lo que aquélla le entregaba, y rápidamente le dio de comer a su hijo, que le dedicó una sonrisa. Ella le correspondió, diciendo:

—¿Te gusta la sopa calentita? —Cuando el niño asintió, su madre añadió—: Pues tómatela toda, que está muy rica.

Nera la observaba desde donde estaba, y, cuando el pequeño Zac no quiso más, dijo:

—Dámelo para que puedas comer tú.

Sin dudarlo, Sandra se lo entregó. Después dividió su ración en dos y le echó una parte a *Pach*. Al ver eso, Nera protestó:

—No deberías compartir tu comida con un perro.

Sandra la miró y respondió:

—Él es mi familia y necesita comer tanto como yo.

La otra se encogió de hombros y, a continuación, comentó:

—El padre de Zac ha estado hoy aquí.

—¿Y...? —replicó Sandra con indiferencia.

—Según lo oí decir a él y al guapo moreno que lo acompaña, se marcharán en el barco que sale al amanecer. ¿Acaso tú no vas con ellos?

Sandra no contestó, y Nera insistió:

—Meribeth, por tu bien y el de Zac, deberías hacerlo o te veré ofreciéndote por unas monedas en la casa de Augusta.

Y, dicho esto, le entregó al pequeñín a su madre y se metió en la taberna. Tenía que trabajar.

Durante las horas que el chiquillo estuvo dormido, Sandra permaneció resguardada bajo aquel techo.

Tenía unas monedas ahorradas y sabía que con ellas podría pagarse el pasaje del barco para ella, el bebé y *Pach*. Pero no podía costearse el pasaje del domingo. Sólo podía pagar el de los martes por la noche, en el que embarcaba el ganado vendido para ser repartido por las Highlands.

Y hasta entonces quedaban aún dos días. Dos interminables días con sus noches y sin comida ni un techo para cobijar a Zac. La situación la agobió. El niño podía empeorar, y Sandra se desesperó.

Pensó..., pensó y pensó. Bajo ningún concepto quería trabajar en el prostíbulo de Augusta, y, cuando el pequeño se despertó, sin dudarlo se levantó de allí y, mirando a *Pach*, dijo:

—Vamos, debemos ir al puerto.

Zac y Aiden la vigilaban desde la distancia y, cuando vieron que se ponía en pie y se dirigía hacia el puerto, el guerrero afirmó sonriendo:

—Lo sabía. Sabía que recapacitaría.

A continuación, sin dejarse ver, la estuvieron observando hasta que Sandra entró en el puerto. Una vez allí, se dirigieron hacia el barco, embarcaron a sus caballos y, bajándose después, se colocaron en un lugar visible donde ella pudiera localizarlos.

—¿La ves? —preguntó Zac a su amigo con seriedad.

Aiden, frente a él, negó con la cabeza, hasta que, pasados unos segundos, indicó:

—Ahora sí. No mires. Viene hacia nosotros.

Nervioso, Zac no se volvió, mientras daba gracias al cielo porque ella hubiera entrado en razón.

Hablaban del ganado cuando Sandra llegó hasta ellos y lo llamó:

—Zac.

Al oír su voz, él volvió la cabeza y, haciéndose el sorprendido, dijo:

—Sandra..., ¿o sigo llamándote Meribeth?

—Zac, por favor... —Agotada, con dolor de brazos por llevar todo el día al pequeño a cuestas y aterida, la joven murmuró—: He pensado en lo que me dijiste y... y creo que tenías razón.

Zac se volvió por completo para mirarla directamente a los ojos.

—¿A qué te refieres?

Sandra cogió aire y respondió:

—Tenías razón en lo que decías, no es justo vivir como lo hago, y no es necesario pasar frío ni penurias si se pueden evitar. —A continuación, la voz se le rompió y musitó—: Por eso te ruego y te pido, si es necesario, de rodillas que te lleves a Zac contigo.

Sin poder creerse lo que estaba oyendo, el gesto del guerrero se contrajo; entonces ella insistió:

—No pretendo que lo cuides, ni cargarte con una responsabilidad que no es tuya. Sólo te ruego que se lo lleves a Angela. Estoy convencida de que, siendo mi hijo, lo cuidará con amor y mi pequeño podrá ser muy feliz a su lado.

Aiden y Zac se miraron. Con aquello no contaban.

Al ver cómo a Sandra le temblaban los brazos, Zac le quitó al niño y se lo entregó a Aiden. A continuación, al comprobar que los ojos se le llenaban de lágrimas, la apartó unos pasos y dijo:

—Eso es ridículo. ¿Cómo me voy a llevar a tu hijo y te voy a dejar a ti aquí?

—Zac, escucha...

—Esta situación se acaba aquí —la cortó él—. Tu hijo y tú os vais a venir conmigo y con Aiden, y no pienso aceptar un no por respuesta, te pongas como te pongas. No sé qué temes o de quién huyes, pero ¡esto se acabó! ¿Entiendes?, ¡se acabó!

—No, Zac...

Ver sus lágrimas era lo último que quería, así que, mirando a Aiden, indicó:

—Informa al capitán del barco de que una mujer, su hijo y su perro viajarán con nosotros. Si te pone algún impedimento, dile que es mi mujer.

—¡No!

—Sí.

Y, cogiéndola en brazos mientras Aiden se alejaba con el pequeño, Zac dijo al ver las intenciones de aquélla y los dientes que le enseñaba el perro:

—Si me muerdes tú o tu maldito perro, lo pagaréis muy caro.

—¡Suéltame!

—No —siseó él y, al ver cómo otros hombres los miraban, añadió—: Compórtate y ordénale a tu perro que se comporte o tendré que tomar medidas.

Sandra maldijo al comprobar que la gente los observaba. Si seguía actuando de aquella forma, tarde o temprano Zac tendría que reaccionar. Por lo que, sabiendo que llevaba todas las de perder, dejó de pelear con él, tranquilizó a *Pach* y luego murmuró:

—Te odio.

Él asintió.

—Ódiame cuanto quieras, pero aquí no te voy a dejar.

Cuando Aiden regresó, Sandra le quitó al pequeño y, aunque una parte de ella se sentía a salvo y tranquila, otra se desesperaba. No quería problemas ni para él ni para nadie, y, sentándose entre unas pieles, su cuerpo se relajó y acabó durmiéndose de puro agotamiento.

Durante toda la travesía, Sandra durmió acurrucada entre las pieles. Estaba extenuada, pero, como tantas otras noches, una pesadilla la despertó sobresaltándola. Zac, que estaba a su lado junto a Aiden, se apresuró a susurrar al ver el miedo en sus ojos:

—Tranquila. Tranquila, Sandra.

Al tomar conciencia de dónde estaba y con quién, la joven asintió y, mirando al pequeño, que dormitaba a su lado, volvió a acurrucarse y se durmió de nuevo.

Durante el trayecto, el pequeño se despertó en varias ocasiones mientras Sandra dormía y Zac se ocupó de él ayudado por Aiden. Lo alimentaba, lo acunaba y, en cuanto volvía a dormirse, lo metía entre las pieles con su madre para después contemplarlos con gesto serio.

En un momento dado, Aiden, que lo observaba a escasos metros, se acercó a él y le preguntó:

—¿Qué vas a hacer con ella?

Desconcertado por los sentimientos que la joven le despertaba, y no dispuesto a dejarse vencer por ellos, Zac indicó:

—Llevarla a Carlisle o a donde ella quiera.

Su amigo asintió y no dijo más.

Capítulo 27

≈◠

La sensación de pisar las Highlands de nuevo emocionaba a Sandra, aunque a su pesar. Volver a aquellas tierras que tanto adoraba era un gran motivo de felicidad, pero al mismo tiempo de preocupación si pensaba que Wilson podía enterarse de que estaba allí con Zac y su vida peligraba.

Desde el barco, observaba cómo se acercaban a la costa cuando sintió la presencia de Zac a su lado y éste preguntó:

—¿Qué ocurre, que tu sueño es agitado?

Sandra no lo miró. Las pesadillas en las que aparecía Wilson no la dejaban dormir.

—Cosas mías —respondió simplemente.

Zac asintió. Quería saber lo que la joven le ocultaba, pero resoplando preguntó:

—Cuando lleguemos, ¿dónde quieres que te deje?

Desesperada, ella se retorció los dedos. Desde que se había despertado no había podido dejar de pensar adónde debería ir y, sin tenerlo claro, respondió:

—Con que me dejes en el puerto es suficiente.

—¿En el puerto?

—Sí.

Él la miró sin dar crédito.

—¿Cómo voy a dejarte ahí? Anochecerá dentro de unas horas y allí sólo habrá borrachos y...

—Sé defenderme, ¿lo has olvidado?

El guerrero suspiró y, comprobando cómo el reto ya se había instalado en el rostro de ella, preguntó evitando discutir:

—¿Adónde piensas ir?

La joven no respondió. No tenía ni idea.

—Puedo dar la orden de que te lleven a Carlisle —sugirió Zac.

—¡No!

—Pero si allí está tu familia y, en cuanto a tu hijo, ellos...

—¡No, Zac!

Su rotundidad lo hizo asentir, y añadió:

—¿Prefieres que te llevemos con los Murray?

—No. Prefiero que me dejes en el puerto.

—Por el amor de Dios, mujer, ¡¿quieres razonar?!

Oír eso incomodó a Sandra, que, mirándolo, preguntó a continuación:

—¿Sabes algo de Josh Murray?

—¿No sabes lo de Josh?

En ese instante a Sandra se le paró el corazón, y, con un hilo de voz, preguntó:

—No... ¿Qué ocurre?

Al ver cierta alarma en sus ojos, Zac explicó:

—Josh murió hace unos meses.

—¡¿Qué?! —murmuró ella llevándose la mano a la boca.

—Unas fiebres se lo llevaron a la tumba —prosiguió él.

Boquiabierta por la noticia, que no esperaba, Sandra se agarró al casco de la embarcación y se dobló en dos. Otra muerte, no. No podía vivir rodeada de muerte. Al verla, Zac se disponía a atenderla cuando ella se incorporó y, parándolo con la mano, afirmó con dureza:

—Estoy bien. No te necesito.

Sus duras palabras no le hicieron ningún bien a Zac, pero calló. Era lo mejor.

Mientras el barco se acercaba más y más al puerto, ambos permanecieron en silencio, hasta que el guerrero, necesitando comunicarse con ella, insistió:

—Angela estaría encantada si te llevara a su casa.

Sin dudarlo, Sandra negó con la cabeza. No podía acercarse a ella o todos correrían peligro, por lo que respondió:

—No. No quiero verla.

Agobiado por la incertidumbre, él la cogió entonces del brazo y gruñó:

—No quieres ir a Carlisle. No quieres ir con Angela. ¿Se puede saber adónde quieres ir?

—Te dije que no quería regresar.

La rivalidad que siempre había existido entre ellos emergía de nuevo. Y Zac al final decidió:

—Muy bien. No queda otra opción. Vendrás a mis tierras, pues.

—¡No!

—¡Sí!

—¡Ni hablar! —insistió ella.

Agotado de pelear constantemente con aquella mujer, Zac acercó su rostro al de ella y, en una actitud intimidante, replicó:

—No voy a dejarte en el puerto sola con tu hijo. Vendrás a mis tierras y, cuando sepas adónde ir, yo mismo te llevaré.

Una vez dicho esto, se alejó de ella. Si permanecía a su lado, seguirían discutiendo, y la decisión ya estaba tomada.

Sandra lo observó marcharse y resopló.

Protegida por Zac y Aiden, en cuanto bajaron del barco caminó hasta el ejército de hombres que los esperaban, pero entonces oyó la voz aflautada de una mujer que decía:

—Zacharias, estoy aquí.

Al mirar, Zac, Aiden y Sandra vieron a Mery, ataviada con un precioso vestido oscuro. Los ojos de Sandra y de la mujer se encontraron, pero esta última, ignorándola, caminó hacia el guerrero y, abrazándolo, dijo:

—Cuando supe que tus hombres venían a buscarte, no lo pensé y decidí darte una sorpresa viniendo yo también en compañía de unos hombres de mi padre.

La incomodidad de Zac al verla allí era más que patente.

Mery era una mujer con la que pasaba momentos buenos en la cama, pero poco más. Viendo el interés de aquélla y de su padre, lo había hablado con ellos y se lo había dejado claro. Entre Mery y él nunca habría nada que no hubiera ya, y ambos parecieron aceptarlo.

Tras observar el gesto incómodo de Zac al ver a la mujer, Sandra se acercó a su hombre de confianza y cuchicheó:

—No se sí a *Zacharias* le ha gustado ver a su prometida.

Al oír eso de «su prometida», Aiden se extrañó, pero como

no sabía qué era lo que Zac le había contado, calló y no dijo nada.

De pronto, Mery se volvió hacia Sandra. La miró durante un instante y, al reconocerla, se aproximó a ella y murmuró:

—Y esta pobre mujer ¿quién es?

Zac no contestó, sino que simplemente se dio la vuelta para hablar con sus hombres.

A continuación, al ver que nadie las observaba, Mery acercó la nariz a Sandra y, olfateándola, preguntó:

—Ese olor desagradable ¿proviene de ti?

La joven levantó las cejas y, cuando se disponía a responder, la mujer añadió:

—Uf..., qué peste.

Sorprendida por su desafortunado comentario, Sandra replicó sin pelos en la lengua:

—No hay nada que un baño y una acertada ropa no puedan arreglar.

—Dudo que tú puedas arreglarlo —repuso Mery, y, mirándola con desprecio, cuchicheó—: Se quién eres. Eres la amiga de Angela. Recuerdo haberte visto en el bautizo de su preciosa hija, aunque tus pintas de mendiga dejan mucho que desear.

—Las tuyas, en cambio, disimulan la víbora que llevas dentro —siseó Sandra.

Zac se volvió entonces para mirarlas. Las dos mujeres parecían hablar y, con tranquilidad, acarició la cabeza de *Pach*, que estaba a su lado, mientras escuchaba las noticias que sus guerreros le transmitían.

Al ver el bulto que Sandra llevaba en los brazos y que se movía bajo las pieles, Mery preguntó:

—¿Es un bebé?

—Mi hijo —afirmó ella.

—¿Tu hijo? —Y, con maldad, agregó—: ¿Tienes un bastardo?

Sandra rechinó los dientes y, sacando la furia que llevaba acumulando desde hacía meses en su interior, dio un paso adelante, cogió la daga que llevaba en la cinturilla de su vestido y, poniéndosela a aquélla en el cuello, replicó:

—Vuelve a decir algo indebido sobre mi hijo y te juro que a la que no van a reconocer ni con baño ni con ropa bonita va a ser ti.

Mery gritó asustada. Los hombres las miraron, y Zac, al ver aquello, gritó:

—¡Por el amor de Dios, ¿qué haces?!

Observando la fiera mirada en los ojos de todos, Sandra resopló y, tras retirar la daga del cuello de Mery, que con un teatrillo mostraba su indignación, la guardó de nuevo en su vestido al tiempo que el pequeño asomaba la cabeza.

Al ver al rubio querubín de ojos claros, Mery parpadeó y Sandra supo de inmediato en qué estaba pensando. Entonces, acercó la boca al oído de su hijo y le susurró:

—¿Dónde está *Pach*, cariño?

El niño rápidamente buscó al perro y, riendo, gritó al tiempo que señalaba:

—Paaaa... Paaaa...

Al oír los gritos del pequeño, Mery miró hacia el lugar donde éste señalaba, y, evitando sonreír por su gesto confundido, Sandra le murmuró al niño:

—Vamos, Zac, mi amor, duérmete.

Un «¡Ohhhh!» generalizado se oyó entre los guerreros, y Mery, que no sabía qué decir o qué hacer, simplemente dio media vuelta y se alejó.

Zac miró entonces a Sandra con gesto de reproche, pero ella se encogió de hombros y preguntó:

—¡¿Qué?!

El guerrero no contestó y fue en busca de Mery.

Aiden, que había observado la escena, se acercó a Sandra y, con una sonrisa, cuchicheó:

—Lo que acabas de hacer y has dado a entender no ha estado bien.

La joven asintió, pero, mirándolo, afirmó:

—Lo sé. Pero esa víbora me ha sacado de mis casillas.

Un rato después, mientras Zac seguía hablando con sus guerreros acerca de cómo había ido todo en su ausencia, Sandra pudo ver el gesto de sorpresa y desagrado de algunos de ellos al verla.

Sin duda la recordaban como a la mujer a la que su jefe había tenido que azotar, y que luego ella lo había rechazado. Y, acercándose a uno de ellos, que la miraba con desagrado, Sandra dijo intentando suavizar las cosas:

—Te recuerdo.

—Yo a vos también —indicó él y, mofándose, continuó—: Veo por vuestras ropas y vuestro aspecto que la vida os ha dado lo que merecíais.

Al ver su regocijo, Sandra levantó el mentón.

—¿Cuál era tu nombre, guerrero?

—Cameron. Cameron Banner, y no os llamo *milady* porque no lo parecéis.

Al oír eso, la joven asintió y, mirándolo, siseó:

—Si no llevara a mi hijo en brazos, te aseguro que ibas a pagar por tus feas palabras.

El hombre sonrió y contestó:

—En Dufftown, me pusisteis la espada de mi señor en la garganta, y luego fui testigo en la puerta del castillo de Carlisle de cómo jurabais amar a otro y no al hombre que os había entregado su corazón. Dicho esto, creedme cuando os digo que no guardo un buen recuerdo de vos, y que no me agrada que estéis aquí con nosotros, y más si vuestra presencia hace sufrir a la dulce Mery.

Cuando acabó su parrafada, sin darle oportunidad de réplica a Sandra, Cameron dio media vuelta y se alejó seguido por otros hombres. No querían continuar al lado de ella.

La joven suspiró desconcertada. Las cosas que aquél le había dicho eran ciertas, y poco podía reprocharle.

—¿Todo bien por aquí? —preguntó Aiden. Ella no respondió, y éste, mirando a los hombres, añadió—: Debes darles tiempo. Algunos no guardan un grato recuerdo de ti.

—Aiden —lo llamó entonces uno de aquellos hombres con gesto serio.

El aludido se volvió para mirar.

—¿Dime, Hugh?

El guerrero, que se hallaba junto a Cameron Banner, miró hacia su señor, que hablaba con otros y, señalando con el dedo, preguntó:

—El niño que esa mujer lleva en sus brazos ¿es de nuestro señor?

Aiden y Sandra se miraron. No habían hablado con Zac sobre cómo manejar aquella situación. Pero entonces oyeron que el highlander decía:

—¿Acaso yo he cuestionado si Kevin es hijo tuyo?

—No, mi señor —respondió aquél bajando la mirada.

Sin moverse de su sitio, Zac asintió y ordenó crispado:

—Fuera de mi vista, Hugh.

El hombre se marchó sin rechistar, y Sandra, al ver aquello, susurró cuando Zac se acercó a ella:

—Creo que es mejor que me dejes aquí. Está visto que ni a tu prometida ni a tus hombres les hace gracia tenerme cerca.

Ambos intercambiaron una mirada tensa cuando el pequeño, que estaba en los brazos de Sandra, sacó los bracitos de las pieles y, balbuceando en su idioma, los levantó sonriendo en dirección a Zac. Estaba más que claro lo que el chiquillo pedía. Recordaba el cariño con el que aquel fiero guerrero lo había cuidado mientras Sandra dormía. Pero Zac, que no estaba dispuesto a dejarse llevar por sensiblerías, dio media vuelta y se alejó seguido de Aiden.

Rodeada de algunos de los guerreros, Mery observaba a Sandra. Cuchicheaba con aquéllos mientras ella, con su hijo en brazos, intentaba no gritar lo furiosa que estaba cada vez que leía la palabra *bastardo* en sus labios.

Se la llevaban los demonios al saber que a su pequeño, un niño inocente, lo estaban marcando de aquella manera y, sin mirar atrás, comenzó a caminar para apartarse de ellos.

En un momento dado se detuvo y se volvió. Se percató de que nadie la seguía y se alejó un poco más, y al pararse de nuevo y ver que ni Zac ni Aiden podían verla ya, aceleró la marcha y se alejó. Debía escapar.

Paso a paso, se fue separando de aquellos hombres y, cuando se hubo alejado suficientemente, al doblar una esquina echó a correr. Pero correr con un niño en un brazo y una bolsa con sus escasas pertenencias en el otro no era fácil, y tuvo que detenerse a descansar.

En ese instante, los cascos de un caballo resonaron detrás de ella, y, tras maldecir, Sandra oyó la voz de Zac, que decía:

—¿Se puede saber adónde vas?

La joven resopló y, dándose la vuelta para mirarlo, replicó:

—No entiendo por qué te empeñas en llevarme la contraria. No te importamos ni mi hijo ni yo. Somos un estorbo para ti, y... y..., además, ¡no te necesitamos!

Cada vez que Zac oía que ella pronunciaba esa última frase, el cuerpo se le retorcía, pero tendiéndole la mano dijo:

—Sube.

—¡No!

—Sandra...

Desesperada y deseosa de desaparecer de su lado, ella insistió:

—Zac, ¡déjame aquí!

Sin retirar la mano, el guerrero siseó:

—He dicho que subas al caballo.

—Y yo he dicho que no.

Zac maldijo. La cabezonería de aquélla era insufrible, y, mirándola, espetó:

—Cualquier día tu atrevimiento me hará perder la paciencia.

—Si me pierdes de vista, lo evitaremos —respondió la joven.

Incapaz de marcharse dejándola allí, él respiró e indicó:

—Sabes tan bien como yo que no voy a dejarte aquí. Por tanto, decide si subes o si prefieres que baje yo y te suba a la fuerza.

Sandra resopló. Estaba visto que no iba a dejarla allí. Así pues, como necesitaba una salida rápida, de la que más tarde intentaría escapar, claudicó:

—De acuerdo. Llévame con Angela. Creo que será lo mejor.

—Así será —afirmó Zac con gesto serio.

Una vez que la tuvo sentada delante de él, cuando sus manos se rozaron, el guerrero señaló:

—Estás helada.

Sandra asintió, y él, asiendo una piel que llevaba sobre el caballo, se la echó por encima de los hombros.

—Abrigaos los dos —sugirió—. Hace frío.

Sandra obedeció sin tiempo que perder, mientras él, con paso lento y el gesto serio, regresaba junto a sus hombres. Al llegar, la cara de Mery se descompuso, aunque esta vez Sandra la entendió. Si el caso fuera al contrario, a ella no le haría mucha gracia ver a otra montada con Zac. Pero, cuando iba a decir algo, éste se acercó a Aiden y ordenó:

—Llévala contigo y procura que no cojan frío.

Sin más, Zac la pasó, como si de una pluma se tratara, a los brazos de su amigo y se alejó para colocarse junto a Mery.

Aiden la montó en el caballo delante de él y, mirándola a los ojos, declaró con una sonrisa:

—Creo que va a ser un viaje divertido.

—Divertidísimo... —afirmó Sandra con un suspiro.

Entonces Zac se aupó en su caballo y dijo:

—Si vuelvo a oír a alguno de vosotros llamar *bastardo* al pequeño, juro que se las verá conmigo. Y, en cuanto a la mujer, pasaremos por las tierras de Kieran O'Hara y la dejaremos allí. Si alguien tiene algo que objetar, que lo diga.

Algunos de sus guerreros protestaron, otros aplaudieron encantados, y un joven pelirrojo, que sonreía y estaba en primera fila, preguntó:

—Y ¿cómo se llama la mujer, mi señor?

Al oír eso, Sandra miró a Zac y, en silencio, le rogó que no revelara su verdadero nombre. Pero él, con la vista al frente, dijo alto y claro:

—Su nombre es Sandra Murray. —Y, sin más, añadió—: Tardaremos unos días en regresar a Dufftown porque hemos de desviarnos del camino para recoger unos caballos. Y, ahora, cabalguemos hasta Kilmarnock, donde haremos noche por petición de lady Mery.

Todos asintieron, nadie rechistó.

A continuación, cuando Zac espoleó a su caballo y Mery al suyo, Aiden miró a Sandra y le indicó:

—Sujeta bien al niño y yo te sujetaré a ti.

Cabalgaron durante horas, y Zac no volvió la cabeza para mirarla ni una sola vez. Ser consciente de que Sandra los acompañaba lo tenía tan confundido que no sabía ni qué pensar.

Cuando pararon para dar agua a los caballos, Aiden y Sandra se apearon de su montura. El pequeño estaba despierto y, tras dejarlo sobre una manta en el suelo, Sandra murmuró moviendo los brazos:

—Los tengo entumecidos de no moverlos.

—Normal —asintió Aiden.

En ese instante se acercó hasta ellos el joven pelirrojo que había preguntado por su nombre antes de partir y, con una encantadora sonrisa, se dirigió a Sandra:

—¿Precisáis que os ayude en algo?

—No, gracias —respondió ella, sonriéndole también.

El joven, de mirada vivaracha, se agachó y, tras hacerle una monería al pequeño, que reía, se alejó de nuevo.

Divertida por aquello, Sandra miró entonces a Aiden.

—Se llama Marcus —aclaró él—. Apareció hace unos meses por las tierras y ya no se marchó. Es un buen muchacho al que le gustan mucho los caballos.

La joven sonreía encantada cuando Zac se aproximó a ellos y ésta, incapaz de callar, le soltó:

—¿Todo bien con *tu* Mery?

A ninguno le pasó por alto el retintín de sus palabras.

—Si no te importa —respondió él—, prefiero no hablar contigo de ella, y haz el favor de no levantar falsos rumores sobre tu hijo.

Sandra miró al cielo y, acordándose de algo que él había hecho, dijo:

—Te recuerdo que el primero que levantó ese falso rumor en la isla de Arran ¡fuiste tú!

Zac maldijo, ella tenía razón. Y, aclarándose la garganta, indicó:

—Si les he hablado de ti a mis hombres ha sido para que te faciliten el trayecto y dejen de cuchichear sobre tu hijo.

Sandra asintió y se mordió el labio inferior para no contestar.

—¿Algo que objetar? —preguntó él provocándola.

La joven lo miró y sus ojos le hicieron saber todo lo que tenía que decir. Al no abrir la boca, Zac sonrió y afirmó:

—Así me gusta. Que aprendas a callar.

—Oh, Dios..., ¡me desesperas! Y me da igual si me llamas *osada* o no —gruñó ella.

Aiden y Zac se miraron, y entonces ella preguntó:

—¿Por qué has tenido que decirles mi verdadero nombre?

—Porque te llamas así.

Sandra asintió, bien sabía que se llamaba así. Pero, cuando fue a protestar, Zac añadió:

—Mientras estés a mi lado no tienes nada que temer. Por tanto, tranquila, estás a salvo. Pero también te diré que no estaría de más que me dijeras de quién te escondes, ¿no crees?

Sandra miró hacia otro lado. No pensaba decir nada al respecto.

De nuevo, Aiden y Zac se miraron y, finalmente, al ver que la joven no pensaba abrir la boca, este último se marchó.

Un poco después, todos prosiguieron su camino a lomos de los caballos, mientras Sandra era consciente de que no se preocupaba porque quisieran matarla a ella. El verdadero problema era que quisieran matarlo a él.

Capítulo 28

Al llegar a las inmediaciones de Kilmarnock, Zac dio la orden a sus hombres de acampar a las afueras mientras él, Mery, Aiden, Sandra y cuatro hombres de confianza se adentraban en el pueblo.

Zac miraba con gesto fiero para imponer a quienes se cruzaban con ellos, mientras Mery, estirada y orgullosa de su belleza, observaba con descaro a su alrededor. En un par de ocasiones, Sandra se percató de que ella y Zac hablaban y éste sonreía. Sin duda, esa mujer lo hacía sonreír.

—He de entrar en aquella tienda, Zac —afirmó Mery—. Le prometí a mamá que le llevaría unas piezas de tela para confeccionar unas bonitas cortinas, y yo quiero comprar tela para que me hagan vestidos nuevos.

Con galantería, el highlander detuvo su caballo y, tras bajarse de él, ayudó a Mery a desmontar.

—Si le prometiste eso a tu madre, no podemos fallarle —declaró.

Ella sonrió y, acercándose a él, le dio un beso en los labios. A continuación, al comprobar que Sandra lo había visto, murmuró:

—Esta noche, en la intimidad, te agradeceré el detalle.

Con una sonrisa que dio a entender muchas cosas, Zac asintió, y Sandra cuchicheó:

—Vaya. Está visto que ser viuda te facilita calentar la cama de quien quieras sin miedo a perder la honradez, estés o no estés en la corte.

Al oírla, Aiden sonrió y no dijo nada.

Entonces Zac, mirando a sus guerreros, llamó:

—¡Marcus! —El muchacho pelirrojo se acercó hasta él—. Ve con lady Mery.

El chico asintió y corrió tras ella.

Con disimulo, Zac observó a Sandra, que se ocultaba bajo las pieles y la toquilla vieja que llevaba. El guerrero se acercó a ella y le pidió:

—Entrégale tu hijo a Aiden.

—¡¿Qué?!

—Que le dejes tu hijo a Aiden.

—¿Por qué?

—¿Vas a cuestionarlo todo?

Al ver que ninguno de aquellos hombres podía oírla, excepto Aiden, la joven afirmó:

—Eso no lo dudes.

Zac resopló mientras ella le pasaba el niño a Aiden. Cuando éste lo sujetó, Zac iba a ayudarla a desmontar, pero ella no se lo permitió y, de un salto, se bajó del caballo.

Una vez en el suelo, Sandra se cubrió la cara casi en su totalidad con la toquilla y preguntó:

—Y ¿ahora qué?

Sin cambiar el gesto, Zac indicó:

—Entra donde ha entrado Mery y cómprate lo que necesites.

Sandra miró el comercio donde se había metido aquélla y, negando con la cabeza, replicó:

—No.

—¿Por qué?

—Porque no.

Zac resopló de nuevo.

—No puedes seguir a mi lado vestida como una harapienta.

—Pues déjame aquí y olvídate de mí. Es muy fácil.

El highlander blasfemó al oír eso y, mirando a Aiden, que sujetaba al pequeño, siseó:

—La paciencia se me acaba con esta mujer.

—Como decía mi madre —se mofó Sandra—, perder la paciencia es perder la batalla y...

—Y contigo es estar en continua batalla, ¿verdad?

Sandra no contestó a eso, pero entonces miró al otro lado de la calle y, al ver otro comercio más humilde, señaló:

—Prefiero entrar allí.

Zac asintió y suspiró.

Sin necesidad de mirarse, ella sabía que su apariencia era desastrosa. Su vestido escotado gris oscuro era un puro harapo. La toquilla con la que se protegía estaba raída; sus pies, desprotegidos del frío de las Highlands, y su pelo iba recogido con una austera cuerda.

Estaba tapándose con la toquilla cuando preguntó:

—¿Por qué no puedo llevarme a mi hijo?

—Porque así me aseguro de que no escaparás —sentenció él.

Al oírlo, Sandra maldijo. Había visto su oportunidad.

—Ve y compra lo que necesites para ti y para tu hijo —insistió Zac, apremiándola—. Cuando acabes, yo entraré a pagar.

Más que para ella, la joven deseaba comprar ropa de abrigo para el niño y, mirándolo, sentenció:

—Te devolveré el dinero. Te lo prometo.

Al oírla decir eso, Zac la miró con gesto hosco y murmuró:

—Si lo prometes, ¡mal asunto!

Sin querer entrar en discusiones, Sandra le tiró un beso a su hijo, que le sonreía desde lo alto del caballo. A continuación, miró a Aiden y éste dijo:

—Tranquila. Cuidaré de él como si fuera mío.

A Zac no le gustó ese comentario, y menos al ver cómo aquellos dos se miraban a los ojos, pero no dijo nada. No debía.

Ocultando el rostro con la toquilla, Sandra se encaminó hacia la tienda. Cuando se alejó, Aiden señaló desde lo alto del caballo:

—Hay que averiguar a qué teme tanto.

Zac asintió y, al ver que ella desaparecía en el interior del comercio, indicó:

—Busca una posada decente en la que pasar la noche y coge varias habitaciones.

Aiden asintió y, a continuación, preguntó divertido:

—No querrás que vaya con el niño, ¿no?

Zac suspiró. Miró a Cameron y a alguno más que lo acompañaba y, tras ver la incomodidad en sus rostros por tener que coger al chiquillo, lo hizo él mismo.

Cuando Aiden se alejó, el pequeño, con ganas de jugar, posó las manitas en la cara de aquél. Sin embargo, Zac lo miró con gesto serio, y el pequeño, asustado, hizo un puchero. Al guerrero le hizo gracia aquel dulce mohín y, recordando algo que les hacía a sus sobrinas con los ojos, lo repitió y el niño sonrió al fin.

Pasó un buen rato hasta que Zac entró en la tienda en busca de Sandra con el niño dormido en brazos. Esperaba que ella hubiera comprado todo lo que necesitaba con total libertad y, al verla sonreír mientras se miraba al espejo ataviada con una bonita capa con el cuello de piel de zorro, supo que así había sido.

Con un talante menos fiero, se acercó hasta ella y preguntó:

—¿Has encontrado lo que necesitabas?

Con una amplia sonrisa que lo deslumbró, Sandra asintió maravillada.

—Sí. Claro que sí.

Sus movimientos gráciles y femeninos ante el espejo hicieron sonreír a Zac, que inquirió.

—Y ¿por qué sigues con tus viejas ropas?

Con un gracioso gesto, ella cuchicheó:

—Porque, antes de ponerme cualquiera de las cosas que he comprado, espero darme un baño para quitarme toda la mugre. La capa es bonita, ¿verdad?

Zac paseó su azulada mirada por ella. Sandra estaba preciosa y tentadora, por lo que, tosiendo, afirmó:

—Sí. Luces bien con ella.

—Me gustaría más en rojo, pero no la hay, así que me la llevaré en azul.

La joven volvió a mirarse al espejo y, viendo a través de él a su pequeño dormido, se volvió para reclamarlo.

—Está dormido y se lo ve cómodo —indicó Zac—. Termina tus compras.

—Oh..., qué preciosidad —comentó la mujer de la tienda, acercándose—. Qué niño más hermoso. —Y, mirando a Zac, añadió—: Tan rubio, es vuestro vivo retrato, señor.

Sandra y Zac se miraron con gesto de apuro. A continuación,

sacando unas monedas, él pagó sin rechistar lo que la mujer le pidió.

Una vez que hubieron salido de la tienda, Zac indicó a dos de sus hombres que entraran a por las cosas que Sandra había comprado para cargarlas en los caballos, como habían hecho con Mery.

Esta última, ofuscada porque Zac estuviera con aquélla, los observó salir del comercio con seriedad. Sabía que su belleza no podía compararse con la de aquella joven sucia y delgada, pero, aun así, no le gustaba tenerla cerca.

Estaba mirando cómo se acercaban cuando un muchacho humilde y delgaducho se aproximó a ella para pedirle unas monedas, y Mery, al verlo, lo empujó y siseó:

—No me toques, andrajoso, ¡qué asco!

Sandra, que caminaba apretándose su bonita capa azul al cuerpo, quiso protestar al ver aquello, pero, de pronto, el muchacho harapiento, levantándose del barro al que había caído, murmuró mientras se alejaba:

—¡Maldita dama *aboñigá*...! *Tiés* la lengua *mu* sucia.

De pronto, a Sandra comenzó a latirle el corazón con fuerza.

Aquella palabra sólo se la había oído decir a una persona de la que guardaba muy buen recuerdo y, adelantándose a Zac, llamó:

—Leslie.

El muchacho, que ya se alejaba, se paró y, dando media vuelta, la miró y abrió desmesuradamente los ojos.

—Sandra, ¡*tiés mu güen* aspecto! —exclamó.

Sin importarle cómo Zac, Mery o sus hombres las miraban, Sandra la abrazó. Aquel muchacho había resultado ser Leslie, la joven que, junto a Meribeth, la había salvado de morir en el bosque.

Tras el abrazo, ambas se separaron y la chica, tocándole el rostro, repitió:

—Qué *güen* aspecto luces. Los golpes y los moratones desaparecieron de tu rostro, y tu nariz no sufrió ningún daño.

Consciente de que todos las observaban, y no queriendo que Zac oyera nada de lo que decían, Sandra asió a Leslie del brazo, se alejó unos pasos con ella y preguntó:

—¿Qué haces aquí?

—Ahora vivo aquí.

—¿Y eso?

La joven suspiró y respondió:

—Padre murió y, al quedar sola, el destino me trajo a estas tierras.

Sandra sonrió conmovida y murmuró con cariño:

—Nunca tendré vida suficiente para agradecerte todo lo que hiciste por mí.

—¿Aunque te enfadara por lo *negá* que soy *pa'* la caza? —Sandra sonrió al recordarlo, y entonces aquélla preguntó—: ¿Cómo está tu espalda? ¿Desaparecieron las marcas de los latigazos?

Ella suspiró, aquellas marcas la acompañarían el resto de su vida. Se disponía a responder cuando Leslie, observando al gigante que se les acercaba, preguntó:

—Y éste ¿quién es?

Al ver el gesto serio de él, Sandra indicó:

—Leslie, te presento a Zac Phillips.

—Un amigo —afirmó el highlander mirándola con suspicacia al comprobar que se trataba de una mujer y no de un chiquillo.

Sorprendida, Leslie abrió los ojos y, dándole un golpe a Sandra con el codo, cuchicheó:

—*Tiés* un amigo *mu* atractivo. —Entonces, al ver al bebé dormido en sus brazos, preguntó—: Y este querubín ¿quién es?

—Es mi hijo —contestó Sandra con una sonrisa

—¿*Tiés* un hijo?

—Sí.

Leslie asintió. Después observó al pequeño con detenimiento, y Sandra, al verlo, rápidamente añadió señalando al highlander:

—Se llama Zac, como su padre.

Leslie cambió el gesto al oírla y, dándole un codazo a Zac en las costillas, murmuró:

—Señor Zac, nunca podréis *dicil* que esta mujer os la pegó con otro. El rubito es igualito a vos.

Molesto, Zac le entregó el bebé a Sandra. ¿Por qué había dicho aquello? Y, ofuscado, se alejó de ellas para ir junto a Mery.

Al verlo, Leslie preguntó:

—¿Viajas con la dama *aboñigá*?

Sandra la miró. Como era de esperar, su gesto al mirarlas era indescriptible.

—Por poco tiempo —repuso—. Con suerte, en breve la perderé de vista.

Estaban mirándolos cuando Mery acercó de nuevo su boca a la de Zac y lo besó.

—Pero... pero si has dicho que... —murmuró entonces Leslie.

Sandra asintió al ver su desconcierto y afirmó:

—Es una larga historia, Leslie, mejor dejémoslo estar.

Ambas asintieron, y, a continuación, la muchacha preguntó:

—¿Y Meribeth? ¿*Ande* anda?

A Sandra se le encogió el corazón al oír ese nombre. Pero, dispuesta a cumplir con la última voluntad de la madre de su hijo con respecto a que el pequeño nunca supiera a qué se había dedicado en el pasado, respondió:

—Se marchó a la isla de Skye con su bebé. Tuvo una niña preciosa, morenita como el padre, a la que le puso tu nombre.

—¿Mi nombre?

Sandra mintió intentando zanjar el tema.

—Te estaba muy agradecida por todo lo que hiciste por ella, y ponerle tu nombre haría que te tuviera cerca, a pesar de que estéis lejos.

Emocionada, Leslie la miró.

—Aunque duros, fueron unos *güenos* días que nunca olvidaré.

—Por el amor de Dios, mujer —se quejó entonces Mery levantando la voz—. Despídete de ese harapiento para que podamos continuar.

Sandra miró a Leslie. Su apariencia era peor incluso que la suya, y al ver sus labios amoratados por el frío, se quitó la capa y, después de ponérsela a ella, preguntó:

—¿Dónde vives?

Al ver su gesto, Leslie se resistió.

—No, no *pués* darme esto. Es demasiado *delicao pa'* mí.

Ignorando lo que aquélla decía, Sandra la miró a los ojos e insistió:

—Dime dónde vives.

Avergonzada, la joven paseó la mejilla por aquella piel de zorro tan suave y, bajando la vista, susurró:

—No tengo hogar. ¿Quién me querría a mí?

Sandra maldijo; por nada del mundo dejaría a Leslie en la calle, sola y desamparada.

Entonces Zac se le acercó de nuevo y preguntó:

—¿Se puede saber por qué te has quitado la capa y se la has puesto a ella?

—Porque tiene frío, ¿no lo ves?

El guerrero miró a Leslie y, al ver sus manos y sus labios amoratados, asintió.

—Lo veo. Pero ahora enfermarás tú —indicó echándole una piel por encima.

A Sandra le gustó ese detalle.

A continuación, Aiden se acercó también a ellos y los informó:

—Podemos pasar la noche en la posada de la calle Real.

—Pues yo me voy. Tengo frío —afirmó Mery, comenzando a caminar hacia allí.

Entonces Sandra, soltando al pequeño en los brazos de Leslie, se llevó a Zac con ella unos pasos más allá y le dijo:

—Leslie ha de venir con nosotros.

—No.

—Por favor..., por favor..., ella es muy importante para mí, y no puedo dejarla en la calle. No tiene dónde dormir. Hace mucho frío y...

—He dicho que no —insistió él.

—Muy bien —afirmó Sandra—. Pues ya puedes marcharte. Mi hijo y yo nos quedamos con ella.

Zac suspiró. Antes de comenzar, sabía que aquella batalla la tendría perdida, a no ser que amordazara y atara a Sandra, y eso no pensaba hacerlo. Así pues, mirando a Leslie, que le sonreía al pequeñín, preguntó:

—¿Por qué esa joven es importante para ti? Y quiero la verdad.

Sandra pensó entonces que contarle la verdad le facilitaría las cosas, y respondió:

—Porque ella salvó mi vida y, si no hubiera sido por ella, yo hoy no estaría frente a ti.

La verdad que vio en las palabras y en la mirada de la joven ablandó el corazón de Zac.

—Si le permites que venga con nosotros hasta el hogar de Angela —añadió ella—, haré todo lo que esté en mi mano para no molestar a Mery. Me he dado cuenta de lo importante que es tu prometida para ti, y lo último que quiero es ocasionaros disgustos.

Vencido finalmente, y sin aclararle que aquélla no era su prometida, el highlander asintió.

—De acuerdo. Te tomo la palabra. Pero, si da problemas, se marchará.

Al oírlo, Sandra dio un salto de felicidad y, agarrándose a su cuello, se apretó contra él y exclamó:

—Gracias..., gracias..., gracias...

—¡Zacharias, ¿qué hacéis?! —gritó entonces Mery con fastidio.

Al oír aquella estridente voz, Sandra se paralizó y luego se separó de él.

Entonces el highlander, intentando disimular la sonrisa ante aquel impulso tan propio de ella, señaló:

—Te recuerdo que has dicho que harías todo lo que estuviera en tus manos para no molestar a Mery.

Dando un paso atrás, Sandra lo miró y murmuró apesadumbrada:

—Lo siento mucho. Ha sido un acto reflejo a causa de la felicidad que...

Sin dejarla terminar, Zac comenzó a caminar confundido en dirección a Mery. Estaba encantado de haber sentido aquel impulso de felicidad por parte de la joven, mientras en su rostro todavía sentía la suavidad de sus labios y su maravilloso olor.

—Vayamos a la posada —indicó sin volverse.

Loca de contenta, Sandra agarró a Leslie y dijo con gran decisión:

—Tú me cuidaste en su momento y ahora la que va a cuidar de

ti seré yo. Ambas estamos solas, somos la única familia que tenemos, y quiero que vengas conmigo y con mi hijo. ¿Qué te parece la propuesta?

—*Pos* a mí, *mu* bien, y más si puedo llenar las tripas.

Con una sonrisa, las dos comenzaron a caminar, conscientes de que su suerte podía haber cambiado al encontrarse.

Capítulo 29

≈≈

Al entrar en la posada, el calorcito hizo que las jóvenes sonrieran. Aunque la sonrisa desapareció de sus rostros cuando la posadera exclamó al ver sus pintas:

—Eh..., apestosas, ¡fuera de aquí!

Leslie se detuvo para dar media vuelta y salir, pero cuando Sandra fue a hablar, Zac se colocó frente a la mujer y siseó:

—Si vuelves a insultar a cualquiera de las personas que vienen conmigo, te juro que la posada arderá, pero contigo dentro.

—Lo... lo siento, señor... —se disculpó aquélla.

Entonces Aiden, al ver al joven que los acompañaba, lo miró y preguntó:

—Y ¿tú quién eres?

Sandra sonrió e indicó:

—Aiden, te presento a mi amiga Leslie.

Al ver que se trataba de una joven y no de un muchacho, él asintió y, cogiéndole la mano para besársela con galantería, añadió:

—Encantado, Leslie.

—Ahhh... —balbuceó ésta sorprendida.

Zac llamó entonces a Aiden y éste se alejó.

—Leslie, cuando un hombre te diga lo encantado que está de conocerte, debes responder «Gracias» o «Igualmente» —susurró Sandra divertida.

La joven asintió y, mirándola, cuchicheó:

—Se *m'ha cortao* la respiración, Sandra. Nadie *m'había besao* nunca la mano.

Enternecida, ella la abrazó.

—Pues deberían besártela, porque eres preciosa —afirmó.

A continuación, la posadera los hizo subir a todos a la primera planta.

Una vez allí, Mery preguntó:

—¿Cuál es la mejor habitación, posadera? Antes de nada, quiero que sepa que soy una dama de la corte...

Aiden y Zac se miraron. Mery no cambiaba, siempre dándose aires de grandeza.

La mujer, encantada de tener a una dama distinguida como aquélla en su casa, subió otra planta, abrió una de las puertas e indicó:

—Ésta, milady.

Mery la miró, era una habitación grande pero austera, por lo que insistió:

—¿No tienes nada mejor?

Leslie se asomó curiosa y, mirando a Sandra, cuchicheó:

—La *aboñigá* no sabe elegir... Pero si *tié* hasta sábanas limpias.

Sandra sonrió y le ordenó callar. Como le había dicho a Zac, intentaría no molestar a su prometida.

Al final, Mery se quedó con la habitación más grande en la planta superior, y en la planta de abajo, Sandra, Leslie y el niño ocuparon otra, Zac la siguiente y Aiden la última.

Leslie estaba calentándose las manos ante el fuego cuando unos golpes en la puerta llamaron su atención. Sandra fue a abrir y se encontró con Cameron y Scott. Llevaban lo que ella había comprado en la tienda y, tras dejarlo sobre la cama, se marcharon.

En cuanto se quedaron de nuevo solas, Sandra se lo enseñó todo a su amiga y ésta se emocionó. Nunca había estrenado nada y, al ver aquellos vestidos tan bonitos, murmuró:

—Esto *tié* mucha clase *pa'* mí.

—De eso nada. Esta ropa te hará parecer una mujer y estar muy guapa.

Leslie suspiró. Sabía que no era guapa ni hermosa, y, sonriendo, afirmó:

—Soy fea y desastrosa. Pero *t'*agradezco tus palabras.

—De eso nada —insistió Sandra—. Estoy convencida de que un baño y un bonito vestido harán aflorar tu belleza.

—Tú sí que eres guapa, y no la dama *aboñigá*.

Estaban riendo cuando llamaron de nuevo a la puerta. Era Zac, acompañado de la posadera.

—Trae una bañera a esta habitación también —indicó él—. Seguro que las señoritas quieren bañarse.

—¿*Pa'* quéeeeeeeeeee? —protestó Leslie.

Sandra sonrió al oírla, y Zac, mirando a la joven, le pidió:

—Leslie, ¿podrías ir a ayudar a la posadera mientras yo hablo un momento con Sandra?

La aludida asintió encantada y, cuando la puerta se cerró y estuvieron a solas, Zac dijo apoyándose en ella:

—Curiosas amistades las tuyas, ¿no crees?

Nerviosa al verse sola con él allí, Sandra respondió:

—He de ocuparme de mi hijo.

—Tu hijo está dormido.

—Lo despertarás con tu voz.

Él asintió y, a continuación, sin decirle adónde había enviado en realidad a Leslie, comentó:

—He de entender que esa muchacha te salvó la vida...

—Sí.

—Y ¿cómo exactamente?

Al ver que ella no decía nada más, Zac insistió:

—¿Esa muchacha que parece un chico era una de las prostitutas que te ayudaron?

Mordiéndose el labio inferior, ella lo miró. Que supiera, Leslie nunca había ejercido tal oficio, pero como necesitaba seguir con la mentira, respondió:

—Ante todo, Leslie es una buena persona.

Malhumorado y sin poder creérselo, Zac maldijo y, acercándose a ella, preguntó furioso:

—¿Por cuánto vendías tu cuerpo?

Sandra no contestó, sino que caminó hacia atrás hasta que su espalda chocó con la pared y, mirando al hombre que estaba apenas a un palmo de ella, murmuró:

—No me gusta hablar de ello.

A Zac tampoco le gustaba recordarlo, pero, ofuscado, inquirió:

—¿Sabes quién es el padre de tu hijo?

Acalorada, ella no contestó.

—¿Era uno de tus clientes?

Al oír sus palabras y ver su gesto disgustado, Sandra siseó:

—Zac, no quiero entrar en provocaciones.

—¿Por qué? Sólo has aceptado no incordiar a Mery.

La joven cerró los ojos y musitó:

—Vete con ella. No sé qué haces aquí.

El highlander sonrió con amargura.

—¿No sabes qué hago aquí? —susurró—. ¡¿De verdad no lo sabes?!

El guerrero se acercó entonces más a ella y, posando las manos en su cintura, iba a decir algo cuando Sandra susurró al intuir sus intenciones:

—No, Zac.

Furioso por la situación, él acercó la boca a la de ella y farfulló:

—Disfrutabas con esos hombres, recibías sus caricias y, en cambio, a mí me las niegas...

Acalorada, Sandra quería abofetearlo, pero murmuró sin moverse:

—Zac...

—Vamos, nos seas pudorosa. Hagamos de esta noche uno de esos momentos especiales que tanto te gustan. Una mujer experimentada como tú no ha de tener remilgos al hablar de estas cosas, y mucho menos al practicarlas.

Sandra seguía inmóvil.

Cegado por la rabia y la furia, Zac la miró hasta que, de pronto, el gesto asustado de ella lo hizo entrar en razón y, separándose, musitó:

—Disculpa. No sé qué me ha pasado.

Y, a continuación, dando media vuelta, abrió la puerta y se marchó.

Una vez a solas en la habitación, Sandra se sentó en la cama temblorosa. Necesitaba unos instantes en soledad para reponerse de lo ocurrido.

Al cabo del rato, llamaron a la puerta. La joven se levantó y abrió. Era la posadera, con unos hombres que le llevaban una bañera de cobre. Al no ver a Leslie, preguntó:

—¿Has visto a la joven que estaba conmigo?

La posadera asintió y respondió con gesto serio:

—Estaba abajo, tomando unos tragos con otro hombre que ha venido con vos.

Al entender que se trataba de Aiden, Sandra asintió.

Tan pronto como dejaron la bañera delante de la chimenea, entre la posadera y los hombres la llenaron de agua caliente y, cuando acabaron, la mujer indicó:

—Os dejo unos cubos con agua, por si el baño se enfría y queréis volver a calentarlo.

Después de que se marcharan, el pequeño Zac se despertó y, olvidándose de todo lo ocurrido, Sandra lo cogió entre sus brazos y afirmó con afecto:

—Cariño, mamá te va a dar el mejor baño de tu vida.

Durante un buen rato, la joven disfrutó del placer de bañar al pequeño. Era la primera vez que lo hacía con tanta tranquilidad desde que había entrado en su vida. Pensó en meterse con él, pero al final no lo hizo. Aquel baño de agua limpia y tibia debía ser sólo para Zac.

Cuando lo secaba, llamaron a la puerta y, al abrir, entró una sonriente Leslie.

—¿Dónde has estado? —preguntó Sandra al verla.

Sin necesidad de ocultar nada, la joven siguió sonriendo mientras explicaba:

—*M'he tomao* unos vinos con el que *m'ha besao* la mano.

—¿Aiden?

Leslie asintió.

—*Tié* unos ojos negros como la noche que incitan a pecar.

—¡Leslie! —Sandra rio al oírla y, tapándole los oídos al pequeñín, se mofó—: No olvides que Zac te está oyendo.

En cuanto Sandra le puso ropa limpia y nueva al pequeño, lo miró, y éste, que la observaba feliz, pidió:

—Mamá, *baba*.

—¿Quieres agua, cariño?

El chiquillo asintió, y Sandra llenó un vaso limpio que encontró sobre una mesa y, con cuidado, le dio de beber.

Cuando terminó, su madre lo besó en la frente y, mientras el crío jugueteaba con unos trapos limpios, Sandra murmuró emocionada:

—Estás precioso, cariño. Precioso.

La joven vio entonces que Leslie contemplaba la bañera y, levantándose, se acercó a ella e indicó:

—El agua aún está caliente. Date un baño.

Leslie negó con la cabeza.

—No sé nadar —susurró.

Sandra sonrió al oírla y, entendiendo perfectamente su miedo, aclaró:

—Para lavarse en una bañera no hace falta saber nadar. Pero, si te da miedo, prometo sujetar tu mano y no soltarla hasta que salgas de ella.

—No. Padre decía que no era *güeno*.

—Tu padre no estaba en lo cierto.

—Decía que la roña espantaba los males —insistió Leslie.

Consciente de que aquélla necesitaba un baño tan urgentemente como ella para quitarse la mugre de encima, Sandra la miró a los ojos y explicó:

—Si queremos estar bellas, hemos de lavarnos para oler bien y luego ponernos estos vestidos tan bonitos. Y siento decirte que, por mucho que te quiera, no voy a permitir que te metas en la cama ni que te pongas un vestido limpio sin que te bañes.

Leslie la miró con cara de enfado. Pero Sandra, sin amilanarse, dijo:

—Vamos, desnúdate.

Su amiga no se movió, y ella, dispuesta a todo, insistió:

—Tienes dos opciones. O te bañas por las buenas o por las malas.

Al final, Leslie cedió y, roja como un tomate, acabó desnudándose.

Dándole una mano, Sandra la ayudó a meterse en la bañera y, una vez que consiguió que aquélla se sentara y apoyara la cabeza en ella, sonrió cuando, pasados unos instantes, la oyó decir:

—Padre se equivocaba.

Ambas rieron, y Leslie disfrutó de su baño como nunca en su vida pensó que lo haría.

Capítulo 30

En su habitación, Zac miraba por la ventana.

Lo que Aiden le había contado con respecto a la información que le había sacado a Leslie lo inquietaba.

Si lo que aquella joven decía era cierto, mataría al que le había ocasionado dolor a Sandra. Imaginar la escena que su amigo le relató de cómo Leslie conoció a la joven le hacía hervir la sangre.

De pronto, llamaron a la puerta. Al abrir, se encontró con la posadera.

—Señor, vuestra prometida quiere hablar con vos en su habitación —dijo la mujer.

Zac asintió y, saliendo de su cuarto, se dirigió al piso superior. Llamó a la puerta y, cuando Mery abrió ataviada con una camiso la semitransparente, sonrió.

Deseosa de su compañía, ella lo cogió de la mano y, tirando de él para meterlo en la habitación, dijo en cuanto cerró la puerta:

—Veinte días sin tus atenciones me hacen estar necesitada.

—¿Veinte días sin atenciones?, ¿tú?... —se mofó él—. Permíteme que lo dude.

La vida de Mery era conocida por todos. No había hombre que se le resistiera.

—De acuerdo —cuchicheó ella riendo—, no te he guardado luto, pero aun así te he añorado.

—No te permitas añorarme, Mery —replicó Zac—. Te recuerdo que estás esperando a que cierta baronesa muera para regresar a la corte.

—Ay, Zac..., ¡lo que aguanta esa bruja! —siseó ella pensando en la esposa del hombre con el que ella esperaba casarse una vez que enviudara.

Zac sonrió y, aceptando su tentadora boca, la besó. Mery era una mujer experimentada y lo hacía disfrutar mucho en la cama. Entonces, dejándose llevar, llegaron hasta el lecho y, tan pronto como cayeron sobre él, el highlander preguntó:

—¿Por qué le has dicho a la posadera que eras mi prometida?

—Porque me excita imaginarlo.

—Mery...

—Calla. —Le tapó la boca—. Y permíteme imaginar.

Al oírla, Zac sonrió.

—Conozco tu cuerpo a la perfección y sé lo que te gusta —musitó ella entonces como una gata en celo.

—¿Ah, sí...?

—Sí. —Y, paseando la mano con codicia por la entrepierna de aquél, Mery preguntó—: ¿Has pensado en mí algún día?

El guerrero sonrió y negó con la cabeza.

—¿Acaso otra con un hijo bastardo se ha ocupado de ti? —murmuró ella.

Zac resopló y protestó, levantándose de la cama:

—¿A qué viene ahora eso?

—Ohhh, ¡esa mujer me enerva! Y aún no sé si creer que ese bastardo es tuyo o no.

—Mery... —siseó él molesto—, yo no me meto en tu vida, y quedó claro que tú en la mía tampoco.

—Pero es que no puedo con ella.

—¿Y...?

Ella se levantó y, sin acercarse a él, respondió:

—Pues que esa mujer no me gusta.

—¿Por qué?

—Porque odio tus atenciones hacia ella. No las merece.

Al oírla, Zac sonrió y, deseoso de que se callara y dejara en paz a Sandra, contestó para regalarle los oídos:

—Tranquila, preciosa. Sólo soy caritativo con una pobrecita venida a menos, sin hogar, poco agraciada y desvalida.

Aquello era exactamente lo que Mery estaba deseando oír, y afirmó:

—Soy mucho más hermosa que ella y tú eso lo valoras, ¿verdad?

—Bien sabes que me gustan las mujeres bellas.

Su respuesta le gustó y, sintiéndose la más preciosa, añadió:

—Mi cabello es más sedoso y largo que el suyo.

Zac no contestó, y Mery, dando un paso hacia él, susurró:

—Mi cuerpo es más voluptuoso y tentador que el suyo y...

—¡¿Quieres dejar de hablar de ella?! —la cortó él.

Mery suspiró y, al ver que el guerrero se alejaba de nuevo, insistió:

—Me molesta que te preocupes por traerla de vuelta, por comprarle ropa... Y, ahora, encima de cargar con ella y con su bastardo, también tenemos que cargar con esa mendiga... Pero ¿en qué estás pensando?

Molesto por sus palabras, Zac replicó:

—Esa *mendiga*, como tú la llamas, tenía frío, y Sandra y su hijo estaban pasando hambre y calamidades... ¿Acaso no tienes corazón?

Al oír eso, Mery se percató de que no estaba haciéndolo bien.

—De acuerdo —murmuró—. Entiendo tu piedad para con los más necesitados, pero esa mujer de modales burdos me provoca; ¿no lo has visto?

Él suspiró. La realidad era que Sandra la había provocado en ciertos momentos. Sin embargo, recordando lo que había hablado con ella, contestó:

—Tranquila, ya no te provocará más.

—¿Y eso? ¿Cómo lo sabes?

Sin querer hablarle del trato que había hecho con Sandra, Zac simplemente respondió:

—Lo sé. He hablado con ella y no volverá a molestarte.

Encantada por haber resultado ganadora en aquella guerrilla, Mery fue a abrazarlo de nuevo, pero él, que ya no tenía ganas de sus atenciones, dio un paso atrás.

—Tengo que ir a ver a mis hombres —dijo.

—Pero, Zacharias...

Al oírla, él la miró y siseó:

—Te he dicho mil veces que mi nombre es Zac.

Mery sonrió y lo retó con coquetería.

—Pero me gusta llamarte así porque te enfadas y, en tu empeño por azotarme, me recuerdas cómo he de llamarte.

Sin apartar los ojos de ella, el guerrero sonrió con amargura.

Mery era una mujer refinada y ardiente, pero no tenía ganas de disfrutar de ella, así que se encaminó hacia la puerta e indicó:

—Descansa. Nos espera un camino muy largo.

—Pero, Zacharias...

—Descansa.

Y, sin más salió, de la habitación y, cuando cerró la puerta, maldijo. Con Sandra tan cerca, era incapaz de centrarse en otra cosa.

Capítulo 31

Un buen rato después, Sandra y Leslie ya se habían secado y puesto unos vestidos nuevos, y estaban mirándose en el espejo.

—¡Recórcholis, si parezco una dama...! —exclamó Leslie al verse.

Sandra sonrió encantada y, retirando el pelo oscuro de la cara de su amiga, afirmó:

—Como tú misma puedes comprobar, estás preciosa y perfecta.

—Si padre me viera, no me reconocería.

En ese instante llamaron a la puerta y Leslie corrió a abrir. Eran Zac y Aiden, que, al ver a la muchacha, pestañearon boquiabiertos.

—Soy Leslie —dijo ella—, aunque no lo parezca, soy yo *toa* limpia.

Ambos sonrieron y, a continuación, Zac declaró:

—Pues toda limpia estás muy bonita, Leslie.

—¡Madre mía, *¿qu'ha bebío?*! —exclamó la joven riendo. Pero, al volverse hacia Sandra y recordar lo que ella le había dicho, se corrigió—: Gra... gracias, señor.

Cuando Zac miró a Sandra, la sonrisa se le borró del rostro. Ante él estaba la jovencita que le había robado el corazón tiempo atrás, aunque más delgada y ojerosa. No obstante, sin dedicarle ni un cumplido como a ella le habría gustado, preguntó entrando en la habitación:

—¿Ha cenado tu hijo?

—No. Todavía no.

Sin cambiar el gesto, Zac iba a coger al niño cuando Sandra se interpuso como una fiera entre ambos.

—¿Qué vas a hacer? —le soltó.

—Tenemos que hablar, y con él aquí será imposible.

Cuando fue a moverse, ella lo sujetó del brazo e indicó:

—No molestará.

—Prefiero que no esté.

—Ehhhh..., las zarpas quietas —se interpuso Leslie, empujándolo.

Al oírla, Zac la miró.

—Por favor, Leslie, mantente al margen —le pidió.

Sandra no entendía qué ocurría, por lo que insistió:

—Si quieres hablar conmigo, ¡hablemos! Él se dormirá. Podremos hablar y...

Sin hacerle caso, Zac cogió al niño, caminó hacia Aiden y, entregándoselo, dijo:

—Llévate a Leslie y al niño y que cenen.

Sandra, ofuscada, le arrebató al chiquillo de los brazos y, mirando a Zac, siseó:

—Es mi hijo. No tienes derecho a decidir por mí.

—Tenemos que hablar.

—Lo sé. Pero eso no significa que mi hijo tenga que marcharse.

Entonces, con un gesto que a Sandra la aterrorizó, él replicó:

—Si vuelves a hablarme en ese tono, lo vas a lamentar.

Los ojos de la joven se abrieron como platos cuando Zac, tras quitarle al niño, se lo entregó a Aiden. Durante un ratito nadie se movió, hasta que este último intercedió:

—Otra opción es que vosotros os vayáis a tu habitación para hablar. Leslie puede quedarse aquí con el niño, y yo, si es necesario, también.

—Yo puedo cuidarlo —afirmó la muchacha, mirándolos.

Entonces, al ser consciente de que se había empecinado, entendiendo el miedo de aquélla y que Aiden tenía razón, Zac afirmó:

—De acuerdo. —Y, dirigiéndose a Sandra, preguntó—: ¿Vendrías a mi habitación?

La joven lo miró, y él añadió:

—Prometo comportarme como un caballero.

Sandra asintió entonces y él, mirando a Leslie y a Aiden, les pidió:

—Si llora, hacédnoslo saber.

A continuación, Zac salió del cuarto, y Sandra dijo dirigiéndose a Leslie:

—Si me necesitas, no dudes en llamarme.

Su amiga asintió y, en cuanto Sandra hubo salido de la habitación, Aiden comentó:

—Tranquila. Zac sólo quiere hablar contigo. Yo cuidaré de Leslie y de tu hijo.

Aunque algo asustada, Sandra asintió y caminó hacia la habitación de Zac. Una vez dentro, el guerrero cerró la puerta y ella lo miró temblorosa.

Sin hablar, Zac caminó hacia la cama, pero antes de sentarse se desabrochó el cinto y su espada cayó al suelo. Sandra miró el arma. Entonces él, sentándose sobre el colchón, preguntó:

—¿Por qué tiemblas?

Acobardada, ella no sabía qué decir, pero éste, dando unos golpecitos a su lado sobre la cama, indicó:

—Ven.

Sandra no se movió, y Zac insistió:

—Ven. He prometido comportarme como un caballero, por lo que no debes temer nada.

Obedientemente, Sandra fue a sentarse a su lado.

Permanecieron en silencio durante varios segundos, hasta que él dijo:

—Quiero pedirte disculpas por lo que ha ocurrido antes. Me avergüenzo de mi comportamiento, y te ruego que me perdones.

—Estás perdonado —respondió la joven.

Entonces Zac, sorprendiéndola, preguntó:

—¿Por qué me has mentido?

Ella lo miró desconcertada, y Zac murmuró:

—Según Leslie, una tal Meribeth y ella te encontraron malherida y medio muerta cerca de Hawick, y, por el vestido rojo que dice que llevabas, intuyo que fue el día que me marché de Carlisle. —Sandra no contestó, no podía—. Al parecer, tu rostro estaba lleno de golpes y moratones, y tu espalda ensangrentada por unos fuertes latigazos —añadió él.

El pecho de la joven subía y bajaba de agitación. Era difícil recordar algo que en realidad deseaba olvidar. Entonces él, con voz ronca y furiosa, siseó:

—Dime quién fue el animal que te hizo eso, porque juro por Dios que lo buscaré y lo mataré con mis propias manos.

A Sandra se le llenaron los ojos de lágrimas, pero, conteniéndolas, respondió:

—Eso pertenece al pasado.

Confundido y enojado porque la joven hubiera sufrido aquello sin él saberlo, le cogió el rostro entre las manos y murmuró:

—Contigo nada pertenece al pasado. Tienes que hablar conmigo, por favor.

Ver los ojos llorosos de la joven le helaba el corazón, y más cuando ella declaró:

—Soy un problema. Un gran problema.

—Sin duda lo eres, no voy a negarlo. Pero yo he elegido que seas mi problema, y no pienso ignorarlo.

Eso hizo que las lágrimas de Sandra se desbordaran, y Zac, enternecido, se las enjugó con los dedos y, en un tono bajo y cariñoso, murmuró:

—Eh..., no llores.

Pero las lágrimas habían saltado las barreras que durante mucho tiempo Sandra había levantado, y ahora eran irrefrenables.

Abrazándola con cariño, Zac la acunó durante un buen rato, y, cuando vio que poco a poco se tranquilizaba, indicó:

—Estás preciosa cuando lloras, pero no quiero verte llorar.

Sandra inexplicablemente sonrió, y él, al ver aquel gesto tan propio de ella, musitó:

—Pensé que nunca más volvería a verte sonreír.

Estaban mirándose a los ojos cuando él posó sus labios en la frente de aquélla y susurró:

—Te he echado tanto de menos...

Sandra tembló, pero no de frío.

Temblaba de emoción, de placer, de delicia al oír aquellas palabras tan deseadas, tan necesitadas, y, acercando su boca a la de él, lo besó. Disfrutó de aquel beso tierno, dulce y anhelado y, cuando éste terminó y vio cómo él la miraba, murmuró avergonzada:

—Lo siento. No debería haberlo hecho.

Zac asintió y, sin apartar sus ojos de los de ella, afirmó:

—Tienes razón, debería haberlo hecho yo.

Y, acercando sus labios a los de ella, la besó con intensidad, con premura y con pasión, olvidándose de todo cuanto los rodeaba para pensar solamente en ellos dos.

Tras el apasionado beso, de pronto Sandra recordó algo.

—Dios... —murmuró—, esto no está bien.

—¿Por qué? —preguntó Zac, deseoso de besarla otra vez.

—No deberíamos.

—¿Por qué? —insistió el guerrero.

—Está Mery y...

Un nuevo beso cargado de ternura y amor acalló a Sandra, y, cuando éste acabó, Zac afirmó con seguridad:

—Por Mery no te preocupes.

—¿Cómo que no me preocupe? Esa mujer es tu prometida.

Encantado de tenerla consigo, Zac sonrió. Pero, cuando estaba a punto de responder, se oyeron unos golpes en la puerta, seguidos de la voz de Mery:

—Zacharias, mi amor..., ¿estás ahí?

Sandra y Zac se miraron, y ella, sintiéndose fatal, susurró:

—Esto no está bien.

Zac le ordenó callar, y luego respondió levantando la voz:

—Mery, ve a descansar.

Pero la mujer insistió al otro lado de la puerta:

—Pareces enojado. Abre y prometo satisfacer todos tus deseos para que...

—Mery —la cortó él—. Estoy cansado.

—Zacharias —suplicó ella—. Te deseo y me encelo cuando pienso que esa tal Sandra, o..., mejor, ¿cómo la has llamado tú?..., ah, sí..., «pobrecita venida a menos, sin hogar, poco agraciada y desvalida», quiera meterse en tu cama.

Al oír eso, Sandra frunció el ceño. Zac la miró y, ofuscado por aquella intromisión, dijo alto y claro:

—Se acabó, Mery. No quiero hablar.

—Zacharias, abre. Llevo puesto eso que tanto te gusta arrancarme con los dientes... No entiendo tu rechazo...

Incapaz de aguantar un segundo más la mirada de Sandra ante las palabras de aquélla, de malos modos, Zac se levantó de la cama, abrió la puerta y, frenético, salió al pasillo y la entornó.

—Vete a tu habitación antes de que la furia me domine —le soltó a continuación—. Te he dicho que estoy cansado, que no deseo compañía y quiero descansar.

Al verlo de ese modo, Mery lo miró con sensualidad y, dándole un beso en los labios, murmuró:

—Cuando te pones así, eres más ardiente en el lecho...

Zac cerró los ojos. Saber que Sandra estaba oyendo aquello lo enfermaba. Entonces Mery, al ser consciente de lo enfadado que estaba realmente, musitó:

—De acuerdo, me marcharé. Buenas noches, guapo Zacharias. Ya vendrás a mí.

Cuando aquélla desapareció, Zac entró de nuevo en la habitación y cerró la puerta. Se disponía a decir algo pero Sandra, enfadada, se le adelantó:

—No digas nada.

—Sandra...

—¿Es cierto que piensas eso de mí? Que soy una pobrecita venida a menos y...

—Nooooo —replicó él, cortándola.

Sandra maldijo. Aquello no estaba bien, y, mirándolo, preguntó:

—Si es verdad que esa mujer no te preocupa, ¿por qué no le has dicho que estabas conmigo?

Zac la miró y respondió ofuscado:

—Porque no es el momento, y no quiero que los hombres hablen de ti más de lo que hablan ya.

Al saber eso, Sandra asintió y, mirándolo, indicó:

—Como imaginarás, lo que piensen los demás sobre mí, en mi situación, poco me importa. Ahora bien, estoy muy, pero que muy enfadada, y te rogaría que, si no quieres que monte en cólera y los muebles vuelen por la habitación, no hables, te alejes de la puerta y me dejes salir o toda Escocia se enterará de que estoy aquí.

—Sandra...

—*Guapo Zacharias*, voy a gritar —le advirtió ella.

Consciente de su enfado y de cómo se las podía gastar, Zac hizo lo que le pedía y, cuando Sandra salió y se quedó solo en la habitación, se sintió el hombre más tonto del mundo.

Capítulo 32

A la mañana siguiente, cuando Sandra se despertó, intentó escapar, pero era imposible. Zac ya se había ocupado de que todas las salidas estuvieran cubiertas por alguno de sus hombres. Al final, y dispuesta a continuar su camino, salió de la habitación junto a Leslie y el pequeño, y se dirigió al comedor para desayunar.

Al llegar, vio allí a Mery sentada junto a Zac, ambos muy sonrientes.

Tras sentarse a otra mesa, la posadera dejó entonces ante ellas unos cuencos con leche y pan recién hecho, y, mientras Leslie comía, murmuró:

—Esta manduca me *tié encantá*.

Sandra, que daba de comer a su hijo, asintió con la cabeza y afirmó:

—Pues come toda la que quieras. Paga el *señor* Zac Phillips.

Durante un rato, Sandra observó comer a Leslie con apetito voraz. Y, al cabo, ésta, sin levantar la vista del tazón de leche, murmuró señalando con un dedo:

—Me *tié esnerviá*, ese guerrero.

Sandra miró hacia el lugar donde ella señalaba y, al ver a Scott, uno de los hombres de Zac, sonrió y cuchicheó:

—Creo que te mira porque lo has impresionado. Estás muy guapa.

Al oír eso, Leslie miró a Scott, que le sonrió, y, sin corresponderle, murmuró:

—O quizá *quié* mi tazón de leche.

Sandra sonrió divertida y continuó desayunando, pero entonces Marcus, el joven pelirrojo, se acercó a ellas y empezó a hacerle monerías al pequeño. Éste sonrió, y Sandra se lo agradeció encantada.

En cuanto acabaron, con el rabillo del ojo vio a Mery salir de la posada acompañada por Cameron y Aiden, y sonrió al ver cómo Scott tropezaba con un banco al salir mirando a Leslie. Estaba divertida cuando Zac se levantó y caminó hacia ellas.

—Marcus, sal con el resto —ordenó.

El joven pelirrojo salió escopetado de la posada.

—Sandra... —dijo entonces el highlander dirigiéndose a ella.

—No quiero hablar contigo.

—Sandra... —insistió él.

—¡No!

Al oír eso, Leslie los miró y no dijo nada.

Entonces él rodeó la mesa para quedar frente a Sandra y señaló:

—Ten. Lo necesitarás para salir al exterior.

Al mirar lo que aquél le entregaba, los ojos de la joven se le abrieron. Era una capa roja, mucho más abrigada que la que había comprado el día anterior con el cuello de zorro, y, antes de que ella pudiera decir nada, él pidió:

—No la rechaces, por favor. Debes abrigarte, y sé que el rojo te gusta.

Al ver aquello, Leslie miró a su amiga.

—*Tiés* que aceptarla, Sandra —afirmó—. El señor *tié* razón. Fuera hace frío.

—Gracias, Leslie —dijo Zac agradeciéndole su ayuda.

—De *na*, señor.

Sintiéndose observada por aquellos dos, finalmente Sandra la cogió.

—Muchas gracias, Zac.

El guerrero asintió y Leslie, sin pudor, preguntó mirando a Sandra:

—¿*Tiés* un lío con el señor?

Al ver el gesto de sorpresa de Zac ante la pregunta, la joven quiso sonreír, pero, en cambio, respondió con seriedad:

—No digas tonterías. Es sólo una muestra de compasión hacia una pobrecita venida a menos, sin hogar, poco agraciada y desvalida...

Al oír eso, él maldijo y, sin más, dio media vuelta y salió justo en el momento en que Leslie insistía:

—Pues *pa'* mí que éste te *quié* hacer otro hijo.

Sandra sonrió por su comentario. Una vez que terminaron de desayunar, tras ponerse ambas sus capas, salieron al exterior. A continuación, bajo la atenta mirada de Zac, Sandra y su hijo montaron en el caballo con Aiden, y Leslie, por una de aquellas casualidades de la vida, en el de Scott.

Cabalgar junto a Aiden era agradable. El guerrero era un excelente conversador, y Sandra se lo agradeció.

—Y ¿dices que el agua del río Wick es la más fría?

—Sí —afirmó él—, sin lugar a dudas. Recuerdo que, tras zambullirme en él, necesité cuatro días para volver a entrar en calor.

Sandra soltó entonces una carcajada. Zac, que iba delante junto a Mery, miró hacia atrás con gesto ofuscado al oírla, y Aiden, al verlo, murmuró:

—No rías tan alto. Parece que a Zac le molesta.

De nuevo, Sandra soltó otra risotada, esta vez a propósito. Eso hizo reír al guerrero, que, al ver a Zac mirar de nuevo hacia atrás, cuchicheó:

—Eres una provocadora.

—¿Yooooo?

Ambos sonrieron y, sin levantar la voz, Aiden comentó:

—Hablé con Leslie ayer.

Sandra asintió, sabía a qué se refería, pero replicó:

—No quiero hablar de ello.

—Pues deberías —insistió Aiden—. Nosotros podemos ayudarte.

La joven negó con la cabeza y, consciente de lo que decía, respondió:

—Nadie puede ayudarme. No os necesito.

Sorprendido por la rabia que advirtió en sus palabras, Aiden calló.

Durante un rato, el silencio reinó entre ambos, hasta que, al oír una risotada de Leslie, que iba con Scott, Sandra preguntó:

—¿Quién decidió que Leslie cabalgara con él?

Aiden miró a aquellos dos y dijo:

—Por raro que parezca, Scott se ofreció a llevar a la joven.

Ella asintió, pero inquirió:

—¿Por qué dices «por raro que parezca»?

Aiden observó a su compañero, que sonreía, y musitó:

—Scott es muy reservado. Su esposa murió hace un año por unas fiebres, y nunca lo había visto acercarse a otra mujer. Por eso he dicho «por raro que parezca».

Sandra sonrió sorprendida cuando él añadió:

—Quizá conocer a Leslie le haga ver que puede haber una segunda oportunidad para él.

Al oír eso, Sandra miró a Zac, que cabalgaba junto a Mery. Sus rostros estaban relajados. Y, sin saber por qué, preguntó:

—¿Tú crees en las segundas oportunidades, Aiden?

—Sí. Y lo digo con convicción.

La joven lo miró, y éste aclaró:

—¿Conociste a Jesse *el Malo*, el hermano de Kieran O'Hara, el marido de Angela? —Sandra negó con la cabeza, y él prosiguió : Jesse era todo lo contrario de Kieran. Era un hombre vanidoso y muy peligroso, y yo, por mi mala cabeza, me uní a él. Durante un tiempo fui testigo de mil fechorías suyas. En algunas participé y en otras no, pero eso no me exculpa, porque las permití. Cuando Jesse enfermó y dejó de ser lo que había sido, la banda se desentendió de él y, cuando murió, yo fui el único que estuvo a su lado, lo enterró y le hizo saber a la familia lo ocurrido. La verdad es que Kieran no me tenía en muy alta estima y, cuando vio que solía acompañar a Zac, intentó que todo acabara, pero él decidió darme una oportunidad. Ni que decir tiene que yo la acepté y, en el tiempo que llevo junto a él, puedo decir que he encontrado la paz que necesitaba y recibo cariño por parte de Zac y de su familia. Kieran también ha cambiado conmigo para bien, e incluso su madre, cuando me ve por Kildrummy, me sonríe. Por eso, creo en las segundas oportunidades.

Sorprendida por aquella historia, Sandra asintió consciente de que todos tenían un pasado más bonito o más feo y, mirando a Leslie, murmuró:

—Ojalá ella tenga esa segunda oportunidad de ser feliz.

Aiden asintió y matizó:

—Ojalá tú también lo seas al lado de quien te merezca.

Al oír eso, Sandra se encogió de hombros y, tras un suspiro, indicó mirando a Zac:

—Lo dudo mucho.

—¿Por qué?

Sin querer mirar a Zac, que charlaba con Mery, ella respondió:

—Porque soy una pobrecita venida a menos, sin hogar, poco agraciada y desvalida.

—¿Quién ha dicho semejante tontería?

Sandra señaló a Zac, y Aiden, sorprendido, replicó:

—Te aseguro que él no piensa eso de ti.

—Pues lo dijo y, gracias a Mery, me enteré.

Intentando entender el porqué de aquella tontería, Aiden asintió y, evitando hablar de más, señaló:

—Mery no es mujer para él, pero quizá tú sí.

—¿Yo?

—Sí.

A Sandra le gustó oír eso. Sus labios aún ardían por los besos que se habían dado la noche anterior.

—Yo soy demasiado osada, irreverente y atrevida para él —murmuró—. Me consta que a Zac lo atrae más otro tipo de mujer.

Aiden se encogió de hombros.

—Permíteme que lo dude.

Sin decir nada más, continuaron cabalgando sin saber que Zac se moría de celos por no ser él quien agarrara de la cintura a Sandra y la hiciera sonreír.

Cuando llegaron al valle de Carron, Zac dio el alto. Pasarían la noche allí.

Una vez que desmontaron, Aiden le quitó el pequeño a Sandra y ella sacudió los brazos. Resultaba agotador llevar durante tanto tiempo al pequeñín encima. Zac llamó en ese momento a Aiden y éste le entregó el niño a Leslie.

Sandra se dirigió hacia el bosque. Necesitaba un segundo de

intimidad. Tras dar varios pasos, oyó que alguien la seguía y, por lo patoso que era, sin mirar supo que se trataba de Mery. Sin embargo, no se volvió, sino que continuó caminando. Entonces recordó haber visto varios metros más atrás una trampa para lobos y jabalíes que ella había sorteado y, al volverse, vio que Mery iba derechita hacia ella.

Sin tiempo que perder, Sandra comenzó a correr en la dirección de la mujer, que, al verla llegar, se paralizó y empezó a chillar, hasta que Sandra se abalanzó sobre ella y las dos rodaron por el suelo.

Los gritos de Mery alertaron a los guerreros y, al poco, Zac, Aiden y otros muchos estaban allí mirándolas.

—¡Esa mujer me ha atacado! ¡Ha intentado matarme! —chilló Mery.

—Pero ¿qué tonterías estás diciendo? —dijo Sandra defendiéndose.

—Mery, tranquilízate. Seguro que esto tiene una explicación —afirmó Zac furibundo.

Al sentirse el centro de las miradas ceñudas de todos, Sandra suspiró y, señalando al suelo unos pasos más adelante, aclaró:

—Mery, ¿acaso no sabes por qué en ocasiones hay hojas bajo un árbol perenne?

La aludida la miró. No sabía de qué le hablaba.

Entonces Sandra, mirando a Zac, que la observaba con gesto hosco, aclaró:

—Ahí hay una trampa para lobos y jabalíes. La he visto al pasar, pero he intuido que Mery no la había visto y he intentado que no cayera en ella.

Los guerreros miraron hacia el lugar donde Sandra señalaba. En efecto, bajo aquellas hojas cuidadosamente colocadas había una terrible trampa.

—Lady Mery, se puede decir que habéis salvado la vida gracias a Sandra —comentó Aiden.

La mujer miró lo que aquéllos llamaban *trampa* y, levantando el mentón, afirmó:

—No soy tonta. Ya la había visto.

—Seguro —se mofó Sandra con un suspiro.

Nadie dijo nada cuando Mery dio media vuelta y regresó al campamento seguida por los guerreros, que antes de marcharse observaron a Sandra con desconfianza.

Zac miró a la joven, y se disponía a decir algo cuando ella se le adelantó:

—Si no os importa, buscaba algo de intimidad antes de que Mery me siguiera.

Aiden y Zac asintieron y se alejaron tras dar media vuelta mientras ella proseguía su camino con una sonrisa en los labios.

Una vez que Sandra regresó al campamento, Mery fue en su busca.

—¡Tú! —la increpó—. ¿No sabes cabalgar en silencio, sin tanta risita?

Sandra la miró. Aquella mujer era insufrible.

—Si tanto te molesta mi risa —replicó—, intentaré contenerla mañana.

Al oírla, Mery levantó una ceja y, dispuesta a seguir molestándola, cuchicheó:

—Si no lo haces, me veré en la obligación de quejarme a Zacharias...

Sandra asintió y, al ver que Leslie estaba a punto de decir algo, le ordenó que callara con la mirada y repuso:

—Pues quéjate a Zacharias.

La otra sonrió al oírla y, volviéndose, se alejó.

A continuación, Leslie miró a Sandra y gruñó:

—Ésa *tié* la lengua *mu* sucia.

Ella asintió y, mirando a su amiga, afirmó:

—Sí, pero he prometido a Zac que no la molestaría, y no lo voy a hacer.

Lejos de ellas, Zac y Aiden terminaban de dar órdenes a los guerreros para pasar la noche. A continuación, Zac miró a su amigo y preguntó:

—¿El viaje con Sandra bien?

—Perfecto —afirmó él.

Zac apretó entonces la mandíbula y, mirándolo, siseó:

—Si se te ocurre ha...

—Tranquilo, hombre —lo cortó Aiden—. Sé respetar a los amigos y a las mujeres que no son para mí. Tan sólo Sandra y yo nos hacemos más ameno el camino mutuamente, ¿o acaso no sabes que es una mujer muy ocurrente?

—Demasiado ocurrente —masculló Zac.

Su amigo sonrió y, bajando la voz, murmuró:

—Escucha, no sé lo que es el amor porque nunca me he enamorado, pero mi consejo es que te dejes de tonterías y que seas tú quien cabalgue con Sandra.

Zac sonrió. Aiden era un buen amigo, y no sólo por aquello que le había dicho, sino también por muchas cosas que le había demostrado con el paso de los años. Miró hacia donde estaba Sandra en ese momento y, cuando se disponía a decir algo, Aiden preguntó:

—¿A qué venía llamarla «pobrecita venida a menos, sin hogar, poco agraciada y desvalida»?

Zac maldijo. Sin duda aquellas palabras la habían molestado mucho.

—Lo dije sin pensar para acallar a Mery —replicó.

—Pues siento decirte que esas palabras te van a costar muy caras.

—Lo sé —suspiró él mientras observaba a la joven—. Ya me he dado cuenta.

Durante la tarde, Mery se mofó al ver que Sandra se marchaba con el cocinero y un par de hombres más a cazar algo para la cena. Se divertía avergonzando a la joven ante los guerreros, pero ella no le hizo caso. No pensaba caer en sus provocaciones, por lo que, dispuesta a cumplir su palabra, se limitó a alejarse de ella. Era lo mejor que podía hacer.

—¿Os encontráis bien?

Al mirar hacia atrás, Sandra se encontró con el pelirrojo Marcus y, al asentir ante su pregunta, éste añadió bajando la voz:

—Hacéis bien ignorando las palabras de lady Mery. Está más que claro que intenta provocaros en todo momento.

Entonces Cameron llamó a Marcus y el chico se alejó rápidamente.

Esa noche, cuando llegó el momento de repartir las raciones para cenar, Sandra le echó una mano encantada a Evan, el cocinero, mientras Leslie dormía feliz al pequeñín.

Cuando Mery pasó con su plato y lo puso frente a ella, le soltó:

—Vaya..., vaya... Me alegra ver que al menos la protección que Zacharias y yo te ofrecemos para llegar hasta la casa de tu amiga Angela nos la pagas trabajando.

—¡Mery! —gruñó Zac molesto al oírla.

Al ver que aquél iba a decir algo más, Sandra levantó la mano y, mirándolo, dijo:

—Tranquilo, Zac. —Y, dirigiéndose a la mujer, que estaba a su lado, indicó—: Si servir comida a los hombres es una ayuda, me siento muy orgullosa de hacerlo. —A continuación asió con fuerza el cucharón para no estampárselo en la cabeza, lo metió en el caldero y, con una bonita sonrisa, preguntó—: ¿Quieres una cucharada de estofado o dos?

Echando chispas por los ojos, Mery respondió:

—Una, con abundante carne magra y un buen trozo de pan.

Sin rechistar, Sandra le dio lo que pedía y, cuando aquélla se fue con Zac, Leslie se acercó a ella con el bebé en brazos y murmuró:

—Yo le habría *escupío* en el plato.

Sandra resopló.

—Ganas no me han faltado.

Esa noche, cuando Evan y ella acabaron de recoger todos los cacharros, el cocinero la miró agradecido y señaló:

—Muchas gracias, milady.

Hacía mucho que nadie la llamaba así y, tras sonreírle, Sandra se dirigió hacia una enorme hoguera que los guerreros habían encendido para darse calor.

Mientras caminaba, vio a Zac y a Aiden apoyados en un árbol, hablando. Sus ojos y los del highlander se encontraron, y éste le hizo una seña con la cabeza para que se acercara a él. Sin embargo, Sandra lo ignoró y continuó con su camino.

Molesto al ver que ella no obedecía, se disponía a decir algo cuando Aiden le aconsejó:

—Ve y habla con ella.

Deseoso de acercársele, Zac anduvo a grandes zancadas hasta ella y, sin levantar la voz, susurró:

—Me gust...

—No —lo cortó Sandra y, mirándolo con una sonrisita que no deparaba nada bueno, añadió—: Te recuerdo que soy una pobrecita venida a menos y no tengo intención de crear momentos especiales contigo...

—Sandra, por el amor de Dios —protestó él con disimulo—. Si dije eso fue...

—No te necesito, vete con tu prometida.

La joven continuó caminando y Zac se detuvo. No pensaba ir tras ella como un idiota delante de sus hombres, y menos aún tras lo que le había dicho. Por lo que, volviéndose, regresó junto a Aiden, que sonreía.

—Deja de sonreír si no quieres problemas —gruñó él.

—Pero, Zac...

—Aiden, no estoy bromeando —siseó.

Sin ningún miedo, su amigo negó con la cabeza y murmuró:

—Está visto que, cuando son muy vivos, los sentimientos por una mujer nublan la razón.

Al oír eso, Zac lo miró. Había hablado alguna vez de sentimientos con él y con Kieran. Y, mirándolo, afirmó:

—El día que tú albergues esos sentimientos por una mujer, seré yo el que se ría.

—Si de mí depende que rías, siento decirte que tendrás una vida muy triste —dijo Aiden con una carcajada.

Ambos se miraron y, sin saber por qué, comenzaron a reír.

Sandra, que había apretado el paso para alejarse de Zac, al llegar junto a Leslie, que tenía a su pequeño en brazos, vio a Mery protestar y preguntó:

—¿Qué pasa?

Su amiga, resoplando, cuchicheó:

—Aquí, la *aboñigá*, que *quié* deshacerse del pequeño Zac y de mí.

Al oír eso, Sandra parpadeó cuando Mery, aproximándose a ella en actitud intimidatoria, espetó:

—Huele mal y no soporto el hedor.

Sandra cerró los ojos. Debía contenerse, lo había prometido, y, tras contar hasta diez, abrió los ojos y respondió con tranquilidad:

—Te rogaría que dejaras de decir cosas que no son ciertas.

—La escoria siempre tiene un olor especialmente desagradable.

—Mery..., no quiero líos —insistió ella apretando los puños.

La otra sonrió y, haciendo un gracioso mohín, indicó:

—Los guerreros me rodean cuando descanso al raso para protegerme, por lo que exijo que tú, ésa y tu hijo os pongáis al otro lado de la hoguera para dormir. Vosotras aquí no pintáis nada y vuestro olor me desagrada.

—*Pa' mí qu'esta aboñigá quié* que le sobe el hocico —gruñó Leslie.

Sandra asintió. La prepotencia de aquélla era para matarla, pero, sin ganas de entrar en su juego, iba a agacharse para coger las mantas cuando Cameron, acercándose a Leslie, la empujó y siseó:

—Vuelve a decir algo así y te las verás conmigo.

—No me calientes, no me calientes... —replicó la muchacha mirándolo fijamente.

Incapaz de dejar pasar aquello, y sin importarle las consecuencias, Sandra empujó entonces a Cameron.

—Tú, maldito gruñón —lo increpó—, vuelve a hacer lo que has hecho y serás tú quien se las vea conmigo. Y, te lo advierto, soy muy buena con la espada.

Los hombres gritaron y aplaudieron divertidos cuando la joven, al límite de su aguante y al ver el gesto fiero de Cameron tocando el mango de su espada, preguntó sin amilanarse:

—¿Quieres luchar?

Cameron blasfemó atónito, y ella, segura de lo que hacía, asió una espada que había en el suelo y dijo levantándola:

—Vamos. Date el gusto y dámelo también a mí. Estoy furiosa y me vendría muy bien desfogarme.

Alarmados por los gritos de los demás, Aiden y Zac llegaron

hasta ellos y, al encontrarse con aquella estampa, este último preguntó furioso:

—¿Se puede saber qué ocurre?

—Esta mujer —replicó Mery—, que, no contenta con incordiarme a mí, también molesta a los hombres. Sólo tienes que verlo con tus propios ojos.

Zac miró a Sandra ofuscado y, acercándose a ella, le quitó la espada de la mano y siseó:

—Compórtate como una dama si quieres que ellos te respeten.

Cameron, furioso por aquello, gritó entonces mirando a Zac:

—¡La actitud de esta mujer es inaceptable! Se oculta tras una amabilidad que no es verdadera y...

—Ser amable con vosotros o con esa atontada —lo cortó Sandra— no es hipocresía, es simplemente educación. Aunque, visto lo visto, a partir de ahora creo que dejaré la educación a un lado.

Los guerreros protestaron, y Mery, aprovechando el momento de confusión, e inventándose algo que no había pasado, le explicó que ella con amabilidad les había pedido a Sandra y a Leslie que le dejaran un poco más de espacio para extender las piernas, y aquéllas se habían negado.

Al oírla, Zac miró a Sandra y preguntó:

—¿Es cierto lo que dice?

Enfadada, ella siseó retándolo con la mirada:

—¿Tú qué crees?

Mery, encantada de ver lo bien que estaba saliendo todo, añadió:

—Estas mujeres me intimidan y quiero que duerman lejos de mí. Además, a los hombres tampoco les gustan, y ellos sólo quieren velar por mí.

—También dice que olemos mal —terció Leslie.

Conteniendo el impulso que sentía de regañar a Sandra, Zac espetó:

—Mery, mis hombres y tus hombres tienen orden de protegeros a todas.

Ella hizo un puchero, y, consciente de lo que la mayoría de los guerreros pensaban con respecto a Sandra, preguntó levantando la voz:

—¿A quién queréis proteger, a ellas o a mí?

Los guerreros, comandados por Cameron, rápidamente tomaron partido por ella.

Entonces Sandra, al ver el gesto de Zac, le susurró:

—¿Me permites que hable yo con los hombres?

Zac la miró. No quería permitírselo, y gruñó:

—Mis hombres harán lo que yo diga. Aquí quien manda soy yo. Y, si vuelves a levantar la espada contra alguno, lo vas a lamentar. A partir de ahora, por favor, compórtate como una dama.

—Mira, Zac —replicó ella sin amilanarse—, es muy difícil soportar comentarios que hieren y sonreír o disimular. Gracias a tu encantadora Mery, tus hombres ya tienen bastantes prejuicios contra mí, por lo que te rogaría que dejaras que yo me ocupara del tema.

—No...

—Zac, por favor.

—¿Pretendes mandar más que yo?

—No. Sólo pretendo dejarles claro a todos quién soy yo.

El guerrero la miró. Su autosuficiencia le gustaba y lo molestaba a partes iguales. Se disponía a negarse de nuevo cuando ella insistió:

—Zac, por favor...

Sin saber qué hacer, él dudó, y entonces Sandra, sin tener su visto bueno, dio media vuelta y declaró, sorprendiéndolos a todos:

—Si mis modales os molestan, he de deciros que vosotros mismos los provocáis, y, cuantas más veces lo hagáis, más veces os los mostraré. En relación a vuestra protección, no la necesito; centraos en proteger a lady Mery, porque de mi hijo y de Leslie ya me ocupo yo.

Boquiabiertos por la claridad de la joven y su autosuficiencia, los guerreros se observaron unos a otros; la aludida y Cameron intercambiaron una mirada y éste dijo:

—La leal...

—¡Cameron! —bramó Zac, acallándolo—. ¿Qué tienes tú que decir ahora?

Al ver aquello, Sandra le pidió calma y susurró:

—Te rogaría que no interfirieras.

Molesto por ser incapaz de silenciarla, el highlander maldijo y se dirigió a su hombre:

—Cameron, ¿qué ibas a decirle a lady Sandra?

Incómodo por sentirse el centro de atención de todos los guerreros y en especial de la dura mirada de su señor, el aludido respondió:

—Iba a decir que la lealtad es algo que se gana día a día y con acciones, y lady Mery se la ha ganado con nosotros.

Encantada al oír eso, y con delicadeza femenina, Mery se pavoneó ante los hombres, muchos de los cuales asentían con la cabeza.

A continuación, Sandra asintió y, mirando a los fieros guerreros, preguntó:

—¿Pensáis todos como Cameron?

Todos los hombres afirmaron con la cabeza, unos con más convicción y otros con menos, por lo que Sandra, levantando la voz, indicó:

—Mi padre me enseñó que la lealtad es un bonito sentimiento que une el amor, la confianza y la amistad.

—¡Ninguna de esas cosas nos une a vos! —gritó Hugh.

Al oír eso, Zac vio cómo el rostro de la joven se tensaba y no dijo nada. Hugh tenía razón y, sin reprenderlo, miró a Sandra con dureza y preguntó:

—¿Necesitas que hable yo?

—No —contestó ella.

Ofuscado por su osadía, el highlander se disponía a decir algo cuando ella indicó, mirando a sus hombres:

—Precisamente porque no nos une nada, y para no incomodar a nadie, prefiero estar al otro lado de la hoguera, donde espero que vosotros respetéis que yo sólo quiera tener a personas en las que pueda confiar.

El murmullo de los guerreros le dolió a Zac. Lo molestó. Él

tampoco querría a su lado a personas que no quisieran estarlo. Pero cuando iba a decir algo, Mery exclamó:

—¡Ya lo veis! Al parecer, esta mujer se vale por sí sola.

—No lo dudes —afirmó Sandra y, mirándola, añadió—: Soy una mujer, además de una guerrera. No una tonta dama que sólo sabe protestar y enfadar a los hombres que hay a su alrededor en busca de sus atenciones. Ahora sólo espero ver que esos hombres que tanto te protegen y que tan leal te creen reciben el mismo trato por tu parte.

Al oír eso, Aiden sonrió con disimulo. Sandra era lista, muy lista, y sabía que aquella acción y sus palabras no tardarían en pasarle factura a la otra.

Encantada de ser el centro de atención de tanto hombre, Mery sonrió y, sin más, se sentó sobre su manta y se tapó con la piel. A continuación, los guerreros tomaron posiciones y comenzaron a tumbarse alrededor de ella, mientras Sandra miraba a Leslie y, cogiendo a su hijo, le indicaba:

—Ven. Vayamos al otro lado de la hoguera.

Una vez que se situaron donde no había nadie, Leslie colocó la manta en el suelo y Sandra dejó con delicadeza sobre ella a su hijo.

Zac, al que le hervía la sangre por ver aquello, maldijo, y Aiden, al entender la absurda situación que Mery había creado, dijo:

—Sabes tan bien como yo que estando ahí también está protegida.

—Lo sé —afirmó Zac fastidiado y, acto seguido, añadió—: ¿Te importaría dormir cerca de ellas?

Su amigo sonrió.

—Pensaba hacerlo, aunque no me lo pidieras.

Zac curvó la comisura de su boca y, cuando Aiden se marchó, se acercó a donde estaba Mery y cogió su manta.

—Zacharias, ¿adónde vas? —preguntó ella.

Evitando mirarla, él respondió:

—Al árbol. Y mi nombre es ¡Zac!

Mery maldijo por aquel feo ante sus guerreros y, arropándose, se tumbó.

Después de desear buenas noches a Leslie, Sandra observó que Zac se alejaba de Mery. Eso le agradó, y, cuando ya se disponía a tumbarse, vio llegar a Aiden, a Scott, a Marcus, el pelirrojo, y a Evan, el cocinero. Los observó sorprendida y, frunciendo el ceño, preguntó:

—¿Qué hacéis aquí?

Los hombres se miraron unos a otros y, finalmente, Aiden tomó la palabra:

—Allí hay demasiada gente y aquí corre más el aire.

Sandra sonrió agradecida y, acurrucándose entre las mantas con su nene, se durmió.

Una noche más, las pesadillas volvieron a visitarla y le fue imposible descansar, mientras Zac la observaba desde el árbol en el que estaba y sufría al verla tan angustiada.

Capítulo 33

Llovía.

Llovía a mares, y Sandra intentaba que su pequeño se mojara lo menos posible.

—Creo que lo mejor será que busquemos un cobijo donde pasar la noche —murmuró Aiden mirándola.

La joven asintió, y éste, espoleando su caballo, se colocó a la altura de Zac.

—La lluvia entorpece el camino —dijo dirigiéndose a él.

—Lo veo —asintió Zac mirando a Sandra, a la que el agua le corría por la cara.

—La fortaleza de Conrad McCarthy no está lejos de aquí, y he pensado que quizá no sería mala idea pedirle cobijo para esta noche —propuso Aiden.

—Sí, por favor —pidió Mery empapada—. Así no podemos continuar. Llueve demasiado.

Sin que le preocupara Mery, Zac miró a Sandra buscando que le dirigiera la palabra, pero ésta no le habló y, convencido de que la idea de Aiden era la mejor, indicó:

—Adelántate y avisa a Conrad. —Su amigo asintió, y Zac musitó—: Pero, antes, pásame a Sandra y al bebé. Cabalgarán conmigo.

—Zac y yo podemos ir con Aiden —dijo ella.

El guerrero, al oírla, sonrió con amargura. La joven lo rehuía en todo momento. Y, cuando fue a contestar, Mery intervino con impertinencia:

—Iré yo con Aiden. Mi padre también tiene muy buena relación con los McCarthy.

Aiden maldijo. Lo último que quería era ir acompañado de aquélla, pero, consciente de que Zac y Sandra necesitaban un tiempo a solas, sin oír las protestas, se la pasó a Zac y, mirando a la mujer, señaló:

—Vamos.

Una vez que aquéllos azuzaron a sus caballos y se marcharon, Zac acomodó a Sandra y a su hijo delante de él y, sin que ésta lo viera, sonrió. Le gustara o no a ella, la tenía entre sus brazos. A continuación, cabalgaron en silencio durante un rato, hasta que él preguntó:

—¿Tienes frío?

—No.

—Entonces ¿por qué tiemblas?

Molesta por la voz de mofa de aquél, ella musitó:

—Porque me da rabia tener que estar aquí contigo.

—Estarás conmigo hasta que yo lo diga.

Al oír eso, Sandra levantó el rostro para mirarlo y, al ver su arrogancia, negó con la cabeza y siseó:

—Porque llevo a mi hijo en brazos, porque si no, yo...

—No seas osada como lo fuiste con mis hombres o al final tendrás un gran problema.

La joven cerró los ojos. Odiaba que le recordara aquello de *osada* continuamente, y replicó:

—Si ser osada es defenderse de una injusticia, dudo que deje de serlo nunca.

Sin ganas de discutir con ella, Zac asintió y sentenció:

—Pues siento decirte que perderás más que ganarás.

Sandra se mordió el labio inferior y decidió callar, mientras sentía cómo el cuerpo de él se sacudía al reír.

Al llegar a las inmediaciones de la fortaleza, Aiden ya estaba esperándolos. Enseguida se acercó a Zac y anunció:

—Conrad McCarthy nos proporcionará cobijo esta noche.

—¿Y Mery?

Su amigo suspiró e indicó:

—Dentro hay una fiesta, y ya sabes lo feliz que la hacen.

Zac maldijo para sí, pero no dijo nada. Mery y sus fiestas...

Una vez en el patio de la fortaleza, Gunter, uno de sus hombres, ordenó a los demás que lo siguiesen, y hasta *Pach* se fue con ellos, mientras Zac guiaba su caballo hasta la entrada principal, seguido de Scott, que llevaba a Leslie, de Aiden, Cameron y Hugh.

Cuando un techo los cubrió, Zac se bajó de su montura y, sujetando a Sandra, que llevaba al pequeño, la ayudó a bajar también del caballo. Ya en el suelo, la miró y dijo:

—Procura no meterte, ni meterme, en más problemas mientras estemos aquí.

—Zac...

—¡Zac Phillips!

Al volverse, Sandra se encontró con un hombre de barba blanca, que, sonriendo, exclamó:

—Maldito conquistador... ¿Cómo sabías que hoy había una fiesta con preciosas mujeres aquí?

Zac caminó hacia él divertido. Ambos se fundieron en un abrazo y, cuando se separaron, el highlander preguntó:

—¿Qué estáis festejando?

La mujer que había salido junto al hombre indicó con una sonrisa:

—El compromiso de Elizabetha, la hermana de Conrad. —Y, abrazándolo también, afirmó con cariño—: Nos debías la visita y por fin estás aquí.

—Bethania, es un placer para mí y, antes de nada, quiero darte las gracias por acogernos.

—¿Cómo está Megan? —preguntó entonces la mujer.

—Como siempre —dijo él—. Ya la conoces.

Bethania, que era una gran amiga de su hermana Megan, sonrió al oírlo y entonces Zac, volviéndose, vio a Sandra mordisqueando el moflete del pequeño.

—Ella es lady Sandra Murray, una amiga —la presentó. La joven les dedicó una sonrisa y, a continuación, Zac añadió—: Ellos son Conrad y Bethania McCarthy, unos buenos amigos de la familia.

La mujer, encantada con la visita, preguntó al verla con el niño:

—¿Tu marido también ha venido?

Al oír eso, Sandra dejó de sonreír y respondió sin titubear:

—Sé que lo que voy a decir os va a escandalizar, pero soy madre soltera.

Zac desvió la mirada al tiempo que Conrad cuchicheaba en voz baja:

—Huy..., huy... ¿Algo que contar, Zac?

El aludido no contestó, y Bethania se acercó al pequeño y, mirándolo con curiosidad, preguntó:

—Y este niño tan rubio y bonito ¿cómo se llama?

—Zac —respondió Sandra.

Bethania asintió y, observando a su marido y al guerrero, comentó:

—Precioso nombre...

Aiden sonreía con disimulo al ver la sorpresa de Conrad y de Bethania y la expresión de Zac. Sin lugar a dudas, imaginaba lo que pensaban. Entonces la mujer, al tocar la manita del niño y sentirla fría, indicó:

—Vamos, entremos. Debéis cambiaros de ropa o enfermaréis.

Sandra asintió, pero, sin moverse, miró a Leslie y dijo:

—Vamos, Leslie.

La muchacha, acobardada por aquéllos, se hundió en los brazos de Scott y respondió:

—No *tié sentío* que yo entre. Me quedaré aquí.

Al ver su agobio, Sandra miró a Bethania.

—Mi amiga Leslie viene conmigo —declaró.

—Por supuesto —asintió la mujer con una sonrisa.

Leslie se resistió. Nunca había estado dentro de una fortaleza y, cuando Sandra fue a protestar, Scott se bajó del caballo con delicadeza y después la bajó a ella.

—Has de ir con lady Sandra —señaló.

—Pero...

—Leslie —insistió Zac—, Scott tiene razón. Ve con ella.

Intimidada al estar en un sitio tan imponente como aquél, la muchacha se acercó a su amiga, y entonces Bethania murmuró:

—Eres bienvenida en mi hogar, Leslie.

—Gra... gracias, señora —consiguió responder ella.

Dicho esto, todos entraron en la fortaleza, mientras Scott, Cameron y Hugh seguían a Zac y a Aiden a donde hiciera falta. Los hicieron pasar a un salón grande y confortable, en el que había más gente.

Mery se acercó entonces a ellos en compañía de una joven y, con una gracia gentil y una amplia sonrisa, anunció:

—Elizabetha se ha comprometido con Shelton McDurman, ¿no es maravilloso?

—Enhorabuena, Elizabetha —la felicitó Zac sonriendo, al igual que Aiden y el resto de los hombres.

Entonces, al ver a Sandra y a Leslie, Mery soltó con gesto de desagrado:

—Y ¿ella qué hace aquí?

Zac se disponía a contestar cuando Sandra, adelantándosele, replicó tras ver el gesto de enojo de Scott:

—Leslie va a donde yo voy.

Mery asintió y, dejando de mirarla, se dirigió a Zac:

—¿Puedo hablar contigo un segundo?

Después de disculparse con los demás, el highlander se alejó unos pasos con aquélla y la mujer cuchicheó:

—Acabo de enterarme por Elizabetha de que la baronesa que me sacó de la corte está a punto de morir y de que su marido, el barón, le comentó que, una vez que muera, me reclamará.

Zac asintió y, encogiéndose de hombros, indicó:

—Si eso es lo que quieres, me alegro mucho.

Mery sonrió emocionada, y, acercándose de nuevo con Zac al grupo, se dirigió a Elizabetha:

—Preséntame a ese hombre. ¡No lo conozco!

Cuando las dos se marcharon, Bethania se aproximó a Zac.

—Cuando la he visto aparecer, he creído morir —susurró para que sólo él la oyera—. Por favor, confírmame que entre ella y tú sigue sin haber nada serio.

Él resopló.

—Te lo confirmo.

Conrad, que los había oído, se mofó:

—Y yo te confirmo que le calienta el lecho siempre que él quiere.

—A él y a muchos —añadió Bethania.

Los dos hombres se rieron, y luego Conrad preguntó mirando a Sandra, que lo observaba todo a su alrededor:

—Muchacho, ¿ese pequeño es tuyo?

—¡Conrad! —protestó su mujer.

Al oírlo, Zac suspiró y, tras mirar a Sandra, que estaba ajena a aquella conversación, indicó:

—Piensa lo que quieras; te diga lo que te diga, lo vas a hacer.

Veinte minutos más tarde, después de que Bethania los acomodara en distintas habitaciones de la enorme fortaleza, mientras Sandra estaba desvistiendo a su pequeño para cambiarlo de ropa oyó unos golpes en la puerta.

Leslie y ella se miraron. Al abrir, Bethania entró en la estancia con una sonrisa.

—He imaginado que toda vuestra ropa estaría empapada y os he traído unos vestidos para que os los pongáis, junto con unos abalorios para el pelo, para que bajéis a la fiesta.

Las dos muchachas observaron asombradas los vestidos. Cada una a su manera, los contemplaban embobadas, cuando Sandra, tras dejar de mirar el de color rojo, dijo excusándose:

—Muchas gracias. Son preciosos, pero es una fiesta familiar y no creo que debamos estar ahí.

—¿Cómo que no? —Y, dejando los vestidos sobre la cama, Bethania insistió—: Aseaos, poneos guapas y bajad al salón. Será divertido. Vamos, no podéis decirme que no. Y, en cuanto al niño, no te preocupes, he ordenado a una de mis sirvientas que suba para vigilar su sueño.

Mientras miraba aquellos vestidos tan bonitos, Leslie susurró:

—Que vaya Sandra..., yo cuidaré del chiquillo.

—De eso nada, Leslie. Si alguien ha de divertirse, ésa eres tú —protestó su amiga.

Bethania sonrió al oírla y, acercándose a Leslie, le preguntó:

—¿Por qué no quieres venir?

—Disculpad, señora, pero no soy tan *fisna ni cultivá* como las mujeres que...

—Leslie —la cortó ella—, antes de que sigas, permíteme contarte algo. Cuando Conrad me conoció, yo vendía verduras en el mercado con mi madre. Al principio, cuando sentí que se fijaba en mí, pensé que estaba borracho. Después, cuando comenzó a cortejarme, pensé que estaba loco, hasta que me di cuenta de que él veía en mí a una mujer que yo nunca imaginé. No voy a negarte que al principio no me costó dejar de decir cosas como «*¿Quié que me vaya, señor?*» o «*Pa'* mí que...», pero con un poquito de disciplina por mi parte, aprendí a comportarme como la mujer que ahora ves ante ti. Así que no se hable más: poneos guapas y os espero en la fiesta

Sandra sonrió encantada por aquel voto de confianza por parte de Bethania y murmuró cuando aquélla caminaba ya hacia la puerta:

—Gracias.

La mujer asintió e indicó:

—En cuanto al niño, no te preocupes. Gisella, la muchacha que va a cuidar de él, es maravillosa.

Una vez que hubo salido de la habitación, Sandra miró a su amiga.

—*Pa'* mí que esa mujer... —empezó a decir Leslie.

Divertida, Sandra soltó una carcajada y, cortándola, afirmó:

—*Pos pa'* mí que te vas a vestir y nos lo vamos a pasar bien. ¿Sabes bailar?

—Oh, sí, y me gusta mucho.

Una hora después, y ya acicaladas para ir a la fiesta, Sandra murmuró mientras admiraba a Leslie:

—Estás preciosa con ese vestido.

La joven, mirándose al espejo, no creía lo que veía, y musitó tocándose el cabello, que Sandra le había peinado:

—Sí padre me viera, diría que parezco una dama *aboñigá*.

Sandra sonrió y, colocándose un abalorio de piedrecitas azules en la cabeza, respondió:

—Si tu padre te viera, estaría muy orgulloso de ti.

Leslie no contestó, sino que se limitó a mirarse en el espejo y, cuando fijó los ojos en Sandra, dijo:

—¿Podría pedirte algo?

—Claro. Dime.

Tocándose la bonita falda del precioso vestido verde, la muchacha declaró:

—Me gustaría que *m'enseñaras* a hablar bien.

Al oírla, Sandra asintió.

—¿Quieres que te corrija?

—*Pos* claro.

—Primera lección, se dice «pues claro».

Leslie sonrió y afirmó:

—Pues claro.

Dicho esto, ambas sonrieron y, en cuanto terminaron de acicalarse, le dieron un beso al pequeño Zac, que dormía plácidamente sobre la cama, abrieron la puerta y bajaron a la fiesta.

Capítulo 34

En el gran salón, donde estaban reunidos señores, mujeres y guerreros, el ambiente era festivo. Todos tenían ganas de pasarlo bien.

Iluminada con infinidad de velas, la estancia se convertía en un lugar lleno de luz y magia en el que todo el mundo hablaba, bebía y se divertía.

En un principio, Sandra miró con recelo a todo el mundo, pero al final decidió relajarse. Wilson nunca la buscaría allí. Nunca se adentraría en un castillo repleto de guerreros escoceses y, sonriendo, suspiró.

—Huele a tortas de harina y conejo en salsa —afirmó Leslie.

Sandra asintió y, al distinguir en un lateral a unas mujeres ocupándose de unos enormes calderos, cuchicheó:

—Cuando tengas hambre, sólo tienes que ir a donde esas mujeres y decir: «Por favor, ¿podríais servirme un poco en un plato?».

Leslie asintió. Debía recordar todo lo que su amiga le decía.

Cercana una a la otra, caminaban por el salón, siendo conscientes de que muchos de aquellos guerreros de otros clanes, al verlas, se volvían para mirarlas sonrientes.

En su camino se cruzaron con Cameron y Hugh, quienes clavaron la mirada en Sandra, y, como siempre, le indicaron lo que pensaban de ella, mientras ésta, con una sonrisa, les devolvía la mirada y los enfadaba aún más.

En el camino, un guerrero de otro clan, envalentonándose, se acercó en exceso a ellas, y Leslie le propinó un empujón y gritó:

—¡*Atontao*, quita de en medio!

Al oírlo, aquél se hizo a un lado, y Sandra explicó intentando no reír:

—Leslie, debes ser más delicada en tus modales. Si otro hombre se vuelve a acercar con esa actitud a nosotras, déjamelo a mí y observa.

La muchacha sonrió.

Otro guerrero no tardó en acercarse a ellas, y rápidamente, Marcus y Evan salieron en su defensa. Pero entonces Sandra los hizo callar con una mirada y, volviéndose hacia el hombre que tenía las manos en su cintura, soltó:

—Por favor, ¿serías tan amable de no propasarte?

El tipo miró a sus compañeros con una sonrisa socarrona y, sin apartar las manos de Sandra, replicó:

—Vamos, palomitas, os ansío de dos en dos.

Al oír eso, la expresión de Sandra cambió y, moviéndose con celeridad, le agarró la mano que tenía en su cintura, se la retorció y, cuando aquél quedó arrodillado en el suelo con gesto de dolor, siseó:

—Si vuelves a ponernos las manos encima, ¡te las corto!

Dicho esto, mientras Marcus y Evan se mofaban de lo ocurrido ante el guerrero, Sandra asió del brazo a Leslie y ésta, sonriendo, afirmó mientras se alejaban:

—*Pos* me encanta tu delicadeza, Sandra.

Zac, que estaba a un lado tomando algo con unas mujeres, se disponía a intervenir al ver la escena, cuando Aiden indicó muerto de risa:

—Tranquilo. Como ves, sabe defenderse.

Zac asintió. Sin duda, sabía.

Sandra estaba preciosa con aquel vestido rojo, el color que a ella tanto le gustaba, y los abalorios que llevaba en el pelo. Encantado, la observó mientras sentía que la sangre le hervía al ver cómo los hombres la miraban y la piropeaban.

A continuación, con disimulo, Aiden y él las siguieron, cuando éstas se pararon junto a unos hombres que competían tirando con el arco. Como era de esperar, Sandra rápidamente se sumó a la competición, y los hombres la aplaudían encantados cada vez que ésta acertaba y se quitaba a algún rival de encima.

El corazón le latía a Zac con fuerza mientras la observaba. La joven llamaba la atención por su belleza, su valentía y su simpatía, le gustara a él o no, y era algo que no podía evitar.

—No sé si ha sido una buena idea estar esta noche aquí —comentó.

—Tranquilo —afirmó Aiden, viendo lo mismo que él—. Creo que ha sido una excelente idea. ¡Divirtámonos!

Pero Zac lo dudaba.

La feminidad de aquélla, sus bonitos ojos, su linda boca y su hermosa figura hacían que todos los hombres de otros clanes dirigieran las miradas hacia ella, y eso lo incomodaba, lo encelaba, y tuvo que hacer grandes esfuerzos por no acercarse a aquéllos y partirles la cara.

—¡Ay, madre, qué desazón...! —murmuró de pronto Leslie.

Siguiendo la dirección de su mirada, Sandra sonrió. Scott, afeitado y con ropa seca, las observaba.

—Lo veo muy guapo... —comentó—. ¿Qué te parece a ti?

Leslie asintió.

—Pienso como tú.

Sonriendo, Sandra se despidió de los hombres que estaban compitiendo con el arco. Éstos protestaron, pero ella prometió volver. Tan pronto como se alejaron de aquéllos, al ver que Scott caminaba en su dirección, Sandra cuchicheó:

—Tranquila, Leslie. Si Scott viene a sacarte a bailar, asiente, sonríe, coge su mano y déjate llevar.

—Me pone *mu esnerviá*.

—Se dice «nerviosa». —Sandra sonrió—. Recuerda las cosas que hemos hablado, sé tú misma y disfruta de su compañía.

Leslie asintió, y al momento Scott llegó hasta ellas y saludó:

—Buenas noches, señoritas.

—Buenas noches, Scott —respondieron ellas al unísono.

Durante varios minutos, aquél permaneció en silencio junto a las jóvenes mirando al suelo, mientras que Leslie observaba el techo. ¿Qué tenía que hacer?

Consciente de que aquellos dos eran tal para cual, y de que eran capaces de estar toda la noche mirando al techo y al suelo, cuando comenzó a sonar una nueva pieza, Sandra sugirió:

—¿No os apetece bailar?

—Sí —afirmaron los dos.

Pero ninguno se movió. Entonces Sandra insistió dirigiéndose a Scott:

—¿Qué tal si sacas a Leslie a bailar? Sé que le gusta mucho.

Con gesto serio, el guerrero miró a la aludida y, tendiéndole la mano, indicó:

—Vamos. Bailemos.

Visto lo visto, Scott tampoco era muy ducho en protocolo, pero Leslie aceptó sin dudarlo. En cuanto Sandra le guiñó el ojo a su amiga para infundirle valor, la pareja se alejó para bailar y divertirse.

Una vez sola, Sandra buscó con la vista a Zac entre la gente y, cuando lo vio, dejó de mirar. Estaba guapísimo, tan aseado y peinado, y, como siempre, rodeado de mujeres. Eso la hizo maldecir para sus adentros, pero entonces divisó una ventana y se acercó a ella.

Se asomó con curiosidad. Necesitaba comprobar las posibilidades que tenía para escapar con su hijo y con Leslie de Zac y sus guerreros, pero, al ver la guardia que allí había, supo que la cosa estaba complicada. Estaba pensando qué hacer cuando Bethania se aproximó a ella.

—Me alegra ver que ambas os habéis unido a la fiesta, y sólo puedo deciros que estáis preciosas con esos vestidos.

Ella sonrió y afirmó agradecida:

—Muchas gracias por todo, especialmente por tus palabras hacia Leslie.

Bethania sonrió y, a continuación, asiéndola del brazo, dijo:

—Ven. Te presentaré a algunos amigos.

Al ver que Sandra se alejaba con Bethania, Zac se inquietó. Aquello no le hacía ninguna gracia. Luego, cuando observó cómo algunos amigos de Conrad miraban a la joven mientras la mujer se la presentaba, no pudo más, y, sin importarle la dama con la que hablaba, que lo miraba embobada, dijo dando media vuelta:

—Disculpad, pero he de resolver algo.

Al ver hacia dónde se dirigía, Aiden sonrió y, mirando a la joven que anteriormente hablaba con Zac, preguntó:

—¿Os apetece beber algo?

La dama lo miró y, tras asentir con una bonita sonrisa, él la asió del brazo y se alejó con ella. Sin duda tenía una agradable noche por delante.

Sandra bebía cerveza y charlaba con dos de los hombres que Bethania le había presentado, cuando de pronto sintió que alguien se paraba junto a ellos a escuchar. Al mirar con disimulo, vio que se trataba de Zac, pero, ignorándolo, siguió hablando con aquéllos.

El highlander, que no estaba dispuesto a que no le hicieran caso, se acercó hasta ellos y entonces oyó preguntar al laird O'Dogherty:

—Y ¿cómo una belleza como vos no suele venir por aquí?

Zac maldijo. Aquellas palabras, unidas a la manera en que aquél miraba a Sandra, lo encelaban y, metiéndose por medio, dijo mientras agarraba con posesión el brazo de aquélla:

—Disculpad, caballeros. He de hablar con lady Sandra.

Alucinada por su manera de proceder, y sin querer montar un numerito, ella lo siguió y, cuando se hubieron alejado lo suficiente de los dos hombres, murmuró:

—¿Quién es el osado ahora? —Y, al ver que Zac tensaba la mandíbula, insistió—: ¿Tú estás tonto? ¿Cómo se te ocurre hacer algo así?

—Sandra..., tu vocabulario me puede ofender.

—Oh..., ¡qué miedo, *guapo Zacharias*!

Al ver la mofa en su mirada, él se detuvo.

—¿De dónde has sacado ese vestido? —preguntó suspirando.

—Bethania me lo ha prestado, del mismo modo que le ha prestado otro a Leslie.

Él asintió y, consciente de cómo los hombres la miraban, resopló cuando Sandra preguntó:

—¿Le ocurre algo al vestido?

Zac la miró. Lo que verdaderamente ocurría era que estaba preciosa, pero, sin querer revelar sus sentimientos, frunció el ceño, y ella gruñó molesta:

—Vale. Lo entiendo. No es de tu agrado.

Al ver su gesto, a Zac se le cayó el alma a los pies.

—No es eso, Sandra —murmuró.

—Entonces ¿qué es?

Incapaz de callar, él miró a su alrededor y sentenció:

—Los hombres te miran con deseo, ¿acaso no te das cuenta?

Eso la divirtió, le hacía gracia que tuviera celos de las miradas de otros.

—Y ¿qué quieres que haga? —preguntó—. ¿Que aparezca vestida con un saco de patatas?

A continuación, ambos sonrieron, y Zac confesó:

—Estás preciosa. Demasiado bonita.

Encantada de oír esas palabras, Sandra asintió sin dejar de sonreír y, cogiéndolo de la mano, se olvidó de los problemas y pidió:

—Ven. Baila conmigo.

Sin poder negarse, Zac la siguió y, juntos, bailaron, sonrieron y, como era inevitable, se tentaron.

Un buen rato más tarde, después de que otros hombres le pidieran bailar a Sandra y Zac no pudiera negarse, la joven escapó del salón y subió un momento a la habitación para ver a su hijo. El pequeño dormía tranquilamente y, tras hablar con su cuidadora, regresó a la fiesta. La noche estaba resultando divertida.

Mientras caminaba por el pasillo que conducía al salón, como ya no llovía, se asomó a uno de los balcones para comprobar la guardia que había, y maldijo al ser consciente de que en la enorme arcada de entrada había más de diez guerreros.

De pronto, le pareció oír un forcejeo. La oscuridad de la noche no la dejaba ver bien y, tras localizar en el jardín un ramaje que se movía, se dirigió al lugar.

Salió al jardín y giró a la derecha, hacia una zona más oscura, y rápidamente divisó a un hombre con el trasero al aire sobre una mujer, que decía:

—No, Ralp, no...

—Vamos, preciosa.

—Otra vez no.

—Las dos primeras me han sabido a poco.

—¡He de regresar al salón!

—Vamos... No me hagas obligarte.

—¡Ralp!

A Sandra le sonaba la voz de la mujer; entonces ésta insistió:

—He dicho que no, Ralp, ¡suéltame!

Durante unos segundos, Sandra los observó.

Estaba más que claro que la mujer no quería repetir el acto, por lo que, mirando a su alrededor, buscó un palo largo y, acercándose a ellos, le dio con el palo en el trasero al hombre. Cuando éste se volvió sorprendido a mirar, Sandra le soltó, al ver que era uno de los hombres casados que Bethania le había presentado:

—Te ha dicho que no. ¿Acaso no entiendes la negativa o es necesario que vaya a la fiesta en busca de tu mujer?

Malhumorado, aquél se subió el pantalón y se marchó sin decir nada. Eso le hizo gracia a Sandra, que, al ver quién era la mujer que se erguía ante ella, murmuró:

—Cómo no. Tenías que ser tú.

Al ver que se trataba de Sandra, Mery torció el gesto, pero, a diferencia de otras veces, tras unos instantes de silencio en los que se colocó bien la falda, dijo:

—Gracias por tu ayuda. Aun así, no creas que esto nos convierte en amigas.

Sin poder creérselo, Sandra la miró. ¿Acababa de darle las gracias? Y, sin saber realmente qué decir, respondió:

—De nada. Tan sólo he ayudado a alguien que lo necesitaba y, tranquila, no quiero amigas como tú.

A continuación, Mery dio media vuelta y se alejó, dejando a Sandra sin palabras.

Cuando entró de nuevo en la fortaleza y caminó hacia el salón donde todos se divertían, vio a Mery bailando con otro hombre. Estaba claro que aquélla no perdía el tiempo.

Estaba sonriendo cuando Marcus se le acercó y la invitó a bailar. Ella aceptó encantada, sin percatarse de que Zac la observaba con gesto furioso.

Después de varios bailes con el pelirrojo, éste le propuso beber algo y se dirigieron hacia una mesa donde había cerveza. Sin embargo, antes de que Sandra pudiera coger una de las jarras, las manos de Zac la agarraron de la muñeca.

—Ven. Acompáñame —indicó.

Marcus miró a su señor y, tras observar cómo ambos se alejaban, maldijo para sus adentros y regresó a la fiesta.

Sandra caminaba de la mano del highlander cuando se vio subiendo la escalera que conducía a las habitaciones. Una vez en el primer piso, Zac se desvió a la derecha y abrió una puerta. Ambos entraron y, en cuanto la cerró, apoyó la espalda de Sandra en la misma y la besó. Apretó su cuerpo contra el de ella y, dejándose llevar, la devoró como llevaba toda la noche ansiando, y, tan pronto como acabó aquel devastador beso, murmuró:

—Te deseo...

Sumida en la locura arrebatadora que aquél le hacía sentir, la joven susurró entonces mirando una bonita bañera con agua humeante que había frente al gran hogar:

—No, Zac...

—¿Por qué?

Sandra asintió y, acalorada, murmuró:

—Porque en esta fortaleza tienes a muchas mujeres con las que pasarlo bien, y no con una feúcha venida a menos que...

Acercándola de nuevo a su cuerpo, Zac la besó. Volvió a devorarle los labios, la boca, el alma y, cuando se separó nuevamente de ella, susurró:

—Convéncete de que eso lo dije para que Mery se callara, porque si alguien es bonita, preciosa y tentadora, ésa eres tú.

Incapaz de no hacerlo, Sandra sonrió, y él añadió al ver su sonrisa:

—Odio que los hombres te miren con el descaro con el que lo hacen.

—Zac...

—Si siguen mirándote así, creo que van a tener problemas.

Con el resuello entrecortado, Sandra asintió y, con la misma osadía que él, añadió:

—No es agradable ver cómo tu prometida u otras mujeres se acercan a ti en busca de tus atenciones.

—Mery no es mi prometida.

Al oír eso, Sandra se sorprendió, y, a continuación, él aclaró mirándola a los ojos:

—Si te hice creer eso fue porque estaba furioso y dolido contigo.

—¡¿Qué?!

Necesitaba destapar lo que había mantenido oculto durante demasiado tiempo, por lo que insistió, consciente de lo que hacía:

—Maldita cabezota, entérate de una vez de que mi corazón, aun sin haber sabido de ti todo este tiempo, siempre ha sido tuyo.

—Zac...

Él le tapó la boca con una mano y continuó:

—Hay algo salvaje e independiente en ti que me gusta y me horripila a partes iguales, y si, cuando te encontré, no me separé de ti, no fue porque le prometiera a Angela que te cuidaría. Cuando Aiden me dijo que te había visto en esa isla, me volví loco. Quería verte con la misma intensidad que deseaba odiarte, pero en cuanto te vi, a pesar de mi enfado, a pesar de lo mucho que quise odiarte, sólo deseé abrazarte y besarte.

Sandra lo miró atónita al tiempo que daba un paso atrás para alejarse de él. Saber que sus sentimientos eran tan fuertes como los suyos propios le llenó el corazón.

—Sé que lo que hice en la taberna de Arran para ridiculizarte ante esa gente no estuvo bien —continuó Zac—, pero era la única forma de sacarte de allí y, si no lo hubiera conseguido, ten por seguro que nunca me habría marchado de la isla sin ti.

Emocionada, Sandra lo miró. Oír eso, después de todo lo malo que le había pasado, era el bálsamo que necesitaba y, tirándose a su cuello, murmuró:

—Voy a ser muy... muy osada.

A continuación, Zac sonrió cuando ésta, acercándose, lo besó. Le devoró la boca de una manera que lo volvió loco, y supo que, después de aquello, ya no habría vuelta atrás.

Tras mil besos cargados de deseo y posesión, cuando Zac le hizo entender lo excitado que estaba por aquello que estaban haciendo, Sandra se separó unos milímetros de él y susurró:

—Tengo que contarte tantas cosas...

—Te las exijo —afirmó él con seguridad—. Quiero conocer de una vez por todas la verdad, empezando por saber a quién temes tanto, porque en esta ocasión no voy a permitir que nadie se interponga entre tú y yo, *mo chridhe*.

Oír esas palabras de amor hizo que las lágrimas de Sandra brotaran con fuerza.

—Lloro porque los recuerdos me inundan —aclaró la joven al ver el agobio en su mirada.

Con cuidado, Zac le limpió las lágrimas y musitó:

—Mi hermana Megan me contó que mi madre siempre decía que los recuerdos en ocasiones nos salían por los ojos, en forma de agua.

Sandra sonrió. Aquello que había dicho era muy bonito. Entonces, mirando de nuevo la bañera, susurró:

—Te deseo...

Al oírla, Zac la entendió. Desnudarse y meterse juntos en aquella bañera significaría no poder contener ciertos instintos, y susurró:

—¿Estás segura?

Sin dudarlo, ella asintió y, desabrochándose el vestido, declaró:

—Totalmente segura. Llevo deseando este momento especial contigo durante toda mi vida.

Zac se sentó en la cama y la observó embobado, con la boca seca, mientras las prendas iban cayendo despacio al suelo, hasta que Sandra quedó desnuda por completo. Roja como un tomate por la vergüenza que sentía, la joven se disponía a decir algo cuando él murmuró:

—Eres preciosa.

Ella asintió y, dándose la vuelta para mostrarle la espalda, murmuró mientras cerraba los ojos:

—Espero seguir pareciéndote preciosa a pesar de esto.

Cuando Zac clavó los ojos en la piel de aquélla y vio las marcas de lo que un día fueron unas terribles heridas, se levantó sorprendido de la cama. Con mano temblorosa, tocó una de las finas marcas y murmuró conmovido:

—Exijo saber qué animal osó hacerte esto.

—Zac...

—Lo mataré. Juro que lo mataré.

Entendiendo sus palabras, ella cerró los ojos y, cuando los abrió de nuevo, se volvió y dijo:

—Seguro que con estas horribles marcas ya no te parezco tan preciosa.

Enternecido, Zac le cogió el rostro entre las manos y, mirándola, afirmó:

—Ahora eres aún más preciosa.

Eso la hizo sonreír y, poniéndose de puntillas, lo besó. Cuando sintió sus manos calientes alrededor de su cintura, musitó:

—Necesito que sepas quién es el padre de mi hijo.

—Dímelo.

Sandra asintió y, a continuación, susurró hechizada:

—Lo haré, pero desnúdate primero tú también.

Incapaz de ignorar aquella sensual orden y aquel incomparable momento, Zac se apresuró a hacerlo y, en cuanto estuvieron ambos desnudos el uno frente al otro, la ansiedad, la necesidad y el deseo hicieron que él la cogiera entre sus brazos y la tumbara con delicadeza sobre la cama.

Un beso llevó a otro, una caricia a otra.

Aquella intimidad era algo totalmente nuevo para Sandra. Nadie la había tocado como él la tocaba, nadie la había besado como él la besaba, y, cuando un jadeo salió de sus labios y Zac la miró, ella exigió:

—No pares, continúa.

Gustoso por cómo el cuerpo que tanto había ansiado se arqueaba hacia él en busca de más, el guerrero acercó su boca a la de ella y le dio el beso más tórrido y tierno que jamás le había dado.

Ardorosa, Sandra jadeó mientras él la calentaba con maestría a través de sus besos, sus caricias y sus palabras. Las sensaciones que ambos experimentaban eran inigualables. Entonces Sandra, en un movimiento, al ver el pene erecto de aquél, murmuró entre asombrada y asustada:

—Dios mío...

Al oírla, Zac se detuvo y, al ver dónde miraba, sonrió y comentó con cierto retintín:

—Imagino que tu hijo no cayó del cielo.

La joven intentó sonreír a pesar de lo nerviosa que estaba y, tras morderle la barbilla para hacerle creer que era una mujer experimentada, respondió:

—No, del cielo no cayó.

Deseoso de continuar con lo que habían empezado, Zac se colocó sobre ella. Con cuidado de no aplastarla, jugueteó con sus pechos y sus pezones, mordiéndolos y chupándolos, mientras ella jadeaba disfrutando de aquella ponzoñosa privacidad.

Pero, aunque disimulaba y disfrutaba, Sandra también sentía vergüenza. No obstante, sin demostrarlo, paseó las manos con libertad por el musculoso cuerpo de aquél y, cuando le acarició el pene, se sorprendió al sentirlo suave y tibio.

El tiempo pasaba, el placer se acrecentaba y, cuando Zac la sintió temblar, tras un jadeo preguntó:

—¿Por qué tiemblas?

—Los... los nervios —respondió ella.

Él la besó entonces con cariño y, cuando sintió que se relajaba, agarrándose el pene con una mano, lo guio hasta la húmeda cavidad de ella.

—Muero por hacerte mía —dijo mirándola a los ojos.

Excitación...

Locura...

Exaltación...

A partir de ese instante, los besos y las caricias se tornaron salvajes, mientras Zac, que era un hombre experimentado, comenzaba a introducirse en ella. Sandra era suave, tentadora, preciosa. Sus jadeos y sus gemidos eran los sonidos más bonitos que había oído en su vida, y al mismo tiempo él rugía como un animal para contener su excitación.

Fuera de sí por la locura que Zac le estaba haciendo sentir, Sandra lo agarró entonces del pelo y lo besó atrayéndolo hacia sí. Sus lenguas se encontraron bruscamente, se retaron, jugaron, hasta que de pronto ella dejó escapar un grito de dolor que la hizo encogerse y la punta del pene de Zac chocó contra algo. El high-lander se detuvo, pero Sandra, ávida de que continuara, movió las caderas para animarlo.

Deseoso, él siguió moviéndose, pero entonces una barrera lo paró de nuevo. Zac miró asombrado a la joven que estaba debajo de él y, saliendo de su interior, susurró:

—Sandra...

Ella lo observó asustada y exigió:

—No pares, Zac..., no.

Sin embargo, el guerrero, sorprendido por encontrarse con algo que no esperaba, la miró a los ojos y murmuró:

—¿Cómo puede ser? Tienes un hijo y...

Sandra no le permitió seguir hablando y, tirando de él, lo besó con pasión y musitó:

—Hazme tuya.

—Pero, Sandra, eres virgen...

—¡Hazme tuya! —volvió a exigir ella.

Confundido, la miró. Ese descubrimiento lo cambiaba todo. Cuando se disponía a decir algo, ella añadió:

—No sé qué me deparará el futuro, y tampoco me importa lo que los demás piensen de mí, pero te deseo, soy una osada y quiero que seas tú el hombre que me haga gemir por primera vez. Cuando terminemos, responderé a todo lo que quieras.

Consciente de lo que la joven le entregaba y le prometía, Zac asintió. Sandra nunca dejaría de sorprenderlo. Entonces, con un cariño y una delicadeza que momentos antes no había utilizado, se introdujo de nuevo en ella y murmuró:

—Intentaré no hacerte mucho daño.

La joven asintió, y Zac, excitado, comenzó a mover las caderas, pero esta vez con cierta contención.

Una..., dos..., tres... Con cuidado, el guerrero empezó a intro-ducirse en ella, hasta que de nuevo chocó contra la barrera que, una vez rota, la haría totalmente una mujer y, mirándola, dijo:

—Te haré daño.

—Lo sé, pero he oído decir que es rápido y pasajero —afirmó Sandra.

Enternecido e impresionado por su descubrimiento, Zac asintió. Estaba tan ansioso por poseerla como ella y, pasando las manos por su cintura para pegarla más a su cuerpo, exigió con dulzura:

—Bésame.

Ella obedeció. Introdujo la lengua en la salvaje boca del guerrero justo en el momento en que él, con un certero empellón, rompía la barrera. Sandra chilló y, asustada y dolorida, se revolvió bajo su cuerpo. Entonces Zac, la inmovilizó con calma y, sin salir de su interior, murmuró:

—Ya está..., ya está, *mo chridhe*. Permite que tu cuerpo se acostumbre a mí.

Sandra asintió. El dolor que la había atravesado momentos antes fue desapareciendo segundo a segundo para dejar paso a un calor placentero.

Entonces, sin apartar la mirada de ella, preocupado por su estado, el guerrero preguntó:

—¿Mejor?

La joven afirmó con la cabeza en el mismo instante en que Zac comenzaba a moverse sobre ella muy despacio, y Sandra jadeó. El placer que él le proporcionaba la hacía gemir sin contención. Poco a poco, el highlander aceleró sus acometidas, hasta que un calor devastador explotó en su interior y Sandra chilló de placer.

Hechizado por haber experimentado aquello con ella, dejándose llevar por el glorioso momento, Zac ahondó más y más en su interior. Sandra era cálida, estrecha, suave y, por fin, entregándose totalmente a lo que sentía y necesitaba, tras un último empellón en el que se hundió por completo en ella, exhaló un rudo jadeo varonil y su cuerpo tembló de pies a cabeza.

Acalorados, exaltados y asfixiados, quedaron unidos sobre la cama, mientras sentían sus corazones latir desbocados al unísono.

—¿Por qué no me lo habías dicho? —preguntó él entonces.

Sandra no respondió a eso, no sabía qué decir.

—No puedo respirar —murmuró en cambio.

Consciente de que estaba sobre ella y la aplastaba, Zac se echó hacia un lado, y, mirándola, inquirió preocupado:

—¿Estás bien?

La joven asintió y, al tocarse los muslos y notar la sangre de su himen perdido, comentó:

—Pensé que, quizá, si no te dabas cuenta, yo no tendría que...

—¿No tendrías que...?

Ella suspiró.

—No tendría que darte explicaciones acerca de por qué Zac no es mi hijo.

Hablar sobre aquello le resultaba difícil, y, levantándose, dijo al ver la sangre:

—Quiero quemar la sábana.

—¿Por qué? —preguntó Zac.

Mirando la mancha de sangre, Sandra respondió:

—Porque, ahora que tú ya sabes la verdad, no quiero que nadie dude de que soy la madre de Zac.

El guerrero, al ver la sangre en las piernas de aquélla, en la ropa de cama y sobre su propio cuerpo, se apresuró a levantarse, quitó las sábanas y las echó al fuego del hogar.

A continuación, confundido y sin saber qué pensar, se metió en la bañera de agua caliente, se sentó en ella y dijo:

—Ven, bañémonos.

Colorada como un tomate al ver cómo él la miraba, Sandra aceptó su mano y se metió con Zac en la bañera. Se dejó acomodar por él y apoyó la nuca en su fuerte torso.

El placer de estar rodeada por el agua caliente y el cuerpo de Zac era increíble, y al mismo tiempo se sentía extraña al haber perdido su virginidad. Entonces, dejándose llevar por el momento, y al notar como él la besaba en la cabeza, explicó:

—Antes de morir, Meribeth pidió tres deseos. El primero, que fuera una buena madre para su bebé. El segundo, que nunca le revelara su procedencia para que no se avergonzase, y el tercero, que cuando fuera mayor le entregara una pulsera de ella haciéndole creer que era mía. Voy a cumplir sus deseos, porque Meribeth siempre será una gran persona y la mujer que me ha dado a mi hijo.

Conmovido, Zac volvió a besarla en la coronilla.

—Meribeth era rubia y de ojos azules como tú, por eso todo el mundo cree que Zac es hijo tuyo, y lo siento. Lo siento en el alma si eso te incomoda.

Sin saber por qué, Zac sonrió.

—Me dijiste que le habías puesto mi nombre porque te...

—Necesitaba decir tu nombre todos los días. Para mí no fue fácil tener que mentirte para alejarte de mi lado, y quería que mi hijo se llamara como tú, como el amor de mi vida.

Al oír eso, el corazón de Zac dio un salto. ¿Mentirle? ¿En qué le había mentido? Sin embargo, cogiéndola por las axilas, la levantó, le dio la vuelta, la sentó a horcajadas sobre él y murmuró mirándola:

—Tú también eres el amor de mi vida.

—Pero te enfadas conmigo por mi manera de actuar...

Zac sonrió de nuevo.

—Me enfado contigo porque me preocupo por ti.

Ambos rieron, y entonces él, mirándola a los ojos, musitó:

—Ahora que sabemos lo que sentimos el uno por el otro, cuéntame lo que necesito saber. Quiero saberlo todo. La verdad.

Y así fue como Sandra, remontándose al instante en el que llegaron a Carlisle, le contó a Zac todo lo acontecido con pelos y señales. El rostro del guerrero palideció al saber la verdad. Una verdad que hizo que Sandra se emocionara y él se lamentara.

Cuando acabó de relatarle su vida alejada de todo y de todos, el gesto fiero de Zac era más que evidente, y más aún cuando juró:

—Mataré a ese tal Wilson.

—Oh, no —lo corrigió Sandra—. Lo mataré yo.

—Déjamelo a mí. Esto es cosa de hombres —sentenció él.

Sorprendido y alterado por saber por fin la verdad de lo ocurrido y a quién tanto temía ella y por qué, al ver el gesto de inquietud en su rostro, Zac insistió:

—No debes preocuparte por nada.

—Wilson dijo que si me acercaba a ti o a Angela o...

—Sandra, no nos va a pasar nada porque todos serán prevenidos —sentenció él, y, acariciándole el rostro, murmuró—: Siento no haberme dado cuenta de lo que ocurría aquel día. Si hubiera pensado con la cabeza y no me hubiera ofuscado...

—No. No te culpes —lo cortó ella—. Durante estos meses me he culpado a mí misma de lo ocurrido, cuando los únicos culpables eran Wilson y el que decía ser mi abuelo. En su afán de apropiarse por entero de Carlisle, urdieron el terrible plan y, por su causa, murieron mi madre, Errol y Alicia, y tú y yo tuvimos que separarnos.

En cierto modo, haberle contado la verdad a Zac la hizo sentirse un poco mejor, a pesar de la sed de venganza que tenía, y más cuando él pidió mirándola a los ojos:

—Nunca vuelvas a separarte de mí.

Emocionada, Sandra asintió, y él murmuró abrazándola:

—*Mo chridhe...*, no permitiré que nadie me separe de ti.

De madrugada, Sandra decidió regresar a su habitación. Zac intentó convencerla para que se quedara con él, pero ella se negó: tenía que cuidar de su hijo. Finalmente él, entendiéndola, y ahora más preocupado que nunca por su seguridad, la acompañó. Necesitaba saber que llegaba sin problemas hasta su cuarto. Una vez allí, tras un último beso lleno de pasión, la dejó para que descansara. Luego regresó a su dormitorio y, tumbándose en la cama, pensó que tenía que solucionar aquello, por ella, por él, por todos.

Por su parte, cuando Sandra entró en la habitación, sonrió al encontrarse a Leslie sentada frente al espejo.

Acercándose a ella, la miró cuando aquélla comentó:

—Scott *m'ha* dicho que soy bonita y *agraciá*.

—Eres muy bella. Ya te lo dije —afirmó Sandra.

—También *m'ha* dicho otras cosas.

Al ver la turbación en sus ojos, Sandra preguntó:

—Cuéntame. ¿Qué ocurre?

Leslie se retiró el flequillo de los ojos y, mirándola, indicó:

—No tengo *na*. No soy una dama culta ni *aboñigá*, pero dice que no le importa porque lo único que quiere de mí es a mí. *M'ha hablao* de la mujer que perdió, de lo solo que está, de su pequeña cabaña en las tierras del señor Zac, y *m'ha pedío* que...

—¿Qué te ha pedido?

Entonces Leslie murmuró bajando mucho la voz:

—Sin propasarse lo más mínimo, *m'ha pedío* que sea su mujer.

—¿Qué?

Sin poder creerse que algo así le hubiera ocurrido a ella, Leslie susurró:

—Sandra, padre siempre me llamaba *feúcha* y *deslucía*. Me hizo creer que nunca un hombre se fijaría en mí, y ahora, sin esperarlo, un hombre decente, con hogar, me dice que soy linda y hermosa, y encima *m'ha pedío* a mí eso... ¿No te parece increíble?

Saber que Scott había sido capaz de destapar sus sentimientos y hacer a Leslie tan feliz emocionó a Sandra, que respondió:

—Lo increíble, Leslie, es que ningún otro hombre te lo hubiera pedido antes, porque eres buena, encantadora, guapa, trabajadora, simpática, maravillosa...

—Para..., para..., ¡no sigas! —exclamó aquélla riendo.

Ambas rieron por aquello, y a continuación, mirando a la muchacha, que tenía un brillo especial en los ojos, Sandra preguntó:

—Y ¿qué vas a responder?

Leslie sonrió.

—Scott *m'agrada* —murmuró—. Ningún hombre *m'ha tratao* nunca tan bien y, aunque casi no lo conozco, me gustaría decir que sí, siempre y cuando a ti y al señor Zac os parezca bien.

—Pues claro que nos parecerá bien —aseguró ella encantada.

A continuación, las dos jóvenes se abrazaron, y Sandra sonrió al darse cuenta de que, al fin, el destino parecía haber hecho algo bueno por Leslie, y a ella le había dado un maravilloso momento especial con Zac para recordar.

Capítulo 35

Al día siguiente, la cabalgada fue complicada. El pequeño Zac, molesto por las encías, lloró más de lo habitual y, tras la noche de sexo y su desfloramiento, Sandra se resentía de sus partes y no sabía cómo colocarse sobre el caballo.

Durante el camino, varias veces Mery protestó por el llanto del pequeño, pero Zac le ordenó callar. Era un crío, sentía dolor y tenía todo el derecho a quejarse.

Con disimulo, Sandra observaba a Scott y a Leslie y sonreía al ver cómo se miraban. Sin duda, entre ellos, dos personas solitarias, había surgido algo muy rápido llamado *amor*, y ambos habían decidido disfrutarlo.

A la hora de la comida, mientras Sandra ayudaba a Evan a cocinar, vio que Cameron y Hugh discutían con Marcus y Scott, y, aunque la joven no sabía el verdadero motivo, se lo imaginaba.

Evan, que estaba junto a ella, cuchicheó mirándola:

—Milady, no os preocupéis.

—¿Cómo no preocuparme, Evan, cuando sé que el motivo de esa discusión soy yo?

—A Marcus apenas lo conozco —indicó entonces el cocinero—, pero Scott sabe defenderse y les dejará muy claro a esos dos brutos que las decisiones con respecto a su vida las toma él y no otros. En cuanto a lady Mery —añadió bajando la voz—, como dice mi esposa, Eliza, espero que el señor sepa elegir, porque esa mujer no le conviene.

Al oír eso, Sandra sonrió sin poder remediarlo.

Cuando acabó de ayudar a Evan, regresó junto a su hijo y se encontró a Leslie y a Marcus con él.

El pequeño Zac, al ver a su madre levantando los brazos, gritó encantado:

—¡Mamáaaaa!

Encandilada por su sonrisa, Sandra lo cogió y saltó con él para hacerlo sonreír, sin darse cuenta de que Zac, desde donde estaba, la observaba y sonreía para sus adentros, deseoso de volver a gozar de intimidad con ella.

De madrugada, la joven volvió a despertarse sobresaltada con una de sus pesadillas.

—Tranquila, Sandra..., tranquila —murmuró Leslie, que estaba a su lado.

Angustiada, ella asintió y se sentó en su manta para darse aire, mientras algunos guerreros la observaban ceñudos porque los había desvelado. Por ello, suspiró y declaró mirando a su amiga:

—Ahora vuelvo, Leslie.

A continuación, Sandra se puso en pie, y en ese instante Aiden preguntó:

—¿Adónde vas?

Al oír su voz, ella lo miró y, algo azorada, respondió:

—He de ausentarme un momento.

Intuyendo adónde iba, él no preguntó más, sino que tan sólo le indicó:

—No te alejes del campamento.

Consciente de que probablemente Aiden la observaba, Sandra caminó hacia unos árboles y se sentó en busca de un poco de intimidad. La necesitaba.

Varios minutos después, cuando se disponía a regresar al campamento, unas manos la cogieron por la cintura y le taparon la boca. La joven se asustó y, con todas sus fuerzas, se defendió arrojando a su atacante al suelo. Cuando estaba a punto de gritar, vio el rostro de Zac, que, sorprendido, susurró:

—Soy yo. Tranquila, cariño.

Con el corazón a mil, Sandra maldijo para sí.

—No vuelvas a hacerlo —protestó.

Al entender el porqué de su reacción, Zac asintió. Pero ¿cómo había sido tan tonto?

Ambos se levantaron del suelo y, cuando ella se disponía a hablar, el highlander la acercó a su cuerpo y la besó. Verla durante todo el día sonriendo a algunos de sus guerreros o al pequeño le partía el alma, porque a él ni lo miraba ni le sonreía. Sandra sabía disimular muy bien.

Cuando el beso acabó, ella murmuró casi sin resuello:

—Eres un osado y...

Un nuevo beso la hizo callar, pero la diferencia con el primero fue que, en esta ocasión, ella también participó de él. Con las manos, se apretó contra el hombre que la tenía sujeta y, cuando se separaron, Zac murmuró:

—Beso a mi mujer. ¿Dónde está la osadía?

No pudo continuar. Sandra lo besó de nuevo y, necesitándolo, contra un árbol y en silencio, hicieron el amor con delicadeza.

Un buen rato después, cuando Sandra regresó al campamento, Aiden la miró y no dijo nada, al ver a Zac acomodándose en un lugar desde donde podía observarla.

A partir de ese día, la joven desaparecía todas las noches cuando los demás dormían para ir a encontrarse con Zac. Buscaban sus momentos para besarse y amarse en silencio, mientras, durante el día, se retaban y ocultaban sus sentimientos ante todos, conscientes de la locura que vivían.

Días después, pasaron por las tierras de los McShelton, donde Zac tenía que recoger unos caballos. Antes de llegar a la fortaleza, el guerrero ordenó asentarse a sus hombres hasta que él regresara. Mery se empeñó en acompañarlos a Aiden y a él, y éste accedió. Sabía que, si se la llevaba, le daba un respiro a Sandra, que hacía grandes esfuerzos por no entrar en las provocaciones de aquélla.

El trato con los McShelton fue bien, pero, a la hora de regresar, Mery se empeñó en que hicieran noche en la fortaleza. Se había encontrado con unos amigos allí y deseaba disfrutar de una agradable cena con ellos. Zac se negó, puesto que quería regresar con sus hombres, pero, al ver las ganas que tenía ella de alojarse allí, le ofreció la posibilidad de quedarse. Mery aceptó, y Aiden y Zac regresaron al asentamiento.

Cuando llegaron y vieron que Mery no estaba entre ellos, Leslie cuchicheó dirigiéndose a Sandra:

—Con un poco de suerte, *l'han ahogao* por el camino.

Su amiga soltó una risotada.

—No seas mala, Leslie —susurró.

Sin moverse del sitio, observó cómo Zac hablaba con sus hombres y éstos, encantados, miraban los caballos que habían ido a recoger. Eran una preciosidad. Sandra los observaba desde la distancia cuando Leslie se levantó y, mirándola, dijo:

—Voy a mover las tripas.

—Leslie, una dama nunca diría eso —replicó ella—. Cuando debas marcharte para temas íntimos, has de decir algo así como «he de ausentarme un momento».

La muchacha asintió y se alejó sonriendo. Tenía mucho que aprender.

Esa noche, con gusto, Sandra volvió a ayudar al cocinero a servir la cena, mientras el pequeño Zac era atendido por Aiden. Al guerrero le gustaba el chiquillo y, para que su madre descansara, se lo llevaba a dar una vuelta, algo que a Sandra le encantaba, pues confiaba en él.

Cuando Zac se acercó a ella con su plato, la joven preguntó con una bonita sonrisa:

—¿Una cucharada o dos?

—Dos —afirmó él, y, en cuanto se las sirvió, se aproximó a ella y le susurró—: Cuando acabes, te espero tras aquella enorme piedra.

Sandra asintió con disimulo y continuó sirviendo.

Un buen rato después, terminó la tarea y, al ver a Leslie acunando a su hijo para dormirlo, se acercó a ella y comentó:

—Voy a estirar las piernas.

A continuación, se dirigió decidida hacia el lugar que Zac le había indicado.

Sin embargo, al llegar, vio que no había nadie. Eso la decepcionó, hasta que lo oyó decir:

—Estoy aquí.

Sonriendo al verlo, le dio la mano, y él, tirando de ella, la llevó hasta una cueva. Una vez en su interior, cuando sus ojos se acostumbraron a la oscuridad, el guerrero la besó antes de que pudiera decir nada. La estrechó entre sus brazos y, apretándola contra su cuerpo, le hizo saber cuánto la necesitaba.

Tan pronto como el beso acabó, ambos se miraron en la oscuridad.

—¿Estás bien? —preguntó Zac.

Sandra negó con la cabeza, y, al ver que el gesto de aquél se ensombrecía, murmuró con insolencia:

—Sólo estaré bien cuando me hagas el amor.

Deseoso de ella, el guerrero la cogió entre sus brazos, la sentó sobre una piedra y le subió las faldas. La oscuridad del lugar ocultó la vergüenza de Sandra, que sintió que la cara le ardía cuando él llevó las manos hasta su dulce feminidad y, acariciándola, susurró:

—Tu suavidad me vuelve loco.

Un jadeo involuntario escapó de la boca de la joven al oírlo. Entonces Zac se arrodilló frente a ella y, al separarle con premura los muslos, Sandra preguntó asustada:

—¿Qué vas a hacer?

Él sonrió y, mirándola a los ojos, murmuró:

—Beber de ti.

Excitada y avergonzada a partes iguales, ella permitió que la boca de Zac se acercara hasta su vagina, como lo había permitido la noche de la fortaleza, y, al sentir cómo la lengua de su amor le recorría con impaciencia aquella zona tan prohibida, murmuró:

—Esto es indecoroso...

Zac la miró.

—Esto es intimidad entre tú y yo, *mo chridhe.*

—Zac —insistió ella acalorada—. No creo que esté bien.

—Eres mi mujer —insistió él—. Por supuesto que esta intimidad está bien.

De nuevo, Zac le mordisqueó con delicadeza los labios vaginales y, al notarla temblar, susurró gustoso:

—Para no estar bien, siento que te agrada como la otra noche, mi amor.

Con los ojos entornados por el placer que aquello le ocasionaba, Sandra musitó:

—Dios..., me haces perder la cordura.

Dispuesto a poder con su cordura y con lo que fuera, él sonrió entonces y, recostándola sobre la piedra, indicó:

—*Mo chridhe*, permíteme darte placer.

Reclinada sobre la roca, Zac la hizo olvidarse de todo lo que había a su alrededor. Dejándose llevar por aquella intimidad jamás imaginada, Sandra cerró los ojos y disfrutó como nunca en su vida, mientras cientos de oleadas le sacudían el cuerpo y la hacían vibrar.

Sin separar la boca de aquel manjar que únicamente era para él, el guerrero tomó cuanto deseaba. Los gemidos de la joven y el modo en que se abría para él lo volvían loco de deseo, hasta que no pudo más e, incorporándose, la levantó a ella también y la acercó a él. Acto seguido, colocó su pene en aquella cueva húmeda que tanto había deleitado y, mirándola fijamente, musitó al tiempo que se introducía en ella despacio:

—Si alguna vez algo no te agrada..., dímelo.

Encendida por todo, Sandra se dejó manejar mientras ambos se miraban a los ojos y, tan pronto como sintió que todo él estaba en su interior, jadeó y murmuró:

—El placer es intenso, no salgas de mí y, si lo haces, vuelve a entrar con osadía y posesión.

Esas palabras y la pasión que sintió al oírlas le hicieron saber a Zac que el dolor era inexistente y, asiéndola por la cintura, le hizo el amor sentada sobre la roca, mientras sus bocas unidas se degustaban con mil besos.

Calor...

Excitación...

Locura...

Todas esas cosas y muchas más hicieron que aquel íntimo momento entre Sandra y Zac les sirviera para reconfortarse por toda la necesidad que pasaban durante el día, cuando no podían casi ni mirarse.

Alcanzaron el clímax al mismo tiempo y, en cuanto pararon y

quedaron laxos el uno en los brazos del otro, Zac la observó y murmuró:

—Mañana, en cuanto Mery regrese, solucionaremos este desaguisado. Eres mi mujer, y todos han de saberlo. En cuanto al pequeño, ya pensaremos algo.

Oír aquello era lo que Sandra quería, lo que ansiaba, pero, consciente de que aún les quedaban unos días de camino hasta llegar a su destino, murmuró:

—No. No lo hagas.

—¿No? —preguntó él descolocado.

Tras besarlo con cariño, ella lo miró e indicó:

—Si lo haces, nos esperan días terribles con esa insoportable. Y, por muy atontada que me parezca esa mujer, no veo bien que se marche sola con sus veinte guerreros. Está lejos de sus tierras y, si le ocurriera algo, no me lo perdonaría.

Zac suspiró. Sandra tenía razón.

—Pero yo quiero estar contigo —susurró ansioso—. Quiero besarte, acariciarte, quiero que mis hombres sepan que...

—Sabes que les vas a dar un disgusto, ¿verdad? —lo cortó ella.

Al oír eso, Zac se irguió y, a continuación, respondió con seguridad:

—Si, cuando sepan que es a ti a quien quiero, deciden marcharse, son libres de hacerlo. Pero, si deciden quedarse conmigo, exijo que te protejan y velen por ti, porque, si no lo hacen, yo...

Sandra no lo dejó terminar. Lo besó y, luego, murmuró:

—Tranquilo. No me pasará nada.

Un buen rato después, tras retrasar cuanto pudieron su llegada al asentamiento, aparecieron por separado en el lugar donde se hallaban todos. Sin mirar hacia donde Zac estaba, Sandra se metió bajo la piel con su hijo, y entonces Leslie murmuró:

—*Pos pa'* no tener *na* con él, hueles al señor.

Pero Sandra no contestó, sino que se tapó con la piel y, sonriendo, se durmió.

Zac, que estaba feliz por aquel encuentro, cuando vio que la joven se echaba a dormir, se apoyó tranquilamente en un árbol. Entonces Aiden se acercó a él y murmuró:

—Ella te merece, no la pierdas.

Al entenderlo, el guerrero sonrió.

A continuación, tras coger su manta, Aiden se alejó para dormir junto a Sandra y, al llegar, se encontró a siete guerreros más durmiendo junto a ella y Leslie.

Capítulo 36

Dos días después, tras haber pasado por distintos lugares para recoger caballos, al caer la tarde decidieron parar y acampar.

Angustiada, Sandra consolaba a su hijo, que lloraba. La salida de los dientes lo estaba desquiciando, y ella ya no sabía qué hacer.

—¿Qué le ocurre, milady?

Con gesto cansado, la joven murmuró en dirección al guerrero que le preguntaba:

—Tiene las encías hinchadas y doloridas, y no tengo nada para calmarlo.

El hombre asintió y, sin tocar al chiquillo, pidió:

—¿Puedo?

Sandra afirmó con la cabeza. Entonces él, con cuidado, le miró la boca al niño y, al comprobar que era cierto lo que ella decía, abrió un saco que llevaba en la mano y declaró:

—Este ungüento lo calmará. Debéis ponérselo varias veces al día.

Al ver lo que él le tendía, Sandra lo miró, y el hombre añadió:

—Soy Atholl. Soy médico y sé de lo que hablo.

Agradecida, ella asió el ungüento y murmuró:

—Gracias..., gracias..., muchas gracias.

La mirada desesperada de aquella muchacha y su sonrisa conmovieron al hombre, que indicó:

—Si necesitáis cualquier otra cosa, no dudéis en pedírmela.

Sandra le tomó la palabra encantada, y, tras untarle aquello en las encías al pequeño, éste se relajó y dejó de llorar.

Contenta por ello, la joven caminaba por el campamento con el niño cuando éste dijo señalando a Aiden:

—Den... Den...

Sorprendida porque supiera el nombre de aquél, ella asintió.

—Sí, cariño, Aiden.

—Papáaaaaaa...

Al oírlo decir eso, Sandra busco a *Pach*, su perro, y, al no verlo, miró hacia el lugar donde señalaba el pequeño y se quedó paralizada. El chiquillo señalaba a Zac y lo llamaba papá, por lo que, dando media vuelta, murmuró:

—Por Dios, ¿quién te ha enseñado eso?

Con el semblante serio, se acercó hasta Leslie y, mirándola muy seria, preguntó:

—¿Por qué le has enseñado eso a Zac?

La muchacha, que no sabía de qué le hablaba, preguntó:

—¿Eso, qué?

Liliiiiiiiii —gritó el pequeño al verla.

Sonriendo, Leslie fue a cogerlo cuando Sandra, señalando a Aiden, que hablaba con Zac, preguntó:

—¿Quién es ése?

Rápidamente, el pequeño gritó:

—Dennnnnnnnnn.

Y ¿quién está con Aiden? —insistió Sandra.

—Papáaaaaaa...

Al ver aquello, Leslie negó con la cabeza.

—Ah, no. Yo no he *sío* —dijo, y, al ver cómo Sandra la miraba, insistió—: Y si digo que yo no he *sío*, es que no he *sío*.

—Se dice «sido»..., no «*sío*».

—Pues eso, que yo no he sido —repitió Leslie.

Por su expresión, Sandra supo que decía la verdad, y, calmándose, murmuró:

—Tranquila. Te creo. Perdóname.

Leslie la abrazó y el asunto quedó zanjado, pero cuando, minutos después, el pequeño Zac dijo el nombre del caballo de Aiden al verlo, Sandra tuvo muy claro quién era el culpable de todo aquello.

Al poco, consiguió dormir al pequeño, buscó al guerrero para devolverle el ungüento y, con una sonrisa, se lo agradeció.

Zac, que la había observado, al verla regresar hasta el pequeño y comprobar que Leslie se alejaba de ella, aprovechó para acercársele.

—Soy un desastre de madre —murmuró Sandra—. Si no llega a ser porque Atholl me...

—Tranquila —la cortó él—. Estás aprendiendo a ser madre sin que nadie te enseñe.

Al oírlo, ella pensó en las palabras que había dicho el pequeño Zac, y preguntó:

—¿Tú quieres ser padre?

Sorprendido, él asintió.

—Sí. Algún día espero serlo.

Futuro. Él hablaba de futuro, pero su hijo era presente. Dolida por su respuesta, la joven retiró la mirada, y entonces él, sin saber qué pensaba, afirmó:

—Zac no puede tener mejor madre. No te preocupes tanto.

Eso la hizo sonreír, y él, agachándose en dirección hacia la manta donde el pequeño se estaba quedando dormido, se acercó a su oído y susurró:

—Eres tan fuerte como tu madre y podrás con el dolor.

Cuando lo oyó, Sandra quiso abrazarlo, pero, al mirarlo y verlo acalorado, preguntó:

—¿Estás bien?

Zac se secó el sudor de la frente con el brazo y afirmó:

—Sí.

En ese instante, Aiden llegó a su lado.

—Zac, tenemos un problema.

—¿Qué ocurre?

Su amigo señaló a un grupo de guerreros y explicó:

—Tenemos a varios hombres vomitando y con calentura.

Alarmado, Zac se incorporó y, sin decir nada, se alejó con él. Necesitaba saber qué ocurría.

Leslie apareció entonces seguida de Scott y, al llegar a la altura de Sandra, se separaron. Sin preguntar, Sandra la miró, y ésta indicó:

—*Ande* voy yo, va él, y más desde que le dije que seré su mujer.

Sandra sonrió al oírla y la corrigió:

—Se dice «a donde voy yo, va él».

La muchacha asintió y, meneando la cabeza, añadió:

—*M'ha robao* varios besos hoy.

Sandra miró a Scott y, divertida y sin ganas de corregirla, preguntó:

—Y ¿te gusta que te los robe?

Leslie sonrió.

En ese instante apareció Mery, que, levantando la voz, voceó:

—¡Tú! ¿Acaso no sabes hacer callar a tu hijo?

—Por favor —murmuró Sandra—, acaba de quedarse dormido, no grites.

Al ver que varios guerreros las observaban, con su altanería, Mery gruñó:

—A mí nadie me ordena callar, y menos tú. ¿Quién te has creído que eres?

—Ehhh... —protestó Leslie—. Deja de dar *berríos, mofletúa*.

—¡Cállate, holgazana! —replicó la mujer.

Sandra resopló e, intentando no perder los nervios a pesar de que con Mery eso era imposible, por el bien de su hijo y de Zac, respondió:

— Siento si te molesta el llanto del niño, pero le duelen las encías y...

—Me molesta a mí y a todos.

Sandra asintió, pero, cuando iba a responder, Zac se acercó de nuevo a ellas.

—Tenemos un problema —indicó.

—¡Ya lo creo que tenemos un problema, Zacharias! —asintió Mery—. Oír llorar a ese niño resulta desesperante y...

—Por el amor de Dios, Mery, ¡¿te vas a callar?! —bramó él.

Aquélla estaba sobrepasando su nivel de aguante.

—Zac es un niño, siente dolor y tiene todo el derecho del mundo a llorar —añadió malhumorado—; pero tú eres una mujer adulta que debería sentir compasión por él y por su desazón. En cambio, te comportas como una malcriada y no ayudas en nada. —Y, sin ganas de entrar en polémicas, explicó—: El niño no es un problema, el problema son los vómitos y la calentura de algunos de mis guerreros. Han tomado algo que los ha enfermado y... —Se secó el sudor de la frente y añadió—: Creo que habría que separar a los que están bien de los que no para evitar un contagio. —A continuación, miró a Sandra y señaló—: Leslie, tú y el bebé os marcharéis con Aiden y los hombres que no están enfermos.

Al oír eso, Mery se olvidó de todo lo demás y anunció:

—Yo me alejaré también. Lo último que quiero es enfermar, y más ahora que puede que pronto regrese a la corte escocesa.

Zac la miró con dureza y siseó:

—Necesitaría tu ayuda para atender a los enfermos.

—Ah, no, ¡ni hablar!

—Mery...

La mujer dio un paso atrás y, antes de alejarse rápidamente, añadió:

—Lo siento, pero no quiero enfermar por culpa de tus guerreros. Los míos están todos en perfecto estado y, te moleste o no, me iré con ellos.

El bramido de frustración de Zac hizo que todos lo miraran, mientras Mery y sus guerreros se alejaban sin esperar a nadie en sus caballos.

Sandra observó a su alrededor a los hombres que no lo estaban pasando bien y, después, vio a Aiden dando órdenes. Sin saber qué hacer, asió a Zac del brazo y preguntó:

—¿En qué puedo ayudarte?

—Has de alejarte de aquí con Leslie y el niño. No sabemos qué es lo que ocurre, y no quiero que enferméis.

—Pero, Zac...

Él la miró y su gesto le hizo saber a Sandra que no debía insistir.

—¿Adónde dices que tengo que ir? —preguntó a continuación.

Sudoroso y algo pálido, Zac respondió:

—Habla con Aiden, él lo está organizando. Aleja al niño de aquí, ¿entendido?

—Zac, ¿estás bien? —dijo entonces preocupada.

Sin mirarla, él asintió y se marchó. Tenía que atender a sus hombres.

Alarmada, Sandra corrió hacia Aiden, y éste, tras entregarle uno de los caballos que habían comprado, una preciosa yegua oscura, indicó:

—Súbete en él junto a Leslie y tu hijo y sígueme.

—Milady, vamos —la apremió Marcus, el pelirrojo—. Hemos de poneros a salvo.

Sin dudarlo, Sandra lo hizo y, tras mirar a Zac y ver que hablaba con Atholl, el médico, siguió al galope al grupo que lideraba Aiden.

El lugar adonde aquél los llevó estaba a cinco minutos a caballo, lo suficiente como para que la enfermedad no viajara hasta allí. Sin descanso, Aiden organizó el asentamiento y, mirando a los guerreros, les indicó que debían proteger a Sandra y a su hijo en su ausencia. Algunos de los hombres la miraron con pesar. Proteger a aquella mujer era lo último que querían.

Una vez que Leslie y el pequeño estuvieron instalados, Sandra se dirigió a su amiga:

—Voy a regresar con Aiden.

—Ay, qué angustia...

—Leslie, Zac necesita mi ayuda.

—Pero *pués* enfermar.

Al ver la preocupación en el rostro de aquélla, la joven supo que llevaba razón. Aun así, no podía dejar a Zac y a los guerreros desamparados, y murmuró:

—No me pasará nada. Sólo te pido que cuides de mi hijo hasta que yo regrese.

Dicho esto, se levantó y, mirando a los guerreros que estaban a su lado, declaró:

—Sé que no me queréis, y lo acepto, pero he de regresar para ayudar a vuestro señor y os rogaría que, en mi ausencia, cuidarais de mi hijo y de Leslie. Si regreso y veo que les ha pasado algo, juro que mataré a quien no los protegió.

Los guerreros la miraron, y Leslie insistió:

—Me dejas *esnerviá*, digo..., nerviosa.

—Tranquila —contestó ella con aparente calma a pesar de la inquietud que sentía—. Si ves que llora con desazón, ponle este ungüento en las encías. No estamos lejos y vendré a veros todas las veces que pueda para comprobar que todo vaya bien, ¿de acuerdo?

Leslie asintió con desamparo, y entonces Sandra gritó:

—¡Scott!

El guerrero se acercó rápidamente a ellas y, mirándolo, la joven preguntó:

—¿Puedo contar contigo para que cuides de Leslie y de mi hijo?

—Por supuesto, milady, no lo dudéis —aseguró él—. Los protegeré con mi vida.

Agradecida, Sandra le sonrió y, tras despedirse de Leslie, besó a su pequeño, que dormía, y murmuró:

—Mamá regresará, no te preocupes, mi amor.

Dicho esto, se incorporó, se montó en la yegua oscura y, acercándose a Aiden, indicó:

—Regreso contigo.

—No.

Sin dejarse doblegar, Sandra se aproximó más a él para que nadie los oyera y dijo:

—Zac me necesita.

—Te quedas aquí, y no se hable más.

—Los hombres están mal, y Zac necesitará toda la ayuda posible. No me gustaba su aspecto al dejarlo, y creo que él está enfermando también.

Aiden maldijo. Sabía que la joven tenía razón, pero insistió:

—No, Sandra. Zac me matará si...

—Y, si me impides regresar, te mataré yo.

El guerrero resopló. Le encantaba la forma de ser de aquella mujer.

—Si Zac no se casa contigo, lo haré yo —declaró con una sonrisa.

Ambos rieron y, dando media vuelta, regresaron al galope al primer asentamiento.

Al llegar, Zac estaba aún más pálido que antes. Cuando vio a Sandra, caminó hasta ella y voceó malhumorado:

—¡¿Qué haces aquí?!

—Necesitas ayuda, y yo...

—Pero tú no sabes obedecer —replicó él.

Bajándose del caballo, Sandra se le plantó delante y siseó:

—No, si sé que me necesitas.

El guerrero maldijo, bramó a los cielos y, mirando a Aiden, exclamó:

—¿Por qué la has traído? Te dije expresamente que ella no podía regresar.

Su amigo se disponía a contestar cuando Sandra, cogiendo a Zac del brazo, añadió:

—Si he dejado a mi hijo es para hacer algo de provecho, no para estar aquí discutiendo contigo. —Y, poniéndole la mano en la frente, susurró—: Estás caliente, haz el favor de tumbarte y dejar que te cuidemos.

—No digas tonterías —gruñó él.

Pero, sin poder evitarlo, se volvió y vomitó.

Aiden y Sandra se miraron, y el primero, cogiendo a su amigo del brazo, dijo:

—Vamos. Sabes tan bien como yo que no puedes ayudarnos.

Zac maldijo para sus adentros. A cada segundo que pasaba, se encontraba peor, y, mirando a Cameron, a Hugh y a los otros que tiritaban en el suelo, dijo mientras se sentaba para apoyar la espalda en el tronco de un árbol:

—Hemos enfermado la veintena que fuimos a Perth a por caballos.

Aiden observó a los hombres y, al ver que su amigo tenía razón, se disponía a decir algo cuando Sandra se agachó junto a Zac y preguntó:

—¿Qué bebisteis o comisteis?

Zac meneó la cabeza y, temblando, respondió:

—No lo sé.

—¡Piensa! —insistió ella.

El guerrero, que empeoraba por momentos, cerró los ojos, apoyó la cabeza en el tronco del árbol y murmuró:

—Llegamos a Perth, recogimos los caballos y...

—¿Y...?

Entonces Zac recordó algo:

—Hugh fue en busca de agua y nos la dio al salir de Perth.

Al oír eso, Sandra se incorporó; entonces él la asió de la mano y le pidió, mirándola:

—Prométeme que te vas a cuidar.

—Claro que sí. Tranquilo.

Aiden la miró, y ella, tras pasar con cariño la mano por el rostro pálido de Zac, indicó:

—Iré a hablar con Hugh. Él me dirá dónde cogió esa agua.

Cuando la joven se fue, Zac agarró a Aiden del brazo y murmuró:

—Si la cosa empeora, llévatela de aquí, aunque sea a rastras. ¿De acuerdo?

Su amigo asintió. En la situación que se encontraba no le iba a decir que no, aun sabiendo que nadie movería a Sandra de allí.

Ésta buscó a Hugh entre los hombres tumbados y, al verlo, se acercó a él y le secó el sudor de la frente.

—Hugh..., Hugh... —murmuró—. ¿Me oyes?

El hombre abrió entonces los ojos.

—Zac ha comentado que, mientras ellos estaban en Perth, tú eras el encargado de recoger agua para el regreso —indicó Sandra, y él asintió—. ¿De dónde cogiste esa agua?

—De un arroyo —musitó Hugh.

—¿El arroyo corría o estaba estancado? —insistió ella.

—Creo... creo que corría y...

—¿Y...?

—... estaba... estaba cercano a una zona de pasto.

Sandra asintió y, mirándolo, susurró con una sonrisa:

—Descansa. Cierra los ojos y descansa.

A continuación, sin perder tiempo, corrió en dirección a Atholl, el médico, y le dijo lo que Hugh le había contado. Beber agua en mal estado podía provocarles distintas enfermedades, como la disentería o el terrible cólera, entre otras.

A partir de ese momento, ella, Aiden, Atholl y dos guerreros que se ofrecieron voluntarios atendieron a los enfermos sin descanso, haciéndoles beber olmo escocés y no dejándolos solos ni un segundo.

Los contagiados tiritaban y vomitaban, y en ocasiones la calentura de sus cuerpos los hacía delirar, pero ninguno abandonó, ninguno se rindió, y lucharon aun sin saber que lo hacían.

Al amanecer, Sandra cogió de nuevo la yegua y, al galope, se dirigió hacia el lugar donde estaba su hijo. Necesitaba saber que estaba bien y, después de verlo, de nuevo regresó al campamento.

Durante días, cuidó de Zac sin descanso, sin olvidarse del resto de los hombres ni de su hijo. Aiden, Atholl y los guerreros que ayudaban la observaban sorprendidos. Aquella muchacha tenía una vitalidad increíble y, cuando llevaba tres días sin dormir, preocupados por ella, la obligaron a descansar. Si continuaba sin hacerlo, enfermaría.

Al quinto día, la mayoría comenzaron a mejorar. Ya no vomitaban, y la calentura de sus cuerpos empezaba a remitir.

Los guerreros que se recuperaban, al ver que la mujer a la que anteriormente habían despreciado era la que había velado por ellos durante su enfermedad, cambiaron su actitud hacia ella. Y, cuando ésta se acercaba con el vaso del brebaje que Atholl les había preparado, se lo reconocían con una sonrisa, algo que Sandra agradeció encantada.

Sin embargo, Cameron y Hugh seguían mirándola con indiferencia, y, cuando Sandra recogió los vasos del brebaje que les había dado un poco antes para que se lo bebieran, los miró y cuchicheó bromeando:

—Me alegra saber que os gusta mi veneno.

Los guerreros refunfuñaron y ella se alejó de nuevo divertida.

Esa mañana, una vez que los hubo atendido a todos, se acercó a Zac, que dormía, y, arrodillándose a su lado, canturreó, poniéndole en la oreja una flor naranja que había encontrado:

Del bosque encantado,
un hada te ha salvado,
y en un momento inesperado,
un beso te ha robado.

A continuación, inclinándose hacia él, le dio un dulce y rápido beso en los labios.

Cuando se separó, la joven observó cómo al guerrero se le curvaban las comisuras de los labios.

—Quiero que me despiertes así todos los días —murmuró.

Emocionada al oír su voz tras varios días en los que sólo lo había oído delirar, ella sonrió y susurró aliviada:

—Lo haré, siempre que te lo merezcas.

Zac sonrió.

—Sigues siendo una osada.

Al día siguiente, con los guerreros repuestos totalmente, se encaminaron hacia el segundo asentamiento, donde, al verlos llegar, todos aplaudieron y gritaron de felicidad.

Capítulo 37

A menos de un día de camino se encontraron con Mery y los guerreros de ésta, que se alegraron al verlos aparecer. Con una sonrisa, la mujer corrió para acercarse al caballo de Zac.

—¡Qué contenta estoy de ver que estás bien! —exclamó.

Él asintió y, sin desmontar, preguntó con aspereza:

—¿Estáis preparados para proseguir la marcha?

Al observar su frialdad, Mery hizo un mohín y, mirando a Sandra, que montaba una imponente yegua oscura, gruñó:

—¿Qué hace ella en esa yegua?

Zac maldijo. Mery era una tortura, pero, cuando iba a replicar, Sandra se le adelantó:

—Si te refieres a mí, simplemente montarla.

Sin querer seguir hablando con aquélla, Mery miró a Zac y, posando la mano en su muslo, preguntó:

—¿Puedo ir contigo en tu caballo para hablar?

Zac la miró con dureza y, retirándole la mano, respondió:

—No.

—Pero, Zacharias...

—¡He dicho que no! Y me llamo Zac. —Y, sin más explicaciones, indicó—: Monta tu caballo y síguenos.

A continuación, sin volverse, Zac prosiguió su camino acompañado de sus guerreros.

Mery quiso protestar, pero al ver que él no miraba para atrás y que sus guerreros la observaban con gesto ceñudo, ordenó a sus hombres que le llevaran su caballo y los siguió. No le quedaba más remedio.

Durante el día, apenas descansaron. Zac tenía prisa por llegar a un sitio en concreto. Sin que Sandra supiera nada, la noche en que ella le había confesado la verdad con respecto a lo ocurrido en

Carlisle, el highlander había enviado a dos de sus hombres en busca de información sobre aquel tal Wilson, y sabía que éstos estarían ya esperándolo en el punto acordado.

Sandra miró a su derecha. Un acantilado separaba esas tierras de las de enfrente, y el lugar era una auténtica preciosidad. Lo observaba todo con curiosidad, y entonces vio unos árboles e indicó:

—Deberíamos recoger un poco de olmo escocés. Lo utilizamos para los vómitos y las fiebres, y me consta que a Atholl casi se le agotó.

Aiden y Zac se miraron y, sonriendo, este último repuso:

—Tranquila. Ya hemos llegado, podrás coger todo el olmo escocés que quieras.

La joven sonrió al notarlo de buen humor.

—Ese viejo puente es un peligro —señaló Aiden entonces—. Deberían derruirlo antes de que alguien lo cruce y ocurra una desgracia.

—Sólo un descerebrado lo pisaría —afirmó Zac.

Sandra observó el viejo puente de madera que se mecía por el viento a su derecha. Las cuerdas que lo sujetaban estaban podridas, y le faltaban tablones por los que caminar.

En ese instante, *Pach*, el perro, adelantó corriendo a los caballos y Sandra sonrió. En cuanto veía un conejo, su instinto animal lo volvía loco.

—Paaaa... Paaaaa... —exclamó el niño al verlo correr.

—Sí, cariño —afirmó Sandra—. *Pach* se está divirtiendo.

Un par de minutos después, Zac se alegró al ver a dos de sus hombres sentados ante una pequeña fogata. Allí estaban las noticias que tanto deseaba y, levantando la mano, ordenó parar. Al ver a los dos guerreros, Sandra iba a decir algo cuando Mery preguntó, acercándose a ellos:

—¿Por qué nos paramos y quiénes son ésos?

Zac se bajó del caballo y, ayudando a Sandra a desmontar, respondió una vez que la dejó en el suelo:

—Son mis guerreros.

—Y ¿qué hacen aquí? —insistió Mery molesta porque a ella no la ayudara a bajar.

Sin ganas de contestar, Zac la miró.

—Mery, márchate. He de hablar de algo que no te atañe.

—¿Y ella? —protestó la mujer señalando a Sandra.

Zac asintió.

—A ella sí la atañe.

Indignada, Mery tiró entonces de las riendas de su caballo y se alejó.

—¿Me atañe a mí y a ella no? —preguntó Sandra entonces.

—Llévale el niño a Leslie y después reúnete conmigo junto a aquellas piedras —le indicó Zac.

Intrigada, la joven buscó a Leslie, que sonreía junto a Scott y Marcus, y, en cuanto le entregó al chiquillo, fue en busca del guerrero. Lo encontró hablando con aquellos dos hombres.

Al verla, Zac explicó cogiéndole la mano:

—Los envié a Carlisle para saber si ese tal Wilson se encontraba allí.

Al oír ese nombre, la respiración de Sandra se aceleró. Recordarlo la llenaba de furia, de rabia y de indignación. Y, mirando a los hombres, fue ella la que preguntó:

¿Qué noticias traéis?

El más alto de los dos asintió y, dirigiendo la vista hacia su señor, explicó:

—Al parecer, Wilson Fleming sigue viviendo en la fortaleza de Carlisle, aunque durante nuestra estancia él se encontraba de visita en Newcastle.

—¿Preguntasteis lo que os dije? —terció Zac.

El hombre más bajo asintió.

—Los aldeanos comentaron que Wilson había dicho que lady Sandra y su madre están viviendo en Francia, donde la joven se desposó.

Ella parpadeó. Aquel vil gusano había continuado con el engaño para seguir viviendo impune en el hogar que había sido de su madre y de su abuela. Sintió que los demonios se la llevaban y, cuando fue a levantarse, Zac la sujetó de la mano y, mirando a sus hombres, preguntó:

—¿Algo más?

—Nada más, mi señor. Bueno…, sí. Nos llamó la atención los pocos hombres que vigilaban la fortaleza.

Con un movimiento de la mano, Zac les ordenó entonces que se levantasen y se alejasen y, a continuación, miró a Sandra e indicó:

—Te juro por mi vida que ese hombre lo va a pagar.

—Lo sé —afirmó ella furiosa, levantándose también—. Sé que lo pagará.

A él le partió el corazón ver su rostro desolado, y, poniéndose en pie, se acercó a ella con la intención de besarla. Sin embargo, Sandra lo detuvo.

—Alguien podría vernos, incluida Mery.

—¿Y qué? ¿Acaso me importa lo que otros o ella piensen después de cómo se ha portado con mis guerreros?

La joven sonrió y, sin dudarlo, lo besó, sin saber que Mery los estaba escuchando.

Durante la cena, Sandra volvió a ayudar al cocinero, y éste, como cada noche, se lo agradeció. Los guerreros pasaron a por sus raciones, y ella, encantada, les sirvió disfrutando del buen humor de aquéllos, hasta que llegó Mery y siseó con gesto agrio:

—He descansado muy bien en tu ausencia. Espero que esta noche nos dejes dormir y no nos despiertes con uno de tus grititos de terror. Creo que todos estamos algo cansados de tus pesadillas nocturnas.

Sandra la miró y, apretando el cucharón, respondió mientras observaba a los hombres:

—Siento desvelaros el sueño. No es mi intención.

Algunos guerreros que esperaban su turno respondieron al encontrarse con su mirada:

—No os preocupéis, milady.

—¿*Milady*? —protestó Mery mirando al hombre—. ¿La has llamado *milady*?

Marcus, el pelirrojo, que estaba cerca, asintió.

—Ella, al igual que vos, es una mujer a la que respetar.

Boquiabierta, Mery se disponía a gruñir cuando otro guerrero, clavando la mirada en ella, siseó:

—Mientras vos os marchabais por miedo a enfermar, lady Sandra se quedó para cuidarme, y eso, al menos por mi parte, es de agradecer.

Los hombres que estaban detrás de éste asintieron.

La rabia que sentía la mujer al oír los comentarios de aquéllos le transfiguraba el rostro por segundos. No le gustaba lo que estaba oyendo, pero, sin entrar en lo que aquél decía y el resto apoyaba, murmuró:

—Panda de desagradecidos...

Furiosa al ver que se habían vuelto las tornas en los días en los que ella no había estado, Mery miró a Sandra, que la observaba con una media sonrisa, y soltó:

—No veo el momento de llegar a Kildrummy para perderte de vista.

La joven asintió y, sin poder callarse, replicó:

—Por una vez, y sin que sirva de precedente, estamos de acuerdo.

Esa noche, cuando todos se disponían a dormir, Sandra se colocó, como siempre, al otro lado de la hoguera, y se quedó asombrada cuando, uno a uno, todos los guerreros de Zac, incluidos Cameron y Hugh, pusieron sus mantas alrededor de ella.

Los observó boquiabierta, mientras Mery, al otro lado, sólo protegida por sus veinte hombres, refunfuñaba, montaba en cólera y se tapaba con la piel.

Atónita, Sandra miró a Zac, que sonreía apoyado en un árbol. Sin duda le gustaba lo que veía. Ése sería uno de los momentos especiales que la joven recordaría.

Aiden, que estaba junto a ella, cuchicheó:

—Como ves, la sensatez ha ganado la batalla a la absurdidad.

Tapándose con la piel, Sandra sonrió y esa noche durmió del tirón.

Capítulo 38

~⌒~

Al amanecer, el campamento fue despertando.

Sandra, al ver que su pequeño aún dormía, se levantó de la manta, caminó hacia los caballos y, acercándose a la yegua que había montado durante aquellos días, la cogió de la cabeza, le dio los buenos días y la besó, sin percatarse de que Zac la observaba con deleite desde donde estaba.

A continuación, se acercó a un riachuelo cercano, se aseó y, a su vuelta, se dirigió hacia un grupo de guerreros, entre los que se encontraba Evan, dispuestos a salir en busca del desayuno.

Al ver que Sandra cogía a la yegua, Zac se apresuró a acercarse a ella.

—¿Se puede saber adónde vas?

Tras mirar a su alrededor y comprobar que pocos podían verlos, Sandra se puso de puntillas y le dio un beso en los labios.

—Buenos días, Zac —dijo cuando se separó.

—Te he preguntado adónde vas —insistió él.

—De caza.

Incapaz de enfadarse con ella, Zac levantó las cejas.

—Sígueme... —indicó Sandra a continuación.

Él obedeció y, cuando un enorme árbol los ocultaba de la vista de todos, dio un salto para que él la cogiera, se colgó de su cuello y susurró sobre su boca:

—No sabes cuánto deseo que me beses y quites de una vez esa cara de enfado.

Sin poder evitarlo, él sonrió.

—Me encanta cuando sonríes —dijo ella entonces.

Y, sin más, agarrándolo del pelo, lo besó de tal forma que al duro guerrero le temblaron hasta las piernas.

Sus cuerpos exigían más y más, así que tuvieron que parar y, cuando Sandra pisó el suelo, explicó:

—Voy con Evan y los demás en busca del desayuno.

—No me gusta que te alejes.

—Zac, tranquilo. No te pasará nada en mi ausencia —bromeó ella.

Boquiabierto por su desfachatez, él se disponía a protestar cuando Sandra añadió sonriendo:

—Voy con tus guerreros. Tranquilo.

Al ver aquella sonrisa, que lo dejaba atontado, él asintió y suspiró.

—No hagas locuras y, antes de marcharte, dame otro beso.

Sandra obedeció encantada. Cuando se separaron, se subió a su yegua y, clavando los talones en sus costados, se alejó al galope.

Horas después, una vez que los guerreros hubieron llenado sus estómagos con lo que habían cazado, Sandra se aproximó a Zac, que hablaba con Aiden, y, mirando la yegua negra, comentó:

—Es preciosa.

Zac y Aiden asintieron, y el primero cuchicheó:

—Me he percatado de que te gusta bastante.

—Mucho —asintió Sandra tocándole la cabezota.

—Si la quieres, es tuya.

Al oír eso, ella abrió unos ojos como platos. Su anterior caballo, *Brisk*, se había quedado en Carlisle el día que Errol la sacó de allí.

—¿Lo dices en serio? —preguntó emocionada.

—Sí —afirmó Zac, disfrutando de su expresión.

La joven sonrió encantada.

—Pues la quiero —dijo, y, mofándose, cuchicheó—: La llamaré *Mery*.

—¡Sandra! —exclamó Zac carcajeándose.

—Por el bien de todos —comentó Aiden divertido—, te rogaría que le pusieras otro nombre.

Muerta de risa al verlos reír a ambos, Sandra finalmente dijo:

—Tranquilos, no la llamaré así. ¡Pobre yegua!... Y que conste que *Mery* es un nombre precioso, aunque no puedo decir lo mismo de la atontada que anda por ahí.

Los dos guerreros sonrieron por sus ocurrencias.

—Zac —indicó entonces ella—, Atholl y yo hemos pensado en acercarnos a coger un poco de olmo escocés.

Él asintió y, mirándola, dijo:

—Si esperáis, yo mismo os acompañaré.

—Queremos ir ya.

—He dicho que si esperas yo...

—Es que no quiero esperar —lo cortó ella y, sonriéndole con picardía, continuó—: Venga, no te enfades. Atholl y yo somos capaces de coger lo que necesitamos sin necesidad de tu presencia.

El guerrero la miró de nuevo y, al ver esa sonrisa que tanto adoraba, preguntó:

—¿Leslie se queda con el pequeño?

—Sí. Ella y Scott lo cuidarán a la perfección.

Sin muchas ganas de dejarla ir, pero convencido de que debía hacerlo, Zac afirmó:

—De acuerdo, pero no tardéis en regresar.

La joven le dirigió entonces una sonrisa que le sirvió tanto como un maravilloso beso, dio media vuelta y se marchó tras buscar a Atholl.

Zac la seguía con la mirada y sonreía, cuando Aiden, a su lado, tosió y preguntó:

—Los hombres se están posicionado claramente. ¿Cuándo lo vas a hacer tú?

Sin perder la sonrisa, él lo miró y asintió.

Atholl y Sandra disfrutaban del momento caminando junto a *Pach*, mientras el médico le hablaba de Dulceida, su esposa, que lo esperaba en Dufftown.

A la joven le gustó conocerlo más, hasta que llegaron al lugar donde crecía el olmo escocés y comenzaron a recoger lo que necesitaban.

Estaban disfrutando con la tarea cuando, de pronto, el perro se situó junto a Sandra y gruñó.

—¿Qué ocurre, *Pach*?

Al levantar la vista, Sandra vio enseguida a Mery, que hablaba más allá con un hombre. No le veía el rostro, pero, por el color de su tartán, sabía que era un guerrero de Zac. Mery gesticulaba con las manos, sin duda estaba enfadada. Pero Sandra, sin darle la menor importancia, acarició la cabeza a su fiel amigo e indicó:

—Tranquilo. Puedo con esa bruja.

Dicho esto, prosiguió recogiendo olmo escocés, pero entonces *Pach* volvió a gruñir. Esta vez, incluso levantaba el hocico y enseñaba los dientes. Al ver aquello, Sandra se sorprendió. En el año y pico que llevaba con él, era la primera vez que lo veía tan enfadado y, cuando fue a hablarle, de pronto se quedó paralizada al distinguir a varios lobos agazapados entre los árboles, observándolos.

—Los he visto, *Pach* —murmuró—. Tranquilo. Tranquilo...

Sin hacer movimientos bruscos, caminó hasta llegar junto a Atholl.

—Tenemos un gran problema —declaró.

—¿Qué ocurre, milady?

—Lobos a nuestra izquierda.

Como anteriormente había hecho Sandra, Atholl se movió con lentitud y, al ver a aquéllos enseñando los dientes como *Pach*, dijo:

—He contado cuatro. ¿Veis alguno más?

—No.

Estaban valorando la situación cuando, de pronto, el perro saltó para colocarse ante ellos y ofrecerles protección. Los lobos se acercaban.

—Debemos marcharnos de aquí —murmuró Atholl.

—Sí —afirmó Sandra—. El problema es que tenemos que ir en dirección contraria a la que está el campamento.

—¡Maldita sea! —exclamó el guerrero.

Recogiéndose las faldas, Sandra comenzó a caminar y llamó a su perro:

—¡Vamos, *Pach*! ¡Vamos!

El animal fue con ella, y entonces la joven, al volverse, gritó con todas sus fuerzas:

—¡Mery!... ¡Mery!

Al oír su nombre, la aludida miró en su dirección, y Sandra, angustiada, chilló señalando a los lobos:

—¡Avisa a Zac! ¡Avisa a Zac!

Mery se quedó paralizada, y Sandra insistió:

—¡Avisa a Zac!

Consciente del peligro que corrían, Mery levantó entonces la mano y le dijo adiós con una fea sonrisita.

Al ver aquello, Sandra maldijo y, dándose la vuelta, apretó el paso.

—Por san Fergus..., ¡lobos! —susurró Cameron, que estaba con Mery.

Pero, cuando iba a darse la vuelta para dar la alarma, ella lo sujetó del brazo y siseó:

—Ni se te ocurra hacerlo.

Sin embargo, el guerrero negó con la cabeza e, ignorándola, se deshizo de su mano y corrió en busca de ayuda al tiempo que gritaba:

—¡Mi señor!... ¡Mi señor!

En el campamento, Zac hablaba con tranquilidad con Aiden acerca de los caballos que habían comprado, que eran todos excelentes.

—La yegua negra que le has regalado a Sandra —indicó su amigo— es impresionante.

—Lo es —afirmó Zac sonriendo al pensar en ella.

—¿Crees que la llamará *Mery*?

Zac sonrió, pero, cuando se disponía a responder, unas voces llamaron su atención. Miró a su alrededor y, en cuanto vio incorporarse a sus guerreros, se adelantó y en ese momento vio que Cameron aparecía acalorado y sudoroso.

—Mi señor, ¡lobos! —exclamó el hombre—. Persiguen a Atholl y a lady Sandra.

Al oír eso, a Zac se le paró el corazón y, mirando a Scott, que estaba con Leslie y el pequeño, indicó:

—Scott, quédate con ellos y protégelos en mi ausencia. —A continuación, volviéndose de nuevo hacia Cameron, preguntó—: ¿Dónde están?

Sin aliento, éste señaló con el dedo.

De inmediato, Zac agarró su carcaj con las flechas y comenzó a correr enloquecido, seguido de Aiden y de la gran mayoría de los hombres.

De pronto, se encontró con Mery, que chilló asustada agarrándose a él:

—Oh, Dios mío, ¡he visto lobos!

Deshaciéndose de sus manos sin prestarle la menor atención, Zac prosiguió su camino. Ella estaba a salvo, pero Sandra y su guerrero no.

Los minutos pasaban y, asustada, Sandra miraba hacia atrás. No llevaba espada, no llevaba arco, y maldijo mientras *Pach*, como un valiente, se encaraba con los lobos, impidiéndoles que se acercaran.

De pronto, aquéllos se lanzaron contra el animal.

—¡*Pach*! —gritó ella aterrada.

Al ver a la muchacha paralizada, Atholl la agarró de la mano y, tirando de ella, dijo:

—No os paréis ahora. Debemos correr, ¡vamos!

—No, ¡*Pach*!

Pero, dando un tirón a su mano, el médico señaló:

—Vuestra mascota sabrá defenderse. Ahora nosotros hemos de huir si no queremos caer en las fauces de los lobos.

—¡No! —volvió a gritar ella.

Observando el horror en sus ojos, el guerrero hizo que lo mirara e insistió:

—Milady, vuestro perro os está defendiendo. No dejéis que su heroicidad sea en vano.

Reaccionando a pesar del dolor que sentía por no poder ayudar a su fiel amigo, Sandra comenzó a correr. Casi sin aliento, bordearon el acantilado. La caída hasta el agua era tremenda. Entonces Atholl, al ver que no tenían escapatoria, se detuvo y, desenvainando su espada, indicó:

—Continuad, milady..., corred. Yo los retendré.

Sandra lo miró sorprendida. Si él se quedaba allí sólo con su espada, seguramente moriría en las fauces de los cuatro lobos. Y, mirando a *Pach*, que continuaba luchando con uno de los animales, dijo:

—No. Sólo seguiré si tú vienes conmigo.

—Milady, por el amor de Dios, ¡corred!

—¡He dicho que no! —gritó ella histérica al tiempo que cogía un palo del suelo.

De pronto, a lo lejos, vio aparecer a Zac, seguido de Aiden y de otros guerreros. Entonces, una pequeña luz de esperanza brilló en su mente, y más aún cuando vio que Zac lanzaba una flecha y se oía un aullido, que no parecía provenir de *Pach*. Angustiada, intentó divisar a su perro, pero entonces los lobos, separándose de aquél, se lanzaron a la carrera.

Miedo...

Angustia...

—¡Corred! —gritó Atholl, asiéndola de la mano.

Desesperados, ambos corrieron mientras intentaban alejarse de los animales, que a cada zancada se acercaban más y más, hasta que llegaron frente al viejo puente.

—No..., no..., no... —exclamó Zac al ver la intención de aquéllos.

—Dios mío —murmuró Aiden.

—¡Milady! —chilló Marcus, corriendo—, alejaos de ahí..., ¡alejaos de ahí!

Sandra y Atholl se miraron sin resuello. Poner un pie en aquel largo y desvencijado puente era una auténtica temeridad y, tras observar el agua que corría por debajo, ella musitó:

—Es la única opción que tenemos.

Sin mirar atrás, y apretando los dientes, Sandra y Atholl se lanzaron a cruzar el puente, que, a cada paso que daban, crujía, y los pocos tablones que tenía se rompían cayendo al vacío.

Los guerreros observaban angustiados desde la distancia la carrera de aquéllos. Era difícil que pudieran salir de aquel atolladero.

Con la mirada puesta al frente, Sandra corría delante de Atholl. No debía parar, a pesar de los traspiés y de la sensación constante de que caería al río. Debía correr y correr. Tenía que cruzar ese puente porque su hijo y Zac la esperaban.

Los lobos llegaron entonces al puente y se lanzaron también hacia él. El primero cayó al vacío directamente, mientras que los otros dos corrían con la lengua fuera detrás de Sandra y el guerrero.

Cuando Zac alcanzó el puente y fue a poner un pie en él, Aiden lo detuvo, y él, ofuscado, gritó:

—¡Suéltame!

Pero su amigo siguió sujetándolo e indicó, mirando a Sandra y a Atholl a lo lejos:

—Zac, piensa. Ellos están a punto de pisar tierra al otro lado y los lobos van por algo más de la mitad del puente. Una vez que Sandra y Atholl lleguen, cortaremos las cuerdas y los lobos caerán al vacío.

Tanto Zac como el resto de los guerreros miraban angustiados cómo aquellos dos corrían por aquel puente que se desmoronaba por momentos. Algunos de los hombres comenzaron a lanzar flechas con su arco, pero, al ver que éstas rozaban a Sandra y a Atholl, su señor les ordenó que pararan.

Con el corazón a mil, esperaban que ninguno cayera, y, cuando por fin ambos pisaron el otro lado del acantilado, Zac y Aiden cortaron las cuerdas de un fuerte golpe con la espada y el puente empezó a desplomarse. Uno de los lobos cayó con él, pero el otro logró tocar tierra de un salto.

—¡No! —gritó Zac al ver aquello.

Impotente y enloquecido, observaba desde el otro lado del acantilado cómo Sandra y Atholl corrían para escapar de aquel terrible animal, hasta que desaparecieron tras unos árboles.

La frustración lo hizo bramar y maldecir. No podía hacer nada.

De pronto, ambos salieron de entre los árboles muy despacio, dándoles la espalda.

El lobo estaba a escasos pasos de ellos, y Sandra, mirando hacia atrás, vio a Zac y al resto, que los observaban con gesto impotente mientras ella pensaba qué hacer.

Bloqueado por la situación, Atholl se percató de que se acercaban al borde del acantilado.

—Milady, cuidado —murmuró.

Ella volvió a mirar atrás. Vio a algunos guerreros apuntando con el arco en su dirección, pero sabía que, estando ellos delante, nunca dispararían.

Sin resuello por la carrera, el médico y ella se miraron. No tenían escapatoria.

Habían llegado al borde del acantilado y no podían caminar más. Sandra miró hacia abajo y se mareó. La caída era terrible. Pero, pensando en su hijo y en salir como fuera de aquella situación, preguntó:

—Atholl, ¿sabes nadar?

—Sí —dijo él, y al intuir lo que la joven tenía intención de hacer, murmuró—: Ah..., no..., no..., no. Es una locura. Moriremos en la caída.

Sandra volvió a mirar hacia abajo y susurró:

—No nos queda otra, Atholl. —Y, apretando los dientes, afirmó—: Si no saltamos, moriremos devorados por ese animal. Así pues, contaré hasta tres, nos daremos la vuelta y saltaremos lo más separados de las piedras que podamos.

El hombre tembló. Lo que la joven proponía era una locura, pero también sabía que era su única opción.

Entonces Sandra comenzó a contar:

—Uno..., dos..., tres.

A continuación, ambos se dieron la vuelta e, impulsándose, se dejaron caer al vacío mientras el lobo se acercaba al borde y se detenía. Sandra se encontró fugazmente con los ojos de Zac y vio el terror en ellos. Lo siguiente que notó fue un golpe tremendo al chocar contra el agua.

Con el corazón en un puño, Zac vio cómo la joven caía al río junto a uno de sus guerreros y desaparecía. La furia se apoderó entonces de él y, cogiendo su carcaj, sacó una flecha, la lanzó contra el lobo y lo mató.

El cuerpo le temblaba. No había podido hacer nada por Sandra y ella se había precipitado al agua. No obstante, sin querer aceptar la realidad, gritó en dirección a sus guerreros:

—¡Traed los caballos!

Tan preocupado como él, Aiden se le acercó y murmuró:

—Tranquilo. La encontraremos.

Apesadumbrado, desesperado y con el corazón roto, Zac se aproximó entonces a *Pach*, el perro de Sandra, y examinó sus heridas. Por suerte, ninguna era grave, y, dirigiéndose a algunos de sus guerreros, ordenó:

—Lleváoslo y cuidadlo junto al hijo de lady Sandra hasta que yo regrese.

Los hombres lo cogieron con cuidado y se lo llevaron en el mismo instante en que aparecían otros con su caballo

Tras montar en él, Zac dijo al tiempo que clavaba los talones en sus costados:

—Hemos de encontrarlos.

Capítulo 39

Sandra no sabía cuánto tiempo había pasado. Estaba en la orilla, empapada y congelada, tosiendo y escupiendo agua. Tan mojado como ella, Atholl estaba a su lado, y, al verla abrir los ojos, murmuró riendo:

—Gracias a Dios..., gracias a Dios...

Cuando consiguió dejar de toser y su respiración se normalizó, como pudo, la joven se sentó. Tenía frío, mucho frío, y, al retirarse el pelo mojado de los ojos, las manos se le llenaron de sangre.

De pronto, lo recordó todo. El olmo escocés, los lobos, *Pach*, el puente y la caída por el acantilado.

—Milady, tenéis un golpe feo en el hombro —murmuró el médico—. Y no dispongo de nada para curároslo.

Sandra lo miró, él también sangraba. Entonces levantó la vista al cielo y susurró:

—Lo importante es que seguimos con vida.

Atholl asintió.

Una vez que Sandra notó que volvía a ser dueña de su cuerpo, se levantó ayudada por el hombre.

—Milady, he de daros las gracias —dijo él entonces.

—¿Por?

El guerrero miró hacia arriba e indicó:

—Por preocuparos por mí y no permitir que me encarara solo a los lobos.

Al oírlo, ella sonrió y respondió:

—Estamos juntos en esto, para todo, y no iba a permitir que te sacrificaras por mí. Además, te preocupaste por mi hijo y eso es de agradecer.

Entonces, ella tembló de frío y Atholl, al darse cuenta, explicó:

—Milady, no os toméis esto a mal, pero os voy a abrazar para daros calor mientras caminamos e intentamos encontrar a nuestra gente.

Sandra asintió y, sonriendo, se dejó abrazar al tiempo que decía:

—Vamos. Debemos encontrar el campamento.

Caminaron durante horas por un frondoso bosque, mientras ambos temblaban a causa del frío y el sol desaparecía, hasta que al llegar a un punto Atholl indicó:

—Mirad, milady.

Sandra vio entonces unas lucecitas al fondo y sonrió.

—Tiene pinta de ser un pueblo —dijo—. Debemos llegar a él.

Sin descanso, prosiguieron caminando cuando, de pronto, alguien los empujó por detrás y los dos acabaron cayendo de bruces al suelo.

Sorprendidos, al darse la vuelta vieron a cuatro hombres de aspecto sucio y deplorable.

—Oh, qué tierno... —dijo uno de ellos— , una parejita.

Atholl se incorporó, debía defender a Sandra. Pero entonces otro lo golpeó y él cayó de nuevo. Furioso, se disponía a levantarse cuando Sandra lo sujetó y, mirando fijamente a los hombres, preguntó:

—¿Qué queréis?

A continuación, el que parecía el cabecilla se acercó a ella. Agachándose, pasó el dedo por la mejilla de la joven e indicó mirándole la mano:

—Buscamos un anillo como el que llevas y todo lo que os podamos desvalijar.

—¡Ni hablar! —siseó Sandra al pensar en el anillo de su madre.

Los hombres se carcajearon ante su respuesta.

—La moza es guapa, jefe —señaló entonces uno de ellos—. Yo buscaría también un buen revolcón.

—Antes tendréis que matarme —bramó Atholl.

Al oírlos, Sandra se inquietó y, tras mirar a Atholl y pedirle que se calmara, siseó furiosa:

—Si os atrevéis a tocarme un pelo, os juro que lo vais a lamentar.

Tras mirarse unos a otros, los hombres volvieron a soltar una risotada.

Entonces, el que estaba junto a Sandra le pegó un bofetón y replicó:

—Estoy convencido de que alguien te echará de menos y pagará un suculento rescate por ti, pero, mientras averiguamos quién te añora, probaremos la mercancía.

Atholl se levantó con fiereza. Debía defender a Sandra de aquellos animales, pero tres de ellos se le echaron encima y comenzaron a golpearlo.

Horrorizada, la joven se abalanzó sobre ellos, en el mismo instante en que una mano la agarraba del pelo y, tirando de ella para acercarla a él, uno de los tipos decía al notarla fría:

—Agradecerás mis atenciones cuando te haga entrar en calor. —A continuación, mirando hacia atrás, añadió—: Matad a ese hombre y enterradlo. Después esperad vuestro turno para disfrutar de la mujer mientras continúa con vida.

—No... ¡No! Ni se os ocurra hacerlo —gritó Sandra horrorizada por Atholl.

Tapándole la boca con la mano, el bandido la alejó unos pasos de los demás. Al llegar junto a un árbol, la apoyó en él y murmuró, rompiéndole la pechera del vestido:

—Nunca he estado con una dama refinada como tú.

—¡No me toques!

—Disfrutaré de ti cuanto me plazca —insistió él.

—No oses tocar lo que no te he ofrecido, maldito patán —siseó Sandra.

Como pudo, se resistió y, furiosa, comenzó a chillar. Gritó los mayores improperios que una mujer podía decir, y el hombre rio mientras le subía las faldas.

—Menuda fiera...

—Suéltame o te enviaré al infierno.

El tipo sonrió y, mientras acariciaba la fina piel de sus muslos, musitó:

—Lamento si mi aspecto no te place, pero el tuyo, a pesar de parecer un pollo mojado y tembloroso, es bastante apetecible.

—¡Suéltame, maldito cerdo!

La lucha con ella estaba asegurada. Intentó maniatarla, pero fue imposible. La joven era una fiera que se defendía con uñas y dientes. Agotado por el esfuerzo, el hombre sacó entonces una daga, se la puso en el cuello y masculló:

—Voy a tomar tu cuerpo sí o sí, por lo que estate quieta o morirás.

En ese instante se oyó el silbido de una flecha que pasaba cerca de la cabeza de aquél y se clavaba en el árbol. Sorprendido, el tipo miró hacia atrás y Sandra suspiró aliviada al distinguir a Zac, a Aiden y a varios guerreros más, junto a un Atholl magullado pero que parecía estar bien.

Con un gesto fiero, el highlander miró al bandido que la sujetaba.

—Libérala —ordenó con sequedad—. Es mía. Tira la daga y retrocede.

Impresionado por la magnitud del guerrero que se cernía ante él, el hombre no se movió, y Zac repitió impaciente:

—Retira esa maldita daga de su cuello y ¡suéltala!

Boquiabierto, el bandido lo miró y entonces vio a sus tres acompañantes en el suelo, sin moverse. A continuación, apretó a Sandra contra su cuerpo y voceó:

—¡Si la queréis, tendréis que pagar!

Aiden, que intentaba templar la impaciencia de Zac, respondió:

—Dinos su precio.

—He de pensarlo.

Zac y su amigo se miraron. Entonces el primero, impaciente, se acercó al bandido y siseó:

—Sólo me dejas una opción: ¡matarte!

A cada instante más asustado, el tipo gritó:

—¡Alejaos de mí o la mataré!

La impaciencia de Zac crecía por momentos y, bramando, exigió:

—Libera a mi mujer ¡ya!

Al oír eso, el bandido tembló y, al hacerlo, aflojó la presión que ejercía sobre Sandra. Sin pensarlo, ella levantó entonces el brazo y le propinó un codazo en la cara. El golpe hizo que el tipo la soltara y, cuando iba a agarrarla de nuevo, una daga que provenía directamente de las manos de Zac, lo alcanzó en el pecho y lo derribó al suelo.

Sin tiempo que perder, el guerrero estiró la mano, cogió la de Sandra y, acercándosela al cuerpo la abrazó mientras ella murmuraba aliviada entre temblores:

—Sabía que vendrías.

—Te dije que nada me separaría de ti, *mo chridhe* —susurró él cerrando los ojos.

De pronto, para Zac, la angustia vivida durante tantas horas se había esfumado ya. Desde que la había visto saltar por el acantilado, la inquietud no lo dejaba siquiera pensar, pero ahora, al tenerla entre sus brazos, sintió que podía respirar de nuevo con normalidad.

—¿Dónde está mi hijo?

Con cariño, él sonrió y, tras ver el feo corte que ella tenía en su hombro desnudo, respondió:

—Tranquila. Está cuidado, protegido y a salvo.

En ese instante, Atholl apareció ante ellos. Separándose de Zac, Sandra lo abrazó dejándolo sin palabras mientras preguntaba:

—¿Estás bien?... ¿Te han hecho daño?

Al ver que Zac los miraba, Atholl murmuró con gesto de apuro:

—Milady..., no deberíais...

Comprendiéndolo, Sandra lo soltó y a continuación aclaró, mirando a Zac:

—Atholl estaba dando su vida por mí y me ha cuidado. Creo que se merece mi abrazo y ser recompensado.

—Así será —afirmó Zac con una sonrisa y, acercándose a aquél, declaró—: Me complace mucho que hayas velado por ella. ¡Gracias!

El médico sonrió encantado. Acto seguido, enseñándole algo que llevaba en las manos, respondió:

—Era mi deber, señor. Y ahora, con lo que me han entregado, he de curarle esa fea herida del hombro antes de que se infecte.

Sandra suspiró. Odiaba las agujas. Quizá por eso odiaba coser.

Entonces Zac, al ver que ella no se movía, pidió:

—Siéntate, Sandra.

Aunque asustada por lo que aquél iba a hacerle, la joven se sentó sin rechistar. Todos los hombres la miraban, y Aiden, entregándole una botella, indicó:

—Bebe. Lo necesitarás.

Sandra bebió. El agua de vida era fuerte y le rascó la garganta, pero la ayudó a aguantar sin gritar ni llorar mientras Atholl le cosía con cuidado la herida y ella apretaba la mano de Zac, ante la mirada de varios de sus guerreros.

Cuando el médico terminó, y viendo los ojos anegados en lágrimas de Sandra por la contención, Aiden tocó a Atholl en el hombro y, dirigiéndose a los guerreros, ordenó:

—Volvamos a los caballos.

Una vez que se hubieron marchado, al ver la expresión de la joven, Zac la abrazó, le echó su capa por encima para que dejara de temblar y murmuró con mimo:

—Duele, lo sé. Llora, mi amor, lo necesitas.

Sin poder evitarlo, las lágrimas se desbordaron de los ojos de aquélla, y Zac, abrazándola, la consoló con todo el amor del mundo. Así permanecieron durante un rato, hasta que ella consiguió relajarse.

—Una flor para otra flor —dijo él entonces tras coger algo del suelo.

Al ver la flor naranja que Zac le tendía con una bonita sonrisa, Sandra la cogió y volvió a abrazarlo emocionada. Por suerte, aún lo tenía a él. Iba a decir algo cuando él se le adelantó:

—Creí que te había perdido. Cuando te he visto saltar del acantilado, ¡me he vuelto loco! Luego no hemos parado hasta encontrar vuestro rastro, y entonces he sabido que, estando viva, te iba a recuperar.

Sandra sonrió.

—Al parecer —cuchicheó—, estamos predestinados a estar juntos.

Los dos rieron y, a continuación, con gesto confuso, Zac preguntó:

—¿Cómo se te ocurre tirarte por un acantilado?

—Era eso o morir devorados por un lobo —dijo ella y, mirándolo a los ojos, susurró—: *Pach...*, dime cómo esta *Pach*.

Al ver su gesto de dolor, el highlander murmuró:

—Ha sabido defenderse del ataque de los lobos y, cuando he salido en tu busca, he dado orden de que lo cuidaran hasta nuestro regreso.

Al ver que ella sonreía aliviada, él sonrió también y, sin dejar de abrazarla, susurró:

—Si vuelves a tirarte por un acantilado, juro que te mataré.

—Si no te mato yo a ti antes del disgusto... —se mofó Sandra.

Incapaz de no reír, el guerrero la contempló. Aquélla era la mujer de la que se había enamorado mucho tiempo atrás, y adoraba su irreverencia, su locura y su desparpajo, aunque en otros momentos lo enfadara. Como un tonto, la estaba observando con una sonrisa cuando ella preguntó:

—¿Qué te ocurre?

Sin responder, él acercó sus labios a los de ella, la besó y, a continuación, murmuró:

—Como tú bien has dicho, estamos predestinados a estar juntos.

La joven sonrió, y Zac, hincando una rodilla en el suelo y sin apartar los ojos de su amada, preguntó sosteniendo una mano de ella entre las de él:

—Sandra Murray, *mo chridhe*, ¿quieres casarte conmigo?

La joven parpadeó. Ése no era el mejor momento ni el mejor lugar, su aspecto era deplorable. Pero, cuando iba a hablar, él insistió:

—Vamos, di que sí y atesoremos este momento especial para recordar.

—Pe... pero, Zac...

El guerrero, divertido al ver su gesto de sorpresa, le tapó la boca con un dedo e insistió:

—Quiero este recuerdo y no aceptaré un no por respuesta por ti, por mí y... por nuestro hijo.

Al oírlo, Sandra frunció el ceño y murmuró:

—¿Nuestro hijo?

Él asintió. La decisión estaba tomada.

—Soy el padre de Zac —afirmó—. Él es tan hijo mío como tuyo, y quiero hacerlo feliz, como quiero hacerte feliz a ti.

—Zac...

Consciente de lo que ella iba a decir, el guerrero le tapó la boca con la mano y prosiguió:

—El niño lleva mi nombre, tiene mi misma sonrisa, mi pelo y mis ojos. —Sandra sonrió—. Me habría gustado mucho que hubiera tenido los ojos castaños de su preciosa madre, pero, como no ha sido así, intentaré que nuestro segundo hijo o hija sí que los herede.

Emocionada por lo que todo aquello quería decir, Sandra sonrió y afirmó tan segura como él:

—Sí, Zac Phillips. Claro que atesoraremos este recuerdo, porque quiero casarme contigo.

La sonrisa que esbozó él al oírla hizo que a la joven se le parara el corazón, y más cuando el guerrero selló ese bonito y emocionante momento con un beso cargado de deseo, protección y amor.

Cuando se separó de ella, dio un silbido y, a los pocos segundos, apareció Aiden con su caballo y los demás guerreros. Zac se acercó a su montura y, mirando en sus alforjas, indicó dirigiéndose a Sandra:

—Ven. Has de cambiarte de ropa o enfermarás.

Ella lo siguió encantada mientras Aiden se alejaba de nuevo con su caballo, pero, al ver que Zac sacaba unos pantalones, una camisa y un chaleco, preguntó:

—Eso ¿de quién es?

—Es mío. Te quedará un poco grande...

—¿Un poco? —se mofó ella.

Él sonrió.

—Cámbiate de ropa. Al menos, la humedad de tu cuerpo desaparecerá y entrarás en calor.

Sin protestar, ella asintió. Zac tenía razón. Entonces, mientras él la ocultaba tras una piel grande, la joven comenzó a desnudarse y, al ver que éste la observaba, cuchicheó:

—Ehhh..., no seas mirón.

Encantado y feliz de tenerla a su lado, él se encogió de hombros y replicó:

—Eres mi mujer. Si alguien puede mirar, soy yo.

Divertida, Sandra continuó con lo que hacía y, una vez que su cuerpo estuvo cubierto, se arremangó los pantalones, se ajustó un cinturón y el chaleco y, cuando acabó, se miró y murmuró:

—Parezco un espantajo.

Al oírla, Zac soltó una carcajada y, acercándola a él, afirmó:

—Pues he de decir que eres el espantajo más lindo que he visto en mi vida.

Sandra sonrió, dejó que él la besara y, tan pronto como detuvieron sus muestras de pasión, Zac la asió de la mano con fuerza y regresaron junto a los hombres, que sonrieron al verla.

A continuación, con seguridad, el highlander se subió a su caballo y, cogiéndola, la sentó delante de él. En cuanto la hubo acomodado, miró a sus hombres e indicó:

—Vayamos a ese pueblo. Aiden nos espera allí.

Al oírlo, Sandra protestó:

—Zac, quiero regresar con mi hijo. Estará asustado si no me ve, y he de cuidar de *Pach*.

El guerrero asintió, pero, sin dejarse doblegar, afirmó:

—Regresaremos, pero antes haremos lo que he dicho.

Al oírlo, Sandra suspiró, y Zac sonrió sin poder evitarlo. Adoraba a esa mujer.

Poco después, al llegar al pueblo, los lugareños los miraban. Nunca los habían visto por allí y llamaban su atención.

Cuando Zac vio a Aiden, éste le hizo una seña y cabalgaron hacia él. A continuación, el guerrero se bajó del caballo y, tras hablar con su amigo, miró a Sandra e indicó:

—Ven, acompáñame.

Sin entender adónde iban, la joven caminó de su mano por las callejuelas oscuras hasta entrar en una pequeña capilla. Sorprendida al verse allí, miró a Zac.

—Nos casaremos —dijo él—. No voy a esperar ni un segundo más.

Al oír eso, Sandra se soltó de su mano y, frunciendo el ceño, preguntó mientras veía a los guerreros entrar en la capilla con una sonrisita:

—¿Nos vamos a casar?

—Sí —afirmó Zac.

—¿Aquí?

—Sí.

—¡¿Ahora?!

—Sí, cariño.

Asombrada, la joven miró a Aiden, que sonreía. Y, cuando iba a decir algo, éste le entregó un ramo de flores multicolores que había recogido en el camino y cuchicheó:

—Vamos, Sandra, lo quieres tanto como él te quiere a ti. Aprovecha esta segunda oportunidad.

La joven asintió. Le encantaba todo aquello, las flores que sujetaba, pero entonces, mirándose los pies, murmuró desesperada:

—Por el amor de Dios..., pero ¿habéis visto las pintas de espantajo que llevo?

Divertido, Zac miró a Aiden, que sonreía.

—No hace falta que digáis nada —susurró Sandra—. Vuestras caras lo dicen todo.

De nuevo volvieron a reír, y entonces la joven insistió:

—Siempre he deseado una bonita boda con el precioso vestido de mi madre y...

—La tendrás —la cortó Zac—. Te prometo que, una vez que lleguemos a Dufftown, organizaré la boda que tú quieras, pero de aquí no nos vamos sin ser marido y mujer.

—Zac... ¿y si te arrepientes de esta decisión? Hay muchas cosas de mí que sé que no te agradan y...

—¿Qué cosas? —preguntó él interesado.

—Soy una mujer guerrera, osada, respondona, retadora y...

—Preciosa, tremendamente preciosa.

—¡Zac! —insistió ella.

Él la miró entonces con cariño y seguridad y, pasando un dedo por su mejilla, declaró:

—No me voy a arrepentir porque te adoro. —Ambos se miraron a los ojos, y él insistió—: Cásate conmigo. Me he hartado de esperar, y más cuando ambos estamos predestinados a estar juntos.

Los guerreros seguían entrando en la capilla, y Sandra, horrorizada, murmuró:

—Esto es un despropósito, Zac y...

No pudo decir más porque el highlander, asiéndola por la cintura, la besó con ternura y amor y, cuando acabó, susurró:

—*Mo chridhe*, ni con el mejor de los vestidos estarías más bonita que ahora mismo.

Al oír eso, Sandra suspiró y, al mirar hacia la derecha, se encontró con Hugh, uno de los guerreros que siempre la habían cuestionado.

—Mi señor tiene razón —dijo éste entonces—. Se os ve muy bonita, milady.

A partir de ese instante, uno a uno, y sin que entendiera nada, todos los guerreros repitieron lo que aquél había dicho, hasta que Sandra al final tuvo que sonreír. Aquello era una locura. Mirando a Zac, se disponía a decir algo cuando éste cogió su mano y declaró:

—No tengo anillo que entregarte, pero de momento te daré esto, hasta que te lo compre.

Al mirar, Sandra se tapó la boca con la mano. En la palma sostenía uno de los pendientes que un día le había regalado su padre.

—Lo perdiste en Dufftown —explicó Zac—, y yo lo he guardado todo este tiempo para sentirte a mi lado.

Emocionada al ver aquel objeto tan preciado para ella y oír sus palabras, Sandra sonrió. Sin lugar a dudas, aquel hombre era el amor de su vida, y, mientras asentía, declaró, agarrando con fuerza el ramo que Aiden le había entregado:

—Como tú has dicho antes, de aquí no nos marchamos sin ser marido y mujer.

De nuevo, todos sonrieron y, a la luz de la luna, un hombre y una mujer enamorados se unieron en matrimonio prometiéndose amor eterno.

Capítulo 40

Durante su regreso al asentamiento donde los esperaban el resto de los guerreros, Sandra estaba como en una nube. Se había casado con Zac, con el amor de su vida, y no se lo podía creer.

Nada de lo que había soñado siendo una niña había salido como esperaba, pero eso no empañaba la felicidad que sentía ahora al ser la mujer de Zac Phillips.

Amanecía, y el amanecer en las Highlands era siempre motivo de alegría; entonces Zac preguntó:

—¿Qué piensa mi preciosa mujercita?

Al oír eso, Sandra sonrió y, apoyándose en el fornido pecho de aquél, respondió:

—Que estoy deseando ver a mi hijo.

—Nuestro hijo —matizó Zac.

Sandra asintió, debía acostumbrarse a aquello. De pronto, unas luces a lo lejos le hicieron saber que ya habían llegado.

Nada más bajar del caballo, la joven corrió hacia el lugar donde Scott le indicó, y sonrió al ver a Leslie y a su pequeño dormidos. Ver que había estado bien cuidado era un gran regalo de Dios y, mirando a Scott, lo abrazó y declaró:

—Gracias..., gracias por cuidarlos en mi ausencia.

Avergonzado por el modo en que todos los miraban, el hombre murmuró con un hilo de voz:

—Lo he hecho encantado, milady, y aprovecho para deciros cuánto me agrada que estéis de nuevo con nosotros.

Al ver la escena, Zac sonrió. Su mujer era demasiado cariñosa en ocasiones, pero eso en cierto modo le gustaba. Le encantaba que fuera agradecida con sus hombres.

Entonces, soltándose de Scott, Sandra miró al guerrero a los ojos y dijo:

—Leslie es maravillosa.

—Lo sé. —Él sonrió—. Prometo hacerla feliz.

Sin decir más, ambos se entendieron con la mirada, y aquél, señalando hacia un lado, indicó:

—Hemos cuidado de *Pach* y, aunque estará una temporada sin poder caminar bien, creemos que se repondrá.

Enternecida, Sandra miró hacia la manta donde estaba el animal y, caminando hasta ella, se agachó y murmuró mirándolo a los ojos:

—Hola..., bonito mío.

El perro, al verla, movió encantado el rabo y se dejó besuquear.

Bajo la atención de varios guerreros, Sandra mimó a *Pach* y examinó sus heridas, y luego Atholl se colocó a su lado y declaró:

—Yo me ocuparé de él ahora que estoy aquí, milady.

—Gracias —dijo ella con una sonrisa.

Sandra estaba levantándose del suelo cuando de pronto oyó a su espalda:

—Vaya..., ¡sigues viva!

Al volverse, vio a Mery, que se aproximaba en su dirección. Sus miradas se encontraron, y aquella mujer, sin preocuparse por lo ocurrido, se mofó:

—Por el amor de Dios..., ¿de qué vas disfrazada?

Sandra no respondió. Al parecer, la tregua había acabado. Entonces, recordando la maldad que ella había hecho cuando le pidió a gritos que solicitara ayuda a Zac, caminó hacia ella y, sin importarle nada ni nadie, le dio un puñetazo con todas sus fuerzas en toda la cara que la hizo caer de culo.

—Qué maravilloso recuerdo —siseó a continuación tocándose el puño.

Al ver aquello, los hombres gritaron, y Zac y Aiden corrieron hacia ellas mientras Sandra voceaba:

—¡Maldita bruja, para tu desgracia, he vuelto!

Ayudada por un guerrero, Mery se levantó, y entonces Sandra gritó acercándose a ella:

—Te pedí ayuda. Te pedí que avisaras a Zac cuando los lobos

nos vieron, y tú, en cambio, sonreíste y me dijiste adiós con la mano.

—¡¿Qué?! —bramó Zac al oírla.

Con el pómulo y el trasero doloridos, al ver cómo todos la miraban, Mery replicó:

—Eso es mentira. Esta... esta mujer, con tal de desacreditarme, me...

—¿Que es mentira? ¡¿Que es mentira?! —chilló Sandra, deseosa de darle otro puñetazo.

Aiden se acercó a ella, pero Zac, adelantándose, indicó:

—Tranquilízate, Sandra.

Pero, teniendo al lado a aquella mala bruja, tranquilizarse no era fácil. Desde el primer segundo que estuvo frente a ella no había dejado de hacerle la vida imposible. Sin embargo, cuando iba a vocear de nuevo, Cameron se le adelantó:

—Lady Sandra dice la verdad.

Todos lo miraron, la primera, ella misma, y aquél prosiguió:

—Yo acompañaba a lady Mery cuando los lobos aparecieron.

—¡Cállate! —protestó la mujer.

Zac miró a su guerrero y, al ver la expresión de su rostro, pidió:

—Dime la verdad sobre lo ocurrido, Cameron.

El aludido asintió y, sin importarle el gesto de asco de Mery, declaró:

—Estaba con lady Mery en el bosque. Ella se lamentaba porque os había visto besaros y me pedía explicaciones cuando, de pronto, lady Sandra le gritó que pidiera ayuda. Lady Mery se negó, e incluso me exigió que yo no os avisase, pero no hice caso de tal disparate. No podía permitir que nada les ocurriera.

Al oírlo, Sandra sonrió y, mirando al guerrero, murmuró agradecida por que se hubiera puesto de su parte:

—Gracias, Cameron.

—De nada, milady. La verdad es la verdad —afirmó aquél.

La mirada de Zac al saber aquello se ensombreció y, acercándose a Mery, siseó:

—¿Tienes algo que decir al respecto?

Acorralada, la mujer no sabía dónde mirar, y entonces Zac bramó:

—Esto no te lo voy a perdonar. Pero ¿cómo puedes tener tanta maldad?

—¿Y tú cómo puedes besarte con ella, estando yo aquí?

Zac rugió. Estaba muy enfurecido; pero de pronto, al ver su gesto, Mery corrió a refugiarse entre sus brazos buscando su perdón. Al verlo, Sandra la agarró para que no lo alcanzara y, tirándola al suelo, siseó:

—Si te acercas a mi marido o le dices eso de «*guapo Zacharias*», ¡lo vas a lamentar!

—¡Sandra! —protestó Zac.

—¿Tu marido? ¿Cómo que tu marido? —murmuró Mery desde el suelo.

Esa vez, ni siquiera uno de sus propios guerreros la ayudó a levantarse. Entonces Zac, viendo que todos estaban pendientes de ellos, declaró alto y claro:

—Sandra Murray es ahora vuestra señora Sandra Phillips. Me he casado con ella, porque es la madre de mi hijo y la mujer que adoro. A partir de este momento quiero que todos cuidéis y protejáis a vuestra señora y a mi hijo como se merecen, y quien no quiera hacerlo puede marcharse, pero ¡ya!

Los guerreros miraron a Sandra sorprendidos, y ella, acercándose a Zac, cuchicheó:

—No sé si ha sido buena idea decirlo...

Los hombres permanecieron inmóviles y en silencio, y Cameron se sacó la espada del cinto. A continuación, la levantó y la bajó hasta que la punta de la misma le dio en la palma de la mano libre; luego se agachó, la dejó en el suelo y, arrodillándose, murmuró:

—Mi señora, os pido disculpas por mi rudo comportamiento en ciertas ocasiones y os juro lealtad. Aquí me tenéis para todo lo que necesitéis y quiero que sepáis que, si es necesario, moriré por vos.

Uno a uno, el resto de los guerreros de Zac hicieron lo mismo que Cameron. Cuando todos estaban arrodillados ante ella, molesta por aquello, Mery se mofó:

—Ni que fuera una reina.

Zac la miró y, feliz y orgulloso por la reacción de sus guerreros, afirmó:

—Que no te quepa la menor duda, Mery, de que Sandra es la reina de nuestro hogar.

Dicho esto, sus hombres se levantaron felices, vitorearon a los recién casados y gritaron de satisfacción mientras Sandra sonreía sorprendida por lo ocurrido y hacía sonreír a Zac.

Mientras los demás festejaban el enlace, Mery siseó molesta dirigiéndose a él:

—No voy a desearte felicidad porque no te la deseo.

—Mery, por favor... —protestó Aiden.

Ella, al oírlo, preguntó:

—¿Acaso crees que esa mujer es buena para Zac?

Aiden la miró. Nunca le había gustado Mery y, seguro de lo que decía, contestó:

—Estoy encantado con la elección de Zac, porque es mi amigo y quiero lo mejor para él. Y, sin duda, Sandra lo es.

La aludida sonrió, y los guerreros gritaron de nuevo felices dejando clara su aceptación.

Horrorizada, Mery no sabía dónde mirar ni qué hacer. Aquella situación se le había ido de las manos y, dirigiéndose a Zac, que la observaba con gesto fiero, siseó:

—Sin duda mi padre te hará pagar este despropósito.

El guerrero se acercó entonces a ella y, separándola de los demás para que no pudieran oír su conversación, replicó:

—Lo dudo.

—¿Lo dudas? ¿Por qué lo dudas? —repuso ella en el momento en que Sandra se acercaba.

Seguro de sus palabras, Zac contestó:

—Mery, ¿a qué viene esto? ¿Qué te ocurre?

Malhumorada y dolorida por el golpe de Sandra, la mujer espetó mirando a la joven:

—A tu marido le encanta intimar conmigo.

Al observar el gesto de Sandra, y, consciente de lo que decía, Zac replicó dirigiéndose a Mery:

—Soy un hombre y, si te ofrecías a calentarme el lecho y a mí me apetecía..., te tomaba.

Sandra resopló al oír eso, y Zac matizó mirándola:

—Ahora soy un hombre enamorado y felizmente casado, *mo chridhe*. Nada has de temer.

La joven asintió y calló. Era lo mejor.

A continuación, Mery iba a decir algo cuando él aclaró:

—Mery, tus padres sufren. No sólo les llegan comentarios de la corte...

—¡Imposible!

Él asintió al ver el gesto de aquélla, e indicó:

—Bob Sinclair, Jeff Strugat, Gilburt Olso... ¿Quieres que continúe?

—¡Calla! —pidió ella acalorada al darse cuenta de que aquéllos se habían ido de la lengua.

Atónita, Sandra miró a su marido. Sabía que Mery no era una santa, pero nunca habría imaginado la vida de crápula que llevaba la viuda.

—Cuando el barón enviude, se casará conmigo y regresaré a la corte.

—Lo has repetido mil veces —afirmó Zac—. Ahora sólo queda que, una vez que muera esa mujer, él cumpla con su promesa para que tus padres puedan descansar.

Con rabia, al entender lo que Zac quería decir con aquello, Mery miró a Sandra y exclamó levantando la voz:

—Si tú y tu bastardo no hubie...

De un rápido movimiento, Sandra le quitó la espada a Zac y, poniéndosela a aquélla en el cuello, siseó:

—Si vuelves a llamar a mi hijo *bastardo*, juro que te lo corto.

—¡Sandra! —gruñó Zac.

Con diligencia, él le quitó entonces la espada de las manos y murmuró:

—Ahora eres mi mujer. Yo me ocuparé de estas cosas. Compórtate.

A Sandra le molestó oír eso, pero entonces Zac voceó mirando a Mery:

—¡Pide disculpas a mi esposa y a mi hijo por lo que has dicho! Nadie osará poner en duda mi paternidad. Vamos, mujer, ¡pide disculpas!

Todos la miraban.

Todos la observaban.

Y, consciente de que llevaba todas las de perder, finalmente Mery dijo con rabia en la voz:

—Pido disculpas, pero...

—¡Sin peros! —gruñó Zac.

Mery se dirigió entonces a Sandra, que la observaba, y repitió:

—Te pido disculpas.

Zac miró a su mujer, y ésta, sin querer hacer más sangre, asintió.

—Disculpas aceptadas.

A continuación, se hizo un extraño silencio, hasta que Mery, con gesto de asco, indicó:

—Partiré con mis hombres. No deseo estar donde molesto.

—De eso nada —siseó Zac—. Esperarás y partirás con nosotros, porque personalmente te llevaré a tu casa y hablaremos con tus padres para que no exista el menor problema. Es una orden y espero que la acates, o atente a las consecuencias.

Por fin, sin rechistar, Mery se alejó con cara de circunstancias.

Sandra no se movió, y Zac, acercándose a ella, se disponía a protestar, cuando ella dijo:

—Vale. No debería haberle puesto la espada en el cuello.

—No, Sandra. No deberías haberlo hecho.

—Lo sé..., pero...

—Sandra —la cortó él—. Ahora eres mi mujer y necesito que contengas a la guerrera. Piensa las cosas antes de hacerlas, por favor.

La joven asintió. Debía intentarlo.

—Qué maravilloso recuerdo —cuchicheó entonces sonriendo—, el puñetazo que le he dado.

Hechizado por aquella sonrisa tan bonita, e incapaz de aguantar un segundo más, él la cogió por la nuca y la besó. Sus hombres vitorearon encantados y, cuando se separaron, Zac sonrió y declaró:

—*Mo chridhe*, eres la mujer más fascinante de Escocia. —Ella le correspondió, y el guerrero indicó—: Anda, ve y cámbiate de ropa. En cuanto estés lista, partiremos y, por favor, contén esos impulsos feroces de una vez.

—No te prometo nada.

—¡Hazlo! —Él sonrió.

En cuanto se separaron, Sandra se dirigía a cambiarse de ropa cuando vio a Mery entre unos caballos. La observó con curiosidad y, al ver que lloraba, se acercó a ella.

—¿Qué quieres? —preguntó la mujer al verla.

—No sé por qué te caigo tan mal —murmuró Sandra.

—No me gustas.

—¿Por qué?

Mery no contestó, y Sandra prosiguió:

—Vamos a ver: tú no quieres a Zac, no deseas casarte con él, pero, aun así, tampoco quieres que él sea feliz conmigo... ¿Por qué?

De nuevo, la respuesta fue el silencio. Entonces, conmovida por primera vez por la mirada triste de la mujer, Sandra susurró:

Si tu vida es la corte escocesa, regresa y disfrútala, y ojalá no te equivoques en cuanto a las atenciones del barón. Sería muy triste que nada de lo que esperas de él se cumpliera.

Los ojos de Mery se llenaron de lágrimas nuevamente, y Sandra, sincerándose, prosiguió:

—Eres preciosa y, aunque conmigo te comportas de un modo detestable y he sentido más de una vez ganas de matarte, el hecho de que Zac te tenga cariño me hace entender que no debes de ser tan mala persona como te propones serlo conmigo...

—Siento no haber avisado a Zac cuando vi a los lobos. Lo pienso y me horrorizo por lo que hice.

A Sandra la sorprendió oír eso y, sin querer hacer leña del árbol caído, replicó:

—Yo también lo siento, pero no pasó nada y aquí estoy. Deja de atormentarte.

—Siempre he querido que un hombre me mirara como Zac te mira a ti. —Compadecida, Sandra iba a tocarla cuando ésta, echándose hacia atrás, levantó el mentón y añadió—: No tengo nada más que hablar contigo. Por favor, vete y déjame.

El hecho de que se lo pidiera por favor hizo entender a Sandra que debía retirarse y, dando un paso atrás, asintió, dio media vuelta y se alejó. Sin duda, no tenía nada más que hablar con aquélla.

Cuando caminaba hacia donde estaban Leslie y su hijo, miró hacia atrás y sonrió al comprobar cómo los guerreros felicitaban a Zac por la boda.

Entonces, al ver a Leslie, sonrió y su amiga corrió a abrazarla.

—*Esnerviá* me tenías. Y que sepas *qu'he disfrutao* mucho cuando el trasero le ha *dao* en el suelo a esa *aboñigá* y el rostro se le ha *encendío*.

Encantada por aquel abrazo, Sandra musitó ignorando el tema de Mery:

—Gracias por cuidar de Zac en mi ausencia.

Leslie asintió y, a continuación, susurró bajando la voz:

—Lo hice *encantá*.

—Se dice «encantada».

—Lo hice encantada —repitió aquélla—. Y por *Pach* no te preocupes, que está bien.

—Lo sé. —Y, mirando a Scott, que hablaba con Marcus, Sandra añadió—: Tu futuro marido ya me lo dijo.

Al oír eso, Leslie sonrió con coquetería y, a continuación, preguntó:

—¿Es cierto que *t'has desposao* con el señor Zac?

—Sí.

—Y ¿ahora cómo he de llamarte? —dijo la muchacha bajando la voz.

Divertida por aquella pregunta, ella respondió:

—Pues por mi nombre, Sandra.

Leslie volvió a sonreír e hizo ademán de decir algo, pero finalmente calló. Al ver su gesto, Sandra preguntó:

—¿Qué ibas a decir?

La muchacha resopló.

—*Na...*, no era *na*.

—Leslie...

Ella volvió a resoplar y, bajando la voz, cuchicheó para que nadie la oyera:

—El señor Zac y tú seréis unos excelentes padres *pa'l* niño. Seguro que Meribeth estará muy feliz allá donde esté.

Esas palabras y la forma en que Leslie la miró hicieron comprender a Sandra que su amiga sabía más de lo que decía. Sin embargo, cuando iba a contestar, la muchacha agregó:

—No digas *na*. *To* está bien y así ha de estar.

Sin poder remediarlo, Sandra la abrazó y supo que el secreto del pequeño estaba a salvo con Leslie.

Capítulo 41

La mañana en que llegaron a las inmediaciones de Kildrummy, al alcanzar una bifurcación, Zac indicó dirigiéndose a Aiden:

—Prosigue por este camino hasta el hogar de los O'Hara.

Sandra, que iba con él en el caballo, preguntó:

—¿Adónde vas tú?

Zac la miró con cariño.

—Voy a acompañar a Mery a su casa. He de hablar con su padre.

Ella se angustió y, al ver su gesto, Zac indicó:

—Tranquila, *mo chridhe*. El padre de Mery es un buen hombre y conoce muy bien a su hija.

—¿Puedo ir contigo?

Él sonrió y le dio un dulce beso en los labios.

—Me acompañarás en otra ocasión —repuso.

Sandra asintió finalmente y, tras darle otro beso en los labios, al ver que Mery le decía adiós con un movimiento de la cabeza, ella la imitó.

—No tardes —dijo a continuación mirando a su marido.

—Te lo prometo —prometió él con una sonrisa.

Dicho esto, la pasó con cuidado a la montura de Aiden, y, dando media vuelta, ordenó a algunos hombres que lo acompañasen.

Después de darle un beso en la cabeza al pequeño, que portaba Leslie, Zac clavó los talones en el caballo y él y los demás se desviaron del camino.

Al comprobar que Sandra miraba hacia atrás inquieta, Aiden indicó:

—Sabiendo que tú lo esperas no tardará en regresar. Aun así, iremos tranquilos. Así le daremos tiempo a que nos coja por el camino.

Sandra sonrió y deseó que así fuera.

Cabalgaron un rato en silencio, pero, al recordar algo, la joven comentó:

—Qué curioso que mi hijo sepa el nombre de tu caballo...

Aiden sonrió y, a continuación, ella cuchicheó:

—Ya me explicarás por qué mi niño llama *papá* a Zac.

El guerrero sonrió de nuevo y, mirándola, respondió:

—Tenía muy claro el papel que Zac desempeñaría en la vida del pequeño. Digamos que simplemente me adelanté a los acontecimientos.

Al oírlo, Sandra sonrió, y Aiden finalizó:

—Como tenía claro el día que te vi en la isla de Arran que, en cuanto Zac te encontrara, no te dejaría escapar.

Cuando llegaron al castillo de Kildrummy, Zac no había aparecido todavía, y Sandra se inquietó. Pero Aiden se apresuró a tranquilizarla; sin duda ya iba de camino.

Mirando aquel maravilloso lugar que se cernía ante ellos, el corazón de la joven golpeaba con fuerza en el pecho, y más cuando vio a su amiga Angela salir corriendo.

Sin esperar a que Aiden la ayudara a bajar, Sandra se tiró del caballo y se dirigió hacia su amiga, con la que se unió en un caluroso y emocionado abrazo.

—Perdóname —murmuró—. Perdóname por haberte tratado tan mal cuando tú sólo querías ayudarme.

Feliz de tenerla allí, y sin separarse un milímetro de ella, Angela asintió.

—Estás perdonada.

—Ay..., cuánto te he echado de menos.

—Tanto como yo a ti —dijo Angela y, mirándole, preguntó—: ¿Qué te ha ocurrido?

En ese instante, Kieran salió de la casa y, dirigiéndose hacia Aiden, le tendió la mano y quiso saber:

—¿Y Zac?

—Ha ido a acompañar a Mery a sus tierras.

Kieran asintió, y Sandra, al ver el gesto de Angela, dijo:

—Tengo que contarte una cosa.

—¿Sólo una? —se mofó aquélla.

Separándose de su amiga, ella sonrió y afirmó:

—Realmente son muchas, pero la primera que quiero comunicarte es que ¡me he casado!

Al oír eso, Angela y Kieran miraron a Aiden, que, sin poder evitarlo, sonrió, se dio la vuelta y se alejó unos pasos para dar órdenes a los guerreros.

Comprendiendo lo que sus amigos pensaban, sin sacarlos de su error, Sandra preguntó entonces divertida:

—¿Qué pasa?, ¿no os alegra que sea una mujer casada?

Kieran y Angela se miraron, hasta que esta última dijo:

—Claro que me alegro.

—¿Zac lo sabe? —preguntó él.

Sandra asintió y, encogiéndose de hombros, declaró:

—Claro que lo sabe, él mismo dio su bendición.

En ese instante se oyó el trote de unos caballos que se acercaban, y Sandra sonrió al ver que se trataba de Zac.

—Te lo he dicho —señaló Aiden—. Te he dicho que no tardaría en aparecer.

Angela y Kieran, confundidos y sin entender en absoluto lo que había ocurrido, volvieron a mirarse; en ese momento Zac llegó hasta ellos y, tirándose del caballo, se aproximó a Sandra y, agarrándola de la cintura, la besó en los labios y dijo:

—*Mo chridhe*, ya estoy aquí.

Divertido al ver el gesto de aquéllos, Aiden matizó:

—Ni que decir tiene que el marido es él y no yo.

Angela soltó una carcajada y Zac, al oírla, preguntó:

—¿Qué ocurre aquí?

Cuando lo hubieron aclarado y se echaron unas risas, en un momento dado, Kieran O'Hara abrió los brazos y exclamó:

—Anda y ven aquí, señora Phillips.

—¡Paaa..., paaa....! —chilló entonces el pequeño Zac.

Encantado, Zac sonrió, cogió al chiquillo, que Leslie le entregaba, y declaró con orgullo tras mirar a Sandra:

—Os presento a mi hijo, Zac Phillips Murray.

Al oír eso, Kieran miró a su mujer, que, llevándose las manos a las caderas, gruñó:

—Maldita sea, Zac. Dijiste que...

—Sé lo que dije —la cortó él. Y, asiendo a Sandra por la cintura, aclaró—: El primer sorprendido con la existencia del pequeño fui yo. Y ahora, con tranquilidad, os explicaremos por qué Sandra huyó, no nos buscó y tampoco me dijo que estaba embarazada.

Al oír eso, la joven sonrió. Tal y como Zac lo presentaba, evitaba preguntas incómodas, y, mirándolo a los ojos, sonrió y lo besó.

—Gracias —murmuró a continuación.

Enamorado y atontado de amor, el guerrero le correspondió. En ese instante apareció también la madre de Kieran, que se acercó a saludarlos con alegría.

Esa tarde, tras enviar a unos guerreros para avisar a Megan de que Zac había regresado, alrededor de la mesa del comedor de los O'Hara, Sandra, Zac y Aiden pusieron al corriente a Kieran y a Angela de todo lo acontecido, mientras éstos se quedaban sin palabras. Horrorizada al conocer la verdad, ella lloró y maldijo por no haber podido ayudar a su amiga. Lo ocurrido había sido terrible, y, furiosa, siseó que mataría a Wilson.

Sandra la consoló y, al oírla maldecir contra Wilson, matizó:

—Nunca he deseado la muerte de nadie, pero te aseguro que yo misma mataré a ese hombre.

Zac le cogió la mano.

—Tranquila, cariño —murmuró—, yo me ocuparé de eso.

Sandra negó con la cabeza. Aquello era algo personal y, mirándolo, insistió:

—No, Zac. Es algo que he de hacer yo.

—Cariño, soy tu marido y yo lo haré.

Sandra se disponía a replicar, pero cuando vio la expresión de Zac, decidió callar, mientras todos se miraban y ninguno decía nada. La sed de venganza de Sandra era evidente, y Zac supo que tendría que hacerla entrar en razón para que lo dejara a él ocuparse del tema.

Esa noche, tras una buena cena, Leslie se fue a dar un paseo con Scott. Cuando regresó, se acercó a Sandra y, señalando al pequeño, que estaba en brazos de su madre, dijo:

—Creo... creo que es hora de que me lo lleve a dormir.

Consciente de que el niño dormiría en un cuarto contiguo al suyo con Leslie, Sandra asintió y, tras darle un beso, se lo entregó.

—Si se despierta por la noche, no dudes en despertarme tú a mí —indicó.

Leslie asintió, y el pequeño Zac se marchó sonriendo en sus brazos.

Durante un buen rato, los demás disfrutaron alrededor de la mesa.

Sandra no paraba de sonreír.

Hacía menos de un mes se hallaba en la isla de Arran, sola y desamparada, y ahora estaba allí, en compañía de aquellas personas que la querían y casada con el amor de su vida.

Cuando los hombres se levantaron y salieron a mirar unos caballos, la madre de Kieran se dirigió a las cocinas y Angela y Sandra se sentaron frente al hogar del gran salón con *Pach*, que descansaba reponiéndose de sus heridas. Charlaron de infinidad de cosas, y en un momento dado Angela preguntó:

—¿Por qué no me dijiste que habías intimado con Zac?

Sandra sonrió. Inventar no era algo que le gustara, pero necesitaba hacerlo, por lo que dijo:

—Porque sabía que, aunque no te ibas a enfadar, estaba haciendo algo inapropiado.

—¡Sandra!

—Vamos a ver, ¿por qué crees que Zac y yo tuvimos aquella terrible discusión en su casa cuando fuimos a visitarla? —Angela no contestó, y ella afirmó—: Porque la noche anterior no sólo dormí en su cama...

—¡Oh, Dios!

—Y al día siguiente, cuando apareció Mery, me encelé y lie la que lie.

—Ahora lo entiendo todo —asintió Angela.

Sandra sonrió al ver lo fácil que le estaba resultando crear la mentira, pero Angela insistió:

—Entonces ¿esa noche fue vuestra primera vez?

Divertida, ella afirmó con la cabeza y, recordando la primera vez de verdad con él, declaró:

—Sí. Y fue muy especial, aunque reconozco que cuando vi su... su..., pues...

—Oh, sí. —Su amiga rio bajando la voz—. Sé de lo que hablas.

—¡Lo confundí con su espada!

Ambas rieron con picardía y, a continuación, Angela murmuró:

—Nunca había visto aquella parte de un hombre y...

—Dios santo..., ¡y cómo crece!

De nuevo, ambas soltaron una carcajada y la madre de Kieran preguntó acercándose a ellas:

—¿Qué es lo que crece?

Las dos jóvenes se miraron muertas de risa, y Angela se apresuró a decir:

—Los niños. Crecen tan deprisa...

—Oh, sí... —afirmó la mujer dirigiéndose a Sandra—. Es una pena. Por eso le digo a Angela que los disfrute mientras son pequeños, porque, cuando se dé cuenta, estarán tan altos como mi Kieran.

Dicho esto, la mujer se marchó y las chicas se miraron de nuevo riendo.

—La primera vez que intimé con Kieran —murmuró entonces Angela— estaba muy asustada y, al ver eso que crecía y crecía... ¡Oh, Dios mío, qué susto! Pero gracias a él todo fue bien. ¿Zac fue atento y delicado contigo?

—Sí, además de comprensivo —afirmó Sandra—. Me trató con suma delicadeza y cariño, y ese día debí de quedarme embarazada. —A continuación, cuchicheando, añadió—: Ay, Angela, reconozco que las veces posteriores que lo hicimos ¡fue incluso mejor! Y, ahora que estoy casada con él, cuando me besa, cuando me abraza, cuando me hace suya, siento un calor que me sube por la cabeza y...

—Calla..., calla, por favor... —imploró Angela, al oír la risa de su amiga, indicó—: He ordenado llevar una bañera a vuestro cuarto. Kieran y yo disfrutamos mucho de nuestros baños juntos.

—¡Me encantará probarlo! —Sandra rio recordando el baño que se había dado con él.

Un buen rato después, cuando Zac y Kieran regresaron, decidieron retirarse a descansar. Era tarde. Antes, sin embargo, Sandra se cercioró de que *Pach* estaba cómodo donde estaba y, en cuanto lo hizo, Zac la cogió entre sus brazos y, encantado, caminó con ella hacia la habitación.

Cuando cerró la puerta de la cómoda estancia que sus amigos les habían asignado, se apoyó en la puerta y, observando a su mujercita, que se acercaba a la bañera y metía la mano en ella, murmuró:

—Al fin solos y casados.

Sandra sonrió y, con el dedo, le indicó con picardía que se aproximara. Él obedeció y, al leer en los ojos y en la sonrisa de aquélla lo que quería, afirmó:

—Creemos momentos especiales para recordar.

Sin hablar, sólo besándose, se desnudaron con tranquilidad, mientras el fuego del gran hogar calentaba sus cuerpos. Ansioso, Zac acariciaba su piel, y, mirándola, musitó:

—Levanta la pierna y apoya el pie en la bañera.

Sonriendo al oírlo, ella lo miró.

—Una nueva enseñanza en el íntimo disfrute —susurró.

—Sí, mi vida —asintió él—. Ansío enseñarte muchas cosas.

Sandra le mordió el labio inferior de una forma que a Zac lo volvió loco. Aquella faceta íntima y salvaje de su mujer le gustaba más cada día que pasaba, y, cuando se lo soltó, dijo en voz baja:

—Me encanta tu osadía.

Sandra sonrió, y Zac matizó entonces al entender su expresión descarada:

—Sólo en nuestra intimidad.

Ella asintió divertida e hizo lo que él le pedía. Rápidamente, las manos de él se posaron con delicadeza en su entrepierna, y, al notarla húmeda, susurró con una sonrisa:

—Siento que me deseas tanto como yo a ti.

—No lo dudes.

Encantado, la tocó con delicia y, como el maestro que era, la llevó a la pura lujuria mientras uno de sus dedos entraba y salía de ella y, con la boca, le mordisqueaba los pezones.

Sandra tembló, jadeó y gimió, y él, consciente de que el deseo se apoderaba de ambos, indicó mirándola:

—Vamos a meternos en la bañera y tú te sentarás sobre mí.

Cuando Zac se acomodó en la bañera, Sandra lo siguió y, al colocarse sobre él a horcajadas, sin necesidad de ser guiada, supo muy bien lo que deseaba.

—Ahora, déjame a mí —musitó.

Él la miró sorprendido de que tomara la iniciativa; la joven agarró su pene por debajo del agua y lo acarició con mimo, lo que lo hizo saltar de excitación. Sandra sonrió y, cuando lo posicionó en su húmeda vagina y se dejó caer lentamente sobre él, Zac tembló y jadeó.

Moviéndose en busca de su propio placer, Sandra lo miró a los ojos, y el guerrero, satisfecho del placer que su mujer le proporcionaba, murmuró:

—Hazme tuyo. Me entrego a ti por completo.

A Sandra le gustó oír eso. A continuación, adelantando las caderas, se movió sobre él y supo que aquello era lo que quería, lo que buscaba, lo que ansiaba, y más cuando Zac cerró los ojos y echó la cabeza hacia atrás mientras de su boca escapaba un varonil gemido.

Sin descanso, las caderas de Sandra se movieron adelante y atrás, hasta que él no pudo más y, agarrándola con fuerza, la apretó contra sí y jadeó al notar que ahora era ella la que temblaba.

—Yo también quiero hacerte mía.

Sin dejarse dominar, Sandra siguió moviendo las caderas. A cada embestida, ambos gemían y temblaban. El desafío estaba en sus ojos, en sus movimientos, en sus acciones.

—Adoro tu expresión desencajada de placer —murmuró él con una sonrisa.

—Y yo adoro cómo me miras mientras me posees —dijo Sandra excitada.

Sus cuerpos se encontraban.

Sus cuerpos gozaban, temblaban, disfrutaban.

—¿Te gusta lo que hago? —preguntó ella.

—Sí —afirmó él.

Pero, cuando se disponía a sujetarle las caderas de nuevo, ella retiró sus manos y Zac, divertido, murmuró:

—Me enloquece que aquí tampoco te dejes dominar.

—¿Quieres que me deje dominar? —jadeó Sandra.

Sin parar de moverse, Zac negó con la cabeza, mientras acercaba sus labios para exigirle un beso. Sus bocas se poseían con la misma intensidad que sus cuerpos. El ritmo entre ellos se aceleraba, el agua rebosaba de la bañera, al tiempo que sus gemidos y la profundidad de las estocadas los hacían disfrutar del momento sin pensar en nada más.

De pronto, Zac notó un goce extremo que le nacía en la punta del pie y le recorría el cuerpo, y supo que su placer estaba al llegar. Así pues, anclando a Sandra a su cuerpo, se introdujo en ella todo lo que pudo y, cuando ésta chilló tras la última estocada y llegó al clímax junto a él, respondió en un hilo de voz:

—Sólo quiero que seas tú.

Agotados y jadeantes, ambos se miraron a los ojos.

Aquella intimidad entre cuatro paredes era algo totalmente nuevo para ellos. Sandra lo besó, degustó aquel beso mientras lo sentía todavía dentro de ella y, sin moverse, murmuró:

—Nunca pensé que esto fuera así.

—Y ¿cómo pensabas que era?

—No lo sé —respondió ella sonriendo—. Pero nunca imaginé que el placer pudiera ser tan intenso, loco y devastador.

Al oírla, Zac sonrió, la besó y, deseoso de más, se levantó de la bañera con ella en brazos y volvió a hacerle no una, ni dos, ni tres, sino cuatro veces más el amor.

Capítulo 42

Dos días después, Sandra felicitaba a Leslie y a Scott por su enlace.

Como le había ocurrido a Zac, Scott no había querido esperar más. Cuando ya salían de la pequeña capilla que Angela y Kieran tenían en Kildrummy, Sandra miró emocionada a su amiga y murmuró:

—Enhorabuena, Leslie.

La joven, que llevaba un bonito vestido de Angela, sonrió y afirmó:

—Gracias, Sandra.

—Liliiiii —chilló entonces el pequeño, que estaba en los brazos de su madre.

Hechizada por aquel querubín rubio, Leslie lo cogió entre sus brazos y disfrutó de él haciéndolo reír como siempre que podía, mientras su orgulloso marido la observaba y sentía que no podía ser más feliz.

Agradecidos con aquéllos, Zac y Sandra, con la autorización de los O'Hara, organizaron una pequeña fiesta tras la boda de la que todos disfrutaron. Al caer la tarde, Scott subió a lomos de su montura a su recién estrenada mujer en las caballerizas y dijo mirándolos:

—Gracias por todo.

Sandra observaba a Leslie, cuando Zac se dirigió a su hombre:

—Os veremos dentro de unos días, cuando regresemos al castillo de Balvenic. Mientras tanto, disfrutad el uno del otro, y enséñale su nuevo hogar a tu esposa.

—Eso haré, mi señor —afirmó aquél.

Acercándose a Leslie, que la miraba con gesto feliz aunque asustado, Sandra le cogió la mano e indicó:

—Nos veremos dentro de poco en Balvenie. Mientras tanto, no tengas miedo, a partir de ahora Scott velará por ti. —Y, bajando la voz para que sólo ella la oyera, susurró—: Y en cuanto a la intimidad que tanto temes, tranquila, Scott es un hombre gentil y pensará en ti.

Leslie asintió acobardada.

—No tardes en venir —dijo, y, mirando al pequeño, se despidió—: Adiós, mi niño.

—Aiden —llamó Zac en ese instante.

El highlander, que estaba preparado para regresar a Dufftown junto con cuatro docenas de guerreros, a la fortaleza de Balvenie con los recién casados, se acercó. Entonces Zac, bajando la voz para que nadie lo oyera, pidió a su hombre:

—Que las mujeres limpien la fortaleza a conciencia antes de que yo regrese con Sandra y el niño. Ve también a casa del ebanista Ross Burnice, en Drummuir. Ese hombre tiene muebles bonitos, compra algunos para el salón. Necesito que Sandra se encuentre con un hogar, no con una pocilga.

Aiden asintió. La fortaleza de Zac era un verdadero despropósito. Cuando, tiempo atrás, Sandra había desaparecido de su vida, Zac lo destrozó. Rompió muebles, mesas y sillones para dejar un lugar vacío con tan sólo una silla en el salón del enorme castillo.

A continuación, deseoso de partir, y tras sujetar con fuerza a Leslie, que montaba delante de él en el caballo, Scott clavó los talones en sus costados y se marcharon, seguidos por varios guerreros que estaban ansiosos por regresar a sus hogares para ver a sus familias.

Cuando Zac vio que Sandra los observaba alejarse emocionada, la abrazó y preguntó:

—¿Qué piensas, cariño?

Ella sonrió y, mirándolo, respondió:

—Sólo espero que sean felices.

—Lo serán —afirmó él—. Algo me dice que lo serán.

La joven asintió convencida y, acto seguido, murmuró:

—Estoy deseando llegar al castillo de Balvenie y ver lo mucho que ha cambiado desde la última vez que estuve allí.

—Estoy convencido de que, cuando llegues, tú lo convertirás en un hogar —comentó Zac—. Nuestro hogar.

Iba a besarla cuando uno de sus guerreros los interrumpió. Entonces, después de mirarla y dedicarle un gesto cariñoso al pequeño, Zac dio media vuelta y se alejó con él. Debía atender a sus hombres.

Durante un rato, y sólo acompañada por su hijo, Sandra disfrutó de los caballos. Al pequeñín le encantaban, y, acercándose a la yegua que Zac le había regalado, dijo:

—Se llama *Pretty*; ¿te gusta?

El niño asintió con gesto divertido. Sandra se lo estaba comiendo a besos cuando se fijó en que había algo sobre el lomo de la yegua. Parecían unas flores naranja secas y aplastadas. Un escalofrío le recorrió el cuerpo, pero sin querer alarmarse, se las quitó de encima al animal y salió de las caballerizas.

Estaba pensando en ello mientras regresaba a la puerta principal de la fortaleza cuando, al doblar la esquina, se quedó parada al ver a Zac, a Angela y a Kieran, que hablaban con Megan, Gillian y sus familias.

—Paaaa... Paaaaaa... —gritó el pequeño Zac.

Todos miraron hacia atrás y, de pronto, Megan exclamó:

—Dios santo..., ¡es verdad! Es Sandra, y con un bebé.

—Y tanto que es verdad —afirmó Gillian.

—¡Megan! ¡Gillian! —protestó Zac al ver el gesto de Sandra.

—¿El tío Zac tiene un hijo? —preguntó sorprendida Johanna.

—¡Qué bien, otro primo! —dijo Amanda golpeando a su tío con su espada de madera.

Tan sorprendido como el resto, Duncan miró a su hermano Niall, y los dos, divertidos, le dieron sendos golpes en la espalda y afirmaron al unísono:

—Enhorabuena, papá.

Él sonrió, y entonces su hermana cuchicheó:

—Por el amor de Dios, Zac, nunca pararás de darme disgustos.

—¡Megan! —protestó él.

Pero los ojos de aquélla parecieron sonreír cuando preguntó:

—Te casarás con ella, ¿verdad?

—¡Ya me he casado!

—¿Qué? —Y, al ver cómo su hermano sonreía, afirmó—: Te voy a matar por hacerlo en mi ausencia, y cuando se entere Shelma, ¡prepárate!

Zac sonrió, al tiempo que Gillian murmuraba mientras Johanna y Amanda saludaban a su primito ante el rostro desencajado de Sandra:

—Espero que la pocilga donde vives se limpie antes de que ella vaya allí.

—¡Cállate! —la cortó Zac, aunque Sandra ya lo había oído.

—Pero, Zac..., Balvenie es un despropósito —cuchicheó Megan.

—Yo me encargaré de que deje de serlo —afirmó él.

Al oír eso, Megan y Gillian se miraron y, suspirando, iban a decir algo cuando Zac preguntó, mirando a su hermana:

—¿Quieres conocer a mi hijo o prefieres seguir gruñendo como una vieja?

Megan asintió bajándose del caballo y, a continuación, murmuró emocionada:

—Ni te imaginas las ganas que tengo de conocerlo.

Sintiéndose el centro de las miradas de todos, Sandra no sabía dónde meterse ni qué hacer mientras las sobrinas de Zac le hacían monerías al niño. Cuando él llegó a su lado, le cogió al niño de los brazos y, agarrándola por la cintura, dijo:

—Vamos, cariño, ya los conoces.

Algo acobardada por la manera en que su hermana la miraba, la joven caminó entonces hacia ellos y se paró a escasos metros. Megan dio un paso al frente, acercándosele.

—No sabes cuánto he rezado porque volvieras a aparecer —declaró.

Esas palabras le indicaron a Sandra que todo estaba bien y, al ver que Megan abría los brazos para estrecharla, Sandra aceptó gustosa su abrazo.

—¿Me contarás luego qué te separó de nosotros? —preguntó entonces Megan con cariño.

—Lo haré.

Una vez dicho esto, Megan soltó a la joven y, mirando al chiquillo rubio que sonreía para delicia de todos, iba a decir algo cuando su hermano pequeño anunció:

—Familia, a mi mujer ya la conocéis, pero quiero presentaros a mi hijo, Zac Phillips Murray.

Al ver la sonrisa de su padre, el niño rio, y Megan murmuró emocionada:

—Es como tú cuando tenías su edad. Ay, Dios mío, pero si tiene tu sonrisa y todo.

Zac y Sandra se miraron con disimulo y ésta se sintió mal. No le gustaba mentir en algo así, pero debía hacerlo por el bien del niño. Al leer en sus ojos lo que estaba pensando, Zac la asió de nuevo por la cintura y declaró:

—Éste es el primero de los muchos hijos que tendremos.

Entonces, tras quitarle al pequeño de los brazos, Megan lo abrazó, lo besó y, encantada, dijo mirándolo:

—Hola, mi amor. Hola, Zac, soy la tía Megan.

Duncan se acercó a su mujer y, sonriendo, iba a decir algo cuando Megan indicó:

—Ay, Zac, más bonito no puede ser.

Su hermano asintió orgulloso y, sin soltar a Sandra, afirmó:

—¿Qué quieres, hermana?, ¡es mi hijo!

Esa noche, Zac puso al corriente a sus familiares de todo lo que le había ocurrido a Sandra, exceptuando lo del pequeñín. Ante todos, era su hijo y nada tenía que decir al respecto.

Horrorizados, escucharon el testimonio de Sandra; en sus rostros se leía lo que pensaban. Mientras Zac contestaba a las preguntas de Duncan y Niall, la joven pensó en las flores secas que se había encontrado sobre su yegua. No sabía qué pensar y, al final, decidió callar y simplemente permanecer alerta.

Más tarde, cuando Zac y Sandra entraron en su habitación tras dormir al pequeño, ella se tumbó en la cama junto a su marido y lo miró. Al ver cómo lo observaba, él preguntó:

—¿Qué ocurre, *mo chridhe*?

Sandra se sentó a horcajadas sobre él y explicó:

—Me sabe mal mentirle a tu familia con respecto al niño. To-dos son tan buenos y amables conmigo que me siento desleal.

Zac la entendía, pero, consciente de que era lo mejor para to-dos, respondió:

—Ambos deseamos que sea un niño querido y aceptado por todo el mundo, y tan sólo lo protegemos como lo haría cualquier padre. Dicho esto, Zac es nuestro hijo. No vuelvas a cuestionarlo.

A Sandra le gustó oír la seguridad en su tono e, inclinándose hacia adelante para besarlo, murmuró:

—Ni te imaginas cuánto te quiero.

Al oír eso y sentir sus labios sobre los de él, el guerrero aspiró el maravilloso perfume de su mujer y, deseoso de ella, le rodeó la cintura con las manos y afirmó:

—No quiero imaginar, demuéstramelo.

Capítulo 43

Al día siguiente llegó Shelma con su marido y su hijo Trevor, y, como bien había predicho Megan, la señoritinga se enfadó mucho por no haber sabido antes de su sobrino y por haberse perdido el enlace de Zac.

Éste, divertido por las cosas que su hermana decía, comentó que, cuando regresaran a su hogar, prepararían una gran boda y volverían a casarse, lo que alegró a Shelma.

Sandra no cabía en sí de gozo al verse rodeada de las personas que la querían a ella y a su hijo, y al sentir que Zac estaba tan pendiente de ella. Incluso la madre de Kieran comenzó a confeccionarle un precioso vestido de boda.

Su vida parecía encarrilarse de nuevo. Atrás habían quedado los días de frío, las noches en vela por miedo a que alguien entrara en su casa y, sobre todo, las pesadillas.

Dormir junto a Zac le proporcionaba una seguridad que conseguía que su cuerpo y su mente se relajaran y pudiera descansar sin temor a nada, absolutamente a nada. En las noches que se despertaba alterada, tenía a Zac junto a ella para recordarle que no estaba sola, y que él nunca la dejaría y siempre la defendería.

Los sobrinos de su marido eran increíbles. A Sandra le gustaba la frescura y la impetuosidad de la pequeña Amanda, y la disciplina y la seguridad de Johanna, ambas hijas de Megan; la simpatía de Trevor, hijo de Shelma, y las risas de Elizabeth, la pequeña de Gillian. Y gozaba también de Aleix y Sheena, los hijos de su amiga Angela, que para ella eran como sus sobrinos.

Ver a Duncan, a Niall, a Kieran y a Zac disfrutando de la compañía de sus hijos era algo que a Sandra le robaba el corazón. Por norma, los hombres huían de aquello, pero éstos lo vivían de una manera especial.

Por otro lado, Megan, Gillian y Angela se parecían a ella en su locura y su testarudez, mientras que Shelma era más comedida. A aquellas tres les gustaba salir de caza, galopar con los caballos saltando ríos, retarse tirando con el arco, o incluso blandir la espada y dar algunas estocadas. Sin duda, el juego de aquéllas era su juego. Un juego que la mantenía despierta y viva y, sin él, seguro que una parte de ella moriría.

A Zac lo hacía muy feliz estar casado con Sandra, y se volvía loco cuando ella se lanzaba a sus brazos con su impetuosidad para besarlo con osadía y posesión. Y, cada vez que el pequeño lo veía y le gritaba «¡Papáaaa!», sentía que le robaba el corazón.

Al crío le encantaba dormirse en sus brazos y, más de una noche, cuando Sandra estaba acostada, él se levantaba para observar en su camita que él estaba bien.

Debía protegerlos. Velar por ellos. Ser esposo y padre lo había llenado de responsabilidades que le gustaban y aceptaba encantado.

Pasados unos días, cuando Zac estaba hablando con su cuñado Duncan con respecto al ganado, se quedó sorprendido al ver a Aiden aparecer en el salón.

—¿Qué ocurre? —preguntó apurado mientras se ponía en pie—. ¿Qué haces aquí?

El guerrero miró entonces a Duncan y éste se marchó con discreción.

—Zac —declaró Aiden a continuación—, no vengo con buenas noticias.

Aquello era lo último que Zac deseaba oír; entonces su amigo prosiguió:

—Ayer se quemó la cabaña de Olson y murieron él y su mujer.

—Dios santo —susurró Zac.

Aiden asintió y, sin apartar la mirada de él, indicó:

—Hoy están dando sepultura a sus cuerpos.

—Descansen en paz —murmuró Zac.

Durante unos instantes ambos permanecieron en silencio, y luego Aiden añadió:

—Por otra parte, no te va a gustar lo que te voy a decir y, aunque he intentado solucionarlo, es...

—Dime, ¿qué ocurre?

Aiden resopló.

—Fui a ver al ebanista Ross Burnice en Drummuir, como me dijiste, pero ya no vive allí, y nadie sabe adónde se ha trasladado. Además, por increíble que parezca, nadie más en los alrededores hace muebles.

Zac cerró los ojos. Saber que Sandra no iba a encontrarse con el bonito castillo que ella imaginaba lo hizo resoplar.

—También he de decirte —añadió Aiden en un susurro— que hubo un altercado entre Cameron y Bob, el hijo de Matthew. Al parecer, en el tiempo que hemos estado fuera, la novia de Cameron y él...

Sin necesidad de que terminara la frase, Zac asintió.

—Y, por último... —prosiguió su amigo.

—Pero ¿aún hay más malas noticias? —protestó Zac.

Aiden afirmó con la cabeza.

—En nuestra ausencia han desaparecido seis caballos y, por más que los han buscado, no los han encontrado.

El humor de Zac se había ensombrecido de pronto. Demasiados problemas juntos. Y, mirando a Aiden, preguntó:

—¿Algo más?

Él negó con la cabeza, y, a continuación, Zac murmuró:

—Regresa a Balvenie. Me quedaré más tranquilo si tú estás allí.

Aiden no replicó, sino que simplemente asintió y salió de la estancia dejando solo a Zac, que bramó enfurecido.

Pasado un rato, salió al exterior y vio a Kieran apoyado en una pared.

Mientras se dirigía hacia él, se cruzó con sus sobrinos y, mirando a Trevor, que llevaba a Elizabeth en brazos mientras Johanna corría y Amanda los perseguía junto con su inseparable espada, gritó:

—¡Tened cuidado! ¡No os vayáis a hacer daño!

Los niños continuaron corriendo, y Amanda, volviéndose hacia él, exclamó:

—¡Qué pesado eres, tío!

Sorprendido, Zac miró a aquella mocosa que no levantaba un palmo del suelo, pero finalmente sonrió. Con Amanda era imposible no sonreír.

Sin dudarlo, caminó en dirección a Kieran. Su amigo estaba observando a las mujeres, que practicaban con el arco entre risas.

Al verlo, Kieran se disponía a bromear, pero al observar su gesto ceñudo preguntó:

—¿Qué ocurre? He visto a Aiden llegar y marcharse enseguida.

Zac suspiró y respondió con voz seca:

—Problemas. Un incendio en el que han muerto un guerrero y su esposa. Un altercado entre dos de mis hombres por una mujer. —Y, omitiendo el tema de los muebles, finalizó—: Y la desaparición de seis de mis caballos.

Kieran asintió y murmuró mirándolo:

—¿Puede todo eso tener algo que ver con...?

—No lo sé —repuso Zac, que pensaba lo mismo que su amigo—. Pero no le comentes nada a Sandra. No quiero alarmarla y, por favor, redobla la vigilancia en tus tierras.

Kieran asintió. En ese instante oyeron la risa de Shelma, que paseaba junto a Lolach con el pequeño Zac en brazos.

El guerrero los observaba cuando los gritos festivos de las mujeres volvieron a llamar su atención y, al ver Sandra y a Angela empujarse divertidas, preguntó:

—¿Por qué unas son tan diferentes de otras?

Kieran sonrió y, mirando a Angela, aquella pelirroja que le había robado el corazón, respondió:

—No lo sé, amigo. Pero a mí me alegra que lo sean.

Duncan y Niall se acercaron entonces a ellos y, al ver a las mujeres al fondo riendo y discutiendo mientras tiraban con sus arcos, el primero quiso saber:

—¿Quién gana?

Kieran miró a Niall divertido y afirmó:

—Por los saltos, creo que Gillian.

Encantado, Niall observó a su rubia y murmuró:

—Si no gana, se enfada, así que mejor que gane.

Todos rieron por su comentario excepto Zac.

—¿Ocurre algo? —dijo Duncan al verlo.

—No —respondió él mirándolo y, clavando los ojos en su mujer, que reía a carcajadas mientras empujaba a Angela, añadió—: En ocasiones me gustaría que Sandra se pareciera más a Shelma.

Niall y Duncan se miraron, y Kieran cuchicheó:

—Con todos mis respetos por tu hermana Shelma, que me parece un encanto, pero creo que te equivocas en lo que dices...

—Hablo por mí —lo cortó Zac—. Hablo de lo que a mí me gustaría, no de lo que puede o no gustarte a ti. Siempre dije que para mí deseaba a una mujer más tranquila que mi hermana Megan, Gillian o tu esposa. Nunca busqué una temeraria como ellas.

—Pues lo siento, cuñado —se mofó Niall y, señalando a Sandra, que se subía a un caballo para tirar con su arco, indicó—: Siento decirte que tus deseos no se han cumplido.

Boquiabierto, Zac observó cómo Sandra se ponía de rodillas con gran habilidad sobre el lomo del caballo para luego auparse y quedar de pie sobre él. El animal se movió, pero Sandra mantuvo el equilibrio con destreza. Sin embargo, de pronto, la joven comenzó a levantar una pierna para quedar a la pata coja sobre el caballo.

—¡Sandra! —gritó Zac atónito.

El alarido asustó al animal, y también a Sandra, que perdió el equilibrio y cayó al suelo.

—¡Dios mío! —exclamó Zac corriendo en su dirección.

Una vez allí, oyó a Sandra reír y, acercándose a ella, siseó furioso:

—Te prohíbo que vuelvas a hacer lo que has hecho.

Las cuatro mujeres lo miraron, mientras Sandra se levantaba de un lecho de heno fresco en el que había caído.

—Venga ya, Zac, ¿por qué? —preguntó.

Crispado por la situación y por las sonrisitas de ellas, el guerrero insistió:

—Podrías haberte matado.

Las cuatro se miraron y soltaron una risotada, y Megan dijo:

—No seas exagerado.

—Hermana, ¡cállate!

Sin querer perder su humor, Megan insistió:

—Zac, por el amor de Dios, mira al suelo y fíjate que hemos puesto un lecho de heno para amortiguar las caídas, que, por cierto, no son tantas.

Molesto por cómo le hablaba su hermana, Zac resopló, y Sandra, preocupada al ver su gesto, se acercó a él y murmuró:

—¿Qué te ocurre?

En ese instante llegaron hasta ellos Duncan, Niall y Kieran, y Zac respondió sin importarle quiénes lo escuchaban:

—Me ocurre que me he casado con una mujer de la que espero ciertas cosas, no con... con...

—¡¿Con...?! —preguntó Gillian sonriendo.

Zac miró a su alrededor y, al ver cómo lo miraban todos, protestó:

—¿Se puede saber qué hacéis todos observando?

—Nosotras estábamos aquí y tú has venido a molestar —se quejó Angela.

Al oírla, Kieran le hizo un gesto con la mirada y ésta repuso sonriendo:

—Cariño, lo siento. Soy sincera. Si Sandra se ha caído ha sido por culpa de Zac. Si él no hubiera gritado, el caballo no se habría asustado.

—Pero ¿tú estás oyendo lo que dice la insensata de tu mujer? —se quejó el guerrero.

—Zac... —gruñó Sandra, dándole un empujón.

Entonces, asombrado por que aquélla hubiera tenido la osadía de empujarlo, él siseó:

—Vuelve a hacer lo que has hecho y...

—Por el amor de Dios, Zac, ¡¿qué te pasa?! —gruñó Sandra.

—No volverás a subirte a un caballo de la manera en que lo has hecho, ¿entendido? —rugió él.

Al oírlo, ella sonrió y, mirándolo, soltó:

—Zac, ¡no digas tonterías! No te necesito a ti para...

Sin dejarla terminar la frase, él la cogió entonces del brazo y, zarandeándola con fuerza, voceó:

—¡Maldita sea! Aprende a comportarte. Nunca vuelvas a empujarme, y menos a decirme eso de que no me necesitas delante de nadie, ¡¿entendido?!

Las mujeres chillaron mientras los hombres lo miraban boquiabiertos. Pero ¿por qué se estaba poniendo así?

Más dolida por el acto en sí que por la fuerza que él había empleado, Sandra lo miró sorprendida cuando Zac siseó:

—Eres una osada, una irreverente, y te he advertido muchas veces de que algún día eso te traería problemas. Aprende a comportarte ante los demás, mujer.

Duncan miró entonces a Megan y, al ver cómo observaba a su hermano, puso la mano por encima de los hombros de Zac para llevárselo de allí y hablar con él.

—Creo que...

Sin embargo, Zac se soltó de él y, mirándolo, gruñó:

—Que tú permitas que tu mujer haga locuras no significa que yo tenga que permitírselo también a la mía. —Y, a continuación, dirigiéndose a los otros dos hombres, añadió—: Y esto va por vosotros también. Quiero que la mujer que esté a mi lado sea una mujer fuerte, pero cándida y femenina. No un marimacho que luche con la espada y ande subiéndose encima de los caballos para...

—¿Me estás llamando *marimacho*? —protestó Gillian.

Al ver la expresión de su mujer, Niall rápidamente se movió y, poniéndose ante ella, indicó:

—Tranquilízate, Gata, cariño. Zac no es consciente de lo que dice, y lo sabes.

Todos miraban boquiabiertos al guerrero cuando Megan, incapaz de callar, replicó:

—Pues tienes ante ti al mayor marimacho de las Highlands, hermanito. Y si te digo esto es porque, por ti, he tenido que aprender a luchar con la espada, a subirme a árboles para rescatarte, me he metido en ríos helados para que tú no murieras congelado, y podría seguir y seguir, pero estoy tan enfadada contigo por lo que acabas de decir y de hacer que es mejor que me calle. Sólo quiero que sepas que te estás pasando, Zac, y antes de que sigas soltando pestes y me mires como el guerrero más malote de toda Escocia, te voy a decir tres cositas. La primera, no me das miedo. La segunda, respeta mi vida y la de los demás en lo referente al modo en que nuestros maridos nos la permitan vivir, y, tercera, respeta a Sandra porque es tu mujer y la madre de tu hijo y yo te he enseñado a respetar.

Y, al ver el gesto serio con que él la miraba, Megan preguntó:

—¿Qué te pasa para que te comportes así? ¿Acaso tu mujer te prohíbe hacer cosas como tú pretendes con ella?

Irascible y con el corazón dolorido al ver la expresión de Sandra, Zac afirmó, aun sabiendo que se estaba equivocando:

—Claro que me las prohíbe.

—¿Qué te prohíbo yo? —exclamó Sandra sorprendida.

Enajenado por el modo en que todos lo miraban, Zac miró a su esposa y soltó sin pensar:

—Me prohíbes estar con otras mujeres.

—Venga, hombre —musitó Angela.

—¡Válgame Dios! —murmuró Gillian sin dar crédito.

Crispada, Sandra estrujó entonces el arco y las flechas que llevaba en la mano para no estampárselos en la cabeza y, acercándose a él, que no se había movido del sitio, apretó los puños y gruñó mirándolo fijamente:

—Me conociste tal y como soy y ahora pretendes que olvide todo aquello que me ha servido para salir adelante en tiempos difíciles y para convertirme en la mujer que tú quieres que sea. ¿Por qué te casaste conmigo entonces?

A cada segundo que pasaba, Zac se sentía peor.

Pero ¿qué estaba haciendo?

No quería que Sandra cambiara. La amaba tal y como era, pero su orgullo le impedía decirlo ante todos.

Sólo deseaba que tuviera cuidado porque pensar que algo podía ocurrirle lo hacía enfermar. Sin embargo, cuando iba a hablar, ella se le adelantó.

—Si tanto añoras a otras mujeres, ve con ellas y disfruta, pero no te acerques a mí —dijo mirándolo con dureza mientras contenía las ganas que sentía de abofetearlo—. En cuanto a la boda que estamos preparando, queda anulada. No quiero casarme contigo. Ya lo estoy y, viendo lo mucho que te desagrada la mujer que soy, no quiero repetirla.

Dicho esto, soltó el arco y las flechas y, rodeándolo sin tocarlo, se marchó en dirección a la casa mientras las lágrimas le corrían por el rostro. Angela, ofuscada, fue tras ella, y Gillian dijo entonces mirando a Zac:

—Te conozco desde niño. Me he peleado por ti en mil ocasiones para sacarte, junto a tus hermanas, de mil problemas, y ahora me vienes con que una mujer ha de ser... ¡Oh, Dios!

Molesta, siguió a las otras dos mientras Megan, que miraba a Zac con dureza, pensaba en qué decir, hasta que finalmente murmuró:

—El día que seas un hombre valorarás a la mujer que tienes al lado, si es que antes no la pierdes.

Y, sin más, se marchó también.

Cuando las mujeres desaparecieron, Niall se acercó al caballo y, mientras lo acariciaba en la panza, murmuró:

—Zac, esto va a traerte consecuencias...

Entonces Kieran levantó una mano y lo ordenó callar.

—El hecho de que estés furioso por lo que me has contado —indicó— no te da derecho a pagarlo con Sandra.

Él asintió, consciente de ello.

—Tienes razón. He perdido los papeles.

A Zac le hervía la sangre. Quería gritar. Deseaba explotar por su gran metedura de pata, cuando Duncan, con gesto serio, se acercó a él y declaró:

—Una vez, un buen amigo —miró a Kieran—, tras pegarnos mutuamente una paliza porque yo quería cambiar la manera de ser de mi mujer, me dio un buen consejo: que no permitiera que Megan cambiara, porque, si lo hacía, sería el hombre más tonto que él hubiera conocido, y llevaba toda la razón. Ahora el consejo te lo voy a dar yo a ti, y es que hombre no es aquel que conquista a mil mujeres, sino el que de mil maneras sabe conquistar a la suya.

Kieran vio el gesto de dolor de su amigo y supo lo arrepentido que estaba por lo que había hecho. Sin embargo, le gustara o no, tendría que cargar con su culpa. Después miró a Duncan y sonrió. Ambos recordaron el momento de máxima tensión entre él y Megan en el castillo de los McPherson, cuando le había dicho aquello y, acercándose a Zac, indicó:

—Te doy el mismo consejo que a Duncan. Ahora, tú decides; es tu vida, no la nuestra.

Dicho esto, Duncan, Kieran y Niall lo miraron, y Zac, furioso y avergonzado, se alejó al ver que sus sobrinos lo observaban desde lejos. Se odiaba por lo que había hecho.

Capítulo 44

En la habitación, Sandra caminaba de un sitio a otro mientras Gillian y Angela le preparaban una infusión en las cocinas.

Megan, que estaba con ella, murmuró:

—Tranquilízate, Sandra..., tranquilízate.

La joven asintió. Las lágrimas ya se le habían secado en las mejillas y, mirándola, dijo:

—Zac me pidió que me casara con él. Yo nunca lo obligué, Megan.

Al ver el estado de nervios en que se encontraba, la aludida se acercó a ella y, cogiéndole las manos, comentó:

Sandra, mi hermano Zac es muy impulsivo.

—Lo sé.

—Es consciente de que lo que ha ocurrido hace un rato está mal. Lo conozco, y sé que ahora le estará dando vueltas a la cabeza y, cuando menos lo esperes, aparecerá por esa puerta y te pedirá perdón profundamente arrepentido.

Sandra asintió. Aquello sonaba muy bien, pero insistió:

—Y ¿de qué sirve que me pida perdón tras lo que ha dicho?

Megan suspiró.

—Sirve —respondió—. Claro que sirve, Sandra. Siempre y cuando tú lo quieras perdonar.

Furiosa, la joven maldijo para sí y, con rabia en la mirada, siseó:

—Te juro que, como se le ocurra aparecer por aquí, soy capaz de cualquier cosa. Estoy tan furiosa que creo que mis gritos se oirán hasta en Edimburgo.

Megan sonrió. La entendía mejor de lo que ella se podía imaginar.

—Ven —dijo suspirando de nuevo—. He de comentarte algo.

Sandra se acercó hasta ella y se sentó a su lado.

—Esto que voy a decir no me honra como hermana —empezó Megan—, pero espero que como cuñada y amiga tuya, sí. Y si te digo esto es porque quiero que lo vuestro se solucione, y para ello creo que has de enseñarle al tonto de mi hermano lo que desea para que realmente se dé cuenta de lo que ha perdido.

Sin entenderla, Sandra le prestó toda su atención, y aquélla prosiguió:

—Cuando conocí a Duncan, aunque entre nosotros hubo una atracción increíble, no podíamos estar más de unos instantes sin discutir y...

—Pero ése no es mi caso. Zac y yo nos llevamos muy bien.

—Lo sé. Lo he visto. —Megan sonrió con cariño—. Pero si te cuento esto es porque a mí, en cierto modo, me tocó luchar contra lo mismo que veo que te va a tocar luchar a ti. Mi forma de ser, tan parecida a la tuya, horrorizaba a Duncan. Para él, las mujeres siempre habían sido personas que sonreían, personas que él utilizaba a su antojo y poco más, hasta que aparecí yo. Cuando me propusieron que nos casáramos por medio de un *handfasting*, yo me negué...

—¿Os propusieron casaros por una unión de manos?

—Sí.

Sorprendida, Sandra preguntó:

—¿Acaso no te cortejó?

—Apenas nos conocíamos, por lo que puedo decir que me cortejó una vez casados. Casarme con él resolvía un gran problema que otro día te contaré. Así pues, ya te puedes imaginar que, cuando nos casamos, el amor no era lo que primaba entre nosotros, aunque sí la atracción. Pero te voy a decir una cosa. —Sonrió—: La noche de nuestra boda, yo me escapé. Fui al cementerio para hablar con mis abuelos, Angus y Mauled. Duncan me encontró y, cuando ante algo que yo le pedí él me dijo «Deseo concedido», supe que me había casado con el hombre de mi vida. —Ambas sonrieron, y Megan prosiguió—: Una vez casados, yo no cambié, a pesar de ser la mujer del laird Duncan McRae, y te aseguro que no sé cómo me las ingeniaba, pero siempre hacía todo lo contrario de lo que tenía que hacer. Eso nos llevó a tener muchos problemas. Para él, yo era una mujer osada, contestona y demasiado guerrera, e intentó doblegarme. No se lo permití, hasta que cansada le hice creer que claudicaba. Lo llamaba *señor*, bajaba la mirada ante él, perdí mi sonrisa, mi osadía y, aunque disfrutaba en el lecho, a ojos de él me mostraba fría y poco receptiva. Entonces, su sorpresa fue mayúscula cuando se dio cuenta de que la mujer que él pedía que fuera no le gustaba nada, porque a quien quería tener a su lado era a la osada y luchadora Megan, que era capaz de hacerlo reír y acalorarse con sólo una mirada o una caricia.

—Se os ve muy enamorados.

—Y lo estamos, a pesar del tiempo que llevamos juntos. —Volvió a sonreír—. Duncan y yo daríamos nuestras vidas el uno por el otro, aunque sigamos discutiendo porque yo lo saco de mis casillas o él me saca a mí. Si te cuento esto es por dos motivos. El primero, porque mi hermano, al igual que Duncan en su momento, merece que se le dé de su propia medicina para que se percate de lo que tiene y no valora. Y, el segundo, y con esto no intento exculparlo, porque Zac, teniéndome a mí como hermana y habiendo vivido con Duncan y conmigo durante muchos años, siempre dijo que no quería una mujer como yo para él. Sin embargo, entonces apareciste tú, con tu arrojo y tu fuerte personalidad, y lo descabalaste haciéndole olvidar lo que tanto había repetido.

—Ay, Megan... —susurró Sandra—. Estoy tan confundida.

—Lo sé, cielo. Lo sé. Los temas del corazón son complicados, pero en lo que pueda ayudar, te ayudaré. Y déjame pedirte disculpas en nombre de mi familia por el trato de Zac...

—Megan, por Dios..., no digas eso.

—Es que me he sentido fatal, Sandra. Yo lo he criado y no le he enseñado precisamente a comportarse así con una mujer, y puedo asegurarte que los hombres que ha tenido a su alrededor, como Duncan, Niall, Lolach o Kieran, tampoco.

Sandra sonrió con tristeza. Lo ocurrido la había sorprendido incluso a ella misma. Entonces, mirando a la mujer, murmuró:

—Gracias por contarme lo que me has contado. Quizá no sea mala idea ponerlo en práctica.

Ambas sonreían por aquello cùando la puerta se abrió. A continuación, Gillian y Angela entraron en la estancia con una infusión, y esta última dijo acercándose a ellas:

—Tómatela, Sandra, te tranquilizará.

Estaban en silencio cuando la puerta se abrió de nuevo y Shelma entró con una sonrisa. En sus manos llevaba el precioso vestido de novia que la madre de Kieran había terminado, y, mirándolas, anunció:

—¡Mirad lo que traigo!

Las cuatro mujeres lo miraron sin moverse de su sitio, y Shelma protestó:

—Un poquito de emoción no vendría mal... Por cierto, Sandra, el pequeño Zac está con Lolach; ¡qué amores se han cogido!

Sandra cerró los ojos y asintió. No le apetecía nada ver aquel bonito vestido que no era el de su madre.

Al verlas más calladas de lo habitual, Shelma colgó el vestido en el armario y, mirándolas, preguntó:

—¿Qué ocurre?

Ninguna contestó, hasta que Sandra declaró:

—No habrá boda.

—¡¿Qué?!

—Que la boda se anula —insistió ella.

El rostro de Shelma se descompuso y murmuró sorprendida:

—Pero... pero... no puede ser. Vosotros...

—Shelma —dijo Megan levantándose—. Vamos, acompáñame y te contaré lo ocurrido ante una infusión, que, conociéndote, la vas a necesitar.

Gillian se levantó también y, mirando a Angela, cuchicheó:

—Quédate con Sandra e intenta hablar con ella. Contigo tiene más confianza.

Angela asintió y, cuando las otras tres salieron de la habitación, Sandra comentó:

—Estoy muy enfadada.

—Normal —afirmó Angela—. Yo lo estaría. Es más, yo, en tu caso, le habría partido una piedra en la cabeza.

Al oírla, Sandra sonrió.

—He tenido que retenerme para no estamparle el arco que llevaba en la mano.

En silencio, las dos amigas se miraron, y luego Sandra indicó:

—Si al menos me hubiera casado por una unión de manos, pasado un año el matrimonio se acabaría y...

—Sandra —la cortó Angela—. No digas tonterías.

—No digo tonterías —insistió—. Un *handfasting* nos...

Angela tapó la boca de su amiga con la mano y, mirándola, insistió:

—Zac te quiere y tú lo quieres a él, ¿acaso no lo sabes?

La joven asintió y, cuando su amiga retiró la mano de su boca, murmuró:

—Pero lo horroriza cómo soy. ¿No lo ves? Siempre se queja de mi impetuosidad, de mi locura, de mi osadía. Soy consciente de que en ciertos momentos mi manera de ser puede hacerle gracia, pero ahora soy su mujer, y quizá él espera otra cosa de mí.

—Pero ¿de qué hablas?

Entonces, pensando en lo que Megan le había contado, en su hijo y en lo que Zac había aceptado sin decirle nada a nadie, Sandra añadió:

—Quizá debería dejar de ser yo misma y convertirme en la mujer que desea. Él hace cosas maravillosas por mí, y tal vez yo...

—Ah, no, ¡ni hablar! —se quejó Angela—. Kieran siempre dice que lo enamoró de mí mi impetuosidad, mi comportamiento y, aunque en ocasiones se enfada, cuando se tranquiliza me aclara una y mil veces que me quiere tal y como soy y...

—Pero ése es Kieran O'Hara, no Zac Phillips. Quizá ha llegado el momento de darme cuenta de que, cuando te desposas, todo ha de cambiar, si el hombre con el que lo haces así lo exige.

—Pero, Sandra...

Con una triste sonrisa, la joven asintió, cada vez más convencida de hacer lo que Megan le había sugerido. Pero, para ello, nadie excepto Megan debía saber la verdad, y, suspirando, susurró:

—Has tenido suerte, Angela, porque, además de casarte con el amor de tu vida, él te quiere tal y como eres, pero muchos de los matrimonios que conoces no son así.

—Sandra..., eres una luchadora y...

—Escucha —dijo entonces la joven en tono de derrota—, tengo un precioso hijo y he de pensar en él. No puedo volver a permitir que pase hambre y frío sólo porque yo quiera seguir siendo yo. Mi madre me enseñó que ser madre significa sacrificio, y ser esposa, obediencia. Y si para que mi hijo y mi marido estén bien yo he de dejar de hacer ciertas cosas, ¡lo haré!

—Hablaré con Megan. Ella no permitirá que...

—Angela —la cortó—, puedes hablar con quien quieras, pero es mi matrimonio, no el tuyo ni el de Megan. Sólo me negaré a ese absurdo enlace. Ya estoy casada y no voy a volver a repetirlo ahora que lo considero un error.

La aludida miró a su amiga. Aquella que hablaba no era ella. A continuación, iba a decir algo cuando la puerta se abrió y Zac apareció ante ellas.

Sandra y Angela se miraron, y esta última se levantó de la cama y comentó, dirigiéndose a su amiga:

—Estaré abajo por si me necesitas. —Y, al pasar junto a Zac, cuchicheó—: Jamás habría esperado eso de ti.

Él no respondió y, cuando la puerta se cerró, ambos permanecieron en silencio. En la estancia tan sólo se oía el crepitar del fuego en el hogar.

Así estuvieron un buen rato, hasta que Zac, sin saber realmente qué decir, preguntó:

—¿Dónde está el niño?

—Con Lolach.

Él asintió y, clavando los ojos en ella, iba a hablar cuando la joven se levantó de la cama y declaró:

—Te dije que podrías arrepentirte.

—Sandra...

—No. Sandra, no. —Meneó la cabeza con excesiva tranquilidad—. Te lo advertí y no me hiciste caso.

El guerrero caminó hacia en su dirección, pero ella se movió con rapidez y se situó al otro lado de la cama.

—Sandra, no hagas esto.

—¿Que no haga qué?

Al ver su extraña mirada, el cuerpo de Zac se envaró. Esperaba encontrársela hecha una furia, pero lo que tenía frente a él era una mujer derrotada.

—Aiden me ha traído malas noticias de Balvenie —murmuró entonces— e, inconscientemente, cuando me has dicho eso de que no me necesitabas, lo he pagado contigo.

A continuación, calló a la espera de que ella le preguntara cuáles eran esas malas noticias, pero, al ver que la joven no abría la boca, indicó:

—Sandra, tenemos que hablar.

Mordiéndose la lengua para no preguntar de qué malas noticias se trataba, con la mayor indiferencia que pudo, Sandra replicó:

—Si es por tu comportamiento, ya está olvidado. No pasa nada.

Zac parpadeó. Pero ¿qué le ocurría? ¿De verdad no iba a insultarlo por haber hecho aquello tan terrible?

—Sí. Sí que pasa —indicó él molesto—. No debería haberte tratado así, y te aseguro que no me lo perdonaré mientras viva.

Al oír eso, el corazón de Sandra aleteó, pero, intentando no demostrarlo, susurró:

—En Arran tenía una amiga, Trudy, a la que su marido le...

No pudo continuar. Le dolía recordar a la buena de su vecina.

—Yo nunca te haría daño —dijo entonces Zac—. Y maldigo el momento en que te he zarandeado. Por favor, Sandra, has de creerme.

Y lo creía. Claro que lo creía, pero, sin mirarlo, respondió:

—Aquí, el problema soy yo. Siempre me lo has dicho, pero hasta hoy no me he percatado de cuánto detestas que me comporte como lo hago. Te prometo que cambiaré.

Cuando él no supo qué contestar, ella insistió:

—Haré todo lo posible por ser la mujer que tú deseas y...

—Pero ¿de qué estás hablando, Sandra?

Al oír su duro tono, ella tragó el nudo de emociones que sentía y respondió con voz impasible:

—Hablo de que odias estar casado con una guerrera como yo. Hablo de que añoras a otras mujeres y eso me demuestra que no te satisfago en la cama, y hablo de que nos equivocábamos con respecto al hecho de que estábamos predestinados a estar juntos.

Consciente de que allí la culpa sólo la tenía él, Zac murmuró:

—Sandra, por favor..., mírame. Nada de lo que dices es cierto. Yo te quiero.

La joven lo miró y, con gesto vencido, afirmó:

—Lo sé. Sé que me quieres.

—¿Entonces...?

—Simplemente no te agrada lo temeraria que soy.

—No..., no... *Mo chridhe*, te equivocas.

Al oír esas palabras que tanto significaban para ella, Sandra suspiró.

—Me gusta mucho cuando me llamas *mo chridhe* —señaló, y, con una sumisión que a Zac lo sacó de sus casillas, añadió—: Espero merecer ese nombre.

Bloqueado por lo que la oía decir, el guerrero iba a responder cuando la puerta de la habitación se abrió de par en par y Shelma, seguida de Megan, gritó como una energúmena:

—¡¿Cómo puedes ser tan desconsiderado?! Megan lleva toda la vida protegiéndonos, partiéndose la cara por nosotros, y a ti no se te ocurre otra cosa mejor que llamarla *marimacho* por sus actitudes.

—Shelma, ¡basta! —protestó Megan.

—Ah, no..., ni hablar —prosiguió ella y, acercándose a Zac, lo empujó y siseó—: Aunque no lo creas, en mi interior me gustaría ser como Megan o Sandra. Ellas solas, sin apoyo de nadie, han sabido salir adelante de situaciones terribles.

—Shelma... —murmuró Zac confundido.

Todo aquello lo estaba perturbando. Cada vez entendía menos, y entonces ella siguió gritando:

—¿Sabes, Zac? Si yo soy como soy es porque no tengo el valor, ni el coraje, ni la astucia de ellas, algo que puedo jurarte que me encantaría tener. Ay, Zac... ¡Ay, Zac! Si los abuelos Angus y Mauled levantaran la cabeza, te zurrarían por tus palabras y por tu modo de tratar a Sandra.

—Basta, Shelma. ¡Basta, cariño! —exigió Megan.

Compungida, la joven comenzó entonces a llorar. Le dolía en exceso lo que Megan le había contado, y Zac, acercándose a ella, murmuró:

—Shelma..., lo siento.

—No me vale ese «lo siento» —gruñó ella mirándolo—. Tus palabras y tus actos han sido muy desafortunados, Zac.

Megan miró en ese momento a Sandra. Shelma era una exagerada. Entonces aquélla le indicó que se acercara y, con disimulo, mientras Shelma y Zac hablaban, Sandra cuchicheó:

—Tengo que hablar contigo.

Megan asintió.

—Luego hablamos.

Dicho esto, volvió junto a sus hermanos y, cogiendo a Shelma del brazo, la sacó de la habitación sin mirar a Zac.

Una vez a solas de nuevo, él y Sandra se miraron durante un momento hasta que, al oír los lloros de Shelma, ella indicó:

—Creo que deberías salir y hablar con tus hermanas.

Zac asintió. Su tonto comportamiento había originado todo aquello. Pero entonces miró a Sandra y declaró:

—Lo sé, pero antes quiero hablar contigo.

—Lo harás. De aquí no me moveré. Soy tu mujer.

Sin entender aquella actitud tan sometida, Zac preguntó:

—Sandra, ¿qué haces?

Temblando, pero conteniendo la tormenta de emociones que pugnaba por salir de su interior, ella lo miró y respondió con tranquilidad:

—Sólo intento ser la mujer que tú quieres.

Al oír eso, Zac cerró los ojos. La mujer que quería era ella, en estado puro, y, mirándola, replicó:

—Con mis palabras he decepcionado a las personas a las que quiero y que siempre han estado a mi lado. Tengo que disculparme con todos ellos y...

—Me parece bien —lo cortó Sandra—. Lo correcto sería que comenzaras con tus hermanas.

Zac dio un paso al frente. Esta vez, Sandra no se movió y,

aproximándose a ella, él la agarró de la cintura y, acercando su boca a la suya, murmuró:

—*Mo chridhe*, siento lo ocurrido. Perdóname...

—Disculpa aceptada —lo cortó Sandra.

Él esperó a que la joven se lanzara a sus labios y se colgara de su cuello como solía hacer, pero, en cambio, no se movió. Eso le hacía saber que no estaba disculpado y, acercando sus labios de nuevo a los de ella, la besó, sintiendo que en esta ocasión ella no ponía pasión en el beso.

Abrumado, la soltó y, mirándola, decidió:

—Voy a hablar con mis hermanas.

Sandra asintió y, en cuanto él salió por la puerta, cerró los ojos y siseó, soltando la furia contenida:

—Maldito seas, Zac. Si no te quisiera tanto, ¡te mataría!

Capítulo 45

∽⌒

Llegó la hora de la cena y Sandra no bajó a cenar.

Eso les hizo saber a todos lo disgustada que estaba, mientras que Zac se sentía más culpable a cada segundo que pasaba.

El silencio en la mesa era incómodo cuando Edwina, la madre de Kieran, entró por la puerta y, sentándose, comentó:

—Los niños ya están dormidos, incluido el pequeño Zac. Sandra lo ha dormido. —Y, mirando al padre de la criatura, añadió—: Me entristece que no queráis celebrar la boda. Me hacía mucha ilusión.

Kieran miró a su madre, y ésta, al entender lo que su hijo quería decirle, dijo:

— Buenas noches.

Todos le desearon una buena noche a Edwina y, a continuación, Megan, que necesitaba hablar con Sandra, comentó:

—Le llevaré algo de cenar a Sandra.

—Ahora iba a hacerlo yo —indicó Zac.

Pero Angela protestó:

—Ya has hecho bastante por hoy. Mejor déjalo estar.

—Angela —recriminó Kieran.

La pelirroja lo miró y, cuando se disponía a responder, Gillian, que estaba a su lado, señaló:

—Angela tiene razón. Alguien ha de decirle la verdad y recordarle que se casó con una guerrera, no con una damisela estúpida.

Niall miró a su mujer con intención de ordenarle callar, pero Shelma intervino:

—¡Zac! Sigo muy enfadada contigo.

Con paciencia, él observó a las mujeres y, tras mirar a su hermana Megan y ver que ésta no decía nada, indicó:

—Me doy por enterado. Tenéis mucha razón. Decid todo lo que queráis porque me lo merezco.

Con esas palabras de Zac se abrió la veda, y Gillian y Angela se despacharon a gusto mientras Megan, aún sentada, ponía queso y pan en un plato limpio y llenaba una taza con caldo. Cuando iba a levantarse, Duncan la agarró del brazo y, acercándose a ella, murmuró:

—Raro es que tú no digas nada.

La mujer lo miró y matizó:

—Si no te importa, cariño, voy a subirle esto a Sandra. En estos momentos me importa más ella que decirle a mi hermano lo tonto y obstinado que es.

Duncan asintió. La conocía muy bien. Y, soltándola, se recostó en la silla dispuesto a escuchar todo lo que aquéllas tuvieran que decir.

Sin tiempo que perder, Megan corrió a la habitación de Sandra. Cuando entró, ésta miraba por la ventana.

—Tenemos poco tiempo —indicó Megan—. Zac vendrá enseguida. Gillian, Angela y Shelma le están recriminando lo ocurrido en la cena y dudo que aguante mucho.

Sandra suspiró y señaló:

—He decidido ser la perfecta mujercita para Zac, pero sólo has de saberlo tú. Si Angela o alguna de las demás se enteran, me será muy difícil disimular.

Al oírla, Megan sonrió y murmuró:

—Como se entere Zac de este jueguecito, ¡me mata!

—¡Nos mata! —Ella sonrió, pero a continuación cuchicheó—: Ay, Megan..., ¿y si le gusta la mujer que voy a interpretar?

—Lo dudo. —La aludida sonrió a su vez—. Te aseguro que, si interpretas perfectamente a una señoritinga como Shelma, mi hermano te rogará, te implorará que vuelvas a ser tú.

Ambas rieron y, luego, Sandra indicó:

—He pensado que, en los días que vamos a estar aún aquí, vosotras hagáis todo aquello que nos gusta hacer. Creo que será una manera de demostrarle a Zac lo que tiene y lo que perdió. ¿Te parece bien?

Megan asintió y, tocándole el rostro con cariño, preguntó:

—¿Estás segura, Sandra?

La joven afirmó con la cabeza, pero cuando se disponía a responder, la puerta de la habitación se abrió y apareció Zac con gesto de agobio. Al ver cómo las miraba, Megan le retiró la mano del rostro a Sandra y murmuró exagerando:

—Tranquila. El dolor de tu brazo se calmará. Toma un poco de sopa.

Tratando de no sonreír ante el gran golpe de efecto que Megan acababa de darle a su hermano, Sandra negó con la cabeza y musitó:

—No me apetece, gracias. Me duele la cabeza y, ahora que el niño está dormido, creo que yo he de acostarme también.

Megan suspiró y, levantándose, añadió mientras cogía la bandeja:

—Que descanses, Sandra.

A continuación, bandeja en mano, se dirigió hacia la puerta y, mirando a su hermano con seriedad, murmuró:

—Estarás contento...

Zac no respondió. Una vez que se quedó a solas con su mujer, la miró. Estuvieron en silencio unos segundos, hasta que ella lo miró y, levantándose, dijo:

—Si no te importa, necesito descansar.

Zac asintió, pero, al pasar ésta por su lado, la paró y, mirándola, murmuró:

—¿Te duele el brazo?

A Sandra no le dolía nada, pero intentando seguir el juego de Megan, repuso:

—Sí, pero pasará.

Zac maldijo entonces mientras se sentía el peor hombre del mundo y, buscando una mirada cómplice por su parte, dijo:

—Escucha, *mo chridhe*, como sé que te gustan los baños juntos, he ordenado que traigan una bañera y...

Sandra lo miró entonces con gesto apenado y declaró:

—Si deseas que nos bañemos, así será.

—Sandra... —protestó él—. No es una cuestión de que yo lo desee, sino de que tú lo desees también.

La joven se encogió de hombros y, tras pensarlo, respondió:

—Entonces, si puedo elegir, elijo descansar.

Decepcionado por su contestación, Zac asintió.

—Cariño, tenemos que hablar. He de explicarte el porqué de mi reacción de hoy y...

—Zac —lo cortó ella—. No es necesario que me des ningún tipo de explicación. Soy tu mujer y lo que tú hagas bien hecho está. He recapacitado y ahora sé dónde está mi lugar.

Dicho esto, iba a moverse, pero él, sin soltarla, hizo que lo volviera a mirar.

—Tu lugar está conmigo, *mo chridhe*. —Sandra asintió sin inmutarse, y, a cada instante más dolido, él preguntó—: ¿No me das un beso de buenas noches?

La joven asintió y, poniéndose de puntillas, le rozó apenas los labios sin emoción y luego murmuró separándose de él:

—Buenas noches.

Sin soltarle las manos, Zac la miró, aunque al ver que ésta no reaccionaba, la dejó ir. Sandra caminó entonces hasta la cama y, tras desnudarse sin dirigir la vista a él, se puso una fina túnica. A continuación, se metió en la cama, se arropó y se dio la vuelta. No quería mirarlo.

Zac suspiró. Quizá si dormía, a la mañana siguiente estaría mejor.

Capítulo 46

Cuando el sol salió y Zac se despertó, se dio la vuelta para coger a Sandra entre sus brazos. Les encantaba amanecer juntos. Pero entonces comprobó que estaba solo en la cama. Eso lo sorprendió y, levantándose con celeridad, se lavó, se vistió y bajó al salón.

Una vez allí, oyó los gritos de alegría del pequeño. Las mujeres lo miraron, y Zac, al ver a Sandra sonreír con el niño en sus brazos, se acercó a ella en busca de su beso.

—Mira, cariño —dijo ella entonces mirando al chiquillo—. ¿Quién ha venido?

—Paaaa... Paaaaa... —exclamó el crío encantado, y Zac, sin dudarlo, lo cogió para prestarle toda su atención.

Así estuvieron un rato, hasta que Megan le pidió al niño. Él se lo tendió y luego se acercó a Sandra y, murmurándole al oído, preguntó:

—¿Y mi beso de buenos días?

Su olor...

Su voz...

Como pudo, Sandra contuvo las ganas que tenía de tirarse a su cuello y, tras darle un breve beso como la noche anterior, dijo:

—Buenos días, Zac.

Molesto porque ella todavía continuara con aquella tontería, el guerrero salió del salón a grandes zancadas.

—Si yo fuera tú, el beso se lo habría dado su caballo —protestó Angela dirigiéndose a Sandra.

—¡Angela! —la regañó Shelma.

—Yo le habría dado un cascotazo —se mofó Gillian.

Megan y Sandra se miraron y, con disimulo, se separaron de las demás para no reír. Era lo mejor.

Ese día, Lolach y Shelma regresaban a su hogar. Él tenía que atender sus tierras.

Todos los despidieron con cariño en la puerta de la fortaleza de Kildrummy y, cuando Shelma se abrazó a Sandra, preguntó preocupada:

—¿Estás bien, cariño?

Al ver su gesto turbado, la joven asintió y, tras comprobar que Zac hablaba con Duncan y no podía verla, amplió su sonrisa y afirmó:

—Claro que sí, Shelma.

—Sandra es fuerte —afirmó Megan acercándose a ellas—. No te preocupes, Shelma.

La mujer asintió y, mirándolas, murmuró apenada:

—Siento marcharme tan pronto.

En ese instante, Lolach y Trevor se acercaron a ellas y, tras ayudar a Shelma a montar en su caballo y despedirse de las demás, ésta dijo dirigiéndose a Sandra:

—Ya le he dicho a Zac que os espero en nuestra casa. Cuando queráis venir, seréis bien recibidos.

—Gracias, Shelma. Seguro que pronto te visitaremos —asintió ella.

—Y ¿yo seré bien recibida? —se mofó Megan.

Su hermana meneó la cabeza sonriendo y replicó:

—Ni que decir tiene que tú no.

Ambas rieron y, tras guiñarse un ojo, Shelma y Lolach se marcharon con sus guerreros.

A lo largo de la mañana, Sandra no se acercó a Zac en ningún momento. Lo observaba, lo tenía en su campo de visión, pero era mejor mantener las distancias con él, cosa que a él le dolía, pero lo aceptaba y callaba. Su comportamiento había sido inaceptable y debía comprender que Sandra aún continuara molesta con él.

Estaba cargando unas balas de heno junto a Kieran y Niall cuando oyeron a varios caballos salir al galope de las caballerizas. A continuación, Niall sonrió e indicó:

—Mi Gata regresará con las mejillas sonrosadas.

Al ver que Duncan se acercaba hasta ellos con una sonrisa, Zac preguntó entonces:

—¿Las mujeres han salido a dar su paseo?

—Sí. Estarán custodiadas por mis hombres, tranquilos.

Al oír eso, Zac sonrió. Sin duda a Sandra le vendría bien ese paseo.

—Bueno —aclaró entonces Duncan—, han salido todas excepto Sandra.

Sin poder creérselo, Zac se asomó para ver alejarse sólo a tres caballos, y preguntó sorprendido:

—¿Y dónde está Sandra?

Duncan cogió una bala de paja, se la pasó a su hermano Niall y respondió:

—Según ha dicho Megan, se ha quedado cosiendo en el salón con la madre de Kieran.

—¿Cosiendo? —repitió él pasmado.

Sabía lo mucho que Sandra odiaba esa labor, y, sin decir nada, aunque sorprendido por aquello, dejó la bala de paja que tenía en las manos en el suelo y caminó hacia la fortaleza.

Una vez dentro, se dirigió al salón y, al mirar a través de la puerta entreabierta, divisó a Sandra. Estaba sentada en silencio frente al hogar junto a la madre de Kieran, cosiendo.

Al oír pasos, Sandra miró con el rabillo del ojo y, al distinguir a Zac, intuyó que las chicas ya se habían marchado en sus caballos y él, alarmado, había ido a ver si era verdad.

Él la observó estupefacto. ¿Qué hacía ella cosiendo, cuando lo normal era que prefiriera irse de caza con las chicas?

Sin moverse del sitio, Zac las observó.

—Siento mucho que la boda no se celebre —oyó que decía entonces la madre de Kieran.

—No importa, Edwina —respondió Sandra.

—Me habría gustado verte con el vestido de novia que te preparé. Habrías estado muy guapa.

Con coquetería, Sandra sonrió y, consciente de que él las escuchaba, indicó:

—Siempre quise casarme con el vestido de mi madre. Tener a

mi lado a las personas que me quieren, celebrar un gran banquete para luego estar hasta el amanecer riendo y bailando, y que la persona que me prometiera amor eterno estuviera orgullosa de mí, pero está visto que eso sólo eran sueños de niña, porque me casé hecha un espantajo, rodeada de guerreros que no entendían el enlace, sin banquete, risas, ni baile, y, bueno..., ¿para qué continuar?

Zac se ofuscó al oír eso.

Él no había anulado la boda, la había anulado ella, pero, a pesar de su enfado, sintió un pellizco en el corazón al oír sus palabras.

—Hija..., Zac te quiere —afirmó Edwina—. Sólo hay que ver cómo os mira a ti y al pequeñín para saber que ese hombre está feliz. Es sólo que es joven y ha de aprender todavía muchas cosas de la vida.

Consciente de que él seguía escuchando, Sandra respondió:

—No dudo que esté feliz con el pequeñín, pero lamenta que mis padres me criaran como a una guerrera.

Edwina sonrió.

—Mi hijo Kieran también lamenta en ocasiones el temperamento de Angela, pero sé que le gusta. Veo el orgullo en sus ojos cuando la mira y ella lo provoca.

—Kieran no es Zac, Edwina.

La mujer asintió.

—Él siempre ha bebido los vientos por ti. Todavía recuerdo ciertos episodios vividos cuando tú desapareciste y...

—Y con seguridad no le faltó una mujer al lado.

—No, muchacha. No negaré que las jovencitas y las no tan jovencitas siempre se morían por sus atenciones.

Entonces Sandra dejó de coser y se mofó:

—Al parecer, añora esas atenciones, Edwina.

—Los hombres son así, hija.

—¡Au!

La madre de Kieran levantó la vista de su costura y, al ver que aquélla se chupaba un dedo, murmuró:

—Hija, ya van más de siete pinchazos... ¿De verdad quieres seguir cosiendo?

Sandra asintió y, al oír las pisadas de Zac al alejarse, musitó:

—Sí. Continuemos.

Esa misma tarde, cuando los hombres se marcharon a mirar unos caballos y las hijas de Megan leían tranquilamente en la habitación, Megan retó a las chicas a una competición de lanzamientos de daga en el exterior. Todas aceptaron, excepto Sandra, y Angela preguntó extrañada:

—¿Por qué, si te gusta?

Ella se encogió de hombros.

—Edwina me va a enseñar unos excelentes trucos para abrillantar la plata y el cabello, y después observaré cómo organiza el menú semanal con los criados.

Angela parpadeó mirando a su amiga, y Gillian se mofó:

—¡Qué emocionante!

—Vamos a ver. Esta mañana no has venido de caza y ahora esto. ¿Acaso estás intentando que Zac vea la perfecta mujercita que puedes ser? —preguntó Angela sorprendida.

Sandra no contestó a la pregunta de su amiga, pero, levantándose de donde estaban, dijo antes de desaparecer tras una puerta:

—No pasa nada, Angela. Simplemente que nunca está de más saber cosas nuevas.

Cuando se marchó, Angela miró con rapidez a Megan y, cuando se disponía a protestar, ésta se levantó, la cogió del brazo e indicó:

—Salgamos al exterior. Si Sandra luego quiere, ya vendrá.

—Pero...

—Angela —le recriminó Megan—, permite que ella decida sobre su vida.

Un rato después, mientras las chicas se retaban a lanzar la daga, Sandra las observaba desde la ventana con su pequeño en brazos. Se moría por hacer lo mismo que ellas, pero si quería continuar con su plan debía contenerse. Estaba aburrida cuando vio a los hombres regresar montados en sus caballos y se fijó en que se dirigían hacia el lugar donde estaban aquéllas.

Cuando llegaron, Angela, que seguía furiosa, gruñó mirando a Zac:

—No sé qué le has dicho a Sandra...

—Imagínatelo —se mofó Gillian cortándola.

—Prefiero no imaginar —siseó aquélla.

—Sí, casi mejor no imaginar —añadió Megan.

Sin comprender a qué se referían, Zac las miró y Angela prosiguió:

—No lo entiendo. Te pasas media vida suspirando por ella y, ahora que estáis casados, ¿ella tiene que cambiar para ser otra persona?

Molesto por volver a ser el centro de las críticas, el guerrero miró a su cuñado Duncan, clavó los talones en su caballo y se alejó, mientras Niall las miraba con gesto serio y preguntaba:

—¿Por qué no continuáis tirando la daga y dejáis tranquilo a Zac?

—¿Te ofreces como diana? —se burló Gillian.

Al ver el gesto de su mujer, el guerrero movió la cabeza a modo de advertencia y, sin decir nada, se alejó junto a Duncan y Kieran, que hacían esfuerzos como él por no sonreír.

Sandra, que se había sentado encima de la cama, dejó al pequeño sobre ella, y estaba sonriendo cuando Zac abrió la puerta de la habitación y, mirándola con gesto furioso, preguntó:

—¿Qué estás haciendo?

Al oírlo, la joven se levantó y, con su cara más angelical, respondió:

—Jugando con Zac e intentando que camine, pero se niega. Al parecer, este niño pretende ir el resto de su vida en brazos.

El guerrero se acercó a ella y, separándola del pequeño, se agachó para estar a su altura y cuchicheó:

—No dejas de sorprenderme.

—¿Por qué?

Retirándole con mimo un mechón oscuro de su cabello, él respondió:

—¿Acaso ya no quieres estar en compañía de Angela, Gillian y Megan?

Sandra se moría por estar con ellas, pero puso cara inocente de nuevo y declaró:

—Sabes que me agrada su compañía, pero siento que he de ocuparme de otros menesteres ahora que he decidido cambiar y ser una buena esposa y madre.

Zac asintió. Entonces se fijó en los carnosos y tentadores labios de ella e indicó tentándola:

—El otro día lo hice mal. Muy mal.

Atraída como un imán por su mirada y por su tono bajo de voz, la joven asintió, y Zac, apoyando su frente en la de Sandra, murmuró:

—Te añoro. Te echo en falta.

A ella se le aceleró el corazón y, seducida totalmente, se disponía a besarlo cuando Zac se separó de ella para acercarse al pequeño que juguetcaba sobre la cama y, cambiando el tono de voz, añadió:

—Anulaste nuestro cnlace. Apenas me hablas ni me miras. Te he pedido perdón a ti, a mis hermanas, a mis cuñados, a mis amigos... y, aun así, parece que sigo haciendo las cosas mal porque tú has decidido no perdonarme. Sandra no contestó, y él, tras mirar a su alrededor, dijo sorprendiéndola—: ¡Nos vamos!

—¿Qué? —preguntó clla horrorizada.

Pero, con seguridad, el guerrero afirmó:

—Prepara tus cosas y las del niño. Nos vamos a nuestro hogar. Ya estoy harto de comentarios maliciosos y llenos de rencor.

A Sandra no le gustó oír eso, pero, cuando se disponía a protestar, Zac añadió:

—Por cierto, me agrada que Edwina te diera lecciones de costura. Creo que te van a venir muy bien una vez que lleguemos a nuestro hogar.

Descolocada por su cambio de actitud, la joven era incapaz de razonar.

—En Balvenie hay que hacer muchas cosas —indicó él entonces—, y si eres tan buena con la aguja y el hilo como lo eres con la espada, estoy convencido de que vas a mejorar el lugar.

Horrorizada, Sandra quiso gritar. Odiaba coser.

—Vamos —la apremió él—, no hay tiempo que perder.

—Pero... pero pronto anochecerá.

Zac miró por la ventana y, tras asentir, aseguró:

—Tranquila; como sabes, no está lejos y si vamos con premura y no paramos, no tardaremos en llegar.

Y, acto seguido, sin más, salió de la habitación dejando a Sandra sin palabras y sin saber qué decir.

Capítulo 47

❧❧

Con amor, Sandra se despidió de los hijos de Megan, Gillian y Angela. Todos eran maravillosos, y estaba segura de que los iba a añorar todos los días.

Una vez que se separó de ellos, con una tímida sonrisa, observó a su amiga Angela besar a su pequeño. Le habría encantado pasar más tiempo allí con ellos, pero nada estaba saliendo como deseaba, y ahora, encima tenía que alejarse de ella y del resto.

—Sandra...

Al mirar se encontró con Megan, y ésta, apartándola unos pasos del grupo, murmuró:

—Duncan me ha dicho que estaremos aquí una semana más. Tiene que atender varios negocios en los alrededores junto con Kieran. Si necesitas cualquier cosa, no dudes en hacérmelo saber, ¿entendido?

La joven asintió y, al ver el gesto preocupado de aquélla, indicó:

—No te preocupes por nada, Megan. Zac y yo estaremos bien.

La aludida suspiró y miró a su hermano, que se despedía con un abrazo de su marido mientras éste sujetaba al pequeño Zac y bromeaba con sus hijas, que sonreían.

A continuación, Zac se acercó a ellas y preguntó con cierto retintín:

—¿Puedo abrazarte, hermana, o eso también se me niega?

Apenada por lo mal que aquél se sentía, Megan sonrió y lo abrazó. Entonces él, agradecido por ese gesto que tanto necesitaba, indicó:

—Ven a Balvenie cuando quieras con las niñas. Estoy seguro de que a Sandra le agradará vuestra compañía.

Megan asintió. Que su hermano le hubiera dicho aquello era

importante para ella y, cuando el abrazo acabó, declaró mirándolo a los ojos:

—Iremos. Y espero comprobar entonces que las diferencias entre Sandra y tú ya son historia.

Zac asintió con gesto serio y, mirando a su esposa, que los observaba, avisó:

—Hemos de partir.

De nuevo, las mujeres se apresuraron a darle un último beso a Sandra. A continuación, ésta miró a Zac, que se alejaba en dirección a su corcel, y lo llamó:

—Esposo..., ¿me ayudarías a subir al caballo?

Al oírla, Zac se detuvo, dio media vuelta y la miró. Sandra siempre se había subido y bajado sola con facilidad de los caballos, por lo que, acercándose a ella, preguntó:

—¿Desde cuándo necesitas tú ayuda para eso?

Ella asintió y, evitando la mirada guasona de Megan y las expresiones sorprendidas de Gillian y Angela, respondió:

—Desde que intento ser lo que tú quieres.

Sin mover un músculo de la cara, Zac maldijo en silencio. Estaba más que claro que Sandra estaba dispuesta a amargarlo. Por ello, sin más, la cogió como si de una pluma se tratara y, tras posarla sobre el caballo, preguntó:

—¿Estás cómoda, esposa?

Cuando ella asintió, Zac se dio la vuelta de nuevo y montó él también.

Duncan, que tenía al pequeñín en sus brazos, se lo entregó a la madre. Sandra lo cogió y lo aseguró sobre ella y, a continuación, le dirigió una sonrisa.

—Gracias, Duncan.

El guerrero le dedicó una inclinación de cabeza y, mirando a la joven, señaló:

—En un matrimonio los problemas nunca se acaban, pero si realmente quieres a Zac, he de decirte que las soluciones tampoco.

Sandra asintió y, sin decir nada, dio la orden a su caballo y éste comenzó a caminar tras el de Zac.

Megan, que había oído lo que su marido había dicho, se acercó entonces a él y preguntó con disimulo:

—¿A qué ha venido eso?

Duncan cabeceó con una sonrisa. Conocía a su mujer mejor que nadie, y el hecho de que no se hubiera metido en aquel problema le daba a entender lo implicada que estaba. Entonces la agarró por la cintura y murmuró:

—Venía a que, cuando aprendan a reírse de ciertas contrariedades, se aceptarán tal y como son y se darán cuenta de lo que de verdad es importante entre los dos.

Encantada, ella sonrió, y Duncan susurró:

—Por cierto, mi amor, he advertido a Zac respecto al juego de Sandra.

—¿Qué?

Él sonrió y cuchicheó:

—Su actitud sumisa me recordó a la de alguien...

—Duncaaaaan... —protestó ella.

Él, consciente de cómo lo observaba aquella morena a la que tanto adoraba, declaró:

—Cariño, creo que, si juegan los dos, será más divertido.

Horrorizada, Megan observó a Sandra alejarse. Tenía que avisarla. Pero entonces Duncan la sujetó con fuerza y la guio hacia el interior de la fortaleza mientras le advertía:

—Ah, no, cariño... Déjalos a ellos solos.

Capítulo 48

Como bien había predicho Zac, llegaron a Dufftown, concretamente al castillo de Balvenie, pocas horas más tarde, puesto que no estaba lejos de Kildrummy.

En el trayecto, el highlander se preocupó por Sandra y por el niño, y la joven se lo agradeció cuando, en ocasiones, él se lo cogió de los brazos para que ella pudiera estirarlos.

Zac le estuvo hablando de la zona que atravesaban, le contó detalles que podían resultar interesantes, mientras ella lo escuchaba. Sin embargo, como no intervenía para nada, él al final se cansó y decidió guardar silencio.

Cuando llegaron a las puertas del castillo, ya había anochecido, pero de pronto se oyó:

—¡Sandra!

Al volverse, la joven vio aparecer a Leslie, que corría seguida de Scott, y, sin dudarlo, se tiró del caballo a causa de la emoción.

—Vaya..., sí que te alegra ver a Leslie —se mofó Zac al verla.

Sandra maldijo. La agitación la había hecho olvidar ser comedida y, asintiendo, repuso:

—Verla ha sido lo mejor del día.

Él asintió pero no contestó. ¿Para qué?

Emocionadas, las dos jóvenes se abrazaron.

—Scott estaba vigilando en lo alto de la colina —explicó Leslie encantada— y, cuando *m'avisao* de que venías, me he *levantao* de la cama *pa'* venir a saludarte.

Sandra miró a Scott y le agradeció aquel detalle. Tenían muchas cosas que contarse.

Entonces Zac, mirando a la muchacha, pidió:

—Leslie, por favor, coge al niño en brazos y entra en la fortaleza; tengo que hablar con mi mujer un instante.

Sin rechistar, aquélla agarró al pequeño, que miraba feliz a su alrededor, y, cuando se alejó junto a Scott, Zac se dirigió a Sandra:

—Aquí no tienes nada que temer. La vigilancia se ha redoblado para que nada pueda ocurrir y puedas caminar por Balvenie y sus alrededores con total tranquilidad, ¿entendido? —Ella asintió y, a continuación, Zac murmuró—: Una vez dicho esto, quería comentarte algo con respecto a...

—¡Zac..., Sandra! ¡Qué alegría teneros aquí! —Acercándose a ellos, Aiden los saludó.

Acto seguido, los hombres comenzaron a hablar de sus cosas, y Sandra, deseosa de estar con Leslie, dio media vuelta y subió los escalones de entrada a la fortaleza.

Al percatarse de ello, Zac la llamó cuando ya estaba subiendo el último peldaño. Tenía que prepararla para el caos que se iba a encontrar, y, al ver que cruzaba las puertas, murmuró corriendo tras ella:

—Maldita sea.

Sandra se quedó parada al entrar en la estancia y miró a su alrededor.

Aquel lugar sucio y desastroso que recordaba de hacía tiempo se había convertido en un verdadero hogar.

Una bonita mesa de roble oscuro con un banco y varias sillas presidía el salón, en el que colgaban dos coloridos tapices. A la derecha, una librería ocupaba toda una pared, las ventanas estaban revestidas con unas preciosas cortinas en tonos claros y, al fondo, junto a la gran chimenea, había un bonito diván y varios taburetes tapizados del mismo color que las cortinas que invitaban a sentarse.

Leslie, que la observaba y veía cómo ella miraba a su alrededor, preguntó:

—¿Te gusta?

Sandra asintió justo en el momento en que Zac entraba tras ella y, bloqueado, se quedaba parado a su lado.

¿De dónde había salido todo aquello?

Atónito, el guerrero miraba a su alrededor cuando Aiden se acercó por detrás y, feliz al ver la cara de sorpresa de aquéllos, cuchicheó:

—Como ves, al final lo pude solucionar.

Boquiabierto, Zac lo miró. La estancia fea y desangelada que había dejado cuando se marchó se había convertido en un lugar cómodo y apacible para vivir. Por ello, se acercó con seguridad a Sandra y preguntó:

—¿Te gusta tu nuevo hogar?

La joven asintió asombrada. Conocía por Angela la realidad del castillo de Zac. Y, mirándolo, afirmó con una bonita sonrisa:

—Sí. Es todo maravilloso.

A continuación, Aiden y Zac se miraron y se dirigieron hacia la puerta del salón.

—¿Cómo lo has conseguido? —preguntó entonces el guerrero bajando la voz.

Aiden sonrió y, hablando en el mismo tono bajo que aquél, respondió:

—La mujer de Atholl me oyó hablar con él del problema y rápidamente me advirtió de la existencia de un familiar suyo en Banffshire que vendía todo tipo de enseres para el hogar. Así que fuimos sin perder tiempo, compramos algunas cosas y esta maña-na, con la ayuda de las esposas de nuestros hombres, hemos ter-minado de colocarlo todo. Por cierto, hemos acondicionado el cuarto contiguo al tuyo para el pequeño Zac. Estoy seguro de que Sandra querrá tenerlo cerca.

—Estupendo —afirmó Zac, todavía sorprendido.

—Quiero subrayar que esto no habría sido posible sin la cola-boración de todos tus hombres y sus mujeres, por lo que, cuando puedas, dales las gracias. Les gustará.

—Lo haré.

—Por último, lleva algún día a Sandra al sitio donde hemos comprado todo esto; seguro que allí encuentra cosas para Balve-nie que le agradarán.

Feliz porque hubiera resuelto aquel problema que lo reconco-mía, Zac le dio un abrazo a Aiden y dijo:

—Gracias, amigo. Muchas gracias.

Él sonrió y, a continuación, mirando a Leslie y a su marido, que hablaban con Sandra en el salón, indicó:

—Leslie, Scott, debemos irnos. Estoy seguro de que Zac y su esposa quieren disfrutar de su hogar.

Con cariño, la joven le entregó el pequeño a Sandra y, tras darle un beso en la mejilla, señaló:

—Mañana nos vemos.

La joven asintió con una sonrisa.

Una vez que aquéllos se hubieron marchado, Sandra lo observaba todo a su alrededor con el pequeño apoyado en su regazo, cuando Zac vio al pequeño bostezar.

—Creo que alguien quiere descansar —dijo.

Al mirar a su hijo y ver que éste se tocaba la oreja, ella sonrió y afirmó:

—Sin duda alguna.

En silencio subieron la escalera hasta la primera planta, iluminada con velas que colgaban de unos soportes en las paredes. Al llegar frente a una habitación, Zac se detuvo y explicó:

—Éste será el cuarto del pequeño.

La joven dio unos pasos y sonrió al entrar en la estancia. Cortinas oscuras en las ventanas, una bonita cama con pieles limpias y secas, varios juguetes de madera, una mecedora y un precioso hogar encendido..., todo ello daba una calidez al espacio que hizo que la joven se emocionara.

—¿Y esto? —preguntó.

Sin ganas de mentir en algo tan tonto, Zac respondió:

—Sabían que llegaba mi hijo y, entre todos, han preparado estas cosas para él.

Encantada por la maravillosa estancia donde el pequeño iba a crecer, a la joven se le llenaron los ojos de lágrimas. Ella sola nunca podría haberle dado todo aquello. Y, volviéndose hacia Zac, murmuró:

—Gracias.

Contento al ver su primera sonrisa sincera en días, él sonrió.

En ese instante se oyó la voz de un guerrero que llamaba a Zac.

—Acuesta al pequeño —indicó él dirigiéndose a Sandra—. Ya sabes dónde está nuestra habitación.

Ella asintió, y, sin querer agobiarla con un beso, Zac se marchó.

Un buen rato después, cuando el pequeño se durmió, Sandra se encaminó a la estancia donde ella dormiría con su marido. Al entrar se encontró con aquella habitación que había conocido hacía bastante tiempo, pero esta vez con las maderas de la ventana arregladas y con cortinas.

La alcoba era perfecta, maravillosa, y, al mirar la cama, un extraño calor la inundó. Sin embargo, evitando dejarse llevar por los sentimientos, buscó entre la ropa que había llevado algo para dormir y, al encontrar el feo y anticuado camisón que Edwina le había regalado, sonrió y se lo colocó sin dudarlo. A continuación, se metió en la cama.

Estaba cerrando los ojos cuando oyó que la puerta de la habitación se abría y, a través de las pestañas, vio que se trataba de Zac. Sin abrir los ojos, se hizo la dormida, y entonces distinguió que dos guerreros entraban tras él con una bonita bañera que colocaron frente al hogar.

Acto seguido, Zac se acercó a la cama y la observó con detenimiento mientras unas mujeres entraban con cubos de agua caliente para llenarla. Cuando el proceso acabó, Zac los despidió a todos con una sonrisa y cerró la puerta. Una vez a solas con Sandra, el guerrero comenzó a desnudarse.

—Sé que estás despierta —dijo.

Pero Sandra no contestó. No movió una pestaña.

Él la miró. A continuación, terminó de desvestirse y, al adivinar sus intenciones, cogió el arco de Sandra que sus hombres habían subido a la habitación y murmuró:

—Muy bien. Como veo que duermes, aprovecharé para quemar esto, ya que al parecer no lo vas a necesitar, esposa mía.

Al ver a través de las pestañas que Zac había cogido el arco que tenía desde hacía años, Sandra maldijo en silencio. Intentó no moverse, pero la ansiedad al descubrir que aquél lo acercaba al fuego la hizo decir sin pensar:

—Si lo quemas, lo vas a lamentar.

Zac sonrió sin mirarla. Ésa sí era Sandra. Y, volviéndose para mirarla, preguntó:

—¿No estabas dormida?

Evitando abrir los ojos para no encontrarse con su tentador cuerpo desnudo, la joven replicó:

—Me has despertado.

El guerrero dejó entonces el arco en un lateral e inquirió al tiempo que se metía en la bañera:

—¿Quieres bañarte conmigo?

La respuesta era «Sí». Sandra lo deseaba. Pero, sin querer dar su brazo a torcer, respondió:

—No. Quiero dormir.

Zac se sentó en la bañera de humeante agua caliente y, apoyando la cabeza en un costado, susurró al sentir cómo su cuerpo se destensaba:

—Dios, ¡qué placer!

Durante un breve rato ambos permanecieron en silencio, hasta que Zac comenzó a silbar, y Sandra, molesta por su falta de tacto, musitó:

—Si haces ruido, me desvelo.

—¿Te molesta mi silbido, esposa?

A la joven le desagradó que la llamara *esposa*.

Entonces, de pronto, Zac comenzó a canturrear:

> *De un bosque encantado,*
> *un hada te ha salvado,*
> *y en un...*

—¿Pretendes no dejarme dormir?

Zac se acomodó en la bañera.

—Pretendo que te bañes conmigo.

Sandra resopló y, cuando iba a protestar, él añadió:

—Eres mi esposa y así lo deseo.

Convencida de que aquello era una orden, la joven maldijo y se levantó de la cama para acercarse a él, y, al verla, Zac gruñó frunciendo el ceño:

—Por el amor de Dios..., ¿qué llevas puesto?

Parecía que fuera vestida con un saco de patatas. La tela del camisón era gruesa, rígida, y comenzaba debajo de la barbilla y acababa en la punta de los pies.

Al ver el gesto de desagrado del guerrero, ella levantó el mentón y respondió:

—Me lo regaló Edwina. Según ella, esto abriga, y no los livianos camisones transparentes que las jóvenes utilizamos para dormir.

Zac asintió. Aquello no podía ser más feo.

A continuación, sin previo aviso, agarró a Sandra de un rápido movimiento y la sentó a horcajadas sobre él. Empapada y sorprendida, ella gritó entonces:

—¡Zac, maldita sea!

El chillido, tan natural en ella, hizo sonreír al guerrero, que, levantando una ceja, preguntó:

—¿Desde cuándo una esposa le habla así a su marido?

Sandra cerró los ojos.

—Lo siento.

Zac sonrió.

—No —replicó—. No quiero que lo sientas.

Sin entender bien sus palabras, Sandra lo miraba a los ojos mientras el horroroso camisón flotaba a su alrededor. Al sentir su confusión, él murmuró entonces:

—Relájate, mi amor.

Haciéndole entender que estaba molesta, a pesar de que no era así, ella se disponía a protestar cuando Zac, asiendo la tela del camisón, la rasgó de un tirón.

—O te quitas esta monstruosidad o te la quito yo —aseguró.

Hechizada y excitada, Sandra no se movió, por lo que él siguió rasgando la prenda mientras la retaba con la mirada.

El sonido de la tela al romperse, unido al calor del hogar, a la mirada salvaje de aquél y a su propia excitación pudieron con ella, que, sin medir sus palabras, susurró:

—Quítamelo tú.

Encantado con aquello, Zac prosiguió rasgando la tela hasta que el camisón quedó partido en dos y los pechos de la joven quedaron expuestos ante él, erectos y apetitosos.

El guerrero sonrió excitado mientras, con cariño, deslizaba las manos por los hombros de aquélla, hasta que la tela cayó al agua y quedó totalmente desnuda delante de él.

Las respiraciones de ambos se aceleraron.

Llevaban demasiados días sin intimidad, sin besos deseados ni abrazos consentidos, y Zac, dispuesto a que el juego que aquélla se traía entre manos acabara esa misma noche, murmuró paseando sus tentadores labios por la boca de ella:

—*Mo chridhe*... Te adoro más de lo que piensas, más de lo que digo y más de lo que demuestro.

Sandra tragó saliva.

Su marido era la tentación personificada, y sentir su dura erección bajo su cuerpo la estaba acalorando más y más.

—Soy tuyo —insistió él.

Un temblor recorrió el cuerpo de Sandra.

Las barreras que ella misma se había impuesto durante aquellos días comenzaban a caer, y Zac, consciente de ello, posó las manos en su cintura y, moviéndola sobre su cuerpo para tentarla, susurró:

—Sé tú misma. Toma la iniciativa y hazme tuyo.

Sandra, agitada, temblorosa y palpitante, quería besarlo, tomarlo, pero le dio un golpe en el pecho con la mano y murmuró:

—Te odio.

Con amor, Zac susurró entonces:

—No me odias, cariño. Sé que no es así, aunque lo merezco.

Aunque enfadada por todo lo que había pasado en los últimos días, sin apartar los ojos de Zac mientras él la movía sobre su cuerpo, Sandra jadeó. La dulce tortura que él le estaba infligiendo podía con ella. Consciente de ello, Zac sacó entonces una de las manos de debajo del agua y le pidió:

—¡Pégame!

Sandra parpadeó volviendo en sí, al tiempo que él insistía acercando a su cara la mano de la joven:

—¡Golpéame! Hazme saber lo furiosa que estás.

La muchacha se resistió, pero Zac, sin soltarle la mano, comenzó a sacudirse la cara con ella, mientras le pedía, le exigía que lo golpeara con fuerza. Ella se negó y, cuando no pudo más, de un tirón retiró la mano y, acercando su boca a la de él, lo besó, lo devoró como ansiaba hacerlo.

Cuando sus bocas se separaron, levantando unos milímetros su cuerpo del de aquél, Sandra se introdujo con habilidad el pene en su interior. Zac se arqueó gozoso por aquel acto tan placentero, y entonces ella murmuró tirándole del pelo:

—Si vuelves a comportarte como un irracional o si te acercas a otra mujer que no sea yo, te...

Consciente de lo que quería decir, él la inmovilizó con fuerza para poder hablar e indicó:

—A la única mujer que quiero besar, tocar, enamorar y hacer el amor es a ti.

—Júramelo —jadeó Sandra, apretando las caderas contra él.

Zac tembló al sentir cómo ella lo poseía y, mirándola, afirmó:

—Te lo juro. Amo a la Sandra osada, impetuosa y retadora, que hace que la sangre me hierva cuando la miro, no a la mujer que has intentado ser estos últimos días.

Dicho esto, el guerrero tomó el control de la situación y, moviendo a Sandra de tal manera que ella jadeó, fue él quien dijo:

—Ahora júrame tú a mí dos cosas. La primera, que me dejarás protegerte si algo pone en peligro tu vida, y la segunda, que nunca más me volverás a decir que no me necesitas.

—Zac...

—Júramelo —exigió hundiéndose en ella.

Sandra tembló de gozo y éxtasis. No era el mejor momento para jurar nada, porque su intrepidez a veces no la dejaba pensar, pero, incapaz de negarle aquello en un momento así, cuando controló su cuerpo, lo miró y asintió.

—Te lo juro.

Al oír eso, Zac cerró los ojos y, apretándola contra sí para que el placer de ambos fuera extremo, declaró al oírla jadear y retorcerse entre sus brazos:

—Eres mía, como yo soy tuyo, *mo chridhe*. Nunca olvides que tú y yo estábamos predestinados a estar juntos.

Extasiada por sus palabras, por sus movimientos, por el modo en que la poseía y la llenaba, Sandra se permitió disfrutar y, cerrando los ojos, se dejó hacer.

Se necesitaban...

Se deseaban...

Se amaban...

Como dos animales ávidos de sexo, se tomaron sin reservas, sin prudencia, sin miramientos, deseando poseer del otro... todo, absolutamente todo.

Zac era suyo.

Sandra era de él.

Ambos lo sabían y, dejándose llevar por el momento, la joven, deseosa, tomó la iniciativa y, sin contención, cabalgó a su marido con vehemencia, locura y posesión.

Capítulo 49

Cuando despertó, Sandra se movió entre las sábanas y sonrió al percibir el aroma de Zac.

Lo ocurrido la noche anterior había sido increíble, maravilloso.

De pronto, la puerta de la habitación se abrió y, al levantar la mirada, la joven se encontró con la sonrisa de Zac, que se acercaba a la cama.

—Buenos días, *mo chridhe*.

Colorada como un tomate, ella apartó la vista.

La noche anterior, dejándose llevar por sus deseos, se había comportado con osadía y descaro.

Zac se dejó caer sobre ella y se besaron entre risas. Entonces él, reteniéndola, preguntó:

—¿Por qué no me miras a los ojos?

Acalorada por las imágenes que pasaban por su cabeza, ella lo miró de nuevo y, al entenderlo, el guerrero murmuró clavando los ojos en ella:

—No te avergüences de disfrutar conmigo en la intimidad porque te exijo que así sea. Debes tomarme con la misma pasión y disfrute con que yo te tomo a ti para que nuestros momentos sean especiales ahora y siempre.

Sandra sonrió al oír esas palabras, y Zac, enamorado de su mujer, comenzó a hacerle cosquillas divertido, a las que ella rápidamente reaccionó riendo a carcajadas.

En cuanto se tranquilizaron, Sandra dijo:

—¿Puedo preguntarte algo?

Él asintió encantado y ella rio.

—¿Cuándo han limpiado la fortaleza y de dónde has sacado los muebles?

Al oírla, Zac se sorprendió, y a continuación la joven aclaró divertida:

—Esperaba encontrarme un sitio sucio y catastrófico, pero no lo...

—Mataré a Megan y a sus secuaces por cotillas —se mofó Zac.

Entre risas, le contó entonces cómo Aiden había conseguido las cosas, y, de pronto, ella exclamó alarmada:

—Dios mío, qué mala madre soy... ¿Dónde está Zac?

Contento de sentir a la mujer que lo volvía loco, él la retuvo y respondió:

—Tranquila; Leslie se lo está presentando a todas las mujeres del castillo. Se ocupará de él durante todo el día, puesto que tú y yo tenemos muchas cosas que hacer.

Sandra sonrió, y él susurró mirándola:

—Nunca dudes que te quiero por quién eres y por cómo eres, y te pido que te comportes ante mis hombres y cumplas lo que anoche me prometiste, como yo cumpliré lo que te prometí a ti.

Al ver que ella asentía, la besó y, una vez que el dulce beso acabó, declaró:

—Sólo hay que ver las cosas desde otra perspectiva para darse cuenta de lo que uno tiene y no quiere perder. Y yo a ti no quiero perderte.

Dicho esto, con ternura, volvieron a hacerse el amor sin que les importase nada más.

Cuando bajaron a comer, los guerreros que había en el salón los saludaron con una sonrisa, y Sandra se azoró. Sabía lo que pensaban y eso la acaloraba, pero disimuló saludando a *Pach*, que ya caminaba, y a pesar de la cojera que siempre tendría, estaba mucho mejor.

Más tarde, Zac y ella salieron encantados de la fortaleza y éste, feliz, le fue presentando una por una a todas las personas con las que se cruzaban. Estaba orgulloso de tener a su esposa allí.

Sandra conoció a la mujer de Atholl, de Evan, de Hugh y a muchas más. Todas querían saludarla, y ella, encantada, no paraba de sonreír, mientras Zac disfrutaba de un nuevo momento para recordar.

Los guerreros y sus mujeres les enseñaban felices sus hogares, que habían levantado junto a Zac y que disfrutaban con sus familias, y se entristecieron al ver la casa que se había incendiado días atrás.

Cuando Sandra entró en el hogar de Leslie, sonrió al ver allí a su hijo acompañado de Scott y Marcus, el pelirrojo. El chiquillo, al verlos, rápidamente levantó los brazos encantado, y Zac lo cogió, mientras las mujeres de sus guerreros disfrutaban observando cómo su señor se volvía loco con su pequeño.

Más tarde, Zac, junto al niño, y Scott y Marcus salieron de la casa para estar con su gente, y entonces Leslie agarró a Sandra de la mano y comentó:

—Si padre viera mi casa, no lo creería.

La vivienda de Scott era como un palacio para Leslie, que nunca había tenido un hogar, y se la enseñó gustosa a su amiga. No era grande, pero estaba limpia y seca. Cuando Sandra miró el lecho, Leslie cuchicheó:

—Scott es un marido *mu* tierno en la intimidad.

A Sandra la emocionó saber aquello. No había nada que quisiera más que ver a Leslie feliz junto a alguien que la cuidara, y, acercándose a ella, afirmó:

—Entonces, las dos hemos tenido suerte al elegir.

Cuando salieron de la cabaña, vieron que Marcus, el pelirrojo, sostenía en brazos al pequeño Zac, que gritaba mientras observaba a *Pach* caminar:

—Paaaaaaaaaa... Paaaaaaaaaaaaaaa...

Zac sonrió al oírlo, y, cogiendo a Sandra de la mano, dijo:

—Ahora que ya has conocido a mi gente y has comprobado por ti misma que Leslie está bien, *mi señora* ha de conocer sus tierras.

Tras darle un beso a su pequeño, Sandra echó a andar acompañada de Zac. En un momento dado ella volvió la cabeza para mirar atrás, pero él declaró con seguridad:

—Tranquila, *mo chridhe*, nuestro hijo no puede estar mejor cuidado.

Centrándose en disfrutar de la dicha que sentían, ambos caminaron por lo que eran sus tierras, y Sandra pudo comprobar cómo todo aquello había prosperado desde la última vez que había estado allí. El ganado era abundante, los caballos estaban en un maravilloso lugar, y las cabañas de los guerreros se habían multiplicado.

Al llegar a una de las cercas donde estaban los caballos, se encontraron con Cameron. Su aspecto no era muy bueno: tenía el labio partido y un ojo en un tono oscuro, pero, cuando Sandra iba a preguntar, Zac le indicó mirándola:

—Espérame aquí, mi amor, tengo que hablar con Cameron.

Sin querer llevarle la contraria, ella asintió y, mientras los dos hombres hablaban, ella se dedicó a pasear por la cerca admirando los bellos caballos que criaban.

Poco después, Zac reapareció acompañado de su corcel. A continuación, la agarró de la mano y se la besó, y Sandra preguntó:

—¿Qué le ha ocurrido a Cameron?

Zac se subió a su caballo, después la izó a ella y murmuró:

—En nuestra ausencia, su novia se vio con otro hombre, y, al regresar y enterarse, como imaginarás, hubo más que palabras entre ellos.

—¡Ay, pobre...!

—Que no te oiga él decir eso —indicó Zac sonriendo mientras se alejaban—. Cameron es un hombre al que no le gusta dar pena ni mostrar sus sentimientos, aunque he de decirte que, a pesar de lo rudo que lo ves, luego es un cacho de pan.

Sandra miró hacia atrás y, con tristeza, observó trabajar al hombre con gesto serio. Sin duda, las apariencias engañaban y la apariencia del rudo Cameron a ella siempre la había engañado.

Durante el resto de la tarde, Zac le enseñó a Sandra las lindes de sus tierras, y la joven se fijó en la cantidad de guerreros que estaban protegiéndolas. Eso la tranquilizó. En esas horas, se besaron, se abrazaron e incluso, llevados por la pasión, entre unos matorrales que los ocultaban de miradas indiscretas, Zac le hizo el amor.

Cuando regresaron, ya había anochecido, y el guerrero, sonriendo, indicó al ver a sus hombres entrando en la fortaleza:

—Esta noche vamos a tener una gran fiesta con mi gente. Quieren darle la bienvenida a su señora.

Sonriendo feliz, Sandra lo besó y, cuando entraron en el salón repleto de gente, Aiden, que los esperaba, anunció:

—¡Que comience la fiesta! Los señores ya están aquí.

A partir de ese instante, la música, la diversión y la alegría reinaron en el castillo de Balvenie.

Todos danzaban, cantaban, disfrutaban de la noche, mientras Zac, orgulloso, observaba bailar a su mujer con su gente y se sentía el hombre más feliz de toda Escocia.

Capítulo 50

Los días pasaron y la felicidad en el castillo de Balvenie era completa.

Todos veían cómo Zac, su señor, se desvivía por la mujer que lo hacía sonreír a todas horas.

Durante esos días, Sandra se preocupó de conocer a todas y cada una de las personas que allí vivían, e hizo un enorme esfuerzo por recordar sus nombres. Sabía lo importante que era para ellos ese detalle, y una noche que estaba con Zac haciendo una de las cosas que más les gustaba hacer juntos, que era bañarse, murmuró:

—Aunque no lo creas, es cierto. Que llames a todo el mundo por su nombre demuestra que eres un hombre considerado que se preocupa por ellos.

Él sonrió. Nunca había pensado en ello. Bastante tenía con recordar los nombres de sus guerreros como para aprenderse también los de sus mujeres, sus hijos o sus madres.

—Cariño —rio—, lo intentaré.

Divertida al oírlo, Sandra hizo ademán de levantarse cuando él preguntó:

—¿Adónde vas?

Tras darle un beso, la joven se incorporó en la bañera e indicó:

—Dame un segundo.

Contemplando su cuerpo mojado y desnudo, Zac vio cómo la joven salía de la bañera y cogía su daga.

—¿Piensas amenazarme hasta que aprenda sus nombres? —bromeó.

Sandra soltó una carcajada. Entonces, ayudada por él, volvió a meterse en la bañera, pero en lugar de colocarse pegada a él, se situó al otro lado y respondió:

—No. Pero cierra los ojos.

Zac sonrió, y ella insistió:

—Vamos, ciérralos.

Finalmente, él obedeció, y Sandra, clavando la punta de la daga en la bañera, comenzó a escribir sobre ella con fuerza. Al oír el extraño chirrido, Zac preguntó:

—¿Qué haces, cariño?

—Ahora lo verás —dijo ella al tiempo que reía, apretando y repasando para conseguir su propósito.

Una vez que hubo terminado de escribir lo que quería, Sandra soltó la daga fuera de la bañera y, acercándose a su marido, lo besó y murmuró:

—Ya puedes abrir los ojos.

Al hacerlo, Zac se encontró con ella y, mirándola, susurró:

—Más bonita no puedes ser.

Sandra sonrió encantada y, echándose hacia un lado, señaló lo que había escrito en la bañera de cobre.

—Éste es uno de esos momentos especiales para recordar. —Zac sonrió—. Y esto que he escrito aquí es para que no te olvides nunca... nunca... nunca... de mí.

Divertido, al ver que ella había grabado algo en la bañera dentro de una especie de corazón, leyó:

Tú y yo..., siempre.
Te quiero,

Sandra

Y sonrió enamorado.

Le encantaban las ocurrencias de su mujer. Adoraba la forma en que ella le mostraba el mundo, y, al ver en su rostro que esperaba que dijera algo, la miró y se mofó:

—¿Tú eres Sandra?

Divertida, la joven le dio un puñetazo en el estómago, y él, encantado por su osadía, la inmovilizó entre sus brazos y le hizo con ternura y posesión el amor.

Dos días después, cuando aún no había amanecido, al sentir que alguien le besaba el cuello, Sandra se despertó y sonrió al ver a Zac.

Mimosa, se dejó besar, mientras disfrutaba de aquel momento mágico entre ambos, pero entonces éste murmuró:

—*Mo chridhe*, he de levantarme.

—No..., quédate conmigo.

Él sonrió. Nada le habría gustado más que eso, pero respondió:

—He de atender unos asuntos con Aiden.

—¿Qué asuntos?

Encantado por las fabulosas vistas que su mujer le ofrecía, el guerrero cuchicheó:

—La última vez que estuvimos en Inverness, Aiden y yo entramos en una taberna. Estábamos bebiendo allí cuando un hombre entró también en el establecimiento y preguntó de quién era el caballo negro de la puerta. Aiden respondió que era suyo, y el hombre se lo quiso comprar. Pero mi amigo se negó: adora a su caballo.

—Lo sé —afirmó Sandra, interesada por la historia.

—Entonces el hombre, en su afán de conseguir el corcel de Aiden, puso ante nosotros un papel en el que se hablaba de unas tierras con una fortaleza en Keith y retó a Aiden a beber. El último en caer se llevaría la posesión del otro.

—Y ¿Aiden aceptó?

Zac soltó una carcajada y asintió.

—Si algo aguanta bien Aiden, es la bebida, y aceptó el reto. Ni que decir tiene que, cuando regresamos a Balvenie, lo hicimos con su caballo, con las tierras y la fortaleza de Keith, y con una borrachera de la que le costó recuperarse veinte días.

Sandra sonrió al oír eso, pero a continuación preguntó apenada:

—Entonces ¿Aiden se va?

—No, mi vida, no se va. Keith está cerca de aquí y hemos acordado que los caballos serán llevados a su propiedad una vez él viva allí, y aquí nos quedaremos con el ganado. Eso nos convierte a Aiden y a mí en socios en lo que a los caballos se refiere.

—Eso es estupendo —afirmó Sandra encantada.

Zac asintió sonriendo y ella lo besó.

Cada vez que la joven tomaba la iniciativa y le hacía sentir su pasión, Zac se olvidaba del resto del mundo. Lo enloquecía verla vibrar, exigir y disfrutar. Cuando dejó de besarlo, él murmuró:

—Si sigues así, me olvidaré de Aiden y me quedaré aquí contigo.

Sandra sonrió. El sexo con Zac era increíble, y más ahora que sabía que a él le gustaba que tomara la iniciativa, por lo que, conteniendo sus impulsos, murmuró:

—Dejaré que te marches siempre y cuando me prometas que esta noche te tendré sólo para mí.

Esta vez quien sonrió fue Zac y, suspirando, afirmó:

—Prometido.

Tras un último beso, el guerrero se levantó de la cama y, dirigiéndose hacia una ajofaina, se aseó. Después comenzó a vestirse, mientras Sandra lo observaba aún entre las sábanas. Le encantaba mirarlo y saber que aquel adonis de pecho ancho, piernas fuertes y brazos musculados era su marido.

—Cambia ese gesto, mujer —bromeó él—, o tendré que desnudarme.

Divertida, ella soltó una carcajada.

Cuando Zac acabó de vestirse, se agachó para besarla y, a continuación, murmuró:

—Duerme un rato más y sé buena hasta que yo regrese.

Entonces salió de la habitación, y Sandra suspiró y afirmó:

—Seré buenísima.

Acto seguido, se levantó de la cama y se acercó a la ventana para mirar. Abajo esperaban Aiden, Cameron, Scott y diez hombres más, que, al ver a Zac, lo saludaron con afecto. Sin perder detalle, Sandra observó cómo su marido montaba en su impresionante caballo y, tras cruzar unas palabras con Aiden, ambos reían y salían al galope.

Una vez que desaparecieron de su vista, la joven se dirigió a la habitación de su hijo. Entró con cuidado y, al verlo dormidito y arropado, sonrió y regresó a su alcoba para descansar.

Cuando la luz entraba ya a raudales por la ventana, Sandra se levantó y, tras asearse, se vistió y corrió a la habitación de su pequeño. Al abrir la puerta, sonrió al encontrarse allí con Leslie y, mirando a Zac, al que su amiga vestía, lo saludó:

—¡Buenos días!

Después de besuquear al niño y a Leslie, los tres bajaron al comedor, donde desayunaron con tranquilidad y, a continuación, se marcharon a dar una vuelta.

Hacía un buen día, y pasear siempre sentaba bien. Durante su caminata, Sandra pudo comprobar que, aunque no llevaba a Zac a su lado, las mujeres de los guerreros le hablaban con gusto, y eso le encantó. Nada era forzado.

Al mediodía, cuando Leslie y ella le dieron al pequeño de comer, lo llevaron a su habitación para que echara una siesta, y el chiquillo se durmió confortablemente. Encantadas, ambas salieron luego de allí y se dirigieron a la planta baja de nuevo, donde se sentaron a comer mientras charlaban.

Sandra se alegró al sentir a Leslie dichosa y feliz. Sólo había que ver cómo le brillaban los ojos y cómo hablaba de Scott para saber que casarse con aquél había sido su mejor decisión.

Más tarde, la esposa de Evan acudió a buscar a Leslie, tenían algo que hacer juntas, y, cuando ella se marchó, Sandra salió al exterior y, con placer, cogió flores naranja que después repartió por toda la fortaleza en distintos jarrones.

Cuando acabó, se dirigió al dormitorio de su pequeño para despertarlo, pero se quedó paralizada al entrar y no encontrarlo.

El corazón se le aceleró.

La sangre se le heló.

La vida se le paró.

—¡Zac! —llamó.

Pero el niño no estaba allí.

Sin apenas respiración, salió al pasillo y corrió escaleras abajo en busca de su hijo mientras susurraba para sí:

—Tranquila..., tranquila..., seguro que está con Leslie.

Bajó al salón, pero allí no vio a nadie y, al borde del infarto, salió al exterior de la fortaleza. Mientras corría en dirección a las casas de los guerreros, se encontró con Marcus, el pelirrojo, que iba a caballo y, parándolo, preguntó:

—¿Has visto a mi hijo?

Él asintió y, encogiéndose de hombros, respondió:

—Sí. Lo he visto en brazos de Maruela, la partera, cerca del río.

Sandra no sabía quién era aquella mujer e, histérica, preguntó:

—¿Dónde?... ¿Dónde lo has visto?

—Milady, tranquilizaos —se preocupó Marcus.

Pero Sandra no atendía a razones.

—Si queréis, os llevo a donde estaban —dijo él entonces, tendiéndole la mano.

Sin dudarlo, Sandra se subió a su caballo, y, clavando los talones en los flancos del animal, Marcus salió al galope en dirección al río.

Con el cuerpo agarrotado, Sandra se dejaba llevar por él sin entender por qué aquella mujer había cogido a su pequeño.

Marcus se internó por el bosque, y, una vez que llegaron a al río, indicó:

—Los he visto entrando en ese camino.

—Vamos, ¡ve! —exigió Sandra.

Sin dudarlo un segundo, aquél azuzó al caballo hasta que, al llegar a un punto, el joven aminoró la marcha y, volviéndose para mirarla, declaró:

—Lo siento, milady.

Y, sin más, de un brusco movimiento, la tiró del caballo y él se abalanzó sobre ella.

Sin entender qué ocurría, Sandra se defendió como pudo, pero ya era tarde. Marcus le había sujetado una mano con una cuerda y no tardó en sujetarle la otra. A continuación, mirándola con gesto de apuro, susurró mientras le ponía una mordaza para que no chillara:

—Lo siento..., lo siento..., pero sois vos o mi hermana y mi madre.

Sandra lo miró desconcertada, y entonces él añadió con desesperación:

—Vine a estas tierras porque Wilson Fleming me obligó.

Al oír ese nombre, Sandra gritó, pero su alarido quedó ahogado por la mordaza.

—Ese desgraciado necesitaba a alguien que vigilara el hogar de los O'Hara y el de Zac Phillips por si vos aparecíais —prosiguió él—. Se llevó a mi madre y a mi hermana, las encerró en las mazmorras de Carlisle y me dijo que sólo las soltaría si yo le daba buenas noticias, pero pasaba el tiempo y esas buenas noticias no llegaban. Hasta que un día aparecisteis procedente de la isla de Arran y, aunque me odié por lo que tenía que hacer, me alegré al saber que el horror de mi madre y de mi hermana estaba a punto de acabar. Aun así, ese malnacido —siseó entonces asustando a Sandra—, en cuanto le hice llegar la noticia de vuestra aparición, me ordenó que fuera yo mismo quien os llevara ante él o no las soltaría.

Horrorizada, la joven quiso moverse, quiso gritar, pero le era imposible. Marcus la había amordazado y maniatado y nada podía hacer.

—Os juro por mi vida que me siento el ser más ruin del mundo y el más desagradecido —dijo él entonces—. Vuestro marido me aceptó como uno más, y vos siempre fuisteis amable conmigo, pero se trata de mi madre y de mi hermana y no las puedo abandonar, aunque, cuando me encuentre, vuestro marido me mate.

A Sandra se le llenaron los ojos de lágrimas. Estaba claro que no tenía escapatoria y, como pudo, gritó «¡Zac! ¡Zac!», tremendamente preocupada por su bebé.

Al oírla, Marcus declaró con los ojos llenos de lágrimas:

—El pequeño está bien. Nunca le haría daño. Lo he cogido mientras dormía y se lo he llevado a Leslie. Le he dicho que a vos os dolía la cabeza y que habíais pedido que se lo quedara hasta que fuerais a buscarlo.

Saber que su pequeño estaba bien reconfortó a Sandra, aunque comprendió que no la buscarían hasta que Zac regresara de Keith con Aiden y el resto y se percatara de su ausencia.

Sin mirarla a la cara, Marcus la cogió entonces a peso y la cargó sobre el caballo. A continuación, él montó detrás de ella y declaró:

—Arderé en el infierno por este acto, pero amo demasiado a mi familia.

Sandra no se movió, pero supo que habría hecho lo mismo en su situación. Su familia siempre había sido para ella lo más importante.

Pensó en Zac, en su amor, y rogó al cielo que regresara pronto de Keith y se diera cuenta de su desaparición.

Capítulo 51

Al anochecer, Zac, Aiden y los demás guerreros que habían partido con ellos llegaron al castillo de Balvenie.

El día había sido duro. Las gentes que vivían en la fortaleza de Keith y en sus tierras no se habían tomado con agrado la aparición del nuevo dueño, pero eso a Aiden no le importó. Lo único que le importaba era que tenía un hogar y pensaba disfrutarlo.

—Creo que los caballos estarán muy bien allí —afirmó Zac.

Su amigo asintió, las tierras eran estupendas, e indicó:

—Y, por suerte para nosotros, las caballerizas ya están construidas.

Ambos se miraron y sonrieron por aquello, y Zac señaló:

—Según me dijo una de las mujeres, es la tercera vez que la fortaleza cambia de manos. Al parecer, esas tierras fueron el legado de un sacerdote a su hijo ilegítimo. Un día, aquél, borracho, se la cedió a la familia que la construyó, y el otro se la jugó a la bebida contigo.

Aiden asintió y, a continuación, afirmó con indiferencia:

—Lo siento por ellos y me alegro por mí.

Entonces Zac, vislumbrando a lo lejos el castillo de Balvenie, pensó en su mujer. Estaba deseando verla y, sonriendo, preguntó mientras tocaba el objeto que llevaba en el interior de un bolsillo:

—¿Crees que será de su agrado el anillo que le he comprado?

Aiden asintió. Habían estado más de una hora hasta elegir uno y, riendo, afirmó:

—Te aseguro que hoy vas a tener una excelente noche.

Ambos soltaron una carcajada y, a continuación, espoleando a su caballo, Zac se lanzó al galope deseoso de llegar a su hogar.

Una vez en la fortaleza, desmontó y, cuando fue a entrar, vio que Leslie se acercaba con el pequeño. Al encontrar a su mujer, Scott se apresuró a abrazarla y a besarla.

Zac sonrió.

El pequeño, al reconocer a su padre, rápidamente lo llamó y levantó los brazos en su dirección. El highlander fue hacia él sin dudarlo y lo cogió, lo izó con orgullo y preguntó:

—¿Cómo está mi guerrero?

El niño chilló en su idioma, haciéndolos reír a todos. Luego Zac quiso saber:

—¿Dónde está Sandra?

—*Pos* debe de andar en vuestra habitación, señor —repuso Leslie—. Al parecer, le dolía la cabeza.

—¿Le dolía la cabeza? —repitió Zac sorprendido.

La joven morena asintió e indicó:

—Eso ha dicho Marcus cuando me dejó al niño, señor.

Entregándole el chiquillo a Leslie para ir más rápido, él dio media vuelta y entró en la fortaleza. Laria, una de las cocineras, se cruzó con él en la entrada, y el guerrero le preguntó:

—¿Ha cenado mi mujer?

—No, señor. Tras la comida no la he vuelto a ver.

Preocupado por que pudiera estar enferma, Zac subió los escalones de dos en dos. Lo último que deseaba era que Sandra, su dulce Sandra, enfermara.

Abrió la puerta con cuidado, y de inmediato la oscuridad lo alarmó. El cuarto estaba frío y el hogar apagado. Entonces, cogiendo una de las velas que iluminaban el pasillo, la encendió y murmuró:

—¿Sandra?

Nadie contestó.

Nadie se movió y, acercándose a la cama, insistió:

—Sandra, *mo chridhe*, ¿qué te ocurre?

La vela iluminó el lecho y, al ver que estaba intacto y vacío, Zac se volvió con desesperación para observar a su alrededor.

—¡Sandra! —gritó.

Pero ella no estaba allí, y, sintiendo una opresión en el pecho, enseguida supo que algo había pasado.

Alarmado, corrió escaleras abajo y, al encontrarse con Aiden y el resto, que esperaban en el salón, dijo:

—Sandra no está en su habitación.

Todos se miraron. Nadie sabía dónde estaba.

—¡¿Y mi mujer?! —voceó Zac de pronto, desencajado—. ¿Dónde está?

Ninguno supo responderle. Entonces Aiden, mirando a Cameron, ordenó:

—Id casa por casa. Alguien debe de haberla visto.

El primero en salir de la estancia fue Zac, que, corriendo junto a sus guerreros, buscó a su mujer, pero continuó sin dar con ella. Desesperado y sin saber qué hacer, regresó corriendo a la fortaleza, y entonces Aiden murmuró:

—Tranquilo, la encontraremos.

Zac lo miró y sentenció:

—La encontraré, y te aseguro que mataré a quien haya osado ponerle la mano encima.

En ese instante entró en la estancia Evan con su mujer.

—Mi señor —dijo el cocinero—. Mi esposa quiere contaros algo que ha visto.

Zac miró a la mujer con fiereza, pero, al ver lo nerviosa que estaba, murmuró:

—Eliza, tranquila, cuéntame.

A continuación, sin separarse de su marido, ella miró al hombre que la observaba con gesto indescifrable y declaró:

—Mi... mi señor, cuando estaba tendiendo la ropa, he visto a milady y a Marcus marcharse en un caballo en dirección al río.

—¿Marcus, el pelirrojo? —preguntó Aiden.

La mujer asintió, y Cameron indicó:

—Marcus debía de vigilar la zona del río.

Al oír eso, Leslie, que tenía al pequeño Zac en brazos, intervino:

—Un momento. Marcus no vigilaba *na* porque me ha llevado a Zac a casa. Me ha dicho que Sandra se encontraba mal y que, por orden de ella, me quedara con el niño hasta que ella lo recogiera.

Zac maldijo. No entendía nada y, como necesitaba respuestas y, sobre todo, encontrar a Sandra, ordenó:

—Buscad a Marcus y decidle que venga aquí. —Luego, mirando a Aiden, pidió—: Que se preparen una treintena de hombres. Salimos en cuanto haya hablado con Marcus.

Consternado y algo perdido, Zac se acercó entonces al pequeño, que lo miró con su sonrisa de siempre, y, tras besarlo en la cabeza, murmuró:

—Traeré a mamá de vuelta. Te lo prometo.

Capítulo 52

Agotada por no poder respirar bien, Sandra miraba a su alrededor.

No sabía dónde se encontraba, sólo sabía que estaba indefensa, fuera de las tierras de Zac y sin posibilidades de poder iniciar un ataque.

Marcus, enloquecido, no paraba de hablar de Wilson, de su madre, de su hermana y de cómo lo mataría Zac una vez que supiera que él había entregado a Sandra a aquel hombre.

Ella lo observaba e intentaba conectar con su mirada, pero el chico la rehuía. Estaba avergonzado de lo que estaba haciendo, aunque no podía remediarlo. De pronto, se detuvieron y Marcus dio un silbido.

Al momento, alguien lo repitió y él volvió a silbar. Sin parpadear, Sandra miraba a su alrededor, pero todo estaba oscuro, la noche se cernía sobre ellos. De pronto, seis hombres de aspecto sucio salieron de entre los árboles y se plantaron sonriendo frente a ellos.

—Ya era hora —protestó uno—. Llevamos días esperándote.

Marcus asintió, y el hombre que había hablado bajó a Sandra del caballo de un tirón. Al ver eso, el pelirrojo bajó también.

—Tened más cuidado con ella —pidió.

El otro sonrió y, tras quitarle a la joven la mordaza de la boca, preguntó:

—¿Sois Sandra Murray?

Aliviada por poder mojarse los labios secos con su propia saliva, la joven lo miró y respondió con rabia:

—A ti no te importa.

Entonces, el hombre le soltó un bofetón que la hizo caer al suelo y siseó:

—Damita..., ya me previnieron sobre ti.

Marcus, sin pensarlo, empujó entonces al hombre.

—Que ninguno más vuelva a ponerle la mano encima o se las verá conmigo —amenazó.

La carcajada de aquéllos al oír al muchacho hizo que a Sandra se le helara la sangre. Pero, antes de poder decirle que callara, el hombre que estaba frente a ella desenvainó la espada y, sin ningún tipo de piedad, se la clavó al pelirrojo en el estómago, traspasándolo.

Horrorizada, Sandra gritó.

Maldijo.

¿Cómo podían hacerle aquello a Marcus?

Incapaz de apartar la vista de él, vio cómo el joven caía al suelo y se desangraba ante ellos.

—¡Ayudadlo, por favor! ¡Ayudadlo! —gritó desesperada.

Pero aquéllos hablaban entre sí y no la escuchaban. Aún maniatada, Sandra se acercó entonces como pudo a Marcus y, arrodillándose ante él, iba a decir algo cuando el muchacho, mirándola, declaró en un hilo de voz:

—Siento el dolor que os estoy causando, milady, y sólo os pido que, si veis a mi madre o a mi hermana Marla, les digáis que las quería mucho... y... que me perdonen por lo que... he hecho.

Tras decir eso, el chico pelirrojo, que siempre había sido amable con ella y con su hijo, cerró los ojos y murió, mientras Sandra lo observaba impotente con los ojos llenos de lágrimas.

Estaba mirándolo ensimismada cuando uno de aquellos hombres, el que parecía el cabecilla, se acercó a ella y, agarrándola del cuello para que se levantara, indicó, haciéndola caminar en dirección a los caballos:

—Vamos. Tenemos un largo camino hasta Carlisle.

Empujándola, la llevó hasta el corcel, pero, cuando fue a subirla, se detuvo y, mirándola a los ojos, cuchicheó:

—Wilson nos dio carta blanca para hacer contigo lo que quisiéramos, siempre y cuando llegaras viva a Carlisle, y estoy pensando en desfogar un poco mis instintos.

Al entender lo que quería decir, Sandra siseó furiosa por todo:

—Mi marido, Zac Phillips, os encontrará y os matará.

Los hombres soltaron una risotada. Entonces, el que la sujetaba la arrojó sobre una manta que había en el suelo junto a un fuego y preguntó mirando a los demás:

—¿Os apetece un poco de diversión antes de partir?

Los hombres asintieron y Sandra intentó levantarse. Lucharía contra aquéllos como pudiera.

Al tener las manos atadas, cuando éstos la rodearon comenzó a dar patadas. Era lo único que podía hacer, y, por suerte, al cabecilla le dio un buen patadón en sus partes que lo dobló por la mitad. Mientras tanto, los demás continuaban con su juego, hasta que la sujetaron y el cabecilla, enfadado, se acercó hasta ella con una daga en la mano y, con rabia en la mirada, se la clavó en el muslo diciendo:

—Esto te calmará.

Sandra dejó escapar un horrible grito de dolor al tiempo que otro de aquéllos preguntaba:

—¿Has utilizado la daga de tu bota?

Al darse cuenta de que había sido así, el atacante maldijo.

La daga que llevaba en la bota estaba impregnada con un veneno que ocasionaba la muerte.

—¡Maldita sea! —siseó—. Esta perra me ha hecho perder la razón.

—¿Tienes el antídoto para ese veneno? —preguntó otro.

El hombre negó con la cabeza y, olvidándose de ella, comenzaron a discutir entre sí. Aquello que había hecho era el fin del trato con Wilson. Ella no llegaría viva, y no podrían recibir la recompensa que éste había prometido entregarles.

Sin verse el muslo, Sandra sentía cómo la sangre corría por su pierna y cómo perdía fuerzas. Miró hacia la derecha y, vagamente, vio la daga brillante y ensangrentada.

El dolor crecía por segundos. Era terrible, inaguantable, y pensó en Zac y en su hijo. Nunca más volvería a verlos, ni podría decirles una vez más cuánto los amaba.

Mientras los hombres se peleaban entre sí, sintió que la visión comenzaba a fallarle. Sus sentidos se desvanecían por segundos, pero de pronto vio que aquellos malhechores caían uno a uno al suelo y, poco después, otros hombres la rodeaban.

Aturdida, intentó mirarlos para ver si eran Zac y sus guerreros, pero el veneno que aquella daga había introducido en su cuerpo le impedía moverse.

—¿Cómo no? —oyó de pronto que alguien decía—. ¡Tenías que ser tú!

Esa voz... ¿Dónde había oído ella esa voz?

Parpadeó intentando aclararse la vista. Necesitaba ver quién le hablaba, pero entonces la dueña de la voz se agachó a su lado y dijo en un tono más conciliador:

—Por el amor de Dios... ¿Qué te ha pasado y qué haces aquí?

Sandra la reconoció por fin. ¡Era Mery!

Eso la inquietó. Esa mujer no la ayudaría. Se marcharía y la dejaría morir allí sola.

Entonces sintió que la presión en sus manos se aflojaba y movió los dedos.

—Traed una piel limpia y seca y un poco de agua —oyó pedir a Mery.

—Mery...

—No hables —indicó la aludida apurada y, tras coger agua, le dio de beber.

Pero Sandra debía advertirla y, tocándose el muslo por encima de la ropa, susurró:

—Mi herida..., la daga..., veneno.

Al entenderla, Mery le levantó la falda y, al ver el muslo lleno de sangre y con una herida muy fea, susurró sin saber qué hacer:

—Tranquila. Te la curarán.

—La daga..., la daga... —insistió Sandra en un hilo de voz.

Mery miró a su alrededor y vio una sola daga junto a ella llena de sangre. Entonces se quitó un pañuelo que llevaba alrededor del cuello y, cogiendo el arma, la envolvió y dijo mirando a uno de sus guerreros:

—Josef, carga a Sandra con cuidado y envuélvela en la piel. Debemos ir con urgencia al castillo de Balvenie.

La joven quiso agradecérselo, pero le fue imposible. Perdió la consciencia.

Alarmada, Mery rápidamente dejó que su guerrero Josef asiera a la joven y, tras montar todos en sus caballos, partieron al galope. Debían llegar cuanto antes a Balvenie.

Desesperado, Zac bramaba al saber que Marcus también había desaparecido. Estaba a punto de salir de la fortaleza para ir en busca de su mujer, cuando el trote de unos caballos al acercarse lo hicieron mirar en esa dirección. Sin embargo, cuando vio a Mery liderando el grupo, siseó:

—Dios santo, Mery..., ahora no tengo tiempo para tonterías.

La joven asintió y, sin bajarse de su caballo, replicó:

—Pues espero que tengas tiempo para atender a tu mujer.

Al oír eso, Zac se quedó paralizado y entonces vio que uno de los guerreros llevaba a alguien envuelto en una piel. Corrió hacia él y, cuando la cogió entre sus brazos y la vio inconsciente, no supo qué decir.

Mery se bajó del caballo y, dirigiéndose a Aiden, que estaba tan bloqueado como Zac, indicó:

—Llamad a Atholl. Lo vamos a necesitar.

A partir de ese instante, el caos se apoderó del castillo de Balvenie. Nadie sabía lo que había ocurrido ni por qué, sólo sabían que la señora estaba herida, muy malherida.

Ayudado por Mery, Atholl atendió a Sandra bajo la atenta mirada de Zac, al que tuvieron que sacar de la habitación porque molestaba más que otra cosa.

El hecho de que Sandra le hubiera dicho a Mery lo del veneno antes de perder la consciencia y que ésta hubiera recogido la daga fue determinante para que Atholl supiera qué hacer e intentara salvarle la vida a la joven.

Zac, desesperado, no paraba de moverse.

Las últimas palabras de Atholl no habían sido las más reconfortantes, pero necesitaba tener fe y no debía olvidar que Sandra era una guerrera, una luchadora, y que sin duda en aquellos instantes hacía todo lo que podía para luchar y agarrarse a la vida.

El tiempo pasaba. Comenzó a amanecer y nada se sabía del estado de la joven; en ese momento la puerta de la fortaleza se abrió y aparecieron Megan, Gillian y Angela con sus respectivos maridos. Aiden había ordenado a uno de los guerreros que fuera a avisarlos.

Compungida por las noticias, Angela miró a Zac, y éste indicó con un hilo de voz:

—Arriba.

Sin hablar, Angela y Gillian corrieron a su encuentro, mientras Duncan, sin soltar la mano temblorosa de su mujer, escuchaba las explicaciones que un descolocado Zac daba sobre lo ocurrido.

Cuando terminó, guardó silencio. Megan se acercó a su hermano, lo abrazó, y éste, dejándose consolar por la que consideraba como su madre, hundió la cabeza en su cuello y murmuró:

—Por primera vez en mi vida estoy asustado, Megan.

Al sentir su miedo y el temblor de su cuerpo, ella miró a su marido en busca de ayuda. Entonces Duncan se dirigió a los hombres que allí había e indicó:

—Salgamos un segundo del salón y dejémoslos solos.

Duncan y Megan se miraron y ella se lo agradeció con cariño.

Cuando Zac y Megan se quedaron solos, la mujer sintió cómo su hermano se derrumbaba. Lloraba en silencio sobre su hombro, mientras se apretaba contra ella como cuando era niño, buscando protección. Intentando contener su pena y su emoción, como pudo, con delicadeza murmuró:

—Tranquilo, Zac. No has de avergonzarte. Los guerreros también lloran.

Incapaz de mirarla, él siguió abrazándola al tiempo que dejaba salir toda la rabia, la preocupación, la furia y la frustración que sentía por lo ocurrido y se culpaba por no haber estado con ella para protegerla.

Así permaneció un buen rato, hasta que, poco a poco y con las palabras de su hermana, se relajó. Aflojó el abrazo y, mirando a Megan con los ojos enrojecidos, murmuró:

—La quiero tanto que, si algo le pasara, creo que moriría con ella.

Ella afirmó con la cabeza. Entendía perfectamente lo que sentía, y con mimo susurró:

—Nada va a pasar, tranquilo. Sandra es una luchadora.

Zac asintió. Quería pensar eso. Necesitaba pensar eso o se volvería loco.

El tiempo transcurría y Leslie apareció con el pequeño Zac en el salón. La joven era un cúmulo de nervios y apenas podía parar de llorar.

Al ver a su hijo, Zac se levantó con rapidez y, cogiéndolo, lo abrazó. Entonces, mirando al marido de la muchacha, indicó:

—Scott, llévate a tu mujer y que descanse.

—No, señor, yo...

Pero Zac no la dejó terminar, y con cariño murmuró:

—Leslie, sé cuánto quieres a Sandra y cuánto te quiere ella a ti. Permíteme que yo me preocupe por ti hasta que ella vuelva a hacerlo.

La joven hizo un puchero, y Scott, acercándose a ella tras mirar a su señor, la cogió entre sus brazos y se la llevó. Necesitaba descansar.

De inmediato, Gillian y Niall se levantaron. Ellos se ocuparían del pequeño. Entonces Zac, sin soltarlo, lo miró con cariño y dijo:

—Mamá es fuerte y luchará por no dejarnos.

Duncan se emocionó al oírlo. La angustia que su amigo sentía era la misma que él había sentido una vez que Megan estuvo a punto de morir, por lo que, acercándose a su cuñado y al niño, afirmó:

—Una guerrera como ella puede con esto y con más.

Su amigo asintió con tristeza tras entregarle el niño a Niall y a Gillian.

A la hora de la comida, Zac estaba sentado ante el hogar con Megan, Duncan y Niall en silencio, cuando de pronto Gillian bajó y, tras mirar a su marido, dijo con una pequeña sonrisa:

—Zac, Sandra ha despertado y pregunta por ti.

De un salto, el guerrero se levantó, mientras sentía que el corazón se le desbocaba. Sandra, su Sandra, había despertado. Zac miró a su hermana Megan, que sonrió y dijo:

—Vamos. No la hagas esperar.

Cuando él desapareció a toda prisa, Megan se abrazó a Duncan.

—Voy a darles la buena nueva a Aiden y a los guerreros —dijo Niall feliz.

En cuanto éste se marchó del salón, Duncan, que seguía abrazado a su mujer, murmuró:

—Vamos, mi vida. Ahora puedes llorar. Nadie más que yo te verá.

Megan asintió y, como horas antes había hecho Zac, lloró y se abrazó a él buscando su protección.

Mientras tanto, en la habitación, Sandra sentía cómo las fuerzas y la vida volvían de nuevo a ella. Al abrir los ojos, se encontró con Angela, que susurró:

—Gracias a Dios que estás bien.

Sandra asintió. Nada la alegraba más que aquello. Entonces, al mover la cabeza hacia el otro lado, se encontró con Mery.

Ambas se miraron durante unos segundos, hasta que la mujer explicó:

—Regresaba a la corte y te encontré. Está visto que te gusta estropear mis viajes, y más teniendo en cuenta que iba a casarme con el barón.

Sandra asintió y, sonriendo, susurró:

—Gracias..., pero no pienses que por esto... voy a ser tu amiga.

Mery sonrió a su vez.

—No esperaba menos de ti —cuchicheó.

Cuando Zac llegó al pasillo iluminado por las velas, se acercó hasta la puerta de su habitación, donde lo esperaba Atholl.

—Mi señor —indicó el médico—. Ella está bien y, con descanso, se recuperará.

Zac suspiró aliviado al oír eso, y Atholl añadió:

—Fue un acierto que lady Mery trajera la daga con el veneno. El olor de esa ponzoña me hizo saber cómo atajar el problema sin miedo a sus terribles efectos.

Emocionado y aliviado, Zac abrazó a Atholl en señal de agradecimiento y murmuró:

—No sé cómo voy a agradecerte esto, ni todo lo que has hecho siempre por mi mujer y por mi hijo.

Sonriendo a pesar de la sorpresa por el abrazo, una vez que aquél lo soltó, el médico respondió:

—Señor, gracias a vos, mi mujer es feliz, tiene un hogar y está protegida. Con eso me basta.

Zac asintió y entonces Atholl señaló la puerta e indicó:

—Pasad a ver a vuestra señora, y no os inquietéis si aún la veis algo floja en el hablar. Con un poco de descanso, dentro de unos días estará perfectamente.

Dichoso y feliz, Zac abrió la puerta de su habitación y, al entrar, clavó la mirada en Sandra. Al verlo, Angela y Mery se levantaron de la cama y se dispusieron a salir, pero Zac sujetó el brazo de Mery y murmuró:

—Gracias. Muchas gracias.

Mery asintió. Entre ellos estaba todo claro. Y, sin mirar atrás, salió de la habitación.

Despacio, Zac se acercó a la cama donde estaba postrada su mujer y, mirándola, susurró:

—Mi amor...

Sandra sonrió.

—Te dije... que sería buena... y...

Él se tumbó entonces junto a ella y, mirándola, musitó:

—Shhh..., descansa y recobra fuerzas.

Pero ella necesitaba saber, y preguntó:

—¿Zac está bien?

Sonriendo al oír su voz, el guerrero asintió.

—Está perfecto y protegido por toda su familia.

A Sandra le gustó oír eso y, levantando casi sin fuerza una mano, al ver los ojos enrojecidos y preocupados de Zac, le tocó la mejilla e inquirió:

—¿Y tú, mi amor, estás bien?

Él afirmó con la cabeza. No había estado tan bien en toda su vida. Entonces, acercando sus labios a los de ella, se los rozó y murmuró mientras le colocaba el anillo que le había comprado en el dedo:

—*Mo chridhe*, ahora que tú estás bien, yo lo estoy también.

Al ver la alianza en su mano, Sandra sonrió y, antes de caer en un profundo sueño, lo miró y dijo con ternura:

—Te quiero.

Esa noche, Zac descansó junto a su mujer deseoso de venganza. Nadie podía tocar nada perteneciente a Zac Phillips sin salir ileso, y menos a su mujer.

Capítulo 53

Dos días después, Sandra estaba mejor.

Parecía mentira lo mal que había estado días antes y que ahora se encontrara tan bien. Zac no se separó de ella ni un segundo. A la joven le gustaban sus atenciones, aunque a veces llegaban a asfixiarla cuando no la dejaba moverse a su antojo por miedo a que volviera a recaer.

En cambio, si algo le molestaba a Zac eran las continuas referencias de Sandra a Wilson. Por su cabeza sólo rondaba la palabra *venganza*. Tenía miedo de que aquél pudiera hacer daño a alguno de sus seres queridos, ahora que sabía dónde encontrarla, pero, por más que él intentaba quitárselo de la cabeza, ella volvía a hablar del tema una y otra vez.

Por su parte, Zac envió a un par de guerreros a Carlisle. Quería confirmar que el cerdo de Wilson estaba allí, para ir y ajustar cuentas con él. Pensar en lo que podría haberle ocurrido a Sandra si Mery no se la hubiera encontrado en el camino, le quitaba la vida, y necesitaba resolverlo. Wilson debía pagar por su vileza.

Mery se marchó al día siguiente de lo ocurrido y regresó a la corte. Por fin la baronesa que la había sacado de allí acusándola de pasar cierta información a los italianos había muerto y, tras comprobarse que ella no había sido la traidora, el barón cumplió con su promesa y la ordenó llamar para casarse con ella.

Alarmados por lo ocurrido, Shelma y Lolach se presentaron en Balvenie y, como siempre, ella lloró desconsolada por el susto vivido, consiguiendo que Megan se desesperara, a pesar de que fue quien mejor la consoló.

Al día siguiente de llegar ellos regresaron los guerreros que Zac había enviado a Carlisle y le confirmaron que Wilson estaba en la fortaleza y que el número de guerreros que lo custodiaban allí era ínfimo.

Esa noche, todos se reunieron en el salón tras la cena, y Sandra respondió a las preguntas que los demás le hicieron. Les habló de Marcus, el pelirrojo, de lo que había hecho y de cómo había muerto y, aunque sabía que lo que el muchacho había hecho estaba mal, lo excusó, con lo que se ganó el reproche de su marido. Ella habría hecho lo mismo en su lugar.

En un momento de la noche, Duncan le pidió a Sandra que les hiciera un dibujo del interior de la fortaleza de Carlisle. Al oírlo, ella miró a los hombres y declaró:

—Sólo lo haré si me lleváis con vosotros.

Los demás se miraron, protestaron, y finalmente Zac siseó:

—Sandra, por favor...

—No me vengas con eso de «Por favor» —replicó ella—. He de matar a ese hombre antes de que haga daño a alguno de vosotros, ¿no lo entendéis?

—La que no entiende nada eres tú —gruñó Zac—. ¿Cuántas veces te he dicho que yo me ocuparé de esto?

—Y ¿cuántas veces te he dicho que quiero hacerlo yo? —insistió ella.

Zac y Sandra se miraron como rivales. Se adoraban, se amaban, pero ninguno de los dos era capaz de dar nunca su brazo a torcer. Entonces Kieran, viendo cómo se ponían las cosas, intervino:

—Creo que es un buen momento para que nuestras esposas se retiren y hablemos entre hombres.

—¡Kieran! —gruñó Angela.

Shelma se levantó y, mirando a las demás mujeres, dijo:

—Vamos. No seáis osadas. Están hablando de cosas que a nosotras no nos atañen. Ellos, como hombres que son, han de solucionarlas.

—Pero ¿qué dices? —protestó Sandra—. Están hablando de un tema que me atañe directamente a mí y...

—Sandra —la cortó Zac en un tono seco—. Sal del salón ¡ya!

La joven quiso negarse, pero al ver cómo todos la observaban con gesto serio, suspiró, se levantó y salió malhumorada.

Megan miró a su marido y a su hermano. Quería que supieran por su mirada lo que pensaba y, en cuanto todas las mujeres excepto ella hubieron abandonado la sala, dijo:

—Estoy con Sandra. Es su venganza contra el hombre que mató a su familia y deberíais respetarla. Y si digo esto es porque bien sabéis que yo también lo hice.

Duncan no respondió. Simplemente se limitó a mover la cabeza para que se marchara y ella, ofuscada, se dio la vuelta y salió.

—Esta noche duermo en el suelo —declaró él entonces.

Todos sonrieron por aquello y continuaron con su conversación.

Una vez fuera del salón, las mujeres se dirigieron a una sala más pequeña.

—Me da igual lo que digan —siseó Sandra enfadada—. Yo he de ir. Es mi problema, no el de ellos.

Shelma se disponía a protestar, pero Gillian indicó mirándola:

—Yo que tú me callaba o me marchaba a otro lado.

La mujer suspiró y, sentándose en una silla, torció el gesto y guardó silencio. Era lo mejor.

Cuando todas se sentaron frente al hogar encendido, Angela afirmó:

—Quiero ayudarte, Sandra, pero no sé cómo.

—Estamos atadas de pies y manos —se quejó Gillian.

Sandra suspiró, y Megan, cogiéndole las manos, comentó:

—No puedes ni imaginar cómo te entiendo. —Y, tragando el nudo de emociones que sentía, susurró—: Cuando mis padres murieron y quedamos al cuidado de mis desgraciados tíos, éstos decidieron casarnos a Shelma y a mí con dos hombres horripilantes, sir Marcus Nomberg y sir Aston Nierter.

—Cerdos asquerosos... —siseó Shelma.

—Dos hombres que nos odiaban por nuestra sangre escocesa —prosiguió Megan—, pero que nos codiciaban para disfrutar de nuestros cuerpos y posteriormente matarnos o, en su defecto, hacernos sufrir. Cuando escapamos de Dunhar, nunca imaginé que seis años después Shelma y yo volveríamos a encontrarnos con ellos...

Al oír eso, Gillian cogió las manos de Shelma, a quien los recuerdos le inundaron los ojos mientras Megan continuaba:

—Esos malditos ingleses, en su afán por recuperarnos, mataron a nuestros abuelos Angus y Mauled y a otras personas que queríamos.

—Ay, Megan —exclamó Shelma sollozando mientras Gillian la abrazaba recordando aquellos malos momentos.

—Y, no contentos con eso —prosiguió Megan—, cuando nos atraparon a Shelma, a Gillian y a mí, confesaron haber matado al bueno de John, el hombre que nos había puesto a salvo con los abuelos, y se mofaron diciendo que, con gusto, en una cacería mataron también a mi padre por haberse casado con una escocesa y que envenenaron a mi madre día a día hasta que murió, por ser *la escocesa*.

—¡Oh, Dios mío! —murmuró Angela, que no conocía esa parte de la historia.

Tomando aire, Megan miró a Sandra y finalizó:

—Maté a esos dos desgraciados con mis propias manos. Les clavé una daga con todas mis fuerzas esperando infligirles todo el dolor que ellos nos habían causado a mis hermanos y a mí, y te aseguro que, si tuviera que volver a hacerlo, lo haría otra vez. Y ¿sabes por qué? —Sandra no dijo nada, y Megan añadió—: Porque mi familia era el mejor regalo que me había dado la vida y ellos me lo arrebataron. Si mi familia no vivía por culpa de ellos, ellos no merecían vivir. Por eso entiendo lo que reclamas hacer con todo tu derecho.

Al ver la tristeza en la mirada de Megan, Sandra murmuró:

—Gracias por contarme algo que no sabía de vosotros. Siento mucho por todo lo que tuvisteis que pasar.

—Por suerte, eso ya es pasado —agregó Megan, a la que se le saltaron unas lágrimas.

Sandra se las limpió con delicadeza y murmuró:

—Zac me contó que tu madre siempre decía que, en ocasiones, los recuerdos salían por los ojos en forma de agua.

Al oír eso, Megan sonrió. Le gustaba saber que su hermano le había contado aquello y, abrazando a la joven, añadió:

—Estoy contigo para todo lo que necesites.

Horas más tarde, tras dormir al pequeñín y llevarlo a su habitación, Sandra se dirigió a sus aposentos para cambiarse de vestido para la cena. A continuación, mientras se peinaba, Zac entró en la estancia.

—Quiero ir con vosotros —dijo ella mirándolo.

Él sonrió.

—No, cariño. De esto me ocupo yo.

Pero la joven, incapaz de aceptar su negativa en aquel asunto que tanto la atañía, insistió:

—Es mi problema y mi venganza.

—Sandra...

Zac sabía que aquella conversación era inevitable y, mirándola, musitó:

—Entiendo lo que dices. Soy consciente del dolor que sientes en tu alma y en tu corazón por lo que ese hombre les hizo a personas que tú amabas, pero ahora eres mi mujer, velo por ti y soy yo quien debe mancharse las manos de sangre, no tú.

—Pero ¡eso no es justo! Ese hombre mató a mi madre, a Errol, a Alicia, y he de ser yo quien acabe con su vida. Y... y luego están la madre y la hermana de Marcus. Wilson las tiene retenidas por mi culpa y necesito encontrarlas y liberarlas.

—Sandra..., no quiero discutir contigo.

—Ni yo contigo, pero no me dejas otra opción.

Sin querer alzar la voz, él la miró y, cortándola, añadió sentándose en la cama:

—Recupérate y permite que yo me ocupe de todo.

—Estoy recuperada, Zac —insistió ella—. Llévame contigo.

Él maldijo. A continuación, cerró los ojos y, tras escuchar durante un buen rato todo lo que aquella tenía que decir, alzó la voz y sentenció:

—He dicho que no. Eres mi mujer y obedecerás. ¿O acaso todavía no te ha entrado en la cabeza?

—Al que no le ha entrado en la cabeza que es mi venganza y no la tuya es a ti.

Desesperado, Zac caminó de un lado a otro de la habitación.

La testarudez de su mujer podía terminar en tragedia. Entonces, levantando las manos al techo, siseó:

—Te amo. Te adoro. Eres lo más importante de mi vida, junto a Zac, y por eso no te moverás de Balvenie, y así será, te pongas como te pongas.

Como siempre, se observaron con reto en la mirada y, cuando Zac no pudo más, dio media vuelta y dijo antes de salir de la habitación:

—Venía a avisarte para que bajaras a cenar.

Sandra asintió y, sin moverse, vio cómo él salía del cuarto, sin saber que, una vez que hubo cerrado la puerta, se apoyó del otro lado en ella y suspiró. Odiaba tener que hablarle así a su mujer, pero debía entender que aquello era cosa de hombres. No de mujeres.

Poco después, tras pellizcarse las mejillas para que tuvieran mejor color, Sandra bajó al salón. Allí estaban los familiares que habían acudido en su ayuda y, acercándose a Angela, bajo la atenta mirada de Zac, sonrió.

Cuando todos se sentaron alrededor de la mesa, el ambiente era tenso. Hombres y mujeres no pensaban lo mismo con respecto al tema, y Shelma, mirándolos a todos, declaró:

—¿Sería mucho pedir que pudiéramos disfrutar de una cena en paz? Y, vosotras —añadió dirigiéndose a las mujeres—, ¿queréis hacer el favor de comportaros como las damas que sois y dejar vuestro lado guerrero en las caballerizas?

Megan miró a su hermana. En ocasiones le daban ganas de estrangularla, pero entonces oyó a su marido decir con sorna:

—No provoques, Shelma. Es lo mejor.

La aludida miró a su cuñado y, tras menear la cabeza, volvió a dirigirse a su hermana y preguntó:

—¿Las niñas estuvieron conformes de quedarse con Edwina en Kildrummy?

—Estuvieron encantadas —respondió ella—. En cambio, después de oír tu comentario, no puedo decir lo mismo de mí...

Shelma suspiró.

—Hermana, ya tienes una edad para saber comportarte o...

—¿O qué? —la retó Megan.

—Megan —murmuró Lolach—, no me gusta el tono en el que le hablas a mi mujer.

Duncan maldijo y pidió paciencia a su amigo.

Al igual que Kieran y Niall, él había discutido con su esposa esa tarde. Cuando iba a responder, sin embargo, Zac indicó:

—Os pongáis como os pongáis, ninguna de vosotras nos acompañará porque todos los que estamos aquí deseamos vuestra seguridad. Y, una vez dicho esto, cenemos en paz.

Angela y Gillian protestaron, a pesar de las advertencias de sus maridos, y Sandra gruñó:

—Te equivocas, esposo.

Shelma bufó al oírla y, dirigiéndose a todas, repuso:

—Por el amor de Dios, sois mujeres..., ¿queréis hacer el favor de dejar que vuestros hombres se ocupen de vuestro bienestar?

—Shelma —siseó Megan, a punto de ahogarla—. ¡Cállate!

A partir de ese instante todos los presentes tuvieron algo que decir.

Ellos protestaban, ellas protestaban, ninguno estaba de acuerdo con lo que el otro decía y, cuando Zac no pudo más, dando un golpe en la mesa con la mano, exclamó:

—¡Se acabó! —Y, mirando a las mujeres, ordenó—: Vosotras, id a vuestros aposentos.

—¡¿Qué?! —gritaron todas al unísono.

Zac no respondió. Ninguna se movió, y Duncan, mirando a su mujer con gesto ceñudo, replicó:

—Tu hermano ha dado una orden; ¿a qué esperas para cumplirla?

Pero Megan continuó sin moverse. Odiaba que la trataran como a un ser débil. Entonces Angela, empujada por Kieran, se puso en pie y, tras ella, también una molesta Gillian.

Zac miró a Sandra a la espera de que se levantara y, cuando finalmente lo hizo después de Megan, la joven indicó con sorna:

—Regresemos a nuestras habitaciones, señoras. Está visto que nuestra osada presencia incomoda en este salón.

Molestas y enfadadas, las cuatro se alejaron en dirección a la escalera y Shelma, con una bonita sonrisa, besó a Lolach, que sonreía, y murmuró:

—Buenas noches, señores, y a ti, esposo, te espero en nuestro aposento.

Los hombres le desearon las buenas noches y, cuando ésta llegó a la escalera, se encontró con las otras cuatro, que la aguardaban. Al ver sus miradas supo lo que pensaban de ella, pero, sin importarle, indicó:

—Da igual lo que digáis. La verdad es la que es y tenéis que asumirla.

Dicho esto, pasó por su lado y se retiró a su habitación al tiempo que las otras hacían lo mismo mientras maldecían.

Una vez que los hombres se quedaron solos, Lolach afirmó sonriendo:

—Adoro a mi mujer. Es tan dulce y cándida...

Duncan asintió, Shelma siempre había sido diferente. Y, con una sonrisa, comentó:

—Insisto, creo que esta noche duermo en el suelo.

Los hombres rieron, y Niall, mirándolos, cuchicheó:

—Habrá que hacer algo o, cuando nos vayamos, nos seguirán.

—No lo dudes —afirmó Kieran, que conocía el ímpetu de su mujer.

Sin saber por qué, Zac sonrió. Sandra era tan osada como las demás. Y, mirándolos, decidió:

—Las retendremos en mis aposentos. Pondremos unos guardias en la puerta, otros en el pasillo y en el portón de la fortaleza. Si intentan salir, las verán y las detendrán.

—Excelente idea —afirmó Duncan.

Esa noche, cuando Zac llegó a su habitación, se encontró a Sandra tumbada en la cama mirando al techo.

Sin hablar, se desnudó y, en cuanto se metió en el lecho, no intentó acercarse a ella. Sabía que lo rechazaría.

Estuvieron un buen rato en silencio, hasta que él dijo:

—Ahora me odias, pero lo hago por ti. Y, aunque he aprendido a disfrutar de tu naturaleza osada y atrevida, quiero protegerte porque odio pensar que algo te pueda pasar y...

Con un movimiento rápido, Sandra se sentó a horcajadas sobre él, y éste protestó:

—Te vas a hacer daño en el muslo, mujer.

La joven suspiró. Por suerte, la herida ya estaba casi curada, e, inclinándose sobre él, dijo:

—Te agradezco tus palabras y tu preocupación, esposo mío, pero ahora deseo que me beses.

Encantado por aquella reacción, que no esperaba, él la besó mientras mantenía todos sus sentidos alerta por la jugarreta que Sandra pudiera hacerle.

La besó con gusto, con sentimiento, con devoción y, cuando aquel beso cargado de sensualidad y regocijo terminó, el guerrero murmuró:

—Si intentas algo en estos instantes, lo vas a lamentar.

Sandra asintió y, colocándose el pene de aquél en la entrada de su húmeda vagina, le pidió, volviéndolo loco:

—Mírame.

Él lo hizo y entonces ella, dejándose caer sobre su duro miembro, susurró:

—Agradezco lo que vas a hacer por mí...

—¿Pero...?

El placer que ambos sentían era exquisito, y ella murmuró:

—No hay ningún pero, amor.

Temblando, se arquearon al sentir un espasmo gustoso, y Zac preguntó:

—Me veía durmiendo en el suelo. ¿A qué viene esto?

Sandra jadeó. Realmente no sabía por qué se había colocado encima de él con lo enfadada que estaba. Pero, cuando el placer le permitió razonar, musitó mirándolo:

—Tan sólo deseo que no olvides lo que es estar conmigo, con tu esposa.

Excitado y hechizado, él ancló sus fuertes manos en la cintura de Sandra y respondió:

—Eres la mujer más fascinante y desconcertante que he conocido nunca. ¿Cómo olvidarme de mi esposa?

El placer se apoderó entonces de ambos.

Sus cuerpos se movían, sus respiraciones se aceleraban y, cuando alcanzaron el clímax y gritaron de pasión, Sandra quedó sobre él exhausta.

—Si has hecho esto para hacerme cambiar de opinión —murmuró Zac—, te...

La joven lo miró, le tapó la boca e indicó:

—Esto ha sido una tregua..., ¿no lo ves?

Encantado, él sonrió; su mujer nunca dejaría de sorprenderlo. Y, acercando su boca a la de ella, susurró con posesión y vehemencia:

—Ahora seré yo quien te haga el amor a ti para que no olvides lo que es estar conmigo, con tu marido.

Capítulo 54

Al día siguiente, después de una mañana en la que las treguas no existieron, pero sí los gritos y los enfados por parte de todas las parejas, excepto por Lolach y Shelma, todos se reunieron en el salón tras la comida.

Los gestos de ellos y de ellas mostraban claramente la incomodidad que sentían, pero Duncan, acercándose a su mujer, murmuró:

—Cariño..., escucha...

De malos modos, Megan se alejó de él, y Duncan blasfemó mientras Niall se mofaba:

—Vaya..., me reconforta ver que no soy el único al que su mujer odia.

Con paciencia, Duncan suspiró y se resignó. Para nadie estaba siendo un buen día.

Sandra, que tenía en su regazo al pequeño Zac, sonrió al ver entrar a Leslie con Aiden en el salón. El pequeño, al ver a la joven, enseguida levantó los brazos en su dirección, y ella susurró cogiéndolo:

—Hola, mi niño.

Con una sonrisa, Sandra observaba cómo su amiga se sentaba a la mesa para darle un poco de agua al chiquillo, cuando oyó que Aiden decía:

—Los hombres se impacientan.

De inmediato se puso en alerta, pero Zac la asió de la mano y le pidió:

—Ven. Acompáñame.

De la mano subieron hasta su habitación y, una vez allí, él indicó:

—Te quiero y te ordeno que te quedes en Balvenie hasta que yo regrese.

—Zac...

Sin darle opción, él la acercó a su cuerpo y la besó. Le devoró los labios con codicia y, tan pronto como se separó de ellos, musitó:

—Espero que me perdones esto algún día.

Sin saber a qué se refería, Sandra lo miró, cuando de pronto la puerta de la habitación se abrió y entraron Duncan, Niall y Kieran con sus mujeres al hombro, atadas de pies y manos y amordazadas.

Sandra miró a Zac con incredulidad y, cuando aquéllos las soltaron sobre la cama entre gruñidos de frustración, el guerrero señaló:

—Puedes elegir quedarte por las buenas o por las malas.

Boquiabierta, Sandra frunció el ceño y, cuando iba a moverse, Zac miró a Duncan con una sonrisa e indicó:

—Como era de esperar, es por las malas.

Y, sin darle opción, la agarró, le puso un pañuelo alrededor de la boca y, con gran habilidad, la ató de pies y manos para luego dejarla sentada sobre una butaca.

Las mujeres proferían gruñidos y maldiciones. Lo que aquéllos habían hecho no tenía nombre.

—Lo siento, mi vida —dijo entonces Duncan dirigiéndose a Megan—, pero es la única opción que nos habéis dejado.

De nuevo se oyeron gruñidos y pataleos en el suelo, y Zac añadió mirando a su mujer, que lo traspasaba con la mirada:

—Tranquila, *mo chridhe*. Shelma cuidará de vosotras.

Sin poder moverse, Sandra maldijo para sus adentros, y Kieran agregó mirando a Angela:

—Mi vida, Shelma vendrá cinco veces al día para traeros agua, comida y todo lo que necesitéis.

Al oír eso, Sandra pateó de nuevo el suelo furiosa.

—Gata... —musitó Niall dirigiéndose a su enfadada mujer—, no me mires así.

Con una sonrisita de victoria, los highlanders miraron a sus disgustadas mujeres y, tras intentar darles un beso en la mejilla sin éxito, salieron de la habitación, echaron la llave y se marcharon.

Una vez que salieron de la fortaleza, los hombres se miraron y, con un suspiro de resignación, Duncan murmuró:

—Es la única manera de asegurarnos de que estarán bien.

—No quiero ni imaginar cómo estarán cuando regresemos —declaró Niall sonriendo.

—Por suerte —se mofó Lolach tras besar a su preciosa Shelma—, yo no estoy en vuestra posición.

Kieran y Zac sonrieron, y este último, mirando a su hermana Shelma, le entregó la llave de la habitación y le preguntó:

—¿Seguro que estarás bien?

Ella asintió y, torciendo el gesto, cuchicheó:

—En cuanto me descuarticen esas cuatro..., no sé... —Ambos rieron y, a continuación, ella afirmó—: Tranquilo. Me odiarán un tiempo, pero luego se les pasará. Ahora lo único importante es que tengáis cuidado y regreséis intactos.

Zac besó a su hermana en la mejilla.

—Tú, que eres la más juiciosa y la menos osada, cuida de ellas hasta que regresemos —pidió.

Shelma asintió y, tras lanzarle un beso a su marido apostada en la escalera de la entrada a la fortaleza, observó cómo los guerreros se marchaban en busca de venganza.

Capítulo 55

Megan, Gillian, Angela y Sandra se miraban sin poder hablar ni hacer nada.

Sentadas más tiesas que un ajo, con las manos y los pies atados y un pañuelo en la boca, se comunicaban con gruñidos y movimientos de cabeza.

Lo que sus maridos habían hecho no tenía nombre y, sin duda, cuando volvieran a verlos, lo iban a pagar.

Así estuvieron un buen rato, hasta que la puerta del aposento de Sandra se abrió. A continuación entraron dos guerreros y, tras ellos, Shelma con una bandeja.

Todas la observaron con gesto fiero, y ella, mirándolas sin miedo, murmuró en dirección a los guerreros:

—Podéis marcharos. Yo me ocuparé de ellas.

Sin embargo, al ver la expresión furiosa de aquéllas y oír sus gruñidos, los hombres preguntaron:

—¿Estáis segura, milady?

—Sí. Marchaos —repitió ella con confianza.

Cuando los guerreros salieron de la habitación y cerraron la puerta, Shelma miró a las cuatro mujeres que la contemplaban con gesto fiero.

—Tranquilitas —dijo—, que esto os lo han hecho vuestros maridos, no yo.

Las demás comenzaron a gruñir. No se les entendía nada de lo que decían, por lo que Shelma caminó hasta su hermana Megan y le quitó la mordaza de la boca.

—Maldita sea, haz el favor de desatarnos de una vez —siseó ella.

—No debo.

—¡¿Qué?! —gritó Megan.

Y, moviendo su cabellera oscura, iba a protestar cuando Shelma dijo, poniéndole de nuevo la mordaza en la boca:

—Precisamente tu amado y maravilloso Duncan fue el que más hincapié hizo al respecto de que no os soltara porque no se fiaba de ti.

Megan pateó el suelo furiosa y gruñó. Soltó por la boca todo tipo de improperios que nadie entendió, mientras las demás hacían lo mismo sin poder moverse del sitio.

Durante unos minutos, Shelma las observó y, cuando no pudo más, dio una carcajada y, bajando la voz, indicó:

—Vale, voy a soltaros. Pero, antes de hacerlo y de que se os ocurra hacer algo en contra de mí, que os conozco, quiero que sepáis varias cosas. La primera, no podéis gritar cuando os desate o los que están tras la puerta sabrán que lo he hecho y entrarán a amordazaros de nuevo. La segunda, estoy con vosotras y simplemente he interpretado un papel ante vuestros maridos para ganarme su confianza.

Las mujeres se miraban sorprendidas, pero Shelma prosiguió:

—Tercera, salir de aquí va a ser complicado, pero no imposible. Vuestros maridos han puesto vigilancia en varios puntos, pero, tranquilas, está todo controlado, y ahora os contaré el plan. Y cuarta —dijo mirando a Sandra—, estoy contigo y te ayudaré en todo lo que necesites, porque ese Wilson debe morir después de todo lo que ha hecho.

Las demás se miraron con incredulidad.

La Shelma que tenían ante ellas las estaba sorprendiendo, y, cuando le quitó la mordaza a su hermana Megan, murmuró:

—Nunca he sido tan valiente y osada como tú, pero sé por lo que Sandra está pasando y quiero ayudarla.

Megan la miró y, cuando sus manos quedaron liberadas, declaró abrazándola:

—La valentía se demuestra de muchas maneras, hermana.

Tras darse un beso, mientras Megan se desataba los pies, Shelma comenzaba a desatar a Sandra.

Cuando todas estuvieron liberadas y se estiraron para desentumecer sus miembros, Gillian preguntó:

—¿Cuál es tu plan?

Shelma miró entonces a su hermana y preguntó:

—¿Recuerdas cuando estuvimos en las tierras de Gregory McPherson?

—¿Cómo olvidarlo? —se mofó Megan.

Ambas sonrieron por los recuerdos que aquel lugar les traía, y, a continuación, Shelma preguntó:

—¿Has traído tu talega con tus hierbas?

—Sabes que siempre viajo con ella —afirmó Megan.

Shelma aplaudió encantada. Sin embargo, Gillian, Angela y Sandra no entendían nada, y, mirándolas, aquélla cuchicheó:

—He pensado que, tras la cena, como una muestra de agradecimiento por su dura vigilancia, yo misma les ofreceré a los guerreros que vigilan un poco de cerveza fresca, con ciertas hierbas que causan somnolencia.

—¡Qué buena idea! —exclamó Gillian con una sonrisa.

—¿Dormir a los guerreros? —preguntó Sandra. Shelma asintió, y ésta murmuró—: No podemos hacer eso. La fortaleza necesita vigilancia, está Zac y...

—Tranquila, cuñada —la calmó Shelma—. Sólo dormiremos a los hombres necesarios para poder salir de aquí sin ser vistas.

—¡Excelente plan! —dijo Angela riendo.

—Mañana se levantarán con un dolor de cabeza increíble, pero cuando quieran darse cuenta de nuestra marcha, ya estaremos lo suficientemente lejos —apuntó Shelma.

—Muy bien pensado, hermana. Te diré con qué otra hierba mezclarla para que sea más rápida y efectiva —propuso riendo Megan, que estaba deseosa de ver la cara de su marido cuando la viera aparecer.

—He de advertir a Leslie —intervino Sandra—. Ella ha de cuidar de mi hijo en mi ausencia y...

—Leslie ya está advertida, incluso nos ha conseguido los caballos en los que vamos a huir —explicó Shelma riendo.

Megan miró a su hermana sorprendida. Nunca habría pensado que fuera tan eficiente ella sola en algo que no se tratara de coser y hacer cortinas, y, al ver que todas sonreían, se disponía a hablar cuando Shelma añadió:

—Dicho esto, vuestros maridos no volverán a confiar en mí, y el mío se enfadará, pero creo que merecerá la pena haber podido ayudar a mi cuñada.

A continuación, todas se abrazaron sin hacer ruido, y Sandra murmuró emocionada:

—Gracias. Gracias por entenderme y por estar a mi lado.

Cada una a su manera, todas asintieron pensando en las consecuencias.

—Sandra, Zac se enfurecerá —susurró Gillian—; ¿crees que merecerá la pena?

Sin pensar en su marido, sólo cegada por matar a Wilson, la joven afirmó convencida:

—Sin duda, merecerá la pena.

Cuando anocheció, tras mezclar las hierbas marrón oscuro con otras rojizas que le indicó Megan y echarlas en la cerveza, con una encantadora sonrisa Shelma se la dio a beber a algunos de los guerreros, que aceptaron encantados.

Poco después, cuando la puerta del aposento de Sandra se abrió y apareció Shelma, las demás mujeres sonrieron, y más cuando ésta les entregó sus espadas y sus arcos y dijo:

—Ya podemos marcharnos.

Al salir del cuarto vieron a dos de los guerreros dormidos en el suelo y, tras arrastrarlos y meterlos dentro, Angela murmuró:

—Nos van a odiar cuando despierten.

—Mi marido sí que me va a odiar —afirmó Sandra, siendo consciente por primera vez.

Con cuidado, bajaron al salón. Allí no había nadie excepto Leslie con el pequeño dormido en sus brazos y, mirando a Sandra, musitó:

—Me dejas *esnerviá*.

—Tranquila. Estaremos bien —murmuró ella dándole un beso a su hijo.

A continuación, Sandra le ordenó a *Pach* que se tumbase de nuevo junto al hogar y, tras enviar a Leslie al cuarto del pequeño, las cinco guerreras salieron de la fortaleza con sumo cuidado, pasaron frente a otros vigilantes dormidos y se escabulleron por el bosque.

—Por aquí —susurró Shelma.

Con las faldas remangadas para no tropezar, llegaron hasta los caballos. Entonces Shelma cogió una bolsa, la abrió y, tirándoles varios pantalones, iba a decir algo cuando Megan, divertida, comentó:

—Hermanita, ¡has pensado en todo!

Ella sonrió al oírla y afirmó:

—Siempre he tenido una gran maestra.

Entre risas silenciosas, se cambiaron las faldas por los pantalones y, una vez que hubieron guardado las primeras en una bolsa que Angela sujetó a su caballo, Sandra las miró a todas, dio una orden y, clavando los talones en los flancos de los animales, las cinco mujeres se lanzaron al galope. Los hombres les llevaban una gran ventaja y tenían que acortarla.

Capítulo 56

Los guerreros Phillips llegaron a los alrededores de la fortaleza de Carlisle a media mañana sin ser vistos.

El grupo grande se asentó más atrás, mientras que sus señores y Aiden continuaban el camino para aproximarse más a la fortaleza.

Conscientes de dónde debían posicionarse, se situaron en un punto estratégico desde el que podían observar el movimiento de los guerreros de la fortaleza sin ser vistos, y decidieron esperar hasta la noche. La oscuridad les facilitaría la entrada.

Zac observaba a su alrededor. Estaba impaciente por echarse a la cara a Wilson, al hombre que tanto daño le había hecho a su mujer y que ahora quería hacérselo también a él. Habían pasado casi dos años desde la última vez que había estado allí.

—Veo pocos hombres moviéndose por la fortaleza —indicó Kieran.

—Y, vigilando, menos aún —afirmó Niall.

Zac, que se había percatado como ellos, murmuró:

—La última vez que estuve aquí era todo diferente. Las almenas y los alrededores estaban llenos de guerreros del supuesto abuelo de Sandra.

—Quizá esos hombres —señaló Duncan—, una vez que murió el anciano, decidieron no servir al tal Wilson.

Zac asintió. Seguramente debía de haber ocurrido algo así, porque el poco movimiento que había en el lugar no era normal.

Tras observar la fortaleza durante un rato, Zac miró a Aiden y ordenó:

—Ve y diles a los hombres que retrocedan y esperen. No hará falta que entren con nosotros.

Su amigo asintió y, sin mediar palabra, se alejó mientras ob-

servaba cómo Zac hablaba con sus cuñados con el semblante ceñudo.

Al caer la tarde, Sandra y las demás mujeres llegaron también
a las inmediaciones de Carlisle y, viendo las huellas que sus maridos y sus guerreros habían dejado, la joven indicó:

—Desviémonos aquí. La fortaleza tiene una entrada secreta
que poca gente conoce y que conduce a las mazmorras. Seguro
que allí encontramos a la madre y a la hermana de Marcus y las
podremos liberar.

—En marcha, pues —afirmó Angela.

Prosiguieron su camino con cuidado de no hacer ruido, pero,
al llegar y ver el hueco en el muro tapiado con cientos de piedras,
Sandra murmuró con frustración:

—Maldito Wilson.

Las otras mujeres la miraron y no dijeron nada, mientras la
joven sentía unos enormes deseos de llorar. Estaba en el lugar
donde Errol había perdido la vida por defenderla, y, tomando aire
para no dejarse vencer por la tristeza, ordenó:

—¡Continuemos!

Sin hablar, las demás fueron tras ella. Ella conocía como nadie
aquel lugar. Más adelante, cuando llegaron a una arboleda, Sandra se detuvo.

—Intuyo que ellos están acampados allí —dijo señalando más
arriba—. Si vamos por este camino, los guerreros que estén en la
retaguardia nos verán y los avisarán, por lo que creo que lo mejor
es que sigamos por ese sendero. Es empinado y algo peligroso,
pero si ellos están donde yo creo, los sorprenderemos.

Al oírla y ver el camino por el que tenían que subir con los
caballos, Shelma musitó:

—Me sabe mal decirlo, pero comienzo a arrepentirme de todo esto.

Megan la contempló con una sonrisa y, tratando de infundirle
valor, cuchicheó:

—No te arrepientas, hermana, y disfruta con la cara de desconcierto que se le va a quedar a tu marido cuando te vea.

Gillian, Sandra y Angela sonrieron y, mirándose sin decir nada, entendieron que ellas también tenían ganas de ver las caras de los suyos.

Con sumo cuidado, las mujeres comenzaron a subir entonces con los caballos por el difícil camino. Ninguna hablaba, todas prestaban atención a sus movimientos y, cuando la infernal subida acabó, se miraron y Shelma afirmó sonriendo:

—Me siento como nunca.

A continuación, Sandra bajó de su yegua y susurró:

—Desmontad. Llevaremos los caballos hasta aquellos árboles y seguiremos a pie.

Las demás asintieron y, tras dejar a los animales en un lugar seguro, fueron detrás de Sandra.

Ocultos tras unos matorrales del bosque, Duncan, Lolach, Kieran, Niall y Zac observaron el movimiento de los guerreros en la fortaleza, y rápidamente llegaron a la conclusión de que allí se estaba celebrando una fiesta.

—Más que una fiesta —indicó Niall—, creo que pasan una noche de disfrute con ciertas mujeres.

Los demás asintieron. Durante un rato habían visto llegar mujeres de dudosa reputación a la puerta, donde unos guerreros, al verlas, reían y las hacían entrar sin más.

De pronto, unos ruidos casi inaudibles detrás de ellos los pusieron en alerta. Zac miró a los demás y supo que todos los habían oído. A continuación, desenvainando sus espadas con habilidad, se levantaron al tiempo que se volvían dispuestos a atacar, pero se quedaron sin palabras.

Frente a ellos estaban sus cinco mujeres, que sonreían.

—Buenas noches, valientes guerreros —los saludó Sandra.

Capítulo 57

Los guerreros parpadearon atónitos, y Zac, reaccionando, se acercó a su mujer y siseó:

—Maldita sea. Pero... ¿qué hacéis aquí?

—Zac...

—Sandra, te ordené que te quedaras en Balvenie.

—Te dije que quería estar aquí.

—Por todos los santos, mujer —exclamó él desesperado—. ¿Acaso es tan difícil acatar una orden?

Al oírlo, Sandra suspiró. Pero, cuando iba a responder, Duncan masculló mirando ceñudo a su mujer:

—Sin duda, para ellas es muy difícil, ¿verdad, Impaciente?

Megan, que hasta el momento no se había movido, asintió y replicó con chulería:

—Horrorosamente difícil..., Halcón.

Por su lado, Lolach, que no estaba acostumbrado a ese tipo de osadías por parte de su mujer, se acercó a ella y susurró:

—¡Shelma!

—Dime, cariño.

—¿Qué haces aquí?

Angela y Kieran, Niall y Gillian discutían sin levantar la voz cuando ésta respondió:

—Ayudar a Sandra.

Los hombres se miraron unos a otros, y Duncan, sin apartar los ojos de su mujer, que seguía mirándolo de aquel modo que lo sacaba de sus casillas, espetó:

—Mira que lo pensé, pero no imaginé que os atreveríais.

Megan sonrió con cierto deleite, y él maldijo mirando al cielo.

En ese instante se oyó una risotada en la puerta de la fortaleza y todos se volvieron para mirar, ocultos entre los árboles.

Un nuevo grupo de mujeres entraba en la fiesta.

Sandra observó el percal y murmuró:

—Veo que no son muchos y celebran algo. Eso nos viene bien. Los hombres estarán o bien embriagados por la bebida o bien por las mujeres, y podré llegar antes hasta Wilson.

Al oírla, Zac la miró y replicó:

—Ahora mismo vas a dar media vuelta y vas a esperar en la retaguardia con los demás hombres o te aseguro que...

—Zac —lo cortó ella—. Estoy aquí y, aunque te enfades, me grites o te empeñes, nada me impedirá hacer lo que tengo que hacer.

Sin querer enfadarse con Sandra, pero incapaz de no hacerlo, siscó:

—Dije que te aceptaba tal y como eres. Me has vuelto loco, me has sacado de mis casillas, pero, por amor a ti lo he aceptado. Aun así, déjame recordarte algo, esposa. Hiciste un juramento y, como se te ocurra poner un pie en esa fortaleza, lo incumplirás y eso no te lo perdonaré.

—Zac..., por el amor de Dios...

—Piensa antes de actuar, Sandra y recuerda lo que tú y yo hemos hablado o te juro por mi vida que todo cambiará, me guste o no —insistió.

Al ver cómo lo miraban todas las mujeres, y no sólo la suya, Zac finalmente maldijo en silencio y ordenó:

—Id todas junto al árbol. Y tú, Sandra, piensa en lo que te he dicho.

Los guerreros las miraron con gesto fiero y a ellas no les quedó más remedio que acatar la orden. Estaba claro que no iban a llegar a ningún entendimiento.

Megan, al ver el gesto de Sandra tras las palabras de su hermano, susurró:

—Tranquila. Se le pasará el enfado.

Agazapados de nuevo entre los matorrales, Duncan y Zac hablaban de cómo entrar en aquel lugar, cuando Shelma, acercándose a ellos, dijo:

—¡Tenemos una idea!

—¡Shelma, por el amor de Dios, ¿quieres regresar junto a los árboles?! —protestó Lolach.

La mujer asintió al ver el gesto fiero de su marido y, sin decir más, volvió con las demás.

Durante un rato, los hombres continuaron discutiendo el mejor modo de entrar en la fortaleza, mientras ellas los escuchaban. Estaba muy clara cuál era la manera más sencilla de entrar, y Sandra, incapaz de callar, insistió acercándose a ellos:

—¿Por qué no escucháis nuestro plan?

Los guerreros la miraron. Pero ¿se había vuelto loca?

Megan y Gillian, apoyando a Sandra, se aproximaron también a ellos, y la primera dijo:

—La fortaleza abre las puertas a las mujeres y...

—¡A las ligeritas de cascos, hermana! —protestó Zac, cada vez más furioso.

Megan sonrió y, tras suspirar, afirmó:

—Lo sé, hermano, no soy tonta y me he percatado de que esas mujeres son todas las furcias de los alrededores y...

—¡Ni hablar! No vais a poneros en peligro más de lo que ya lo habéis hecho —siseó Duncan—. Y, ahora, regresad junto a los árboles antes de que la ira me haga hacer algo que no quiero.

Sin miedo, Megan lo miró, pero, empujada por Gillian, retrocedió de nuevo.

—Creo que nuestra idea es la acertada —cuchicheó Angela—. ¿Por qué son tan cabezotas?

—Porque son escoceses —protestó Gillian.

Ofuscadas, todas asintieron, y luego Shelma musitó:

—Gillian, acompáñame un momento.

Ambas desaparecieron entonces entre los árboles y, cuando regresaron a los pocos minutos, dejaron una bolsa frente a ellas. Al ver las faldas que se habían quitado al salir de Balvenie y la talega de Megan, Sandra frunció el ceño y preguntó:

—¿Qué piensas hacer con eso, Shelma?

Megan sonrió al ver el gesto de su hermana, y Sandra, imaginando de qué se trataba, susurró:

—Nos matarán...

—Como mucho, se enfadarán durante un tiempo. Tranquila —se mofó Gillian.

Con disimulo, la morena de pelo oscuro abrió entonces su talega y cogió dos tipos diferentes de hierbas. A continuación, se acercó al cubo con agua que aquéllos tenían, las metió dentro, las removió un poco y las sacó. Sólo deseaba que sufrieran un pequeño desvanecimiento, no que durmieran durante horas.

Angela, Gillian y Sandra abrieron los ojos, que habían cerrado para no verla, y Shelma indicó acercándose a ellas:

—Tranquilas. He echado una dosis mínima y he quitado las hojas para que no maceraran. Será un sueñecito corto. Lo justo para que podamos entrar y Sandra haga lo que tiene que hacer.

Convencidas, las demás no dijeron nada, y Megan indicó mirando a su hermana:

—Ve tú y ofréceles agua. Si voy yo, Duncan sospechará.

Shelma asió el pequeño cubo de agua y, acercándose a ellos con un vaso, consiguió que todos bebieran sin rechistar. Una vez que dejó el cubo y regresó junto a las chicas, murmuró·

—Dios santo, no paro de pecar...

Todas se miraron divertidas y, a continuación, Sandra indicó:

—Vale. El mal ya está hecho. Creo que debería seguir enfadando a mi marido para que mi osadía no les haga sospechar de lo que acabamos de hacer.

—Buena idea —afirmó Angela.

Conscientes de que necesitaban unos minutos para que aquello hiciera efecto, Sandra dijo entonces:

—¡Zac!... ¡Zac!

Él se volvió y, acercándose a ella, siseó malhumorado:

—La respuesta sigue siendo «No». No insistas.

—Pero, Zac...

—¡Maldita sea! —gruñó él—. Pero ¡¿es que no me escuchas?!

—Zac, sólo he de llegar hasta Wilson y recuperar a las familiares de Marcus.

—¿Tan fácil lo ves?

La joven observó la fortaleza y, señalando una ventana, indicó:

—Aquélla es la habitación de Wilson. Soy la única que sabe

moverse por la fortaleza porque he vivido aquí, y me parece de tontos no aprovechar mi ventaja. Vamos, por Dios, ¡no seas tan soberbio!

Zac levantó el mentón, maldijo y, mirándola, repitió furioso:

—Piensa en lo que te he dicho y acata mi decisión si pones un pie allí.

En ese instante, los otros esposos se acercaron a ellas para terminar con aquella locura; entonces Shelma vio a su hermano y a Sandra discutir y dijo:

—¡Se acabó!

Todos la miraron, y ella señaló:

—Siento haberos desobedecido, siento haberlas soltado, e incluso siento haber drogado a los guerreros para escapar de Balvenie.

—¡¿Qué?! —bramó Zac al oír eso.

—¡Shelma! ¿Qué has hecho? —preguntó Lolach sin poder creérselo.

—Sí, esposo, hoy estoy siendo muy osada, pero si lo he hecho ha sido por algo en lo que creo. Sabéis que no soy una mujer guerrera como lo son ellas —dijo mirándolas—, pero en esta ocasión me parece que deberíais escuchar a Sandra, porque es a ella a quien ese Wilson ha hecho daño matando a su madre y a sus seres queridos. Y tú —añadió señalando a Zac— deberías ser el primero en entender su furia y dejar de dar ultimátums, porque, por desgracia, a ti también te mataron a los tuyos.

A continuación, nadie habló, sólo Niall bostezó, y ella continuó:

—Sabemos que no deberíamos estar aquí, no somos tontas, pero ¡ya lo estamos! Hemos visto cómo entran mujeres en la fortaleza sin problemas, y vosotros, obcecados, os negáis a entender y a aceptar que nosotras podemos entrar y salir con facilidad después de hacer lo que Sandra necesita.

Al verlos tan callados ante lo que aquélla decía, Sandra miró entonces a su marido y añadió:

—No quiero una matanza. No quiero una masacre. No quiero que muera gente que ni conozco ni le ha hecho nada malo a mi familia. Sólo quiero hacer pagar a una persona que me hizo daño, encontrar a la madre y a la hermana de Marcus y regresar a casa...

—*Mo chridhe* —la cortó Zac—. No me gustaría que mancharas tus manos con sangre. ¿Acaso todavía no te has dado cuenta de ello?

Con cariño, Sandra se acercó a él y, en un tono tranquilo, afirmó:

—Y yo te lo agradezco, amor mío, pero ese maldito cerdo le arrebató la vida a mi madre y yo me prometí a mí misma que se la arrebataría a él. Y, si no lo hago, mi corazón nunca descansará en paz. Así que, por favor..., por favor..., entiéndeme y no me odies. No me des ultimátums por algo que sabes que he de hacer y...

—Soy tu marido, Sandra...

—Lo sé. ¿Acaso crees que lo he olvidado?

Molesto porque ella seguía contestándole, Zac siseó entonces:

—Pedirte a ti que te calles es como pedirle al sol que no brille.

Al oírlo, la joven resopló y, con seguridad, indicó:

—Fue mi madre la que murió por culpa de Wilson, no la tuya, y siento su ausencia cada día de mi vida. Y, por muy cruel que sea lo que voy a decir, tú esa ausencia nunca la has sentido porque no has tenido madre que te mime, te cuide y dé la vida por ti, aunque Megan hiciera todo eso. Así pues, esta conversación entre tú y yo se acaba aquí, porque no necesito que nadie me diga lo que tengo o no tengo que hacer.

Todos se miraron alarmados. Zac y Sandra se observaban el uno al otro como si fueran dos rivales, y Shelma, asustada, decidió intervenir, atrayendo la atención de todos:

—Vamos a ver, el plan es más sencillo de lo que imagináis. Nosotras entramos haciéndoles creer que somos unas furcias; una vez dentro, echamos en los barriles las hierbas que utilizamos en Balvenie y... y...

—Yo mataré a Wilson —afirmó Sandra sin achicarse ante la fiera mirada de su marido— y después liberaremos a la familia de Marcus.

—Y, mientras vosotras estáis dentro, ¿nosotros hemos de permanecer aquí impasibles? —preguntó Niall.

—Sí, cariño —afirmó Gillian—. Se os nota a la legua que sois escoceses y, si entráis, se organizará una carnicería.

Entonces Kieran, tras frotarse los ojos, se mofó:

—¿Acaso pensáis pasar por prostitutas?

Al oír eso, Shelma se colocó por encima de los pantalones una de las faldas que estaban en el suelo. Después se soltó el cabello, se lo revolvió y, abriéndose el corpiño para acentuar el escote, los miró y preguntó:

—¿Tan difícil es parecerlo?

—¡Shelma, ciérrate ese escote! —murmuró Lolach, que comenzó a tambalearse.

—Vaya con la dulce y cándida... —se mofó Niall.

Rápidamente, las mujeres sujetaron a Lolach y, tras sentarlo en el suelo junto a un árbol y hacer lo mismo con Niall, Duncan miró a su mujer y siseó:

—¿No habréis hecho lo que... creo...?

Al ver que aquél también se tambaleaba, Megan lo sujetó y, mientras Angela se ocupaba de su marido, ella sentó al suyo junto al árbol y murmuró:

—Cariño, como tú mismo me has dicho en Balvenie, no me has dejado otra opción.

Al ser consciente de lo que ocurría, Zac dio un traspié y, mirando a Sandra, masculló con dificultad:

—No... lo... hagas... o...

No pudo decir más. Las piernas se le aflojaron y, si no hubiese sido porque Gillian y ella lo sujetaron, se habría dado un buen tortazo contra el suelo.

Con esfuerzo, lo llevaron junto al árbol y, una vez que estuvieron los cinco allí, Angela cogió una cuerda y los ató al tronco.

—Si no nos matan los ingleses —murmuró a continuación—, nos matarán ellos cuando despierten.

En ese instante apareció Aiden, que, al encontrarse con la situación, protestó sorprendido de ver a aquéllas allí y a sus maridos maniatados:

—Por el amor de Dios... ¿Qué habéis hecho?

Sandra lo agarró entonces del brazo y, empujándolo, dijo:

—Tienes dos opciones: ayudarnos o acabar como ellos. ¡Decide!

Totalmente descolocado, Aiden se disponía a protestar cuando Angela añadió:

—Preferiríamos que nos ayudaras. Y ahora escucha lo que tenemos que decirte.

Sin prisa pero sin pausa, las mujeres le contaron a Aiden sus planes y, cuando acabaron, él musitó:

—Pero... pero eso es una locura.

Megan llenó entonces un vaso con agua y, entregándoselo, susurró:

—Toma y bebe.

Él miró el vaso y negó con la cabeza.

—Ni loco —siseó.

Al ver su gesto, Sandra sonrió.

—Aiden..., no podemos seguir perdiendo tiempo. Decide: o nos ayudas o duermes.

Él lo pensó. Todo aquello era una locura, pero, consciente de que alguien debía saber lo que ellas estaban haciendo e ir en su ayuda si era necesario, indicó:

—De acuerdo. Os ayudaré, a pesar de que me ganaré el odio de vuestros maridos. Y, en cuanto a ti, Sandra, ¿has pensado que Zac no se tomará esto nada bien?

Como necesitaba venganza, la joven asintió.

A continuación, cuando las mujeres se revolvieron el pelo y se bajaron los escotes para parecer unas furcias, Aiden protestó:

—Si yo fuera cualquiera de vuestros maridos, no me gustaría veros así.

Ellas sonrieron, y Sandra, guiñándole el ojo mientras se alejaban, murmuró:

—Pero, por suerte, no nos ven, ¡y tú no lo eres!

Capítulo 58

Como bien habían imaginado, entrar en la fortaleza fue fácil.

Al verlas aparecer, los guerreros ingleses se apresuraron a agarrarlas por la cintura y, acercándolas a sus cuerpos, les dijeron todo tipo de cosas, a cuál más obscena.

Sin pararse, las cinco entraron en la fortaleza, y, mirando en lo que se había convertido el lugar que había sido el hogar de su madre y también el suyo durante algunos años, Sandra murmuró:

—Maldito Wilson...

Con curiosidad, observó que no había criados, las cortinas estaban mugrientas, los suelos asquerosos, y los muebles que quedaban apenas si se tenían en pie.

Sin detenerse, entraron en el salón, que se veía sucio y destrozado, nada que ver con el lujoso salón que antaño había sido. Sin querer desesperarse, Sandra miró a su alrededor. Allí estaban la mayoría de los hombres y las mujeres, que bebían, bailaban y se divertían. Entonces Megan, al ver varios barriles en un lateral, murmuró:

—Shelma, ven conmigo. Y vosotras, recordad: coged una copa ahora y no la soltéis porque ya no podréis volver a beber.

Rápidamente todas cogieron una jarra de cerveza, y en ese momento un tipo agarró a Gillian de la cintura y la sacó a bailar. Ella le siguió el juego por el bien del plan y, aunque alerta, bailó.

Sandra y Angela caminaron juntas por el salón y, al llegar a lo que antaño había sido la biblioteca de su abuelo, la primera se quedó parada.

Las estanterías estaban vacías de libros y, sobre la mesa, una furcia se entregaba con descaro a un hombre, sin que les importase quién los miraba.

—Esto es grotesco e indecente —cuchicheó Angela, boquiabierta.

Sandra asintió. Sin duda lo era. Entonces, al ver un par de ba- rriles allí, dijo señalándolos:

—Busca a Megan y que venga.

Ella aguardó parada en la entrada de la biblioteca, pero en- tonces un hombre la asió entre sus brazos y, cogiéndola en vilo, dijo:

—Vamos..., dame un poquito de cariño.

Asqueada por la peste a cerveza que aquél llevaba, para no le- vantar sospechas, Sandra lo miró y, señalándole una puerta, que sabía que llevaba a un pequeño cuartucho, susurró:

—Vayamos allí y te haré todo lo que tú quieras.

El hombre, encantado, dejó escapar una carcajada y, sin sol- tarla, la llevó hasta donde ella le había indicado. Al abrir la puerta y ver el pequeño lugar, él preguntó mientras paseaba las manos por su cuerpo:

—¿Cómo conocías este sitio?

Sacándose con cuidado la daga que llevaba en la bota, Sandra le propinó un golpe en la cabeza al tipo, que lo hizo caer como un plomo al suelo, al tiempo que respondía:

—Porque me gustaba esconderme aquí de pequeña cuando venía a visitar a mis abuelos.

Acto seguido, sin mirar atrás, salió del cuartucho y cerró la puerta. Volvía a estar en la biblioteca, en la que entraron otras furcias acompañadas de hombres y comenzaron a practicar sexo con total libertad.

Evitando mirarlos, divisó entonces a Megan, que estaba junto a los barriles, y caminó hacia ella.

—No te molestes por lo que te voy a decir —empezó Megan mirándola—, pero creo que has sido muy dura con mi hermano. Él también tenía una madre.

Al oírla, Sandra asintió. Sabía a lo que se refería.

—Quizá tengas razón —murmuró—. Pero tu hermano no ha sufrido la misma pérdida que yo porque no la conoció y siempre te ha tenido a ti para lo que pase.

En ese instante, Wilson apareció en la puerta y Sandra, al ver- lo, se quedó paralizada.

Observando que palidecía, Megan la agarró y la hizo agacharse junto a ella mientras preguntaba:

—¿Es él?

Sandra asintió con la respiración acelerada y, a continuación, Megan aprovechó para observar a Wilson con disimulo. Era un hombre grande, corpulento y con un gesto severo y de superioridad que hizo que se le revolviera el estómago. Sin lugar a dudas, disfrutaba de lo que veía a través de su cruel mirada; entonces una mujer se acercó a él y preguntó:

—¿Puedo hacer algo por vos?

Wilson sonrió con maldad. Aquella jovencita parecía tentadora y, paseando libremente una de las manos por encima del trasero de aquélla, le dio un azote y dijo:

—Vamos. Acompáñame a mi aposento.

Paralizada, Sandra respiraba con dificultad, cuando Megan, mirándola, preguntó:

—¿Estás bien?

Ella asintió y, convencida de lo que quería, afirmó:

—Ese cerdo no verá amanecer.

Megan miró a su cuñada y, sin olvidar por qué estaban allí, la apremió:

—Vamos, tenemos que seguirlos.

En el momento en que se levantaron, un hombre las agarró por la cintura.

—Vosotras sois para mí.

Al oírlo, Megan sonrió y, cogiendo una jarra, indicó:

—Comienza por mí... Pero, antes, déjame servirte un poco de cerveza, la vas a necesitar.

El tipo sonrió y, soltando a Sandra, cogió la jarra que la otra le había llenado mientras murmuraba:

—Será un placer.

Cuando el hombre estaba bebiendo de la jarra, Megan le hizo una seña a su cuñada. Debía seguir a Wilson. Ella se ocuparía de aquel tipo y después la buscaría.

Consciente de que los efectos de la bebida no tardarían en aparecer, la joven asintió y se alejó.

Al llegar al salón vio a varios de los guerreros y a algunas mujeres algo mareados, mientras Angela, Shelma y Gillian los animaban a beber con una sonrisa.

Sin tiempo que perder, abandonó el salón y subió la escalera, hasta que oyó la voz de Wilson. Con cuidado, llegó hasta el pasillo, se agazapó para no ser vista y, cuando él y la mujer entraron en su habitación, reparó en que un guerrero vigilaba frente a la puerta.

Sin saber qué hacer, Sandra caminó hacia el hombre y, al llegar frente a él, le sonrió con sensualidad y murmuró, acercándosele:

—Tu señor me envía para que no te aburras.

El guerrero asintió encantado y, sonriendo, posó una mano en el trasero de Sandra. Cuando se disponía ya a levantarle el vestido, la joven señaló el pasillo contiguo e indicó:

—Poséeme allí.

El hombre miró, vio una pequeña mesa bajo un tapiz oscuro y, sonriendo, la llevó hasta donde ella pedía.

Una vez que la hubo sentado sobre la mesa, ávido de deseo, comenzó a besarle el cuello, mientras con las manos le toqueteaba los pechos. Sandra pensó entonces en Zac. Si su marido veía aquello, los mataría a los dos. No obstante, intentando mantener la sangre fría, buscó una salida rápida y silenciosa. Tenía que pararlo y, al ver un jarrón de acero sobre la mesita, lo cogió sin dudarlo y se lo estampó con todas sus fuerzas en la cabeza.

Al recibir el golpe seco, el hombre la miró. Sandra se preparó para el ataque, pero antes de sacar su daga, aquél cayó desplomado al suelo.

A continuación, dándose aire con la mano, la joven se bajó de la mesa, se colocó bien el vestido y caminó decidida hasta el aposento de Wilson. Al llegar frente a la puerta, la abrió sin dudarlo y entró.

Entonces Sandra vio que la mujer que estaba sobre él en la cama tenía el rostro, el cuello y el pecho manchados de sangre y que Wilson se movía de un modo extraño. Con rapidez, se acercó hasta la cama y se encontró a Wilson sangrando como un cerdo mientras agarraba el cuello de aquélla y mascullaba:

—Zorra..., te voy a matar.

Al ver que la joven apenas podía respirar, Sandra se sacó la daga de la bota y, sin dudarlo, se la clavó a aquél en el brazo para que la soltara. Wilson lo hizo de inmediato, chilló, y Sandra, tras rasgar la sábana, le tapó la boca con la misma para que no gritara.

Cuando lo tuvo como ella quería, siseó mirándolo fijamente:

—Hola, cerdo, ¿me buscabas?

El hombre abrió mucho los ojos al reconocerla.

Allí estaba la mujer a la que tanto odiaba y a la que esperaba para acabar lo que había comenzado tiempo atrás. Pero su cuerpo no lo seguía. Nada más sentarse sobre él, la furcia que se había subido a su habitación lo había atacado en el cuello y en el estómago con una daga, por lo que, a causa de la gran cantidad de sangre que había perdido y de que sus tripas pugnaban por salirse, Wilson no podía moverse como él quería.

Ignorándolo, Sandra ayudó a la muchacha a bajar de la cama y, a continuación, murmuró para hacerle saber que estaba de su lado:

—Tranquila..., estoy contigo..., estoy contigo.

Con las manos temblorosas y los ojos anegados en lágrimas, la chica gimió:

—Mató a mis padres, a mi tía y a mis hermanos. Me arrebató lo que más quería y... y...

No pudo terminar. La pobre se derrumbó, y Sandra, consciente del dolor que sentía, la abrazó y declaró:

—Has vengado a tu familia. Quédate con eso.

Sollozando, al oírla, la muchacha murmuró:

—Tenía que hacerlo..., tenía que hacerlo.

Ella asintió. La entendía perfectamente y no se lo recriminaba.

Aquel cerdo había hecho más mal que bien a cuantos lo rodeaban. Pero, descolocada por no haber sido ella quien lo hubiera atacado, miró a la joven y, señalando una ajofaina, indicó:

—Límpiate la sangre y después sal de aquí.

La muchacha, temblorosa, hizo lo que aquélla le pedía y, cuando acabó, se acercó a Sandra, que observaba con frialdad a Wilson mientras sufría y se desangraba.

—Me llamo Irma Stenson —dijo entonces—. ¿Y vos?

—Sandra Murray.

Al oír eso, la joven abrió los ojos sorprendida y musitó:

—Entonces... entonces... ¿vos sois la hija de lady Clarisa? —Sandra asintió, y ella añadió—: Os creíamos en Francia, casada y...

—No, Irma. Todo eso lo inventó este cerdo, cuando la verdad es bien distinta. Mi madre está muerta, y a mí intentó matarme también.

Wilson las escuchaba mientras se retorcía de dolor al sentir cómo las tripas se le salían a través del tajo que tenía en el estómago. Asqueada, Sandra cogió entonces una piel y se la echó por encima para no ver el desagradable espectáculo y, mirándolo a los ojos, siseó:

—Sufre, repugnante, mugriento..., ¡sufre! Y púdrete en el infierno por todo el daño que nos has ocasionado mientras yo disfruto del espectáculo de tu muerte.

Irma y Sandra, con sangre fría, lo observaron hasta que la primera murmuró:

—Mi tía Alicia era la criada de vuestra madre.

Al oír eso, Sandra la miró sorprendida.

— Eres Irma —susurró—, la hija de Susan y Fred.

La chica asintió con tristeza y Sandra, horrorizada, la abrazó.

—Lo siento. Siento mucho lo de tu familia.

Cuando consiguió tranquilizar a la muchacha, la miró fijamente y explicó:

—Wilson asesinó a mi madre; a mi buen amigo Errol; vi cómo mataba a tu tía delante de mis propios ojos por ayudarme y casi consigue matarme también a mí. Por eso estoy aquí, en busca de venganza.

Las dos mujeres se miraron. Las unía la desgracia por culpa de aquel hombre. Entonces, acercándose a él, que apenas si podía respirar, Sandra declaró con sangre fría:

—Podría matarte y acabar con tu sufrimiento, pero no lo voy a hacer. Porque mi venganza es dejar que sufras, que padezcas lo indecible hasta morir mientras ambas te contemplamos y disfrutamos del espectáculo.

Wilson jadeó. El dolor que sentía era intenso, espeluznante, terrible y asolador.

En silencio, Sandra e Irma observaban su sufrimiento, cuando, de pronto, la puerta se abrió.

Al volverse, Sandra se encontró con los ojos enajenados y enfurecidos de Zac, que, mirándola, siseó al comprobar que estaba bien:

—Estoy tremendamente enfadado contigo.

Capítulo 59

Asustada al ver a aquel hombre enfurecido, Irma agarró con fuerza la daga ensangrentada que sujetaba, pero Sandra susurró dirigiéndose a ella:

—Tranquila, Irma, es mi marido y no nos hará ningún daño.

Zac tenía la furia instalada en la mirada por lo que su mujer y las demás habían hecho; cuando despertó y Aiden lo desató, entró corriendo en la fortaleza en busca de Sandra.

Cuando la encontró, a pesar del alivio que sintió por que estuviera bien, un sentimiento de rabia le encogió el corazón y, sin mirarla, se acercó hasta la cama. Observó al hombre que se revolvía de dolor y, cuando posó la mano sobre su acero, Sandra lo tocó en el brazo e indicó:

—No. Mi venganza es dejarlo sufrir hasta que muera.

Apretando la mandíbula, Zac asintió al tiempo que entraban en la habitación Megan, Shelma, Angela y Gillian, seguidas de sus ceñudos maridos.

Todos se acercaron a la cama.

Todos observaron el padecimiento de aquél, mientras Megan informaba:

—Los pocos guerreros de Wilson y las furcias están siendo sacados por los guerreros de Zac. Hemos encontrado a la madre y a la hermana de Marcus. —Sandra asintió, y su cuñada añadió—: Y, sorprendentemente, en las mazmorras también estaban encerrados todos los criados que vivían en el castillo.

A pesar de lo terrible de la noticia, Sandra se alegró. Saber que las personas que las habían querido a su madre y a ella estaban vivas le hacía bien.

En ese instante, Wilson comenzó a soltar unos terribles estertores. Se asfixiaba. Su cuerpo comenzaba a fallarle.

—Creo que es mejor que salgamos de aquí —recomendó Duncan.

Todos se movieron excepto Sandra, que, mirando a aquel hombre al que tanto odio le tenía, indicó:

—Salid. Yo esperaré hasta ver a este bastardo partir al infierno.

Zac asintió mirando a sus hermanas. Él se quedaría allí con ella.

Una vez que estuvieron solos, en silencio, fueron testigos de cómo aquel mal hombre por fin moría.

Cuando Sandra tuvo claro que ya no volvería a hacerle daño a nadie, miró a Zac y, acercándose a él, declaró:

—Ahora podemos regresar a casa.

Apenas sin pestañear, él la miró. No se movió y, conteniendo la rabia que sentía por lo que ella había hecho esa noche, siseó:

—Te he dicho que, si entrabas en este lugar, todo cambiaría.

—Zac...

—Te lo he advertido.

—Pero, Zac... —dijo Sandra intentando tocarlo.

Sin cambiar su gesto serio y ofuscado, él dio un paso atrás, rechazó las manos de su mujer y gruñó:

—Prometiste que valorarías mi opinión si algo ponía tu vida en peligro y me juraste que nunca... nunca más volverías a repetir eso de «No te necesito», pero lo has hecho...

—Zac, es Wilson. Era él o yo.

—¡Lo juraste! —insistió él sin querer escucharla—. Y, a la primera de cambio, vuelves a dejarme claro que eres una mujer que se vale por sí misma y que no me necesita. Pero... pero ¿cómo crees que me siento cuando te oigo decir eso?

Molesta porque él no quisiera escucharla, Sandra preguntó entonces:

—¿Eso es lo que realmente te molesta? ¿Que yo pueda valerme por mí misma?

—Eres mi mujer.

—¡Y tú eres mi marido! —bramó ella—. Mis padres me enseñaron a ser una guerrera, a no dejarme vencer por la adversidad. Mi padre siempre decía que quien no lucha por lo que quiere no se merece lo que desea, y yo deseaba matar a Wilson. ¡¿Tan difícil es entender que ese hombre me arrebató lo que yo más quería y que luché por mi familia?!

Zac asintió. Podía llegar a comprender sus palabras, pero respondió:

—He luchado por ti. He deseado tenerte a mi lado todos y cada uno de mis días, pero eres complicada. No se trata de que seas osada, irreverente o atrevida; se trata de que, como bien dices, tus padres criaron a una maldita y dura guerrera, y yo no quiero a mi lado a una mujer así.

—¡Zac!

—Has escapado de Balvenie. Has drogado a mis hombres. Has venido hasta aquí cuando yo te lo había prohibido y, no contenta con eso, me drogas, me atas, incumples tus juramentos y dices ante todos que no me necesitas. Todo eso me ha hecho tomar una decisión, ¿sabes?, y es que lo mejor para nosotros es que nos separemos.

—¡¿Qué?!

Zac dio entonces media vuelta para salir de la habitación, pero ella se interpuso en su camino y murmuró:

—¿En serio quieres que nos separemos porque lucho como una guerrera?

El highlander asintió pesaroso.

—Sí. No quiero ser tu marido.

—Pero, Zac, tú me quieres y sabes que yo te quiero también. ¿Qué estás diciendo?

Dolido por aquella verdad, el guerrero la miró y siseó:

—Me olvidaré de ti y de tu amor y aprenderé a no desear lo que no se puede tener.

A continuación, echándola a un lado, Zac abrió la puerta de la habitación y salió. Sandra lo siguió, trató de detenerlo, de hablar con él, pero todo le resultó imposible. Caminaba a su lado intentando que él la escuchara cuando, al llegar a la escalera, unos aplausos los hicieron pararse en seco.

Al pie de la misma, una docena de personas los estaban esperando. Zac no conocía a nadie, excepto a su familia, pero Sandra se emocionó al verlos. Allí estaban las personas que la habían cuidado y mimado cuando sus abuelos eran duros con ella. Todos tenían un aspecto deplorable, estaban sucios y desnutridos por haber pasado tiempo en las mazmorras.

Sin saber qué decir, la joven los miró, mientras los guerreros de Zac sacaban a los hombres de Wilson y a las prostitutas que comenzaban a despertar. Desde su posición, Sandra veía a Duncan y a Lolach, que hablaban con aquéllos. Sin duda los estaban echando de allí.

Inquieta, miró entonces a su alrededor, y de pronto divisó a Gina, la mujer que tanto cariño les había dado a ella y a su madre. Al ver que aquélla la observaba enternecida, Sandra le dirigió una sonrisa y ella levantó la voz para decir:

—Ahora sois la señora de Carlisle; ¿habéis vuelto para quedaros?

Sandra no supo qué responder. Su intención era regresar con su marido a Balvenie, donde los esperaba su hijo, pero oyó que Zac contestaba:

—Sí. Vuestra señora ha regresado para quedarse en Carlisle.

Los hombres y las mujeres que los contemplaban prorrumpieron en vítores, excepto las personas que habían llegado de Balvenie con ellos. Entonces Sandra, sin entender nada, se acercó a su marido y le susurró con un hilo de voz:

—Zac, por favor, recapacita. Te quiero y quiero regresar contigo a casa.

Con una sonrisa que a ella la dejó helada, él la miró y replicó:

—Querida,. olvida lo que deseas porque conmigo no vas a regresar. Y ¿sabes por qué? —Ella no respondió, y él añadió—: Porque yo ahora no te necesito.

A Sandra se le rompió el corazón al oír eso, y aquél continuó:

—Y, con respecto a lo que acabo de confirmarle a tu gente, simplemente he actuado sin pensar en las consecuencias, como sueles hacer tú.

—Zac...

—Wilson ha desaparecido de tu vida, ya no tienes nada que temer y dispones de un hogar para tu hijo.

—Zac..., yo te quiero...

El guerrero asintió. Sabía que lo quería, pero, negando con la cabeza, respondió:

—No pretendas arreglar nuestra relación con palabras bonitas cuando los hechos, tus hechos —enfatizó—, la han destruido.

Consciente de lo que había dicho y de cómo ella lo observaba desconcertada, al ver que su hermana Megan subía la escalera, Zac prosiguió:

—Ordenaré que traigan tus pertenencias aquí. —Entonces, al pensar en el pequeño, cerró los ojos y murmuró—: En cuanto a Zac...

—Él no te ha decepcionado, he sido yo. Él es un niño y...

Al entender lo que ella quería decir, siseó antes de que Megan llegara arriba:

—A todos los efectos, seguirá siendo mi hijo, pero se criará contigo. Vendré a verlo siempre que me sea posible.

Sandra no podía hablar. Lo que Zac estaba diciendo era terrible. No deseaba aquello. No podía creerlo. Ella quería estar con él, vivir con él, y, temblando, susurró:

—Pero tú y yo estamos predestinados a...

—Sandra —la cortó él—. Tal vez estábamos predestinados a conocernos, pero no a estar juntos, como erróneamente creímos.

Megan, que en ese instante llegaba junto a ellos, al ver el rostro pétreo de la joven, miró a su hermano y protestó:

—¿Qué es eso de que Sandra se queda aquí?

Sin inmutarse, y con una frialdad que las estremeció a las dos, Zac respondió entonces con tranquilidad:

—Si no te importa, hermana, esto es algo entre ella y yo. Yo no me meto en tu matrimonio, por lo que haz el favor de no meterte tú en el mío.

Y, sin decir más, bajó la escalera sin mirar atrás mientras Megan cogía la mano helada de Sandra, que parecía petrificada.

—No sé qué...

—Megan —la cortó ella, mirándola—, tengo un dolor en el pecho que me está partiendo en dos. No quiero llorar ni suplicar delante de tanta gente, por lo que te pido que no digas nada, por favor, y lo dejemos estar.

Apenada, la joven morena asintió y, tras acercarla a su cuerpo, la abrazó mientras veía a su hermano salir de la fortaleza seguido de Shelma.

Esa noche, una vez que el castillo de Carlisle hubo quedado limpio de indeseables, Sandra se despidió de Megan, de Shelma, de Gillian y de sus maridos.

—Puedes venirte a Kildrummy y lo sabes —susurró Angela, dolida por el modo en que habían terminado las cosas.

Sandra sonrió. Adoraba a aquella joven de cabellos rojos y, mirándola con cariño, afirmó:

—Lo sé, y te lo agradezco. Pero ahora Carlisle ha de ser mi hogar y...

—Pero tú siempre has odiado Carlisle.

Sandra asintió. Angela tenía razón. Sin embargo, mirando a Gina, que, demacrada al igual que el resto de los que habían salido de las mazmorras, tomaba el aire, respondió:

—He de ocuparme de las personas a las que mi madre quería. No puedo ignorarlas ni marcharme de aquí dejándolas desamparadas. —Luego, mirando a la familia de Marcus, el pelirrojo, añadió—: Es lo mejor, Angela. He de ayudarlos.

Emocionada, su amiga la abrazó y murmuró:

—Kieran está furioso conmigo y no sé cuánto le durará el enfado, pero, aunque durante un tiempo no pueda venir a verte, intentaré escribirte.

—Y yo, encantada, te responderé —afirmó ella con mucha tristeza.

A continuación, Kieran se acercó a ellas y dijo dirigiéndose a Sandra:

—Siento que las cosas acaben así.

Ella asintió, y él, evitando abrazarla para demostrarle su enfado, dio media vuelta y se llevó consigo a Angela, junto a Megan, Shelma y Gillian, quienes habían sido reprendidas por sus maridos.

Al ver hacia dónde miraba Zac, Duncan se acercó a él y, al observar que Sandra se quedaba sola, preguntó con gesto serio:

—¿Estás bien?

—Sí.

Duncan, que lo conocía desde pequeño, comprendió que el guerrero intentaba disimular su incomodidad y volvió a preguntar:

—¿Puedo decir algo?

Zac asintió. Siempre había valorado mucho las opiniones de aquél.

—Está claro que han actuado mal todas ellas, desde mi mujer hasta la tuya, pero ¿de verdad te vas a marchar sin Sandra?

—Sí —afirmó él con rotundidad.

Duncan suspiró. No podía meterse en aquel matrimonio más de lo que ya se había metido él o su mujer, y dijo:

—Zac, sólo el amor, la paciencia...

—No quiero oír más cosas con respecto al amor y al matrimonio, Duncan —pidió él.

—¿Por qué?

—Porque no me necesita. Ella sola resuelve sus problemas.

Al oírlo, Duncan negó con la cabeza.

—Te equivocas, —Y, mirando a su hermano Niall, a Kieran y a Lolach, insistió—: Zac, nuestras esposas son algo más que unas simples mujeres cándidas. Son guerreras, te guste o no. Y, si quieres a Sandra, has de aceptarla con sus virtudes y sus defectos.

—Pues he decidido no quererla —replicó él.

Finalmente, Duncan se dio por vencido y, mirando a Sandra, que observaba el horizonte con gesto de enfado, susurró:

—No estoy de acuerdo contigo, pero respetaré tu decisión. Aun así, has de saber que el enfado de una mujer enojada no es nada comparado con su silencio, que te martirizará.

A continuación, Zac asintió y, dando media vuelta, comenzó a dar órdenes a sus guerreros.

Poco después, se acercaron a Sandra, Cameron y Hugh con un grupo de guerreros, y este último dijo:

—Hemos enterrado lejos de aquí al hombre que tanto daño os hizo..., mi señora.

Al pensar en Wilson, Sandra sintió que ya no notaba la opresión que antes tenía en el pecho.

—Muchas gracias —dijo—. Muchas gracias a todos por vuestra ayuda. Nunca lo olvidaré.

Los guerreros asintieron, y Cameron indicó:

—Mi señora, se os echará de menos en Balvenie.

Al oírlo precisamente a él, Sandra sonrió.

—Yo también os echaré mucho de menos. —Y, acercándose a él, bajó la voz y murmuró—: Eres un hombre estupendo y mereces encontrar a una mujer que se dé cuenta de lo maravilloso que eres, a pesar de tu aspecto de gruñón.

Cameron sonrió.

—Gracias por vuestras palabras, mi señora, significan mucho para mí.

—Ya no soy tu señora, Cameron.

El guerrero asintió y, sacándose la espada del cinto, la levantó para que todos sus compañeros la vieran y afirmó:

—Sois y siempre seréis mi señora, y, cuando me necesitéis, ahí estaré.

Entonces, el resto de los guerreros de Zac hicieron el mismo gesto que Cameron, y Sandra, tragándose las lágrimas que pugnaban por salir, sonrió emocionada y afirmó mirándolos a todos:

—Siempre estaréis en mi corazón.

A continuación, con expresión apenada, todos dieron media vuelta y se alejaron, excepto Scott y Aiden.

La joven se acercó entonces a Scott con una triste sonrisa.

—Milady... —dijo él—. A Leslie se le va a partir el corazón cuando no os vea regresar.

Sandra asintió, pero, intentando ser positiva, indicó:

—Dile que no se preocupe por nada, tanto el niño como yo estaremos bien, y, por favor, tráela a visitarme siempre que puedas. Leslie es de la poca familia que tengo.

—Así será, mi señora.

Y, tras una mirada que le hizo saber lo mucho que sentía lo ocurrido, el bueno de Scott dio media vuelta y se dirigió hacia el resto de los guerreros.

Aiden, que había presenciado aquellas emotivas despedidas y seguía sobre su caballo, declaró entonces dirigiéndose a ella:

—Los guerreros Phillips te quieren. Te has ganado su lealtad.

Sandra asintió.

—Les agradezco mucho sus atenciones, y más si recuerdo lo poco que me querían cuando regresé de la isla de Arran.

—Lo siento mucho, Sandra —murmuró Aiden.

—Lo he arruinado todo, mi matrimonio, mi amor...

—Siento la decisión que ha tomado Zac.

Con una triste sonrisa, la joven asintió y, mirándolo, preguntó:

—¿Se han enfadado mucho contigo cuando han despertado atados?

Al pensar en las cosas que Duncan, Niall, Kieran, Lolach y Zac le habían dicho, Aiden se encogió de hombros.

—Me han dicho lo mismo que les habría dicho yo si alguna de vosotras hubiera sido mi mujer. Pero yo les he recordado que, si entre ellos cinco no habían podido con vosotras, ¿cómo iba a poder yo siendo sólo uno?

Ambos sonrieron y, a continuación, Sandra murmuró:

—Me lo has advertido y no te he hecho caso, pero, por duro que suene, volvería a hacerlo. Ya sabes: ¡soy así de osada! —Y, suspirando, añadió—: ¡Zac sólo se fija en los errores que cometo, pero no recuerda que también tengo cosas buenas.

Nada más decir eso, la joven volvió a suspirar y añadió:

—Qué mal suena lo que acabo de decir. Dios mío..., Dios mío... Menos mal que sólo me has oído tú, que sabes que lo quiero con locura, porque parece que Zac sea una mala persona y yo una santa, cuando eso no es así.

Aiden, al que le encantaba la naturalidad de la joven, sonrió.

—Los dos sois buenas personas, Sandra. Eso nunca lo dudes.

—Pero Zac es mejor que yo a pesar de su tozudez —replicó ella, y, tras un silencio significativo, añadió—: Él ha aceptado ciertas cosas de mí delante de todos que... Bueno..., ya da igual. —A continuación, se quitó el anillo que su marido le había regalado días antes y se lo tendió a Aiden—. Toma.

—No —dijo él al ver lo que le entregaba.

—Por favor, cógelo y dáselo por mí. Sé que, si se lo doy yo, no lo va a aceptar, y yo no lo quiero tener, pues sólo me hará sufrir.

Prefiero que lo guarde y se lo entregue a la mujer que seguramente algún día ocupará su corazón y lo hará feliz.

Al ver el precioso anillo que él y su amigo habían estado eligiendo durante más de una hora, Aiden suspiró, pero al final lo cogió y se lo guardó.

—Se lo daré.

Sandra asintió y, tras tocarse la mano ahora desnuda de aquel anillo, se tocó el de su madre, que llevaba en la otra, y murmuró:

—Supongo que dentro de unos días tú me traerás a mi hijo, pero quiero que sepas que ésta es tu casa para cuando la necesites.

Aiden asintió con cariño y, al ver que Zac se acercaba montado en su caballo, se despidió de ella y se alejó con los demás.

Con gesto serio, Zac se aproximó hasta Sandra. El corazón le dolía, le sangraba por tener que separarse de ella, pero, dispuesto a cumplir su palabra, iba a hablar cuando ella se le adelantó:

—Es la segunda vez que nos despedimos ante esta puerta.

—Y ya no habrá una tercera —sentenció él.

Luego se miraron incómodos, y Zac dijo:

—Me he encargado personalmente de hablar con una veintena de hombres venidos del pueblo de Carlisle para que se ocupen de tu seguridad. Y, en cuanto a los guerreros de Wilson, no tienes nada que temer. Todos se han marchado, y te aseguro que no regresarán.

—Gracias —asintió ella, dispuesta a no suplicar más de lo que había suplicado.

—Con respecto al niño, intentaré que te lo traigan dentro de unos días y...

—Lo sé —lo cortó Sandra—. Lo cuidarás con cariño hasta que esté conmigo.

Y, acortando aquel momento, que para ella estaba siendo agónico por la frialdad que Zac le demostraba, levantó el mentón e, intentando sonreír para ser fuerte como lo estaba siendo él, dijo:

—Adiós, Zac.

El guerrero clavó la mirada en ella, en la mujer que adoraba pero que sabía que no lo necesitaba, y deseoso de recordar aquel rostro tan bonito, se despidió de ella:

—Adiós, Sandra.

Y, sin más, hizo dar media vuelta a su caballo y, espoleándolo, se alejó todo lo rápido que pudo de la mujer que amaba y que le había destrozado el corazón.

Sandra lo observó marcharse.

El que se iba era el amor de su vida, el hombre al que siempre había querido y al que sin duda siempre querría, pero no podía llorar. No debía. Ahora era la dueña y señora de Carlisle, estaba sola y, si deseaba hacerse respetar, no debía mostrar sus sentimientos ni sus debilidades.

A continuación, giró sobre sus talones y clavó la mirada en la fortaleza.

Visto desde fuera, el castillo de Carlisle era un sueño, una maravilla, pero nunca había sido su hogar. Ahora, tras todo lo ocurrido, vivir allí, en un lugar tan lleno de malos recuerdos, sería un grave error.

Y en ese instante decidió hacer lo mejor para todos. Arreglaría lo que Wilson había destrozado y lo vendería. Estaba segura de que no le faltarían compradores.

Así pues, dejando a un lado las tristezas para más tarde, se arremangó y, mirando a los hombres que esperaban instrucciones, sacó su lado guerrero y comenzó a darlas.

Capítulo 60

La inminente marcha del niño días después de la llegada de Zac, sin Sandra, al castillo de Balvenie originó infinidad de disgustos y lloros. El primero, el de Leslie, que se debatía entre el amor de su marido y el amor por Sandra y el niño.

Scott habló con ella, la confortó, la mimó, pero la muchacha era inconsolable.

Al día siguiente de llegar a la fortaleza, agobiado, Zac pidió a sus hermanas que regresaran a sus hogares. No quería a nadie atosigándolo, y menos reprochándole lo que había sucedido con Sandra.

Como era de esperar, ellas deseaban quedarse para ayudarlo con el niño, con todo, pero él se negó. Finalmente, todos se marcharon, dejándolo solo en su castillo.

Por la noche, una vez que el pequeño se durmió, Zac se sentó en su cuarto a observarlo.

A aquel niño, que lo llamaba papá y que siempre sonreía y le levantaba los brazos para que lo cogiera, lo sentía verdaderamente como su hijo. Zac era hijo suyo, y nada ni nadie diría nunca lo contrario.

Durante horas, veló el sueño del chiquillo y, cuando el dolor por su inminente marcha y la pérdida de Sandra lo vencieron, decidió retirarse a su habitación. Quizá la soledad lo reconfortara.

Sin embargo, al entrar en su aposento, el aroma dulce y tibio de Sandra le llenó las fosas nasales y lo partió en dos. Desesperado, caminó por la estancia llena de recuerdos de su mujer. Allí estaban sus ropas, sus flores naranja en jarrones, sus adornos para el cabello, y las mordazas que se habían quitado ella y las demás para escapar e ir a Carlisle.

Agachándose frente a un pequeño diván, cogió una prenda de Sandra, se la llevó a la nariz y la olió. Cerró los ojos y, sin saber por qué, sonrió, aunque al abrirlos se le borró la sonrisa.

Ofuscado, Zac dejó la prenda y se dirigió a la cama, debía descansar. Pero, al echarse sobre ella, de nuevo el aroma de Sandra lo envolvió y, enloquecido, se levantó y salió de la estancia. Debía ordenar a las mujeres que recogieran todo lo de ella. Mientras sus cosas estuvieran allí, difícilmente podría descansar.

Al llegar al salón y ver los jarrones sobre las mesas con flores naranja, maldijo en silencio. Tendría que advertir también a las mujeres de que no quería más flores y, huyendo de ellas, salió al exterior, donde caminó hacia las caballerizas. Cepillar a su caballo era lo único que podía distraerlo en ese instante, y estaba haciéndolo cuando Aiden apareció y, mirándolo, preguntó:

—Te creía dormido.

Zac, ceñudo, respondió al verlo:

—No tengo sueño.

Aiden apoyó la cadera en un tablón y, tras un tenso silencio, dijo:

—Fingir que algo no duele lastima el doble.

Zac maldijo para sus adentros y siguió cepillando a su animal, y entonces su amigo, sacándose el anillo que Sandra le había entregado, lo dejó sobre un madero e indicó:

—Me pidió que te lo devolviera.

Ofuscado, él miró el anillo, pero no lo tocó y continuó cepillando al animal.

—Zac, comprendo tu enfado con ella, pero es una pena que olvides todas las cosas bonitas que habéis vivido juntos y te dejes dominar por un enojo.

—¡Qué sabrás tú!

—Ella me dijo que te fijabas más en sus errores que en las cosas que hacía bien.

Oír eso lo enfureció aún más, pero entonces Aiden añadió:

—También dijo que eras mejor persona que ella porque habías aceptado a los ojos de la gente a...

—¡Basta, Aiden! Lo que hablaras o dejaras de hablar con ella es cosa vuestra. Yo no quiero saber nada. Me has entregado el anillo, ahora ya te puedes marchar.

Él asintió y, levantando las manos, dio media vuelta y se alejó. Era mejor dejarlo solo.

Cinco minutos después, Zac tiró enfurecido el cepillo y, cogiendo el anillo que su amigo había dejado sobre el madero, regresó a su habitación. Sin embargo, antes de entrar, se detuvo y se dirigió al cuarto del pequeño. Necesitaba su compañía.

Durante aquellos días, Zac apenas se separó un segundo del chiquillo. Estar con él lo hacía sentirse vivo, aunque no dejaba de echar de menos a su madre. Sandra estaba continuamente en sus pensamientos, de tal forma que, en ocasiones, creía estar volviéndose loco al oír su voz o su sonrisa.

Al quinto día de estar en Balvenie, varios guerreros cargaban un carro con las pertenencias de Sandra. Todos los hombres y sus esposas observaban con disimulo los preparativos. No entendían que la huida de Sandra a Carlisle con las otras mujeres hubiera ocasionado tal ruptura, pero tampoco se atrevían a preguntarle al señor, puesto que en esos días no andaba de muy buen humor.

En el interior de la fortaleza, Zac jugaba con su hijo, sentado sobre sus piernas. Necesitaba sentirlo cerca, pues era consciente de cuánto lo añoraría. Entonces *Pach* se acercó a ellos, y Zac, tocando con cariño la cabezota del perro, murmuró:

—A ti también te voy a echar de menos, amigo.

Los guerreros cruzaron el salón con los dos baúles que contenían las pertenencias de Sandra. Zac los miró pero no dijo nada, y entonces el pequeño exigió que lo bajara al suelo. Sin dudarlo, el highlander lo hizo, y el chiquillo, agarrándose al banco donde él estaba sentado, se puso en pie. Zac sonrió al ver cómo se balanceaba sin soltarse.

—Eso es —dijo—. Mi guerrero tiene las piernas fuertes.

—Señor —llamó entonces una de las criadas. Él la miró y ésta indicó—: Ya hemos guardado todo lo de lady Sandra. Ya no queda nada en su aposento.

Zac asintió malhumorado, pero, al volver el rostro hacia el pequeño, se quedó petrificado. Por primera vez, el niño se había soltado y estaba caminando solo con cierto desequilibrio por el salón.

Emocionado, se levantó y, tras arrodillarse frente a él, abrió los brazos y dijo:

—Vamos, Zac..., ven con papá.

Con su sonrisa de siempre, el pequeño rubio de ojos azules caminó hacia él. Zac sonreía excitado y, una vez que éste llegó hasta él y lo abrazó, murmuró:

—Qué orgullosa estaría tu madre si te hubiera visto.

Al momento, Aiden entró en la estancia y, al ver al pequeno andando, exclamó:

—Vaya... ¡Al fin camina!

Enloquecido y orgulloso, Zac sonrió, mientras llamaba al crío, y éste, cada vez con más seguridad, se acercaba a él para recibir un beso y un abrazo amoroso de su padre.

Durante un rato, Aiden los observó, y luego Zac comentó:

—Cuando regreses de Carlisle, partiremos para Skye. Niall tiene un conocido allí que posee unos excelentes sementales, y he pensado en ir para adquirir algunos.

Su amigo asintió y, tras un segundo en silencio, indicó:

—Hemos de partir.

Al oír eso, a Zac le cambió el semblante y, mirando a Aiden, pidió:

—Déjame un momento a solas con mi hijo.

Angustiado por la separación, Zac se sentó entonces con el pequeño frente al gran hogar.

—Quiero que sepas que, aunque no nos veamos todos los días y no podamos jugar juntos, te voy a añorar y no voy a dejar de quererte —le dijo—. Te prometo que siempre que pueda iré a Carlisle a visitarte y, cuando tu madre lo crea pertinente, te enseñaré a luchar y a defenderte como el guerrero fuerte que eres. —El niño sonrió. Colocó sus manitas en la cara de aquél, y Zac, afligido, murmuró—: Lo siento, cariño. Lo siento mucho. Te pido perdón porque estaré un tiempo sin poder ir a verte, pero no pienses que es porque tú has hecho nada mal, no, no es eso. Si alguien hace algo mal, ése soy yo. Seguramente, cuando te vea, correrás ya como un potrillo de un lado para otro, y sólo espero que no te olvides de mí. Por favor, Zac, no me olvides. —Y, cogiendo fuerzas, finalizó—: Cuida a mamá, ella es muy buena, aunque algo terca y osada. Estoy seguro de que te volverá loco cuando crezcas, pero cuídala y quiérela como sé que mamá te cuidará y te querrá a ti.

Dicho esto, abrazó al pequeño, que balbuceaba, mientras él sentía cómo la vida se le iba.

Durante un instante lo sostuvo contra su cuerpo, hasta que se levantó y, sin más, salió al exterior.

Fuera se encontró con Leslie y Scott, y este último dijo tras subir a *Pach* al carro:

—Señor, si no os importa, me uniré a la comitiva y acompañaré a mi mujer para que vea a lady Sandra.

Zac asintió. Entendía lo que aquél le pedía; se fijó de nuevo en el pequeño, lo besó con todo su amor y, sin decir más, se lo entregó a Leslie, que estaba sentada en el carro. A continuación, miró a Aiden y asintió con la cabeza.

Éste levantó la mano y ordenó iniciar la marcha, mientras Zac caminaba al tiempo que contemplaba a su hijo, en el carro.

Entonces, al ver su expresión perdida, y sin importarle si estaba bien o no, Leslie dijo mirándolo:

—Señor, *pa'* mí que la echáis de menos. Venid con nosotros, a ella le gustará.

Zac negó con la cabeza y se detuvo. Debía permitir que el carro se alejara. Cuando dejó de ver al pequeño, dio media vuelta, subió los escalones de la fortaleza, entró en su salón y rugió:

—¡Laria!

Asustada, la mujer corrió a atenderlo y, cuando estuvo frente a él, Zac cogió un jarrón con flores naranja y siseó:

—A partir de ahora están prohibidas las flores en toda la fortaleza, ¿entendido?

Ella, temblorosa por el gesto de aquél, asintió.

—Sí, mi señor.

Cuando la mujer se retiró, Zac maldijo en silencio y tiró el jarrón al suelo.

Acto seguido, subió a sus aposentos, donde ya sólo el recuerdo de su mujer lo podía mortificar, y, a solas, se permitió llorar por una decisión que comenzaba a cuestionarse si había sido acertada o no.

Capítulo 61

Los días pasaron y Sandra estuvo muy ocupada intentando recomponer Carlisle sin hablarle a nadie de sus propósitos, al tiempo que intentaba recomponer su corazón. Y más aún cuando confirmó que estaba embarazada; pero calló. No deseaba que nadie lo supiera.

Uno de esos días, uno de los sirvientes, que limpiaba la que había sido la habitación de Wilson, fue en su busca. La encontró en el salón, mirando por la ventana el bonito jardín, y, acercándose a ella, dijo:

—Milady, Wilson tenía guardado algo en sus aposentos que creo que deberíais ver.

Sin entender de qué podía tratarse, Sandra tendió la mano, y el hombre le entregó un papel y luego se marchó. Sorprendida, lo desdobló, y entonces el corazón se le paró al reconocer la letra de su madre. Y leyó:

Sandra:
Soy mamá. Te ruego, te suplico, que, tras leer esta carta, no regreses a Carlisle y te mantengas todo lo lejos que puedas de este lugar, porque aquí nunca serás feliz.

Cariño, en cuanto me sea posible viajaré para reunirme contigo. Sé que no me será difícil encontrarte, porque, conociéndote, estarás cerca de Angela o de ese joven llamado Zac Phillips, que algo me dice que es el dueño de tu corazón.

Sé fuerte ante las adversidades y sé clara con las personas que te quieren. Tu padre y yo criamos una guerrera y, como él decía, el que no lucha por lo que quiere no se merece lo que desea.

En el amor, sé tú misma. No cambies. Quien te ame te corregirá, pero nunca te cambiará. Y, si ese Zac es el hombre de tu vida,

jamás dejéis de hacer de vuestros pequeños instantes grandes mo-
mentos que en el futuro os puedan ayudar a recordar por qué es-
táis juntos.

Mi amor, utiliza el corazón y la cabeza y, sobre todo, sé feliz y
nunca olvides que tu padre y yo te queremos y siempre estaremos
muy orgullosos de ti.

Mamá

Con los ojos anegados en lágrimas, Sandra dobló de nuevo la misiva y, emocionada, lloró..., lloró... y lloró.

Esa noche reunió a la docena de personas que trabajaban en Carlisle y les contó lo que pensaba hacer con la fortaleza una vez que terminara de adecentarla. Aunque apenados, todos ellos entendieron la necesidad de la joven de deshacerse de aquel lugar y, sin cuestionarlo, la ayudaron en todo lo que necesitó.

Habían pasado casi tres meses desde la última vez que Sandra había visto a Zac, e Irma, la que fue sobrina de Alicia, la doncella de su madre, no se había separado de ella.

La chica la ayudaba con el pequeño, y Sandra se lo agradecía, más aún cuando la asaltaban los mareos y necesitaba echarse a descansar. La única que conocía su secreto era ella. Estar todo el día a su lado y no darse cuenta de lo que sucedía era de tontos. Y, una noche, después de que Sandra vomitara, la joven le había indicado que el secreto estaría bien guardado con ella.

En ese tiempo, Sandra esperó que Zac apareciera de un momento a otro diciéndole que no podía vivir sin ella; pensó que se reconciliarían y ella le contaría lo del bebé. Pero, según iban pasando los días, perdió la esperanza, hasta que llegó a convencerse de que aquello era lo mejor.

Si su marido podía vivir sin ella y sin el pequeño Zac, ellos aprenderían a vivir sin él.

Uno de aquellos días, recibió la visita de su amigo Preston Hamilton y de su mujer, una guapa escocesa que le había robado el corazón. Sandra los acogió encantada y se sorprendió al comprobar que habían acudido a hacerle una oferta para comprar Carlisle, pues les había llegado el rumor de que la fortaleza estaba en venta.

Sandra habló con ellos y les indicó que la única condición que ponía para venderla era que las personas que trabajaban allí continuaran haciéndolo indefinidamente sin ningún tipo de problema.

Preston Hamilton aceptó de inmediato y, quince días después, acompañada por Irma y cuatro hombres de aquél, Sandra se trasladó con su hijo del castillo de Carlisle a una modesta casa a las afueras de Dumfries, donde tenía un caballo y un pequeño corral con gallinas y dos vacas.

Si algo le había enseñado la vida era que podía vivir sin lujos. Con el dinero de la venta del castillo podría darle al pequeño Zac y al bebé que venía en camino una vida cómoda. No les faltaría un techo, comida, calor ni amor.

Sandra podría darles todo aquello, aunque, por las noches, cuando Irma y Zac dormían, ella salía al exterior de la casa para contemplar las estrellas e imaginar lo bonitas que debían de verse desde el castillo de Balvenie.

Capítulo 62

En Balvenie, la vida continuaba sin sobresaltos, y sus gentes se alegraron cuando, tras casi dos meses y medio, el señor y algunos de sus guerreros regresaron a su hogar.

Laria y el resto de las mujeres que trabajaban en la fortaleza, al ver entrar a Zac, lo recibieron con una sonrisa que él aceptó encantado.

Esa noche, las gentes de Balvenie organizaron una fiesta alrededor de una hoguera. Todos estaban felices por el regreso y necesitaban celebrarlo. Sin dudarlo, Zac se unió a la fiesta, en la que no faltó buena comida, música y alegría y, aunque no decía nada, cada vez que veía a una pareja besarse o bailar juntos, su corazón se resentía.

Ver a Scott bailando con Leslie lo hizo sonreír. Nunca habría imaginado a Scott con una mujer como aquélla, pero estaba más que claro que en el amor nunca se sabía. Sin dejar de sonreír, sus ojos volaron hacia Atholl, el médico, y Evan, el cocinero, con sus mujeres. Le gustó ver sus rostros de felicidad junto a aquéllas, que estaban sentadas entre sus piernas, pero también le hizo comprender lo solo que él estaba.

Observó a sus hombres con curiosidad. Durante mucho tiempo sólo habían sido sus guerreros, pero, gracias a Sandra, conocía sus situaciones particulares, y pudo comprobar que incluso recordaba el nombre de sus mujeres.

Uno a uno, fue mirando a todos aquellos que siempre estaban a su lado y que daban la vida por él, hasta que Aiden se sentó junto a él y preguntó:

—¿No bailas?

—No me apetece mucho, la verdad —respondió él.

Aiden asintió. No le hacía falta preguntar para saber en lo que estaba pensando su amigo, e indicó:

—Mañana partiré para Keith y me quedaré allí unos días. ¿Tienes algún problema en que lo haga?

Zac negó con la cabeza, y Aiden añadió:

—Quiero preparar las caballerizas antes de llevar allí a los nuevos sementales.

—Me parece bien —afirmó él.

Durante un rato, sin hablar, observaron a sus gentes divertirse, hasta que Zac se levantó y, mirando a su amigo, indicó:

—Te veré a la vuelta. Me voy a descansar.

Aiden asintió y, suspirando, miró cómo se alejaba.

Una vez que entró en el salón de la fortaleza, Zac se fijó en las mesas que allí había: ninguna tenía flores. Cuando se disponía ya a subir por la escalera, Laria lo interceptó.

—Mi señor, me he tomado la libertad de dejar en vuestro aposento la bañera con agua caliente, por si os apetece daros un baño antes de dormir.

Zac sonrió y asintió.

—Gracias, Laria. —Y, clavando los ojos en ella, añadió—: Deseaba disculparme contigo por el modo en que te hablé el día que te dije que no quería más flores en el castillo.

La mujer esbozó una cándida sonrisa y murmuró:

—Señor, no os preocupéis por eso.

A continuación, Zac subió los escalones y, al llegar frente a su puerta, se paró y tomó aire.

Cuando entró, se dio cuenta de que su nariz aspiraba en busca de algo que necesitaba, pero ese algo no llegó. El aroma de Sandra había desaparecido de allí tras el tiempo transcurrido, y murmuró:

—Es lo mejor.

Al ver la humeante bañera frente al hogar, Zac sonrió y, sin dudarlo, se desnudó. Un baño le vendría bien.

Con gusto, se metió en la bañera y, tan pronto como se sentó en ella, cerró los ojos y susurró:

—¡Qué placer!

Permaneció con los ojos cerrados, pero entonces, inconscientemente, los recuerdos de Sandra acudieron en tromba a su mente para martirizarlo. La veía sonreír en el salón, meterse en la bañera entre risas o sentándose sobre él a horcajadas para hacerle el amor.

Zac abrió los ojos. Aquello no era bueno para él. Sin embargo, como la necesitaba, los volvió a cerrar, y de nuevo Sandra apareció. Esta vez le hacía burla, lo retaba con su sonrisa, acunaba a su hijo, se tiraba a sus brazos para besarlo, bailaba con él... Y, maldiciendo, el guerrero siseó abriendo los ojos:

—¡Basta ya!

Comenzó a frotarse los brazos con vigor y se lavó el pelo, y, cuando acabó, mientras el agua chorreaba por su cara, sus ojos se fijaron en la parte frontal de la bañera, y leyó:

Tú y yo..., siempre.
Te quiero,

Sandra

Aquellas palabras, escritas por ella, lo hicieron sonreír. Sandra y sus locuras, o, mejor, Sandra y sus momentos especiales, como solía llamarlos. Y, cerrando los ojos, apoyó la cabeza en la bañera y suspiró.

Luchar contra lo que sentía estaba siendo difícil. Complicado.

Al principio, su corazón le gritaba que volviera con ella, que había sido un error lo que había hecho, mientras su cabeza vociferaba que así debía ser porque ella no era para él.

No dormía. No comía. No vivía.

De pronto, la vida sin Sandra había dejado de tener sentido. Nada era divertido. Nada era interesante, y simplemente decidió vivir por vivir, sin esperar nada más.

Pero, al regresar a Balvenie, el simple hecho de vivir por vivir había dejado de tener sentido también, puesto que ahora su corazón y su cabeza se habían aliado y le gritaban lo tonto e irracional que había sido y le exigían que volviera a Carlisle a por ella porque su felicidad dependía de aquella guerrera.

Ver aquello, recordar aquel momento en el que Sandra había

escrito aquellas palabras y, señalándolas, había dicho: «Esto que he escrito aquí es para que no te olvides nunca... nunca... nunca... de mí» le hizo abrir los ojos del todo, y en ese instante Zac supo que debía hacer caso a su cabeza y a su corazón. La quería y la necesitaba a su lado.

Sin esperar un segundo más, se levantó de la bañera y comenzó a vestirse.

Lo que había hecho había sido un error, el mayor error de su vida, y necesitaba subsanarlo. Quizá no fuera tarde.

Una vez que hubo terminado de vestirse, nervioso y alterado por lo que quería hacer, cogió algo que tenía en un cajón y se lo guardó. A continuación, salió de su aposento, de la fortaleza, y corrió a por su caballo.

En su camino se encontró con Aiden, que, al verlo, preguntó alarmado:

—¿Qué ocurre?

Parándose para mirarlo, Zac declaró:

—Que soy un idiota y un bobo. Tuve a la mujer más maravillosa del mundo a mi lado y la dejé por una estupidez. La abandoné y, ahora que me he dado cuenta de mi error, no sé si ella va a querer darme otra oportunidad.

Al oírlo, Aiden sonrió y afirmó:

—Siento tu amargura, pero me satisface ver que al fin hayas reaccionado y te hayas dado cuenta de que mujeres con la maravillosa osadía y locura de Sandra... hay pocas.

Él asintió. De una vez por todas entendía a sus cuñados, a Kieran, a Niall, y, mirando a Aiden, indicó:

—Parto para Carlisle a por mi mujer y mi hijo. No sé cuánto me va a costar convencerla de que me perdone, pero necesito que te quedes aquí hasta que yo regrese.

Su amigo asintió.

En cuanto llegaron a las caballerizas, se encontraron allí con Cameron, que no tenía ganas de fiestas, y Zac, mirándolo, indicó:

—Cameron, monta tu caballo y ven conmigo.

El guerrero lo miró sorprendido, pero Zac añadió:

—Quizá te necesite para reconquistar a mi mujer.

El hombre esbozó una bonita sonrisa y, tras montar en su caballo, afirmó:

—Por ella y por vos, lo que sea.

Instantes después, Aiden observaba sonriendo cómo Zac y Cameron se alejaban al galope. El amor era algo mágico que él sin duda no entendía.

Sin descanso, Zac y Cameron cabalgaron durante toda la noche, y sólo pararon un par de veces para que los caballos se refrescaran y tomaran agua.

A mediodía, cuando llegaron frente al castillo de Carlisle, al ver una bandera ondeando con el escudo de los Hamilton, Zac murmuró preocupado, al recordar a quién pertenecía aquel apellido:

—Por todos los santos..., ¿qué ha ocurrido aquí?

Con decisión, se dirigió entonces hacia los guerreros que hacían guardia en la puerta y, sin desmontar, pidió:

—Quiero ver a la señora.

Los hombres se miraron sorprendidos, y uno de ellos respondió:

—La señora no recibe visitas si antes no son aprobadas por su marido, mi señor.

—«¿Su marido?» ¿Cómo que «su marido»? —dijo Zac ofuscado.

Cameron lo miró. Aquella escena ya la había vivido tiempo atrás y, dirigiéndose a un delirante Zac, indicó:

—Mi señor, tranquilizaos.

Totalmente confundido, él maldijo y, a continuación, siseó furioso:

—Dios santo..., si es cierto lo que creo, esto es el colmo de su osadía.

Cameron negó con la cabeza e insistió:

—Señor, ella es osada, pero no haría lo que estáis imaginando.

Zac maldijo. No sabía qué pensar, y, sin querer atacar a los guerreros, que ya los miraban alertas con las manos puestas en las espadas, dijo:

—Decidle a vuestro señor que quiero hablar con él.

—¿Vuestro nombre?

Al oír eso, sin dejar responder a Zac, Cameron contestó con gesto fiero:

—Mi señor es el laird Zac Phillips.

Los hombres asintieron y, a continuación, uno de ellos entró en la fortaleza mientras Zac, sorprendido, maldecía meneando la cabeza con las manos en las caderas.

Era imposible. ¿Cómo iba a casarse Sandra con otro estando casada con él?

Durante el rato que estuvieron esperando, que a Zac se le hizo eterno, Cameron lo tranquilizó. Sin duda debía de tratarse de un error. Entonces, de pronto, apareció frente a ellos un hombre de su edad, bien parecido, que, parándose, dijo:

—Soy Preston Hamilton. ¿Qué ocurre y por qué queréis ver a mi esposa?

Zac lo miró. Ya lo conocía. Aún recordaba cuando había ido a Carlisle con Kieran y, furioso, había visto a Sandra sonreír en compañía de aquel tipo. Sin embargo, intentando no hacer una locura, dio un paso al frente y declaró:

—Soy el laird Phillips y vengo buscando a mi esposa.

Desconcertado, Hamilton no sabía qué decir, y entonces Zac añadió con gesto de enfado:

—Mi esposa, Sandra Murray.

Al oír ese nombre, el rostro de Hamilton cambió y, sonriendo, indicó:

—Entonces, pasad, sed bienvenido a mi hogar.

Zac y Cameron se miraron boquiabiertos, y el primero, negando con la cabeza, siseó:

—Os agradezco la invitación, pero prefiero hablar con ella aquí.

Hamilton se extrañó.

—Pero es que ella no está aquí. —Y, al ver el gesto descompuesto de aquél, murmuró riendo—: Un momento..., un momento... ¿Creéis que estoy casado con vuestra esposa?

Zac no se movió ni sonrió. A él no le hacía ninguna gracia todo aquello. Pero entonces Hamilton añadió:

—Por el amor de Dios..., yo estoy casado con Janet Clooney. Sandra Murray sólo es una buena amiga que nos vendió la fortaleza y...

Al oír eso, Zac cerró los ojos y respiró aliviado. Posó la mano en el hombro de Cameron y susurró:

—Gracias a Dios.

El guerrero resopló aplacado y, mirando a Zac, afirmó:

—Os lo dije, mi señor, ella no haría tal locura.

Comprendiendo al fin el enfado de aquél, Preston Hamilton sonrió y dijo:

—Pasad, tomad algo fresco y os diré dónde vive vuestra esposa, Sandra Murray.

Capítulo 63

Acompañada de Irma, Sandra paseaba por los alrededores de su casa recogiendo flores para decorarla mientras el pequeño Zac correteaba junto a *Pach* y ella lo observaba divertida.

—Irma —comentó entonces—, creo que deberías aceptar la invitación de Gustav. Ese muchacho parece tener buenas intenciones con respecto a ti.

La joven asintió, pero negó con la cabeza y respondió:

—Sé que es un buen chico, milady, pero, cuando lo miró, no siento nada. —Y, sonriendo, añadió—: Madre siempre hablaba del amor y decía que, el día que apareciera el hombre que me mereciera, sentiría que me enamoro de su mirada.

Al oír eso, Sandra se tocó su barriga de cinco meses y respondió con cierta tristeza:

—El amor es difícil de encontrar y también difícil de mantener.

—No digáis eso, milady.

Sandra sonrió y, entendiendo a la joven, afirmó:

—Tienes razón. El amor es algo hermoso si tienes la oportunidad de sentir. Y, si afirmas que, cuando miras a Gustav, sientes que no te enamora su mirada, entonces has de esperar, porque, como decía mi madre, si el amor tiene que llegar, llegará.

Irma sonrió. Entonces, poniéndose la mano sobre la frente para que no le diera el sol en los ojos, señaló:

—Y, hablando de llegar, a lo lejos se ve venir a dos jinetes.

Sandra miró en aquella dirección. La muchacha tenía razón y, parándose, pidió:

—Irma, coge a Zac y regresemos a la casa hasta que esos jinetes se vayan.

Una vez que la joven hubo cogido al pequeño, caminaron de

vuelta a la casa, pero, de pronto, *Pach* se paró y se volvió. Al verlo, Sandra indicó:

—Vamos, *Pach*. No te pares.

Pero el perro no se movió. Siguió observando, hasta que, de repente, salió despedido en busca de los que iban a caballo.

—¡*Pach*, ven aquí! —gritó Sandra.

Pero el perro corría y corría, y entonces ella, al ver más de cerca a los jinetes, murmuró:

—Dios santo... No puede ser.

Observando su expresión, Irma se acercó a su señora y musitó:

—Habéis palidecido, ¿os encontráis bien?

Sandra le cogió entonces a su hijo de los brazos y la apremió:

—Vamos. Regresemos a la casa.

Pach llegó hasta los guerreros, y Zac, bajándose del caballo, saludó con cariño al animal, que lloriqueaba de felicidad al tiempo que se restregaba contra él.

—Yo también me alegro de verte, amigo —afirmó Zac sonriendo mientras observaba cómo las dos mujeres regresaban a la casa con el pequeño—. Aunque veo que hay alguien que no se alegra tanto de verme a mí —murmuró.

Tras saludar al perro, que estaba feliz, Zac volvió a montar en el caballo y comentó dirigiéndose a Cameron:

—Creo que no va a ser fácil.

El guerrero sonrió y, con gesto de bonachón, afirmó:

—Mi señora no es fácil. No olvidéis que es una guerrera.

Zac sonrió al oír eso y, apretando los talones contra en los flancos de su caballo, decidió:

—Pues vayamos a por nuestra guerrera.

En el interior de la casa, sin entender nada, Irma observaba a Sandra, que se apresuraba a atrancar la puerta y las ventanas. Cuando por fin paró, la muchacha susurró:

—Milady, me estáis asustando.

Al comprender lo que hacía y el susto que le estaba provocando a aquélla, Sandra le tocó las manos y dijo:

—Tranquila. No nos va a pasar nada malo. Los hombres que vienen son mi marido y uno de sus guerreros y...

—Milady..., ¡vuestro marido!

—Sí.

—Pero... pero eso es estupendo. Vos lo añoráis y lo queréis.

Negar sus sentimientos era una tontería, pero cuando Sandra iba a responder, se oyeron unos golpes en la puerta de entrada, seguidos de la voz de Zac, que dijo:

—Sandra, sé que estás ahí. Por favor, abre.

Irma la miró. Y ella negó y cuchicheó:

—No pienso abrir.

—Pero, milady...

De nuevo sonaron unos golpes en la puerta, y Zac insistió:

—Cariño..., abre o tendré que echar la puerta abajo.

La joven maldijo. Si echaba la puerta abajo sería un problema, por lo que, gritando, replicó:

—Vete al infierno, ¡no quiero verte!

Zac sonrió al oírla y, apoyando la frente en la puerta, murmuró:

—*Mo chridhe*, nunca sabrás cuánto deseaba oír tu preciosa voz.

Sandra cerró los ojos. Para ella también era especial oír la suya, pero insistió:

—Pues yo no quiero oírte, ni verte, así que ¡vete! Como bien dijiste, no te necesito, y, como la osada que soy, te lo grito otra vez alto y claro: ¡no te necesito!

Zac asintió. Se merecía eso y todo lo que ella dijera. Y, mirando a Cameron, indicó:

—Creo que voy bien.

—Si vos lo decís... —cuchicheó el guerrero, sentándose en un banco de madera frente a la casa.

Durante horas, apostado en la puerta de Sandra sin aflojar un solo segundo, Zac intentó hacerla entrar en razón diciéndole las cosas más dulces y sentidas que una mujer desearía oír en su vida, pero ella no cedió. Como bien le había dicho Duncan, el silencio de Sandra lo estaba martirizando. Prefería oírla vocear y maldecir, pero ella había elegido todo lo contrario.

Desesperado, miró a Cameron, que permanecía a su lado pacientemente, y, hundido al ver que ella no cedía, murmuró:

—Al menos, déjame ver al niño.

Al oír eso, a Sandra se le revolucionó la sangre, y siseó:

—¿Ahora quieres verlo, después de tanto tiempo sin preocuparte por él?

Zac sonrió al oír su voz de nuevo y, asintiendo, indicó:

—He estado de viaje, por eso no he venido a verlo. Pero, por favor, ya que estoy aquí, aunque tú no quieras verme, déjame verlo a él.

Sandra miró a Irma y ésta cuchicheó:

—Milady, tiene razón. Al menos, dejadle ver a su hijo.

Incapaz de negarse, Sandra, miró entonces al pequeño, que correteaba por la casa.

—De acuerdo —dijo—. Pero retírate de la puerta para que Irma pueda sacarlo, y no intentes entrar o te juro que no respondo de mí.

Sin dudarlo, Zac obedeció y se retiró unos pasos.

Instantes después, la puerta se abrió y apareció frente a ellos una joven menuda de cabellos cobrizos con el niño, y Zac sonrió emocionado. De inmediato, la puerta volvió a cerrarse.

Mirando a su pequeño, sin tocarlo, Zac murmuró:

—Hola, guerrero... ¿Sabes quién soy?

El chiquillo lo miró y, al reconocerlo, sonrió y balbuceó levantando los brazos:

—Papáaaaa...

Sin esperar un segundo más, Zac lo cogió y lo abrazó, lo mimó, lo amó. Disfrutó de tener a su hijo entre sus brazos y, emocionado, musitó:

—Cuánto te he echado de menos, pequeño..., cuánto.

Enternecida al ver la escena, Irma miró al guerrero que, sentado en el banco, tenía los ojos vidriosos, y le sonrió. En ese instante notó una pequeña punzada en el corazón, al quedar total y completamente perdida en aquellos ojos verdes y emocionados.

En el interior de la casa, Sandra aguzaba los oídos para escuchar lo que ocurría en el exterior. El embarazo la estaba ablandando. Se moría por ver a Zac y a su hijo juntos, y no pudo evitar sonreír al oír al pequeñín carcajearse junto a las risas de su padre.

Cameron, que los observaba, al igual que Irma, se levantó y, colocándose junto a la joven, dijo al tiempo que le cogía la mano para besarla:

—Mi nombre es Cameron.

Ella lo miró y, dirigiéndole una sonrisa, declaró:

—Encantada, Cameron, soy Irma.

Zac y el pequeño, ajenos a todo lo que había a su alrededor, disfrutaron de su compañía, mientras el highlander, feliz, observaba cómo su hijo caminaba. Así estuvieron un buen rato, hasta que Zac, dándole el chiquillo a Cameron, se acercó de nuevo a la puerta y, apoyando la frente en la misma, insistió:

—Ahora me faltas tú, cariño...

—Olvídate de mí, como yo me he olvidado de ti. ¿No era eso lo que querías?

A Zac le dolió oír eso, pero, al ver que Irma negaba con la cabeza, insistió:

—Me es imposible olvidarte cuando todo me recuerda a ti. —Y, acordándose de algo que ella siempre decía, insistió—: Pienso en nuestros momentos, en esos momentos que te gustaba atesorar, y me doy cuenta de cuánta razón tenías y...

—¡Vete al cuerno!

Zac sonrió.

—Me encanta cómo dices eso.

Sandra maldijo y cerró los ojos, y él volvió a la carga:

—Por favor, sal, concédeme tu perdón y permíteme demostrarte lo tonto que he sido y lo arrepentido que estoy de haber decidido separarme de ti.

—¡No! —gritó Sandra—. No quiero. No quiero perdonarte porque de nada sirve que tú y yo estemos juntos. Sé que tarde o temprano volverás a avergonzarte de mí porque siempre hago algo mal. Lo nuestro no funciona, Zac..., lo...

—Lo nuestro —la cortó él— es lo mejor que hemos tenido y que tendremos en la vida, mi amor. Sé que no soy fácil de llevar. Sé que tengo que pulir muchas cosas de mi carácter, pero también sé que, si te pierdo, no volveré a ser feliz en mi vida, porque eres la mujer que quiero besar, que quiero mimar, que quiero abrazar, y haré todo lo necesario para recuperar a mi guerrera.

A Sandra se le rompió el corazón al oír eso.

Amaba a Zac, siempre lo había amado, pero, sin poder evitarlo, exclamó:

—Vete. No quiero verte. No te quiero y no te necesito.

Él suspiró. Estaba claro que así no iba a conseguir nada. Y, mirando al pequeño, que jugueteaba con Cameron, dijo de pronto, consciente de lo que decía:

—De acuerdo, me iré. Pero mi hijo se vendrá conmigo.

Al oír eso, Cameron e Irma lo miraron. Pidiéndoles calma con las manos, Zac iba a hablar de nuevo cuando Sandra abrió la puerta y, con la espada en la mano, siseó:

—Llévate a mi hijo y te mataré.

Zac sonrió y, mirándola, susurró mientras se fijaba en la redondez que marcaba su vestido:

—Nunca lo haría, cariño. Si lo he dicho ha sido para que abrieras la puerta, mi amor. Y, ahora, suelta la espada.

Sandra maldijo.

¿Cómo había caído en aquella absurda trampa?

Entonces, al sentir la mirada de aquél sobre su incipiente tripita, soltó la espada y declaró:

—Zac, yo no soy lo que necesitas. Cuando estás conmigo, te enfadas, te enojas, te sublevas por cómo soy. Una vez me dijiste que yo no era la típica mujercita al uso, y es verdad, no lo soy, pero tampoco quiero serlo.

—Ni yo quiero que lo seas, cariño —murmuró él atontado al ser consciente de que estaba embarazada.

—Mientes —protestó ella molesta y, señalándolo, añadió—: Desde que nací, he tenido que luchar contra injusticias, contra personas que me reprochaban que yo no era lo que ellos deseaban, y eso me ha hecho ser lo que soy. Y lo que soy ¡no es lo que tú quieres!

—*Mo chridhe...*

—Es una locura..., no soy tu amor. No sé qué haces aquí. No sé por qué nos casamos y, por el amor de Dios, Zac..., ya me he

despedido dos veces de ti y no quiero que exista una tercera, porque...

No pudo continuar, Zac la agarró, la acercó a él y, abrazándola, murmuró:

—Nunca habrá una tercera porque no lo voy a permitir. —A
continuación, separándola de él, bajó la vista hacia su incipiente
tripita y, descolocado, murmuró—: Dios mío, Sandra, vamos a
tener otro hijo...

Con el rostro lleno de lágrimas, ella asintió, y, sintiéndose por
primera vez en su vida una damisela débil necesitada de cariño,
balbuceó:

—Sí. Y por eso lloro y estoy tan tonta. Porque te juro que, si no
estuviera embarazada, si tuviera la fuerza de siempre, te habría
estampado la mesa en la cabeza por lo mucho que me has obligado a echarte de menos.

Zac volvió a abrazarla mientras se sentía culpable de todo el
dolor que le había causado en esos meses y, admitiéndolo, afirmó:

—Me lo merecería sin lugar a dudas.

Entonces Sandra, con todas sus fuerzas, le dio un puñetazo en
la boca del estómago que lo dobló en dos y, con gesto fiero, siseó:

—Pues, si te lo mereces, ahí lo tienes. —Y, dirigiéndose a Cameron, que los observaba, preguntó—: ¿Algo que decir al respecto por mi terrible osadía?

El guerrero sonrió y, levantando las manos, respondió tras mirar a Irma, que lo contemplaba con ojos asustados:

—Mi señora, no tengo nada que objetar.

Al oírlo, Sandra meneó la cabeza sorprendida, al tiempo que
Zac se incorporaba dolorido, la miraba y, retirándose el pelo de la
cara, afirmaba:

—Yo tampoco tengo nada que objetar, mi amor, excepto que
te quiero, que necesito que vuelvas a mi lado, y que, si me perdo-
nas, me permitas ponerte este anillo para que yo sepa que vuelves
a ser mi mujer.

Emocionada, Sandra miró lo que aquél le tendía.

Allí estaba el anillo que él le había comprado y que ella le había
devuelto. Y, sintiendo que lo necesitaba tanto como él a ella, se

dio por vencida, alargó la mano, y Zac, aliviado, se lo colocó en el dedo mientras decía:

—Juro no volver a alejarte de mi vida. Eres mi guerrera como yo soy tu guerrero, y así ha de ser, porque me duele el corazón al no verte, sólo tengo ojos para ti, tu sonrisa me ilumina el día y, por fin, me he dado cuenta de que tus retos me hacen feliz.

Estaban mirándose a los ojos cuando él se agachó y, tras coger una flor naranja del suelo, se la tendió y murmuró esperando su reacción:

—Una flor para otra flor.

La joven la cogió con una sonrisa, y él, henchido de amor, susurró sin importarle las miradas divertidas de Cameron y de Irma:

—Y ahora, *mo chridhe*, ¿puedo besar a mi mujer?

Sandra sonrió.

Frente a ella tenía al guerrero del que siempre había estado enamorada y, de un salto, se lanzó a sus brazos y, mirándolo a los ojos, susurró:

—Puedes, pero, con osadía, seré yo la que te bese a ti.

Epílogo

Castillo de Balvenie, once meses después

La música sonaba.

Los guerreros danzaban sobre sus espadas dispuestas en cruz en el suelo mientras las mujeres daban palmas y los animaban encantadas.

La felicidad era completa en la fortaleza de Balvenie, pues sus señores se habían vuelto a desposar.

Zac, que disfrutaba del momento junto a Sandra, asió a su mujer por la cintura y preguntó:

—¿Así era como te imaginabas tu boda?

Sandra asintió feliz.

El castillo estaba precioso, llevaba el maravilloso vestido de novia de su madre, se había casado con el amor de su vida y estaban rodeados de las personas a las que querían, por lo que, mirándolo, afirmó:

—Sí, mi amor, es todo tal y como yo lo imaginaba.

Sin moverse de donde estaban, observaron a Lolach bailar con las hijas de Duncan y Megan, junto a Shelma, que reía con el pequeño Zac en brazos, mientras su hijo Trevor le hacía monerías.

Angela y Kieran se divertían junto a la hoguera con la pequeña Sheena en brazos, al tiempo que Edwina, la madre de Kieran, corría detrás de Aleix, su nieto.

Henchida de amor y emocionada, Sandra observó bailar a Leslie y a Scott, que esperaban su primer hijo, mientras Cameron e Irma, cogidos de la mano, charlaban sonrientes con Atholl, Evan y sus mujeres.

Junto a Gillian y Niall, que tenía a su hija en brazos, estaba Mery, ahora más conocida como *la Baronesa*, que había acudido a la boda acompañada de su barón, un hombre demasiado mayor para ella pero que le daba todos y cada uno de los caprichos que aquélla deseaba, y, los que no, como siempre, ya se los procuraba ella.

Al observar el gesto de felicidad de su mujer, Zac sonrió y la besó.

Desde su regreso a Balvenie, su dicha era completa, a pesar de las veces que discutían.

Como le había dicho su cuñado Duncan, aquello pasaría a formar parte de sus vidas y tendrían que aprender a adaptarse si realmente se querían. Y, día a día, aprendían porque sabían que, por mucho que discutieran, eran incapaces de estar el uno sin el otro.

Una vez que la melodía que sonaba acabó y comenzó otra, con una sonrisa Zac sacó a su mujer a bailar, y ella aceptó encantada.

Sin dejar de mirarse a los ojos, ambos danzaron llenos de dicha y gozo junto a las gentes que daban sus vidas por ellos mientras se tentaban y se comunicaban sin hablar.

Cuando la pieza acabó, Zac la cogió en brazos y la besó.

—Y ¿hasta qué hora dices que nos quedaremos en la fiesta? —le preguntó.

Divertida, Sandra soltó una carcajada.

Al igual que él, estaba deseando llegar a sus aposentos para desnudarlo y hacerle el amor con pasión y locura, pero, mirándolo, respondió:

—No seas ansioso, esposo..., todo a su debido tiempo.

En ese instante, Aiden se dirigía hacia ellos agarrado de dos mujeres. Sandra lo observó divertida, y él, tras deshacerse de los brazos de aquéllas, se acercó a sus amigos y cuchicheó:

—Venía a despedirme de vosotros.

—¿Ya te vas? —preguntó Sandra.

—Sí.

Tras mirar a las dos mujeres que lo esperaban, Zac afirmó con una sonrisita:

—Te auguro una buena noche.

Sandra le dio un codazo, y éste, riendo junto a Aiden, añadió:

—Pero nada comparada con la que voy a tener yo, amigo.

Los tres sonrieron y entonces Sandra, mirando a Aiden, susurró:

—Sabes que no suelo meterme en tu vida, pero creo que deberías buscarte una mujer que te convenga y te enamore. Ahora que vives en Keith, creo que ha llegado la hora de que formes una familia.

Al oírla, Aiden soltó una carcajada y respondió:

—Disculpa mi atrevimiento, Sandra, pero prefiero disfrutar de mujeres sin sentimientos que no me complican la vida a disfrutar tan sólo de una con sentimientos que me la puede complicar.

—Pues espero que esa mujer con sentimientos llegue algún día —replicó Sandra—, no te haga caso y te arrastres suplicándole que te complique la vida.

Al oírla, Aiden miró divertido a Zac y se mofó:

—Mira que es mala tu mujer.

Los tres rieron de nuevo por aquello y, acto seguido, Aiden dio media vuelta, les ofreció los brazos a aquellas dos mujeres y desapareció.

—No seas tan mala e intenta comprender que no todo el mundo cree en el amor —murmuró entonces Zac.

Sandra sonrió, pero no contestó. Sólo el futuro diría si Aiden debía o no enamorarse.

A continuación, sin dejar de sonreír, y cogidos de la mano, ambos caminaron hacia el lugar donde estaban Megan y Duncan con el pequeño Killian en brazos.

—Le estaba comentando a mi marido que los dos niños que tenéis son rubios y de ojos azules —dijo Megan cuando llegaron a su lado—. Ninguno de los dos ha sacado nada de Sandra.

En ese instante, ella y Zac se miraron con complicidad, y éste, contemplando con amor a su hijo pequeño, indicó:

—Pongo tanto empeño en ello, hermana, que salen idénticos a mí.

Todos soltaron una carcajada.

Minutos después, mientras observaban a la gente que bailaba alrededor de la hoguera, Sandra se acercó al oído de su esposo y, haciéndolo reír, murmuró:

—Prepárate, porque esta noche pretendo empeñarme tanto que nuestra hija saldrá igualita a mí.

Encantado, Zac sonrió y, cogiendo a su esposa en brazos, afirmó al tiempo que caminaba hacia la fortaleza:

—¿Por qué esperar, *mo chridhe*? Comencemos ahora mismo.

Megan Maxwell es una reconocida y prolífica escritora del género romántico. De madre española y padre americano, ha publicado las novelas *Te lo dije* (2009), *Deseo concedido* (2010), *Fue un beso tonto* (2010), *Te esperaré toda mi vida* (2011), *Niyomismalosé* (2011), *Las ranas también se enamoran* (2011), *¿Y a ti qué te importa?* (2012), *Olvidé olvidarte* (2012), *Las guerreras Maxwell. Desde donde se domine la llanura* (2012), *Los príncipes azules también destiñen* (2012), *Pídeme lo que quieras* (2012), *Casi una novela* (2013), *Llámame bombón* (2013), *Pídeme lo que quieras, ahora y siempre* (2013), *Pídeme lo que quieras o déjame* (2013), *¡Ni lo sueñes!* (2013), *Sorpréndeme* (2013), *Melocotón loco* (2014), *Adivina quién soy* (2014), *Un sueño real* (2014), *Adivina quién soy esta noche* (2014), *Las guerreras Maxwell. Siempre te encontraré* (2014), *Ella es tu destino* (2015), *Sígueme la corriente* (2015), *Hola, ¿te acuerdas de mí?* (2015), *Un café con sal* (2015), *Pídeme lo que quieras y yo te lo daré* (2015), *Cuéntame esta noche. Relatos seleccionados* (2016), *Oye, morena, ¿tú qué miras?* (2016), *El día que el cielo se caiga* (2016), *Soy una mamá* (2016) y *Pasa la noche conmigo* (2016), además de cuentos y relatos en antologías colectivas. En 2010 fue ganadora del Premio Internacional Seseña de Novela Romántica, en 2010, 2011, 2012 y 2013 recibió el Premio Dama de Clubromantica.com, y en 2013 recibió también el AURA, galardón que otorga el Encuentro Yo Leo RA (Romántica Adulta).

Pídeme lo que quieras, su debut en el género erótico, fue premiada con las Tres plumas a la mejor novela erótica que otorga el Premio Pasión por la novela romántica.

Megan Maxwell vive en un precioso pueblecito de Madrid, en compañía de su marido, sus hijos, sus perros *Drako* y *Plufy* y sus gatas *Julieta*, *Peggy Su* y *Coe*.

Encontrarás más información sobre la autora y sobre su obra en:
<www.megan-maxwell.com>.